KNAUR

Im Knaur Taschenbuch Verlag sind bereits folgende Bücher der Autorin erschienen:

Die Wanderhure
Die Kastellanin
Das Vermächtnis der Wanderhure
Die Tochter der Wanderhure
Töchter der Sünde
Die List der Wanderhure

Die Rache der Wanderhure

Die Goldhändlerin
Die Kastratin
Die Tatarin
Die Löwin
Die Pilgerin
Die Feuerbraut
Die Rose von Asturien
Die Ketzerbraut
Feuertochter
Die Fürstin

Die Rebellinnen
Die Flammen des Himmels

Die steinerne Schlange

Dezembersturm
Aprilgewitter
Juliregen

Das goldene Ufer
Der weiße Stern
Das wilde Land
Der rote Himmel

Die Wanderapothekerin
Die Liebe der Wanderapothekerin

Im Knaur HC ist erschienen:
Die Widerspenstige

Über die Autorin:
Hinter dem Namen Iny Lorentz verbirgt sich ein Münchner Autorenpaar, dessen erster historischer Roman »Die Kastratin« die Leser auf Anhieb begeisterte. Mit »Die Wanderhure« gelang ihnen der Durchbruch; der Roman erreichte ein Millionenpublikum. Seither folgt Bestseller auf Bestseller. Die Romane von Iny Lorentz wurden in zahlreiche Länder verkauft. Die Verfilmungen ihrer »Wanderhuren«-Romane und zuletzt der »Pilgerin« haben Millionen Fernsehzuschauer begeistert. Für die Verdienste im Bereich des historischen Roman wurde Iny Lorentz 2014 der Homer Ehrenpreis in Gold und 2017 der »Wandernde Heilkräuterpreis« der Stadt Königsee verliehen.
Die Bühnenfassung der »Wanderhure« in Bad Hersfeld hat im Sommer 2014 Tausende von Besuchern begeistert und war ein Riesenerfolg.
Besuchen Sie auch die Homepage der Autoren:
www.inys-und-elmars-romane.de

INY LORENTZ

Das Mädchen aus Apulien

Roman

Besuchen Sie uns im Internet:
www.knaur.de

Vollständige Taschenbuchausgabe Dezember 2017
Knaur Taschenbuch

Ein Imprint der Verlagsgruppe
Droemer Knaur GmbH & Co. KG, München

Redaktion: Regine Weisbrod
Covergestaltung: ZERO Werbeagentur, München
Coverabbildung: © INTERFOTO / Alinari;
© akg-images / Mondadori Portfolio / 1992;
FinePic®, München / Shutterstock
Satz: Adobe InDesign im Verlag
Druck und Bindung: CPI books GmbH, Leck
ISBN 978-3-426-50411-6

2 4 5 3

Erster Teil

Verrat

1.

Schmerzerfüllt blickte Pandolfina auf ihren Vater hinab, der starr und steif in seinem Sarg lag, und konnte es noch immer nicht fassen. Gauthier de Montcœur lebte nicht mehr! Langsam nahm sein Gesicht einen wächsernen Ton an. Eine mitleidige Hand hatte ihm die Augen zugedrückt, der Mund aber hatte den festen Ausdruck behalten, als wolle er seine Tochter gleich schelten, weil sie die Tränen nicht zurückhalten konnte. Sie vermochte sich nicht vorzustellen, niemals mehr seine dröhnende Stimme und sein fröhliches Lachen hören zu können.

»So hätte er nicht sterben dürfen!«, rief Richard neben ihr so erbost aus, als wolle er den Himmel anklagen. Er war nicht nur Graf Gauthiers Verwalter, sondern auch sein bester Freund.

»Er hätte überhaupt nicht sterben dürfen«, flüsterte Pandolfina mit zitternder Stimme.

»Das meine ich doch«, antwortete Richard. »Wenn Gott meinen Herrn schon von dieser Welt wegholen wollte, warum ist es dann nicht im Kampf gegen die Sarazenen geschehen? Graf Gauthier wollte sich in wenigen Wochen Seiner Majestät anschließen, um Jerusalem von den Heiden zu befreien. Stattdessen wurde er von einer Krankheit gefällt wie ein Baum.«

Obwohl Pandolfina Richard mochte, verstand sie nicht, weshalb ein Tod im Kampf besser sein sollte als einer durch Krankheit. Beides kostete das Leben. Zudem trafen seine Ausfälle gegen die Sarazenen sie selbst, denn sie war eine Sarazenin, zumindest eine halbe.

Ihr Vater war Normanne gewesen, Nachkomme jener tapferen

Krieger aus dem Norden, die mit Graf Tancred de Hauteville nach Sizilien und Apulien gekommen waren, um diese Gebiete den Byzantinern und den Sarazenen abzunehmen. Ihre Mutter aber war die Tochter eines Emirs, die man nach der Eroberung ihrer Heimat als kleines Mädchen an ihren normannischen Großvater übergeben hatte. Zwar war Pandolfinas Mutter in ihrer neuen Familie christlich erzogen worden, doch sie hatte ihre Wurzeln niemals vergessen.

Ihr wurde klar, dass ihre Gedanken abzuschweifen drohten, und sie wandte sich an Richard. »Du wirst Seiner Majestät Nachricht schicken müssen, dass mein Vater nicht mehr lebt.«

»Das ist leider notwendig. Aber ich kann nicht selbst reiten, denn ich traue di Cudi nicht. Er könnte den Tod des Herrn ausnützen, um sich in den Besitz einiger unserer Dörfer zu setzen.«

Ihr Nachbar Silvio di Cudi war eine ständige Bedrohung. Pandolfina hielt ihn für einen üblen Raufbold, den Seine Heiligkeit, der Papst in Rom, hatte loswerden wollen. Ihr Vater und di Cudi waren seit Jahren zutiefst verfeindet, weil der Nachbar immer wieder versucht hatte, ihm Dörfer wegzunehmen.

Erneut rief Pandolfina sich zur Ordnung. Sie durfte ihre Gedanken nicht wie einen Vogelschwarm fliegen lassen. Ihr Vater war tot, und sie musste die richtigen Gebete sprechen, um seiner Seele das Fegefeuer zu ersparen. In der Hinsicht erleichterte es sie, dass er im Bett gestorben war. So hatte Pater Mauricio ihm wenigstens die Letzte Ölung geben können.

Jetzt erst fiel ihr auf, dass der Burggeistliche nicht in der Kapelle war, um für seinen Herrn zu beten, wie es seine Pflicht gewesen wäre. »Wo ist Pater Mauricio? Ich sehe ihn nirgends.«

»Er wird wohl etwas zu tun haben«, antwortete Richard, sagte sich dann aber selbst, dass es für den Geistlichen im Augenblick nichts Wichtigeres gab, als Gebete für den toten Herrn zu sprechen. »Ich werde ihn suchen«, fügte er deshalb hinzu und verließ die Kapelle.

Oben im Palas lief ihm ein Schauer über den Rücken. Sonst hatte reges Leben in der Burg geherrscht, sei es, weil Graf Gauthier nach jemandem gerufen, Pandolfina gesungen oder eine der Mägde gelacht hatte. Doch jetzt war es rings um ihn totenstill.

»Wie in einer Gruft«, murmelte er und fragte sich, wie es weitergehen sollte. Auch wenn Pandolfina die Erbin ihres Vaters war, brauchte König Friedrich jemanden, der diese Burg gegen Silvio di Cudi verteidigen konnte. Dies hieß, einer der Gefolgsleute des Königs würde kommen und sich hier breitmachen.

»Auf jeden Fall wird sich einiges ändern. Hoffentlich nicht zum Schlechteren«, setzte er sein Selbstgespräch fort und trat auf die Tür zu, hinter der der Pater hauste. Nachdem sich auf sein Klopfen hin nichts rührte, öffnete er und warf einen Blick in den Raum.

Die Kammer war leer. Es sah so aus, als hätte Pater Mauricio das Zimmer hastig verlassen. Auf dem Tisch lagen mehrere Bogen Pergament, daneben stand ein Tintenfass, in dem noch die Feder steckte. Anscheinend hatte der Pater etwas geschrieben oder war im Begriff gewesen, dies zu tun. Richard warf einen kurzen Blick auf den Text, den der Mönch aufgesetzt hatte, denn es hätte eine Botschaft an den König sein können, mit der die Nachricht vom Tod des Burgherrn gemeldet werden sollte. Doch es war nur die Abschrift eines päpstlichen Erlasses, in dem König Friedrich von Seiner Heiligkeit, Papst Honorius III., wegen seines Säumens gerügt wurde, Jerusalem von den Sarazenen zu befreien.

»Herr Gauthier hätte ihm nie gestattet, dieses dumme Zeug von der Kanzel herab zu verkünden«, brummte Richard, verließ die Kammer und suchte weiter nach dem Geistlichen. Doch weder in den Gesindestuben noch in der Halle fand er eine Spur von ihm. Zuletzt betrat er die Küche.

»Habt ihr Pater Mauricio gesehen?«, fragte er ungehalten.

»Der hochwürdige Vater war heute Morgen hier, um seine

Suppe zu essen. Seitdem habe ich ihn nicht mehr gesehen«, antwortete der Koch abweisend, denn er mochte Richard nicht und nannte ihn für sich nur abwertend den Sizilianer. Pater Mauricio hingegen stammte aus dieser Gegend und hatte ihn schon mehrmals von seinen fleischlichen Sünden freigesprochen, selbst wenn diese an der einen oder anderen Küchenmagd sichtbar geworden waren.

Richard nahm die Auskunft des Kochs verärgert zur Kenntnis. »Heute Morgen also! Ich frage mich, weshalb er hier in der Küche gegessen hat und nicht in der Halle, wie es sich gehört.«

»Der hochwürdige Vater hat gewiss viel zu tun, um die Beisetzung unseres Herrn vorzubereiten.«

Der Koch zeigte dem Verwalter deutlich, dass er sich gestört fühlte. Auch wenn Graf Gauthier in der Kapelle aufgebahrt lag, musste das Essen für die Burgleute zubereitet werden. Daher nahm er den Kochlöffel, rührte in einem Kessel herum und befahl einem seiner Helfer, zwei Pfannen vom Feuer zu nehmen.

Elender Hund!, schimpfte Richard im Stillen und wandte sich zum Gehen. Da sah er, wie ein etwa zwölfjähriges Mädchen, das hier angestellt war, um das Geflügel zu rupfen, zaghaft den rechten Zeigefinger hob.

»Ist was?«, fragte er unfreundlich.

»Ich habe Pater Mauricio am Vormittag gesehen. Er hat die Burg verlassen und stieg den Burgberg in nördlicher Richtung hinab.«

Richard schluckte. Im Norden lagen die umkämpften Dörfer und dahinter di Cudis Burg. Dorthin konnte der Pater unmöglich gegangen sein. Noch während er darüber nachdachte, versetzte der Koch der Kleinen eine schallende Ohrfeige.

»Lüg den Verwalter nicht an! Hier in der Küche gibt es kein Fenster nach Norden.«

Der Schmerz trieb dem Mädchen die Tränen aus den Augen, aber es wagte trotzdem, ihm zu widersprechen. »Ich musste doch vorhin zwei Hühner aus dem Dorf holen. Da habe ich ihn weggehen sehen.«

Als der Koch erneut ausholte, schritt Richard ein. »Lass Cita in Ruhe! Sie dürfte die Wahrheit gesprochen haben. Ich frage mich nur, was den Pater antreibt. Er sollte besser für die Seele des Herrn beten, als in der Weltgeschichte herumzulaufen.«

»Vielleicht wurde er zu einem Todkranken gerufen. Es sterben hierzulande noch mehr Menschen als nur unser Herr.«

Für diese gefühllosen Worte hätte Richard dem Koch am liebsten ein paar kräftige Hiebe verpasst. Er begnügte sich jedoch damit, dem Küchenmädchen über den kastanienbraunen Schopf zu streichen.

»Höre mir gut zu, Cita! Es ist wichtig, stets bei der Wahrheit zu bleiben, auch wenn es schmerzt«, erklärte er und warf dem Koch einen warnenden Blick zu, bevor er die Küche verließ.

Er hatte gerade die Treppe erreicht, als er das Geräusch einer weiteren Ohrfeige vernahm. Einen Augenblick lang überlegte er, umzudrehen und den Koch doch noch zu verprügeln. Die Pflicht rief ihn jedoch in die Burgkapelle zurück. An deren Eingang blieb er stehen und blickte traurig auf die Tochter seines Herrn hinab.

Pandolfina war ein schmales, zierliches Mädchen, dem man die Abkunft von zwei Welten ansah. Sie hatte das rabenschwarze Haar ihrer sarazenischen Mutter, aber die hellblauen Eisaugen ihres Vaters und den gleichen, energischen Ausdruck um den Mund, den Gauthier gezeigt hatte. Ihr Teint war von der Sonne gebräunt und verstärkte den Kontrast zwischen Haar und Augen. Richard schätzte, dass sie in einigen Jahren recht hübsch aussehen mochte. Aber trotz ihrer mittlerweile vierzehn Jahre wirkte sie noch wie ein Kind.

Wäre sie nur ein wenig älter, könnte König Friedrich sie mit einem seiner Getreuen verheiraten und diesen mit der Wacht an dieser unsicheren Grenze betrauen. Vielleicht genügte auch eine Verlobung, die in einer Ehe münden würde, sobald Pandolfina sechzehn geworden war.

»Habt Ihr den Pater gefunden?«, fragte das Mädchen.

Richard zuckte hilflos mit den Schultern. »Wie es aussieht, hat er die Burg verlassen. Aber das soll Euch nicht hindern, für Euren Vater zu beten. Eure Fürbitte mag ihm gewiss die Tore des Himmelreichs öffnen und das Fegefeuer ersparen.«

»Warum ließ Gott ihn sterben?«, fragte Pandolfina unter Tränen. »Er hat doch nie etwas Böses getan!«

»Stellt diese Frage besser nicht Pater Mauricio, denn der kann sie mit Gewissheit nicht beantworten und würde Euch höchstens Bußübungen auferlegen, weil Ihr den Willen des Allerhöchsten anzuzweifeln wagt. Selbst der Papst und seine Bischöfe vermögen seinen Tod nicht zu erklären. Obwohl sie sich so hoch erhaben über alle anderen Menschen fühlen, so wurden sie ebenso wie wir aus dem sündigen Schoß eines Weibes geboren.«

Pandolfina musterte ihn bedrückt. »Weshalb gilt der Schoß eines Weibes noch immer als sündhaft, wo doch unser Herr und Gott im Himmel selbst die schlimmsten Untaten eines Menschen nur sieben Generationen lang bestraft? Doch seit Eva und der Schlange im Paradies sind gewiss mehr als sieben Generationen vergangen.«

»Betet lieber für die Seele Eures Vaters und belastet Euer Gemüt nicht mit solchen Fragen«, wies Richard das Mädchen zurecht. »Auch erlaubt mir, dass ich Euch allein lasse. Da der Pater nicht da ist, um die Bestattung Eures Vaters vorzubereiten, werde ich es tun.«

Während Richard die Kapelle verließ, blieb Pandolfina als Opfer ihrer zwiespältigen Gefühle zurück. Sie haderte mit Gott, weil dieser ihr zwei Jahre nach der Mutter noch den Vater genommen hatte, fürchtete aber auch, eine Sünde zu begehen, weil sie sich nicht mit seinem Willen abzufinden vermochte.

2.

Nach einer Weile fröstelte es Pandolfina in der kalten Kapelle, und sie schalt sich deswegen. Ihr Vater lag tot im Sarg, und statt für ihn zu beten, wie es sich gehörte, wünschte sie sich einen warmen Pelz oder wenigstens einen dickeren Umhang. Schnaubend biss sie die Zähne zusammen, um der Kälte zu trotzen, stand aber kurz danach widerwillig auf. Die Knie, die sie stundenlang auf den kalten Steinboden gepresst hatte, schmerzten höllisch, und es dauerte einige Augenblicke, bis sie wieder gehen konnte.

An der Tür der Kapelle hielt sie inne. Sie wollte den Vater nicht verlassen, durfte aber auch nicht laut nach einer Magd rufen, damit diese ihr wärmende Kleidung brachte. Pandolfina verfluchte ihren Körper. Gewiss würde Pater Mauricio sie schelten, weil sie nicht die nötige Ehrfurcht vor ihrem Vater und vor Gott aufbrachte, um der Kälte zu widerstehen.

Bei dem Gedanken fiel ihr auf, dass der Geistliche noch immer nicht zurückgekehrt war, und sie ärgerte sich über den Mann. Es war seine Pflicht, ihrem Vater mit seinen Gebeten den Weg ins Himmelreich zu öffnen. Nichts, aber auch gar nichts durfte ihn daran hindern. Entschlossen verließ sie die Kapelle, begab sich zu Pater Mauricios Kammer und klopfte heftig. Sie erhielt ebenso wenig Antwort wie Richard ein paar Stunden zuvor.

»Pater Mauricio! Wo seid Ihr?« Ihre Stimme klang dünn, denn sie fror immer noch. Pandolfina rieb sich die Arme, drehte sich um und wollte die andere Treppe hinabsteigen. Da vernahm sie plötzlich ein Schluchzen.

»Wer ist da?«, fragte sie.

Obwohl es bereits dämmerte, hatte bisher niemand die Fackeln in den Gängen entzündet.

Das Schluchzen erstarb, und sie hörte ein Geräusch, als schleiche jemand die Treppe hinab. Pandolfina eilte hinterher und entdeckte eine sich zusammenkauernde Gestalt. Es war ein Mädchen, offensichtlich ein Dienstbote, und nur wenig jünger als sie. Da Pandolfina die meisten Bewohner der Burg kannte, konnte die Kleine erst kürzlich unter die Mägde aufgenommen worden sein.

»Wer bist du?«, fragte sie streng.

»Ich … ich bin Cita«, klang es zaghaft zurück.

»Was machst du auf der Burg?«

»Ich … ich rupfe die Hühner und die Gänse.«

»Aber gewiss nicht hier auf der Treppe! Außerdem hast du geweint!«

Pandolfina schob das Mädchen in Richtung eines Lichtscheins, der aus einer offenen Tür drang, und schluckte. Citas Gesicht war geschwollen, ein Auge war blau, und unter ihrer Nase klebte eingetrocknetes Blut.

»Bist du geschlagen worden?«, fragte Pandolfina.

Cita nickte schweigend.

»Dann musst du ja einiges angestellt haben«, fuhr Pandolfina verwundert fort.

Nun schüttelte Cita mit schmerzverzerrter Miene den Kopf.

»Nein? Warum hat man dich dann verprügelt?«, fragte Pandolfina misstrauisch.

»Es war Pepito, der Koch! Er war böse, weil ich Herrn Richard gesagt habe, was ich gesehen habe. Es ist wahr, dass der hochwürdige Vater Mauricio heute Vormittag den Nordhang des Burgbergs hinabgestiegen ist.«

»Deswegen hat er dich blutig geschlagen?« Pandolfina konnte es nicht glauben und sagte sich, dass Cita etwas angestellt haben musste. Trotzdem empfand sie es ungerecht, ein Kind so zu verprügeln. Zwei oder drei Stockhiebe auf das Hinterteil hätten als Strafe gereicht.

Das Mitleid überwog, und sie forderte die Magd auf, mit ihr zu kommen. »Ich wasche dir das Gesicht und trage eine Salbe auf, damit es nicht weiter anschwillt!«

»Aber ... Pepito sieht das gewiss nicht gerne!«, wehrte Cita ab.

»Er ist der Koch, und ich bin die Tochter des Grafen. Wir werden sehen, wessen Wort mehr gilt«, erklärte Pandolfina aufgebracht.

Ohne weiter auf Citas Protest einzugehen, zerrte sie das Mädchen in ihre Kammer. Dort stand eine Schüssel mit frischem Wasser, welches eigentlich für sie gedacht war, doch das kümmerte Pandolfina nicht. Sie tauchte ein sauberes Tuch hinein und begann behutsam, Citas Gesicht zu waschen. Die Kleine zuckte zusammen, als sie die geschwollenen Stellen berührte, und versuchte, Pandolfinas Hände wegzuschieben.

»Lass das!«, tadelte diese sie. »Wenn ich dein Gesicht nicht behandle, sieht es morgen wie eine blau-grün gescheckte Melone aus.«

»Kannst du das überhaupt?«, fragte Cita, die wenig Vertrauen in die medizinischen Fähigkeiten der Grafentochter setzte.

Pandolfina war beim Tod ihrer Mutter zwar erst zwölf Jahre alt gewesen, hatte aber bis dahin vieles von ihr gelernt. Daher kannte sie die Heilpflanzen dieser Gegend und konnte aus ihnen wirksame Salben und Säfte zubereiten. Ihr Vater hatte bereits erklärt, dass sie, wenn sie nicht von Adel wäre, eine ausgezeichnete Hebamme oder Heilerin abgeben würde.

Und doch habe ich ihn nicht retten können!, sagte sie sich, und der Kummer durchfuhr sie wie ein scharfer Stich. Zwar hatte ihre Mutter gesagt, es gäbe Krankheiten, gegen die kein Kraut gewachsen sei. Dennoch schossen Pandolfina Tränen in die Augen, und sie wischte sie mit den Ärmeln ab.

»Weinst du wegen dem Tod des Herrn?«, fragte Cita. »Er war dein Vater, nicht wahr?«

Noch hatte niemand dem Mädchen beigebracht, dass es Pandolfina ehrerbietig anzusprechen hatte. Diese dachte auch nicht daran, Cita zu korrigieren, sondern legte das Tuch beiseite, holte eine Salbe und trug diese dünn auf das Gesicht der kleinen Magd auf. Es brannte ein wenig, doch Cita wagte nicht mehr, sich dagegen zu sträuben.

Als das Mädchen versorgt war, überlegte Pandolfina, sie wegzuschicken und in die Kapelle zurückzukehren. Aber um zu verhindern, dass der Koch Cita erneut schlug, forderte sie die Kleine auf, mit ihr in die Küche zu kommen.

Auf dem Weg dorthin trafen sie auf Richard, der eben einen Knecht ausschalt, weil die Fackeln in den Gängen noch nicht brannten. Verwundert sah der Verwalter sie an.

»Ist etwas geschehen?«

»Der Koch hat Cita übel geschlagen«, erklärte Pandolfina.

Jetzt sah Richard das angeschwollene Gesicht und die dunkle Färbung um das Auge ebenfalls und fluchte. »Dieser elende Hund! Ihm gebühren Prügel, bis er genauso aussieht wie die Kleine.«

»Ich wollte ihn eben zurechtweisen!« Pandolfina ging weiter, doch Richards Antwort hielt sie nach zwei Schritten auf.

»Das übernehme ich! Geht Ihr nur ruhig wieder in die Kapelle, um für Euren Vater zu beten. Habt Ihr heute überhaupt schon etwas gegessen?«

»Nein! Ich bringe auch nichts hinunter.«

»Essen solltet Ihr aber! Oder wollt Ihr morgen ohnmächtig neben dem Grab Eures Vaters zusammensinken?«

»Nein, ich …«

»Dann kehrt in Eure Gemächer zurück! Ich lasse Euch etwas hochbringen. Und du kommst jetzt mit mir!« Damit ergriff Richard Citas Hand und zog sie hinter sich her.

Die Kleine war zunächst erschrocken, weil der allgewaltige

Verwalter sich ihrer annahm, sah ihn dann aber neugierig an. »Warum sagst du Ihr und Euch zu Pandolfina? Sie ist doch nur eine und nicht mehrere!«

»So spricht man die vornehmen Leute an«, erklärte ihr Richard. »Das solltest du dir merken, sonst bekommst du noch mehr Schläge.«

»Bist du auch ein vornehmes Leut?«, fragte Cita weiter.

»Nicht ganz so vornehm, wie Graf Gauthier es war oder Contessa Pandolfina es ist, aber ein wenig schon«, antwortete Richard.

Die Kleine erschrak. »Dann müsste ich dich ja auch mit Ihr und Euch anreden?«

»Richtig wäre es, vor allem, wenn andere dabei sind. Halt! Keine Angst, du bekommst deswegen keine Schläge«, rief Richard, als Cita sich von ihm losreißen und davonrennen wollte.

»Wirklich nicht?«, fragte sie und hielt inne. »Versprochen?«

»Versprochen!«, antwortete Richard mit zuckenden Mundwinkeln.

Wäre die Trauer um seinen Herrn nicht gewesen, hätte er wahrscheinlich gelacht, denn die Kleine war einfach köstlich.

Als sie in die Küche traten, fanden sie den Koch und dessen Gehilfen in einer Ecke versammelt, wo sie sich aufgeregt unterhielten.

»… sage ich euch, dass sich hier etwas ändern wird. Wir brauchen einen einheimischen Edelmann als Herrn und keinen Sizilianer!«, sagte der Koch eben.

»Graf Gauthier war ein Normanne und damit ein richtiger Ausländer. Und was dessen Bluthund Richard betrifft …«

»… so versetzt dieser dir jetzt ein paar kräftige Maulschellen!«, unterbrach Richard den Sprecher und setzte seine Ankündigung sofort in die Tat um. Da nun auch der Koch selbst eine heftige Beleidigung vom Stapel ließ, verpasste der Verwalter diesem ebenfalls zwei Hiebe, die Pepito gegen die Wand prallen ließen.

Die Kleine klatschte vor Begeisterung in die Hände, denn die beiden Männer hatten sie am schlechtesten behandelt.
Nachdem Richard dem Koch und dessen zweitem Gehilfen weitere Schläge angedroht hatte, falls sie nicht endlich das Maul hielten, baute er sich vor ihnen auf. »Solche Reden will ich hier nicht mehr hören, verstanden? Graf Gauthier wurde von König Friedrich als euer Lehnsherr eingesetzt, und ihr habt nicht schlecht über ihn zu reden. Und jetzt zu Cita! Wenn ihr sie noch einmal verprügelt, werde ich dafür sorgen, dass ihr wochenlang nicht sitzen könnt!«
Nach dieser Drohung drehte Richard sich um und ging.
Der erste Gehilfe des Kochs hielt sich den schmerzenden Kopf, wartete, bis auch Cita verschwunden war, und ballte dann die Fäuste. »Das hat dieser Hund nicht umsonst getan. Das schwöre ich euch!«
»Morgen sieht die Welt schon ganz anders aus! Das wird auch der hohe Herr Verwalter erkennen müssen«, erklärte der Koch und streichelte den Griff des langen Messers, das neben ihm auf dem Tisch lag.

3.

Als Pandolfina in die Kapelle zurückkehrte, war Pater Mauricio dort und drehte sich mit strengem Blick zu ihr um. »Wo bist du gewesen? Du solltest hier für die Seele deines Vaters beten! Es wird ihm schwer genug fallen, ins Himmelreich zu gelangen, hat er doch anstelle einer christlichen Dame eine heidnische Sarazenin zum Weib genommen.«

»Meine Mutter war Christin!«, antwortete Pandolfina empört. Ihre Mutter und der Pater waren nicht gut miteinander ausgekommen, und nur deren Tod hatte verhindert, dass ihr Vater den Priester fortschickte. Nun bedauerte Pandolfina, dass dies nicht geschehen war.

»Wo seid Ihr übrigens gewesen, hochwürdiger Vater? Ich habe Euch den ganzen Tag vermisst! Dabei habt Ihr eben selbst gesagt, dass es viele Gebete kosten wird, meinem Vater, Eurem Herrn, die Tore des Himmels zu öffnen.«

Noch nie war Pandolfina dem Pater so in die Parade gefahren. Sie bemerkte, dass er etwas sagen wollte, es aber im letzten Augenblick herunterschluckte.

»Ich wurde zu einer Sterbenden gerufen. Das war eine heilige Pflicht«, antwortete er stattdessen und erhob sich, um auf sie hinabsehen zu können. »Du hast meine Frage noch nicht beantwortet. Warum hast du nicht an der Bahre deines Vaters gebetet?«

»Im Gegensatz zu Euch habe ich das getan und war nur kurz weg, um mir einen Umhang zu holen, da mir kalt geworden ist. Und noch etwas! Ich will von Euch nie mehr ein schlechtes Wort über meinen Vater und meine Mutter hören!«

Der Pater sah Pandolfina durchdringend an. »Du glaubst wohl, nach dem Tod deines Vaters die Herrin hier zu sein. Doch das entscheiden andere, merke dir das! Und nun knie nieder und bete für deinen Vater, auf dass er ins Himmelreich komme.«
Da es Pandolfinas innigster Wunsch war, dem Vater das Fegefeuer zu ersparen, kniete sie neben dem Sarg nieder und sprach ihre Gebete. Doch schon bald forderten Trauer und Müdigkeit ihren Tribut, und sie bekam nicht mit, dass der Pater sie mit einem höhnischen Gesichtsausdruck maß und dann die Kapelle verließ.
Einmal nickte Pandolfina sogar ein und schlug mit der Stirn gegen den Sarg. Erschrocken fuhr sie auf, blickte sich um und bemerkte das erneute Fehlen des Paters. Er hatte sich doch nicht etwa schlafen gelegt, obwohl die Totenwache bei ihrem Vater das Wichtigste war, das es hier gab?

4.

Als im Osten der erste Schein des nahenden Tages aufglomm, betete Pandolfina immer noch. Sie musste sich jedoch zwingen, sich auf die heiligen Texte zu konzentrieren. Es störte sie, dass der Pater bisher nicht zurückgekehrt war, und sie beschloss, ein ernstes Wort mit Richard zu sprechen. Als Stellvertreter ihres Vaters war es an ihm, den pflichtvergessenen Geistlichen zurechtzuweisen.

»Am besten wäre es, wenn der Mann die Burg verließe«, unterbrach Pandolfina ihr Paternoster.

Da wurde es draußen laut. Richard stürmte herein, das Gesicht rot vor Zorn. »Verrat!«, schrie er. »Der Herr liegt noch nicht einmal in seiner Gruft, da erscheint dieser elende di Cudi und fordert, wir sollen ihm die Burg übergeben.«

»Sagt ihm, er soll sich zum Teufel scheren!«, antwortete Pandolfina aufgebracht.

»Das habe ich schon! Aber er hat mehr als hundert Söldner bei sich und droht, uns zu belagern, wenn wir uns nicht ergeben.« Richard wirkte hilflos, denn die Burgbesatzung betrug nur wenig mehr als zwanzig Mann. »Dieser Lumpenhund muss die Söldner bereits angeworben haben, als er von der Erkrankung Eures Vaters erfahren hat, und jetzt will er dessen Tod ausnützen, um die Burg in seinen Besitz zu bringen«, fügte er etwas ruhiger hinzu.

»Woher kann er von seinem Tod erfahren haben? Vater ist doch erst gestern Vormittag gestorben!«, rief Pandolfina. Sie dachte jedoch nicht weiter darüber nach, sondern folgte Richard aus der Kapelle und stieg mit ihm zusammen auf die Wehrmauer.

Silvio di Cudi und zehn seiner Männer waren bis auf zwanzig Schritte auf das geschlossene Tor zugeritten. Weiter unten im Tal entdeckte Pandolfina einen Trupp Söldner, der das nächstgelegene Dorf besetzte.

»Seht Ihr, wie dreist er auf seinem Gaul sitzt?«, fragte Richard Pandolfina leise. »Er glaubt, er hätte die Burg bereits in der Hand! Aber ich werde sie ihm nicht ohne Kampf überlassen, und wenn der letzte Stallknecht mit seiner Gabel und der Koch und seine Gehilfen mit ihren Messern kämpfen müssen.«

»Selbst dann könnt Ihr die Burg nicht halten!« Pater Mauricio war unversehens auf der Mauer erschienen und blickte nach draußen. »Jeder Widerstand würde nur unnützes Blutvergießen bedeuten! Lasst uns besser mit di Cudi verhandeln.«

»Dann sprecht Ihr mit ihm! Ich wechsle kein Wort mit diesem Lumpenhund.« Richard wusste selbst, dass es schwer werden würde, sich mit seiner Schar gegen die Truppen des Nachbarn zu halten. Auch haderte er mit sich selbst, weil er nicht mit einem Angriff von di Cudi gerechnet hatte.

Unterdessen trat der Pater noch einen Schritt vor und hob die Hand. »Ich grüße Euch, Conte di Cudi!«

»Baron«, murmelte Richard, wusste aber selbst, dass ihnen im Augenblick Höflichkeit mehr helfen konnte als derbes Lospoltern.

»Was ist Euer Begehr?«, fuhr Pater Mauricio an den Nachbarn gewandt fort.

Di Cudi, ein mittelgroßer, breit gebauter Mann in einer rot gefärbten Rüstung, beugte sich leicht vor. »Seine Heiligkeit, Papst Honorius III., mein Lehnsherr und auch der Lehnsherr Federicos von Sizilien, sind sehr erzürnt über diesen. Federico de Suevia verweigert Seiner Heiligkeit den Gehorsam, der ihm als Stellvertreter Christi und Lehnsherr des Königreichs Sizilien und des Herzogtums Apulien besteht. Auch hat Federico sich der Pflicht, das Kreuz zu nehmen und Jerusalem zu befreien, zu lange mit lächerlichen Ausreden entzogen. Aus diesen und vielen anderen Gründen mehr hat Seine Heiligkeit entschieden, Federico der Lehen Sizilien und Apulien verlustig zu erklären. Ich stehe hier im Namen Seiner Heiligkeit, um diese Burg zu übernehmen.«

»Das ist doch alles gelogen!«, entfuhr es Pandolfina.

Der Pater wiegte scheinbar unschlüssig den Kopf. »Es heißt tatsächlich, Seine Heiligkeit wäre empört über König Federico, weil es diesem am Willen zu mangeln scheint, den beschworenen Kreuzzug durchzuführen.«

»Trotzdem kann er diese Burg nicht einfach einem seiner Speichellecker übergeben. Nach Recht und Gesetz ist Pandolfina de Montecuore die Erbin ihres Vaters, bis es vom König anders entschieden wird. Sagt das diesem … äh, di Cudi!« Richard verschluckte das Schimpfwort, das ihm auf der Zunge lag, da er dem Mönch zutraute, es an den Nachbarn weiterzutragen.

Silvio di Cudi hörte Pater Mauricio zu und hob in einer beschwichtigenden Geste die rechte Hand. »Seiner Heiligkeit liegt das Schicksal von Pandolfina de Montecuore mehr am Herzen als sein eigenes. Aus diesem Grund wird er sie unter seinen Schutz nehmen, damit ihr das Erbe ihres verstorbenen Vaters erhalten bleibt.«

»Er weiß tatsächlich, dass Vater tot ist«, flüsterte Pandolfina.

Di Cudi war jedoch noch nicht fertig. »Weiter ist es der Wille Seiner Heiligkeit, Pandolfina de Montecuore mit einem Ritter seiner Wahl zu vermählen, der ihr Erbe für sie und Seine Heiligkeit zu verteidigen weiß.«

Noch während er sprach, nahm di Cudis Miene einen triumphierenden Zug an. »Da ich der Nachbar dieses Lehens und zudem seit einem Jahr verwitwet bin, hat Seine Heiligkeit mir die Ehre angetragen, sein Mündel Pandolfina de Montecuore zum ehelichen Weibe zu nehmen.«

»Wenn ich das Mündel eines Mannes bin, dann das von König Friedrich!«, stieß Pandolfina erregt hervor. Sie ärgerte sich nicht nur über die Anmaßung dieses Mannes, sondern auch darüber, dass er den Namen Montcœur in der Form aussprach, wie es die hiesigen Bauern taten.

»König Friedrich ist der Lehensmann des Papstes und diesem daher untergeordnet«, wandte Pater Mauricio ein.

»Trotzdem übergebe ich die Burg nicht ohne den Befehl Seiner Majestät, des Kaisers und Königs, an diesen päpstlichen Knecht. Sagt ihm das!« Richard war so wütend, dass er, als Pater Mauricio fertig war, di Cudi eine Herausforderung zum Zweikampf zurief.

»Dies wäre gegen jede Ehre, denn Euer Herr liegt noch im Sarg aufgebahrt. Erst wenn er bestattet ist und einige Tage der Trauer vergangen sind, könnte ein Zweikampf stattfinden«, wandte der Pater ein.

»So ist es!«, stimmte di Cudi ihm zu. Er hielt sich zwar nicht für feige, aber der Normanne war einen halben Kopf größer als er und galt als ausgezeichneter Kämpfer.

»Ihr habt die Wahl! Öffnet die Tore der Burg, oder wir werden sie aufbrechen!«, drohte di Cudi, zog sein Pferd herum und ritt ins Dorf hinunter. Dort zwangen seine Männer gerade die Bauern, Leitern für sie anzufertigen.

»Der Lumpenhund meint es ernst!«, sagte Richard zu Pandolfina. »Es wird nicht leicht sein, ihn abzuwehren.«

»Sagte di Cudi tatsächlich, dass ich ihn heiraten soll?«, fragte Pandolfina entsetzt.

Mit ihren vierzehn Jahren war sie zwar in einem Alter, in dem adelige Mädchen oft verheiratet wurden, doch bislang hatte ihr Vater alle Anfragen mit dem Argument beantwortet, dass sie dafür noch ein wenig wachsen und älter werden müsse.

»Das sagte er«, erklärte Richard düster, während Pater Mauricio sich in Schweigen hüllte.

»Aber ich will ihn nicht! Er ist fast fünfzig und hat Söhne und Töchter, die älter sind als ich!«, rief Pandolfina empört.

»Wenn es der Wille Seiner Heiligkeit, des Papstes ist …«, begann Pater Mauricio, wurde aber von Pandolfina heftig unterbrochen.

»Ich glaube nicht, dass Seine Heiligkeit davon weiß! Das hat di Cudi sich selbst ausgedacht.«

»Wenn die Ehe vollzogen wird, ist sie gültig, und nur der Papst könnte sie wieder lösen. Doch der wird das mit Gewissheit nicht tun!« Richard bleckte die Zähne und musterte Pandolfina. »Wenn es Silvio di Cudi gelingt, sich Eurer zu bemächtigen, kann auch König Friedrich ihn nicht daran hindern, sich diese Burg unter den Nagel zu reißen.«

»Ich werde ihn niemals heiraten!« Pandolfina schüttelte sich.

»Ihr solltet auf keinen Fall in der Burg bleiben! Noch kann di Cudi sie nicht völlig umschließen.«

»Ich soll davonlaufen?«, fragte Pandolfina erschrocken, denn dies bedeutete, ihren toten Vater wie auch die Burgbewohner im Stich zu lassen.

Richard nickte mit verkniffener Miene. »Es ist die einzige Möglichkeit! Selbst wenn di Cudi die Burg erobert, hätte er damit nicht viel gewonnen. König Friedrich könnte umgehend ein Heer aufstellen, um ihn wieder zu vertreiben. Seid Ihr aber in di Cudis Hand, kann dieser sich auf das Recht der Erbfolge berufen, und der Papst wird ihn nach Kräften unterstützen.«

»Du solltest tatsächlich die Burg verlassen! Es wird aber nicht leicht sein, denn di Cudis Männer halten die Tore und Pforten unter Beobachtung«, warf Pater Mauricio ein, der bisher noch nie mit dem Verwalter einer Meinung gewesen war.

»Contessa Pandolfina muss nicht zum Tor hinaus. Es gibt einen geheimen Gang bis zum Fuß des Burgbergs. Zudem stehen im Stall des Bauern Renzo mehrere ausgezeichnete Pferde. Er gehörte früher zu Graf Gauthiers Fähnlein, bevor eine Verletzung ihn zwang, sich niederzulassen. Seine Treue ist erprobt, und er wird alles tun, damit Contessa Pandolfina heil zum König gelangt.«

»Pandolfina kann nicht allein mit einem Bauern bei König Friedrich erscheinen«, wandte der Pater ein.
»Nein, da habt Ihr recht.« Richard überlegte kurz und wies dann auf den Pater.
»Ihr werdet die Contessa begleiten, hochwürdiger Vater. Man kennt Euch an König Friedrichs Hof, und Ihr könnt dort viel für uns erreichen.«
»Ich werde es tun«, antwortete Pater Mauricio mit einem eigenartigen Glitzern in den Augen und legte Pandolfina die Hand auf die Schulter. »Komm, Kind! Richte dich für die Reise. Richard soll uns den Eingang zum Geheimgang zeigen.«
»Ich warte in der Kapelle auf Euch! Beeilt Euch, denn ich muss die Männer unter Waffen bringen. Di Cudis erster Angriff wird nicht lange auf sich warten lassen.« Mit diesen Worten wandte Richard sich ab und ging.
Pandolfina verließ ebenfalls die Wehrmauer und eilte in ihre Gemächer. Viel konnte sie nicht mitnehmen, nur ein Ersatzkleid, ihren warmen Umhang und ihre Arzneien. Ihr Vater hatte sie bereits in mildem Spott seine Dottoressa genannt, da sie wie ihre Mutter heilende Pflanzen gesammelt und Salben und Säfte aus ihnen bereitet hatte.
Im letzten Moment fiel ihr ein, dass die Lehensurkunden ihres Vaters und andere wichtige Papiere ebenfalls gerettet werden mussten, und ging zu dessen Gemächern. Die Urkunden befanden sich in einer eisenbeschlagenen Truhe, doch Pandolfina kannte das Versteck des Schlüssels. Sie öffnete die Truhe und steckte die Ledertasche mit allen wichtigen Pergamenten unter ihr Kleid. Danach verschloss sie die Truhe wieder, nahm aber den Schlüssel mit.
Richard und Pater Mauricio warteten bereits auf sie. Zu ihrer Verwunderung hatte der Geistliche sich weder mit wärmerer Kleidung versorgt noch ein Bündel mit seinen Sachen mitgenommen. Ihr blieb jedoch nicht die Zeit, ihn darauf hinzuweisen, denn Richard trat vor den Altar, bückte sich und drückte

gegen eine der Schnitzereien. Sofort schwang ein Teil der Altarverkleidung nach innen.

»Hier ist der Eingang«, erklärte der Verwalter. »Graf Gauthier war der Ansicht, dass die Kapelle der letzte Raum sei, in dem sich die Burgbewohner bei einer drohenden Niederlage versammeln würden. Daher hat er den Geheimgang von hier aus graben lassen. Geht jetzt! Möge der Heiland mit Euch sein.«

»Möge er auch mit dir und den anderen sein, Richard!« Pandolfina kämpfte mit den Tränen, wischte sie dann aber resolut aus den Augen und stieg durch die Öffnung.

»Wir brauchen Licht!«, wandte der Pater ein.

Richard wies auf die Kerzen, die am Kopfende von Graf Gauthiers Sarg brannten. »Daran herrscht hier kein Mangel. Auch deshalb ist die Kapelle ein guter Ort für einen Geheimgang.« Er reichte Pater Mauricio zwei Kerzen, zog dann sein Schwert und verbeugte sich vor seinem toten Herrn.

»Wir werden es di Cudi nicht leichtmachen, das verspreche ich Euch!« Nach diesen Worten eilte er hinaus, um die Verteidigung zu organisieren. Als Pandolfina eine Kerze an sich nahm und damit in den Geheimgang hineinleuchtete, hörte sie, wie er draußen mit lauter Stimme Befehle erteilte.

5.

Da der Fuß des Burgbergs ein ganzes Stück tiefer lag als die Festung, führte der Gang zumeist in Stufen nach unten. Die Luft war so modrig, dass Pandolfina glaubte, ersticken zu müssen. Ihre Kerze flackerte im steten Windzug, und so musste sie die Flamme mit der anderen Hand schützen.

»Wie weit mag die Treppe noch reichen?«, fragte sie Pater Mauricio, als sie ihrem Gefühl nach bereits unendlich weit in die Tiefe gestiegen war.

»Bis zum Ausgang wahrscheinlich, sonst hätte Riccardo uns nicht hierhergeschickt.« Wie die meisten in der Burg, die aus diesen Landen stammten, bezeichnete er Richard im Gespräch mit dem hier gebräuchlichen Namen.

Dies bei dem Normannen selbst zu tun, unterließen die Bewohner jedoch, denn der Mann war ebenso stolz auf seine Abstammung, wie Graf Gauthier es gewesen war. Daher hatte der Pater sich anfangs gewundert, weil dieser seiner Tochter keinen normannischen Namen gegeben hatte. Von Pandolfinas früherer Kinderfrau hatte er schließlich erfahren, dass Gauthiers sarazenische Frau dagegen gewesen war und sie sich auf einen in Italien gebräuchlichen Namen geeinigt hatten.

Bei dem Gedanken verzog er spöttisch das Gesicht. Graf Gauthier hatte nicht nur eine Frau geheiratet, die unter ihrer christlichen Tünche eine verstockte Heidin geblieben war, sondern sich auch nicht gegen dieses Weib durchgesetzt. Da war es kein Wunder, dass Gott ihn verworfen und mit gerade einmal siebenunddreißig Jahren von dieser Welt geholt hatte.

Unterdessen lief Pandolfina immer schneller die Stufen hinab, so als wolle sie diesen ihr unheimlichen Gang so rasch wie möglich hinter sich bringen.

»Du solltest auf mich warten! Nicht dass du den richtigen Ausgang übersiehst und bis in die Hölle hinabsteigst. Es könnte ja sein, dass die teuflischen Mächte in ihrer Hinterlist die Treppe verlängert haben«, rief er ihr nach.

Pandolfina blieb wie angewurzelt stehen und setzte sich erst wieder in Bewegung, als Pater Mauricio zu ihr aufgeschlossen hatte. Kurz darauf atmete sie erleichtert auf. »Das dort muss der Ausgang sein, denn der Gang führt nicht weiter.«

»Gedankt sei unserem Herrn im Himmel, seinem eingeborenen Sohn und dem Heiligen Geist samt der Jungfrau Maria und allen Heiligen unser allein selig machenden Kirche!« Pater Mauricio schlug das Kreuz, hielt Pandolfina jedoch auf.

»Ich werde vorgehen und die Pferde holen. Es ist zu gefährlich, wenn du dich sehen lässt. Wenn nur einer von di Cudis Männern Verdacht schöpft, haben wir die Verfolger schneller am Hals, als uns lieb sein kann.«

Pandolfina ließ den Pater an sich vorbeigehen und sah zu, wie dieser das Schloss, für das man normalerweise einen Schlüssel benötigte, irgendwie mit der Hand öffnete und die Tür aufstieß. Dahinter war es stockdunkel.

Einen Augenblick wirkte der Geistliche verwirrt, dann aber lachte er erleichtert auf. »Das muss das Jagdhaus an der Südseite sein. Dein Vater hat es errichten lassen, um während der Zeit der Jagd nicht andauernd den Burgberg hochreiten zu müssen. Die Fensterläden wurden nur während dieser Tage geöffnet. Dennoch solltest du im Gang bleiben! Es könnte sein, dass einer von di Cudis Leuten auf den Gedanken kommt, hier hineinzuschauen. Ich werde nicht lange wegbleiben.«

Pandolfina nickte erneut, obwohl der Pater es nicht sehen konnte. Es tat ihr gut, dass er sich so um ihre Sicherheit sorgte. Wahrscheinlich wollte er damit vergessen machen, dass er sich auf der Burgmauer beinahe wie ein Fürsprecher von Silvio di

Cudi benommen hatte. Pandolfina verzieh es ihm, denn es musste auch für ihn erschreckend gewesen sein, den gefürchteten Nachbarn so überraschend mit voller Heeresmacht vor der Burg zu sehen.

Der Pater ging zur Tür, öffnete auch hier das Schloss ohne einen Schlüssel und blies die Kerze aus. Dann drückte er die Tür auf und trat ins Freie.

Für Pandolfina hieß es nun warten. Sie überlegte, wie lange Pater Mauricio bis zu Renzos Hof brauchen würde. Der Weg dorthin war nicht weit, und so hoffte sie, nicht allzu lange hier allein bleiben zu müssen. Die Zeit dehnte sich jedoch, und sie machte sich mehr und mehr Sorgen. Immer wieder schalt sie sich wegen ihrer Ungeduld und sagte sich, dass Pater Mauricio Renzo ja erst erklären musste, was geschehen war. Außerdem dauerte es einige Zeit, bis die Pferde gesattelt waren, und auf dem Rückweg mussten der Pater und Renzo darauf achten, nicht von di Cudis Leuten entdeckt zu werden. Daher richtete Pandolfina sich darauf ein, schlimmstenfalls bis in die Nacht hinein ausharren zu müssen.

Gerade als sie sich entschlossen hatte, Geduld zu üben, lief ihr etwas Pelziges über die Füße. Sie zuckte zurück, trat dann danach und vernahm ein wütendes Fiepen. Pandolfina hasste Ratten nicht nur, weil diese die Vorräte in Kellern und Scheuern wegfraßen, sondern auch, weil sie das, was sie noch übrig ließen, mit ihrem Kot und Urin ungenießbar machten. Mit ihrer Kerze leuchtete sie die Umgebung aus, sah aber nur zuckende Schatten, bei denen ihr die Phantasie vorgaukelte, es liefen Dutzende dieser gefräßigen Ungeheuer um sie herum.

Als die Vordertür des Jagdhauses geöffnet wurde, atmete sie erleichtert auf. Gegen den Schein des hellen Tages sah sie Pater Mauricio. Hinter diesem stand ein Mann, der nur Renzo sein konnte, der frühere Gefolgsmann ihres Vaters.

»Du kannst herauskommen!«, rief der Mönch. »Es ist alles bereit!«

»Der Heiligen Jungfrau sei Dank!«
Froh, der unterirdischen Treppe mit ihren Ratten zu entkommen, eilte Pandolfina auf Pater Mauricio zu. Doch als sie ins Freie trat, prallte sie erschrocken zurück. Vor ihr standen mehrere Dutzend Söldner von di Cudi und zwischen ihnen der Nachbar selbst. Er hatte seinen Helm abgenommen, so dass ihm das ergraute Haar wirr ins Gesicht fiel.
Gerade schob er eine Strähne beiseite und glotzte Pandolfina gierig an. »Sie ist zwar noch ein bisschen mager, aber es wird mir gefallen, sie in mein Bett zu nehmen. Vorher aber werden wir uns die Burg holen. Ihr, ehrwürdiger Vater, bleibt mit meiner Braut und fünf Wachen zurück. Der Rest kommt mit mir!«
Voller Wut drehte Pandolfina sich zu Pater Mauricio um. »Ihr habt mich verraten!«
»Was ich tat, geschah nur zu deinem Besten«, antwortete dieser salbungsvoll.
Im nächsten Augenblick klatschte Pandolfinas Hand mit aller Kraft gegen seine Wange. »Ihr seid ein Schwein! Eine Ratte! Ihr gehört in die Hölle, wo Euch die Unterteufel des Satans jeden Tag quälen sollen, bis Euer Schreien selbst noch in der Welt der Lebenden zu hören ist.«
»Die Kleine hat Temperament!«, rief Silvio di Cudi lachend.
»Sie gehört gezüchtigt, bis sie sich am Boden windet und jedem die Füße küsst, der es von ihr verlangt!« Pater Mauricio holte aus, um Pandolfina zu schlagen, doch di Cudi hielt seinen Arm fest.
»Vergesst nicht, wen Ihr vor Euch habt! Meine Braut ist eine Erbin aus edelstem Blut. Wenn sie gezüchtigt wird, so nur durch mich.«
Pandolfina hätte lieber die Schläge des Paters in Kauf genommen, als di Cudi dankbar sein zu müssen, dass er sie vor ihnen bewahrte. Als der Baron mit seinen Männern in den Geheimgang eindrang, überlegte sie verzweifelt, wie sie Richard und

dessen Männer warnen konnte. Ohne sich lange zu besinnen, stieß sie einen gellenden Schrei aus.

»Verrat! Achtet auf …« Zu mehr kam sie nicht, denn der Geistliche packte sie und hielt ihr den Mund zu. Sie biss zu, traf aber nur die eigene Lippe und spürte, wie es ihr warm über das Kinn rann.

Pater Mauricio bemerkte das Blut und grinste höhnisch. »Das geschieht dir recht! Was sträubst du dich gegen das, was das Schicksal für dich bestimmt hat? Graf Silvio ist ein treuer Gefolgsmann Seiner Heiligkeit Honorius' III. Daher wird deine Ehe mit ihm von Gott gesegnet sein.«

Eher vom Teufel, durchfuhr es Pandolfina. Sagen konnte sie nichts, da der Geistliche ihr weiterhin die Hand auf den Mund presste. Mit dem anderen Arm riss er ihr das Bündel von der Schulter, ließ es fallen und drückte ihr die Arme so gegen den Leib, dass sie kaum noch Luft bekam. Sie war gefangen und musste hilflos mit ansehen, was um sie herum geschah.

6.

Nachdem er Pandolfina und Pater Mauricio verlassen hatte, kehrte Richard auf die Wehrmauer zurück und beobachtete di Cudis Gefolgschaft. Eigentlich hätte Graf Gauthier an diesem Tag zu Grabe getragen werden sollen, aber daran dachte in dieser Situation niemand mehr. Richard wollte die Feinde zählen, doch diese wechselten immer wieder ihre Plätze, um die Belagerten zu täuschen. Einige schleppten Leitern heran, ließen sie aber auf halber Höhe des Burgbergs liegen, andere brüllten unten im Dorf seine Leute an, gefälligst schneller zu arbeiten. Zwar hatte Richard in Graf Gauthiers Diensten bereits an etlichen Kriegszügen und Belagerungen teilgenommen, konnte sich aber keinen Reim auf die Aktionen der Feinde machen. Kaum dachte er, sie würden gleich mit gesamter Mannschaft gegen die Burg vorrücken, kehrte im nächsten Augenblick ein Teil der Söldner ins Dorf zurück, und der Rest blieb außerhalb jeder Bogenreichweite stehen.

»Jetzt wäre es gut, wenn es jemanden gäbe, der mir raten könnte«, murmelte Richard. Seine zwanzig Krieger waren schlichte Männer, die auf ihre Befehle warteten, und die Knechte, denen er Spieße und andere Waffen in die Hand hatte drücken lassen, verstanden gleich gar nichts vom Krieg. Richard seufzte und beobachtete weiter den Feind. Dabei suchte er nach di Cudi, entdeckte ihn jedoch nirgends.

»Wie lange müssen wir uns noch die Beine in den Bauch stehen?«, schimpfte ein Mann neben ihm.

Richard drehte sich um und sah den Koch Pepito mit einem

langen Messer in der Hand. Dessen Stellvertreter stand unweit von ihm und war mit einer Fleischeraxt bewaffnet.

»Wir bleiben so lange, wie es nötig ist«, antwortete Richard.

»Ich meine ja nur! Die Leute brauchen auch etwas zu essen.«

Damit hatte der Koch zwar recht, doch Richard wollte wenigstens so lange die Stellung hier oben halten, bis er sicher sein konnte, dass der Feind in den nächsten Stunden keinen Angriff unternahm. »Sie werden schon nicht verhungern«, erklärte er daher und starrte wieder ins Dorf hinab.

Plötzlich wurde es hinter ihm laut. Er drehte sich um und sah di Cudis Söldner aus der Tür der Kapelle herausströmen. Deren Anführer folgte etwas langsamer. Zuerst starrte Richard ungläubig auf die Eindringlinge. Dann packte ihn die Wut.

»Los, auf sie! Es sind nur wenige!«, brüllte er und wollte mit dem Schwert in der Hand die Treppe hinab. Da war plötzlich der Gehilfe des Kochs neben ihm und stellte ihm ein Bein. Vom eigenen Schwung getragen, kippte Richard nach vorne und stürzte die steile Treppe hinab. Unten blieb er benommen liegen, spürte aber, dass er sich den linken Arm und ein paar Rippen gebrochen haben musste. Auch sein rechtes Bein hatte etwas abbekommen, denn als er aufzustehen versuchte, gab es unter ihm nach.

Er war erledigt! Und er hatte die Burg verloren, ohne einen einzigen Schwertstreich getan zu haben. Tränen der Verzweiflung schossen ihm in die Augen, und er flehte seinen toten Herrn, aber auch Pandolfina in Gedanken um Verzeihung für sein Versagen an.

Ein Schatten wuchs neben ihm empor. Richard drehte sich mühsam um und sah den Koch über sich stehen. Pepito wiegte grinsend die Axt, die er seinem Gehilfen abgenommen hatte, und spie ihn an. »Erinnerst du dich noch daran, wie du mich gestern geschlagen hast, du verdammter Sizilianer? Jetzt wirst du dafür bezahlen!«

Noch während er sein Opfer verspottete, holte Pepito aus und

zielte auf den Kopf des Verwalters. Richards Helm hielt der scharfen Axt nicht stand, und so drang ihm die Schneide tief in den Schädel. Während der Mörder schallend lachte, ging der treue Gefolgsmann in die Ewigkeit ein.
Drei von Richards Kriegern wollten dem Koch an den Kragen, doch da waren di Cudis Söldner heran und machten sie nieder. Silvio di Cudi blieb ein Stück hinter seinen Männern stehen und hob die Hand.
»Warum wollt ihr ebenfalls krepieren?«, fragte er die überlebenden Waffenknechte. »Legt die Waffen nieder, und ich werde Gnade walten lassen.«
Der Koch und seine Leute sammelten sich um den Baron und lachten hämisch. Ihr Anblick brachte Richards restliche Männer beinahe so weit, bis zum letzten Blutstropfen zu kämpfen. Schließlich aber ließ der erste von ihnen sein Schwert fallen.
»Der Graf ist tot und damit unser Eid erloschen. Ich ergebe mich.«
»Ich auch!«, rief ein zweiter und legte seine Waffen nieder.
Nun gab es auch für die verbliebenen siebzehn Mann kein Halten mehr, sahen sie sich doch einer mehr als doppelten Übermacht gegenüber. Unter einem entschlossenen Anführer hätten sie trotzdem gekämpft. Richard war jedoch tot und niemand von ihnen in der Lage, ihn zu ersetzen.
Zufrieden sah Silvio di Cudi zu, wie die Verteidiger der Burg die Waffen streckten. Dabei blickten einige ihn erwartungsvoll an, als hofften sie, er würde sie in seine Dienste nehmen. Er erwog es auch kurz, sagte sich aber, dass es zu gefährlich war. Einem von ihnen mochte einfallen, den Überfall auf die Burg und den Tod Richards zu rächen. Daher gab er seinen Männern ein Zeichen. Schwerter blitzten auf, und wenig später waren Richards Krieger tot.
»Endlich!«, rief di Cudi aus und sah sich zufrieden um.
Diese Burg war schon etwas anderes als der Wehrturm, in dem er bislang gehaust hatte. Vor allem zählten zwei Dutzend Dör-

fer zu Gauthiers Grafschaft, und deren Steuern würden von nun an in seine Truhen fließen.

»He, du da! Sag Pater Mauricio, er könne mit dem Mädchen heraufkommen. Wir haben alles unter Kontrolle«, wies er einen seiner Männer an und ging breitbeinig auf den Eingang zum Palas zu. Als er das Gebäude betrat, blickte er in die ängstlichen Gesichter des Gesindes. Die Knechte hatten die Waffen, die Richard ihnen aufgenötigt hatte, weggeworfen und hofften, er würde sie nicht ebenfalls umbringen lassen. Die Mägde hingegen fürchteten, noch in dieser Nacht unter den schwitzenden Leibern der Eroberer zu liegen.

Di Cudi kümmerte sich jedoch nicht um das Gesinde. In dieser Burg würde er seine Brautnacht mit Pandolfina feiern und danach der von Papst Honorius III. bestallte Markgraf von Montecuore sein.

7.

Pandolfina hätte sich die Kraft eines Riesen gewünscht oder wenigstens die Zähne eines Krokodils, um Pater Mauricio für seinen Verrat bestrafen zu können. Doch di Cudis Männer hatten sie nicht nur geknebelt, sondern ihr auch noch die Hände auf dem Rücken zusammengebunden. Daher war sie so hilflos wie ein Kalb, das zur Schlachtbank geführt wurde, und sie fühlte sich auch wie ein solches. Während sie im Jagdhaus kniete, betete sie, dass Richard die Heimtücke des Mönchs erkennen würde und di Cudi und dessen Männer aufhalten konnte. Doch nach einiger Zeit trat einer von di Cudis Söldnern aus dem Geheimgang und blieb mit einem boshaften Lachen vor Pater Mauricio stehen.

»Ihr könnt mit der Gefangenen hochkommen, hochwürdiger Vater!«

Der Mönch nickte zufrieden und gab zwei Wachen einen Wink. Diese zerrten Pandolfina hoch und schleppten sie in den Gang. Voller Zorn trat sie nach ihnen und erhielt eine Ohrfeige, die ihr die Ohren gellen ließ.

»Mach das nicht noch mal, sonst bekommt die Maulschelle Geschwister!«, drohte der Söldner.

»Bindet ihr die Beine zusammen«, riet Pater Mauricio. »Sie wird immerhin Graf di Cudis Weib und könnte eine Gelegenheit finden, dir die Schläge heimzuzahlen.«

Pandolfina fragte sich, ob der Geistliche noch bei Verstand war. Wenn sie sich an jemandem rächen konnte, so war er der Erste. Ohne seinen Verrat hätte Silvio di Cudi die Burg ihres Vaters niemals einnehmen können. Auch di Cudi zählte zu jenen, von denen sie Vergeltung zu fordern hatte. Dieser Gedanke beherrschte sie noch, als sie in die Burgkapelle und kurz darauf in den Hof geschleppt wurde. Was Pandolfina dort sah, war schlimmer als alles, was die Phantasie ihr vorgegaukelt hatte.

Direkt neben der zum Wehrgang hochführenden Treppe lag Richard. Die Fleischeraxt steckte noch in seinem Kopf, und darunter glänzte der Boden rot. Auf dem Burghof lagen die übrigen Krieger ihres Vaters in ihrem Blut. Die Angreifer hingegen waren ausgelassener Stimmung, zwei stellten einer kreischenden Magd nach, vier andere rollten ein Fass heran.

»Hier ist Wein, Kameraden, und zwar der, den die hohen Herren trinken. Marchese Silvio wünscht uns einen guten Durst!«, rief einer von ihnen.

Jetzt nennt dieses Schwein sich bereits Markgraf, dachte Pandolfina voller Hass. Dann sah sie di Cudi kommen. Er betrachtete sie mit einem zufriedenen Grinsen und wandte sich an Pater Mauricio. »Euer Plan war ausgezeichnet, hochwürdiger Vater. Ich schlage mir jetzt noch auf die Schenkel, wenn ich daran denke, wie leicht es war, Conte Gauthier meinen Koch als Nachfolger seines alten unterzuschieben. Dadurch konnte der gute Pepito unsere eigenen Männer als seine Gehilfen einstellen und hat uns damit etliche Verluste erspart.«

Der Koch nickte eifrig, denn die Worte seines Anführers deuteten darauf hin, dass er und seine Helfer gut belohnt werden würden.

Pandolfina hingegen fühlte sich in einem Alptraum aus Heimtücke und Verrat gefangen.

»Warum habt Ihr das getan?«, fragte sie Pater Mauricio, nachdem man ihr den Knebel abgenommen hatte.

Der Mönch sah sie von oben herab an. »König Friedrich ist ein Feind der heiligen Kirche, denn er verweigert Seiner Heiligkeit, Papst Honorius, nicht nur den Gehorsam, sondern widersetzt sich ihm auch noch offen.«

Von ihrem Vater hatte Pandolfina erfahren, dass die früheren Päpste Coelestin III. und vor allem Innozenz III. während der Jugend des Königs ihr Amt als dessen Vormund missbraucht und viel von seinem Hab und Gut an sich gerafft hatten. Auch hatten sie den Knaben dazu gezwungen, an den Grenzen seines Reiches auf große Gebiete zugunsten des Patrimonium Petri zu verzichten. Das Land, das Silvio di Cudi von Papst Honorius III. als Lehen erhalten hatte, zählte zu diesen Besitztümern. Doch selbst damit gaben die Nachfolger Petri auf dem Bischofsstuhl zu Rom sich nicht zufrieden, sondern trachteten immer noch danach, die Rechte des Königs zu schmälern.

Pandolfinas Wut und ihre Verzweiflung wuchsen, denn dieser Überfall war nicht nur ein Verrat an ihrem Vater und ihr selbst, sondern auch an Federico, König von Sizilien, Herzog von Apulien und als Kaiser des Heiligen Römischen Reiches der Nachfolger des großen Konstantin und aller Cäsaren Roms. Am liebsten hätte sie Pater Mauricio und Silvio di Cudi alle Verwünschungen an den Kopf geworfen, die sie kannte. Ihr Mund blieb jedoch stumm, während ihr Herz vor Schmerz weinte.

»Bringt sie in ihre Kammer! Heute Nacht soll sie das Lager mit mir teilen«, befahl di Cudi.

Die beiden Söldner schleppten Pandolfina in den Palas und ließen sich dort von dem Koch den Weg weisen. In ihren Gemächern angekommen, lösten die Männer den Strick um Pandolfinas Handgelenke und schubsten sie auf ihr Bett. Das Mädchen richtete sich sofort auf, hörte aber nur noch, wie die Tür ins Schloss fiel und jemand von außen zusperrte. Nun war sie endgültig die Gefangene dieses Schweins.

Weinend und innerlich fluchend, ließ sie sich auf ihr Bett zurückfallen, denn ihr weiteres Schicksal war nun unausweichlich vorgezeichnet. Sobald Silvio di Cudi ihr beigewohnt hatte, konnte keine Macht der Welt sie mehr aus der Ehe mit ihm befreien. Oder, besser gesagt, der Einzige, der die Macht dazu hatte, nämlich Papst Honorius III., würde es nicht tun. Pandolfina verachtete den Mann, der sich Stellvertreter Christi auf Erden nannte, aber – statt wie Jesus Frieden zu bringen – die Welt mit Zank und Hader überzog. Vor allem verübelte sie es ihm, dass er König Federico, der als Kaiser über das Heilige Römische Reich gebot, nicht die gebührende Achtung entgegenbrachte.

Nach einer Weile setzte sie sich auf und begann, an dem Knoten des Stricks zu zerren, mit dem ihre Füße zusammengebunden waren. Dieser war jedoch so fest gezogen, dass ihre Fingernägel abbrachen und ein Finger zu bluten begann.

»Ich brauche unbedingt ein Messer!«, sagte sie zu sich selbst. Dann lachte sie auf. In ihrer Truhe lag eines. Der Vater hatte es ihr im letzten Jahr auf dem Markt von Troia gekauft. Da es zu wertvoll war, um jeden Tag getragen zu werden, hatte sie es sorgfältig in ein Öltuch eingeschlagen und verwahrt.

Pandolfina ließ sich auf die Knie nieder und kroch zu der Truhe. Kurz darauf hielt sie ein scharf geschliffenes Messer in der Hand und trennte den Strick durch. Dann starrte sie auf die dolchähnliche Klinge, die im Schein der untergehenden Sonne rot leuchtete. Wenn das kein Omen war! Da sie ihrem Schicksal nicht entrinnen konnte, würde sie das Messer am Leib verstecken und Silvio di Cudi damit erstechen. Vielleicht gelang es ihr sogar noch, Pater Mauricio zu töten. Danach wollte sie ihr Haupt lächelnd auf den Richtblock legen und ihrem Vater und ihrer Mutter ins Himmelreich folgen.

8.

Nachdem die Söldner Pandolfina weggebracht hatten, wandte Pater Mauricio sich an di Cudi. »Ihr solltet Eure Ungeduld ein wenig bezähmen«, mahnte er ihn. »Wenn Ihr Graf Gauthiers Tochter zur Heirat zwingt und das Brautlager mit ihr vollzieht, solange ihr Vater noch in der Kapelle aufgebahrt liegt, würde es heißen, Ihr hättet das Mädchen schlicht und einfach vergewaltigt. Außerdem verstieße es gegen die himmlische Ordnung, die Seine Heiligkeit, der Papst, zu erhalten geschworen hat. Gebt Pandolfina zwei Tage Zeit! Morgen lasst Ihr erst einmal ihren Vater und seine Männer begraben, und am Tag darauf feiert Ihr Hochzeit mit ihr. Der Heilige Vater wird Euch für diese Rücksicht Dank wissen. Im anderen Fall könnte der König die Sache so aufbauschen, dass sie Euch und Seiner Heiligkeit Honorius III. zum Schaden gerät.«
»Wie das?«, fragte di Cudi verwundert.
»Einer in allen Ehren geschlossenen Ehe zwischen Euch und Graf Gauthiers Tochter werden sich auch dessen Freunde nicht widersetzen. Vollzieht Ihr das Beilager jedoch in unziemlicher Hast, könnte es als Verbrechen angesehen werden, das gerächt werden muss. Ladet einige Nachbarn und die Podestas der umliegenden Städte ein, damit sie sehen, dass Ihr Contessa Pandolfina die ihr gebührende Ehre angedeihen lasst.«
Die Belehrungen des Mönchs ärgerten di Cudi. Er wusste jedoch, dass Pater Mauricio das Ohr des Papstes besaß und diesem sehr daran gelegen war, die Einnahme von Gauthier de Montcœurs Grafschaft als legitimen Akt hinzustellen. Pandolfina war die Erbin ihres Vaters und damit eine Edeldame, die

ein Anrecht darauf hatte, ihrem Rang gemäß behandelt zu werden. Eine überstürzte Ehe, der der Ruch der Vergewaltigung anhing, würde nicht nur sein eigenes Ansehen, sondern auch das des Papstes schmälern.

»Es soll so geschehen, wie Ihr es wünscht, hochwürdiger Vater«, erklärte di Cudi. »Doch was ist, wenn das Mädchen sich vor dem Altar weigert, mich zu heiraten?«

»Ihr erwähntet vorhin selbst, dass die Contessa recht temperamentvoll wäre«, sagte Pater Mauricio lächelnd.

»Sie wird mir eher den Ring an den Kopf werfen, als ja zu sagen!« Di Cudi bleckte die Zähne. »Wenn ich Pandolfina jetzt auf der Stelle heiraten würde, wären wir unter uns und ihr Nein weniger wert als ein Fliegenschiss. Nehme ich sie jedoch vor Gästen, die mir nicht alle wohlgesinnt sind, zum Weib, wäre ein Nein verhängnisvoll.«

»Dann müssen wir dafür sorgen, dass sie nicht nein sagt!«

»Und wie?«, fragte di Cudi grimmig.

»Indem wir ihr Temperament ein wenig abkühlen. Lasst das kleine Biest bis übermorgen hungern. Man soll ihr nur ein wenig Wasser hinstellen. Dann wird sie selbst den Teufel heiraten, um ein Stück Brot zu bekommen.«

Dem Pater war klar, dass di Cudi für Pandolfina nur knapp vor dem Teufel kam und er wahrscheinlich noch dahinter. Daher hielt er es für besser, sie nicht aus den Augen und vor allem nicht alt werden zu lassen. Für ein Mädchen wie sie war Rache kein fremdes Wort, und er wollte nicht, dass sie die Gelegenheit dazu erhielt, sie auszuüben.

Das Gespräch der beiden Männer wurde durch einen Wächter unterbrochen. »Verzeiht, edler Herr, doch es nähern sich Reiter!«

Di Cudi erschrak. »Viele?«

»Nein, nur vier! Einer davon ist Euer ältester Sohn. Eine Dame ist auch dabei.«

»Das kann nur Filippa sein! Es würde mich auch wundern,

wenn sie Isidoro allein reiten ließe. Ich habe dem Lümmel befohlen, auf unserer Burg zu bleiben und diese zu schützen, falls jemand glaubt, sie während meiner Abwesenheit angreifen zu müssen. Jetzt werde ich ihm zeigen, was es heißt, meinem Befehl zuwiderzuhandeln. Öffnet das Tor!«

Wenig später ritten Silvio di Cudis älteste Tochter und sein Sohn in den Burghof ein. Als Isidoro abstieg, konnte man erkennen, dass er etwas größer und schlanker war als sein Vater. Er hatte ein hübsches, für einen Krieger aber zu weiches Gesicht, braune Augen und volles, brünettes Haar. Seine Schwester Filippa hingegen hatte das breite, kantige Gesicht ihres Vaters geerbt und auch dessen wuchtige Gestalt. In ihrem Reitkleid und der eng anliegenden Kopfbedeckung aus Leinen sah sie beinahe wie ein verkleideter Jüngling aus. Begleitet wurden sie von zwei Söldnern.

»Was wollt ihr hier?«, schnauzte di Cudi seine Kinder aus erster Ehe an.

Filippa di Cudi warf ihrem Bruder einen auffordernden Blick zu, ergriff aber, als dieser nur auf den Lippen herumkaute, selbst das Wort. »Wir müssen miteinander reden, Herr Vater!«

»So? Müssen wir das?«, fragte di Cudi höhnisch.

Nun raffte auch Isidoro sich auf. »Ja, Herr Vater, das müssen wir! Als Erstes beglückwünschen wir Euch zu Eurem Sieg über Graf Gauthier.«

»Sagt so etwas nie wieder!«, peitschte Pater Mauricios Stimme über den Burghof. »Euer Vater hat diese Burg und die Grafschaft im Auftrag Seiner Heiligkeit, des Papstes, nach dem Ableben des ehrenwerten Grafen Gauthier unter seine Verwaltung genommen, um der Tochter des Grafen ihr Erbe zu sichern.«

»Ja, so mag es sein«, erwiderte Isidoro leise. »Doch gerade deswegen müssen wir reden. Herr Vater, es heißt, Ihr wollt die Contessa heiraten, um die Grafschaft für unsere Familie zu sichern. Doch habe ich als Euer ältester Sohn nicht das größere Anrecht darauf? Die Contessa ist noch ein halbes Kind. Also solltet Ihr Euch ein Weib nehmen, das Eurem Alter mehr entspricht.«

»Genau das sage ich auch«, sprang Filippa ihrem Bruder bei. »Isidoro ist Euer ältester Sohn und Erbe und sollte daher die Contessa heiraten. Ihr könnt durch eine andere Heirat eine weitere Allianz schmieden! Bedenkt eines: Graf Gauthiers Tochter ist jünger als wir, ja sogar noch jünger als Eure Töchter aus zweiter Ehe.«

»Wer mein Erbe wird, bestimme immer noch ich!«, brüllte di Cudi. »Isidoro sollte nicht zu gierig sein. Was denkt er sich überhaupt? Der Mann, der Pandolfina de Montecuore heiratet, wird von Seiner Heiligkeit zum Markgrafen erhoben. Will Isidoro etwa mehr sein als ich? Soll ich vielleicht weiterhin als schlichter Baron gelten und ihm überall den Vortritt lassen? Eher erschlage ich ihn wie einen tollen Hund! Macht, dass ihr verschwindet, sonst tue ich es gleich! Du, Isidoro, bewachst gefälligst meine alte Burg, auf dass du sie nicht durch deine Dummheit verlierst.«

Silvio di Cudi deutete mit hochrotem Gesicht zum Tor hinaus, und sein Sohn wollte auch sofort wieder in den Sattel steigen. Aber Filippa hielt ihn zurück.

»Es wird bald Nacht, Herr Vater. Wir müssten den größten Teil des Rückwegs in der Dunkelheit zurücklegen. Das könnt Ihr nicht wollen.«

Di Cudi sah sie verächtlich an. »Was ich will, bestimme immer noch ich! Also verschwindet! Aber lass dir gesagt sein, dass ich mir für dich etwas ganz Besonderes ausdenken werde. Nachdem dein erster Ehemann nach so kurzer Zeit verstarb und sein Neffe und Erbe dich zu mir zurückgeschickt hat, habe ich wieder über dich zu bestimmen. Entweder schicke ich dich ins Kloster …«, di Cudi verstummte einen Augenblick, um die Drohung wirken zu lassen. »… oder aber ich suche dir einen Ehemann, dem es gleichgültig ist, dass er beim Ausreiten einen Hengst und im Bett eine Stute besteigen muss.«

Dieser Hieb traf, denn Filippa beneidete ihre jüngeren Halbschwestern glühend um deren Aussehen. Ihr fehlten nicht nur deren hübsche Gesichter und angenehme Gestalten, sondern auch jegliche Anmut. Obwohl alles in ihr drängte, dem Vater etliche Flüche an den Kopf zu werfen, presste sie die Lippen aufeinander und wendete ihr Pferd. Sie war bereits beim Tor, als ihr Bruder endlich im Sattel saß. Dabei sah er den Vater noch einmal bittend an.

»Wollt Ihr wirklich, dass Filippa und ich unseren Weg durch die Dunkelheit suchen müssen, Herr Vater?«

Silvio di Cudis erster Zorn war verraucht, und er genoss seinen Sieg über seine beiden ältesten Kinder. »Reich ihm eine Fackel, damit er sich selbst heimleuchten kann!«, befahl er einem Knecht, drehte sich um und ließ seinen Sohn stehen.

Als er wieder in den Palas trat, dachte er an Pandolfina. Eigentlich hatte er sie bereits in dieser Nacht in sein Bett nehmen wollen, doch er gab Pater Mauricio recht. Es musste alles so aussehen, als hätte der Papst ihn zu ihrem Ehemann bestimmt. Da er die erste Nacht in seiner neuen Burg jedoch nicht allein verbringen wollte, hielt er unter den Mägden Ausschau und winkte einer, die ihm hübsch genug erschien, ihm zu folgen.

Unterdessen verließ Isidoro die Burg und schloss nach kurzer Zeit zu seiner Schwester auf. Filippa glühte vor Zorn und fauchte ihn an: »Du hättest Vater gegenüber ruhig etwas mannhafter auftreten können! So wird er dich ewig für einen Schwächling halten. Wenn ihm die Grafentochter einen Sohn gebiert, darfst du froh sein, wenn du das alte Gemäuer, das wir derzeit bewohnen, für deinen Halbbruder verwalten darfst.«

»Ich bringe ihn um! Irgendwann bringe ich ihn um«, stöhnte Isidoro, war aber froh, dass die beiden Söldner weit genug hinter ihnen ritten, um seine Worte nicht zu hören.

9.

Pandolfina hatte Pater Mauricio und Silvio di Cudi in Gedanken mit jedem Schimpfwort und jeder Verwünschung bedacht, die sie kannte. Als der Abend zu dämmern begann und die ersten Schatten der Nacht wie schwarze Finger in ihre Kammer griffen, kehrte ihre Trauer um den Vater zurück. Diesmal lähmte diese sie jedoch nicht, sondern sie empfand sie als Schmerz, der sie mahnte, nicht einfach aufzugeben. Doch was konnte sie mehr tun, als di Cudi zu töten?, fragte sie sich. Sie würde es während der Trauungszeremonie tun müssen, wenn sie den verräterischen Pater mit in die Hölle schicken wollte.

Noch während sie sich vorstellte, wie der damaszierte Stahl ihres Messers in das Fleisch ihres Feindes schnitt, fragte sie sich, wie ihr das gelingen sollte. Sie hatte am gestrigen Tag kaum etwas zu sich genommen und an diesem noch gar nichts. Bereits jetzt fühlte sie sich schwach und zittrig, und das würde am nächsten Tag noch schlimmer werden. Zudem fragte sie sich, ob sie wirklich zur Mörderin geboren war. Jemanden zu töten, während man sich verteidigte, war etwas anderes, als es mit kaltem Blut hinterrücks zu tun.

»Weshalb diese Zweifel?«, fragte sie sich unter Tränen. »Ich will doch meine Rache!«

»Doch muss das gleich sein?« Sie hörte ihre eigene Stimme und schüttelte verwirrt den Kopf. Immerhin war sie eingesperrt, und die Kammer selbst lag zu hoch, als dass sie aus dem Fenster steigen und in die Tiefe springen konnte.

Aus einer Eingebung heraus stand sie auf und trat zu der kleinen Öffnung in der Außenwand. Unten im Hof wurde eben ein Feuerstoß entzündet, der ihn erhellen sollte. Pandolfina schüttelte enttäuscht den Kopf und wollte sich bereits abwenden. Dann aber sah sie genauer hin. Der Lichtschein des Feuers erfasste zwar den Hof, drang aber nicht bis zu ihrem Fenster hoch. Auch das Fenster unter ihr lag ganz im Schatten. Dieses war zwar, wie sie wusste, mit einer Ölhaut verschlossen, doch ihr Messer würde diese rasch öffnen. Vor allem stand die Kammer, zu der es gehörte, leer, und damit würde niemand sie entdecken können. Oder hatte di Cudi einige seiner Leute dort einquartiert?

»Nein, das hätte ich gehört! Doch wie soll ich hinabkommen?«, fragte sie sich. »Ich habe kein Seil.«

Aber eine Decke, die du in Streifen schneiden und diese aneinanderbinden kannst!, sagte etwas in ihr.

Kaum war der Gedanke in ihr aufgetaucht, machte sie sich ans Werk. Irgendwann hörte sie draußen vor der Tür Schritte und hielt erschrocken inne. »He, du da!«, klang eine raue Stimme auf. »Hier ist Wasser, wenn du trinken willst.«

Fast im gleichen Augenblick spürte Pandolfina ihren brennenden Durst. »Bitte, gebt mir Wasser!«, rief sie und schämte sich gleichzeitig ihrer Schwäche. Doch wenn sie fliehen wollte, brauchte sie alle Kraft.

Als jemand den Schlüssel im Schloss drehte und die Tür öffnete, legte sie sich so aufs Bett, als wäre sie noch gefesselt. Der Wächter stellte jedoch nur einen kleinen Krug auf den Boden und schloss die Tür wieder zu.

»Wie soll ich, gefesselt, wie ich bin, zu dem Krug kommen?«, rief Pandolfina.

»Aus dem Bett wirst du wohl herauskommen. Dann kannst du wie eine Schlange zum Krug kriechen. Pass aber auf, dass du ihn nicht umstößt«, kam es spöttisch zurück.

»Dann lass mir wenigstens deine Lampe da! Es wird so furchtbar dunkel hier, und die Schatten der Toten ängstigen mich«, jammerte Pandolfina.

Der Mann draußen zögerte einen Augenblick, sperrte dann aber das Schloss wieder zu. »Ohne die Erlaubnis des Herrn kann ich dir weder meine Öllampe noch eine Fackel geben, und der ist zu beschäftigt, als dass ich es wagen könnte, ihn zu stören.« Kurz darauf verhallten seine Schritte.

Mit dem Willen, sich nicht brechen zu lassen, kehrte Pandolfina zu ihrem Bett zurück und arbeitete weiter. Schon bald war es so dunkel, dass sie die Streifen nach Gefühl abschneiden und zusammenknoten musste. Zweifel steigen in ihr auf. Was war, wenn ihr Seil zu schwach war und sie in den Hof hinabstürzte? »Dann bin ich wenigstens tot, und der Pater und di Cudi müssen sich vor Gott, dem Herrn, dafür verantworten«, sagte sie zu sich selbst. Als sie die Decke ganz zerschnitten und zu einem Seil zusammengeknotet hatte, traf sie auf das erste größere Problem. Wo sollte sie das Ding festbinden? Im Fenster gab es kein Gitter, und das war gut, weil sie sonst nicht hinauskommen würde. Pandolfina versuchte es mit ihrer Truhe, doch dafür benötigte sie so viel von dem Seil, dass es womöglich nicht mehr bis zum nächsttieferen Stockwerk reichen würde. Enttäuscht band sie das Seil wieder los und überlegte.

»Der Fensterladen!« Sie eilte erneut zum Fenster und prüfte den kleinen Haken, mit dem der hölzerne Fensterladen geschlossen werden konnte. Der wirkte recht dünn, saß aber fest in der Wand.

»Lieber Herr Jesus, hilf mir!«, betete sie, während sie ihr Seil langsam in die Tiefe ließ. Das Feuer auf dem Hof war mittlerweile etwas niedergebrannt, und keiner der Wachtposten dachte daran, Holz nachzulegen. Dies, so sagte Pandolfina sich, musste sie ausnützen. Daher stieg sie in die Fensteröffnung und streckte die Beine hinaus.

Nun tat sich das nächste Problem auf. Das Fenster verengte sich nach außen und wurde zuletzt so schmal, dass sie bald nicht mehr vor- und auch nicht zurückkonnte. Einige Augenblicke lang kämpfte sie mit der Vorstellung, am nächsten Morgen von di Cudis Wachen entdeckt zu werden, während sie mit den Beinen im Freien hing und mit dem Hintern im Fenster steckte.

Mühsam zwang sie sich zur Ruhe und ordnete alles, was sie an sich hatte, so, dass es sie nicht behindern konnte. Dann atmete sie tief aus und presste das Hinterteil durch den schmalen Spalt. Zunächst sah es so aus, als würde es trotzdem nicht gehen. Dann aber hatte sie das Hindernis überwunden und rutschte haltlos nach draußen. Im letzten Augenblick packte sie das Seil und konnte einen Sturz vermeiden.

»Vorsicht!«, ermahnte sie sich und hatte gleichzeitig das Gefühl, viel zu laut geredet zu haben.

Sie lauschte, doch im Hof blieb alles ruhig. Mutiger geworden, kletterte sie in die Tiefe, entdeckte das gesuchte Fenster und dachte nun erst daran, dass es wahrscheinlich genauso schmal war. Wenn sie nicht hindurchkam, blieb ihr nur noch die Hoffnung, das Seil würde tief genug reichen, dass sie sich nicht sämtliche Knochen brach, wenn sie sich das letzte Stück fallen ließ.

Sämtliche Knochen könnten es ruhig sein, denn dann bin ich tot, dachte sie. Schlimmer war es, wenn sie sich nur verletzte und hilflos liegen blieb.

»Heilige Jungfrau, steh mir bei!«, flehte sie für ihr Gefühl wieder viel zu laut.

Sie hielt sich mit der linken Hand am Seil fest und zog mit der rechten den Dolch. Pandolfina musste nicht nur die Ölhaut zerschneiden, die das Fenster abschloss, sondern auch den Rahmen lösen und nach innen stoßen. Dies gelang ihr, aber das Holz klapperte, und ihre überreizten Nerven gaukelten ihr vor, Menschen würden auf dem Hof zusammenlaufen, um nachzusehen, woher das Geräusch kam. Zu ihrer Erleichterung blieb jedoch alles still.

Wild entschlossen klemmte sie sich das Messer zwischen die Zähne, fasste das Seil mit beiden Händen und schwang die

Füße hoch. Mit den Beinen kam sie ins Fenster hinein. Dann aber wollten ihre Hüften nicht hindurchrutschen.
Pandolfina überlegte verzweifelt, was sie tun sollte, als jemand ihre Füße packte und daran zerrte. Panik erfasste sie, doch gleich darauf wunderte sie sich. Ein Mann hätte weitaus stärker gezogen als die Person, die es gerade tat. Mit neuer Hoffnung drehte und wand sie sich durch die schmale Fensteröffnung. Ihr Oberkleid riss an einer Stelle, und sie schürfte sich den linken Arm und den Handrücken auf. Doch dann war es geschafft. Pandolfina glitt in den Raum und nahm ihr Messer in die Rechte. Sollte jemand versuchen, sie gefangen zu nehmen, würde sie sich bis zum letzten Blutstropfen zur Wehr setzen.
Aus den Geräuschen schloss sie, dass jemand zur Tür eilte, diese öffnete und Augenblicke später mit einer brennenden Öllampe zurückkehrte.
»Dachte mir doch, dass nur Ihr es sein könnt!«
»Cita, du?« Pandolfina atmete auf, denn die Küchenmagd stellte keine Gefahr für sie dar. »Was machst du hier in der Kammer?«, fragte sie weiter, da das Mädchen eigentlich in der Küche schlafen sollte. Kaum hatte sie es gesagt, schalt sie sich eine Närrin. Wäre Cita dort gewesen, wäre es ihr selbst niemals gelungen, durch das Fenster hindurchzukommen.
»Danke!«, fügte sie hinzu und strich dem Mädchen über die Wangen.
Cita lachte so, dass ihre Zähne im Licht der Öllampe aufleuchteten. »Ich habe mich hier vor den Cudi-Leuten versteckt. Die sind auf Weiber aus und würden auch vor mir nicht haltmachen.«
»Diese widerwärtigen Hunde!«, rief Pandolfina empört und fasste gerührt nach den Händen der mageren Magd. »Ohne dich wäre ich hilflos im Fenster gehangen, und di Cudis Männer hätten mich wie einen reifen Apfel pflücken können. Aber wir sollten jetzt nicht schwatzen. Ich muss fliehen!«

»Di Cudis Leute feiern zwar, doch das Tor wird bewacht, und die Pforten sind verschlossen«, berichtete Cita.

»Das mag sein, aber ich verlasse die Burg auf einem anderen Weg!« Pandolfina dachte an den Geheimgang, durch den Pater Mauricio sie geführt hatte. Diesen würde di Cudi gewiss nicht überwachen lassen.

»Nehmt mich bitte mit! Ich mag nicht hierbleiben«, flehte Cita sie an.

Pandolfina dachte an die Söldner, die selbst vor dem noch kindlichen Mädchen nicht haltmachen würden, und nickte. »Keine Sorge, ich nehme dich mit! Doch jetzt komm! Wir haben nicht viel Zeit.«

Sofort eilte Cita zur Tür, öffnete sie einen Spalt und schaute hinaus. Dann winkte sie Pandolfina und lief auf dem Gang voraus, um sie zu warnen, falls jemand entgegenkam.

Die beiden hatten Glück und gelangten ungesehen in die Burgkapelle. Graf Gauthier lag noch immer aufgebahrt vor dem Altar. Es tat Pandolfina leid, ihn so zurücklassen zu müssen, und bat ihn in Gedanken um Verzeihung. Trotz aller Eile beugte sie das Knie und schlug das Kreuz, nahm dann die längste Kerze, die noch brannte, und wandte sich dem Eingang des Geheimgangs zu.

Da Pater Mauricio und di Cudi es nicht für nötig gehalten hatten, das Altarpaneel wieder zu schließen, konnte Pandolfina ungehindert in den Gang schlüpfen. Sie winkte Cita, ihr zu folgen, und stieg rasch in die Tiefe.

»Keine Sorge! Es geht nicht bis in die Hölle hinab, sondern nur bis zum Jagdhaus meines Vaters«, sagte sie, um der Magd, die ihr nur zögerlich folgte, und auch sich selbst Mut zu machen.

»Versprochen?«, fragte die Kleine bang.

Ein Lächeln erschien auf Pandolfinas Lippen. »Versprochen!«

10.

Diesmal schien Pandolfina der Weg kürzer als bei ihrer misslungenen Flucht. Als sie das Jagdhaus erreichte, stolperte sie als Erstes über ihr Bündel, in dem sich etwas Kleidung, die Papiere und das Kästchen mit den Arzneien befand. Der Pater hatte es bei ihrer Gefangennahme achtlos weggeworfen. Mit einem erleichterten Seufzer nahm sie ihre Habseligkeiten wieder an sich und untersuchte die Tür nach draußen.

»Was machen wir jetzt?«, fragte Cita ängstlich.

»Es muss eine Möglichkeit geben, die Tür zu öffnen. Dieser Verräter Mauricio hat es vorhin auch geschafft«, antwortete Pandolfina und entdeckte nach kurzem Probieren, wie dies ging.

»Jetzt hoffe ich nur noch, dass man Renzo nicht bereits gefangen genommen hat. Sonst müssten wir uns zu Fuß bis zum König durchschlagen.«

Noch während sie es sagte, verließ Pandolfina das Haus. Im nächsten Augenblick löschte ein Windzug ihren Kerzenstummel, und sie fühlte sich von schier biblischer Finsternis umgeben. Cita fasste nach ihrem Kleid, um sie nicht zu verlieren.

Zu Pandolfinas Erleichterung gewöhnten sich ihre Augen rasch an die Dunkelheit, und sie konnte sich im Licht des Mondes orientieren. Hinter ihnen ragte der Burgberg wie ein bedrohlicher Umriss empor, während sich linker Hand ein langgezogener, mit Pinien bewachsener Hügel erstreckte.

Pandolfina roch den Duft nach Pinienharz und nach erntereifen Orangen. Es erinnerte sie an ihren Hunger, und sie hätte am liebsten ein paar Früchte im nahen Orangenhain gepflückt. Renzo hat sicher etwas zu essen für mich, tröstete sie sich, während sie weiterging. Das Gehöft des Bauern lag nicht weit von der Burg entfernt, doch es wäre fatal gewesen, es zu verfehlen und einer feindlichen Patrouille in die Arme zu laufen.

Ein sanfter Windhauch umspielte Pandolfina, und es war, als wolle die Natur selbst sie trösten.

Cita folgte ihr, die rechte Hand noch immer in ihr Kleid verkrallt. Plötzlich zupfte sie. »Zu Bauer Renzo geht es hier entlang!«

Pandolfina nickte erleichtert, denn sie hätte die Abzweigung tatsächlich nicht gefunden. »Danke!«, flüsterte sie und schlug den richtigen Pfad ein.

Kurze Zeit später tauchte der Hof wie ein unbestimmbares, schwarzes Gebilde vor ihnen auf. Nirgends brannte ein Licht, und es war so still, als würde die Welt den Atem anhalten. Pandolfina tastete sich bis zur Tür vor und klopfte zaghaft daran. Es tat sich nichts. Verzweifelt pochte sie lauter. In der Nähe schlug ein Hund an. Pandolfina erstarrte vor Schreck und wollte bereits davonlaufen. Da wurde die Tür aufgerissen, ein Arm packte sie und zerrte sie samt Cita, die sich nach wie vor an ihr festklammerte, ins Haus. Während die Tür wieder ins Schloss fiel, ergriff jemand, den die beiden Mädchen heftig atmen hören konnten, eine abgedeckte Laterne und leuchtete ihnen ins Gesicht.

»Ihr seid es? Ihr konntet entkommen! Allen Heiligen sei Dank!« Es war Renzo, der einst wie Richard ein Gefolgsmann ihres Vaters gewesen war und nun als wohlhabender Bauer lebte.

»Nach Graf Gauthiers Tod seid Ihr meine Lehnsherrin«, sagte er und verbeugte sich.

»Im Augenblick bin ich nur ein armer Flüchtling, der sich vor seinen Feinden verbergen muss«, antwortete Pandolfina. »Pater Mauricio, dieser elende Schuft, hat uns alle verraten. Zuerst hatte er dafür gesorgt, dass Silvio di Cudi mit dem Koch Pepito und dessen Gehilfen eigene Leute bei uns einschleusen konnte. Heute haben diese widerlichen Kerle Richard umgebracht und alle anderen Getreuen meines Vaters ebenfalls ermordet!«

»Die Hölle ist eine zu geringe Strafe für diese Schufte!«, brach es aus Renzo heraus. Er hatte jeden einzelnen der Bewaffneten gekannt und die meisten davon Freunde genannt. »Die armen Kerle! Verraten und verkauft von einem Knecht des Satans auf dem Throne des heiligen Petrus! Bei Gott, wie ist die Welt schlecht geworden.«

»Wir müssen fliehen!«, mahnte Pandolfina den Mann. »Hast du noch die Pferde, die mein Vater bei dir untergestellt hat?«

Renzo nickte. »Natürlich! Aber Ihr könnt nicht allein reiten.«

»Ich bin nicht allein! Cita ist bei mir«, antwortete Pandolfina fest entschlossen, sich durch nichts und niemanden aufhalten zu lassen.

Der Bauer bedachte die Küchenmagd mit einem Blick, der deutlich verriet, dass er sie nicht gerade für die richtige Begleitung seiner Herrin hielt. Nach kurzem Überlegen nickte er. »Glücklicherweise habe ich Arietta und die Kinder gestern zu meiner Schwägerin geschickt, so dass sie in Sicherheit sind. Daher kann ich mit Euch kommen. Ich kenne einige Herren am Hofe des Königs und kann dafür bürgen, dass Ihr Graf Gauthiers eheliche Tochter seid. Der Satanspapst in Rom hat seine Kreaturen überall, und die würden Euch verleumden, ohne mit der Wimper zu zucken.«

Noch während Renzo sprach, öffnete er eine Falltür und holte einen schweren Packen heraus. Danach stöhnte er leise und massierte sich den rechten Arm.

»Ist es schlimm?«, fragte sie ihn.

»Nichts, was Euch bedrücken sollte. Nur eine alte Sache.«
Jetzt erinnerte Pandolfina sich, von Richard gehört zu haben, dass Renzo den Dienst bei ihrem Vater wegen einer Verwundung hatte aufgeben müssen.
»Es tut mir leid, dass ich dir so viel Mühe bereite«, sagte sie leise.
Unterdessen half Cita dem Mann, das Paket zu öffnen. Darin lagen ein gut geöltes Kettenhemd, ein konischer Helm mit Nasenschutz und ein langes Schwert. Renzo begann, sich das Kettenhemd überzuziehen, brauchte aber neben Citas auch Pandolfinas Hilfe.
Seine Augen wurden feucht. »Ich bin nichts mehr wert«, flüsterte er mit gebrochener Stimme.
»Das darfst du nicht sagen!«, antwortete Pandolfina. »Ohne dich wüssten Cita und ich nicht, wohin wir uns wenden könnten.«
»Diese Verantwortung trage ich, und – beim heiligen Erzengel Michael! – ich werde ihr gerecht werden! Packt ihr derweil ein wenig Mundvorrat ein. Ich will an den ersten Tagen unserer Flucht weder in einer Taverne essen noch um ein Nachtlager bitten. Decken brauchen wir auch. Die findet ihr dort in der Kammer. Ich sattle unterdessen die Pferde.«
Renzo legte sich den Schwertgurt um und verließ das Haus, während Pandolfina und Cita das Verlangte zusammensuchten. Die junge Magd erwies sich dabei als geschickter als ihre Herrin, und so konnten die beiden Mädchen Renzo wenig später mit zwei passenden Packen in den Stall folgen. Dieser schnallte sie hinter den Sätteln zweier Pferde fest.
»Ich habe die schnellsten Gäule genommen. Ihr beide steigt auf die Stute, ich nehme den Wallach. Die anderen Pferde müssen wir hierlassen, denn die würden uns nur behindern.«
Anschließend führte er die beiden Tiere hinaus, half Pandolfina in den Sattel der Stute und hob dann Cita etwas mühsam zu ihr hoch. »Du musst zu einem Äffchen werden, Kleine,

das sich an seiner Mutter festkrallt, sonst fällst du herunter. Wir können keine Rücksicht auf dich nehmen, solltest du dich unterwegs verletzen«, ermahnte er Cita, schwang sich in den Sattel und brach nach einem letzten Blick auf die Burg seines toten Herrn auf.

11.

Von Renzo geführt, ritt die kleine Gruppe die ganze Nacht hindurch. Cita tat von dem unbequemen Sitz auf dem Pferderücken bald alles weh, doch sie ließ keinen Laut der Klage vernehmen. Am Morgen war auch Pandolfina so erschöpft, dass sie sich kaum noch im Sattel halten konnte. Daher machte Renzo schweren Herzens in einem Waldstück Rast. Er reichte den Mädchen etwas Käse und Brot, doch obwohl Pandolfina sich halb verhungert fühlte, brachte sie nur ein paar Bissen hinunter und schlief danach ansatzlos ein. Nach vier Stunden weckte er sie wieder und wies auf einen Busch.

»Das hier ist Euer Abtritt! Macht aber rasch! Wir müssen weiter, sonst holen uns di Cudis Leute ein, ehe dieser Tag sich neigt.«

Halb betäubt wankte Pandolfina in die Büsche und raffte dort ihre Röcke. Sie war so müde, dass sie fast im Stehen einschlief. Erst als Cita sie in den Arm zwickte, schreckte sie hoch. »Was ist los?«, fragte sie verwirrt.

»Ich hatte Angst, Ihr würdet schlafen. Dabei sagt Renzo, wir müssen schnell weiter.«

»Ja, das müssen wir!« Pandolfina schüttelte sich, um wach zu werden, und folgte der Magd zu den Pferden.

Während die drei weiterritten und dabei zunächst Ansiedlungen mieden, schlief Silvio di Cudi mit angenehmen Träumen bis in den Tag hinein. Seine Männer hatten ebenfalls kräftig gefeiert, und so dauerte es eine Weile, bis einem von ihnen das aus den Deckenstreifen gefertigte Seil auffiel, welches aus Pandolfinas Fenster heraushing. Zuerst lachte er darüber, da es mehr als zwei Manneslängen über dem Boden endete. Einen solchen Sprung hätte das Mädchen niemals heil überstanden. Dann aber fragte er seine Kameraden, die in der Nacht Wache gehalten hatten, ob sie etwas bemerkt hätten. Das war nicht der Fall. Auch hatte niemand die Burg verlassen, und es waren noch alle Pferde vorhanden. Daher nahmen die Söldner an, Pandolfina hätte zwar an Flucht gedacht, aber nicht gewagt, sie anzutreten.

Ein Söldner wollte seinem Herrn dennoch Bericht erstatten. Nach längerer Suche in der ihm noch fremden Burg fand er di Cudi mit Pater Mauricio zusammen beim Frühstück.

»Was ist los?«, fragte der Baron.

Als der Söldner ihm erklärte, dass aus Pandolfinas Fenster ein Seil hing, fuhr er auf. »Habt ihr in der Nacht geschlafen oder gewacht? Wehe, wenn die Contessa entkommen ist!«

»Das ist unmöglich«, mischte sich Pater Mauricio ein. »Seht Euch doch die Fenster an. Da könnte sich höchstens ein kleines Kind hindurchzwängen. Pandolfina ist aber bereits vierzehn.«

Noch während er es sagte, fiel dem Geistlichen ein, dass die Grafentochter für ihr Alter noch recht klein und zierlich war, und wurde unruhig. »Wir sollten trotzdem nachsehen.«

»Das Seil ist viel zu kurz, als dass sie bis zum Boden gekommen wäre«, erklärte der Söldner.

Di Cudi trank noch einen Schluck, stand auf und ging in den Hof. Als er das primitive Seil sah, lachte er. »Damit konnte das kleine Biest gewiss nicht entkommen.«

»Ich schaue trotzdem in ihrer Kammer nach!« Pater Mauricio hastete mit verkrampftem Gesicht in das Gebäude. Kurz darauf sahen die anderen ihn als Schatten in der schmalen Fensteröffnung.

»Die Contessa ist fort! Dabei war die Tür verschlossen«, schrie er aufgeregt hinunter.

»Fort? Das kann nicht sein!« Silvio di Cudi stierte auf das Seil und maß die Entfernung von dessen Ende bis zum Boden. »Mit

etwas Glück kann das Mädchen den Sprung überstanden haben. Durchsucht die Burg – und zwar gründlich!«, herrschte er seine Männer an.
Diese rannten sofort los. Obwohl sie sich alle Mühe gaben und der Koch und dessen Gehilfen sie unterstützten, entdeckten sie nicht die geringste Spur von Pandolfina.
»Das geht nicht mit rechten Dingen zu!«, fluchte di Cudi. »Habt ihr überall nachgesehen?«
Sein Stellvertreter nickte eifrig. »Das haben wir, Herr, und zwar mehrfach. Vielleicht war das Seil auch nur ein Versuch, uns in die Irre zu leiten. Genauso gut könnte ihr jemand die Tür geöffnet haben!«
»Und wer?«, fragte di Cudi höhnisch.
»Ein Knecht oder eine Magd vielleicht.«
»Die Tür der Contessa wurde durch keinen Riegel verschlossen, den jedermann zurückschieben konnte, sondern mit Schloss und Schlüssel! Den aber hatte Pater Mauricio in Verwahrung.« In di Cudis Stimme schwang ein gewisses Misstrauen mit. Er hatte nicht vergessen, dass der Geistliche ihn aufgefordert hatte, die Hochzeit mit Pandolfina hinauszuschieben.
»Ihr seid schuld!«, klagte er den Pater daher an. »Wäre es nach meinem Willen gegangen, hätte ich die Contessa gestern gleich geheiratet und die Ehe mit ihr vollzogen. Aus meiner Kammer wäre sie mit Sicherheit nicht entkommen.«
Seine Rechte umschloss den Schwertgriff, und für Augenblicke sah es so aus, als wollte er die Waffe ziehen und den Geistlichen in seiner Wut niederschlagen.
Erschrocken trat Pater Mauricio ein paar Schritte zurück. »Gebt nicht mir die Schuld«, rief er, »sondern Euren schlafenden Wachen! Es war der Wunsch Seiner Heiligkeit, dass Ihr das Lehen Graf Gauthiers durch eine Ehe mit dessen Tochter in Eure Hand bekommt. Dafür hätte die Contessa Euch nicht entkommen dürfen.«
Er zog den Schlüssel von Pandolfinas Kammer aus einer Tasche

und reckte ihn in die Höhe. »Wie Ihr seht, habe ich den Schlüssel gut verwahrt. Doch vielleicht gibt es noch einen zweiten, und jemand, der Pandolfina helfen wollte, wusste davon. Lasst die Knechte und Mägde verhören und zählt sie. Vielleicht ist jene Person mit der Tochter des Grafen geflohen.«

Dies geschah auch, doch die Einzige, die vermisst wurde, war die Küchenmagd Cita, und von der glaubte keiner, dass sie gewusst haben könnte, wo sich ein zweiter Schlüssel befand. Da auch das Verhör des Burggesindes nichts erbrachte, blieb Pandolfinas Verschwinden für Pater Mauricio und Silvio di Cudi ein Mysterium, das sie nicht zu ergründen vermochten.

12.

Erst nach drei Tagen wagte Renzo sich in eine Stadt, um dort Auskünfte einzuholen. Pandolfina und Cita ließ er im Schutz eines Wäldchens zurück. Nach seiner Rückkehr wirkte er erleichtert.

»Ich habe erfahren, dass König Friedrich sich in Barletta aufhält«, berichtete er. »Das ist weitaus besser, als wenn er in Bari wäre oder gar in Tarent! Foggia liegt zwar näher, doch dort besitzt die Kirche noch immer viel Macht, und nicht wenige Priester und Mönche halten mehr oder weniger offen zum Papst in Rom.«

»Heimtücke und Verrat ist die Währung des Heiligen Stuhls«, setzte er seine Erläuterungen fort. »Andauernd versuchen die Päpste, von Innozenz III. angefangen bis zu Honorius III., König Federicos Ansehen und seine Macht zu schmälern. Dabei ist unser Herr nicht nur König von Sizilien und Herzog von Apulien, sondern auch der Imperator des Heiligen Römischen Reiches und als solcher der Beschützer Roms und der Kirche. Also ist er der Beschützer des Papstes und diesem überstellt.«

Pandolfina hatte sich bislang nicht mit den Spitzfindigkeiten weltlicher und kirchlicher Ränge beschäftigt und war auch viel zu müde, um darüber nachzudenken. Daher nickte sie nur und fragte, wann sie Barletta erreichen würden.

»Mit etwas Glück morgen vor dem Abend! Dann könnt Ihr Euch ausruhen. Es war ein harter Ritt für zwei Kinder wie euch!« Renzo klang erleichtert, denn sowohl Pandolfina wie auch Cita hatten sich besser gehalten, als er es erwartet hatte. In der Hinsicht war die Contessa eine würdige Tochter ihres Vaters. Er wusste jedoch selbst, dass sie nicht säumen durften, und ließ seinen Wallach wieder schneller traben. Die Stute folgte, ohne dass Pandolfina sie antreiben musste.

Sie ritten durch ein flaches, immer wieder von Waldflächen bedecktes Gebiet. Gelegentlich sahen sie ein Dorf, dessen heller Kirchturm in den tiefblauen Himmel ragte. Weidende dunkle Rinder erinnerten Pandolfina daran, dass Renzo am dritten Tag ihrer Flucht bei mehreren Hirten ein großes Stück Käse als Wegzehrung eingehandelt hatte. Mittlerweile hing ihr diese Speise zum Hals heraus, und sie glaubte, nie mehr in ihrem Leben Käse essen zu können. Sie bewunderte Cita, die diese einseitige Kost mit Begeisterung verzehrte und sich mit Quellwasser als Trank begnügte, denn sie hätte sich manchmal einen kleinen Schuss Wein in ihr Trinkwasser gewünscht.

An diesem Tag zügelte Renzo die Pferde früher als sonst. Er fühlte sich in diesem Gebiet sicher und wollte Pandolfina etwas Ruhe gönnen, bevor sie den letzten Teil der Reise antraten. Als Abendessen verteilte Renzo das letzte Stück Käse. Trotz ihrer Abneigung aß Pandolfina das ihre bis auf den letzten Krümel auf und stillte ihren Durst an einer nahen Quelle. Nur noch eine Nacht und ein Tag, dachte sie, dann würde sie ihr Knie vor König Friedrich beugen und diesen um Hilfe bitten. Am nächsten Tag malte Pandolfina sich bis ins Letzte aus, wie der König ihr die Heimat wiedergewinnen würde.

Als sie Barletta endlich erreichten und ihre Pferde vor der Burg anhielten, musterten die Wachen sie misstrauisch.

»Wer seid ihr, und was wollt ihr hier?«, fragte ein junger Edelmann, der eben aus der Stadt herüberkam und sich anscheinend für wichtig genug hielt, Reisende, die Einlass in die Burg begehrten, hochmütig anfahren zu können.

»Die Dame ist Contessa Pandolfina de Montcœur, dies ihre Dienerin Cita, und ich bin Renzo di Trani, Gefolgsmann des

Grafen Grafen Gauthier de Montcœur«, erklärte Renzo, verärgert über diesen unfreundlichen Empfang.

»Ich will zu Seiner Majestät, dem König, um ihn um Hilfe zu bitten!« Aus einer Laune heraus verwendete Pandolfina die französische Sprache, um dem arroganten Kerl zu zeigen, dass sie eine Dame aus einer edlen Familie war.

Renzo verstand sie, doch der Edelmann tat sich schwer und musste sich Pandolfinas Worte von einem Wachmann übersetzen lassen. Danach wandte er sich an Renzo, ohne Pandolfina weiter zu beachten.

»Seine Majestät, der König, fühlt sich nicht wohl und sieht sich derzeit nicht in der Lage, Gäste zu empfangen. Sucht euch eine Herberge und kommt wieder, wenn Seine Majestät gesundet ist.«

Dies war Pandolfina doch zu unverschämt. »Wer seid Ihr, dass Ihr der Tochter eines treuen Gefolgsmanns des Königs das Gastrecht in dieser Burg zu verweigern wagt?«

Diesmal verwendete sie die Sprache der Sarazenen, die sie von ihrer Mutter gelernt hatte, und verwirrte den Edelmann vollends. Da ihm diesmal auch kein anderer helfen konnte, kaute er wütend auf den Lippen herum. Renzo erlöste ihn, indem er die Worte seiner Herrin im hier gebräuchlichen Dialekt wiederholte.

»Ich bin Antonio de Maltarena, Conte de Ghiocci und Almosenier von Santa Maria di Trastamara«, klang es selbstgefällig zurück.

»Also auch nur ein Gast des Königs ohne jedes Recht, anderen das Gastrecht zu verweigern!«, antwortete Pandolfina kühl und lenkte ihre Stute an dem aufgeblasenen Grafen vorbei. Nach einem kurzen Blick auf die Wachen folgte Renzo ihr.

Während Conte de Ghiocci missmutig hinter ihnen herging, erschien einer der Höflinge des Königs, sah Renzo und lachte.

»Lebst du auch noch, alter Freund? Wie geht es deiner Schulter? Kannst du dein Schwert wieder heben?«

Im ersten Augenblick erkannte Renzo den prächtig gekleideten Mann nicht, dann aber glitt er aus dem Sattel und umarmte ihn. »Aldo! Welche Freude! Bei Gott, du bist jetzt ein hoher Herr, während ich ein Bauer geworden bin.«
»Aber auch ein enger Vertrauter meines Vaters«, setzte Pandolfina hinzu.
»Wer ist das?«, fragte Aldo neugierig.
»Sie ist Graf Gauthiers Tochter. Wir mussten flüchten, denn als der Herr starb, brachte Silvio di Cudi die Burg und die gesamte Mark in seine Hand. Dabei hat ihm übelster Verrat geholfen! Den guten alten Richard haben sie hinterrücks erschlagen.« Renzo wischte sich eine Träne aus dem Auge, als er an seinen ermordeten Freund dachte, und auch Aldo senkte betrübt den Kopf.
»Du bringst keine guten Nachrichten, mein Freund«, sagte er. »Dennoch bin ich froh, dass wenigstens du und Graf Gauthiers Tochter entkommen seid. Kommt mit! Ich lasse euch allen ein Quartier zuweisen. Badet und lasst eure Kleider ausbürsten. Ich werde zusehen, dass ich für die Contessa eine Audienz bei Seiner Majestät erwirke.«
Pandolfina atmete auf und sagte sich, dass nun alles gut werden musste.
So einfach, wie sie es sich vorgestellt hatte, war es jedoch nicht, zum König vorgelassen zu werden. Aldo führte sie zum Haushofmeister des Palastes, doch der schüttelte abwehrend den Kopf.
»Heute kann niemand zu Seiner Majestät, außer seinen Ärzten und seinen engsten Vertrauten.«
»Was gibt es?« Ein hochgewachsener Mann im schlichten Waffenrock eines Ordensritters war in Begleitung eines Knaben herangekommen. Seine Stimme klang etwas hart, und sein Haar wies bereits graue Strähnen auf, trotzdem fand Pandolfina ihn sympathisch und knickste vor ihm. »Verzeiht, Herr, aber unsere Burg wurde von einem Gefolgsmann des Papstes durch Verrat erobert, und ich musste fliehen.«

»Sie ist Contessa Pandolfina, die Tochter von Gauthier de Montcœur«, erklärte Renzo rasch.

»Gauthiers Tochter! Ich glaube, das muss Seine Majestät erfahren. Bringst du die junge Dame zu deinem Vater, Enzio?«

Der Junge nickte. »Selbstverständlich! Wenn Ihr mich begleiten wollt …«

»Habt Dank!«, antwortete Pandolfina erleichtert. Am liebsten hätte sie Enzio gefragt, wer der Herr mit dem schwarzen Kreuz auf seinem Waffenrock sei, wagte es aber nicht, weil dieser den Jungen als Sohn des Königs bezeichnet hatte. Vor Friedrichs Gemächern musste sie noch einmal warten, da Enzio sie erst anmelden wollte, doch das störte sie nicht. Sie hatte ihr Ziel erreicht, und das allein war im Augenblick wichtig.

13.

Der König empfing Pandolfina im Bett liegend. Mit seinen verschwitzten Haaren und dem bleichen Gesicht wirkte er leidend, seine Augen aber strahlten hell, und er musterte das Mädchen mit einem mitleidigen Blick.

»Enzio hat mir von dem Unglück berichtet, das dir widerfahren ist«, sagte er mit leiser, aber angenehm klingender Stimme. »Dein Verlust ist auch mein Verlust! Du verlierst den Vater und ich einen Gefolgsmann, der von Kindheit an zu mir gestanden ist und dem ich vieles verdanke. Obwohl er selbst noch ein Knabe war, tat er alles, um mich, der mehrere Jahre jünger war als er, gegen meine Feinde und vor allem gegen die, die es angeblich gut mit mir meinten, zu beschützen. Ich trauere mit dir!«

Für Augenblicke verloren sich die Gedanken des Königs in der Erinnerung, und er sah sich und Gauthier mit Freunden durch Palermo streifen. Ohne Gauthiers Findigkeit hätte er im Palast ein hartes, streng geregeltes Leben führen müssen. So aber war es ihnen immer wieder gelungen, seinen Bewachern zu entkommen. Später, als er volljährig und der wahre Herr seines Reiches geworden war, hatte Gauthier de Montcœur ihm geholfen, die rebellischen Barone Siziliens und Apuliens niederzuwerfen, und schließlich jene Burg übernommen, die die Straße von Benevento nach Foggia überwachte.

»Es war Verrat, sagst du?«, fuhr er fort, als er die Bilder der Vergangenheit abgeschüttelt hatte.

Pandolfina nickte. »Ja, Eure Majestät! Unser Burgkaplan Pater Mauricio verschwor sich mit Silvio di Cudi gegen uns und öffnete, als mein Vater verstarb, diesem den Weg in die Burg. Alle unsere Getreuen wurden erschlagen. Mir gelang die Flucht nur durch die Unterstützung der kleinen Magd Cita und des wackeren Renzo di Trani.«

»Ich kenne Renzo. Er war ein tapferer Krieger, bis ihn eine Verwundung zwang, das Schwert aus der Hand zu legen. Am liebsten würde ich ihn zum Hauptmann einer Schar machen, mit der er die Burg deines Vaters zurückgewinnen kann. Doch leider brauche ich jeden meiner Krieger für den Kreuzzug ins Heilige Land. Ich verspreche dir jedoch, dein Anliegen nicht aus den Augen zu verlieren. Noch heute soll Piero de Vinea Botschaft an den Papst schicken und Vergeltung für diese ruchlose Tat fordern.«

Bei Friedrichs ersten Worten hatte Pandolfina noch gehofft, bald nach Hause zurückkehren zu können, doch bei den weiteren Ausführungen des Königs wurde ihre Miene immer länger. Sie spürte jedoch, dass sie nicht mehr erreichen konnte, und knickste.

»Für alles, was Eure Majestät für mich unternimmt, sei Euch Dank!«

»Ich bin glücklich, dass du das einsiehst, mein Kind. Ich wünschte nur, ich könnte bald aufbrechen. Doch es ist, als wolle der Satan selbst mich daran hindern, die heiligen Stätten zu befreien. Seit drei Tagen quält mich dieses Fieber. Dabei habe ich meinen guten Leibarzt Meir bereits nach Bari vorausgeschickt. Jetzt wird mir nichts anderes übrigbleiben, als ihn zurückholen zu lassen.«

Als Pandolfina dies hörte, erinnerte sie sich an die Arzneien, die sie mitgenommen hatte, und versank erneut in einem ehrerbietigen Knicks. »Es wäre mir eine hohe Ehre, wenn Eure Majestät mir erlauben würde, Euch zu helfen. Ich besitze von meiner Mutter her ein gutes Heilmittel, das gegen Fieber wirkt. Wenn Eure Majestät wünschen, werde ich es holen.«

Friedrich lächelte über so viel Eifer und brachte es nicht übers

Herz, das junge Mädchen zu enttäuschen. »Hole dein Medikament!«, forderte er Pandolfina auf. »Wenn es hilft, ist uns beiden wohlgetan, denn dann kann ich rascher ins Heilige Land aufbrechen und kehre umso früher wieder zurück, um Silvio di Cudi in seine Schranken zu weisen.«

»Euer Majestät, ich bin gleich wieder da!«, rief Pandolfina und rannte los.

Zweiter Teil

Falkenjagd

1.

Königin Iolanda blickte tadelnd auf Pandolfina herab. »Soll das etwa ein Adler sein, den Ihr da stickt? Ich halte es eher für eine gerupfte Gans mit einem zu großen Schnabel! Auch müssen die Stiche weitaus zierlicher gesetzt werden! Immerhin ist dieser Waffenrock für Seine Majestät, den Kaiser und König, bestimmt.«

Seufzend senkte Pandolfina den Kopf. Dabei hatte sie diesmal gedacht, es besonders gut getroffen zu haben.

»Ihr müsst das Bild, das Ihr sticken wollt, genau im Kopf haben. Zum Beispiel diesen Flügel hier! Der ist doppelt so groß wie der andere.«

Er ist höchstens ein Drittel größer, dachte Pandolfina, hielt aber den Mund. Stattdessen hörte sie der Gemahlin König Friedrichs möglichst aufmerksam zu, wobei es ihr weitaus besser gefiel, mit Meir Ben Chayyim, dem Leibmedicus des Kaisers, über Arzneien und Heilpflanzen zu sprechen. Meir hatte sie sogar mit einem weiteren jüdischen Arzt bekannt gemacht, der hier in Foggia praktizierte. Da sie mit diesem auch Arabisch sprechen konnte, war die Verständigung über medizinische Probleme leichter als in der apulischen Sprache, da die Juden viele Begriffe von den Sarazenen übernommen hatten. Yehoshafat Ben Shimon hatte ihr neue Heilpflanzen genannt und auch einige ihrer eigenen Rezepturen verbessert.

Leider ließ Iolanda ihr nicht die Zeit, die sie sich wünschte, um ihr medizinisches Können zu vertiefen. Dabei erschien es Pandolfina wichtiger, Menschen zu heilen, als Kleidungsstücke mit Stickereien zu verzieren. Dies konnten die sarazenischen Mägde, die zum Hofstaat des Königs gehörten, weitaus besser als sie. Dabei dachte sie mit einer gewissen Befriedigung, dass diese in der Kunst des Stickens auch die Königin um ein Vielfaches übertrafen.

Pandolfina musterte die um ein Jahr jüngere Iolanda und schüttelte innerlich den Kopf. Einst waren die de Briennes kleine Lehensleute in der Normandie gewesen. Nun aber schmückte Iolanda sich mit dem Titel einer Königin von Jerusalem und Beschützerin des Heiligen Grabes. Macht im Heiligen Land übte sie trotzdem nicht aus, denn die dortigen Barone sowie die Hoch-, Groß- und sonstigen Meister der Ritterorden dachten nicht daran, auf eine junge Frau zu hören. Selbst König Friedrich, ihr Gemahl, hatte Mühe, sich gegen diese Männer durchzusetzen. Dabei war es sein Ziel, als Kaiser des Heiligen Römischen Reiches und König von Sizilien die Stadt Jerusalem, die durch Jesus Christus geweiht war, aus der Hand der Sarazenen zu befreien.

Anders als viele aus Friedrichs Gefolge hielt Pandolfina die Sarazenen nicht für blutrünstige Ungeheuer. Dies lag nicht nur daran, dass sie von ihrer Mutter her selbst eine halbe Sarazenin war, sondern auch an einigen der Gäste, die sie gelegentlich in Yehoshafat Ben Shimons Haus antraf. Diese Männer wünschten nichts anderes als Frieden und ärgerten sich über ihren eigenen Herrn, den Sultan von Kairo, der im Streit mit seinem Neffen en Nasir in Syrien lag. Doch das waren Dinge, die der Meinung der meisten Männer nach ein Weib nichts angingen. Dabei hielt Pandolfina einige Männer am Hofe für so dumm, dass ein Esel dagegen als klug gegolten hätte.

Während ihre Gedanken wie so oft ihre eigenen Wege einschlugen, hatte Pandolfina ihre Stickerei wieder aufgetrennt und den Adler von neuem begonnen. Diesmal war Königin Iolanda zufrieden mit ihrer Arbeit und entließ sie schließlich mit einem huldvollen Lächeln.

Pandolfina knickste scheinbar ehrerbietig und verließ den

Raum. Insgeheim dachte sie, dass auch Iolanda de Brienne nicht gerade mit Klugheit gesegnet war. Das ganze Bestreben der Königin konzentrierte sich darauf, Friedrich möglichst bald einen Sohn zu schenken. Da dieser noch einen älteren Halbbruder namens Enrico haben würde, konnte das Kind zwar nicht das Erbe des Vaters im Heiligen Römischen Reich antreten, doch Iolanda hoffte, dass er neben ihrem eigenen Königreich Jerusalem auch über Sizilien und Apulien würde herrschen können.

Ehe sie sichs versah, fand sich Pandolfina am Ende des Flurs wieder. Wie schon mehrfach war sie an der Tür ihrer Kammer vorbeigelaufen. Kopfschüttelnd machte sie kehrt und sagte sich, dass sie sich nicht über die Königin und andere erheben durfte und auch nicht über die Esel, denn diese wussten, wo ihr Stall lag, und würden die Tür nicht verfehlen.

Mit einem Lächeln betrat Pandolfina ihren »Stall« und sah, wie Cita sich damit abmühte, Buchstaben auf eine Wachstafel zu schreiben. Die Zungenspitze der Magd ragte zwischen den Lippen hervor. Pandolfina wagte nicht, sie anzusprechen, denn sie fürchtete, Cita könnte sie sich abbeißen. Erst als sich Citas Miene etwas entspannte, räusperte sie sich.

Ihre Magd blickte auf und sah sie neugierig an. »Hat Euch die Königin aus ihren Klauen gelassen?«

Pandolfina musste lachen. »So kann man es nennen! Ich frage mich, weshalb ich etwas sticken soll, wo doch die Sarazeninnen des Königs für diese Kunst berühmt sind. Wenn diese Frauen ein Kleidungsstück besticken, sieht es großartig aus. Tu ich es, wird aus einem Adler eine gerupfte Gans mit unterschiedlich großen Flügeln.«

»So wie Ihr nicht einseht, wieso Ihr sticken sollt, frage ich mich, weshalb ich Lesen und Schreiben lernen soll.« Cita seufzte.

»Da gibt es einen großen Unterschied!«, erklärte Pandolfina mit Nachdruck. »Als meine Leibmagd und später nach der

Rückgewinnung der Mark meines Vaters als meine Beschließerin musst du lesen und schreiben können.«

Cita nickte beklommen. Es tat ihr leid, dass sie ihrer Herrin Sorgen bereitete. Aber deswegen gleich Buchstaben auf das Wachstäfelchen malen zu müssen, fand sie schlimm. Rechnen ging ja noch. Da hatte sie rasch begriffen, dass zwei Äpfel und drei weitere Äpfel zusammen fünf Äpfel ergaben. Sie hatte sogar die komischen Ziffern aus Strichen und Kreuzen gelernt. Fürs Schreiben aber gab es über zwanzig verschiedene Zeichen, und je nachdem, wie man sie anordnete, bedeuteten sie etwas anderes.

»Glätte die Tafel! Ich werde dir jetzt ein paar Sätze diktieren«, erklärte Pandolfina.

Mit einem leichten Schnauben gehorchte Cita und bemühte sich, das, was Pandolfina ihr vorsagte, ins Wachs zu ritzen. Nachdem sie fertig war, nahm ihre Herrin ihr das Täfelchen ab und las laut vor, was sie geschrieben hatte.

»Tie Vriechde sint sies unt schmeggen kut. Ich ese si kerne. Maine Herin dud tas ach.«

Pandolfina musterte ihre Magd kopfschüttelnd. »Du wirst wohl noch viel üben müssen. Es heißt richtig: Die Früchte sind süß und schmecken gut. Ich esse sie gerne, und meine Herrin tut das auch.« Während sie es sagte, schrieb sie es mit flinker Hand auf ein zweites Wachstäfelchen und hielt es Cita vor die Nase.

»Du wirst diese Zeilen so lange abschreiben, bis sie fehlerfrei sind. Hast du verstanden?«

»Ja, Herrin!« Cita schluckte ein wenig, denn sie hätte lieber Staub gewischt, als hier zu sitzen und sich mit dem Bronzestift und der Wachstafel abzumühen.

»Ich meine es doch nur gut mit dir.«

Pandolfinas Worte stürzten die Magd in einen noch größeren Zwiespalt. Da sie ihre Herrin verehrte, wollte sie alles tun, um diese zufriedenzustellen, selbst wenn das sich gegen ihre eigenen Wünsche richtete. Die zählten hier ohnehin nicht. Mit einer gewissen Schadenfreude dachte Cita daran, dass ihre Herrin das Sticken ebenso hasste wie sie das Schreiben. Doch so, wie Iolanda von Jerusalem von Pandolfina fordern konnte, statt gerupfter Gänse richtige Adler zu sticken, konnte diese von ihr erwarten, Früchte statt Vriechde zu schreiben.

»Wann geht es weiter?«, fragte sie. »Die Verhandlungen des Königs mit dem Sultan von Kairo dauern schon sehr lange. Viele der Herren sind bereits unruhig.«

»Sie sollten sich in Geduld üben, und du ebenfalls«, mahnte Pandolfina sie. »Wenn Seine Majestät Verhandlungen für klüger hält, als einfach draufloszuschlagen, so ist dies sein königliches Recht! Keiner aus seinem Gefolge darf ihn deswegen kritisieren.«

»Das tun aber etliche! Die Krieger mit dem roten Kreuz auf ihren Waffenröcken sind besonders unzufrieden, weil der König mit den Heiden verhandelt, anstatt sie zu vernichten.«

Pandolfina fragte sich, wo Cita all dieses Wissen aufgeschnappt haben mochte. Allerdings war ein so kindlich aussehendes Mädchen wie sie niemand, den die Erwachsenen ernst nahmen, und sie glaubte auch nicht, dass die unzufriedenen Ritter ihre Stimmen senken oder gar schweigen würden, wenn ihre Leibmagd vorbeikam. Tatsächlich sprach Cita ein Problem an, dem der König sich stellen musste. Die häufigen Besuche der Abgesandten des Sultans al Kamil Muhammad al Malik erregten Misstrauen bei den Rittern, die mit dem König zusammen ins Heilige Land ziehen wollten. Ihnen ging es darum, ihr Seelenheil zu sichern, doch das war, wie der Papst verkündet hatte, nur im Kampf gegen die Ungläubigen möglich.

Pandolfina wünschte sich, dass alles schnell gehen möge, denn es zog sie mit aller Macht in ihre Heimat. Immer noch saß Silvio di Cudi auf der Burg ihres Vaters, und diese Vorstellung war wie eine schwärende Wunde in ihrem Fleisch. Gelegentlich sprach sie den König auf diese unerträgliche Situation an.

Friedrich erklärte ihr jedes Mal geduldig, er habe Beschwerde beim Papst eingelegt und würde, sofern dessen Antwort bis zu seiner Rückkehr von dem Kreuzzug nicht nach seinem Willen ausfallen würde, di Cudi mit Waffengewalt aus Montecuore vertreiben. Pandolfina seufzte bei dem Gedanken. Ihr Vater hatte sich und seine Burg immer Montcœur genannt. Der König, der doch von Mutterseite her ein halber Normanne war, und dessen Berater zogen hingegen die hier gebräuchliche Form Montecuore vor.
»Schlaft Ihr mit offenen Augen, Herrin?«, fragte Cita.
Pandolfina schüttelte den Kopf. »Ich habe nur nachgedacht. Schreib jetzt! Ich gehe in die Stadt zu Yehoshafat Ben Shimon. Er will mir heute erklären, wie das Einrichten gebrochener Knochen funktioniert.« Sie lächelte ihrer Magd kurz zu, warf sich ihren Umhang über und verließ die Kammer. Unterwegs wunderte sie sich über sich selbst. Sie hätte auch am nächsten Tag zu dem jüdischen Arzt gehen können oder am übernächsten. Solange König Friedrich mit den Sarazenen verhandelte, hatte sie alle Zeit der Welt für solche Unternehmungen.
Doch was war, wenn der König die Verhandlungen erfolgreich abschloss oder auch abbrach, weil kein Ergebnis zu erwarten war? Dann würde die Flotte in See stechen und gen Jerusalem fahren, um es der Herrschaft der Anhänger Mohammeds zu entreißen. Pandolfinas Mutter hatte ihr von Mohammed erzählt und erklärt, dass dieser keineswegs das heidnische Ungeheuer gewesen war, als das die Prediger des Kreuzes ihn hinstellten. Erneut versank Pandolfina in tiefem Nachdenken und bemerkte den Mann, der ihr im Weg stand, erst, als sie gegen ihn prallte.
»Kannst du nicht aufpassen?«, herrschte er sie an.
Es war Antonio de Maltarena, der Edelmann, auf den sie, Renzo und Cita vor fast zwei Jahren bei ihrer Ankunft in Barletta getroffen waren. In all den Monaten war ihr der Mann nicht

sympathischer geworden, und es ärgerte sie, sich für ihr Versehen ausgerechnet bei ihm entschuldigen zu müssen. Bevor sie jedoch etwas sagen konnte, mischte sich jener ältere Herr im weißen Rock mit dem schwarzen Kreuz der teutonischen Ritter ein, auf dessen Wunsch der junge Enzio sie damals zum König gebracht hatte.

»Ihr tragt mehr Schuld als die Jungfer«, erklärte er mit einem zornigen Blick auf de Maltarena. »Ihr habt sie kommen sehen und seid ihr extra in den Weg getreten. Es liegt daher an Euch, Euch zu entschuldigen!«

Pandolfina war froh, dass Ermanno de Salza, den die Teutonen Hermann von Salza nannten, zu ihren Gunsten eingegriffen hatte. Wenn es stimmte, was er sagte, und daran zweifelte sie nicht, hatte Antonio de Maltarena es darauf angelegt, von ihr angerempelt zu werden. Das war eines Edelmanns im Dienste des Königs unwürdig. Ohne de Maltarena noch einmal anzusehen, deutete sie vor Hermann von Salza einen Knicks an und eilte weiter.

»Sie geht wahrscheinlich wieder zu diesem Judenhund!«, stieß Antonio de Maltarena hervor.

»Der Arzt mag ein Jude sein, aber er hat auf jeden Fall bessere Manieren als Ihr«, antwortete von Salza verächtlich und kehrte dem jungen Mann den Rücken zu.

Unterdessen verließ Pandolfina die Festung und eilte über den Vorplatz zu den ersten Häusern der Stadt. Dabei kam sie an einem ehemaligen sarazenischen Tempel vorbei – an einer Moschee, wie ihre Mutter diese Häuser genannt hatte. Ein an der Spitze des Minaretts angebrachtes Kreuz verriet, dass die Gläubigen hier schon lange nicht mehr zum Gebet an Allah aufgerufen wurden.

Laut Yehoshafat Ben Shimon sollte der Gott der Juden, der Christen und der Sarazenen ein und derselbe Gott sein und die drei Völker nur den Lehren unterschiedlicher Propheten folgen. So ganz konnte Pandolfina dies nicht glauben. Wäre es so, müssten die Völker sich doch nicht um des Glauben willens bekämpfen.

Mit dem Gedanken erreichte sie das Haus des Arztes, klopfte an die Tür und sah sich Augenblicke später der alten Magd gegenüber, die ihr Brot als Türhüterin verdiente.

»Friede sei mit dir«, grüßte Pandolfina.

Die Frau murmelte etwas, das Pandolfina nicht verstand, und ließ sie ein. Wenig später stand sie vor dem Hausherrn. Dieser wirkte mit seinem weiten Kaftan, der bestickten Mütze und dem langen, grauen Bart immer noch fremdartig auf sie, doch sein Wissen faszinierte sie, und sie entbot erneut den Friedensgruß.

»Auch mit dir sei Friede immerdar«, antwortete Yehoshafat Ben Shimon mit dem Anflug eines Lächelns. »Bist du der Stickerei der Königin entkommen?«

Pandolfina nickte lächelnd. »Ja! Aber nicht, bevor sie mir sagen konnte, mein Adler sähe aus wie eine gerupfte Gans mit unterschiedlich großen Flügeln.«

»Die Königin stickt wohl sehr gut?«, fragte Yehoshafat weiter.

»O nein! Eher mittelmäßig. Die sarazenischen Mägde des Königs können es viel besser. Sie fertigen auch jene Gewänder an, die er als Ehrengeschenke verteilt. Bei den Kleidungsstücken, die ich besticke, könnte er es nicht tun, es sei denn, der Empfänger ist so unwichtig, dass er selbst ein Stück alten Tuches als Belohnung ansehen würde.« Pandolfina lachte ein wenig, um ihren Worten die Schärfe zu nehmen, und sah zufrieden, dass auch Yehoshafats Lippen sich belustigt bogen.

»Deine Hände, welche die Sticknadel nur unzureichend führen können, vermögen bei Verletzten und Kranken weit mehr zu bewirken. Der Knabe, den seine Mutter letztens zu mir gebracht hat, ist durch deine Tränke vollständig geheilt worden. Auch vermagst du Bresthaften allein durch den Klang deiner Stimme wieder Mut zu machen«, lobte der Arzt Pandolfina, wies dann aber zur Tür.

»Es wird gleich ein Verletzter gebracht, um den ich mich kümmern muss. Du kannst zusehen, wenn du willst. Aber es wird kein schöner Anblick sein.«

»Wie wurde der Mann verletzt? Doch nicht durch eine Waffe?«, fragte Pandolfina besorgt.

Yehoshafat Ben Shimon schüttelte den Kopf. »Nein! Es handelt sich um einen Maurer, der vom Gerüst gefallen ist. Wie schwer er verletzt ist, werde ich erst wissen, nachdem ich ihn untersucht habe. Du solltest dich im Hintergrund halten! Ich werde dir nachher berichten, was mit ihm geschehen ist und wie ich ihn behandeln will.«

»Danke.« Pandolfina dachte, dass Königin Iolanda wahrscheinlich bereits bei dem Gedanken, zuzusehen, wie ein verletzter Maurer wieder zusammengeflickt wurde, in Ohnmacht fallen würde.

2.

Pandolfinas Besuch bei Yehoshafat Ben Shimon dauerte länger als geplant. Zum einen hatte der Arzt einige Zeit benötigt, um den Verletzten zu versorgen, und zum anderen hatte er ihr ausführlich erklärt, was er alles unternommen hatte, um die Schäden des Unfalls so gering wie möglich zu halten. Es dunkelte daher bereits, als Pandolfina in die Festung zurückkehrte. Die Wachen kannten sie und ließen sie ungehindert passieren. Als sie in den Gang einbiegen wollte, in dem ihr Quartier lag, vernahm sie hinter einer angelehnten Tür gedämpfte Stimmen und blieb unwillkürlich stehen.

»… verhindert werden, dass der König ins Heilige Land aufbricht. Sollte er Jerusalem zurückerobern – und das ist wahrscheinlich, da der Sultan von Kairo mit dem von Damaskus im Krieg liegt –, bleibt Seiner Heiligkeit nichts anderes übrig, als ihn von seinem Bann zu lösen.«

Pandolfina klopfte das Herz bis zum Hals. Das hörte sich nicht nach Freunden des Königs an. Obwohl es gefährlich war, als heimliche Lauscherin ertappt zu werden, trat sie näher an die Tür.

»Ihr habt gut reden, Monsignore! Friedrich hat ein großes Heer versammelt, und täglich strömen mehr dieser teutonischen Ritter herbei. Es sind wüste Gesellen, die geradezu im Wein baden und den Weibern nachstellen. Die werden nicht auf Priester hören, die ihnen erklären, dass sie Friedrich keine Treue schuldig sind. Wenn er ihnen genug Beute verspricht, ziehen sie unter seinem Kommando auch nach Rom und verwüsten die Heilige Stadt!«

Diesen Redner glaubte Pandolfina zu kennen, kam aber nicht auf seinen Namen. Zeit zum Nachdenken blieb ihr nicht, denn ein weiterer Mann ergriff das Wort.

»Friedrich könnte mit seinen teutonischen Rittern auch nach Norden in die Lombardei ziehen und Mailand erobern. Dann wäre das Patrimonium Petri nur noch eine Nuss auf einem Amboss, über der bereits der Hammer schwebt.«

»Ganz richtig!«, stimmte ihm sein Vorredner zu. »Lasst Friedrich mit seinem teutonischen Gesindel ruhig ins Heilige Land ziehen. Die Schwerter der Sarazenen und die Seuchen, die dort herrschen, werden schon dafür sorgen, dass genug von ihnen krepieren. Wenn Friedrich dann zurückkommt, ist er zu schwach, um sich in Apulien durchzusetzen, geschweige denn die Herrschaft Seiner Heiligkeit, des Papstes, bedrohen zu können.«

»Und wenn er Jerusalem gewinnt?«, wandte der Monsignore ein.

»Eine Reise ins Heilige Land ist lang und gefährlich. Da kann ein Mann leicht sterben.«

Pandolfina glaubte, nicht recht zu hören. Diese Männer planten übelsten Verrat, und das mitten in der Burg des Königs. Da klangen Schritte auf, und sie eilte erschrocken weiter.

»Oh, Heilige Mutter Gottes, hilf!«, stieß sie hervor und bog in den nächsten Quergang ab, um nicht gesehen zu werden. Da sie sich nicht mehr zurücktraute, musste sie bis zum Ende des Ganges gehen, von dort aus die Treppe in einen der Seitenhöfe benutzen und ihre Kammer auf einem anderen Weg aufsuchen.

Als sie ankam, war Cita nicht im Zimmer. Dies war Pandolfina recht, denn das, was sie vernommen hatte, hatte sie so sehr erschüttert, dass es ihrer Magd mit Gewissheit aufgefallen wäre. Sie musste unbedingt dem König davon berichten. Doch würde Friedrich ihr glauben? Wenn sie wenigstens den Namen des Mannes wüsste, dessen Stimme ihr bekannt vorgekommen war. Nach einer Weile hielt sie es in ihrer Kammer nicht mehr aus und verließ sie. Als sie diesmal den Gang entlangging, war die Tür, hinter der sie die Verschwörer belauscht hatte, fest verschlossen, und sie vernahm keinen Laut mehr. Nach einer Weile erreichte sie die Gemächer des Königs und sah zwei Männer seiner sarazenischen Leibwache mit gezückten Schwertern davorstehen. Das erleichterte Pandolfina, denn diesen Männern konnten die Knechte des Papstes nicht mit Höllenfeuer drohen oder sie mit der Aussicht auf einen Platz im Paradies locken.

»Friede sei mit euch!«, grüßte sie und wies auf die Tür. »Kann ich zu Seiner Majestät, dem König?«

»Friede sei auch mit dir, Pandolfina«, antwortete der ältere Sarazene in seiner Sprache. Auch wenn das Mädchen christlich erzogen worden war, so floss in ihren Adern von Mutterseite her das Blut der ersten Anhänger Mohammeds.

Sein Kamerad öffnete ihr die Tür. Sofort schlüpfte Pandolfina hindurch und versank in einen tiefen Knicks.

Ein schwächliches Lachen erklang. »Steh auf, meine kleine Leibärztin! Hat dir Yehoshafat Ben Shimon eine neue Medizin für mich mitgegeben?«

Pandolfina schüttelte den Kopf. »Nein, Euer Majestät! Er meinte, dass Eure Majestät auch so auf dem besten Weg seid, zu genesen. Ich komme aus einem anderen Grund.« Nachdem sie sich ängstlich umgeschaut hatte, trat sie näher auf den im Bett liegenden König zu.

»Ich habe Verrat belauscht, Euer Majestät! Jemand, der Monsignore genannt wurde, forderte andere auf, zu verhindern, dass Ihr ins Heilige Land aufbrechen könnt. Aber die, die bei ihm waren, fürchten Eure teutonischen Ritter und wollen, dass sie im Kampf gegen die Sarazenen verbluten.«

»Die Barone und die Städte Apuliens fürchten meine deutschen Ritter«, sagte Friedrich lächelnd. »Das sollen sie auch, denn das hält sie von unsinnigen Dingen ab.

»Die Verschwörer wollen Euch ermorden, wenn Euer Kreuzzug erfolgreich verläuft.«

Friedrich hob lächelnd die Hand. »Du hast meine treuen Sarazenen gesehen. Auch sind noch mehr Männer um mich herum, die für meine Sicherheit sorgen. Und dann habe ich ja auch noch dich!« Er tätschelte Pandolfina die Wangen und lachte erneut. »Mach dir keine Sorgen um mich! Ich werde gut behütet. Aber gib gut acht, dass diese Männer nicht erfahren, wer sie belauscht hat.«

»Einen davon werde ich sofort erkennen, wenn ich seine Stimme höre«, erklärte Pandolfina. »Auch ein zweiter müsste leicht herauszufinden sein, denn es dürfte nicht viele Monsignori hier geben.«

»Ich weiß sogar, um wen es sich handelt«, gab Friedrich unumwunden zu. »Allerdings kann ich nichts gegen den Gesandten des Papstes unternehmen. Er ist nicht direkt zu mir gekommen, sondern verhandelt mit Berardo de Castanea, meinem guten Erzbischof von Palermo, Piero de Vinea, und vor allem mit Hermann von Salza. Alle drei sind treue Männer, auf die ich mich voll und ganz verlassen kann. Sie werden den neuen Papst davon überzeugen, die Majestät des Kaisers anzuerkennen und den Kirchenbann zu lösen, den sein Vorgänger Honorius über mich verhängt hat. Als Dank dafür werde ich ihm Jerusalem zu Füßen legen.«

Friedrichs Stimme klang frischer und energischer als noch vor ein paar Tagen, und Pandolfina hoffte, dass er bald wieder ganz gesund sein würde.

Nun knickste sie erneut und bat, gehen zu dürfen. »Das darfst du«, erklärte der König lächelnd. »Und mach dir keine Sorgen um mich! Ich fürchte einen verdorbenen Magen und einen gekränkten Darm mehr als alle Macht des Papstes.«

Pandolfina hoffte, dass Friedrich die Gefahr, die ihm vom Papst drohte, nicht auf die leichte Schulter nahm. Auch wenn Gregor wie schon seine Vorgänger Dinge tat, die eines Nachfolgers Petri nicht würdig waren, so stand er doch als gewählter Papst der Christenheit vor und vermochte dem König zu schaden.

3.

Der Mann, den Pandolfina zu kennen glaubte, musste Foggia verlassen haben. Obwohl sie achtgab, vernahm sie nirgends seine Stimme. Sie selbst musste Königin Iolanda nur noch wenige Wochen ertragen, denn kaum hatte sich herausgestellt, dass seine Ehefrau schwanger war, schickte Friedrich sie auf eine seiner Burgen fern von den sumpfigen Ebenen an der Küste, aus denen alle möglichen Krankheiten krochen und die Menschen quälten. Er aber widmete sich wieder den Vorbereitungen für seinen Kreuzzug.

Die Abreise zog sich noch immer hin. Wie es aussah, hoffte Friedrich, Papst Gregor würde ihn noch vorher von seinem Kirchenbann lösen. Aus diesem Grund schickte er Hermann von Salza und andere Gesandte nach Rom, ohne den Papst umstimmen zu können. Viele der apulischen und sizilianischen Gefolgsleute des Königs nutzten die Gelegenheit, in ihre Burgen und Städte zurückzukehren und nicht wiederzukommen. Das Heer, das Friedrich gesammelt hatte, schmolz daher stark, und Pandolfina befürchtete bereits, es werde zuletzt sogar zu schwach sein, Silvio di Cudi aus der Burg ihres Vaters zu vertreiben.

Auch wenn die Königin fort war, blieb es Pandolfina nicht erspart, Kleider und Decken zu besticken. Nun war allerdings eine der sarazenischen Dienerinnen ihre Lehrmeisterin, und diese verfügte über die nötige Geduld und vor allem auch über die Gabe, es ihr beizubringen. Als Tochter und Erbin des Grafen Gauthier de Montcœur besaß Pandolfina das Recht, das Wappen ihrer Familie zu tragen. Es aber selbst zu sticken war eine Aufgabe, an der sie beinahe verzweifelte. Doch mit Hilfe der Sarazenin gelang es ihr.

Gelegentlich ließ der König sie rufen, um sich mit ihr zu unterhalten oder Schach mit ihr zu spielen. Auf diese Herausforderung war sie weitaus besser vorbereitet als aufs Sticken, denn nach dem Tod der Mutter hatte der Vater viele Abende mit ihr gespielt, und so gelang es ihr immer wieder, den König in Verlegenheit zu bringen oder gar ein Spiel zu gewinnen.

In der übrigen Zeit sorgte sie dafür, dass Cita Lesen und Schreiben lernte, und war einige Male bei Yehoshafat Ben Shimon zu Gast. Zwar passte es vielen am Hof und vor allem dem Priester der zuständigen Kirchengemeinde nicht, dass der Jude unbehelligt unter ihnen leben und als Arzt praktizieren durfte. Doch wenn eine Krankheit sie zwickte, ließen selbst die übelsten Schreier ihn rufen.

Pandolfina ärgerte sich über diese Doppelmoral, freute sich aber, dass der Arzt ihr vieles erklärte. Auf diese Weise konnte sie auch dem König raten, da dieser seinen Leibarzt mit der Königin weggeschickt hatte.

Als Pandolfina an diesem Abend aus der Stadt zurückkehrte, kamen ihr deutsche Ritter entgegen. Ihre Mienen wirkten missmutig, und die roten Köpfe zeigten, dass sie dem Wein von Apulien in hohem Maße zugesprochen hatten.

Während zwei an ihr vorbeigingen, vertrat ihr ein dritter den Weg. »Bist ein hübsches Ding!«, lallte er. »Gehörst wohl zu den Sarazeninnen, die sich Friedrich als Beischläferinnen hält. Sollen im Bett ausgezeichnet sein, habe ich sagen hören. Willst du es mir nicht zeigen, mein Schatz?«

In dem Augenblick erinnerte Pandolfina sich daran, dass eine Edeldame niemals ohne Begleitung ausgehen sollte. Vor allem dann nicht, wenn sie so ein einfaches Kleid trug wie sie, denn sie konnte leicht für eine Dienerin gehalten werden. Diese Erkenntnis half ihr im Augenblick jedoch nicht weiter, denn der Teutone sah ganz danach aus, als wolle er sie in eine dunkle

Ecke zerren und über sie herfallen. Wenn es so geschah, war sie selbst schuld, durchfuhr es sie. Dann aber packte sie der Zorn, und sie schlug dem Mann mit aller Kraft ins Gesicht.

»Was erdreistet Ihr Euch?«, rief sie empört auf Französisch, da die Verwendung der hier gebräuchlichen Umgangssprache nur dazu geführt hätte, dass er sie weiterhin für eine Magd gehalten hätte.

Im ersten Augenblick starrte der Mann sie verdattert an, während seine Begleiter lauthals zu lachen begannen. Dann aber packte er Pandolfina bei den Schultern und schüttelte sie wütend.

»Einen Heimo von Heimsberg schlägt niemand, am wenigsten eine Frau!«, brüllte er.

Pandolfina verstand seine deutschen Worte nicht und musste das Gesicht abwenden, da seine Aussprache ziemlich feucht war. Gleichzeitig versuchte sie, sich zu befreien. Doch er hielt sie so fest wie ein Schraubstock. »Du wirst mich um Verzeihung anflehen, du Miststück, und danach werden wir …«

Zu mehr kam er nicht, da Pandolfina ihn mit einem Wust an Verwünschungen bedachte, die jede für sich eine schlimme Beleidigung darstellten. Sie wechselte dabei mühelos von dem hiesigen italienischen Dialekt ins Französische und wieder zurück und würzte das Ganze mit einigen arabischen Beleidigungen, für die ihr die Leibwächter des Königs die Haut bei lebendigem Leib abgezogen hätten.

Sie verblüffte Heimo von Heimsberg dermaßen, dass dieser sie losließ. Als er sie erneut packen wollte, hielt ihn einer seiner Begleiter zurück.

»Lasst es gut sein! Ich glaube, das ist die Tochter eines sizilianischen Grafen. Sie geht beim Kaiser aus und ein, und wenn sie sich über Euch beschwert, habt Ihr bei Friedrich einen schweren Stand.« Dann wandte er sich an Pandolfina. »Vergebt meinen Freund, aber er hat einen Becher zu viel getrunken.«

Sein Französisch war zu gut, als dass er einer der Teutonen sein konnte, fand Pandolfina und musterte ihn genauer. Er war etwas kleiner als Heimsberg, nicht ganz so breit gebaut, und unterschied sich auch durch seine dunklen Haare von seinen Begleitern.

»Ich danke Euch für Eure Hilfe! Dieser Teutone sollte sich in Zukunft jedoch etwas zurückhalten. Sonst muss er weniger den Zorn des Königs als vielmehr die Rache der Verwandten der Damen fürchten, die er beleidigt.«

Mit diesen Worten drehte Pandolfina den Männern den Rücken zu und kehrte in ihre Kammer zurück. Sie sagte sich allerdings, dass sie den Namen des dunkelhaarigen Ritters gerne erfahren würde.

4.

Die Gelegenheit dafür bot sich gleich am nächsten Abend. Eingedenk ihrer Erfahrungen mit Heimsberg hatte Pandolfina sich von Cita in die Stadt begleiten lassen. Als sie zurückkamen, wartete eine Dienerin auf sie.

»Seine Majestät bittet Euch, beim abendlichen Bankett zu erscheinen!« Die Miene der Frau zeigte deutlich, dass sie von jungen Edeldamen, die entweder allein oder nur von einer einzigen Magd begleitet im Haus eines Juden verkehrten, wenig hielt.

»Ich werde kommen«, antwortete Pandolfina verwundert. Zwar hatte der König schon öfter Bankette abgehalten, doch waren die Damen nur selten hinzugebeten worden. Umso neugieriger war sie nun, was und wen sie dort zu sehen bekommen würde.

Während die Dienerin verschwand, wandte Cita sich Pandolfina zu. »Habt Ihr überhaupt ein Gewand, das für eine solche Gastlichkeit in Frage kommt?«

Die Kleine berührte einen wunden Punkt. Im Grunde besaß Pandolfina nur zwei einfache Kleider, die sie abwechselnd trug, und von denen war keines für ein Fest geeignet. Um ein neues zu nähen, war die Zeit zu knapp. Außerdem fehlte ihr das passende Tuch, und sie hatte auch kein Geld, sich welches zu besorgen. Pandolfina wollte schon Cita losschicken, um sich entschuldigen zu lassen, als die Kleine einen leisen Schrei ausstieß.

»Die Königin hat bei ihrer Abreise mehrere ihrer Kleider zurückgelassen, weil sie ihr nicht mehr passten. Ich werde eines davon holen.«

»Nein, halt! Wenn man dich dabei sieht, hält man dich für eine Diebin«, rief Pandolfina, doch da war ihre Magd bereits zur Tür hinaus.

»Mach das nie wieder!«, tadelte sie Cita, als diese kurz darauf mit einem großen Korb zurückkam.

»Warum?«, antwortete das Mädchen treuherzig. »Ich habe die Kleider der Königin ganz unten in den Korb getan und obendrauf ein wenig Wäsche, die zum Waschen muss. So konnte niemandem etwas auffallen. Ich muss nur rasch die guten Kleider herausholen und den Rest zu den Wäscherinnen bringen.« Mit geschickten Händen zog sie zwei Kleider – eines blau, das andere rot – aus dem Korb und legte sie auf Pandolfinas Bett aus. »Sobald ich zurückkomme, könnt Ihr sie anprobieren. Ich hoffe nur, wir müssen nicht zu viel ändern«, sagte sie und verließ erneut die Kammer.

Pandolfina wusste nicht, ob sie weinen oder lachen sollte. Findig war ihre Magd, doch allzu sehr sollte Cita ihre Geschicklichkeit nicht unter Beweis stellen. In dieser Situation aber war sie der Kleinen dankbar. Die beiden Kleider waren schön, und Königin Iolanda hatte sie bereits vor ihrer Schwangerschaft nicht mehr tragen wollen. Angst, jemand könnte die Kleider erkennen, brauchte sie keine zu haben, war es doch Sitte bei den hohen Herrschaften, Gewänder, deren sie überdrüssig geworden waren, an ihre Gefolgsleute abzutreten.

Noch während Pandolfina überlegte, ob sie nun das blaue Kleid oder besser das rote anziehen sollte, kehrte Cita zurück.

»So, geschafft!«, sagte das Mädchen aufatmend. »Jetzt müssen wir zusehen, dass Ihr rasch fertig werdet. Die ersten Gäste treffen bereits ein. Habt Ihr Euch schon für ein Kleid entschieden?«

Pandolfina schüttelte ratlos den Kopf.

»Ich würde Euch zu dem blauen Kleid raten. Rot ist mehr für verheiratete Damen, und das seid Ihr noch nicht.« Cita klang so ernsthaft, dass Pandolfina sich zwingen musste, nicht zu lachen.

»Nein, verheiratet bin ich noch nicht«, antwortete sie und dachte kurz an die Königin. Iolanda de Brienne war ein Jahr jünger als sie und sah bereits ihrer ersten Niederkunft entgegen. Ihr hätte das Gleiche gedroht, wenn es Silvio di Cudi gelungen wäre, sie zur Ehe mit ihm zu zwingen. Mit einem Laut des Ekels verdrängte Pandolfina den Gedanken an ihren Todfeind und stellte sich vor, sie würde dem freundlichen Ritter begegnen, der sie vor dem aufdringlichen Deutschen beschützt hatte.

»Heimo von Heimsberg! So kann auch nur ein Teutone heißen«, fauchte sie, während sie in das blaue Kleid schlüpfte. Zu ihrer Verwunderung passte es bis auf ein paar Kleinigkeiten ausgezeichnet. Dabei hatte sie immer gedacht, die Königin wäre größer als sie. Als sie das Cita sagte, lachte diese leise auf.

»Ihr seid in den letzten Monaten ein schönes Stück gewachsen, und auch hier oben ist jetzt mehr als noch vor unserer Flucht.« Die Magd deutete dabei Brüste an, welche die von Pandolfina weit übertrafen.

»Spottdrossel!«, sagte diese fröhlich und setzte sich, damit Cita ihr die Haare flechten konnte.

»Ich sage nur die Wahrheit. Euer … äh Popo ist auch schon kräftiger geworden.«

»Sage nur nicht, dass ich fett werde!«, unterbrach Pandolfina ihre Leibmagd.

Cita grinste nur und zupfte ein wenig an einer Haarsträhne.

»Aua, das tut weh!«, beschwerte Pandolfina sich, hielt dann aber still, damit die Kleine ihr Werk vollenden konnte.

5.

Der Zeremonienmeister bedachte Pandolfina mit einem prüfenden Blick und nickte zufrieden. So konnte er die junge Dame dem König und seinen Gästen präsentieren. Auf seinen Wink hin führte einer seiner Untergebenen das Mädchen an den für sie bestimmten Platz, während ein Herold sie ankündigte.

»Pandolfina, Marchesa de Montecuore!«

Die Rangerhöhung von der Gräfin zur Markgräfin hatte der König veranlasst, um zu zeigen, dass sie in seiner Gunst stand und er ihr Anliegen, die Heimat zurückzugewinnen, unterstützen würde. Pandolfina wäre gerne Gräfin geblieben, wenn Friedrich sofort gehandelt hätte. Um jedoch den Papst nicht noch mehr gegen sich aufzubringen, wollte er vor seiner Reise ins Heilige Land keine offene Fehde mit einem von Gregors Gefolgsleuten beginnen.

Mitten in ihre Gedanken hinein vernahm Pandolfina neben sich eine Stimme. »Ich freue mich, Euch zu sehen, Marchesa!«

Es war der junge Mann, der Heimo von Heimsberg in seine Schranken verwiesen hatte. Pandolfina sah, dass man ihr den Platz an seiner Seite zugedacht hatte, und fragte sich, ob dies Absicht gewesen war.

Lächelnd setzte sie sich und wandte sich dem jungen Edelmann zu. »Ich freue mich ebenfalls.«

»Darf ich mich vorstellen? Loís de Donzère, Chivaliér de Lanvac, Ritter des Heiligen Römischen Reiches.«

»Ihr seid aber kein Teutone«, wandte Pandolfina ein.

»Ich stamme aus der Provence, die dem Kaiser durch Lehenstreue verpflichtet ist.« Loís de Donzère lächelte gewinnend. Zwar hatte er Pandolfina bereits bei ihrem ersten Zusammentreffen für eine adelige Dame gehalten, aber von einem weit geringeren Rang als eine Markgräfin. Im Grunde stand sie für jemanden aus niederem Adel wie ihn viel zu hoch. Er war jedoch ehrgeizig, und da sie offensichtlich die Gunst des Königs genoss, konnte eine eheliche Verbindung mit ihr ihn höher aufsteigen lassen.
Während er sich mit ihr unterhielt, musterte er sie mit großem Interesse. Sie mochte etwa sechzehn Jahre alt sein und hatte eine schlanke Figur, versprach aber, in der nächsten Zeit etwas fülliger zu werden. Dabei war sie ausnehmend hübsch, ihre geheimnisvollen hellblauen Augen standen in einem wundervollen Kontrast zu ihrem rabenschwarzen Haar. Ein Mund, nicht zu groß und nicht zu klein, mit sanft geschwungenen Lippen und ein rundes Kinn mit einem kleinen Grübchen verliehen ihr einen besonderen Reiz.
Ich könnte es nicht besser treffen, dachte Loís de Donzère und setzte seinen gesamten Charme ein, um Pandolfina für sich zu gewinnen. Als er bemerkte, dass die junge Dame sich vor allem für seine kriegerischen Fähigkeiten interessierte, berichtete er von seinen Erfolgen bei Turnieren, in denen er bereits deutsche Ritter, Ritter aus England und Frankreich, aber auch aus seiner Heimat, der Provence, besiegt hatte.
»Wie steht es mit den Römern?«, fragte Pandolfina und dachte dabei vor allem an die Gefolgsleute des Papstes.
»In Rom war ich noch nicht, habe aber vor, die Stadt bald zu besuchen und mein Knie vor Seiner Heiligkeit zu beugen«, sprach der junge Mann fröhlich weiter und merkte nicht, dass Pandolfinas Miene sich verdüsterte. Das Knie vor dem Papst zu beugen würde ihr schwerfallen, auch wenn dieser das Oberhaupt der Christenheit war.
Einige gut gesetzte Sätze de Donzères später hatte sich Pandol-

finas Unmut wieder verflüchtigt. Sie lachte über seine Scherze und ließ es zu, dass er mehrmals ihre Hand berührte. Ein seltsames Gefühl überkam sie, es war, als würde sie ihre eigenen Empfindungen erst richtig kennenlernen.

Auch sonst fühlte Pandolfina sich glücklich, denn es war ein sehr abwechslungsreicher Abend. Sie konnte die Zahl der Gäste nur schätzen, die der König eingeladen hatte. Neben Hermann von Salza waren auch Piero de Vinea, Taddeo de Susa und etliche andere von Friedrichs Vertrauten anwesend. Dazu kamen Edelleute aus allen Teilen Siziliens und Apuliens, mehrere Männer, die wie de Donzère aus der Provence stammten, sowie ein gutes Dutzend hochrangiger Teutonen, deren laute, harte Stimmen immer wieder misstönend durch die Halle dröhnten. Heimo von Heimsberg hatte weiter unten an der Tafel Platz nehmen müssen und saß damit doppelt so weit von Friedrich entfernt wie Pandolfina. Sie freute sich darüber, ebenso über die missmutige Miene, mit der er sie und Loís de Donzère musterte.

An Pandolfinas anderer Seite saß Enzio, einer von Friedrichs illegitimen Söhnen. Dieser versuchte mehrmals, ein Gespräch mit ihr zu beginnen, kam aber gegen den schmucken provenzalischen Ritter nicht an. Darüber ärgerte er sich sichtlich, denn immerhin hatte er Pandolfina bei ihrer Ankunft am Hof zu seinem Vater geführt und ihr auch später immer wieder mit Ratschlägen beigestanden.

Seine eigene Tischnachbarin bemerkte seinen Unmut und legte ihm lächelnd die Hand auf den Arm. »Vergebt Pandolfina, denn sie meint es gewiss nicht böse.«

»Da mögt Ihr recht haben! Doch mir ist dieser Ritter etwas zu wortgewandt – und Pandolfina ein unerfahrenes Mädchen.«

Bianca Lancia d'Agliano verkniff es sich zu sagen, dass diese Worte aus dem Mund eines vierzehnjährigen Knaben etwas seltsam klangen, wechselte einen Blick mit dem König und sah die Geste, mit der er sie aufforderte, sich mit seinem Sohn zu unterhalten. Dies tat sie denn auch, und sie fand es amüsanter, als wenn sie die Königin hätte begleiten und deren Launen ertragen müssen.

Unterdessen wies de Donzère auf den Haupteingang des Saales. »Gleich kommen die Sänger und Gaukler!«

Pandolfina nickte und sah zu, wie eine der Sarazeninnen des Königs hereinkam und zu tanzen begann. Bekleidet war sie mit einem dünnen Schleiergewand, das ihren gut geformten Leib kaum verhüllte. Auch der Schleier vor ihrem Gesicht war dünn und zeigte ein anmutiges Gesicht mit Augen, die schwärzer waren als die dunkelste Neumondnacht ohne Sterne.

»Herrlich, nicht wahr?«, rief de Donzère begeistert.

Pandolfina überlegte kurz, welche Antwort Loís wohl erwartete, und rettete sich in ein leises Lachen. »Einem Mann mag so ein Anblick wohl gefallen! Ich gebe neidlos zu, dass diese Frau eine Schönheit ist.«

»Sie ist nicht schöner als Ihr!« De Donzères Kompliment und sein Lächeln ließen Pandolfinas Herz schmelzen. Als ebenso schön wie diese herrlich gewachsene Sarazenin bezeichnet zu werden gefiel ihr.

Während die Sarazenin tanzte, schlug sie mit einem Tamburin den Takt. Im Saal wurde es ganz ruhig. Selbst die Teutonen verstummten und stierten die junge Frau an.

Nach ihrem Auftritt ließ Friedrich der Tänzerin eine Schale mit Münzen reichen und forderte die Herren um ihn herum auf, sie ebenfalls zu belohnen. Einige taten es großzügig, andere nur zögernd, dennoch kam eine Summe zusammen, die es der Tänzerin ermöglichen würde, einige Jahre gut davon zu leben.

»Federico ist ein König, wie man ihn sich nur wünschen kann«, rief Pandolfina in ihrer Begeisterung etwas zu laut.

Friedrich vernahm es und winkte ihr freundlich zu.

»Ihr steht hoch in der Gunst des Königs. Dies sieht man schon daran, dass Ihr am Hof bleiben durftet, während etliche andere

Damen mit Isabella reisen mussten«, sagte Loís de Donzère mit einem Hauch Neid in der Stimme.

»Wer ist Isabella?«, fragte Pandolfina verwundert.

»Die Königin! Verzeiht, Ihr kennt sie nur unter dem Namen Yolande.«

»Iolanda«, übersetzte Pandolfina den Namen der Königin in die hier am Hof gebräuchliche Sprache.

»So nennt ihr Italiener sie. Die Allemands nennen sie Jolanthe, aber sonst wird sie Isabella genannt. Dieser Name ist auch königlicher.«

»Dann wird sie ihn bald selbst verwenden«, spottete Pandolfina.

Sie fand es angenehm, mit Loís zu sprechen, und lauschte errötend seinen Komplimenten. Kaum noch hatte sie Augen für die Gaukler und Sänger, die ihre Kunst zur Unterhaltung der Gäste zum Besten gaben.

Plötzlich tauchte Heimo von Heimsberg neben de Donzère auf. »Wollt Ihr nicht ein Lied zum Besten geben? Ihr sagtet doch, Ihr geltet in Eurer Heimat als einer der größten Minnesänger.«

»Ich bin ein Troubadour und keiner von Euren deutschen Schreihälsen!« De Donzère hatte begriffen, dass Pandolfina die Männer aus dem Norden nicht liebte, und gab sich daher schroff. Allerdings bekamen einige Gäste an der Tafel den Wortwechsel der beiden jungen Männer mit, und immer mehr stellten die Forderung, Loís möge eines seiner Lieder vortragen.

»Traut Euch nur!«, schaltete sich schließlich der König ein. »Ein Mann, der außer dem Schwert auch die Laute zu beherrschen weiß, ist an meinem Hof stets gern gesehen.«

»Ich habe meine Laute nicht bei mir«, wandte Loís ein.

»Ich lasse Euch eine bringen. Sie ist gewiss nicht schlechter als die Eure.«

Der König lächelte noch immer, doch seine Augen blickten

kühl. Ihm missfielen Männer, die sich ihrer Taten und Künste rühmten, ohne sie beweisen zu wollen. Auf seinen Befehl hin brachte ein Diener eine Laute. Friedrich nahm sie in den Arm und schlug ein paar Akkorde an. Jeder, der ein wenig von Musik verstand, konnte feststellen, dass es sich um ein ausgezeichnetes Instrument handelte.

Für Loís de Donzère wurde es ernst. Wenn er sich noch immer weigerte, würden ihn alle für einen Aufschneider halten. Er sah Pandolfina an und lächelte verkrampft. »Verzeiht mir, wenn Euch mein Vortrag nicht gefallen sollte, doch ich bin diese Laute nicht gewohnt und habe bislang nur im Kreise meiner Freunde gespielt.«

»Ihr werdet gewiss wundervoll spielen und singen«, erwiderte Pandolfina mit leuchtenden Augen.

Loís de Donzère dachte sich, dass er im Grunde nur sie begeistern musste, und nickte. »Ich spiele allein für Euch!«

Nach diesen Worten stand er auf, verneigte sich geziert vor ihr und trat dann auf den König zu. Dieser reichte ihm die Laute und musterte ihn durchdringend.

»Mit Eurer Erlaubnis, Majestät, setze ich mein geringes Können ein, um Eure Gäste zu unterhalten«, erklärte de Donzère.

Auf Pandolfina wirkte seine bescheidene Art angenehm, doch Friedrich verzog missmutig die Lippen. Er nickte dem jungen Mann auffordernd zu und lehnte sich mit geschlossenen Augen zurück, um seinem Vortrag zu lauschen.

Loís de Donzère verbeugte sich vor dem König und vor den anderen hohen Herren und schlug die ersten Takte an. Sein Spiel war mittelmäßig, aber er hatte eine angenehme Stimme und sang ein Lied, in dem der Held für seine Dame in den Krieg zieht und siegreich und ruhmgekränzt zu ihr zurückkehrt. Da Pandolfina offenbar einen Feind hatte, wollte er sich ihr als Held präsentieren, der bereit war, diesen zu bezwingen.

Als de Donzère endete, erklang höflicher Beifall. Sein Blick suchte jedoch Pandolfina. Diese lächelte selig, und er begriff, dass es ihm leichtfallen würde, sie für sich zu gewinnen. Da sie beim König in hoher Gunst stand, konnte er damit rechnen, in ihren Rang erhoben zu werden. Loís de Donzère, Marquis de Montcœur – das war von erheblich besserem Klang als der Titel eines Chivaliér de Lanvac. In all seinen Überlegungen vergaß er jedoch nicht, dass die Person, auf die es im Endeffekt ankam, der König war, und so verneigte er sich tief vor Friedrich.

»Ich hoffe, Euer Majestät Ohren nicht beleidigt zu haben.«

Während Friedrich höflich erklärte, dies wäre gewiss nicht der Fall gewesen, stieß Hermann von Salza leise »So ein Laffe!« aus.

Pandolfina hingegen war überglücklich. Für sie hatte Loís de Donzère ihr mit diesem Lied geschworen, die Krieger des Königs siegreich gegen Silvio di Cudi und dessen Söldner zu führen. Mit einem liebreizenden Lächeln sah sie zu, wie er wieder an ihrer Seite Platz nahm.

»Ihr habt wunderbar gespielt und herrlich gesungen«, lobte sie ihn voller Überschwang.

Loís verbeugte sich geschmeichelt. »Ich tat es nur für Euch!«

Während die beiden sich im besten Einvernehmen unterhielten, sahen der König und Hermann von Salza mehrfach zu ihnen hin. Schließlich brach der Hochmeister des Deutschen Ritterordens das Schweigen.

»Der Chevalier de Lanvac hat für mein Empfinden eine arg geschmeidige Zunge. Bevor er eine Dame von Stand freit, soll er erst beweisen, dass er sein Schwert ebenso meisterhaft zu führen versteht.«

Auch Friedrich gefiel es nicht, dass Loís de Donzère Pandolfina so sehr bedrängte. »Wir werden die beiden im Auge behalten müssen«, sagte er leise zu Salza. »Die Marchesa ist die Tochter eines meiner engsten Freunde aus der Jugendzeit, und ich bin es Gauthier de Montecuore schuldig, über seine Tochter zu wachen.«

»Lasst morgen zur Jagd blasen und die beiden daran teilhaben«, riet Salza.
»Wollt Ihr dem Wolf etwa die Gelegenheit geben, das Lamm zu schlagen?«, fragte Friedrich überrascht.
»Ich will ihn im Gegenteil davon verscheuchen!« Hermann von Salza lächelte, doch niemand hätte seine Miene freundlich genannt. »Oder, sagen wir besser, ich stelle de Donzère auf die Probe. Besteht er sie, mag er sich Gauthier de Montecuores Tochter durch kühne Taten würdig erweisen. Wenn nicht, wird sie für immer von ihm geheilt sein.«
Friedrich hätte seinen Vertrauten gerne gefragt, wie er dies vollbringen wolle, doch da erschienen die nächsten Gaukler, und er musste seine Pflicht als Gastgeber erfüllen.

6.

Die Einladung zur Jagd kam für Pandolfina überraschend. Zwar war sie von ihrem Vater mit auf die Pirsch genommen worden, doch dies war mehr als zwei Jahre her, und wieder besaß sie kein passendes Kleid für den Anlass. Aus diesem Grund mussten sie und Cita die halbe Nacht im Licht einer Öllampe ein Kleid umändern, welches die Magd erneut heimlich aus den Truhen der Königin geholt hatte. Cita besorgte auch einen langen Seidenschal, mit dem Pandolfina ihre Haare bedecken konnte, damit diese sich nicht im Geäst der Bäume verfingen.

Pandolfina kicherte, als ihre Leibdienerin sie auf diese Gefahr aufmerksam machte. »Ich will wirklich nicht wie Absalom, der Sohn Davids, an einem Ast hängen, auch wenn es gewiss keinen Abner geben wird, der mir den Speer ins Herz stoßen will.«

Bis auf David sagten die Namen Cita nichts. Sie nickte dennoch, als wollte sie ihre Herrin bestätigen, und gähnte dann ausgiebig. »Hoffentlich wachen wir morgen früh genug auf. Nicht dass die Jäger ohne Euch losreiten.«

»Ich habe eine der Dienerinnen gebeten, uns zu wecken.« Pandolfina war ebenfalls müde, fühlte sich aber wie auf Schwingen. Am nächsten Tag würde sie neben Loís de Donzère reiten und die Bekanntschaft mit diesem faszinierenden Ritter vertiefen.

Mit diesem Gedanken legte sie sich ins Bett und wachte mit der gleichen Hoffnung wieder auf. In der Kammer war es noch dunkel, doch kündete im Osten bereits ein blasser Schein den kommenden Tag an. Vorsichtig, um Cita nicht zu wecken, stieg

Pandolfina aus dem Bett, wusch sich und begann, sich umzukleiden. Schließlich brauchte sie Citas Hilfe und stupste sie an.
»Was ist?«, fragte die Kleine verwirrt und schoss hoch. »Ach, Ihr seid es!«, rief sie aufatmend. »Ich träumte gerade, Silvio di Cudi hätte uns gefangen.«
»Das mag unser Heiland im Himmel verhindern!« Bei dem Gedanken an ihren Erzfeind fauchte Pandolfina wie eine gereizte Katze. Dann aber schüttelte sie abwehrend den Kopf. Sie würde sich nicht von di Cudi die Freude an diesem heutigen Ritt verderben lassen.
Während Cita ihr Kleid schnürte, klopfte es an die Tür. Es war die Dienerin, die Pandolfina gebeten hatte, sie zu wecken. Sie bedankte sich bei der Frau und steckte ihr eine kleine Münze zu. Zwar besaß sie nur wenig Geld, doch gelegentlich erhielt sie ein wenig von Renzo, der mittlerweile eine von Friedrichs Burgen verwaltete. Dennoch beteuerte der treue Mann stets, ihr Gefolgsmann zu sein und ihr in die Heimat folgen zu wollen. Doch bis es so weit war, würde noch einige Zeit vergehen, dachte Pandolfina seufzend, während sie sich von Cita verabschiedete und sich zum Sammelplatz der Reiter begab.
König Friedrich, Hermann von Salza und andere Herren unterhielten sich bereits über die Güte der Falken, die an diesem Tag zur Jagd aufsteigen sollten. Da Pandolfinas Vater die Jagd mit dem Bogen und dem Sauspieß vorgezogen hatte, verstand sie kaum etwas von diesen Vögeln, hörte aber aufmerksam zu, als Friedrich die Vorzüge seines gefiederten Jägers pries.
»Er ist ein Geschenk von al Kamil Muhammad al Malik, dem Sultan von Kairo«, erklärte er eben. »Sein letzter Bote brachte ihn mir. Ist er nicht herrlich?« Mit der von einem festen Lederhandschuh geschützten Hand hob er den Falken ein wenig in die Höhe, damit alle ihn sehen konnten.
Obwohl Pandolfina nie mit Falken zu tun gehabt hatte, nahm sie die geschmeidige Kraft des Tieres wahr, das jetzt noch eine Haube über den Augen trug. Es saß ganz ruhig auf des Königs

Hand und drehte nur hier und da den Kopf, als lausche es allem, was gerade gesagt wurde.
»Die Damen versammeln sich dort drüben, und es gibt vor dem Aufbruch noch einen kleinen Imbiss!« Hermann von Salza war neben Pandolfina getreten und wies auf das andere Ende des Hofes, wo Dienerinnen den bereits anwesenden Damen kleine Leckerbissen und Becher mit frisch gepresstem Granatapfelsaft reichten.
»Danke!« Pandolfina eilte hinüber und wurde sofort von mehreren Damen in Beschlag genommen. Eine wusste viel über ihre traurige Geschichte, eine andere hatte ihren Vater gekannt, und eine dritte war einfach nur neugierig. Zu den Damen zählte auch Bianca Lancia d'Agliano, die der König nicht zuletzt deshalb am Hof behalten hatte, weil sie sich besonders gut mit seinem illegitimen Sohn Enzio verstand und auch liebevoll mit den anderen Kindern umging, die wechselnde Gespielinnen dem König geboren hatten.
»Freut Ihr Euch auf die Jagd?«, fragte sie Pandolfina.
»Sehr«, antwortete diese und hielt unter den Herren, die sich auf der anderen Seite des Hofes versammelten, nach Loís de Donzère Ausschau. Eben gesellte Hermann von Salza sich zu diesem und anderen Jagdgästen, zu denen auch Heimo von Heimsberg und Antonio de Maltarena gehörten.
»Nun, die Herren Junker? Hat einer von Euch schon einmal mit Falken gejagt?«, begann von Salza das Gespräch mit einer Frage.
Heimsberg schüttelte verächtlich den Kopf. »Mit solchen Vögeln kann man doch nur Mäuse fangen!«
»Sagt das Seiner Majestät, und Ihr werdet in seiner Gunst sehr hoch steigen«, spottete der Ordensritter.
»Ich bin doch kein Narr!«, antwortete Heimsberg. »Immerhin hoffe ich, vom Kaiser ein schönes Lehen zu erhalten.«
»Dann solltet Ihr lernen, mit Falken zu jagen«, riet von Salza und wies zu den Damen hinüber. »Man kann natürlich auch

auf einfachere Weise ein Lehen erringen, indem man eines der Mündel des Kaisers heiratet. Derzeit ist jedoch nur eine dieser jungen Damen am Hofe.«

»Pandolfina de Montcœur«, warf de Donzère ein.

Während Hermann von Salza nickte, winkte Antonio de Maltarena verächtlich ab. »Die Jungfer mag zwar den Titel einer Marchesa tragen, doch der ist im Grunde nichts wert, denn die Dame besitzt weder ein Vermögen noch die Aussicht auf ein großes Erbe. Ihr Vater war der Graf einer Grenzmark zu den Besitzungen des Heiligen Stuhls, doch seine Burg wurde von einem Lehensmann des Papstes erobert. Sie mit Gewalt zurückzufordern, kann der König sich vor dem Kreuzzug nicht leisten, und hinterher geht es ebenfalls nicht, weil er Seine Heiligkeit nicht verärgern darf, wenn er vom Kirchenbann erlöst werden will.«

Loís de Donzère hatte mit wachsendem Entsetzen zugehört. »Wollt Ihr damit sagen, dass Pandolfina de Montcœur arm wie eine Kirchenmaus ist?«, fragte er Maltarena.

Dieser nickte grinsend. »Im Grunde ist sie ärmer als eine der Dienerinnen des Königs, denn sie besitzt nicht einmal ein eigenes Kleid. Das, das sie gestern Abend anhatte, und das, das sie heute trägt, sind abgelegte Kleider der Königin, die sie aus Gnade und Barmherzigkeit für sich umändern durfte.«

»Ich dachte, der König würde sein Mündel besser ausstatten!«, rief de Donzère erschrocken.

Hermann von Salza legte ihm in einer scheinbar freundlichen Geste den Arm um die Schulter. »Auch wenn Markgräfin Pandolfina kein eigenes Vermögen besitzt, so gilt doch ihr Rang sehr viel. Seine Majestät wird sie mit einem seiner bewährten Gefolgsleute vermählen und ihr eine passende Mitgift zuweisen.«

»Was ist für Euch ein bewährter Gefolgsmann?«, fragte de Donzère mit einem gewissen Zweifel in der Stimme.

»Der muss vierzig Jahre alt sein und mindestens ein Dutzend

Feinde Friedrichs erschlagen haben«, warf Maltarena ein, um de Donzère abzuschrecken.

Seine erste Begegnung mit Pandolfina war zwar nicht sehr erquicklich gewesen, doch wenn der König ihrem Ehemann tatsächlich ein großes Lehen übergab, wollte er es für sich gewinnen.

Zufrieden und auch leicht amüsiert ließ Hermann von Salza die jungen Herren wieder allein. Er hatte Pandolfina nicht einmal selbst als arme Waise ohne jeden Besitz hinstellen müssen. Nun kam es darauf an, wie Loís de Donzère diese Nachricht aufnahm. Ging es diesem nur um Rang und Reichtum, so hatte er ihn früh genug von seinem Opfer verscheucht.

Als er zu Friedrich zurückkehrte, sah dieser ihn fragend an. »Wie steht es mit de Donzère? Wird er die Prüfung, der Ihr ihn unterziehen wollt, bestehen?«

Hermann von Salza wackelte mit dem Kopf. »Ich würde es Jungfer Pandolfina wünschen, doch ich bezweifle es. Schönheit und ein hoher Rang mögen das Herz eines Ritters zwar entflammen, doch sein Verstand wird ihm sagen, dass Besitz weitaus mehr zählt.«

»Wenn Ihr recht habt, mein Freund, werde ich Loís de Donzère mit der hässlichsten Erbin verheiraten, die es in meinen Reichen zu finden gibt!« Friedrich lachte leise und stieg mit dem Falken auf der Faust in den Sattel.

»Wollt Ihr nicht auch jagen?«, fragte er, da von Salza keinen Falknerhandschuh trug.

Der Ordensritter schüttelte den Kopf. »In meinem Alter kann ich es mir erlauben, mit den Damen zu reiten. Es mag sein, dass Marchesa Pandolfina bei diesem Ritt eine Schulter braucht, an die sie sich lehnen kann.«

7.

Zum ersten Mal seit längerer Zeit saß Pandolfina wieder auf ihrer Stute. Diese war entsprechend lebhaft, und es kostete sie Mühe, diese zu beherrschen. Aus Angst, das übermütige Tier könnte ihre eigenen Pferde scheu machen, hielten die übrigen Damen respektvollen Abstand zu ihr. Mit einem Mal schob sich ein Schatten zwischen Pandolfina und die anderen Reiterinnen. Sie blickte erwartungsfroh auf, doch statt Loís de Donzère erblickte sie den alten Ordensritter Hermann von Salza.

Dieser lächelte ihr freundlich zu. »Ihr seid eine gute Reiterin, Marchesa! Ich kenne nicht viele Damen, die ein so temperamentvolles Ross zu zügeln wissen.«

»Habt Dank für das Kompliment«, antwortete Pandolfina, die solche Worte weitaus lieber von de Donzère gehört hätte.

Da sie ihre Stute inzwischen unter Kontrolle gebracht hatte, fand sie wieder die Zeit, sich umzusehen. An der Spitze des Zuges ritt der König auf einem hochbeinigen Hengst, der ebenso wie der Falke ein Geschenk des Sultans von Kairo war. Ihm folgte Enzio mit einem Sperber auf der Faust.

Etliche andere Herren und sogar mehrere Damen aus dem königlichen Jagdgefolge hatten ebenfalls Falken bei sich, teils eigene, teils jene, die ihnen Friedrichs Falkner anvertraut hatten. Pandolfina selbst gehörte nicht dazu, und auch Hermann von Salza hatte auf einen Falken verzichtet.

Endlich entdeckte Pandolfina Loís de Donzère. Auf dessen rechter Faust saß ein Falke, doch sah es nicht so aus, als würde er damit zurechtkommen. Mit einem gewissen Ärger bemerkte sie, dass Antonio de Maltarenas Falke völlig ruhig auf dessen festem Handschuh saß.

»Hättet Ihr auch gerne einen Falken, um damit zu jagen?«, fragte Hermann von Salza, um ein Gespräch anzuknüpfen.

Pandolfina zuckte mit den Schultern. »Ich weiß es nicht! Bei Seiner Majestät, bei Prinz Enzio und einigen anderen sieht es so aus, als wäre es ganz einfach. Doch bei anderen ist zu erkennen, dass es gewiss nicht so ist.«

»Ihr meint Heimsberg und den Provenzalen? Keiner von beiden sieht so aus, als würde ihnen die Jagd mit den Vögeln Vergnügen bereiten. Doch wer im Ansehen des Kaisers aufsteigen will, sollte es lernen. Seine Majestät sagt nicht umsonst, dass man den Charakter eines Menschen am ehesten daran erkennen kann, wie er seinen Jagdfalken behandelt.«

Hermann von Salza lächelte noch immer, obwohl er eben den ersten Dorn in Pandolfinas Herz gestochen hatte. Diese hatte nämlich gerade beobachtet, dass der Falke auf de Donzères Faust wütend mit den Flügeln schlug und dann trotz seiner Haube mit dem Schnabel nach seinem Träger hackte.

Bevor das Tier durch de Donzères Verhalten Schaden nehmen konnte, eilte ein Falkner des Königs herbei und nahm es ihm ab. Dabei beschimpfte er den jungen Provenzalen in einer Weise, die einem Knecht normalerweise derbe Hiebe eingetragen hätte. Sich mit einem von Friedrichs Falknern anzulegen, wagte der Junker jedoch nicht, denn diese standen hoch in der Gunst ihres Herrn.

Da de Donzère sich nicht mehr um den Falken kümmern musste, hoffte Pandolfina, er würde endlich an ihre Seite kommen, damit sie das Gespräch, das gestern Abend so hoffnungsvoll begonnen hatte, weiterführen konnten. Doch der junge Mann schloss zu Maltarena und Heimsberg auf und verwickelte diese in eine scheinbar recht angeregte Unterhaltung.

In Pandolfina machte sich herbe Enttäuschung breit. Zum ersten Mal empfand sie mehr als Freundschaft zu einem jungen Mann und hatte geglaubt, sie würde auch ihm etwas gelten. Anstatt sich um sie zu kümmern, plauderte er jedoch mit zwei Männern, die sie nicht mochte.

»Findet Ihr nicht, dass es ein herrlicher Ausflug ist?«, setzte Hermann von Salza das einseitige Gespräch fort. »Noch ist die Luft angenehm, und später wird Seine Majestät gewiss in einem seiner Jagdschlösser prächtig für uns auftischen lassen.«

Hunger war das Letzte, das Pandolfina verspürte. Immer wieder sah sie zu Loís de Donzère hinüber, doch dieser wandte kein einziges Mal den Blick zu ihr. »Die Luft ist sehr mild«, antwortete sie, um den alten Ritter nicht durch zu langes Schweigen zu beleidigen.

Inzwischen hatten sie Burg und Stadt weit hinter sich gelassen und ritten über freies Feld in Richtung des Waldes. »Will der König die Falken unter den Bäumen auffliegen lassen?«, fragte sie verwundert.

Hermann von Salza lächelte. Anscheinend war Pandolfina aus einem härteren Stoff gemacht, als er angenommen hatte. »Nein!«, antwortete er. »Ein Falke braucht Luft unter den Flügeln. Unsere Treiber werden das Wild aufscheuchen, so dass die Falken am Rande des Waldes zum Fang kommen.«

»Ihr versteht viel von der Falkenjagd!«, rief Pandolfina aus.

»Wer wie ich lange Zeit in der Gesellschaft des Kaisers verbracht hat, der kommt nicht umhin, sich mit der Falkenjagd zu beschäftigen. Seine Majestät liebt diese Vögel, und er sagt, es wäre die edelste Art des Waidwerks, mit ihnen zu jagen.« Hermann von Salzas leises Lachen zeigte an, dass er nicht ganz dieser Ansicht war. Damit Pandolfina jedoch nicht falsch von ihm dachte, berichtete er von dem Land, das von seinem Orden beherrscht wurde.

»Es liegt an der Ostsee, wenn Euch das etwas sagt«, erklärte er.

Pandolfina schüttelte den Kopf. »Diesen See kenne ich nicht!«
»Es handelt sich eher um ein Meer«, fuhr Hermann von Salza fort, »und ist durch einen Sund mit dem Nordmeer verbunden. In meinem Land leben die Pruzzen, ein wildes Volk, das heidnischen Göttern huldigt und erst noch zum Christentum bekehrt werden muss. In den weiten Wäldern des Pruzzenlands findet man Elche – das sind Hirsche so groß wie ein Pferd und mit gewaltigen, schaufelartigen Geweihen – sowie Bären, Wisente und Auerochsen. Wollte man diese Tiere mit Vögeln jagen, bräuchte man den Vogel Greif aus den Sagen, und so einen vermag selbst Seine Majestät nicht auf der Faust zu halten. Hier in Italien mag die Jagd mit Falken, Habichten und Sperbern angehen. Wirklich wilde Tiere wie in meiner Heimat findet man hier nur selten.«
Pandolfina sagte sich, dass das Teutonenland sehr gefährlich sein musste, wenn es dort so schreckliche Tiere gab. Aus einer gewissen Neugier heraus stellte sie Fragen, die Hermann von Salza lächelnd beantwortete. Darüber vergaß sie für einige Zeit sogar ihren Ärger über Loís de Donzère, der mit seinen Freunden Heimsberg und de Maltarena ritt und es tunlichst vermied, sich nach der verarmten Marchesa umzudrehen.
Ein leiser Ruf beendete das Gespräch. Weiter vorne war ein Rebhuhn aufgeflogen. Auf einen Wink des Königs nahm Enzio seinem Sperber die Kappe ab und ließ ihn hochsteigen. Der Vogel schoss wie ein Pfeil davon, umkreiste das Rebhuhn einmal und schlug dann zu.
Pandolfina sah, wie beide Tiere zunächst scheinbar haltlos nach unten fielen, dann aber fassten die Schwingen des Sperbers den Wind, und er landete nur wenige Schritte von seinem Herrn entfernt sanft im Gras. Sofort eilte ein Jagdgehilfe zu dem gefiederten Jäger, nahm ihm die Beute ab und steckte sie in einen Sack. Gleichzeitig reichte ein anderer Knecht dem jungen En-

zio ein Stückchen Fleisch, damit dieser seinen Sperber belohnen konnte.

»Enzio ist ein kluger und geschickter junger Herr, was man von seinem Bruder Heinrich leider nicht sagen kann«, sagte Hermann von Salza seufzend zu Pandolfina.

Diese brauchte einen Augenblick, um zu begreifen, dass mit Heinrich Enrico gemeint war, der älteste Sohn des Königs und Erbe des teutonischen Reiches. Da sie bislang nur wenig über Heinrich gehört hatte, wunderte sie sich über den Ärger, der in Hermann von Salzas Stimme mitschwang. Der alte Ritter lachte jedoch schon wieder und wies auf den König, der eben seinen eigenen Falken in die Lüfte entließ.

»Herr Friedrich ist diesmal auf eine größere Beute aus als auf ein Rebhuhn oder einen Fasan.«

Pandolfina blickte in die Höhe, konnte aber keinen Vogel entdecken, der als Beute geeignet war. Doch da zog der Falke in der Luft eine Kurve und stürzte im rasenden Flug herab. Erst jetzt sah Pandolfina den Hasen, auf den er es abgesehen hatte. Das Tier versuchte verzweifelt, in den Wald zu entkommen, doch der gefiederte Jäger war zu schnell und geschickt. Allerdings war seine Beute zu groß, als dass er sie hätte schlagen können. Er hielt sie jedoch so lange fest, bis einer der Jagdgehilfen bei ihm war und dem Hasen den Gnadenstoß versetzen konnte.

»Ein prachtvolles Tier!«, lobte Hermann von Salza den gefiederten Jäger. »Er hat aber auch einen Herrn, der seine Fähigkeiten zu würdigen weiß. Keiner im Land weiß mehr über die Beizjagd als der Kaiser. Der Papst hätte ihm weniger mit der Befreiung Jerusalems in den Ohren liegen sollen als vielmehr mit der Bitte, die Heimat der besten Jagdfalken der Welt zu befreien.«

Im ersten Augenblick war Pandolfina über diesen Ausspruch schockiert, dann aber begriff sie, dass Hermann von Salza ihn als Witz gedacht hatte, und lachte.

Der alte Ritter nickte beifällig. »In Euch ist mehr Kraft, als viele glauben, Jungfer! Ihr werdet dem Mann, mit dem der Kaiser Euch einmal vermählen wird, zur Zierde gereichen.«

»Ich will nicht heiraten!«, stieß Pandolfina leise hervor. Loís de Donzères Verhalten kränkte sie zu sehr, als dass sie an eine engere Verbindung mit einem männlichen Wesen denken mochte.

»Was wollt Ihr dann werden? Nonne und darüber hinaus vielleicht Äbtissin?«, fragte Hermann von Salza lächelnd.

»Und damit unter die Macht und Herrschaft des Papstes geraten, dessen Gefolgsmann mir die Heimat geraubt hat? Nein, gewiss nicht! Habt Ihr je von Trotula gehört?«

Der Ordensritter schüttelte den Kopf. »Wer soll das sein?«

»Trotula war eine gelehrte Ärztin, die in Salerno die Heilkunst erlernt und dort viele Jahre praktiziert hat. Auch heute gibt es noch Frauen, die in Salerno studieren. Es heißt, der König habe die dortigen Rektoren aufgefordert, es ihnen zu gestatten. Daher will ich ihn bitten, auch mir zu erlauben, mich dort zur Ärztin ausbilden zu lassen.«

Im ersten Impuls wollte Hermann von Salza über diese Idee lachen. Er spürte allerdings, dass er Pandolfinas Vorsatz damit eher noch verstärken würde. In seinen Augen war es jedoch unmöglich, dass eine Dame von so hohem Stand als Ärztin praktizierte. Als Frau sollte sie sich mit dem zufriedengeben, mit dem die Natur sie ausgestattet hatte, und Ehefrau und Mutter werden. Frauen mit ihrem flatterhaften Wesen das Studium zu erlauben war überdies Unsinn, taten sich doch bereits die jungen Männer damit schwer. Die aber wurden von Jugend an gedrillt, zu lernen und ihren Verstand zu gebrauchen.

»Bevor Ihr über Eure fernere Zukunft nachdenkt, solltet Ihr erst einmal mit Seiner Majestät und mir ins Heilige Land reisen und an die Orte pilgern, an denen unser Heiland seine Wunder bewirkt hat«, erklärte Hermann von Salza und hoffte, dass

Pandolfina ihren Einfall, Ärztin werden zu wollen, über der Fülle der neuen Eindrücke im Orient rasch vergessen würde. Für den Augenblick war dies auch der Fall, denn der Gedanke, das Heilige Land zu sehen und auf Pfaden gehen zu können, die bereits Jesus Christus benützt hatte, drängte sowohl Salerno wie auch den Verrat Loís de Donzères in den Hintergrund.

8.

Obwohl nicht jeder Falke eine Beute schlug, verlief die Beizjagd erfolgreich. Der König war bester Laune, und Enzio strahlte vor Stolz, weil sein Sperber eine für seine Größe gewaltige Beute geschlagen hatte. Mehrere Damen und auch einige Herren priesen ihn deswegen. Pandolfina hielt sich zurück, denn ihr Ärger über Loís de Donzère hielt an und wuchs noch, als sie das Zelt erreichten, welches der König für seine Jagdgäste hatte errichten lassen.

Spätestens an diesem Ort hätte Loís de Donzère sich nach Pandolfinas Ansicht zu ihr gesellen müssen. Doch er wich ihrem fordernden Blick aus und setzte sich zwischen Heimo von Heimsberg und Antonio de Maltarena, so dass kein Platz an seiner Seite für sie blieb.

»Wollt Ihr einem alten Mann wie mir Gesellschaft leisten?«, fragte Hermann von Salza, da der König auf eine feste Tischordnung verzichtet hatte.

»Gerne«, antwortete Pandolfina und erwürgte de Donzère in Gedanken. Nur nichts anmerken lassen!, befahl sie sich und lachte leise über eine Bemerkung des alten Ordensritters.

Pandolfina wurde für ihre Entscheidung belohnt, denn Friedrich winkte seinen Berater zu sich, und dieser bot ihr den Arm. So kam es, dass sie zwischen Hermann von Salza und Enzio saß. Während des Mahls sprach Friedrich fast nur über die Beizjagd. Pandolfina hörte ihm aufmerksam zu und fand, dass Falken faszinierende Vögel sein mussten.

Als Friedrich ihr Interesse bemerkte, sprach er sie direkt an. »Wenn du bei der nächsten Jagd selbst einen Falken führen willst, solltest du dich von meinem Falkenmeister in die Kunst, damit zu jagen, einführen lassen.«

»Eure Majestät sind zu gütig!« Pandolfina sagte sich, dass sie dieses Angebot annehmen musste. Immerhin galt es, den König bei Laune zu halten, um seine Erlaubnis zu erhalten, die Heilkunst zu erlernen. Falls er nicht wollte, dass sie dies in Salerno tat, wo die besten Ärzte des Reiches ausgebildet wurden, so hoffte sie doch, dass er seinen Hofarzt damit beauftragte. Der Gedanke, dass der König diesen mit seiner schwangeren Gemahlin mitgeschickt hatte, brachte sie jedoch dazu, ihre Wünsche vorerst für sich zu behalten. Sonst bestand die Gefahr, dass Friedrich sie zu Iolanda schickte und sie die nächsten Monate in deren Gesellschaft verbringen musste. Aber sie wollte die Wunder des Morgenlands sehen und an der Stelle beten, an der Unser Heiland zum Heil der Menschheit den Tod am Kreuz erlitten hatte.

Unterdessen musterte der König ihr Kleid. »Sehe ich es richtig, dass du eines der abgelegten Gewänder meiner Gemahlin trägst?«

Pandolfina zog den Kopf ein. »Es … ich … hatte kein passendes Kleid für diese Jagd, und da habe ich es mir ausgeborgt.«

»Kein passendes Kleid? Aber …« Der König brach ab und zog eine verärgerte Miene. »Die Königin hätte dafür sorgen müssen, dass du deinem Stand gemäß gekleidet bist.«

»Gebt bitte nicht Ihrer Majestät die Schuld. Sie hat mich sehr freundlich behandelt«, bat Pandolfina, da sie nicht wollte, dass der König Iolanda tadelte und sie sich dadurch deren Zorn zuzog.

Friedrich begriff ihre Beweggründe und rang sich ein Lächeln ab. »Ich weiß durchaus, was ich von meiner Gemahlin zu halten habe. Die Schuld trage im Grunde ich. Ich hätte meinen Haushofmeister anweisen sollen, dafür zu sorgen, dass es dir an nichts mangelt. Ich werde dieses Versäumnis nachholen.«

»Eure Majestät sind zu gütig«, antwortete Pandolfina und errötete.
»Wie lange wollt Ihr mit Eurem Aufbruch ins Heilige Land noch warten, Herr Vater?« Hätte die Frage jemand anderes als Enzio gestellt, wäre sie unverschämt gewesen, doch Friedrich sah ihn nur lächelnd an.
»Ich warte noch auf zwei Botschaften, danach reiten wir nach Brindisi und brechen von dort auf. Viel länger will ich meine deutschen Ritter nicht von der Heimat fernhalten. Da sie meinem Ruf gefolgt sind, ist es meine Pflicht, sie nach Jerusalem zu führen.«
»Andere Könige sind damit gescheitert, Jerusalem zu erobern, und diese sind mit dem Segen Seiner Heiligkeit, des Papstes, aufgebrochen, der Euch versagt bleiben wird«, wandte ein Mann im Ornat eines Prälaten ein, der immer näher an den König herangerückt war.
Pandolfina empfand den Mann als dreist, und auch in Friedrichs Gesicht zuckte es kurz. Allerdings beherrschte er sich und bedachte den Prälaten mit einem spöttischen Blick.
»Da der Segen Seiner Heiligkeit bei diesen Königen nichts bewirkt hat, so ist es nicht unbedingt nötig, dass ich ihn erhalte. Sein Versagen zeigt, dass auch der Papst nur ein Mensch ist und nicht durch den Heiligen Geist erleuchtet wird.«
Diesmal zog der Ärger über das Gesicht des Kirchenmanns. Dabei konnte er den König nicht einmal der Lüge zeihen. Dem letzten Kreuzzug war der Erfolg versagt geblieben, obwohl ihn mit Ludwig X. von Frankreich ein besonders gottesfürchtiger Monarch angeführt hatte. In der Hinsicht war Gott im Himmel wahrlich dafür zu tadeln, dass er seinen Stellvertreter auf Erden nicht so unterstützte, wie es nötig gewesen wäre.
»Ich werde das Heilige Grab von Jerusalem für die Christenheit zurückgewinnen«, fuhr der König fort. »Damit werde ich zeigen, dass ich vielleicht nicht mit dem Segen des Papstes, wohl aber mit dem des Himmels aufgebrochen bin.«

Auch an diesen Worten hatte der Prälat zu schlucken. Pandolfina gefiel die selbstbewusste Art des Königs, und sie hoffte, dass er ihr Anliegen mit demselben Nachdruck verfolgen würde.
Bevor das Gespräch weiter an Schärfe gewinnen konnte, erhob sich Hermann von Salza und bat den Prälaten, mit ihm zu kommen. Der König wusste, dass sein Berater den Mann beruhigen würde. Es war auch in seinem Sinn, den Streit mit dem Oberhaupt der Kirche zu beenden. Dafür aber würde Gregor IX. anerkennen müssen, dass er nur der Hirte der Seelen der Gläubigen war, er selbst jedoch der Kaiser und damit deren Herr.

9.

Die Beizjagd blieb Pandolfina in guter Erinnerung, denn danach verlief ihr Leben am Hofe in schöneren Bahnen. Schon am nächsten Tag erschien einer der Untergebenen des Haushofmeisters bei ihr, um dafür zu sorgen, dass die geschickten Sarazeninnen für sie Kleider nähten. Sie erhielt sogar ein wenig Schmuck, wie er einer jungen Dame ihres Alters angemessen war. Am meisten aber freute sie sich über ihre wachsende Freundschaft mit Enzio. Mit seinem goldblonden Haar und den blauen Augen rief er bei vielen Frauen den Wunsch hervor, ihn zu umarmen und zu liebkosen. Wenn dies geschah, ließ er es mit einem Lächeln geschehen, sagte aber zu Pandolfina, dass er ganz froh sei, dass sie es nicht auch tun würde.

Nach ihrer Enttäuschung mit Loís de Donzère hatte Pandolfina beschlossen, ein männliches Wesen nur noch als Heilerin zu berühren, aber niemals mehr als Frau. Der junge Provenzale hatte nach seiner Blamage bei der Beizjagd den Königshof verlassen, ohne jemandem mitzuteilen, wohin er sich wenden würde. Seine Freunde Heimsberg und Maltarena erwarteten, ihn in Brindisi wiederzusehen, um gemeinsam mit ihnen das Schiff zu besteigen, das sie ins Heilige Land bringen würde. Im Gegensatz dazu wünschte Pandolfina sich, ihm nie wieder zu begegnen.

Viel Zeit, über den jungen Mann nachzudenken, der ihr an einem Abend so artig den Hof gemacht, sie aber am nächsten Tag vollkommen ignoriert hatte, blieb ihr ohnehin nicht. Es galt, ihre Garderobe zu vervollständigen und die Reise ins Heilige Land vorzubereiten. Eines wusste Pandolfina bereits: Sie würde zusammen mit Enzio auf dem Schiff des Königs fahren. Dieses Vorrecht wurde nur wenigen gewährt. Von den Teutonen, deren lautes, rüpelhaftes Wesen auch den König abstieß, waren nur ausgesuchte Ritter und deren Verwandte an Bord. Zu denen gehörte natürlich Hermann von Salza. Für Pandolfina war er der Einzige seines Volkes, der sich nicht durch Dummheit und Überheblichkeit auszeichnete.

Das Verhältnis zwischen den Rittern aus dem Norden und denen aus Sizilien und Apulien war denkbar schlecht. Die Teutonen dünkten sich höherstehend, weil sie Friedrich als Kaiser dienten, während er für die anderen nur der König von Sizilien war und – was diese unter sich immer wieder betonten – dadurch auch ein Lehensmann des Papstes. Die Einzigen, denen dieser Zwiespalt nichts auszumachen schien, waren Heimo von Heimsberg und Antonio de Maltarena.

Als Pandolfina die beiden jungen Männer wieder einmal zusammen über den Hof der Festung gehen sah und beobachtete, wie sich ihre Hände berührten, schüttelte sie den Kopf. »Findest du nicht auch, dass Heimsberg und Maltarena sich seltsam benehmen?«, fragte sie Cita.

Diese trat neben sie, musterte die beiden Junker und lachte. »Die beiden steigen doch zusammen ins Bett!«

»Viele hier am Hof teilen sich die Betten«, wandte Pandolfina ein.

»Aber nicht auf jene Weise wie diese beiden. Man sagt, dass der eine dem anderen dabei den Hintern zukehrt und dann Dinge geschehen, die laut der heiligen Kirche schnurstracks ins Höllenfeuer führen.« Obwohl Cita zwei Jahre jünger war als ihre Herrin, wusste sie weitaus mehr über die Menschen am Hof als diese. Daher brachte sie ihre Herrin mit ihren Erklärungen in Verlegenheit, denn Pandolfina konnte sich zunächst nicht vorstellen, dass es so etwas gab. Als ihr Cita jedoch berichtete, was sie von den anderen Mägden erfahren hatte, schüttelte sie den Kopf.

»Das ist doch gegen Gottes Gebot! Der Herr im Himmel hat Frauen und Männer geschaffen, damit sie zueinanderpassen.«
»Gegen Frauen haben die beiden auch nichts. Erst gestern hat Heimsberg eine Magd gerammelt, die gerne den Rock hebt, wenn einer der Herren ihr ein paar Münzen zukommen lässt.«
Auch dies war Pandolfina neu, und sie fragte sich, ob der Hof des Königs wirklich ein solcher Sündenpfuhl war. In dem Fall konnte sie den Zorn des Papstes verstehen. Als sie das jedoch laut aussprach, kicherte Cita nur.
»Von dem Prälaten, von dem Ihr mir erzählt habt, heißt es, er behielte jenen Knaben nicht allein wegen seiner schönen Singstimme bei sich. Er hat ihn sogar kastrieren lassen wie einen Wallach, um dessen jugendliches Aussehen zu erhalten.«
Das, fand Pandolfina, war eine noch schlimmere Sünde als die, die Heimsberg und Maltarena begingen.
»Wir sollten uns nicht um solche Dinge kümmern«, sagte sie zu Cita und sah diese eifrig nicken.
»Ihr als Dame dürftet so etwas eigentlich gar nicht wissen – oder solltest wenigstens so tun, als wären solche Dinge Euch fremd. Aber jede Dame braucht ihre vertraute Dienerin, die ihr sagt, was um sie herum vorgeht. Es wäre doch demütigend für eine hohe Frau, wenn sie von Fremden erfährt, dass ihr Gemahl das Bett eines Waffengefährten dem ihren vorzieht.«
Cita sagte es, als wäre alles ein Riesenspaß, doch Pandolfina kannte die Regeln ihres Standes und wusste, dass solche Dinge geheim bleiben mussten. Dies sagte sie ihrer Dienerin auch.
»Ich will nicht, dass du wegen verleumderischer Reden ausgepeitscht wirst, auch wenn das, was du gesagt hast, der Wahrheit entspricht«, warnte sie ihre Magd.
Cita wurde mit einem Mal ganz ernst. »Keine Sorge! Ich weiß, was ich Eurem Ansehen schuldig bin. Ich selbst sage auch nichts, kann aber meine Ohren nicht verstopfen, wenn andere Dienerinnen und Knechte über einige herziehen.«
»Nein, da hast du wohl recht«, fand Pandolfina und war froh,

dass sie bald aufbrechen würden. Hier am Hof, an dem außer Jagden und Festlichkeiten wenig geschah, blieb die Zeit und die Gelegenheit für mancherlei seltsame Dinge. Doch waren sie erst einmal unterwegs, hatten alle zu viel zu tun, als dass sie ungehemmt ihren Launen und Leidenschaften nachgehen konnten.

10.

Zwei Wochen später war es so weit. Ein Teil des Gepäcks wurde mit Ochsenkarren nach Barletta geschafft und dort auf Schiffe verladen. Der König und die meisten seines Gefolges zogen jedoch bis zum Sammelpunkt Brindisi die Rücken der Pferde vor.

Pandolfina reiste in einer Gruppe, die neben dem Königssohn Enzio noch dessen Lehrer sowie etliche Bedienstete umfasste, die für ihr Wohl sorgen sollten. Auch Cita war dabei, fuhr aber auf einem Wagen mit. Außer bei der Flucht aus der Burg Montcœur hatte die Magd noch keine längere Reise mitgemacht und war daher womöglich noch gespannter auf das, was sie zu sehen bekommen würden, als ihre Herrin.

Pandolfina genoss den Ritt. Sie speiste an der Tafel des Königs, was bei etlichen Neid hervorrief, und verstand sich ausgezeichnet mit Enzio. Der Junge galt mittlerweile fast als erwachsen und verfügte über ausgezeichnete Manieren. Nur einmal sank ihre Laune, als die Reisegruppe keine dreißig Meilen von der väterlichen Burg entfernt ihres Weges zog. In ihrer Phantasie stellte Pandolfina sich vor, König Friedrich würde den Befehl geben, nach Westen abzubiegen und Silvio di Cudi aus Montcœur zu vertreiben. Der Blick des Königs war jedoch nach Norden gerichtet, und er ließ schneller traben, um Brindisi zu erreichen.

Enzio bemerkte, dass Pandolfina etwas bedrückte, und lenkte sein Pferd zu ihrem hin. »Die Burg Eures Vaters liegt nicht weit von hier, nicht wahr?«

»Wir würden sie morgen Mittag erreichen«, antwortete Pandolfina leise.

»Seid nicht traurig! Mein Vater wird sie für Euch zurückgewinnen, so wie er alles zurückgewinnen wird, was die habgierigen Päpste ihm in seiner Jugend abgenommen haben.«

»Ich weiß nicht sehr viel über Seine Majestät«, bekannte Pandolfina. »Mein Vater hat zwar gelegentlich von ihm erzählt, doch war dabei meist von Siegen die Rede, die der König über seine Feinde errungen hat.«

»Das war erst in späterer Zeit«, erklärte Enzio. »Vorher stand mein Vater unter der Vormundschaft des Papstes und wurde von diesem ebenso bestohlen wie von Walter de Pagliara oder Markwardo de Annweiler, die sich zu Kanzlern von Sizilien aufgeschwungen hatten und – anstatt dem Reich zu dienen – nur ihre Taschen und die ihrer Speichellecker füllten.«

In den nächsten Stunden berichtete der Junge viel von dem, was er über das Leben seines Vaters erfahren hatte. Pandolfina hörte eifrig zu und schämte sich bei dem Erzählten beinahe, so selbstsüchtig zu sein und die sofortige Rückeroberung ihrer Heimat zu wünschen. Enzios Worten zufolge hatte der König eine harte Jugend verbracht, scharf überwacht von den Männern, die in seinem Namen herrschten und dabei das Volk aussogen, um Reichtümer anzuhäufen. Der schlimmste dieser Räuber war der Papst gewesen. Ganze Grafschaften und Herzogtümer hatte der Nachfolger Petri dem Reich Sizilien durch Betrug und Erpressung entrissen und dabei die Verbindung zwischen dem Regnum und dem Imperium, sprich zwischen Apulien und den italienischen Teilen des Heiligen Römischen Reiches, zerschnitten.

»Vater sagt, dass er Ancona, Spoleto und die anderen verlorenen Gebiete für Sizilien und das Reich zurückholen wird. Der Papst soll sich auf die Stadt Rom und deren Umland beschränken, dort seine Gebete für die Christenheit sprechen und nicht nach den Besitztümern der Gläubigen schielen«, sagte Enzio abschließend.

»Wenn es nur beim Schielen bliebe!«, seufzte Pandolfina. »So aber haben die Päpste nicht nur Seiner Majestät in dessen Jugend Land geraubt, sondern tun es auch jetzt noch mit Hilfe solcher Kreaturen wie Silvio di Cudi. Sie haben mich nicht einmal meinen Vater begraben lassen!«

Ihr kamen die Tränen, und sie erzählte Enzio von Pater Mauricios Verrat, der sie die Heimat und den König eine Grenzmark gekostet hatte.

Auf diese Weise verging die Zeit wie im Flug. Selbst als sie in ihrem Nachtquartier angekommen waren, setzten Pandolfina und Enzio ihr Gespräch fort. Pandolfina staunte, wie viel der Junge wusste, und kam sich dagegen dumm und ungebildet vor. Daher beschloss sie, möglichst viel zu lernen. Vor diesem Hintergrund bedauerte sie, dass sie Foggia hatte verlassen müssen, denn nun konnte sie nicht mehr zu Yehoshafat Ben Shimon gehen und sich von ihm in die Heilkunst einweisen lassen. Ich werde zurückkommen und dann nicht nur von Yehoshafat Ben Shimon lernen, sondern auch in Salerno bei den besten Ärzten der Welt, schwor sie sich und lenkte das Thema auf die Falkenjagd. Da Enzio auch hierüber so viel mehr wusste als sie, hoffte sie, einiges von ihm darüber zu erfahren.

11.

Der erste Eindruck, den Pandolfina vom Hafen von Brindisi erhielt, war ohrenbetäubender Lärm und ein Gewimmel von Menschen, wie sie es noch nie erlebt hatte. Lastenträger schleppten Kisten und Säcke und brüllten die Passanten an, ihnen aus dem Weg zu gehen. Weiter vorne ging ein gut gekleideter Mann und hielt ein Tüchlein vor die Nase gepresst. Zuerst wunderte Pandolfina sich darüber. Als ihr Reisezug jedoch an die gleiche Stelle kam, roch sie den durchdringenden Gestank nach fauligem Fisch und allem möglichen Unrat, den die Menschen in das Hafenbecken geworfen hatten, und wünschte sich selbst ein Tüchlein mit Rosenwasser.

Seiner verkrampften Miene nach ging es Enzio nicht anders als ihr, und er schien ebenso erleichtert zu sein, als die Leibwache des Königs vorrückte und eine Gasse durch die Menge bahnte. Wenig später erreichten sie den Teil des Kais, an dem ein großes Schiff lag. Es war länger als fünfzehn Pferde und ragte mehrere Stockwerke hoch. Ein breites Brett führte von der hölzernen Anlegestelle an Bord. Da diese hölzerne Brücke kein Geländer aufwies, weigerte sich eben eine Frau, sie zu betreten.

»Was für eine alberne Gans«, spottete Enzio. »Oder hast du etwa Angst davor?«

Lachend schüttelte Pandolfina den Kopf. »Natürlich nicht! Mein Vater lehrte mich von Kindheit an, auf schmalen Pfaden zu wandeln.«

»Nicht alle Väter tun das! Ich bedauere, dass ich Graf Gauthier nicht kennenlernen durfte. Mein Vater spricht in wärmsten Worten von ihm. So soll Gauthier sein erster Leibwächter gewesen sein und der treueste Gefolgsmann, den man sich wünschen konnte. Er bedauert seinen Tod gewiss nicht weniger als Ihr!«

Enzio fand, dass der letzte Satz Pandolfina vielleicht verletzen konnte, und fasste nach ihrer Hand.

»Verzeiht!«

Während Pandolfina lächelnd nickte, starrte Heimo von Heimsberg zu ihnen herüber. »Der Bengel fängt ja schon früh an, den Weibern nachzustellen«, meinte er zu Antonio de Maltarena.

»Er ist der Bastard des Königs und kann sich daher Dinge herausnehmen, die man uns übelnehmen würde«, antwortete Maltarena giftig.

Ebenso wie Heimsberg würde er nicht auf der großen Galeere des Königs nach Osten reisen, sondern auf einem Frachtschiff, das außer einigen Rittern niedrigeren Ranges und Knechten vor allem Ausrüstung und Pferde transportieren würde. Dieses Schiff war etwas kürzer als das des Königs, aber um einiges breiter und hatte nur einen einzigen, nicht besonders hohen Mast.

Heimsberg betrachtete es misstrauisch und kämpfte gegen die Angst an, sich damit auf das Meer hinauszuwagen. Auch Maltarena blickte verlangend zum Schiff des Königs hinüber. »Wenn wir in einen Sturm geraten, wird das dort sicher nicht untergehen, während wir …« Er beendete den Satz nicht, sondern spie ins Wasser.

»Dann wollen wir hoffen, dass es keinen Sturm gibt«, knurrte Heimsberg.

»Wir brechen ohne den Segen des Papstes auf, und das mit einem Anführer, der aus der heiligen Kirche ausgeschlossen worden ist. Das wird Gott nicht gefallen!« Unwillkürlich trat Maltarena einen Schritt zurück.

»Wir könnten hierbleiben«, schlug Heimsberg vor. »Keiner kann uns dazu zwingen, Friedrich zu folgen.«
»Er ist mein Lehnsherr! Zwar ist Ghiocci nur ein kleines Dorf und keine große Herrschaft, doch wenn ich es verliere, bin ich nur noch ein fahrender Ritter, der froh sein darf, wenn ihm jemand Gastfreundschaft erweist.« Maltarena sah dennoch so aus, als wolle er es darauf ankommen lassen.
Da tauchte ein Mann in der Kleidung eines bürgerlichen Schreibers neben ihm auf und sprach ihn an: »Ihr solltet mit Friedrich fahren, mein Freund. Es gibt Botschaften, die überbracht werden müssen, und ich halte Euch und Euren Freund für klug genug, zu wissen, wo Euer Vorteil liegt!«
Im ersten Augenblick wollte Maltarena den Mann wegschicken, doch dann erkannte er in ihm den Prälaten aus Rom, der vor kurzem am Hofe des Königs zu Gast gewesen war.
»Ihr hier? Wieso habt Ihr Euch verkleidet?«, stieß er verblüfft hervor.
»Zähmt Eure Zunge, denn das sind Dinge, die niemanden etwas angehen! Ich habe Euch und Euren Freund in Foggia als treue Christen kennengelernt und bin überzeugt, dass Ihr Seiner Heiligkeit, Papst Gregor, nähersteht als einem unter dem Kirchenbann stehenden König. Die Botschaften sind für Pater Sebastiano in Jaffa sowie für die Großmeister des Ordens vom Heiligen Tempel zu Jerusalem und das Hospiz des Heiligen Johannes daselbst bestimmt. Würde ein Priester oder Mönch sie übers Meer bringen, könnten sie ihm abgenommen werden. Doch als treue Gefolgsleute des Königs steht Ihr beide außerhalb jeden Verdachts.«
Maltarena sah Heimsberg an. »Was meint Ihr?«
»Auch wenn ich mich um mein Seelenheil sorge, ist die Aussicht darauf ein zu geringer Lohn, um Verrat am Kaiser zu begehen«, antwortete der Deutsche.
»Wer spricht hier von Verrat?«, fragte der Prälat lächelnd. »Ihr überbringt doch nur Briefe an Männer, die direkt Seiner Hei-

ligkeit unterstellt sind. Das kann Euch niemand verübeln. Es ist allein die Schuld des Königs, dass die Sache geheim bleiben muss. Er hat sich von der heiligen Kirche abgewandt und duldet Juden und Heiden an seinem Hof. Daher gilt es, die Kirche vor Unheil zu bewahren. Wenn Ihr diese Botschaften überbringt, wird es Euer Schaden nicht sein. Seine Heiligkeit belohnt großzügig.«

»Wie großzügig?«, fragte der Deutsche.

Der Prälat spürte Heimsbergs Gier und lächelte zufrieden. »Ihr könntet ein Lehen in einem der Fürstbistümer Eurer Heimat erhalten, oder auch hier im Patrimonium Petri. Es liegt ganz bei Euch.«

»Wie groß wäre dieses Lehen?«, fragte Maltarena, dem sein Ghiocci längst zu klein und unbedeutend geworden war.

»Groß genug, um Euch beide zufriedenzustellen!« Der Prälat wies auf eine der Hafenschenken. »Ihr habt gewiss Durst vor einer solch langen Reise. Setzt Euch hinein und trinkt. Ich werde die Briefe holen!« Nach diesen Worten verschwand er in der Menge.

Heimsberg kratzte sich nachdenklich am Kinn. »Was meint Ihr dazu?«

»Ich hätte nichts gegen ein größeres Lehen einzuwenden. Doch von Friedrich werden wir es bestimmt nicht erhalten. Er verhandelt mit dem Sultan von Ägypten, und daher meinen einige, es würde gar nicht zum Krieg kommen. Doch wie anders als in der Schlacht sollen wir uns so auszeichnen, dass er uns belohnen muss?«

»Ein Vertrag mit dem Heidensultan? Das wäre Verrat an der Christenheit!« Damit war für Heimsberg die Entscheidung gefallen. Er fasste Maltarena um die Schulter und zog ihn in Richtung der Schenke.

»Ich habe Durst«, sagte er so laut, dass einige andere Kreuzritter es hören konnten.

»Ich auch! Und da das Schiff noch beladen wird, wird es uns

schon nicht davonfahren«, antwortete Maltarena mit einem gezwungenen Lachen.
»Sauft aber nicht zu viel!«, riet ihnen ein Ritter, der bereits mehrere Seefahrten hinter sich gebracht hatte. »Sonst lernt ihr die Seekrankheit doppelt stark kennen.«

12.

Während Heimsberg und Maltarena mit dem verkleideten Prälaten sprachen, wartete Pandolfina darauf, an Bord gehen zu können. Vor ihr war noch eine andere Gruppe an der Reihe, in der sich zwei kräftig gebaute Frauen befanden. Der unverständlichen Sprache nach, deren die beiden sich bedienten, mussten es Teutoninnen sein. Sie waren fast einen Kopf größer als Pandolfina und von wuchtiger Figur. Die ältere konnte man sogar feist nennen. Vor allem verfügten sie über laute, durchdringende Stimmen. Auch die Kleider passten zu ihnen, fand Pandolfina. Sie schüttelte sich bei dem Gedanken, bei den augenblicklich herrschenden Temperaturen in mit Pelz besetzten Gewändern herumzulaufen. Zudem hatten die Teutoninnen eine Vorliebe für dicke Wolle und schwitzten stark. Daher rochen sie, wie Pandolfina zu ihrem Leidwesen bemerkte, nicht besonders gut.

Die jüngere, schlankere Teutonin bewältigte eben die Planke, die zum Schiff führte. Sie kam dabei ins Straucheln und wurde von einem Matrosen aufgefangen. Da dieser nicht größer war als Pandolfina, spottete einer seiner Kameraden: »Pass auf, Gino, dass dieser Koloss dich nicht zerquetscht!«

»Die geht ja noch«, stöhnte der Matrose. »Aber bei der anderen dort möchte ich nicht einmal oben liegen.«

Pandolfina empfand seine Worte als boshaft und nahm sich vor, die Planke ohne Hilfe zu bewältigen. Der dicken Frau vor ihr war das jedoch unmöglich. Zwar setzte sie einen Fuß auf das Brett, zog ihn dann aber wieder zurück und schüttelte den Kopf.

Ein jüngerer Teutone redete auf die Frau ein, doch diese verschränkte ablehnend die Arme vor der Brust.
»Was ist jetzt?«, fragte einer der Matrosen. »Wollt Ihr warten, bis Ostern und Weihnachten auf einen Tag fallen?«
Da die dicke Frau keine Anstalten machte, auf die Planke zu steigen, und ihr Begleiter hilflos zusah, verließ einer der kräftigeren Matrosen das Schiff. Er packte die Frau, wuchtete sie hoch und balancierte mit ihr über die Planke. Zuerst war diese zu erschrocken, um schreien zu können, doch kaum stand sie auf dem sicheren Deck, überschüttete sie den Seemann mit Ausdrücken, die es nach Pandolfinas Empfinden in dieser Wucht nur in der Sprache der Teutonen geben konnte.
Der junge Mann folgte der Frau aufs Schiff und versuchte, sie zu beruhigen. Doch erst als der König erschien, verstummte das Weib und zwang ihre Fülle in einen grotesken Knicks. Pandolfina musste an sich halten, um nicht zu lachen. So schnell sie konnte, eilte sie auf die Planke zu und überquerte sie, bevor sich auch nur einer der Matrosen zu ihr umwenden konnte.
»Nicht übel! Die ist gelenkig wie ein Reh«, meinte Gino.
Derjenige, der die Dicke geschleppt hatte, nickte. »Die hätte ich viel lieber getragen. Ist ein hübsches Ding! Hätte nicht gedacht, dass es so etwas bei den Deutschen gibt.«
»Ich bin keine Teutonin, sondern stamme aus Apulien«, erklärte Pandolfina von oben herab und freute sich, als der Bursche erschrocken den Kopf einzog.
Ihre gute Laune schwand schlagartig, als ein Diener des Kapitäns sie in die Kammer führte, die für sie und Cita vorgesehen war. Das Gelass war winzig klein und wurde nur durch dünne Bretterwände von anderen Kabinen getrennt. Vor allem mussten sie die Kammer mit vier weiteren Frauen teilen, und darunter waren die dicke Teutonin und ihre jüngere Begleiterin. Die beiden anderen Frauen waren ihrer schlichten Kleidung nach zu schließen Mägde.
»Was soll das? Hier ist doch kaum Platz für uns«, beschwerte

sich die ältere Magd in einem holprigen, lombardischen Dialekt.
Der Diener des Kapitäns zuckte nur mit den Schultern und verschwand wieder.
»Das ist eine Unverschämtheit!«, fuhr die dicke Deutsche auf und musterte Pandolfina mit einem empörten Blick.
Diese hatte zwar die Worte der Teutonin nicht verstanden, begriff aber, dass es keine Freundlichkeit gewesen war. Auch sie ärgerte sich und stürzte zur Kammer hinaus. Weiter oben traf sie auf den Diener, der eben Enzio nach unten führte.
»Weshalb werde ich mit diesen dicken Teutoninnen eingepfercht?«, herrschte Pandolfina den Mann an. »In der Kammer ist kaum Platz für die vier, geschweige denn noch für mich und meine Leibmagd.«
»Ein Schiff ist nun einmal kein Palast«, antwortete der Diener. »Hier muss jeder Fingerbreit Raum genutzt werden. Ihr werdet Euch dort schon zusammenfinden. Einen anderen Platz haben wir nämlich nicht für Euch.«
Pandolfina begriff, dass sie auch vom Kapitän keine andere Antwort erhalten würde, und fragte daher, ob er sie und Cita nicht bei den sarazenischen Mägden einquartieren könne.
»Können tät ich schon«, meinte der Mann grinsend. »Aber dafür müsste ich zwei der Sarazeninnen zu den beiden Damen aus Germania stecken. Was meint Ihr, wie die zetern würden, wenn sie ihren Raum mit Heidinnen teilen müssten?«
»Gibt es denn gar keine andere Möglichkeit?«, fragte Pandolfina enttäuscht.
Der Diener hob bedauernd die Hände. »Zu den Mannsleuten kann ich Euch wirklich nicht tun. Daher bleibt Euch wohl nichts anderes übrig, als Euch mit den Gegebenheiten abzufinden. Irgendwann ist auch diese Reise zu Ende, und Ihr seid die beiden Weiber los.«
»Die muss ich eine Reise zu viel ertragen«, stöhnte Pandolfina und kehrte in die Kammer zurück.

Dort hatte Cita mit etlichen klangvollen Flüchen und Verwünschungen für sich und ihre Herrin Platz geschaffen und zeigte nun den Mägden der beiden Damen, wie der Klapptisch und die Klappstühle, die an der Wand hingen, zu bedienen waren.

»Da Tisch und Stühle viel Platz wegnehmen, sollten wir sie nur zu den Mahlzeiten aufstellen«, erklärte sie Pandolfina.

»Das klingt vernünftig.« Pandolfina war noch immer verärgert, zumal die Sprache der Teutoninnen ihr völlig fremd war. Die Einzige, mit der Cita und sie sich mühsam verständigen konnten, war die ältere Magd.

»Ich bin Pandolfina de Montcœur«, stellte sie sich in der Hoffnung, dass eine der Deutschen diese Sprache verstand, auf Französisch vor. Die vier starrten sie jedoch nur verwirrt an.

»Meine Herrin ist eine Marchesa«, setzte Cita in dem Bestreben hinzu, die fremden Frauen zu beeindrucken. Zwar sagte ihnen der italienische Adelsrang nichts, doch sie begriffen, dass auch sie ihre Namen nennen sollten.

»Ich bin Dietrun von Rallenberg, und das ist meine Schwiegermutter Ortraut von Rallenberg«, übersetzte die ältere Magd die Worte der jüngeren Dame und nannte dann auch ihren Namen und den der anderen Magd.

»Ich bin die Irma und das dort die Kuni! Nichts für ungut, aber wir werden einige Zeit zusammen verbringen müssen.«

Zu meinem Bedauern, dachte Pandolfina, denn sie wünschte, die vier deutschen Frauen hätten sich dem Klima gemäß gekleidet. Ihre wollenen Gewänder waren viel zu dick, und da sie diese schon längere Zeit nicht gewechselt hatten, rochen sie in der Enge des Verschlags noch intensiver als im Freien. Daher holte sie ein Fläschchen mit Rosenwasser aus ihrem Gepäck und verstrich ein paar Tropfen auf ihrer Schläfe.

Ortraut von Rallenberg sagte etwas, das in Pandolfinas Ohren verächtlich klang, und Pandolfina grauste es vor der Seereise, noch bevor sie sie angetreten hatte. Bei der Rückfahrt würde

sie darauf dringen, woanders untergebracht zu werden. Da Klagen jedoch nichts halfen, lauschte sie nach draußen und vernahm, wie der Kapitän alle Passagiere anwies, unter Deck zu gehen, um seine Männer nicht zu behindern.
Mit einem Lächeln dachte Pandolfina, dass der König sich gewiss nicht vom Deck scheuchen lassen würde. Sie selbst war ganz froh, als sie sich auf ein Kissen setzen und ein weiteres in ihren Rücken stopfen konnte. Da auch die Rallenbergerinnen schwiegen, war es sogar halbwegs angenehm. Das stete Klatschen der Riemen klang einschläfernd in Pandolfinas Ohren, und ehe sie sichs versah, fielen ihr die Augen zu.
Als sie wieder erwachte, war ihre erste Empfindung ein seltsames Schaukeln, so als würde ein Riese das Schiff an einer Seite ein Stück hochheben und dann wieder absenken. Dann aber lachte sie leise auf. Enzio hatte ihr vor der Abfahrt erklärt, das läge am Meer und an der Kraft der Wellen. Er hatte mehrere Schiffsreisen in Begleitung seines Vaters unternommen und ihr einige Ratschläge gegeben, wie sie die Seekrankheit vermeiden konnte. Rasch holte sie einen Duftflakon aus ihrer Truhe, ließ Cita daran riechen und sog dann selbst den belebenden Duft in die Lungen.
Ein schweres Ächzen und darauffolgende Würgeräusche verrieten Pandolfina, dass es nicht allen so gutging wie ihr. Ortraut von Rallenberg erbrach eben in ihre Hände, da sie kein Gefäß besaß, das sie hätte benutzen können. Ihre Schwiegertochter lehnte bleich an der Wand und kämpfte damit, den Inhalt ihres Magens bei sich zu behalten, während die beiden Mägde jammerten, wie übel ihnen sei.
Da der Geruch nach Erbrochenem auch ihre Nerven reizte, stand Pandolfina auf und verließ die Kammer. Von oben drang frische Seeluft herab, und sie atmete erleichtert durch. Sie überlegte schon, die nächsten Stunden an Deck zu verbringen. Doch als sie sah, dass sich etliche männliche Passagiere an der Reling drängten und alles von sich gaben, was sie an diesem Tag

gegessen hatten, besann sie sich anders und wandte sich an einen Matrosen. »Ich brauche einen Eimer und frisches Wasser. Der teutonischen Edeldame ist schlecht geworden, und sie hat sich beschmutzt.«

»So geht es den meisten, die das erste Mal an Bord eines Schiffes gehen«, antwortete der Mann grinsend und entblößte dabei sein schadhaftes Gebiss. »Aber keine Sorge, ich bringe das Gewünschte. Trinkt aber nicht von dem Wasser, denn ich werde es aus dem Meer schöpfen. Süßes Wasser gibt der Kapitän dafür nicht her.«

»Ich brauche allerdings auch Trinkwasser, da die Damen gewiss Durst haben werden«, erklärte Pandolfina.

»Ich besorge Euch beides«, versprach der Matrose und machte eine Geste, als würde er etwas einstecken.

Pandolfina verstand, dass er ein hübsches Trinkgeld dafür sehen wollte, und zögerte einen Augenblick, es für ein paar ihr vollkommen fremde deutsche Frauen auszugeben. Dann fiel ihr ein, dass sie sonst ebenfalls den Gestank würde ertragen müssen, und steckte dem Matrosen ein paar Münzen zu.

Wenig später betrat sie ihre Kammer mit einem Krug Trinkwasser und einem vollen Eimer Meerwasser. Ein Blick auf die vier deutschen Frauen zeigte ihr, dass Kuni ebenfalls erbrochen hatte und die andere Magd diesem Beispiel wohl gleich folgen würde.

»Hilf mir!«, bat Pandolfina Cita und begann, Ortraut von Rallenberg zu säubern und ihr Gesicht zu waschen.

Die Frau sah mit einem matten Blick zu ihr auf und sagte etwas, das diesmal alles andere als verächtlich klang. Während Cita sich um die beiden Mägde kümmerte, träufelte Pandolfina etwas Lavendelwasser auf zwei Tücher und rieb damit über Stirn und Schläfen der beiden Rallenberg-Damen. Schließlich gab sie auch den beiden Mägden je ein Tuch und sah erleichtert, dass die schlimmsten Würgekrämpfe nachließen und Dietruns Gesicht sogar wieder ein wenig Farbe annahm.

»Habt Dank!«, sagte Dietrun und fasste nach Pandolfinas Hand. »Ich habe zwar gehört, dass es einem an Bord eines Schiffes übel werden könnte, dachte aber, es wäre ein Märchen, um unerfahrene Leute zu erschrecken.«
Obwohl es Irma schlechtging, übersetzte sie diese Worte, und Pandolfina empfand mit einem Mal die Hoffnung, die Gesellschaft der deutschen Frauen könnte doch nicht ganz so schlimm werden, wie sie befürchtet hatte.

Dritter Teil

Herausgerissen

1.

Etwa zu der Zeit, in der Pandolfina im Gefolge Kaiser Friedrichs II. ins Heilige Land reiste, trabte ein Reitertrupp auf das stattliche Kloster Ebrach zu. An der Spitze befand sich ein Mann um die fünfzig mit einer pelzbesetzten Kappe auf dem Kopf und einem ebenfalls mit Pelz besetzten blauen Umhang über einem ockerfarbenen Übergewand. Seine Miene wirkte düster, und er hatte weder einen Blick für das weite Tal des Flusses noch für die im Bau befindliche Klosterkirche. Während er mit der Rechten den Zügel seines braunen Hengstes hielt, fuhr er sich mit der linken Hand mehrfach über die Stirn. Dabei erweckte er den Anschein, als müsse er etwas tun, was ihm aus tiefster Seele zuwider war.

An seiner Seite ritt ein Mann mittleren Alters in kriegerischer Tracht. Über dem knielangen Kettenhemd trug er einen roten Waffenrock, dessen einziger Schmuck aus einem auf die Brust gestickten schwarzen Schwert bestand. Seinen Helm hatte er hinten an den Sattel gebunden, so dass sein grau werdender Haarschopf und die rot leuchtende Narbe, die sich quer über die Stirn zog, deutlich zu erkennen waren. Bei den vier restlichen Männern handelte es sich um schlichte Waffenknechte in einfachen, gesteppten Waffenröcken und oben spitz zulaufenden Helmen. Ihre Schilde trugen den gleichen auf einem Felsen stehenden Löwen, der sich auch auf dem Überrock des Anführers befand. Einer der Männer führte ein gesatteltes Pferd am Zügel.

Missmutig lenkte der Edelmann sein Ross auf den Eingang des Klosters zu. Sofort wurde ihm das Tor geöffnet, und der Bruder Pförtner hieß ihn willkommen.

»Graf Ludwig! Ihr wollt wohl dabei sein, wenn Euer Sohn sein Gelübde ablegt.«

»Ich muss mit Abt Engelbert sprechen«, erklärte der Edelmann und stieg schwerfällig aus dem Sattel. »Sorgt dafür, dass meine Männer unterkommen und einen Becher Wein und etwas zu essen erhalten. Ihr, Herr Eckbert, begleitet mich!« Der letzte Satz galt seinem gewappneten Begleiter. Dieser nickte, schwang sich aus dem Sattel und reichte einem der Waffenknechte den Zügel.

»Ich bin ja gespannt, wie Euer Junge sich gemacht hat, Graf Ludwig«, sagte er.

»Bei meinem letzten Besuch war er ein dürres Bürschlein ohne jeden Saft in den Knochen. Ich glaube nicht, dass er sich in den zwei Jahren, die seitdem vergangen sind, groß verändert hat«, antwortete Ludwig von Löwenstein grimmig.

Unterdessen hatte der Bruder Pförtner einen Novizen zu sich gerufen und zum Abt geschickt. Dieser ließ es sich nicht nehmen, den Gast persönlich auf dem Vorhof zu begrüßen.

»Seid herzlich willkommen, Graf Ludwig! Ihr kommt gewiss, um morgen dem feierlichen Gelöbnis von Matthias beizuwohnen.«

Ludwig von Löwenstein antwortete mit einem Brummen und sah den Abt fragend an. »Ich bin Leonhards wegen gekommen.«

»Ihr meint Bruder Matthias. Diesen Namen hat Euer Sohn als Novize gewählt und wird ihn auch als Mönch tragen«, berichtigte der Abt ihn lächelnd. »Ihr könnt stolz auf ihn sein! Euer Sohn ist eine Perle unter unseren Novizen. Er beherrscht Latein und Griechisch in Wort und Schrift, vermag auch die Volkssprache zu lesen und zu schreiben, liest hebräische Texte und kann sich in der Sprache der Franzosen verständigen. In letzter Zeit hat er sich sogar die Sprache Roms selbst beigebracht, denn er will sich mit den dortigen Herren nicht nur auf Latein, sondern auch in ihrem gewohnten Dialekt unterhalten können.«

Während der Abt die Vorzüge des Novizen herausstrich, zog Ludwig von Löwenstein eine Miene, als würden ihn immer stärkere Zahnschmerzen quälen.
»Ich will meinen Sohn sehen!«, stieß er schließlich mühsam aus.
»Aber selbstverständlich, Graf Ludwig! Kommt mit in mein Studierzimmer. Dort sind wir ungestört.«
Abt Engelbert ging voraus und freute sich, seinen besten Schüler präsentieren zu können. In seiner Phantasie sah er Leonhard von Löwenstein bereits als seinen Nachfolger, den künftigen Abt von Ebrach. Ein Vater hätte auf den jungen Mann nicht stolzer sein können als er. In seinem Studierzimmer angekommen, rief er einen seiner Mönche herbei und forderte ihn auf, den Novizen Matthias zu holen.
Während der Mönch eilig davonging, bot der Abt seinen Gästen Wein an. Doch sowohl Ludwig von Löwenstein wie auch Eckbert lehnten ab. Beide traten an die Wand zurück und behielten die Tür scharf im Auge. Wenig später wurde diese geöffnet, und ein junger Mann kam herein. Er verbeugte sich ehrerbietig vor dem Abt, wartete aber, bis dieser ihn ansprach.
»Du hast Besuch, mein lieber Matthias! Dein Vater ist extra gekommen, um mitzuerleben, wie du dein Leben ganz dem Glauben und der Kirche weihst.«
Nun erst bemerkte der Novize seinen Vater und dessen Begleiter und verneigte sich erneut. Als er sich wieder aufrichtete, fand Graf Ludwig Gelegenheit, ihn genauer anzusehen.
Dies tat auch Eckbert, und er nickte unwillkürlich. »Wie ein Hänfling sieht er ja nicht gerade aus!«
Auch der Graf fand, dass sein Sohn sich seit seinem letzten Besuch herausgemacht hatte. Leonhard war nun größer als er. Obwohl er nicht mit den kräftigen Muskeln eines Kriegers prunken konnte, waren seine Schultern breit genug, um eine gewisse Kraft zu versprechen. Seine Gestalt war schlank, das Gesicht schmal und die Nase leicht gebogen. Unter hellen Au-

genbrauen blitzten blaue Augen, und sein kurz geschnittenes, aber noch nicht geschorenes Haar wies den Farbton reifen Weizens auf.

Im Grunde war Graf Ludwig über das Aussehen des jungen Mannes erleichtert, denn er hatte befürchtet, einen kraftlosen Schreiberling anzutreffen. Nun wandte er sich seinem Begleiter zu. »Was meint Ihr, Herr Eckbert? Kann man es mit ihm versuchen?«

Der Krieger nickte. »Lasst ihn erst einmal ein paar Monate in meiner Obhut! Danach, so glaube ich, könnte er seinen Platz einnehmen.«

Weder der Abt noch der Novize verstanden, was die beiden meinten. Graf Ludwigs Sohn verbeugte sich erneut. »Erlaubt Ihr mir, wieder zu gehen, ehrwürdiger Abt? Ich war gerade dabei, Ciceros Schriften zu kopieren, und musste mitten in der Arbeit Feder und Tinte aus der Hand legen, um zu Euch zu kommen.«

Gegen den Willen des Vaters wollte der Abt den jungen Mann nicht wegschicken und sah daher Graf Ludwig fragend an. Dieser musterte noch einmal seinen Sohn, dessen Finger von Tinte befleckt waren und bewiesen, dass er vom Schreibpult weggeholt worden war.

Mit einer unwirschen Geste schüttelte er den Kopf. »Bleib! Deine Zeit in diesem Kloster ist zu Ende. Ich hole dich nach Hause.«

Während der junge Mann ihn erschrocken anstarrte, wehrte der Abt mit beiden Händen ab. »Das könnt Ihr nicht tun, Graf Ludwig! Ihr zerstört eine ausgezeichnete Karriere. Euer Sohn könnte es bis zum Bischof bringen, vielleicht sogar bis zum Kardinal in der römischen Kurie. Ich …«

»Glaubt Ihr etwa, ich tue es gern?«, unterbrach Graf Ludwig den Abt. »Aber mir bleibt nichts anderes übrig. Es ist Gottes Wille! Zwar hat der Herr mir vier Söhne geschenkt, doch drei gingen bereits in die Ewigkeit ein. Mein ältester starb noch im

Jahr seiner Geburt. Den zweiten entriss Gott, der Herr, mir im Alter von sieben Jahren. Mein dritter Sohn war der erste, der erwachsen wurde, aber er starb in der Schlacht, ohne dass sein Weib ihm mehr als eine Tochter gebären konnte. Da ich hoffte, sie könnte erneut schwanger sein, habe ich vier Monate gewartet, doch unser Herrgott im Himmel versagte mir den Enkel. Daher ist es an Leonhard, die Linie derer von Löwenstein weiterzuführen. Ich hätte ihn auch dann zu mir geholt, wenn er bereits die Tonsur tragen würde. Der Bischof von Würzburg hat mir bei Seiner Heiligkeit den Dispens dafür besorgt.«

Als Abt Engelbert begriff, dass er in dieser Sache nichts mehr erreichen konnte, senkte er traurig den Blick. »Es tut mir leid, mein Junge! Der Wille eines Vaters kommt gleich nach dem Willen Gottes. Also wirst du den kirchlichen Weihen entsagen und dein Leben als Laie führen müssen. Niemand bedauert das mehr als ich. Du warst eine Zierde unseres Klosters, eifrig, wissbegierig und doch gehorsam. Möge unser Herr im Himmel dir wenigstens einen Sohn schenken, der den Weg, den du nun abbrechen musst, zu Ende gehen kann.«

»Ehrwürdiger Abt, ich will hier im Kloster bleiben!«, stieß der junge Mann erregt aus. »Hier habe ich alles gelernt, was ich brauche, während ich in der Welt vor den Klostertoren ein Fremder wäre.« Er sah den Abt flehentlich an, denn mit diesem verband ihn weitaus mehr als mit dem Vater, der ihn mit vier Jahren als Oblaten ins Kloster gegeben und seitdem nur fünf Mal besucht hatte.

Dem Abt zerriss es fast das Herz, seinen besten Schüler zu verlieren. Er umarmte den jungen Mann und blickte mit einem schmerzlichen Lächeln zu ihm hoch. »Sieh es als den Willen unseres Herrn im Himmel an, der unser aller Wege vorbestimmt. Von nun an bist du nicht mehr der Novize Matthias von Ebrach, sondern wieder Leonhard von Löwenstein, der Sohn Graf Ludwigs. Du wirst dereinst dessen Nachfolger werden, wenn der Herr ihn zu sich gerufen hat.«

»So ist es!«, erklärte Graf Ludwig. »Was das Leben außerhalb der Klostermauern betrifft, so wird Herr Eckbert sich deiner annehmen. Du wirst die ersten Monate auf seiner Burg verbringen und lernen, was ein Ritter des Reiches können muss. Auf meine Burg werde ich dich erst holen, wenn Herr Eckbert dich wie Stahl geschmiedet hat und ich mich deiner nicht mehr zu schämen brauche.«

»Das braucht Ihr auch jetzt nicht!«, wandte der Abt ein. »Matt... äh, Leonhard ist klug und geschickt und weit über sein Alter hinaus weise.«

»Er ist ein Pfaffenzögling! Doch ich brauche einen Sohn, dessen Schwertstreich meine Feinde fürchten lernen«, erklärte Ludwig von Löwenstein. »Gerade in der jetzigen Zeit kann ich es mir nicht leisten, dass mein Sohn als schwächlicher Betbruder gilt.«

»Das ist Leonhard gewiss nicht.« Der Abt klopfte dem jungen Mann auf die Schulter und versuchte, seinem Gesicht ein fröhlicheres Aussehen zu verleihen. »Sei deinem Vater der Sohn, den er sich wünscht! Gott wird dich dabei leiten.«

»Ich hoffe, Ihr gewährt uns über Nacht Gastfreundschaft. Mein Sohn soll noch heute seine Sachen zusammenpacken. Ich will morgen in aller Frühe aufbrechen.« Damit war nach Graf Ludwigs Meinung alles gesagt, und er griff nun doch zu dem Becher, den der Abt ihm hatte hinstellen lassen. Was seinen Sohn betraf, war er erleichtert, ihn als gut gewachsenen jungen Mann anzutreffen. Sein Freund Eckbert würde seinen letzten Nachkommen für ihn zurechtschleifen wie einen Edelstein.

2.

Reiten gehörte nicht zu den Künsten, die Leonhard im Kloster gelernt hatte. Daher war er froh, dass er sich überhaupt auf dem Gaul halten konnte, den sein Vater ihm gebracht hatte. Zum Glück lief das Tier den anderen hinterher, auch wenn Leonhard somit am Ende der kleinen Kavalkade reiten musste und nicht neben seinem Vater an der Spitze, wie es eigentlich üblich gewesen wäre. Er sah auch nicht mehr wie ein Mönch aus, denn Graf Ludwig hatte ihm Hosen, einen Überrock und einen Umhang mitgebracht. Zwar passten die Sachen nicht richtig, da Leonhard größer war, als der Graf erwartet hatte. Trotzdem machte der junge Mann in seiner neuen Kleidung eine gute Figur. Dem Vater waren Leonhards Haare zu kurz geschnitten, und so hatte er ihm befohlen, seine Kappe nur dann abzusetzen, wenn sie an einem Wegkreuz oder einer Kirche vorbeikamen. In Gesellschaft anderer, vor allem aber in den Schenken hatte er sie aufzubehalten.

Die plötzliche Änderung seines Lebens stürzte den jungen Mann zutiefst in Verwirrung, und er bedauerte, kaum etwas über die eigene Familie zu wissen. Selbst vom Tod des Bruders hatte er erst am Vortag erfahren. Bei seinen spärlichen Besuchen hatte sein Vater sich nicht die Mühe gemacht, ihn über mögliche Schwestern und andere Verwandte aufzuklären. Daher wusste er weder, mit wem sein älterer Bruder verheiratet gewesen war, noch, ob es Schwäger gab, die seine Familie unterstützen konnten.

Graf Ludwig dachte auch nicht daran, seinem Sohn irgendwelche Auskünfte zu erteilen. Stattdessen unterhielt er sich mit seinem Freund Eckbert und erklärte diesem, wie er den Sohn erzogen sehen wollte.

»Der Junge muss diesen weichlichen Ausdruck im Gesicht verlieren. Er sieht aus wie ein Mädchen! Auch fehlen ihm die Muskeln, die er braucht, um ein Schwert schwingen zu können. Es ist zum Weinen! Sieh doch, wie er im Sattel sitzt! Ihr sorgt mir dafür, dass er ein Kerl wird, der anderen heilige Furcht einbleuen kann. Vom Beten allein werden meine Feinde nicht besiegt.«

»Ich glaube schon, dass ich Leonhard zurechtbiegen kann. Dumm scheint er ja nicht zu sein«, antwortete Eckbert.

»Eher zu klug! Wer hat je von einem Krieger gehört, der Latein und Griechisch in Wort und Schrift beherrscht, von dem anderen Gesumse gleich ganz zu schweigen?« Graf Ludwig schnaufte grimmig und warf seinen Sohn einen verärgerten Blick zu. »Dieser Pfaffenzögling soll mein Erbe werden, und das ausgerechnet in dieser schwierigen Zeit? Ha!« Nach diesen Worten spornte der Graf seinen Hengst zu höherer Geschwindigkeit an, so als wolle er seinen Sohn zwingen, das Reiten an einem Tag zu lernen.

Leonhard wurde durch die Bewegung des Pferdes immer wieder hochgeschleudert und klatschte schwer in den Sattel zurück. Schon bald tat ihm der Hintern weh, und er spürte, wie sich die Innenseiten seiner Oberschenkel wund scheuerten. Er gab jedoch keinen Ton von sich, sondern biss die Zähne zusammen. Nur im Stillen verfluchte er das Schicksal, das ihn aus dem ruhigen Klosterleben gerissen und auf diesen Gaul gesetzt hatte.

Graf Ludwig gönnte ihnen an diesem Tag nur zweimal eine kurze Rast. Beim ersten Mal drückte Leonhard schon länger die Blase, und er ließ den Gaul einfach stehen, um Wasser lassen zu können. Als er sich wieder zu seinem Pferd umwandte, hatte dieses die unverhoffte Freiheit genützt, um in ein Kleefeld zu laufen. Leonhard eilte ihm nach und wollte nach dem Zügel greifen, doch das Tier wich immer wieder zurück und rupfte rasch ein paar Stengel Klee, bis Leonhard erneut herankam und es sich mit ein paar Schritten wieder aus dessen Reichweite brachte.

»Bleib endlich stehen!«, flehte Leonhard, während das dröhnende Lachen seines Vaters und der restlichen Begleiter ihn verfolgte. Als das Pferd erneut auswich, machte Leonhard einen Satz nach vorne und schnappte sich die Zügel. Er stürzte, hielt die Zügel aber fest. Mühsam kämpfte er sich wieder auf die Beine und führte den Gaul zu den anderen zurück.

»Und so etwas Ungeschicktes ist mein Sohn!«, stöhnte Graf Ludwig, während sein Freund Eckbert ein nachdenkliches Gesicht zog.

»Eine gewisse Hartnäckigkeit ist dem Jungen nicht abzusprechen. Ich kenne genug Herrchen, die längst aufgegeben und ihren Knechten den Befehl erteilt hätten, den Gaul einzufangen. Vielleicht wird doch noch etwas aus ihm.«

»Dafür werdet Ihr ihn zwiebeln müssen, bis ihm die Tränen kommen«, antwortete Leonhards Vater missgelaunt. »Hätte Gott nicht einen meiner anderen Söhne am Leben lassen können? Leopold war ganz nach meinem Herzen! Doch ausgerechnet dieser Lümmel dort soll mich gegen jene Feinde unterstützen, gegen die sein Bruder sein Leben verloren hat.«

»Ich werde Leonhard schleifen wie ein scharfes Schwert«, versprach Eckbert. »Wenn Ihr ihn wiederseht, werdet Ihr ihn nicht wiedererkennen.«

»Ihr seid meine einzige Hoffnung, mein Freund! Auf Eurer Burg kann er lernen, ein Krieger zu werden, ohne dass meine Feinde es mitbekommen und sich über mich lustig machen.«

Graf Ludwig fand, dass die Pferde sich genug ausgeruht hätten, und schwang sich in den Sattel. Auch die anderen saßen jetzt auf. Leonhard versuchte, es ihnen gleichzutun, schaffte es auch aufs Pferd, doch dann berührten seine aufgescheuerten Oberschenkel das harte Leder, und er konnte einen Schmerzenslaut nicht unterdrücken.

»Was für ein jämmerlicher Wicht!«, rief sein Vater voller Verachtung und trabte an.

Graf Ludwig hatte selten so viele Meilen zurückgelegt wie an diesem Tag. Erst kurz vor der Dunkelheit machte er vor einer Klosterherberge halt und ließ sich von den Mönchen einen Platz für sich und seine Begleitung anweisen. Um sich nicht wegen seines Sohnes zu blamieren, tat er so, als wäre Leonhard nur einer seiner Knechte. Dieser war froh, als er aus dem Sattel steigen konnte. Doch auch auf festem Boden spürte er den Schmerz in den Oberschenkeln und dem Hinterteil. Da er aber weder von seinem Vater noch von dessen Freund Mitleid erwartete, ging er steifbeinig hinter ihnen her. In ihrem Quartier angekommen, setzte er sich in eine Ecke und stöhnte dabei über die harte Bank.

Einer der Waffenknechte erinnerte sich daran, dass Leonhard einmal sein Herr werden sollte, und zupfte ihn am Ärmel. »Der Apotheker hat gewiss eine Salbe, mit der Ihr Euer aufgescheuertes Gesäß einschmieren könnt!«, flüsterte er.

Zuerst wollte Leonhard sich nicht an den Bruder Apotheker wenden, um seinem Vater nicht weiteren Grund zum Schelten zu geben. Seine Schenkel taten jedoch so weh, dass er sich erhob und nach draußen wankte. Zum Glück kannte er sich im Innern von Klöstern aus und erreichte nach kurzer Zeit die Kammer des Apothekers. Er klopfte, trat nach der Aufforderung ein und grüßte. »Gottes Segen sei mit Euch!«

Der Mönch blickte auf. »Er sei auch mit dir. Was wünschst du? Du siehst leidend aus.«

Etwas verschämt wies Leonhard auf die verletzten Stellen. »Ich habe mich wund geritten, ehrwürdiger Bruder.«

»Das heißt, du bist den Sattel nicht gewöhnt. Männer, die öfter reiten, haben sich an den entsprechenden Stellen eine gewisse Hornhaut angeeignet«, antwortete der Mönch.

»Die habe ich noch nicht!« Trotz seiner Schmerzen gelang es Leonhard zu lächeln.

Der Bruder Apotheker holte einen Tontopf aus seinem Regal, strich ein wenig der darin enthaltenen Salbe auf ein Tuch und reichte es Leonhard. »Das wäre für jetzt. Willst du auch etwas für morgen bekommen?«

Leonhard überlegte kurz und nickte. »Das wäre gewiss nicht von Übel.«

»Ich werde dir etwas in eine Schachtel geben. Du musst nur darauf achten, dass sie nicht zu warm wird, sonst läuft die Salbe aus«, riet der Bruder Apotheker, während er etwas Salbe in ein kleines, aus dünnen Holzspänen gefertigtes Gefäß tat.

»Hier! Für eine kleine Spende wäre das Kloster jedoch dankbar.«

Erschrocken zuckte Leonhard zusammen. In Ebrach hatte er kein Geld besessen, und sein Vater hatte ihm bislang auch nichts gegeben. Mit einer entsagenden Geste schob er das Spanschächtelchen wieder zurück. »Es tut mir leid, aber ich kann Euch nichts geben, ehrwürdiger Bruder.«

»Gehörst du nicht zu Graf Ludwigs Gefolge? Der spendet morgen gewiss genug für die gastliche Aufnahme!« Damit drückte der Mönch Leonhard das kleine Gefäß samt dem Salbentuch in die Hand.

»Möge Gott es Euch vergelten, ehrwürdiger Bruder.« Leonhard wollte sich schon abwenden, als ihm noch etwas einfiel. »Habt Ihr einen Platz, an dem ich die Salbe ungestört auftragen kann?«

»Du willst es nicht in eurem Quartier unter dem Gelächter deiner Kameraden tun. Das kann ich gut verstehen. Geh in den Nebenraum! Dort stört dich niemand.«

»Habt Dank!« Erleichtert trat Leonhard in die andere Kammer und löste den Hosengurt.

3.

Am Abend des dritten Tages erreichten sie ihr Ziel. Es handelte sich um eine schlichte Burganlage auf einer felsigen Anhöhe, die auf zwei Seiten steil abfiel und dort einen natürlichen Schutz bildete. Das Hauptgebäude der Burg bestand aus einem wuchtigen Rundturm von vielleicht zwanzig Schritt Durchmesser, der fünf Stockwerke in die Höhe ragte. Gegen den flacheren Teil der Anhöhe schützte eine Wehrmauer mit drei Türmen die Anlage. Dort befanden sich, wie Leonhard bald merkte, auch die Ställe. Er hatte den Ritt durchgehalten, aber wie ihm das gelungen war, wusste er selbst nicht. Die Salbe des Apothekermönchs hatte sicher dazu beigetragen, aber auch der Wille, sich seinem Vater nicht als jammerndes Bündel Elend zu zeigen. Graf Ludwig hatte sich nicht mehr als unbedingt notwendig um ihn gekümmert. Auch jetzt stieg er aus dem Sattel und betrat den Wohnturm, ohne seinen Sohn auch nur eines Blickes zu würdigen. Ritter Eckbert wollte seinem Freund schon folgen, wandte sich dann aber doch Leonhard zu.

»Kurt soll dir die Kammer zeigen, in der du schlafen wirst. Danach kommst du in die Halle zum Essen.«

»Ja, Herr Eckbert!« Mit zusammengebissenen Zähnen folgte Leonhard dem Waffenknecht in einen kleinen Raum neben dem Pferdestall. Auf einem schmalen Bett lagen ein dünner Strohsack und eine Felldecke. Die Kammer war unbeheizt, doch die Wärme des Pferdestalls drang fühlbar herein. Es gab weder einen Stuhl noch eine Truhe, in der Leonhard seinen geringen Besitz hätte unterbringen können. Als er Kurt danach fragte, zuckte dieser mit den Schultern.

»Ritter Eckbert hat befohlen, den Raum so einzurichten. Eure Kleidung könnt Ihr an den Holznägeln aufhängen, die in die Wand getrieben worden sind.«

Leonhard hatte ein schön geschriebenes Gebetbuch aus dem Kloster mitgebracht sowie etwas Pergament, Tinte und ein paar Schreibfedern. Da er sie nicht an die Wand hängen konnte, steckte er sie so, wie er sie eingepackt hatte, unter das Bett und hoffte, dass die Mäuse nicht das wertvolle Pergament und die Federn anknabberten.

»Wir Waffenknechte schlafen auf der anderen Seite des Stalles. Dort befindet sich die Wachtkammer«, fuhr Kurt fort. »Ihr werdet wie jeder von uns zu den Nachtwachen eingeteilt, um Euch daran zu gewöhnen.«

Es klang ein wenig spöttisch, machte Leonhard jedoch nichts aus. Im Kloster hatte er sich an im Gebet verbrachte Nachtwachen gewöhnt. Hier würde er ebenfalls beten oder einfach über Dinge nachdenken, die ihm wichtig waren.

»Was gibt es sonst noch zu beachten?«, fragte er den Waffenknecht.

Kurt wies auf die andere Seite des Burghofs. »Dort ist der Misthaufen, und daneben steht das Scheißhaus. Im Sommer stinkt es, und im Winter friert man sich den Arsch ab. Aber daran werdet Ihr Euch gewöhnen.«

Auch das schreckte Leonhard nicht, denn im Kloster hatte es ebenfalls einen einzeln stehenden Abtritt gegeben, in dem es im Winter eisig kalt gewesen war. In der Hinsicht war er für seinen Aufenthalt hier gerüstet. Anders war es jedoch mit dem Reiten und dem Kämpfen.

»Wie ist Ritter Eckbert so?«, fragte er Kurt. »Kann man mit ihm auskommen, oder …«

»Ihr habt wohl Angst vor ihm, was? Hätte ich an Eurer Stelle auch. Wenn der sich etwas in den Kopf gesetzt hat, führt er es auch aus. Er wird Euch dressieren wie einen Gaul, bis er mit Euch zufrieden ist. Doch bis dorthin werdet Ihr des Öfteren seinen Stock auf Eurem Rücken spüren. Damit ist er ganz bestimmt nicht sparsam, und er hat verdammt viel Kraft, muss ich Euch sagen.«

Kurt grinste dabei so, dass Leonhard nicht wusste, ob seine Worte ernst gemeint waren oder nicht. Auf jeden Fall würde die nächste Zeit härter werden als jede Stunde im Kloster. Dort hatte ihm das Lernen Freude bereitet, und er wünschte sich, dieses Leben wieder aufnehmen zu können. Doch damit war es wohl endgültig vorbei.

»Ihr solltet Euch beeilen, in die Halle zu kommen! Ritter Eckbert liebt es nicht, wenn man sich verspätet«, riet Kurt noch und ließ Leonhard allein zurück.

Dieser wollte ebenfalls gehen, doch da kam eine Frau herein und musterte ihn durchdringend. Sie war nicht mehr ganz jung, aber auch noch nicht alt, etwas breit gebaut und hatte ein rundliches Gesicht mit zwei hellen Augen und einer kurzen Nase. Ihr Haar war unter einer Haube verborgen, doch zeigten ihre Augenbrauen, dass es fast weiß sein musste.

»Du bist also Leonhard«, begann sie ansatzlos.

Leonhard nickte. »So wurde ich getauft.

»Bist aber lange anders genannt worden, was? Auf jeden Fall bist du jetzt hier. Ich bin Mathilde, die Beschließerin der Burg und für alles verantwortlich, was nicht mit Pferden und Waffen zu tun hat. In mein Aufgabengebiet fällt es auch, dafür zu sorgen, dass du richtig eingekleidet wirst. Daher wirst du morgen früh in die Nähstube kommen, damit ich dich abmessen kann. Übrigens siehst du deinem Bruder nicht sehr ähnlich.«

»Ich habe Leopold nie kennengelernt«, bekannte Leonhard leise. »Als ich noch zu Hause war, befand er sich bereits als Page beim Burggrafen von Nürnberg. Ins Kloster ist er nie gekommen.«

»Ich glaube nicht, dass es ihm dort behagt hätte. Er war doch mehr ein Mann der Tat als des Wortes.« Mathilde lachte kurz und nickte. »Du bist eine volle Handbreit größer als er und kommst wohl mehr nach deiner Mutter. Obwohl – du hast die Augen deines Vaters! Nun, wir werden uns schon vertragen, solange du nichts tust, was mich verärgern könnte.«

»Und was wäre das?«, fragte Leonhard.

»Du lässt meine Hühner in Ruhe, ebenso ihre Eier und alles, was sich in meiner Speisekammer befindet. Keine Sorge, bei mir ist noch keiner verhungert, und so ein langes Elend wie du braucht etwas zwischen die Rippen. Außerdem mag ich es nicht, wenn die Mannsleute meinen Mägden nachstellen. Eine Magd kann mit einem dicken Bauch nicht mehr richtig arbeiten, und danach müssen wir auch noch ihren Balg aufziehen. Hast du mich verstanden?« Mathilde redete mit einer Wucht, die Leonhard aus dem Kloster nicht gewöhnt war.

»Ich werde weder deinen Hühnern noch deinen Mägden nachstellen!«, versprach er.

»Und sorge dafür, dass du nicht schwach wirst, wenn eine der Mägde dir nachstellen sollte. Manche von ihnen sticht der Hafer, und die eine oder andere könnte denken, dass Graf Ludwig um einen Enkel froh wäre, selbst wenn es sich um einen Bastard handelt.«

»Ein Bastard wäre wertlos, da er nicht die Nachfolge meines Vaters antreten könnte«, wandte Leonhard ein und brachte Mathilde damit zum Lachen.

»So spricht das Mönchlein, das nur auf das starrt, was geschrieben steht. Du musst aber ein Krieger werden, und der kann, wenn er sich einem der ganz hohen Herren verpflichtet, diesen durchaus dazu bringen, die Erbfolge eines Bastards anzuerkennen. Das soll schon ein paarmal geschehen sein, habe ich mir sagen lassen. Aber nun geh, sonst wird Herr Eckbert zornig, wenn du zu spät zu Tisch erscheinst. Hast du dir überhaupt schon die Hände gewaschen?«

Leonhard wollte gerade zur Tür hinaus, als ihn Mathildes Frage zurückhielt. »Nein! Wo kann ich das tun?«

»Auf jeden Fall nicht in dem Trog, aus dem die Pferde saufen.

Wenn die krank werden, wird Ritter Eckbert fuchsteufelswild. Komm mit in die Küche! Dort schütte ich dir etwas Wasser in eine Schüssel.«

Mathilde winkte Leonhard, ihr zu folgen, und ging voraus. Unterwegs erklärte sie ihm, was sie für wichtig hielt, und zeigte ihm, wie er ins Hauptgebäude gelangen konnte. Die Tür befand sich in einer Höhe von vier Schritt, und man musste über eine Leiter hinaufklettern.

»Das ist wegen der Feinde. Sollten diese die Mauer überwinden, können wir die Leiter hochziehen, und sie stehen erst einmal dumm da«, erklärte Mathilde.

»Müsst ihr alles, was ihr in der Burg braucht, über diese Leiter hochschleppen?«

Mathilde lachte, als sie Leonhards entsetzte Frage hörte. »Natürlich nicht. Siehst du dort oben das Fenster? Dort können wir einen Balken herausschieben und an diesen einen Seilzug hängen. Das Hochziehen geht ganz leicht.«

Kurz darauf befanden sich beide im Innern der Burg. Mathilde führte Leonhard durch schmale Gänge und über eine Treppe nach unten. Es wurde zunehmend kühler, und als der junge Bursche sich einmal kurz schüttelte, lachte die Beschließerin erneut.

»In der Küche selbst ist es warm! Doch im Keller soll es ruhig kalt sein. Dann halten die Vorräte länger.«

Leonhard begriff, dass es eine hohe Kunst sein musste, eine solche Burg zu verwalten. »Um das alles kümmerst du dich?«, fragte er voller Bewunderung.

»Wer soll es sonst tun? Ritter Eckbert hat nur seine Pferde und seine Waffen im Kopf. Wollte man ihn beauftragen, für Vorräte zu sorgen, würden wir alle verhungern. Jetzt sind wir gleich da.«

Augenblicke später standen sie in der Küche. Mehrere Mägde unterschiedlichen Alters hielten das Feuer am Brennen und kümmerten sich um die Töpfe, Kessel und Pfannen, die entweder auf Gestellen standen oder mit Ketten an beweglichen Armen hingen.

»Das ist also der junge Graf?«, fragte eine recht hübsche Magd mit einem aufreizenden Hüftschwung.

»Das ist er! Und du lässt ihn gefälligst in Ruhe. Hast du mich verstanden?«

Es lag eine gewisse Schärfe in Mathildes Worten, und Leonhard ahnte, dass die Beschließerin diese junge Magd gemeint hatte, als sie ihn aufgefordert hatte, sich nicht nachstellen zu lassen. Im Kloster hatte er gegen leibliche Gefühle angekämpft und war nun froh um seine Selbstbeherrschung. Die junge Frau war vielleicht keine Schönheit, aber doch ansehnlich genug, um ihm zu gefallen.

Leonhard bemerkte nicht, dass Mathilde ihn genau beobachtete und sein Mienenspiel zu deuten suchte. Schließlich nickte sie zufrieden und forderte die Magd auf, frisches Wasser in eine Schüssel zu gießen.

»Der junge Herr soll sich angewöhnen, die Hände zu waschen, bevor er sich zu Tisch begibt«, erklärte sie.

»Das mache ich gerne!«, rief die junge Magd mit einem lockenden Augenaufschlag, holte einen Krug und goss etwas Wasser hinein.

Rasch wusch Leonhard sich die Hände, trocknete diese an einem Tuch ab, das Mathilde ihm reichte, und folgte ihr dann in die große Halle, die sich ein Stockwerk weiter oben befand.

4.

Graf Ludwig und sein Gastgeber saßen bereits beim Mahl, als Leonhard eintrat. Aber sie schauten nicht einmal auf, sondern setzten ihre Unterhaltung fort. Bei diesem Gespräch ging es vor allem um Leonhards Schwächen, die Ritter Eckbert mit allen Mittel ausmerzen sollte. Nie hatte der junge Mann sich wertloser und elender gefühlt als in diesen Minuten. Es verschlug ihm fast den Appetit, und er musste sich zwingen, von dem fetttriefenden Braten zu essen. Dazu gab es säuerlichen Wein, der ihm nicht besonders schmeckte. Er begriff jedoch, dass Kritik hier nicht gut ankommen würde, und hielt den Mund. Erst als die Knechte die Tafel abtrugen und statt ihrer einen kleinen Beistelltisch hereinbrachten, damit die Herren ihre Weinbecher absetzen konnten, wagte Leonhard es, seinen Vater anzusprechen.

»Verzeiht, Herr Graf, doch ich weiß nur sehr wenig über meine Familie. Selbst vom Tod meiner Mutter habe ich nur erfahren, weil der ehrwürdige Herr Abt mich aufgefordert hat, für ihre Seele zu beten.«

Ludwig von Löwenstein musterte seinen Sohn mit einem missbilligenden Blick, begriff aber selbst, dass er ihn nicht ganz im Ungewissen lassen durfte. »Du willst mehr über unsere Familie erfahren? Dann hör zu! Wir Löwensteiner stammen von den Gaugrafen des Maingaus ab. Unser direkter Ahnherr war Lothar, der dritte Sohn des damaligen Gaugrafen. Kaiser Konrad II. ernannte ihn zum Burggrafen von Löwenstein, und diese Burg bildet noch immer den Kern unserer Besitztümer. Durch Heirat und Erbschaft kamen noch einige andere Besitzungen hinzu. Herr Eckbert wird sie dir zu gegebener Zeit nennen.« Der Graf schwieg einen Augenblick lang und trank einen Schluck, bevor er weitersprach.

»Nach dem Tod deiner Brüder bist du jetzt der Erbe von Löwenstein und musst dich deiner Ahnen würdig erweisen. Du hast noch zwei lebende Schwestern. Anna, die ältere, wurde von mir in das Kloster Frauenlob gegeben und ist dort mittlerweile Äbtissin. Deine andere Schwester heißt Gertrud und war mit Heimbold vom Heimsberg verheiratet. Diese Ehe sollte die lange Fehde zwischen uns und den Heimsbergern beenden. Gertruds Gemahl starb jedoch kurz nach der Geburt ihres ersten Sohnes, und ihr Schwiegervater Heimeran verweigerte ihr nicht nur ihr Wittum, sondern behielt auch die Burg, die sie als Mitgift erhalten hatte, für sich. Dadurch ist die Fehde stärker denn je aufgeflammt.«

Ein Hüsteln seines Freundes Eckbert mahnte Graf Ludwig, dass er einen wichtigen Punkt übersehen hatte, und so fuhr er mit ärgerlich verzogener Miene fort.

»Gertrud hat den Namen ihres Gemahls abgelegt und nennt sich wieder von Löwenstein. Dieselbe Gunst erhofft sie vom Kaiser für ihren Sohn. Ihr Wunsch wäre es, wenn dieser mir als Graf auf Löwenstein nachfolgen würde.«

»Dann könnte ich ja ins Kloster zurückkehren!«, rief Leonhard erleichtert aus.

Sein Vater schlug so heftig mit der Faust auf den kleinen Tisch, dass dieser zusammenbrach und die Becher zu Boden kollerten. »Ich will einen Erben im Mannesstamm haben und keinen, der eigentlich ein Heimsberg ist!«

Die Hoffnung, die kurz in Leonhard aufgeflammt war, erlosch wieder.

Nun ergriff Ritter Eckbert das Wort. »Da Gertrud das Erbe für ihren Sohn erringen will, wirst du in ihr keine Freundin finden. Sie wird alles tun, um dich zu verdrängen. Gegen diese Frau kannst du dich nur behaupten, wenn du ein richtiger Mann wirst. Weiber können sehr durchtrieben sein, aber als Mönchszögling musst du das erst noch begreifen.«

»Du wirst sehr viel lernen müssen – und noch mehr vergessen!«, erklärte Leonhards Vater, während ein Knecht den zusammengebrochenen Tisch durch einen anderen ersetzte und ein anderer frische Becher und einen neuen Krug Wein brachte.

»So ist es!« Ritter Eckbert stand auf und ließ seine rechte Hand schwer auf Leonhards Schulter fallen. »Nichts an dir darf mehr an die Zeit erinnern, die du bei den Geschorenen verbracht hast, verstehst du mich?«

»Nein, ich begreife nicht …«, begann Leonhard.

Da zog Ritter Eckbert ihn vom Schemel hoch und schüttelte ihn. »Wer hätte je von einem Ritter gehört, der Latein und Griechisch in Wort und Schrift beherrscht und zudem auch noch Hebräisch lesen kann? Schreiben und Lesen ist etwas für Mönche und Weiber, aber nicht für einen Krieger! Daher wirst du vor allen verheimlichen, dass du dies jemals konntest. Wenn dich eine Botschaft erreicht, lässt du sie dir von deinem Schreiber vorlesen. Ebenso wirst du niemals eine andere Sprache sprechen als die, die du an der Mutterbrust gelernt hast. Du wirst voll und ganz ein deutscher Ritter werden, ein Mann, der sein Pferd und sein Schwert gleichermaßen meisterlich zu beherrschen weiß.«

»Aber wieso soll es schlecht sein, wenn ein Ritter eine andere Sprache lesen oder sprechen kann?«, fragte Leonhard verwirrt.

»Weil man ihn dann für schwach hält und für einen Mann, den es mehr in die warme Kemenate zieht als in die freie Natur!«, fuhr sein Vater ihn an.

»Aber wer verwaltet den Besitz, wenn der Herr es nicht lernt?«

»Dafür gibt es Männer aus niederem Stand, die dies tun können. Was das Gesinde und all die Vorräte angeht, die man in einer Burg braucht, so ist dies die Aufgabe des Weibes, mit dem ich dich einmal verheiraten werde. Derzeit hat Gertrud diese Aufgabe übernommen.«

Bevor Leonhard etwas darauf antworten konnte, fuhr Ritter Eckbert mit seinem Vortrag fort. »Kommen wir nun zu dir! Du wirst die nächsten zwei, drei Jahre auf meiner Burg bleiben und hier alles lernen, was du als zukünftiger Herr auf Löwenstein wissen musst. Wir fangen morgen früh damit an! Bei Tagesanbruch reiten wir aus, damit du lernst, dich wie ein Ritter im Sattel zu halten. Nach dem Frühstück werde ich dich im Schwertkampf schulen. Anschließend führe ich dich in die Wappenkunde ein, damit du weißt, welcher Herr dir gegenübersteht. Zu Mittag gegessen wird irgendwann dazwischen. Am Nachmittag werde ich dich lehren, weitere Waffen zu beherrschen, und am Abend wirst du im Freien Holz hacken, damit du Muskeln bekommst. So wie du jetzt aussiehst, kann dich jeder Knabe mit einem einzigen Stoß zu Boden werfen.«

»Ich weiß nicht, ob ich morgen bereits bei Tagesanbruch ausreiten kann. Frau Mathilde will mir nämlich neue Kleider anmessen lassen«, erklärte Leonhard.

»Du hast zu tun, was dein Ausbilder dir sagt!«, brüllte sein Vater ihn an, doch Ritter Eckbert hob beschwichtigend die Hand.

»Ich selbst habe Mathilde beauftragt, den Jungen mit Kleidung zu versorgen. Wir sollten ihn daher nicht tadeln, wenn er uns darauf hinweist!« Der Ritter ließ Leonhard los und kehrte zu dessen Vater zurück.

»Außerdem gefällt es mir, dass Leonhard den Mund aufmacht! Zeigt es doch, dass er einen festen Willen besitzt. Den wird er als Euer Nachfolger brauchen«, flüsterte er Graf Ludwig so leise ins Ohr, dass Leonhard es nicht hören konnte.

Dann wandte er sich wieder dem jungen Mann zu. »Nenne meine Beschließerin um Gottes willen nicht Frau Mathilde, denn sie würde dir sonst mit dem Putzlappen heimleuchten. Sie ist die Tochter einer unfreien Magd und keine Herrin, auch wenn sie sich manchmal so aufführt. Von unserem vorigen Burgkaplan hat sie Lesen und Schreiben gelernt, daher habe ich sie zu meiner Beschließerin gemacht. Was sie darüber hinaus ist, geht dich nichts an.«

Leonhard war zwar im Kloster aufgewachsen, begriff aber trotzdem, dass die Beschließerin ihrem Herrn das Bett wärmte. Gleichzeitig fragte er sich, weshalb Mathilde nicht wollte, dass eine ihrer Mägde es bei ihm tat. Lag es daran, dass er der Sohn des Grafen war und Herr Eckbert nur ein Ritter, der diese Burg für seinen Vater verwaltete?

Es war eine Frage von vielen, die sich Leonhard an diesem Abend stellte. Eines aber wurde ihm bereits am nächsten Tag klar: Von Ritter Eckbert ausgebildet zu werden war wahrlich kein Honigschlecken, und immer, wenn er dachte, es könnte nicht schlimmer werden, belehrte dieser ihn eines Schlechteren.

5.

Die Schiffsreise von Brindisi nach Paphos auf Zypern hatte aus Pandolfina und den beiden deutschen Damen zwar keine Freundinnen gemacht, aber alles in allem waren sie gut miteinander ausgekommen. Dietrun von Rallenberg erwies sich als dankbar für die Hilfe während ihrer Seekrankheit. Doch genau deswegen hatte Pandolfina zu ihrem Leidwesen die beiden Teutoninnen am Hals.

Fern der Heimat beäugte Ortraut von Rallenberg alles misstrauisch und nahm nicht die geringste Rücksicht auf die Gefühle der Einheimischen. Nur die Tatsache, dass sie außer ihrem barbarischen Dialekt keine andere Sprache beherrschte, verhinderte, dass ihre abschätzigen Worte und Beleidigungen verstanden wurden. Ihr Gehabe wirkte jedoch abschreckend genug und brachte die Griechen auf Zypern dazu, ihr die schlechteste Kammer zuzuweisen und sie bei den Mahlzeiten endlos lange warten zu lassen. Dazu waren die Speisen entweder nicht fertiggekocht oder sogar schon verdorben. Obwohl Frau Ortraut und ihre Schwiegertochter sich lauthals beschwerten, wurde es nicht besser.

Da die beiden Damen sich eng an Pandolfina hielten, wurde auch sie ein Opfer der Einheimischen. Sie konnte allerdings Griechisch und beschwerte sich beim Haushofmeister des Palastes, in dem sie untergebracht worden waren, über die Versorgung.

»Sollte sie nicht besser werden, bin ich gezwungen, bei Seiner Majestät Klage zu führen!«, drohte sie zum Abschluss.

Auf das Gesicht des Griechen trat ein überhebliches Lächeln.

»Ich glaube kaum, dass Friedrich von Schwaben Zeit hat, sich die Klagen eines kleinen Mädchens anzuhören. Dafür hat er genug andere Sorgen.«

»An Eurer Stelle wäre ich mir da nicht so sicher!« Pandolfina ärgerte sich ebenso über das kleine Mädchen wie auch darüber, dass der Mann ihre Beschwerde einfach so abtat.

»Wir brauchen keine Teutonen im Land«, erklärte der Grieche. »Vor allem keine, die das Maul so aufreißen wie dieser Schwabe und seine Begleitung. Was hat er überhaupt auf unserer schönen Insel zu suchen?«

Jetzt wurde der Mann Pandolfina zu beleidigend. »Friedrich ist König von Sizilien und Kaiser des Heiligen Römischen Reiches!«, fuhr sie den Haushofmeister an. »Außerdem ist er der Lehnsherr des Königreichs Zypern. Er hat daher alles Recht, hier zu sein und Gehorsam zu fordern.«

Der Mann verzog das Gesicht und öffnete bereits den Mund zu einer heftigen Antwort.

Doch in diesem Moment kam Enzio herein und eilte zu Pandolfina. »Wo bist du die ganze Zeit? Ich habe dich schon vermisst. Wir wollen heute Nachmittag auf Falkenjagd reiten. Du musst mitkommen! Wenn ich meinen Vater bitte, darfst du jetzt selbst mit einem Falken jagen.«

»Ich würde mich freuen«, antwortete Pandolfina, fand aber ein Haar in der Suppe. »Nur weiß ich nicht, ob die Damen Rallenberg mich so einfach aus ihren Klauen lassen.«

»Ein unmögliches Gesindel!«, stieß der Grieche hervor.

Enzio drehte sich zu ihm um und sprach ihn trotz seiner Jugend mit einer Autorität an, die den anderen schrumpfen ließ. »Die Markgräfin Montcœur«, dabei deutete er auf Pandolfina, »und die Damen Rallenberg gehören zum Gefolge Seiner Majestät. Wer sie schlecht behandelt, schmäht den König!«

Danach wandte Enzio sich Pandolfina zu. »Du solltest rasch etwas essen und dich zur Jagd fertig machen. Ich sorge dafür, dass deine Stute bereitsteht.«

»Und die beiden Damen?«, fragte Pandolfina.
Enzio dachte kurz nach und lächelte dann verschmitzt. »Ich werde dafür Sorge tragen, dass auch für sie und den Ehemann der jüngeren Dame Pferde gesattelt werden. Es ist gewiss gut für sie, zu sehen, wie hoch du in der Gunst meines Vaters stehst. So wie sie sich jetzt benehmen, könnte man glauben, dass sie dich für ihre Dienstmagd halten.«
»So schlimm ist es nicht«, verteidigte Pandolfina die beiden Frauen. »Sie waren noch nie in der Fremde und kommen dadurch schlechter zurecht als …«
»… zum Beispiel du!«, unterbrach Enzio sie lachend. »Trotzdem sind sie zu sehr von sich eingenommen und lassen nur das gelten, was sie aus ihrer Heimat kennen. Im Allgemeinen aber sind die Tedeschi in Ordnung. Mein Vater hat mir in Lucera Frau Dietruns Gemahl Rüdiger vorgestellt und nannte ihn einen tapferen Ritter, der selbst zehn Gegner nicht fürchtet. Ob Vater von dessen Mutter eine ähnlich hohe Meinung hätte, bezweifle ich.«
Wie es aussah, hatte Enzio mitbekommen, wie Ortraut von Rallenberg sich benahm, dachte Pandolfina amüsiert. Er hatte nämlich recht, denn der deutschen Dame musste dringend beigebracht werden, sich etwas zurückzunehmen. Pandolfina hatte bereits versucht, ihr dies mit ein paar höflichen Worten nahezubringen. Doch damit die Frau es wirklich begriff, war wohl mehr Durchsetzungsvermögen vonnöten, als sie aufbringen konnte.
Als Pandolfina dies Enzio erklärte, lachte dieser erneut auf. »Du bist manchmal zu höflich und lässt dich daher ausnützen. Was meinst du, was die alte Rallenbergerin an deiner Stelle gesagt hätte, wenn dir auf dem Schiff schlecht geworden wäre? Sie hätte gefordert, dass man dich in irgendeinen Winkel des Schiffes verfrachtet, in dem du sie nicht mehr stören kannst.«
So ganz unrecht hatte der Junge nicht. Trotzdem wollte Pandolfina nicht den Stab über Ortraut von Rallenberg bre-

chen. »Sie mag eigenartig sein, hat aber gewiss auch ihre guten Seiten.«
»Berichte es mir, wenn du eine davon entdeckst«, antwortete Enzio lachend und sah sich um. Der Haushofmeister hatte jedoch die Gelegenheit ergriffen, zu verschwinden.
»Hoffentlich nimmt er sich deine Rede zu Herzen«, meinte Enzio.
»Eher die deine! Immerhin bist du der Sohn des Königs.«
»Ein Sohn des Königs«, antwortete Enzio fröhlich. »Du darfst Enrico nicht vergessen, der in Germanien lebt, und auch nicht den kleinen Corrado.«
Pandolfina senkte bedrückt den Kopf. Zwar war die Nachricht, dass Iolanda de Brienne dem König einen Sohn geboren hatte, sehr erfreulich, doch leider hatte die junge Königin die Niederkunft nicht überlebt. Friedrich war daher zum zweiten Mal Witwer, und obwohl Iolanda ihm arg auf die Nerven gegangen war, trauerte er ehrlich um sie.
»Die Falkenjagd wird meinem Vater guttun«, sagte Enzio, der Pandolfinas Gedanken anhand ihres Mienenspiels erahnte.
»Sie wird uns allen guttun«, antwortete Pandolfina. »Wir sitzen schon zu lange auf dieser Insel, dabei gilt all unsere Sehnsucht Jerusalem, um endlich das Heilige Grab zu sehen.«
»Was derzeit noch nicht möglich sein wird, es sei denn, wir bahnen uns den Weg mit dem Schwert. Mein Vater hofft aber, dass Sultan al Kamil zu seinen Versprechungen steht und uns die Heilige Stadt in Frieden übergibt.«
Obwohl er noch sehr jung war, wusste Enzio mehr über die Pläne seines Vaters als viele der Männer, die mit ihnen reisten. Er forderte Pandolfina noch einmal auf, rechtzeitig für die Falkenjagd auf dem Burghof zu erscheinen, und verabschiedete sich.
Nachdenklich blickte Pandolfina ihm nach und kehrte dann in ihre Kammer zurück. Sie fand dort eine zornerfüllte Ortraut von Rallenberg vor. Dieser hatte die griechische Magd ein

schmutziges, zerrissenes Laken für das Bett gebracht. Die Edeldame holte bereits aus, um die Frau zu schlagen, aber die Magd wich zur Tür zurück und funkelte die Deutsche höhnisch an.

Pandolfina musterte das Laken und fand es so ekelhaft, dass auch sie es nicht mehr verwendet hätte. Voller Wut auf die renitenten Griechen packte sie es, knüllte es zusammen und warf es der Magd vor die Füße.

»Bringe ein neues! Und wehe, es ist nicht besser als das da!«, sagte sie auf Griechisch und war in dem Augenblick dankbar, dass ihr Vater dafür gesorgt hatte, dass sie sich auch in dieser Sprache verständigen konnte.

Die Magd zuckte zusammen und schien zu überlegen, ob sie gehorchen sollte oder nicht. Hätte Ortraut oder deren Schwiegertochter es ihr befohlen, hätte sie es nicht getan. Pandolfina strahlte jedoch trotz ihrer Jugend genug Autorität aus, dass die Frau das zerrissene Laken an sich nahm und damit verschwand.

6.

Pandolfina hatte bereits bei Foggia an einer Falkenbeize teilgenommen, allerdings hatte man ihr damals keinen der wertvollen Vögel anvertraut. Mittlerweile hatte sie nicht zuletzt dank Enzio viel über die Tiere gelernt. Daher trat einer der Falkner des Königs auf sie zu, reichte ihr den dicken Handschuh, der ihre Hand vor den scharfen Krallen schützen sollte, und setzte einen Falken darauf.

»Es ist ein erfahrenes Tier, Marchesa«, erklärte er. »Ihr dürft ihm auf mein Zeichen hin die Kappe abnehmen und ihn auffliegen lassen. Macht es genauso wie bei unseren Übungen, dann geht es schon gut.«

»Danke!« Pandolfina war sich der Ehre bewusst, die Friedrich ihr mit dieser Geste erwies, und sie nahm sich vor, den König nicht zu enttäuschen. Mit einem staunenden Blick betrachtete sie den Vogel, der gelassen auf ihrer Hand saß und den kappenbewehrten Kopf hin und her drehte, um den Geräuschen in der Umgebung zu lauschen. Es war ein schönes Tier mit einem in Beige und Braun gemusterten Gefieder und einem kräftigen Schnabel. Auch seine Krallen waren kräftig, denn sie spürte diese trotz des festen Handschuhs. Was würde sie damit erjagen?, dachte Pandolfina. Ein Rebhuhn sollte es mindestens sein. Einmal hatte der Falke, den ein Begleiter des Königs aufsteigen ließ, eine Maus gefangen. Das Gelächter war entsprechend laut gewesen, und unter der Hand wurde der Herr noch immer als Conte Topo bezeichnet.

Das wird mir nicht passieren, schwor Pandolfina sich und blickte sich zu den Damen Rallenberg um. Beide saßen besser zu Pferd, als man erwarten konnte, hatten aber Plätze weiter hinten zugewiesen bekommen. Der Mann, der in Brindisi vergebens auf Frau Ortraut eingeredet hatte, ritt an ihrer Seite. Aufgrund seiner Ähnlichkeit zu der Dame war Pandolfina sofort klar, dass es sich um deren Sohn Rüdiger handelte. Obwohl der Mann nicht so aussah, als würde er sich vor einem Gegner oder zweien fürchten, zog er, wenn seine Mutter das Wort ergriff, den Kopf ein und nickte eifrig.

Er war nach Hermann von Salza und Heimo von Heimsberg der dritte deutsche Ritter, den Pandolfina näher kennenlernte, aber er besserte ihre Meinung über die Männer aus dem Norden nicht. Diese mussten schon wie Hermann von Salza lange Jahre in Apulien und im Heiligen Land gelebt und etwas von der dortigen Lebensart aufgenommen haben, um nicht mehr als ungehobelte Barbaren aufzutreten.

Unterdessen berichtete Dietrun von Rallenberg ihrem Mann, dass Pandolfina sich seiner Mutter und auch ihrer während der Überfahrt angenommen habe.

»Das hat sie, in der Tat!«, stimmte ihr Frau Ortraut zu. »Es war wirklich schlimm, denn Irma und Kuni, diese beiden dummen Mägde, waren ebenfalls erkrankt und konnten uns nicht pflegen. Ohne Pandolfina von Mont… sonst was hätten Dietrun und ich im eigenen Schmutz liegen müssen.«

»Die Dame ist eine Marchesa – das ist eine Markgräfin«, erklärte Rüdiger von Rallenberg Frau und Mutter.

Die beiden Damen sahen ihn erschrocken an, denn für so hochrangig hatten sie Pandolfina nicht gehalten.

Ein Stück von den Rallenbergern entfernt bleckte Heimo von Heimsberg verärgert die Zähne. »Jetzt hat sie auch noch einen Falken erhalten, während wir als lumpige Zuschauer mitreiten müssen«, sagte er zu Antonio de Maltarena.

»Sie ist ein hübsches Ding und der Kaiser nicht sehr wählerisch, was seine Beischläferinnen betrifft«, antwortete der junge Sizilianer.

»Du meinst, die Montcœur wärmt Friedrichs Bett?«, fragte Heimsberg verblüfft. »Aber die wurde doch zu dieser elenden Rallenberg und deren Schwiegertochter gestopft. Gesindel ist das! Noch der Großvater war höriger Dienstmann des Klosters Ebermannstadt. Jetzt nennen sie sich Edelleute, als wären sie uns gleichgestellt.«

Er spie aus und verfluchte sein Geschick, das ihn als Sohn eines nachgeborenen Sohnes zur Welt hatte kommen lassen. Wenn er, was nicht sicher war, tatsächlich ein Erbe erhielt, würde es ein Bettel gegen den Besitz der Rallenbergs sein.

Antonio de Maltarena trug zwar den Titel eines Grafen und war Almosenier von Santa Maria di Trastamara, besaß aber weniger Land als ein einfacher Ritter in Deutschland. Aus diesem Grund war er bereit, alles zu tun, um dies zu ändern.

»Von Friedrich haben wir nichts zu erwarten«, sagte er zu Heimsberg. »Der bevorzugt Leute, die in gesetzten Worten seine Größe rühmen. Dabei gehört er nicht einmal mehr zur Christenheit, da Seine Heiligkeit ihn gebannt hat. Hätte der hochehrwürdige Prälat uns nicht befohlen, im Gefolge dieses Antichristen nach Jaffa zu reisen, hätte ich Friedrich um meiner unsterblichen Seele willen längst verlassen.«

Heimsberg nickte mit verkniffener Miene. »Ich auch! Wenn ich nur an de Donzère denke! Der hat damals richtig gehandelt, als er nach Rom geritten ist, um Seiner Heiligkeit seine Dienste anzubieten. Jetzt ist er Podesta einer Stadt mit der Aussicht, ein hoher Herr in den Diensten des Stuhles Petri zu werden.«

»Es muss uns gelingen, Seiner Heiligkeit die Dienste zu erweisen, die er von uns fordert«, erklärte Maltarena und trieb sein Pferd an, um nicht zu weit hinter jenen zurückzubleiben, die das Privileg genossen, in der Nähe des Königs zu reiten.

Zu diesen gehörte Pandolfina. Direkt neben Friedrich ritt jedoch ein Mann in einem stattlichen grünen Gewand und mit dem Wappen der Ibelins auf der Brust. Auch er trug einen großen Falken auf der Faust und unterhielt sich angeregt mit dem Kaiser.

»Wundert Ihr Euch, Johann von Ibelin an der Seite des Königs zu sehen, mein Kind?« Hermann von Salza hatte zu Pandolfina aufgeschlossen und ihren Blick bemerkt.

»Nein, wieso denn …?«, antwortete die junge Frau verwundert.

»Habt Ihr nicht gehört, wie zerstritten die beiden Herren noch vor drei Tagen waren? Es hätte nicht viel gefehlt, und wir hätten die Schwerter gegen Ibelins Gefolgsmänner ziehen müssen.«

»Davon weiß ich nichts. Allerdings habe ich seit unserer Ankunft auf Zypern nicht mehr mit Seiner Majestät sprechen können«, bekannte Pandolfina.

»Und wohl auch nicht mit Piero de Vinea und den anderen Beratern. Es ging um versäumte Abgaben und Tribute, nicht geleistete und nicht befolgte Treueschwüre und dergleichen mehr. Nun aber haben sich die beiden Herren wieder geeinigt. Seine Majestät wird als Lehnsherr Zyperns nun auch von Johann von Ibelin anerkannt und gewährt ihm dafür einige Rechte. Im Gegenzug steuert Herr Johann etliches an Geld für unseren Kreuzzug bei und stellt eine stattliche Ritterschar unter den Befehl Seiner Majestät.«

Salza klang zufrieden, denn er hatte viel zu dieser Einigung beigetragen. Hätte nur einer der beiden Herren auf all seinen Forderungen beharrt, wäre es bereits hier auf Zypern zum Krieg gekommen. So aber erklärte er Pandolfina, dass sie wohl bald in das Heilige Land weiterreisen würden.

»Frau Ortraut von Rallenberg wird es wenig freuen, wenn sie wieder auf ein Schiff steigen muss«, meinte Pandolfina mit einem Hauch von Schadenfreude. Diese schwand allerdings rasch, weil es wieder an ihr hängenbleiben würde, die Dame zu pflegen.

»Ihr solltet die Gelegenheit nutzen, die Euch die Reise bietet,

Marchesa, und von Frau Ortraut und ihrer Schwiegertochter die deutsche Sprache lernen. Für Euch mag Friedrich der König von Sizilien sein, doch er ist auch der Kaiser des Heiligen Römischen Reiches, und es kommen immer wieder Herren aus Deutschland an seinen Hof. Diese würde es freuen, wenn sie sich in ihrer Sprache verständigen könnten.«

»Zumal sie in ihren Ochsenschädeln zu wenig Gehirn haben, um eine andere Sprache zu lernen als die eigene«, entfuhr es Pandolfina. Sofort aber bereute sie die boshaften Worte.

»Verzeiht, Herr de Salza, ich wollte Euch nicht kränken. Ihr seid auch ein Tedesco, sprecht aber unsere Sprache ausgezeichnet.«

»Das bewundere ich an Euch! Ihr steht zu Euren Fehlern und entschuldigt Euch dafür«, antwortete Hermann von Salza mit einem nachsichtigen Lächeln. »Ich gebe aber offen zu, dass es in meiner Heimat etliche Herren gibt, auf die Eure Beschreibung zutrifft. Doch lasst Euch sagen, dass in den deutschen Klöstern Bildung und Weisheit durchaus eine Heimat gefunden haben – und auch an so manchem Fürstenhof. In vielen Sippen ist es aber Sitte, sehr streng zwischen Schwert und Feder zu unterscheiden. Während ein Teil der Söhne Krieger wird, treten andere in Klöster ein und lernen Schreiben und Lesen. Allerdings gibt es selbst Bischöfe, die besser mit der Kriegskeule hantieren können als mit der Feder und die große Schwierigkeiten hätten, würde man von ihnen fordern, eine heilige Messe zu lesen.«

»Dann sind sie aber wirklich dumm«, erklärte Pandolfina.

Sie hätte das Gespräch mit Hermann von Salza gerne weitergeführt, doch vorne ließ der König eben seinen Falken aufsteigen, und dies hieß für sie, bereit zu sein, wenn die Reihe an sie kam.

Der Falke des Königs stieg hoch über die Reitergruppe hinaus und stieß dann wie ein Pfeil hernieder. Nun entdeckte Pandolfina auch seine Beute. Es war ein Hase, der mit wilden Sprüngen zu entkommen suchte. Bevor er jedoch das rettende Gebüsch erreichte, war der Falke über ihm und schlug zu. Sofort eilte einer der Falkner nach vorne, nahm ihm den Hasen ab und versetzte diesem den Gnadenstoß. Der Falke beäugte seine Beute noch einmal, kehrte dann auf den Handschuh des Königs zurück und schnappte nach den kleinen Fleischstückchen, die Friedrich ihm als Belohnung reichte.

Als Nächster ließ Johann von Ibelin seinen Falken fliegen. Dieser schlug ein Rebhuhn und damit eine geringere Beute als der Falke des Königs. Friedrich lächelte daher zufrieden, während Pandolfina zusah, wie Enzio seinen Sperber in die Luft entließ. Der kleine Raubvogel kreiste mehrmals über der Gruppe, verschmähte aber das Rebhuhn, das sein Herr für ihn als Beute ausgesucht hatte, und stürzte sich auf einen Hasen, der urplötzlich aus einem Feld herauskam.

»Nein, nicht!«, rief Enzio dem Sperber zu, doch der winzige Räuber packte den Hasen und ließ ihn nicht mehr los. Er war jedoch viel zu schwach, um seine Beute zu schlagen, und wurde von dem Hasen einfach mitgezerrt.

Ohne sich zu besinnen, nahm Pandolfina ihrem Falken die Kappe ab, wies auf den Hasen und hob die Rechte zum Zeichen, dass der Vogel aufsteigen könne. Der Falke verließ ihren Handschuh und segelte knapp über dem Boden auf Hase und Sperber zu.

»Wenn der Falke Enzios Liebingssperber schlägt, wird Friedrichs Zorn auf Pandolfina grenzenlos sein«, spottete Antonio de Maltarena.

Pandolfina vernahm es und erschrak. Das hatte sie nicht gewollt. Entsetzt verfolgte sie den Flug ihres Falken und betete, dass dieser die richtige Beute wählte.

Keine zwei Herzschläge später war der Falke bei dem Hasen und stieß auf ihn nieder. Seiner Kraft hatte Meister Lampe nichts entgegenzusetzen. Kurz darauf eilte einer der Falkner hinzu. Die beiden Vögel fauchten ihn kurz an, ließen es aber zu, dass er den Hasen ergriff und diesem die Kehle durchschnitt. Als Erster kehrte der Sperber auf Enzios Handschuh zurück und ließ sich mit mehreren Stückchen Fleisch füttern.

Der König selbst reichte Pandolfina ein Stück Fleisch und forderte sie auf, ihren Falken damit zu locken. Ein wenig ängstlich hob das Mädchen es und winkte damit. Der Falke sah sie an, machte ein paar Schritte auf sie zu und flog dann auf ihren Handschuh.

»Du hast auch zur Falkenjagd Talent, mein Kind«, lobte Friedrich, als Pandolfina den Beizvogel belohnte. »Vor allem aber zeigst du Mut, deinen Falken in einer solchen Situation aufsteigen zu lassen. Das hätten nicht viele gewagt, aus Angst, er könnte den Sperber als Beute wählen.«

»Daran habe ich gar nicht gedacht«, gab Pandolfina zu. »Ich wollte nur dem Sperber helfen.«

»Das ist dir gelungen.« Friedrich nickte anerkennend und lächelte. »Du wirst deinem zukünftigen Gemahl einmal eine wertvolle Unterstützung sein, mein Kind.«

Über Pandolfinas Gesicht huschte ein Schatten. Sie hatte nicht vergessen, wie Loís de Donzère alles darangesetzt hatte, um ihr Herz in Flammen zu setzen, um sie dann, als er gehört hatte, dass sie nur eine arme Waise war, von einem Augenblick auf den anderen nicht mehr zu beachten. Es tat immer noch weh, und so schüttelte sie den Kopf.

»Mein Sinn steht nicht nach einer Heirat, Euer Majestät. Viel lieber würde ich ledig bleiben und die Kunst des Heilens erlernen. Erlaubt mir, nach unserer Rückkehr nach Apulien die Schule zu Salerno zu besuchen und Medizin zu studieren.«

Pandolfina trug diesen Wunsch schon länger in sich, hatte es aber bisher nicht gewagt, ihn zu äußeren.

König Friedrich sah sie nachdenklich an. »Du sträubst dich gegen eine Ehe und willst eine Nachfolgerin von Trotula werden?«

»Ich würde nur den Ritter zum Manne nehmen, der mir die

Köpfe Silvio di Cudis, Pater Mauricios und des Kochs Pepito bringt.«

Pandolfina klang so entschlossen, dass Friedrich auf eine Antwort verzichtete. Stattdessen winkte er Enzio, zu dem Mädchen aufzuschließen, und gesellte sich zu Hermann von Salza, der den Großteil des Gesprächs mit angehört hatte.

»Seid Ihr nicht ein wenig zu nachsichtig mit der kleinen Montecuore?«, fragte der Ordensmeister leise.

»Was sollte ich Eurer Ansicht nach mit ihr tun?«, antwortete der König mit einer Gegenfrage.

»Sucht ihr einen Ehemann, gebt den beiden ein brauchbares Lehen, und sie wird sich schon bald damit zufriedengeben«, schlug Hermann von Salza vor.

»Ihr meint, das wäre die beste Lösung?« Friedrich lachte kurz auf und schüttelte den Kopf. »Ihr kennt Pandolfina nicht und beurteilt sie nach den Mädchen aus Eurer Heimat, mein Freund. Sie ist die Enkelin eines Sarazenenfürsten und die Tochter meines Freundes Gauthier de Montecuore. Gauthier hätte dem Teufel ins Maul gespuckt, wenn ich ihn darum gebeten hätte, und seine Gemahlin stand ihm in nichts nach. In der Tochter glüht dasselbe Feuer, und eine erzwungene Ehe könnte es niemals löschen. Sie würde ihrem Gemahl so lange zusetzen, bis er di Cudi die Fehde erklärt, nur um in ihren Augen nicht als Feigling dazustehen.«

»Ein Angriff auf Silvio di Cudi würde das bereits stark belastete Verhältnis zum Heiligen Stuhl weiter verschlechtern«, wandte von Salza ein.

»Deshalb ist es mir derzeit unmöglich, Pandolfina zu verheiraten«, erklärte der König. »Sie hasst di Cudi aus ganzem Herzen und nimmt es mir nur deshalb nicht übel, dass ich nicht gegen ihn vorgehe, weil ich ins Heilige Land aufgebrochen bin. Doch sobald wir wieder zu Hause sind, wird sie fordern, dass ich den Verrat an ihrem Vater räche. Daher halte ich es für besser, ihren Wunsch zu erfüllen und sie nach Salerno zu schicken, anstatt sie als ewige Mahnerin an meinem Hof zu behalten.« Einen Augenblick sah Friedrich seinen Begleiter seufzend an. »Ihr mögt sagen, mein Freund, dass einem König mehr Mut anstünde. Doch ich verstehe Pandolfina und bedaure es sehr, dass ich ihr derzeit nicht helfen kann. Auf weitere Zukunft jedoch will ich Montecuore für sie zurückgewinnen. Es kommt dabei auf die Verhandlungen mit dem Papst an. Gregor muss den Kirchenbann, den er über mich verhängt hat, zurücknehmen und sich mit dem bescheiden, was ihm zusteht.«

»Und was steht ihm Eurer Meinung nach zu?«, fragte von Salza.

Friedrich atmete tief durch und blickte Richtung Westen, wo er Italien wusste. »Der Papst mag Rom und ein Stück Land darum herum als Geschenk des Imperiums beherrschen. Mehr hat er nicht zu verlangen. Er ist der Hirte der Seelen und kein Fürst. Ich werde meine Hand über ihn halten, so wie der große Kaiser Konstantin seine Hand über die Päpste Marcellus, Eusebius, Miltiades und Sylvester gehalten hat. Der Papst hat kein Recht, über Fürsten, Könige oder gar den Kaiser zu richten. Unser Herr Jesus Christus hat schon in der Bibel gesagt: ›Gebt Gott, was Gottes ist, und dem Kaiser, was des Kaisers ist.‹ Von einem Papst war dort nicht die Rede.«

»Unser Heiland hat aber auch den heiligen Apostel Petrus zum Hirten seiner Herde ernannt«, gab Hermann von Salza zu bedenken.

»Der Bischof von Rom maßt sich aus diesen Worten Ansprüche an, die ihm nicht zustehen. Sobald wir Jerusalem wieder für die Christenheit gewonnen haben, muss Gregor einsehen, dass Gott auf meiner Seite steht. Ich trage den Purpur der Cäsaren und bin von Gott auserwählt, über das Imperium sowie die Reiche Sizilien, Zypern und Jerusalem zu herrschen.«

Friedrichs Stimme klang hart, und Hermann von Salza begriff, dass es nicht leicht werden würde, zwischen dem Oberhaupt der Kirche und dem des Reiches Frieden zu schließen.

»Es sind einige Kirchenleute beim Heer, denen ich nicht traue«, erklärte er. »Auch mag der Papst Euren Erfolg fürchten und alles tun, um ihn zu verhindern.«

»Die Verhandlungen mit Sultan al Kamil sind so weit gediehen, dass wir in wenigen Tagen nach Jaffa aufbrechen können«, antwortete der König mit einem zufriedenen Lächeln. »Jerusalem wird unser sein, mag es Papst Gregor gefallen oder nicht.«

»Möge Gott es geben!«, rief Hermann von Salza aus ganzem Herzen.

Das Gespräch erlahmte, denn der König ließ seinen Falken ein zweites Mal aufsteigen und freute sich, als dieser einen Fasan schlug. Die Jagd ging weiter und drängte für eine gewisse Zeit alle Probleme in den Hintergrund.

7.

Pandolfinas Einsatz hatte sich gelohnt, denn während ihrer letzten Tage auf Zypern wurden sie und die Rallenberger Damen besser bedient. Der Abschied von der Insel kam jedoch rasch, und so trugen die Knechte die Reisetruhen zum Hafen, gefolgt von Pandolfina, Ortraut und Dietrun zu Pferd. Cita, Irma und Kuni liefen zu Fuß hinterher. Erstere hatte sich trotz ihrer Jugend zur Anführerin der drei aufgeschwungen, und da sie mittlerweile auch ein paar Brocken Griechisch sprach, kommandierte sie die Knechte herum.

Diese gehorchten in der Hoffnung auf ein gutes Trinkgeld und brachten die Truhen bis auf das Schiff. Danach sammelten sie sich um Cita und streckten fordernd die Hände aus.

»Herrin, was sollen wir den Männern geben?«, fragte die kleine Magd Pandolfina.

Sie selbst besaß nur ein paar Münzen, und die wollte sie nicht einfach opfern.

Da tauchte Enzio auf und blieb neben Pandolfina stehen. »Bekümmert euch nicht, denn das übernehme ich«, sagte er und warf den Griechen ein paar Münzen zu. Diese fingen sie auf, starrten sie erstaunt an und verbeugten sich fast bis zum Boden.

»Habt Dank, edler Herr!«, erklärte einer in schlechtem Lombardisch.

Enzio beachtete ihn jedoch nicht mehr, sondern wandte sich wieder Pandolfina zu. »Auch du hast Dank verdient! Wäre der Hase entkommen, hätte ich vielleicht meinen Sperber verloren. Er ist zwar sehr mutig, aber auch eigenwillig. Wenn ihm die

Jagd misslingt, bleibt er meistens mehrere Tage fort und lässt sich in der Zeit nicht anlocken.«

»Du hättest ihn gewiss wiedergefunden«, meinte Pandolfina, die von Enzios Fähigkeiten überzeugt war.

»Das mag sein, aber was wäre gewesen, wenn mein Vater den Aufbruch ins Heilige Land wegen meines Sperbers hätte verschieben müssen? Nur wenige Männer im Heer hätten Verständnis dafür gezeigt, wegen eines Vogels ein paar Tage später ins Heilige Land zu gelangen. Viele der Ritter warten schon seit mehr als einem Jahr darauf, den Boden zu küssen, auf dem unser Herr Jesus Christus gewandelt ist.« Er zwinkerte Pandolfina zu. »Auf jeden Fall hast du mich aus einer unangenehmen Situation befreit. Jetzt dauert es nicht mehr lange, dann sind wir im Heiligen Land.«

»Wenn Gott uns vor Sturm und Unglück bewahrt«, antwortete Pandolfina und fragte sich, was sie in Jaffa und Jerusalem erwarten mochte.

Um die Matrosen nicht zu behindern, mussten sie bald unter Deck gehen. Wie schon auf der Reise nach Zypern teilte Pandolfina ihr Quartier mit den beiden Rallenberger Damen und deren Mägden. Das Schiff lag noch im Hafen vertäut, aber Frau Ortraut sah bereits jetzt ganz bleich aus, und das ließ für die weitere Fahrt Schlimmes befürchten.

»Ich hoffe, Ihr habt Euch meinen Ratschlag zu Herzen genommen und nur wenig gefrühstückt«, sagte Pandolfina zu der Edeldame.

Diese nickte zwar, doch Irmas Gesten verrieten Pandolfina, dass dies nicht der Fall gewesen war. Ortraut von Rallenberg war es gewöhnt, ausgiebig zu speisen, und da das Essen in den letzten Tagen besser geworden war, hatte sie noch kräftiger zugelangt als sonst. Die Leidtragenden waren ihre Schwiegertochter und Pandolfina, welche sich, kaum dass das Schiff den Hafen verlassen und das offene Meer erreicht hatte, um die unvernünftige Dame kümmern mussten.

»Ich weiß nicht, was ich ohne Euch täte«, stöhnte Dietrun verzweifelt, während sie selbst gegen die Übelkeit ankämpfte.
Ein Elixier, das Pandolfina ihr reichte, half ihr, und sie nickte der Jüngeren dankbar zu. »Der Mann, der Euch einmal zum Weib gewinnt, kann sich glücklich schätzen, denn Ihr vermögt Euch in jeder Situation zu behaupten. Dazu seid Ihr das Mündel des Kaisers und bei ihm sehr gut angesehen. Ich hätte es nie gewagt, so wie Ihr einen Raubvogel in die Hand zu nehmen. Die hacken nämlich mit den Schnäbeln und verursachen böse Wunden. Meiner Base Adelheid ist es so ergangen. Ihr hat ein Falke ein Stück aus der Lippe herausgebissen. Seitdem hat sie ein schiefes Maul.«
Durch den Kontakt zu den deutschen Frauen hatte Pandolfina ein wenig von deren Sprache gelernt, brauchte aber bei einem so langen Bericht Irma als Übersetzerin. Sie überlegte, ob sie Dietrun erzählen sollte, dass sie nicht an eine Heirat dachte, sondern die Kunst der Medizin erlernen wollte. Da sie aber nicht glaubte, auf Verständnis zu stoßen, ließ sie es sein und hielt Ortraut von Rallenberg die Schüssel hin, damit diese ihren rebellischen Magen entleeren konnte.
»Wenn ich gewusst hätte, wie schlimm es ist, hätte ich diese Reise niemals angetreten«, jammerte die Kranke.
»Du hast es wegen des Seelenheils deines Gemahls getan«, sagte Dietrun mit sanfter Stimme. »Er wird es dir im Himmelreich danken!«
»Das will ich auch hoffen.« Ortraut keuchte und beugte sich wieder über die Schüssel.
»Denke daran, du wirst den Ort sehen, an dem unser Herr Jesus Christus geboren worden ist, und den, an dem er für unser aller Seelenheil starb«, versuchte Dietrun ihre Schwiegermutter zu trösten.
Pandolfina träufelte unterdessen eine wohlriechende Essenz auf ein Tuch und hielt es der Kranken unter die Nase. »Atmet tief durch! Es wird Euch helfen.«

Zunächst würgte Ortraut erneut, doch nach ein paar Atemzügen wurde es leichter.

»Habt Dank!«, flüsterte sie matt. »Vielleicht kann ich jetzt doch ein wenig schlafen.«

Noch während sie es sagte, legte sie den Kopf zurück, und kurz darauf zeigte ein recht undamenhaftes Schnarchen, dass sie tatsächlich weggedämmert war.

»Dem Herrn im Himmel sei Dank!«, rief Dietrun. »So schlimm war es nicht einmal vor zwei Wintern, als meine Schwiegermutter mit einem üblen Fieber darniederlag und wir schon glaubten, Gott würde sie zu sich rufen. Doch unsere Gebete und die Salben der Kräuterfrau haben geholfen.«

Pandolfina musterte die junge Frau und begriff, dass diese ihre Schwiegermutter trotz deren manchmal recht unleidlichen Wesens liebte. In dem Augenblick bedauerte sie, keine nahen Verwandten zu besitzen. Die Familie ihrer Mutter hatte Sizilien nach dem Verlust ihrer Herrschaft verlassen und sich nie mehr gemeldet, und bei den Montcœurs hatte seit Generationen immer nur ein Sohn überlebt und die Sippe weitergetragen.

Sie konnte jedoch ihrer Schwermut nicht nachgeben, denn Kuni wurde nun ebenfalls übel, und sie zupfte Pandolfina am Rockzipfel, um sie auf sich aufmerksam zu machen.

»Habt Ihr auch ein wenig Elixier für mich?«, fragte sie und stemmte sich dabei krampfhaft gegen den Würgereiz.

Pandolfina reichte auch ihr ein Tuch mit dem scharfen Kräuteröl, das sie selbst hergestellt hatte, und sah zufrieden, dass die Magd sich entspannte. Da die Schüssel, in die Ortraut sich erbrochen hatte, einen üblen Geruch verströmte, wollte sie diese nach oben tragen. Cita kam ihr jedoch lächelnd zuvor. »Das sollte besser ich übernehmen. Sonst halten die Herren an Bord Euch für eine Magd und benehmen sich ungebührlich.«

»Tun sie das dir gegenüber?«, fragte Pandolfina scharf.

»Sollte es einer wagen, wird er sein Gewand wechseln müssen. Ich bin nämlich bewaffnet!«, sagte Cita und wies mit dem Kinn auf die fast volle Schüssel.

»Aber nur so lange, bis sie geleert ist«, wandte Pandolfina ein und folgte ihrer Magd nach oben.

8.

Der Himmel strahlte in einem tiefen Blau und wurde von keinem Wölkchen getrübt. Darunter war das Meer von Segeln gesprenkelt. Die Wellen bewegten sich in einem sanften Tanz und brachten die Schiffe kaum zum Schaukeln. Pandolfina war es schleierhaft, wie man bei diesen Verhältnissen seekrank werden konnte. Trotzdem war Ortraut von Rallenberg nicht das einzige Opfer des Meeres. Mehrere Herren standen auf der windabgewandten Seite des Schiffs und gaben alles von sich, was sie an diesem Tag gegessen und getrunken hatten. Weiter hinten hatten sich andere Männer zusammengefunden und unterhielten sich. Pandolfina krauste die Nase, als sie Heimo von Heimsberg und Antonio de Maltarena erkannte. Die Fahrt nach Zypern hatten die beiden auf einem anderen Schiff zurückgelegt, diesmal aber war es ihnen gelungen, auf der Galeere des Königs mitgenommen zu werden.

»Nimm dich vor den beiden in Acht«, raunte sie Cita zu.

»Keine Sorge, mit denen werde ich schon fertig.« Mit der Bemerkung huschte die Magd an den beiden vorbei und leerte ihre Schüssel weiter vorne aus. Ein Matrose warf einen an einem Seil befestigten Eimer ins Meer und schöpfte Wasser, damit sie die Schüssel auswaschen konnte.

Als Cita wieder zu Pandolfina zurückkehren wollte, vertrat ihr Heimsberg den Weg. »Na, wen haben wir denn da? Wenn das nicht die kleine Magd der Markgräfin ohne Besitz ist, will ich das nächste Jahr auf Wein verzichten.«

Cita blieb stehen und sah scheinbar treuherzig zu ihm auf,

»Seid Ihr nicht der besitzlose teutonische Ritter, der nur dann Wein trinken kann, wenn Seine Majestät ihn zur Tafel lädt?«

»Du! Das lasse ich mir nicht gefallen!«, brauste Heimsberg auf und holte aus, um Cita eine Ohrfeige zu versetzen. In dem Augenblick traf eine etwas höhere Welle das Schiff. Während die anderen Männer sie kommen sahen und sich rechtzeitig festhalten konnten, wurde Heimsberg davon überrascht und prallte gegen Maltarena. Beide stürzten, und bevor sie wieder auf die Beine gelangten, sprang Cita lachend an ihnen vorbei.

»Wie Ihr seht, ist nichts geschehen!«, rief sie ihrer Herrin zu.

»Da hattest du Glück!«, erklärte Pandolfina und beobachtete, wie die beiden Ritter sich aufrappelten. Heimsberg rieb sich das gestauchte Hinterteil und fluchte wie ein Stallknecht.

Pandolfina blieb vor ihm stehen und funkelte ihn zornig an. »Wenn Ihr noch einmal meine Magd behelligt, werdet Ihr es bereuen. Das gilt auch für Euch, Maltarena!«

»Für dich immer noch Conte de Ghiocci«, antwortete Maltarena wütend.

»Für dich immer noch Marchesa de Montcœur«, wies Pandolfina ihn zurecht und kehrte den beiden den Rücken zu.

Heimsberg hob die Faust, als wolle er sie von hinten niederschlagen. Da trat Rüdiger von Rallenberg auf ihn zu und ließ die rechte Hand hart auf seine Schulter fallen. »An Eurer Stelle würde ich das nicht tun! Euer Ruf könnte Schaden nehmen, wenn es heißt, dass Ihr selbst ein Weib nur hinterrücks anzugreifen wagt.«

Der Spott in Rüdigers Stimme brachte Heimsberg beinahe dazu, sein Schwert zu ziehen und Vergeltung zu fordern. Der Prälat des Papstes hatte ihm und Maltarena jedoch eingeschärft, jedes Aufsehen zu vermeiden. Daher wandte er sich ab und verschwand im Bauch des Schiffes.

Maltarena folgte ihm und verzog das Gesicht. »Was für ein Rüpel! Wir sollten ihn bei Gelegenheit zurechtstutzen.«

»Bei Gelegenheit werde ich das auch tun«, antwortete Heimsberg und ignorierte dabei das verächtliche »Feigling!«, das Rüdiger von Rallenberg ihm nachrief.

9.

Pandolfina und Cita kehrten unbehelligt zu ihren Schutzbefohlenen zurück. Zu ihrer Erleichterung hatte sich die Übelkeit bei Dietrun und den beiden Mägden gelegt, und auch Frau Ortraut sah nicht mehr ganz so blass und leidend aus.
»Ihr seid in der Heilkunst wahrlich bewandert«, sagte Dietrun bewundernd.
»Ich habe sie von meiner Mutter gelernt und, nachdem diese starb, von unserer Kräuterfrau«, erklärte Pandolfina.
»Eure Mutter war gewiss eine Dame aus hohem sizilianischem Adel«, mutmaßte Dietrun.
»Sie war die Tochter eines Emirs und damit aus edelstem sarazenischem Blut. Man sagt, einer ihrer Ahnen wäre ein enger Weggefährte des Propheten Mohammed gewesen«, antwortete Pandolfina und sah kopfschüttelnd zu, wie die beiden Damen, nachdem Irma es übersetzt hatte, erbleichend von ihr zurückwichen.
»Ihr seid eine Sarazenin?«, rief Dietrun.
»Meine Mutter war es. Mein Vater war Normanne und ein treuer Gefolgsmann Seiner Majestät, König Friedrichs.«
Als sie dies hörten, atmete Dietrun auf. Allerdings weigerte Ortraut sich nun, die Medizin zu nehmen, die Pandolfina ihr geben wollte.
»Ich nehme kein heidnisches Zeug«, sagte sie voller Abscheu.
»Auch gut! Dann werdet Ihr eben so lange erbrechen, bis wir das Heilige Land erreicht haben«, erklärte Pandolfina.
Ortraut von Rallenbergs Übelkeit wurde wieder stärker, doch um sie zu lindern, wollte sie nicht ihr Seelenheil aufs Spiel setzen.

»Was ist mit Euch? Seid Ihr in christlicher Weise getauft worden?«, fragte sie schließlich.
»Das bin ich – und meine Mutter wurde es auch, nachdem sie die Gefangene meines Großvaters, des Comte de Montcœur, geworden war.«
»Das hört sich nach einer abenteuerlichen Geschichte an. Werdet Ihr sie uns einmal erzählen?«
Pandolfina empfand Dietruns Neugier als unangebracht. »Es gibt nicht viel zu erzählen. Mein Großvater Guillaume de Montcœur eroberte die Burg des Vaters meiner Mutter. Dieser entfloh mit den meisten Mitgliedern seiner Familie. Meine Mutter war noch ein kleines Kind und wurde in der Aufregung zurückgelassen. Als die normannischen Krieger sie fanden, brachten sie sie zu ihrem Herrn. Guillaume de Montcœur ließ sie auf seiner Burg erziehen und verheiratete sie schließlich mit seinem Sohn Gauthier, meinem Vater.«
»Euer Vater wurde später von Kaiser Friedrich zum Markgrafen ernannt«, fügte Dietrun hinzu, um noch mehr über Pandolfinas Schicksal zu erfahren.
»Das ist richtig«, erklärte Pandolfina, ohne darauf einzugehen, dass dieser Rang erst ihr verliehen worden war, um sie über den Verlust ihres väterlichen Erbes hinwegzutrösten. Dabei hätte sie sich gern mit dem früheren Adelstitel zufriedengegeben, wenn sie stattdessen genügend Kriegsknechte erhalten hätte, um sich an Silvio di Cudi und den anderen Verrätern zu rächen.
»Was gibt es eigentlich über Euch zu berichten?«, fragte sie, um von diesem Thema abzulenken. »Viel mehr als Eure Namen und die Tatsache, dass Ihr aus Teutonien stammt, weiß ich bisher nicht.«
»Es heißt nicht Teutonien, sondern Deutschland«, berichtigte Dietrun sie lächelnd. »Genau genommen stammen wir aus Franken und haben dort unseren Besitz.«
Die Unterhaltung war nicht einfach, da Irma immer noch etwas übel war und sie zudem einige Begriffe nicht übersetzen

konnte. Trotzdem verlebten die Damen einen angenehmen Tag. Da Frau Ortraut im Vertrauen auf Pandolfinas Taufe auch deren Medizin wieder zu sich nahm, hatte sich ihre Übelkeit bis zum Abend so weit gelegt, dass sie eine Kleinigkeit zu sich nehmen konnte.

Am nächsten Tag vermochten die Damen bereits an Deck zu steigen und starrten erwartungsvoll nach Osten, wo jenseits des Horizonts das Heilige Land lag. Der Gedanke, bald auf dem gleichen Boden zu stehen, über den Jesus Christus gewandelt war, ließ selbst Frau Ortraut alle Beschwernisse der Reise vergessen.

Pandolfina freute sich ebenfalls auf das Ende der Fahrt und auf Jerusalem. Von dort sollte nicht nur Jesus Christus in den Himmel aufgestiegen sein, sondern den Überlieferungen des Islam zufolge auch der Prophet Mohammed, wobei Pandolfina sich fragte, wie das geschehen sein konnte, da Mohammed in Mekka gestorben war und es von dort aus etliche Tagesreisen bis nach Jerusalem waren.

Gelegentlich gesellte sich Dietruns Ehemann Rüdiger zu ihnen. Er war ein großer, kräftiger Mann mit kantigen Gesichtszügen, einem roten Teint und einer Stimme, die nur zwei Lautstärken kannte, nämlich sehr laut und noch lauter. Pandolfina empfand ihn als ungeschlacht und bar jeder Eleganz. Für sie entsprach er ganz dem Bild des Teutonen, das sie sich seit ihrer Kindheit gemacht hatte, nämlich ehrlich, geradeheraus und nicht besonders klug. Sie kam aber gut mit ihm zurecht, und er verehrte sie geradezu dafür, dass sie seiner Mutter und seiner Frau während ihrer Anfälle von Seekrankheit beigestanden hatte.

Als nach mehreren Tagen am östlichen Horizont Land zu erkennen war, kniete Rüdiger von Rallenberg nieder und hielt sein Schwert wie ein Kreuz in die Höhe. »Ich danke dir, heiliger Kilian, dass du mich das Land schauen lässt, das unseren Heiland trug, während er auf unserer Erde weilte.«

Mittlerweile hatte Pandolfina sich einen genügend großen Wortschatz seiner Sprache angeeignet, um seine Ergriffenheit zu verstehen. Im Gegensatz dazu standen Antonio de Maltarena und Heimo von Heimsberg an der Bordwand und unterhielten sich leise. Ihre Mienen wirkten verkniffen, als würde die Ankunft im Heiligen Land sie überhaupt nicht berühren.
»Ich frage mich, weshalb die beiden mitgekommen sind. Aus Liebe zu unserem Herrn Jesus Christus gewiss nicht!«, meinte Cita, die in Pandolfinas Nähe stand.
Pandolfina zuckte mit den Achseln. »Sie sind mitgekommen, weil sie hoffen, der König würde sie dafür belohnen. Ich wollte, er gäbe jedem von ihnen eine Grafschaft in diesen Landen. Dann würden sie uns in Apulien nicht mehr über die Füße laufen.«
»Das wünschte ich auch!«, erwiderte Cita. »Allerdings habe ich gelernt, dass meine Wünsche vor Gott, dem Herrn, sehr wenig gelten. Sonst säßen wir nämlich noch auf Burg Montcœur, und ich wäre dort Eure Leibmagd, während unten im Burganger die Leiber Silvio di Cudis, Pater Mauricios sowie die des verräterischen Kochs und seiner Gehilfen verrotteten.«
Einen Augenblick lang wurde die Vergangenheit in Pandolfina übermächtig. Sie wusste nicht einmal, ob ihr Vater ein christliches Begräbnis erhalten hatte oder einfach nur in einem Winkel verscharrt worden war.
»Es wird Zeit, dass wir in die Heimat zurückkehren und sie befreien«, seufzte sie leise.
»Mit was?«, fragte Cita mit einem bitteren Auflachen. »Ihr verfügt weder über Kriegsknechte noch über genug Geld, um welche anzuwerben. Uns bleibt nur die Hoffnung, dass der König di Cudi besiegt und Euch die Burg zurückgibt. Doch solange der Papst den Kirchenbann über Re Federico aufrechterhält, wird dieser nicht gegen einen von Gregors Vasallen vorgehen, um Seine Heiligkeit nicht zu erzürnen.«
So ähnlich hatte es bereits Hermann von Salza Pandolfina er-

klärt. Jetzt fragte sie sich, wo ihre Magd das alles aufgeschnappt haben mochte.

»Wen hast du schon wieder belauscht?«, fragte sie streng.

»Ich habe niemanden belauscht!«, verteidigte sich Cita. »Ich kann doch nichts dafür, dass die Leute laut reden, wenn ich in ihrer Nähe stehe. Soll ich mir etwa die Ohren zuhalten, damit ich nichts mehr höre?«

»Ich will nur wissen, wer es gesagt hat«, erklärte Pandolfina.

»Mehrere! Darunter Maltarena und Heimsberg. Sie haben auch über de Donzère gesprochen und meinen, er hätte zunächst geglaubt, Ihr wärt eine reiche Erbin. Aber als er erfuhr, dass dem nicht so sei, habe er sich in die Büsche geschlagen.«

Obwohl Pandolfinas Verstand ihr das Gleiche sagte, tat ihr Loís de Donzères Verrat immer noch weh. Sie hatte sich damals für eine kurze Zeit glücklich gefühlt und geglaubt, er würde sie lieben und das Unrecht rächen, das Silvio di Cudi ihr angetan hatte. All ihre Träume und Hoffnungen hatten sich jedoch zerschlagen, und sie war überzeugt, niemals mehr einem Mann vertrauen zu können.

»Du solltest achtgeben, damit man nicht glaubt, du würdest lauschen«, warnte sie ihre Leibmagd und wischte sich über die Stirn. »Es ist heiß, findest du nicht auch? Wir sollten wieder unter Deck gehen.«

Da es dort nicht weniger heiß und zudem noch stickig war, hieß dies für Cita, dass ihre Herrin mit ihren Gefühlen nicht im Reinen war. Sie hasste de Donzère, dem sie die Schuld dafür gab, und betete zur Heiligen Jungfrau Maria, ihrer Herrin beizustehen.

10.

Viele Begleiter des Kaisers hatten erwartet, das Heilige Land sähe Apulien oder wenigstens Zypern ähnlich. Doch kaum hatten sie die Stadttore Jaffas durchquert, gerieten sie in eine völlig fremde Welt. Sie ritten durch enge, verwinkelte Gassen an Häusern vorbei, die zur Straße hin keine Fenster besaßen. Dafür standen viele Menschen auf den flachen Dächern und blickten auf sie herab. Nur wenige winkten, und noch weniger jubelten Friedrich zu.

Ortraut von Rallenberg sah sich die Bewohner an und lenkte dann ihre Stute neben Pandolfinas Reittier. »Sind das wirklich Christenmenschen? Sie sehen so ganz anders aus.«

Pandolfina zögerte mit ihrer Antwort. Die meisten Bewohner der Stadt trugen die sarazenische Kleidung, die in erster Linie aus einem langen Hemd bestand, und hatten Tücher oder Turbane um die Köpfe gewickelt. Einige Frauen hatten ihre Gesichter sogar mit Schleiern verdeckt. Eigenartigerweise trug eine von ihnen ein goldenes Kreuz auf der Brust.

»Die Stadt gehört zum Königreich Jerusalem. Daher werden die meisten Einwohner Christen sein«, antwortete sie schließlich.

»Dann sollten sie sich auch kleiden wie solche. So muss man sie ja für Heiden halten«, schnaubte Frau Ortraut.

Pandolfina lauschte unterdessen den Stimmen, die an ihr Ohr drangen. Nicht wenige verwendeten die arabische Sprache, wenn auch in einem Dialekt, bei dem sie Mühe hatte, ihn zu verstehen. Über Friedrichs Ankunft schien keiner von ihnen erfreut. Doch auch jene, die Französisch sprachen oder einen der in Italien verwendeten Dialekte, zeigten deutlich ihren Unmut.

»Was will Friedrich hier?«, rief ein Mönch, an dem Pandolfina gerade vorbeiritt. »Seine Heiligkeit hat ihn doch aus der Gemeinschaft der Gläubigen ausgestoßen. Er sollte besser bereuen und barfuß nach Rom pilgern!«

Pandolfina musterte den Mönch empört. Offensichtlich gehörte er zum Bettelorden der Franziskaner, und sie beschloss, von nun an niemandem aus diesem Orden auch nur eine kleine Münze zukommen zu lassen. Wer gegen den König war, war auch ihr Feind und half Silvio di Cudi, seine Beute noch länger zu behalten. Einen Augenblick lang überlegte Pandolfina sogar, dem Mönch für seine frechen Worte die Reitpeitsche überzuziehen. Doch da hatte sie ihn bereits passiert und sah sich einer Bettlerin gegenüber, die auf dem linken Arm einen mageren Säugling trug und ihr die Rechte bittend entgegenstreckte. Die mit Henna aufgetragene Hand Fatimas wies sie als Muslimin aus. Pandolfina ließ eine kleine Münze in die offene Hand fallen, während Frau Ortraut verächtlich schnaubend an der Frau vorbeiritt.

»Ich dachte, im Heiligen Land wären die Menschen glücklich und reich! Dabei gibt es hier noch mehr Bettler als in Würzburg und Bamberg zusammen«, schimpfte sie, als ihnen erneut Hände fordernd entgegengestreckt wurden.

»Es ist alles so fremd«, wandte Dietrun ein. »Hier werdet selbst Ihr uns nicht mehr helfen können.«

»Ich glaube doch«, antwortete Pandolfina. »Die meisten Edelleute dieses Landes sprechen Französisch, und ich glaube auch, mich mit den einfachen Leuten verständigen zu können.«

»Ihr seid so klug!« In Dietruns Worten schwang eine Bewunderung mit, die Pandolfina belustigte. Die beiden deutschen Damen hatten mit ein wenig Mühe die wichtigsten Worte der apulischen und der französischen Sprache lernen können.

Nun blickte Pandolfina nach vorne und sah den König nicht

sehr weit vor sich reiten. Bei ihm waren Hermann von Salza und Piero de Vinea sowie ein Trupp seiner sarazenischen Leibwächter. Friedrich winkte den Bewohnern zu, und einer seiner Diener streute Münzen unter das Volk. Jetzt vernahm sie sogar einige Hochrufe auf den König, und in Pandolfina keimte die Hoffnung, dass doch alles gut werden würde. Friedrich verfügte nun einmal über die Gabe, die Herzen der Menschen zu gewinnen. Nur die, die Übles im Sinn hatten, würden ihn auch weiterhin hassen.

Bei dem Gedanken drehte sie sich um und entdeckte, dass Heimo von Heimsberg und Antonio de Maltarena weiter hinten angehalten hatten und mit dem Mönch sprachen, über den sie sich eben geärgert hatte. Irgendwie passen die drei zusammen, dachte sie, während sie ihre Stute antrieb und nun die bettelnden Hände ignorierte. Hätte sie jeder Frau, jedem Kind und jedem Mann, die auf eine milde Gabe hofften, etwas gegeben, wäre ihr Beutel bereits nach weniger als fünfzig Schritten leer gewesen.

11.

Während Pandolfina weiterritt, blickte Heimo von Heimsberg angespannt auf den Franziskanermönch hinab. »Gott zum Gruß, frommer Bruder. Kannst du uns sagen, wo wir den hochwürdigen Pater Sebastiano finden?«

Der Mönch kniff kurz die Augen zusammen. »Wer schickt Euch?«

»Der hochehrwürdige Prälat Gianni di Santamaria«, antwortete Maltarena, um Heimsberg nicht ganz das Feld zu überlassen.

»Santamaria ist ein frommer und angesehener Diener der heiligen Kirche. Aus welchem Grund schickt er Euch zu Pater Sebastiano?«, fragte der Mönch weiter.

»Das geht nur Pater Sebastiano selbst etwas an. Weißt du, wo er zu finden ist, oder sollen wir jemand anderen fragen?« Heimo von Heimsberg wurde ungehalten. Der Reisezug des Kaisers war bereits weitergezogen, und sie gerieten in Gefahr, den Anschluss zu verlieren.

Der Mönch musterte die beiden Ritter und wies dann auf eine Seitengasse. »Wenn Ihr wollt, bringe ich Euch zu Pater Sebastiano.«

»Aber was ist mit unserem Quartier? Allein finden wir gewiss nicht hin«, wandte Maltarena ein.

»Keine Sorge, Ihr werdet dort hingebracht. Es ist besser, Ihr kommt jetzt mit. Wenn Ihr Pater Sebastiano später aufsuchen würdet, könnte es auffallen. So aber habt Ihr Euch einfach nur verirrt.« Der Mönch lächelte nun freundlich und packte den Zügel von Heimsbergs Hengst, als dieser ihm zu lange zögerte.

»Wir werden dir vertrauen! Führst du uns aber hinters Licht, wirst du es bereuen.« Heimsbergs Rechte fiel schwer auf den Schwertgriff, doch er konnte den Mönch damit nicht schrecken.
»Ich bin wie der ehrwürdige Gianni di Santamaria und Pater Sebastiano ein treuer Diener der römischen Kirche. Wenn Ihr das auch seid, ist alles gut.« Trotz seiner freundlichen Worte schwang darin eine Warnung mit, die Maltarena besser begriff als Heimsberg.
In den verwinkelten Gassen dieser Stadt konnte sich leicht jemand verirren und nicht wiedergefunden werden. Maltarena sagte jedoch nichts, sondern folgte dem Mönch, der sie auf verschlungenen Pfaden zu einem Haus brachte, das wie das Heim eines schlichten Bürgers aussah. Die beiden Ritter mussten absteigen und ihre Pferde durch das Tor in den Innenhof führen. In einer Ecke knieten Mönche und beteten. Als sie Heimsberg und Maltarena sahen, stand einer auf und kam auf sie zu. Er trug eine schlichte braune Kutte und eine Tonsur, hatte sich aber einen gestutzten Vollbart stehen lassen.
»Die beiden Ritter wollen zu Euch, hochwürdiger Vater«, erklärte der Mönch, der Heimsberg und Maltarena hierhergeführt hatte. »Sie sagen, der ehrwürdige Prälat Santamaria habe sie geschickt.«
»Dann hat er ihnen gewiss auch Briefe mitgegeben«, antwortete Pater Sebastiano mit einem auffordernden Blick.
Heimsberg griff unter sein Hemd und holte die Botschaften heraus, die der Prälat ihnen anvertraut hatte, und hielt ihm alle drei hin, da er die Anschriften selbst nicht lesen konnte.
»Hier!«, sagte er auf Deutsch.
»Ah, ein Tedesco!« Pater Sebastiano klang ein wenig verwundert, weil die deutschen Ritter als treue Anhänger des Kaisers galten, und nahm die Schreiben an sich. »Die beiden anderen Briefe werde ich ihren Empfängern zuleiten«, erklärte er und sah den Deutschen fragend an.
»Mein Name ist Heimo von Heimsberg, und das ist mein

Freund Antonio de Maltarena«, stellte Heimsberg sich und seinen Begleiter vor.
»Ich bin der Conte de Ghiocci und Almosenier von Santa Maria di Trastamara«, setzte Maltarena hinzu.
»Seid meine Gäste! Erfrischt Euch und trinkt von dem Wein, der aus einem Rebgarten stammt, den unser Herr Jesus Christus mit eigener Hand angelegt hat«, forderte Pater Sebastiano die beiden Ritter auf. Während einer der anderen Mönche Heimsberg und Maltarena ins Haus führte, öffnete er Santamarias Brief und las ihn durch. Der Prälat bat ihn darin nur, sich der jungen Ritter anzunehmen.
Pater Sebastiano ließ sich dadurch nicht beirren, sondern suchte seine Studierkammer auf. Dort holte er ein Gestell aus einer Truhe, das aus mehreren Teilen bestand, baute es zusammen und stellte eine brennende Öllampe darunter. Auf das Gestell kam noch ein Gitterrahmen. Auf diesen legte er den Brief mit der Schrift nach unten und wartete.
Wenig später waren zwischen den offen geschriebenen Zeilen etliche Worte und Buchstabenkombinationen zu erkennen, die auf den ersten Blick keinen Sinn ergaben. Der Pater wandelte sie im Kopf um und strich sich nachdenklich über den Bart. Danach wandte er sich an den Franziskaner, der Heimsberg und Maltarena zu ihm gebracht hatte.
»Santamaria schreibt, die beiden Ritter seien von Friedrich enttäuscht, da er ihnen die erhofften Lehen verweigert habe. Für eine entsprechende Belohnung wären sie seiner Ansicht nach bereit, uns von diesem Diener des Satans zu befreien.«
»Wenn der ehrwürdige Santamaria das schreibt, wird es stimmen«, meinte der Franziskaner.
»Er muss die beiden geprüft haben, das schließe ich aus dem Schreiben«, erwiderte Pater Sebastiano. »Wir müssen jetzt rasch handeln. Sultan al Kamil ist bereit, Friedrich Jerusalem und Bethlehem zu überlassen, um seine ganze Kraft gegen seinen Neffen en Nasir einsetzen zu können, dem er Syrien

entreißen will. Wenn Friedrich in Jerusalem einzieht und die Pilger dort wieder in Frieden beten können, wird es Seiner Heiligkeit schwerfallen, den Kirchenbann weiterhin aufrechtzuerhalten.«

»Wenn Friedrich stirbt, muss Seine Heiligkeit die deutschen Fürsten dazu bringen, einen neuen König zu wählen, und zwar einen, der Reichsitalien dem Heiligen Stuhl überlässt und sich mit den Landen nördlich der Alpen begnügt«, erklärte der Franziskaner.

»Auch Apulien und Sizilien müssen unter die direkte Herrschaft des Papstes gestellt werden, damit genug Land zur Verfügung steht, um treue Diener der Kirche wie diese beiden Ritter belohnen zu können«, setzte der Pater hinzu. »Doch wie sollen uns die beiden von dem König befreien?«

»Ich habe Friedrichs Einzug beobachtet. Auf der Straße wird er von seiner Leibwache beschützt, doch ein beherzter Mann könnte von einem der Dächer einen Pfeil auf ihn abschießen!«

Der Franziskaner lächelte bei diesen Worten und wies mit der Hand auf die Kammer, in der Heimsberg und Maltarena saßen und sich das Salz des Meeres mit dem schweren Wein aus den Kehlen spülten, der ihnen kredenzt worden war.

»Wir sollten sie fragen, ob sie dazu bereit sind. Wenn nicht, sollten unsere Mitbrüder ihre Dolche bereithalten!«

»Ich würde zwar Gift vorziehen«, antwortete Pater Sebastiano, »doch leider ist dies bei Friedrich nicht möglich, weil der seine Speisen vorkosten lässt. Also muss ein Pfeil der gerechten Sache dienen.«

Nach diesen Worten betrat Pater Sebastiano den Raum, in dem Heimsberg und Maltarena warteten, und schloss sie wie lange entbehrte Freunde in die Arme.

12.

Pater Sebastiano fragte die beiden Ritter aus, wie es in Italien stünde, erfuhr dabei auch von der Einigung des Kaisers mit Johann von Ibelin auf Zypern und kam erst ganz zuletzt auf das zu sprechen, was ihn wirklich bewegte. Vorsorglich standen zwei Pokale mit vergiftetem Wein bereit, sollten Heimsberg und Maltarena sich weigern, auf seinen Vorschlag einzugehen.

»Der ehrwürdige Prälat Santamaria schreibt mir, dass Friedrich Euch Eure gerechte Belohnung vorenthalten hat.«

Heimsberg nickte eifrig. »So ist es! Mein Oheim hat mich nach Italien geschickt, damit der Kaiser mir dort ein Lehen übergibt, doch geizig, wie er ist, hat Friedrich es nicht getan.«

»Ich trat in die Dienste Federicos in der Hoffnung, er würde mir zu meinem kleinen Besitz Ghiocci noch ein weiteres Lehen überlassen. Doch auch das ist nicht geschehen«, stieß Maltarena missmutig hervor.

Pater Sebastiano spürte die tief sitzende Unzufriedenheit der beiden jungen Männer, die mit zu großen Erwartungen an den Hof des Kaisers und Königs gekommen waren. Nun hätte er ihnen sagen können, dass eine Belohnung auch entsprechende Dienste voraussetzte. Da er damit aber Friedrich entschuldigt hätte, winkte er verächtlich ab.

»Friedrich von Schwaben ist ein Diener des Satans! Er belohnt nur jene, die die heilige Kirche schmähen und bekämpfen. Jetzt will er seinem höllischen Herrn das Königreich Jerusalem übereignen. Doch sobald der Höllenfürst über die heiligste Stätte der Welt herrscht, ist das Ende der Welt nahe, und die letzte Schlacht zwischen denn himmlischen Mächten und den Kreaturen der Finsternis wird beginnen.«

Die Rede des Paters erschreckte die beiden jungen Ritter.

»Das darf nicht sein!«, rief Heimsberg aus.

»Um das zu verhindern, bedarf es einer beherzten Tat. Seid Ihr dazu bereit?«, fragte Sebastiano lauernd.

»Das sind wir, auf Ehre!« Maltarena kniete vor ihm nieder und hob die Hand wie zum Schwur. Die Angst vor den höllischen Mächten, die der Pater beschworen hatte, mischte sich mit seiner Enttäuschung, weil Friedrich ihm weder Land geschenkt noch ihn in den Kreis seiner Berater aufgenommen hatte.

»Die Tat ist kühn und muss mit kühlem Blut vollbracht werden«, erklärte der Pater. »Ein schlecht geplanter Mordanschlag auf Friedrich ist sinnlos, denn jeder, der mit dem Schwert oder dem Dolch in der Hand zu ihm vordringen will, fällt seinen Wachen zum Opfer. Wie steht es mit Eurem Können im Bogenschießen?«

»Nun, ich traue mir zu, einen Hasen auf dem Feld zu treffen«, antwortete Heimsberg zögernd.

»Ich ein Rebhuhn!«, rief Maltarena, um seinen Freund zu übertrumpfen.

»Das ist gut!« Pater Sebastiano lächelte den beiden freundlich zu. »Sultan al Kamil hat Friedrich erneut einen Falken zum Geschenk gemacht, und dieser wird ihn gewiss bald erproben wollen. Sobald wir wissen, wann dies geschieht, sollte einer von Euch auf einem Hausdach stehen, zu dem wir ihn bringen werden, und diesen Sohn des Satans mit einem guten Pfeilschuss töten!«

»Aber dann wird man uns sehen und erkennen«, rief Heimsberg entsetzt.

»Das wird man nicht!«, erklärte Pater Sebastiano freundlich. »Derjenige wird nämlich die Tracht eines Sarazenen tragen. Natürlich werden Friedrichs Wachen ihn verfolgen. Doch bereits zwei Häuser weiter zieht er die heidnische Kleidung aus, übergibt sie einem unserer Mitbrüder, der sie beseitigen wird, und ist wieder ein Ritter in den Diensten des Königs. Niemand wird ihn verdächtigen, der Attentäter zu sein.«

»Das hört sich schlüssig an.« Heimsberg überlegte kurz und stellte dann die Frage, die sowohl ihn wie auch Maltarena am meisten interessierte. »Welchen Lohn erhalten wir dafür? Euer Segen allein wäre mir etwas zu wenig.«

Pater Sebastiano trat an eine Truhe, öffnete sie und holte zwei gut faustgroße Beutel heraus. Als er sie vor den beiden Rittern auf den Tisch stellte, erklang ein leises Klirren.

»Öffnet!«, befahl er.

Diesmal war Maltarena schneller als Heimsberg und starrte beeindruckt auf die Goldmünzen, deren Wert die Jahreseinkünfte seiner Grafschaft um ein Vielfaches übertrafen. Heimsberg stieß einen anerkennenden Pfiff aus, war aber nicht ganz zufrieden.

»Ich dachte mehr an Land und Leute als an Gold«, meinte er zu Pater Sebastiano.

»Dies hier wäre nur der Dank unserer Ordensgemeinschaft hier im Heiligen Land. Seine Heiligkeit würde Euch beide mit Burgen und Städten belohnen.«

»Versprecht mir das bei Gott, dem Herrn, dann mache ich es!«, antwortete Heimsberg mit vor Gier glitzernden Augen.

»Nein, ich übernehme das!« Maltarena wollte die Belohnung selbst haben, und für Augenblicke sah es aus, als würden die beiden Freunde in Streit geraten.

Da griff der Pater ein. »Ihr werdet beide auf den König schießen, und zwar von verschiedenen Dächern aus! Friedrichs Leibwächter müssen sich dann teilen und zwei Attentätern folgen. Ich werde dafür sorgen, dass sie behindert werden. Ihr werdet unbesorgt Eure Verkleidung ablegen und Euch wieder dem Gefolge des Königs anschließen können.«

»Ich glaube nicht, dass ich das dann noch will«, wandte Heimsberg ein. »Was sollen wir noch dort, wenn Friedrich tot ist? Ich will nach Rom, um von Seiner Heiligkeit meine Belohnung zu erhalten.«

»Das will ich auch!«, stimmte ihm Maltarena zu.

Der Pater überlegte kurz und nickte. »Dann soll es so sein! Ich werde für Eure Überfahrt sorgen.«

»Aber das Geld hier nehmen wir gleich mit.« Heimsberg wollte seinen Beutel ergreifen, doch da legte der Pater ihm die rechte Hand auf den Arm. »Das Gold wird bereitliegen, wenn Ihr abreist. Es würde auffallen, sollte man es jetzt bei Euch finden!«

Als er die Enttäuschung auf den Gesichtern der beiden Ritter sah, holte Pater Sebastiano lächelnd zwei kleinere Beutel aus der Truhe.

»Nehmt vorerst das hier, damit Ihr nicht mit leeren Händen von hier fortgeht. Doch nun soll Euch jemand zu Eurem Quartier bringen, damit Friedrichs Schergen keinen Verdacht schöpfen.«

Pater Sebastiano hatte es kaum gesagt, da trat ein Mann im schlichten Kittel eines Dieners ein und verbeugte sich vor den beiden Rittern.

13.

Pandolfina musste ihre Kammer erneut mit den beiden Rallenberger Damen und deren Mägden teilen. Auch wenn sie sich mittlerweile an diese gewöhnt hatte, wünschte sie sich doch, bei Frauen zu sein, mit denen sie sich besser hätte verständigen können. Friedrich war jedoch ohne Ehefrau aufgebrochen, da seine Königin im Kindbett gestorben war, und so gab es nur wenige Edeldamen in seinem Gefolge. Zu den Mägden aber konnte man eine Marchesa Montecuore nicht stecken. Bislang hatte Pandolfina sich noch immer nicht so ganz mit der italienischen Form dieses Namens anfreunden können. Ihr Vater war stolz darauf gewesen, ein Montcœur zu sein, und hatte auch sie dies gelehrt. Doch nun herrschte kein Normanne mehr über das Königreich, sondern Friedrich, der zwar der Sohn einer Normannin war, aber auch der Sohn Kaiser Heinrichs VI. Da er nicht nur König von Sizilien, sondern auch der Herrscher des Heiligen Römischen Reiches war, zählten an seinem Hofe die Teutonen mittlerweile beinahe mehr als die normannischen Adeligen, deren Väter und Großväter in Tancred de Hautevilles Gefolge nach Sizilien und Apulien gekommen waren.

Die ersten Tage ihres Aufenthalts in Jaffa boten Pandolfina genug Zeit, um über all das nachzudenken. Die Stadt war zu unruhig, als dass sie wie in Foggia nur mit ihrer Magd zusammen oder gar allein durch die Straßen hätte streifen können. Daher war sie um die Einladung zur Falkenjagd, die ihr ein Herold des Königs überbrachte, doppelt froh.

Ortraut von Rallenberg und ihre Schwiegertochter verzichte

ten angesichts der herrschenden Hitze auf die Teilnahme, doch Pandolfina war in ihrer Heimat an ähnliche Temperaturen gewöhnt und hatte ihre Kleidung entsprechend ausgewählt. Sie gehörte zu den Ersten, die sich vor dem Stall einfanden, und ließ sich von einem Knecht auf ihre Stute heben. Kurz darauf gesellte sich Enzio zu ihr.

»Ich bekomme heute den Falken meines Vaters!«, rief er fröhlich. »Er selbst will den erproben, den ihm der Sultan als Geschenk überbringen ließ.«

»Das freut mich für dich«, antwortete Pandolfina und neigte ihr Haupt zum Gruß, da der König erschien.

Friedrich setzte sich auf seinen Hengst und nahm den Falken entgegen. Es war ein wunderschönes, hellbraun geflecktes Tier, das trotz der Haube, die seine Augen bedeckte, den Kopf unruhig hin und her drehte.

Um seinen hohen Rang zu betonen, trug der König ein rotes Gewand mit einem schwarzen Adler auf der Brust, der in seinen Klauen Schwert und Reichsapfel trug. Einer seiner Sarazenen reichte ihm nun noch einen weißen Mantel als Schutz vor der Sonne. Auf Pandolfina wirkte Friedrich gelöst und glücklich. Wie es aussah, hatte er von Sultan a Kamil nicht nur den Falken, sondern auch gute Nachrichten erhalten. Vielleicht, so sagte sie sich, würden sie schon bald nach Jerusalem ziehen und am Grabe Christi beten können.

Das Spiel der Schatten, welche der König und sein Gefolge warfen, zog ihre Aufmerksamkeit auf sich, und sie suchte auch ihren eigenen Schatten. Sie musste lachen, als sie sah, wie verzerrt er wirkte. Auch Enzio beteiligte sich an dem Spiel und streckte die Arme aus, um seinem Schatten Leben zu verleihen. Als einer der Falkner seines Vaters auf ihn zukam und ihm den Falken reichte, verlor er jedoch das Interesse daran.

Pandolfina fragte sich, ob sie auch diesmal einen Falken erhalten würde, und wandte sich dem Falkner zu. Da sah sie aus dem Augenwinkel einen Schatten, der oben von einem Dach in den Hof fiel. Er hielt etwas in der Hand, das wie ein Bogen aussah. Erschrocken blickte sie auf und entdeckte einen Mann, der auf den König zielte.

»Vorsicht! Gefahr!«, schrie sie und trieb ihre Stute an.

Das Tier rammte den Hengst des Königs und schob diesen beiseite. Im gleichen Augenblick traf es Pandolfina wie ein Hammerschlag im Rücken. Sie kippte nach vorne, versuchte aber, sich noch im Sattel zu halten. Doch ihr fehlte jegliche Kraft, und so rutschte sie zu Boden.

Um sie herum erscholl vielstimmiges Gebrüll. Wie durch einen Schleier nahm sie wahr, dass mehrere der Leibwächter Friedrichs auf den heimtückischen Attentäter schossen, der gerade einen weiteren Pfeil auf die Sehne legte. Bevor der Mann durchziehen konnte, wurde er getroffen und ließ den Bogen fallen. Da mehrere Sarazenen auf das Haus zustürmten, wandte er sich zur Flucht.

Weder Friedrich noch seine Leibwachen bemerkten den Mann auf dem gegenüberliegenden Dach. Es war Antonio de Maltarena, der entsetzt zugesehen hatte, wie sein Freund Heimsberg verwundet wurde. Er wartete noch einen Augenblick, kam aber nicht zum Schuss, da einige Leibwächter den König nun mit ihren Körpern deckten. Um nicht selbst entdeckt zu werden, verließ er das Dach, übergab einem Franziskanermönch Bogen, Pfeile und das sarazenische Gewand und eilte mit langen Schritten davon. Wenig später schloss er sich den Jagdgästen des Königs an und tat so, als hätte er sich verspätet.

Unterdessen schob Friedrich die Männer, die ihn beschützten, beiseite. »Der Attentäter ist vertrieben«, sagte er und trat zu Pandolfina hin, die reglos auf dem Boden lag.

»Der Tod dieses Mädchens für meinen? Das wäre ein schlechter Tausch!«, rief er erschüttert, als er sich neben sie kniete.

»Ich lebe noch, Euer Majestät«, flüsterte Pandolfina halb betäubt.

»Gott im Himmel sei gedankt!« Der König schlug das Kreuz

und sah nach, wo sie getroffen worden war. In ihrem Rücken steckte ein Pfeil. Wie tief er eingedrungen war, konnte er nicht sagen. Da die Wunde stark blutete, hob er Pandolfina auf.

»Rasch! Wir brauchen einen Wundarzt, um dieses tapfere Mädchen zu retten. Er soll in die Kammer neben der meinen kommen! Ich bringe die Marchesa dorthin«, rief er seinen Männern zu. Sofort eilten mehrere Männer los, um einen Arzt zu holen.

Piero de Vinea folgte dem König und stieß mehrere Verwünschungen aus. »Es war einer der verfluchten Ägypter! Al Kamil soll der Teufel holen. Auf der einen Seite hält er Euch mit Verhandlungen hin, und auf der anderen schickt er Euch einen Meuchelmörder.«

»Es war kein Sarazene«, presste Pandolfina schmerzerfüllt hinaus. »Ich habe einen Augenblick lang sein Gesicht gesehen. Es war Heimo von Heimsberg!«

»Unmöglich!«, rief de Vinea.

»Er war es!«, sagte Pandolfina und sank in eine bodenlose Schwärze, die ihr alle Schmerzen nahm.

Vierter Teil

Veränderungen

1.

Dietrun von Rallenberg sah Pandolfina seufzend an. »Es ist jammerschade, dass Ihr nicht mit nach Jerusalem kommen könnt. Ich hoffe, Gott wird Euch Eure edle Tat so vergelten, als hättet Ihr die heiligen Stätten besucht und dort gebetet.«

»Vielleicht kann ich später nachkommen«, antwortete Pandolfina und versuchte zu lächeln, obwohl es ihr wegen ihrer schmerzenden Schulter schwerfiel. Die Verletzung zwang sie, auf der linken Seite oder auf dem Bauch zu liegen, und sie konnte sich auch nicht richtig aufsetzen. Dabei hatte sie noch Glück gehabt, denn wäre der Pfeil nur einen Daumen breit weiter links in ihre Schulter eingeschlagen, hätte er ihr Herz getroffen. So aber war es dem Arzt gelungen, den Pfeil samt seiner Spitze zu entfernen. Seine Essenzen hatten die Entzündung der Wunde verhindert, doch den Schmerz konnte er ihr nicht nehmen. Zwar gab es ein Mittel, das aus den Samenkapseln des hiesigen Mohns gewonnen wurde, aber da es die Sinne betäubte, hätte die Gefahr bestanden, dass sie sich auf den Rücken legte und die Wunde, die mit einem feinen Faden genäht worden war, wieder aufriss. Eine starke Blutung aber konnte ihr Ende sein.

Daher war es für sie unmöglich, mit nach Jerusalem zu reisen, und aus diesem Grund hatte Friedrich beschlossen, sie unter dem Schutz zuverlässiger Leute zurückzulassen. Cita sollte zu ihrer Bedienung bei ihr bleiben. Es tat Pandolfina leid, dass ihre Magd ebenfalls nicht nach Jerusalem reisen durfte, doch Cita hatte ihr erklärt, es sei wichtiger, sie zu pflegen, als mit den anderen weiterzuziehen.

»Ich hoffe, Euch bei unserem Wiedersehen wieder wohlauf zu sehen«, erklärte Dietrun, während draußen bereits ihre Schwiegermutter nach ihr rief.
»Diese Hoffnung teile ich«, antwortete Pandolfina mit einem gequälten Lächeln. »Doch nun geht! Ihr wollt doch den König nicht warten lassen.«
»Den Kaiser!« Dietrun legte kurz die Hand auf Pandolfinas Stirn und fand diese zu heiß. Obwohl in der Heilkunst nicht besonders beschlagen, begriff sie, dass das Mädchen den Segen Gottes und vieler Heiligen brauchen würde, um wieder auf die Beine zu kommen.
»Lebt wohl!«, sagte sie, fand diesen Abschiedsgruß aber etwas zu kalt und setzte ein »Auf Wiedersehen!« hinzu.
»Möge Gott es geben«, flüsterte Pandolfina und war froh, als die Frau endlich ging.
Irgendwie waren diese Teutoninnen anstrengend, dachte sie, während sie versuchte, sich etwas bequemer hinzulegen.
Cita brachte ihr einen Becher. »Es ist Zeit für Eure Medizin«, erklärte sie und half ihrer Herrin vorsichtig auf. Pandolfina würgte das bittere Gebräu mit Todesverachtung hinunter, wünschte sich danach aber einen Schluck kühlen, frischen Wassers.
»Den werdet Ihr erhalten«, erklärte Cita eilfertig und verschwand.
Kurz darauf kehrte sie mit einem Krug und einer dampfenden Schale zurück. »Hier ist der Saft von gepressten Apfelsinen. Er soll sehr gut sein, wenn man krank ist, und das hier ist eine Brühe von dem Fasan, den der neue Falke des Königs geschlagen hat. Er hat ihn extra für Euch bestimmt.«
»Wer, der Falke?«, fragte Pandolfina.
»Der König natürlich! Er ist todunglücklich, weil Ihr an seiner Stelle verwundet worden seid. Ermanno de Salza sagt, der Verräter hätte den König getroffen, wenn Ihr nicht gewesen wärt. Daher hat er auch vier seiner teutonischen Ritter

hiergelassen, die Euch beschützen sollen. Aber nun trinkt und esst, damit Ihr wieder zu Kräften kommt. Ihr dürft nämlich nicht zu lange krank sein. Es heißt, dass der König das Heilige Land bald wieder verlassen will. Einige Städte und Edelleute in Apulien haben sich, vom Papst aufgehetzt, gegen ihn erhoben, und er muss bald zurück und den Aufstand niederschlagen, bevor Seine Scheinheiligkeit diesen noch mehr anheizen kann.«

Wie gewöhnlich hatte Cita einiges in Erfahrung gebracht, was andere Mägde nicht wussten. Obwohl Pandolfina um die Informationen froh war, ermahnte sie das Mädchen erneut, vorsichtig zu sein.

»Das bin ich! Und Ihr macht jetzt den Mund auf, damit ich Euch füttern kann«, antwortete Cita und hielt ihr den vollen Löffel vors Gesicht.

»Tyrannin«, stöhnte Pandolfina, gehorchte aber und aß mit zunehmendem Appetit die würzige Suppe.

»Na, seht Ihr, es geht doch«, meinte Cita, als die Schüssel leer war und sie die Lippen ihrer Herrin mit einem Tuch abtupfte.

»Im Gegensatz zu gestern hat es geschmeckt«, antwortete Pandolfina.

»Die Suppe gestern war genauso gut, nur seid Ihr noch ein wenig kränker gewesen. Wie es aussieht, geht es Euch heute besser. Vielleicht könnt Ihr am Abend sogar schon etwas mehr als ein paar Löffel Suppe zu Euch nehmen.« Cita nannte Pandolfina mehrere Speisen. Allerdings war ihre Herrin satt und müde und hatte wenig Sinn für das Abendessen.

»Bring mir einfach irgendwas«, sagte sie und wechselte das Thema. »Hat man etwas von Heimsberg gehört?«

Cita schüttelte den Kopf. »Nicht das Geringste! Seit dem Anschlag ist er spurlos verschwunden. Einige meinen sogar, er könnte seiner Verletzung erlegen sein.«

»Das glaube ich erst, wenn ich seinen Leichnam vor mir liegen sehe«, sagte Pandolfina und schloss die Lider. »Aber jetzt will ich erst einmal schlafen.«

»Tut das!« Cita half ihr, sich so hinzulegen, dass sie am wenigsten Schmerzen empfand, und setzte sich dann neben sie, um bereit zu sein, wenn ihre Herrin erwachte und sie brauchte.

2.

Weit entfernt von Jerusalem hieb Leonhard von Löwenstein mit aller Kraft auf den Pflock ein, der einen Gegner darstellen sollte. Sein Ausbilder Eckbert beobachtete ihn dabei und schüttelte in gespielter Verzweiflung den Kopf.

»Du sollst mit einem Feind kämpfen und kein Mädchen liebkosen. Bei Sankt Michael, selbst ein Knabe schlägt härter zu als du!«

Leonhard hielt kurz inne und wischte sich den Schweiß aus der Stirn. Viele Jahre hatte er im Kloster gelernt und dabei in der ganzen Zeit nicht die Hälfte der Rügen erhalten, die Ritter Eckbert ihm an einem einzigen Tag erteilte. Wütend hob er die stumpfe Übungswaffe und bearbeitete den Pflock mit einem Hagel harter Schläge. Er sah nicht, wie Ritter Eckbert hinter seinem Rücken zufrieden grinste. Der alte Kämpe hatte in seinem Leben schon viele junge Männer ausgebildet, darunter auch Leonhards älteren Bruder Leopold. Diese waren jedoch bereits als Knaben an Waffen gewöhnt gewesen, während Leonhard höchstens die Schreibfeder geschwungen hatte. Trotzdem machte der junge Bursche sich gut.

»Nun ja, langsam könnte ein Feind annehmen, dass du es ernst meinst«, bequemte er sich zu einem halben Lob. »Allerdings haut der Pflock nicht zurück. Du hast daher noch einiges zu lernen. Um dir einen Vorgeschmack darauf zu geben, sollen wir jetzt einmal die Klingen kreuzen. Keine Sorge, ich werde dich nicht so schwer verletzen, dass du morgen im Bett bleiben musst.« Mit einem hinterhältigen Grinsen nahm Eckbert eine der stumpfen Übungswaffen zur Hand und forderte Leonhard auf, ihn anzugreifen.

Die meisten seiner Schüler waren bei der Gelegenheit auf ihn losgestürmt, als gelte es, einen Ochsen zu fällen. Leonhard hingegen hielt zunächst Abstand und wartete seinerseits auf Eckberts Angriff. Da der alte Ritter nicht wusste, ob der junge Mann nur vorsichtig war oder feige, schnellte er nach vorne und führte einen Hieb gegen Leonhards Brustkorb. Leonhard blockte rechtzeitig ab, kam aber zu keinem Gegenschlag, da Eckberts Schwert erneut auf ihn zusauste. Geschickt parierte er, wich etwas zurück und konnte diesmal selbst zuschlagen.

Der alte Ritter drehte sich kurz und ließ die Klinge ins Leere sausen. Im Gegenschlag traf er Leonhards Rippen. Der junge Bursche keuchte und presste den linken Arm gegen die Stelle. Dennoch blieb er wachsam und suchte eine Möglichkeit, es seinem Ausbilder heimzuzahlen. Eckbert blockte seine Angriffe ab und brachte selbst mehrere Treffer an. Als Leonhard keuchend und stöhnend vor ihm stand, hob er die Hand.

»Ich glaube, das reicht fürs Erste. Lass dir von Mathilde eine Salbe geben und reibe die Stellen ein, damit du morgen wieder auf den Beinen bist. Solltest du das nämlich nicht sein, schleife ich dich eigenhändig zum Brunnentrog und werfe dich hinein. Danach wirst du den ganzen Vormittag auf deinen Holzfreund einschlagen. Sollte nur ein einziger Hieb zu schwach ausfallen, werden wir die heutige Lektion wiederholen.«

Leonhard begriff, dass es Ritter Eckbert völlig ernst mit dieser Drohung war, und zwang sich trotz seiner Schmerzen, aufrecht zu gehen.

Mit zufriedener Miene sah sein Ausbilder ihm nach. Der junge Mann verstand zwar vorerst noch wenig von Krieg und Kampf, aber er hatte einen festen Willen und den Stolz, sich nichts anmerken zu lassen.

»Den biegen wir schon noch hin«, meinte er zu seinem Waffenknecht Kurt.

Dieser nickte grinsend. »Das glaube ich auch. Noch zwei, drei Übungskämpfe, und Ihr werdet Euch vorsehen müssen, dass er Euch nicht trifft. Er kann schon ganz schön hart zuschlagen.«

»Das nächste Mal wirst du dich mit ihm messen, allerdings mit Holzschwertern. Es wird an der Zeit, dass er lernt, sich einem Gegner zu stellen«, erklärte Ritter Eckbert und klopfte Kurt auf die Schulter. »Graf Ludwig verlässt sich auf uns! Er ist nicht mehr der Jüngste und steht in einer harten Fehde. Daher könnte er Leonhard an seiner Seite brauchen. Aber er hat in diesem Kampf bereits einen Sohn verloren und kann es sich nicht leisten, dass sein jüngster unvorbereitet einem von Heimsbergs Söhnen oder Neffen gegenübersteht.«

»Ist Heimsberg wirklich Graf Ludwigs Feind? Oder steckt nicht eher König Heinrich dahinter?«, fragte der Waffenknecht.

»Wer auch immer dahinterstecken mag: Graf Ludwig braucht einen Krieger an seiner Seite und keinen geschorenen Mönch«, antwortete Eckbert grimmig.

»Ein Geschorener war Leonhard noch nicht. Dem hätten sie erst ein paar Tage später die Haare gestutzt«, warf Kurt ein.

Eckbert nickte mit einem verkniffenen Grinsen. »Zum Glück haben wir den Burschen noch früh genug aus dem Kloster geholt. Sonst müssten wir auch noch warten, bis seine Haare nachgewachsen sind. Aber so …«

Der Ritter brach ab und starrte auf die Reisegruppe, die sich seiner Burg näherte. An der Spitze ritten sechs Krieger in weißen Waffenröcken mit einem Wappen auf der Brust, das ein Kreuz und das Abbild einer Abtei trug. Ihnen folgten zwei Pferdesänften und dahinter erneut sechs bewaffnete Reiter.

»Wenn das nicht die ehrwürdige Äbtissin Anna von Löwenstein ist, will ich den Rest des Jahres nur noch Wasser saufen«, stieß Kurt aus.

»Ich glaube nicht, dass du das musst. Sie kann es wohl kaum erwarten, sich ihren Bruder anzusehen. Gebe unser Heiland, dass nicht auch noch Frau Gertrud erscheint.« Ritter Eckbert seufzte, denn Leonhards Schwestern waren nicht die Gäste, die er gerne hier sah. Trotzdem ging er der Äbtissin entgegen und verbeugte sich vor ihrer Sänfte.

Eine schmale, weiße Hand schob den Vorhang ein wenig beiseite und gab ein schönes, in der Nonnentracht jedoch streng wirkendes Gesicht zu erkennen.

»Ich grüße Euch, Ritter Eckbert«, sagte sie mit einer Stimme, der anzumerken war, dass die Dame das Befehlen gelernt hatte.

»Ich bin Euer ergebenster Diener, ehrwürdige Mutter!« Noch während er es sagte, fand Eckbert, dass eine solche Anrede für diese Frau eigentlich unangemessen war, denn er hatte sie, als sie noch ein Kind gewesen war, auf den Knien geschaukelt.

Anna von Löwenstein musterte ihn kurz und lachte spöttisch. »Mir ist zugetragen worden, dass mein Vater Euch die Kräfte eines Heiligen zubilligt, denn Ihr müsst wirklich ein Wunder vollbringen, um aus einem Mönchlein wie Leonhard einen Krieger zu machen, der für unsere Sippe Ehre einlegt.«

»Vielleicht geht es auch ohne Wunder«, antwortete der alte Ritter.

»Schwerlich! Als ich Leonhard das letzte Mal gesehen habe, war er ein mageres Bürschlein, das eine Feder handhaben konnte, aber gewiss kein Schwert! Unser Vater sollte klüger sein und Gertruds Sohn zu seinem Nachfolger erziehen lassen.«

Eckbert ärgerte sich über diese Worte und antwortete ähnlich scharf. »Frau Gertruds Sohn ist ein dreijähriges Knäblein, das erst einmal wachsen muss, damit man erkennen kann, ob es die Kraft und den Verstand besitzt, dieses Erbe anzutreten.«

»Auf jeden Fall ist es leichter, ein Füllen abzurichten, als aus einem Karrengaul ein Streitross zu machen«, antwortete die Äbtissin geringschätzig.

»Euer Vater braucht das Streitross bald und nicht erst in dreizehn oder vierzehn Jahren. Früher könnte Gertruds Sohn ihm keine Hilfe sein!« Das Gespräch drohte, im Streit zu enden, denn Eckbert war nicht bereit, an der Entscheidung seines Lehnsherrn rütteln zu lassen.

Die Äbtissin lenkte jedoch ein. »Wo ist denn nun mein kleiner Bruder, damit ich ihn mir ansehen kann?«

»Im Wohnturm! Wir haben eben unsere Übungen beendet.« Ritter Eckbert wies auf das Gebäude und schritte der Sänfte der Äbtissin voraus.

3.

Leonhard hatte die schmerzenden Stellen mit Salbe behandelt und sagte sich, dass er am nächsten Tag einige prächtige blaue Flecken haben würde.

Da kam Kurt zur Tür herein. »Herr Eckbert will, dass Ihr in die Halle kommt. Wir haben einen Gast.«

Stöhnend zog Leonhard sein Hemd über und schlüpfte in den Kittel, den Ritter Eckbert ihm hatte zuweisen lassen. Er sah darin aus wie ein Bauer, hatte aber nichts anderes anzuziehen.

»Gehen wir!«, sagte er zu Kurt, nachdem er sich mit den Fingern kurz durchs Haar gefahren war.

Der Waffenknecht öffnete die Tür und ließ Leonhard als Ersten hinausgehen. Dabei fragte er sich amüsiert, was Anna von Löwenstein zu ihrem Bruder sagen würde.

Als Leonhard die Halle betrat, erkannte er seine Schwester sofort und neigte das Knie. »Ehrwürdige Äbtissin!«

Anna von Löwenstein brauchte einen Augenblick, um zu begreifen, dass nicht mehr das magere Bürschlein vor ihr stand, das sie vor fünf Jahren in Augenschein genommen hatte, sondern ein gutaussehender Jüngling von achtzehn Jahren. Es kam ihr so vor, als wäre Leonhard sogar noch eine Handbreit größer als ihr toter Bruder. Er war nicht ganz so wuchtig gebaut wie Leopold, aber gewiss nicht kraftlos. Dazu hatte er kurzes, blondes Haar und hellblaue Augen. Er hätte ihr gefallen können, aber da er ihren Plänen und denen ihrer Schwester im Wege stand, musterte sie ihn mit einem kühlen Blick.

»Du hättest im Kloster bleiben sollen, Bruder. Das Leben dort

hat dich gewiss nicht für diese Welt vorbereitet«, sagte sie mahnend.
»Die ehrwürdige Mutter ist der Ansicht, dass man aus einem Klosterkarrengaul kein Streitross machen kann«, warf Ritter Eckbert ein. Er fand die Situation eigenartig, denn zwischen den beiden jungen Menschen, die nur sieben Jahre trennten, glomm kein Funken geschwisterlicher Liebe auf. Anna von Löwensteins Miene wirkte sogar ablehnend, während Leonhard so eisern schwieg, als wäre jedes einzelne Wort vergeudet.
»Nun, du hast es nicht anders gewollt«, sagte Anna und wandte sich dann an Ritter Eckbert. »Ihr werdet mir und meinem Gefolge gewiss für einen Tag Obdach gewähren.«
»Auch für länger«, antwortete Eckbert.
»Das ist nicht nötig! Ich reise morgen weiter, um in Wimpfen König Heinrich zu treffen. Ich will mit ihm über die Möglichkeit beraten, diesen unseligen Streit zu beenden. Unsere Sippe kann es sich nicht leisten, gegen den König und dessen Getreue zu stehen.«
»Auch wenn dieser König und seine Getreuen offen das Recht brechen?«, fragte Eckbert scharf. »Außerdem habt Ihr vergessen, dass Herr Heinrich von seinem Vater zwar zu seinem Nachfolger ernannt wurde, aber der Kaiser ist immer noch Herr Friedrich selbst!«
Die Äbtissin winkte mit einer verächtlichen Handbewegung ab. »Friedrich von Staufen hält sich seit Jahren im Süden Italiens auf und hat sich in all der Zeit nicht um die Belange des Reiches gekümmert. Daher gilt hier das Wort seines Sohnes mehr als das seine.«
Ein heftiger Streit drohte, doch bevor es dazu kam, besann der alte Ritter sich, dass er der Tochter seines Lehnsherrn gegenüberstand, und beherrschte sich. »Ich werde Mathilde auftragen, dass sie alles zu Eurer Zufriedenheit herrichtet«, sagte er.
»Dessen bin ich gewiss!« Anna von Löwenstein lächelte amüsiert. Es war bekannt, dass Eckbert nie geheiratet hatte, aber

mit einem Weib niederer Herkunft das Bett teilte. Daher beschloss sie, Mathilde wie eine Magd zu behandeln. Vorher aber wollte sie noch eine Neuigkeit anbringen.

»Ehe ich es vergesse: Heimeran von Heimsberg hat erfahren, dass mein Vater unseren jüngsten Bruder aus dem Kloster geholt und zu Euch gebracht hat. Wie es heißt, wird er bald Krieger schicken, um Euch daran zu hindern, Leonhard zum Kämpfer auszubilden. Doch nun wäre ich Euch dankbar, wenn Ihr mir eine Kammer für die Nacht zuweisen lassen könntet. Ich werde dort auch zu Abend speisen.«

»Das ist keine gute Nachricht«, rief Ritter Eckbert. »Ihr habt Bewaffnete bei Euch. Könntet Ihr mir die Hälfte überlassen? Ich habe selbst nur fünf ausgebildete Waffenknechte in der Burg. Eure Männer wären mir daher eine große Hilfe.«

Anna von Löwenstein sah ihn freundlich lächelnd an. »Ihr wollt doch eine arme Nonne nicht ihrer Begleitung berauben? Außerdem: Wie sähe es aus, wenn ich mit weniger als zwölf Bewaffneten bei Seiner Majestät, dem König, erscheinen würde?« Sie hob kurz die Hand und schwebte hinaus.

Ritter Eckbert brauchte einen Augenblick, um seine Wut hinunterzuschlucken, und packte dann Leonhard mit einem harten Griff. »Verflucht seien diese Weiber! Ohne sie wäre das Leben wirklich leichter. Vertraue ihnen niemals, mein Junge, auch dem Weib nicht, mit dem dein Vater dich einmal verheiraten wird. Gewiss hat Gertrud, diese elende Schlange, es Heimsberg gesteckt, dass du bei mir bist, denn sie will das Erbe für ihren Sohn. Ob wir beide dabei draufgehen, kümmert sie nicht.«

»Was können wir tun, wenn Heimeran von Heimsberg mit seinen Kriegern hier erscheint?«, fragte Leonhard.

»Heimeran wird nicht selbst kommen. Dafür sind wir nicht bedeutend genug. Stattdessen wird er einen seiner Söhne schicken, wahrscheinlich Heimfried, der bereits deinen Bruder getötet hat. Aber auch das wird hart genug werden. Vielleicht sollte ich dich besser mit Kurt fortschicken, damit Heimsbergs Leute dich nicht erwischen.«

»Das wäre feige! Oder etwa nicht?«, wandte Leonhard ein.

»Natürlich wäre es das! Aber auch klug – oder vielleicht auch nicht. Es könnte nämlich sein, dass Heimsberg genau das erwartet und die Umgebung überwachen lässt. In dem Fall kämst du nicht weit. Wir werden es hier ausfechten müssen. Kurt soll dich im Zweikampf schulen! Nein, das übernehme ich, denn ich brauche jeden Mann, um uns auf den Angriff vorzubereiten. Wir haben fünf Waffenknechte und können die Stallknechte ebenfalls unter Waffen stecken. Das wären weitere sechs kräftige Kerle. Damit müssen die Angreifer erst einmal fertig werden. Leicht machen werden wir es ihnen jedenfalls nicht.«

Während er es sagte, schritt Eckbert unruhig hin und her. Schließlich blieb er vor Leonhard stehen und packte ihn erneut bei der Schulter. »Meine Männer und ich werden die Mauer verteidigen. Du bleibst im Wohnturm und beschützt die Frauen. Hast du verstanden?«

Aber das ist auch feige, durchfuhr es Leonhard. Er begriff aber, dass Ritter Eckbert keine Widerworte hören wollte, und nickte daher unglücklich.

4.

Anna von Löwenstein reiste am nächsten Morgen weiter, ohne noch einmal mit Ritter Eckbert oder ihrem Bruder zu sprechen. Am Abend kehrte sie in einem Kloster ihres Ordens ein und saß gerade mit der dortigen Äbtissin zusammen, als sie durch das offene Fenster eine Reiterschar herankommen sah. Das Banner mit einer auf einem Hügel stehenden Burg zeigte ihr, dass es sich um Heimsberger Waffenknechte handelte. Ein breitschultriger Ritter mit kantigem Gesicht führte sie an. Als er das Kloster passierte, blickte er zu den Fenstern hoch und grinste breit.

Heimfried von Heimsberg ahnt, dass ich hier bin, durchfuhr es Anna von Löwenstein. Wahrscheinlich hat er Späher ausgeschickt, die ihm alles zutragen, was sich um Eckberts Burg tut. Einen Augenblick überlegte sie, Heimsbergs Sohn rufen zu lassen, um mit ihm zu reden. Der Gedanke, dass man ihr dann eine Mitschuld am Tod ihres jüngsten Bruders zuschreiben könnte, brachte sie davon ab. Sie würde nach Wimpfen reisen und mit König Heinrich über die leidige Sache sprechen. Wenn Leonhard tot war, hatte ihr Vater keine andere Möglichkeit mehr, als auf ihren und Gertruds Vorschlag einzugehen. Dieser sah eine Heirat von Gertrud mit Heimeran von Heimsbergs ältestem Sohn Heimward vor, der auch die Nachfolge ihres Vaters antreten sollte.

Ohne zu ahnen, wie weit die Pläne der Töchter seines Herrn bereits reichten, bereitete Ritter Eckbert sich auf die Verteidigung seiner Burg vor. Er ließ das Gebüsch fällen, das am Burghang gewachsen war, und einige schadhafte Stellen der Mauer ausbessern. Kurz erwog er, ob es überhaupt Sinn hatte, die Mauer gegen einen überlegenen Feind zu halten, oder ob er sich nicht besser auf die Verteidigung des Wohnturms beschränken sollte.

Er kam jedoch rasch wieder davon ab, weil in dem Fall die Ställe und Wirtschaftsgebäude in die Hände der Feinde fallen würden. Danach brauchten Heimsbergs Leute den Wohnturm nicht einmal mehr anzugreifen, sondern konnten sie einfach aushungern.

»Wir kämpfen!«, erklärte er am Abend des zweiten Tages nach Annas Abreise seinem Stellvertreter Kurt.

»Ich habe die Knechte bewaffnet, damit sind wir ein Dutzend. Glaube aber nicht, dass wir so die Mauer halten können«, wandte Kurt ein.

»Vielleicht doch! Wenn Heimsbergs Männer das Tor aufbrechen wollen, müssen sie erst einen Rammbock heranschaffen. Dabei können wir uns an der Stelle massieren und ihnen heftig einheizen.« Eckbert überlegte kurz und schüttelte den Kopf. »Sie werden Leitern nehmen, denn die sind rasch gefertigt. Wir werden uns auch darauf vorbereiten, mein Guter. Lass Stangen schneiden, mit denen wir die Leitern umstoßen können. Vielleicht brechen sich genug Heimsberger die Knochen, so dass sie aufgeben müssen.«

»Schön wäre es!«, antwortete Kurt und verschwand.

An seiner Stelle stieg Leonhard auf die Mauer und stellte sich zu seinem Ausbilder. »Ich glaube, sie kommen«, rief er und wies in die Ferne.

Ritter Eckbert blickte dorthin und schüttelte den Kopf. »Du irrst dich!«

»Gewiss nicht! Ich sehe Pferde und etliche Männer.« Leonhard klang so überzeugt, dass Eckbert nach Mathilde rief.

»Siehst du dort etwas?«, fragte er und wies in die Richtung, die Leonhard ihm genannt hatte.

Mathilde kniff die Augen zusammen und starrte hinüber. »Ja«,

meinte sie zögernd. »Das könnten Reiter sein. Wenn sie rasch ziehen, sind sie kurz vor Einbruch der Nacht hier.«
»Ich hatte gehofft, wir hätten ein paar Tage länger Zeit. Aber es soll wohl nicht sein!« Eckbert spie aus und klopfte gegen den Griff seines Schwerts. »Die Heimsberger werden sehen, dass ich noch nicht zu alt bin, um ihnen mit dieser Fidel zum Tanz aufzuspielen!«
»Es sind sehr viele, und wir sind nur wenige«, wandte Mathilde besorgt ein.
»Und die Hälfte davon sind keine geübten Kämpfer«, entfuhr es Eckbert.
»Du glaubst also auch nicht, dass wir es schaffen?« Mathilde lehnte sich an ihn und fasste seine Hand.
»Ich will sie so lange aufhalten, bis du mit Leonhard geflohen bist. Nehmt den Geheimgang!«
»Wenn er nicht schon eingebrochen ist. Immerhin hast du ihn jahrelang nicht mehr überprüft.« Mathilde klang besorgt. Es galt jedoch weniger ihr selbst als dem Geliebten. Aus Eckberts Worten schloss sie, dass er den Angreifern einen Kampf bis zum Letzten liefern wollte.
»Wäre es nicht besser, wenn du heute noch zusammen mit Leonhard aufbrichst und ihr euch zu Graf Ludwig durchschlagt? Wir könnten dafür sorgen, dass ihr einen entsprechenden Vorsprung erhaltet«, schlug sie vor.
Ritter Eckbert lachte kurz. »Ich lasse meine Männer nicht im Stich und dich ebenso wenig!«
Er legte ihr den Arm um die Schulter und drückte sie an sich. »Nein, mein Schatz! Das kann keiner von mir verlangen. Kümmere du dich um Leonhard! In ihm steckt der Kern, ein richtiger Löwenstein zu werden. Er braucht nur genug Zeit dafür. In zwei, drei Jahren wird er den alten Heimsberg das Fürchten lehren.«
»Aber nur wenn du selbst ihn ausbildest.«
Eckbert schüttelte den Kopf. »Ich habe das Meine getan! Für

den Rest müssen andere sorgen. Du bringst Leonhard morgen von hier weg.«

Mathilde begriff, dass dies Eckberts letztes Wort war, und senkte traurig den Kopf. Ein Stück von den beiden entfernt beobachtete Leonhard die näher kommenden Feinde und zählte sie.

»Es sind etwas mehr als sechzig Kämpfer, Herr Eckbert. Ein Ritter zu Pferd in einem roten Waffenrock führt sie an.«

»Das muss Heimfried von Heimsberg sein. Er ist zwar nicht der älteste Sohn, aber trotzdem die rechte Hand des alten Heimeran.«

Ritter Eckbert erblickte nun auch die Feinde, vermochte aber ihre Zahl nicht zu schätzen. Auf jeden Fall würde es ein harter und verzweifelter Kampf werden, der wenigstens so lange dauern musste, bis seine Geliebte und der Sohn des Grafen in Sicherheit waren.

5.

Heimfried von Heimsberg hielt sein Pferd an und betrachtete die Burg im letzten Licht des scheidenden Tages. Ein nicht allzu hoher Mauerring umgab den Wohnturm. Selbst das Tor wurde durch keinen Vorbau oder gar einen Turm gesichert. Es sah allerdings massiv aus und hätte eines kräftigen Baumstamms und etlicher Anstrengungen bedurft, um es aufzusprengen. Daher war er zufrieden, sich für Leitern entschieden zu haben, denn der Wald in der Nähe lieferte genug Holz. Heimfried schätzte, dass zehn Leitern ausreichten. Da der Burghang an der einen Seite nicht sehr steil war, würden sie rasch nach oben kommen, die Leitern anlegen und hinübersteigen. Seinen Informationen nach verfügte Eckbert nur über ein halbes Dutzend Kriegsknechte, weil er den Rest seinem Herrn hatte überlassen müssen. Selbst wenn Eckbert seine Stallburschen bewaffnete, konnte er sich niemals gegen sechzig Mann halten.

Mit einer energischen Bewegung wandte Heimfried sich an seinen Stellvertreter. »Entzündet Fackeln und baut das Lager auf. Morgen Vormittag fertigen wir die Leitern und greifen gegen Mittag an.«

»Weshalb so hastig?«

»Weil ich verhindern will, dass dieses Mönchlein entkommt. Bevor wir angreifen, werden wir Ritter Eckbert auffordern, sich zu ergeben und uns den Geschorenen auszuliefern. Ich kenne da ein Kloster, in dem er hinter der zugemauerten Tür sein Brevier lesen kann – wenigstens so lange, bis er verhungert ist!«

Heimfried lachte boshaft und stieg von seinem Pferd. Oben auf der Mauer konnte er drei Schemen ausmachen. Ein Mann und eine Frau hatten sich eng umschlugen. Heimfried schätzte, dass es sich um Eckbert und dessen Kebse handelte. Ein Stück von ihnen entfernt blickte ein junger Mann zu ihnen herab.

»Das ist also Graf Ludwigs letzte Hoffnung«, sagte er spöttisch und befahl seinen Männern, die Burg gut zu bewachen.

»Lasst mir das Mönchlein nicht entwischen!«, warnte er sie und sah dann zu, wie sein Zelt aufgebaut wurde. Seine Männer würden in Decken gehüllt unter freiem Himmel übernachten müssen. Daher glitt so mancher besorgte Blick zum Himmel, doch es sah nicht nach Regen aus.

»Gott ist mit uns!«, rief Heimfried. »Morgen wird er uns den Sieg schenken und Graf Ludwig in tiefste Verzweiflung stürzen.«

Sein Stellvertreter nahm den Helm ab und kratzte sich im Nacken. »Wird Euer Vater auf den Vermittlungsversuch der Töchter von Graf Ludwig eingehen oder Burg Löwenstein angreifen und erobern?«

»Wenn es nach mir ginge, würden wir angreifen. Wir müssen aber auf den König Rücksicht nehmen. Herr Heinrich liebt es nicht, wenn etwas gegen seinen Willen geschieht. Da Anna von Löwenstein die Äbtissin eines angesehenen Klosters ist, wiegt ihre Meinung bei ihm schwer.«

»Wenn Euer Vater darauf eingeht, wird Euer Bruder Eure verwitwete Schwägerin heiraten müssen«, fuhr der andere fort.

»Gegen das Heiraten hat Heimward nichts, doch ihn stört der Balg, den Gertrud mit in die Ehe bringen würde. Da es unser Neffe ist, kann er ihn nicht einfach beseitigen.« Heimfried dachte an Gertruds verstorbenen Ehemann. Zwar war Heimbold sein Bruder gewesen, aber er hatte sich nie mit ihm verstanden.

»Vater hätte ihn in ein Kloster stecken sollen«, sagte er mehr für sich. »Dann müssten wir wenigstens nicht auf seinen Bengel Rücksicht nehmen. Ich hoffe, Heimward ist klug genug, das Bürschlein zuverlässigen Mönchen anzuvertrauen. Es würde mir in der Seele weh tun, einen halben Löwensteiner als Nachfolger meines Vaters zu sehen.«

Sein Stellvertreter sah ihn verwundert an. »Wenn Herr Heimward Frau Gertrud heiratet, werden ihre Söhne ebenfalls halbe Löwensteiner sein!«

»So wie eine Frau Witwe wird, mag auch ein Mann Witwer werden. Ich würde es an Stelle meines Bruders jedenfalls so halten«, antwortete Heimfried lachend.

Inzwischen war das Zelt aufgebaut, und er konnte eintreten. Sein Leibdiener hatte ihm bereits einen Becher Wein eingegossen und Brot, Wurst und Käse für das Abendessen bereitgestellt.

Während des Essens dachte Heimfried, dass es nur recht und billig war, wenn er Herr auf Löwenstein wurde. Den Besitz Heimsberg würde Heimward erhalten, und von diesem wollte er nicht für alle Zeit abhängig sein. Einen Augenblick dachte er an seinen Vetter Heimo, der nach Italien gezogen war, um Kaiser Friedrich seine Dienste anzubieten. Er selbst hatte sich dies ebenfalls überlegt, war aber von seinem Vater daran gehindert worden.

»Ich will Löwenstein haben!«, sagte er zu sich selbst. Doch dafür musste er am nächsten Tag Ritter Eckberts Burg erobern und Graf Ludwigs letzten Sohn zur Hölle schicken.

6.

Beim Morgenbrei erfuhr Leonhard, dass er auf Eckberts Befehl mit Mathilde zusammen durch einen Geheimgang fliehen und zu seinem Vater eilen sollte. Zu einem Widerwort kam er nicht, denn sein Ausbilder fuhr ihm sogleich über den Mund.

»Du tust, was ich sage, verstanden?« Dann wandte der Ritter sich seinem Stellvertreter zu. »Was gibt es Neues von den Heimsbergern?«

»Sie haben begonnen, im Wald Holz zu schlagen«, antwortete Kurt.

»Also wollen sie es mit Leitern versuchen. Darauf sind wir vorbereitet.« Ritter Eckbert nickte zufrieden und wies Mathilde an, jedem seiner Männer einen Becher Wein zu bringen. »Sollten wir besiegt werden, ist es besser, unsere Leute trinken ihn, als dass er den Heimsbergern in die Hände fällt.«

»Wenn sie allen Wein austrinken sollen, der in unserem Keller lagert, fallen unsere Leute auch – und zwar unserem Feind betrunken vor die Füße!«, antwortete Mathilde mit bitterem Spott.

»Einen Becher für jeden, dann zerschlagt das Fass. Ich will nicht, dass Heimfried und seine Kriegsknechte mit meinem Wein auf ihren Sieg anstoßen!« Nach diesen Worten stand Ritter Eckbert auf, um sich für den Kampf zu rüsten.

Leonhard trat neben ihn. »Lasst mir ein scharfes Schwert geben, damit ich Mathilde verteidigen kann.«

»Das werde ich, denn ihr solltet auf eurer Flucht nicht wehrlos sein. Du wirst auch eine Rüstung anlegen. Es ist besser, wenn man dich unterwegs für einen Ritter hält und nicht für einen Bauern.« Eckbert schlug Leonhard lachend auf die Schulter und forderte ihn auf, mit ihm zu kommen.

Als sie kurze Zeit später in die Halle zurückkehrten, steckte Leonhard in einem Kettenhemd, das Eckbert in früheren Tagen getragen hatte. Darüber trug er einen blauen Waffenrock mit einer gepanzerten Faust als Wappen.

»Es mag dir als Tarnung dienen. Würdest du das Löwensteiner Zeichen auf der Brust tragen, wüsste Heimfried sofort, welchen Weg du genommen hast. Oder, sagen wir besser: dessen Leute. Ich habe vor, Heimerans Sohn für den Tod deines Bruders bezahlen zu lassen.«

Leonhard spürte Eckberts wilde Entschlossenheit, ihm die Flucht zu ermöglichen, wusste aber genau, dass jeder, von seinem Vater und seinen Schwestern angefangen, ihn danach für einen Feigling halten würde. Ob er in dem Fall noch die Stütze sein konnte, die sich sein Vater von ihm erhoffte, bezweifelte er. Doch was konnte er tun? Wenn er blieb, würde er sterben.

Unterdessen erklärte Eckbert seiner Geliebten, wo sie Pferde erhalten konnte, ohne dass es gleich an die Heimsberger weitergetragen wurde, und ging dann zur Mauer, um sich einen Überblick zu verschaffen. Als Leonhard ihm folgen wollte, hielt er ihn auf.

»Du lässt dich nicht sehen, verstanden! Sonst greifen die Heimsberger diese Stelle mit aller Macht an, und wir können sie nicht aufhalten.«

»Aber …«, begann Leonhard.

Doch da fasste Mathilde ihn um die Schulter und führte ihn zum Wohnturm zurück. Ihre Augen glänzten feucht, und sie wischte sich mit der Linken immer wieder übers Gesicht.

»Eckbert weiß, was er tut, mein Junge«, sagte sie mit einem gezwungenen Lächeln. »Er ist ein großer Krieger und ein treuer Mann.«

»Das ist er, bei Gott«, antwortete Leonhard und stieg weiter nach oben, um durch eine der Schießscharten des Wohnturms zu schauen.
Der Feind war mit seinen Vorbereitungen so gut wie fertig und brachte die Leitern heran. Jede der zehn wurde von vier Männern getragen, während zwei weitere ihnen mit gezogenen Schwertern folgten. Diese Kerle würden als Erste die Mauer erklimmen.
Leonhard wünschte sich einen Bogen, um auf die Heimsberger schießen zu können, lachte dann über sich selbst. Da er nie gelernt hatte, mit dieser Waffe umzugehen, würde er höchstens durch Zufall einen Feind treffen.
Plötzlich entdeckte er Heimfried von Heimsberg. Dieser hatte sein Zelt verlassen und schritt in voller Rüstung hinter seinen Männern her. Auf seinen Wink hin stieg einer der Waffenknechte den Hang hoch und blieb zehn Schritte vor der Mauer stehen. Leonhard konnte den Mann von seinem Aussichtspunkt gerade noch sehen. Eben hob dieser die Hand und begann mit lauter Stimme zu sprechen: »Dies lässt Herr Heimfried von Heimsberg euch sagen: Legt die Waffen nieder und übergebt uns den Mönch, dann werden wir in Frieden abziehen. Tut ihr das nicht, wird keiner von euch den kommenden Tag erleben.«
»Dein Herr nimmt den Mund ziemlich voll!«, antwortete Ritter Eckbert grollend. »Noch steht er außerhalb der Burg und wir darin. Wie es morgen früh aussieht, kann er nicht wissen, es sei denn, unser Heiland hätte ihm eine Erleuchtung gesandt.«
»Ihr seid uns vielfach unterlegen«, fuhr der Unterhändler fort.
»Dafür sind wir Löwensteiner, und von denen zählt einer so viel wie zehn Heimsberger«, höhnte Eckbert.
»Ist das dein letztes Wort?«, fragte der Heimsberger.
Ritter Eckbert nickte. »Mein allerletztes! Sag deinem Herrn, er soll sich zum Teufel scheren, sonst schicke ich ihn selbst dorthin.«

Voller Wut wandte der Parlamentär sich um und kehrte zu seinem Herrn zurück. Heimfried von Heimsberg hörte sich an, was er zu sagen hatte, und verzog das Gesicht zu einer Grimasse.

»Der alte Bock ist also auf meinen Kopf aus. Er glaubt, meinem Vater damit so schaden zu können, dass dieser unterliegt.«

Sein Stolz sagte ihm, dass es dazu kommen konnte. Immerhin war sein Vater schon alt und sein ältester Bruder kein großer Kämpfer. Obwohl er nicht feige war, beschloss Heimfried daher, Eckbert vorerst aus dem Weg zu gehen.

»Greift an!«, befahl er seinen Männern und stapfte langsam hinter ihnen her.

7.

Die ersten Heimsberger erreichten die Mauer und richteten die Leitern auf. Sofort eilten die Verteidiger mit Stangen herbei, um die Leitern umzustoßen. Zwei-, dreimal gelang es ihnen, doch an einer Stelle kam einer der Knechte zu spät. Der Angreifer schwang sich auf die Mauer und trieb ihn mit einem Hagel von Schwertschlägen zurück. Seine Kameraden nützten dies sofort aus und kletterten einer nach dem anderen hoch.

Ritter Eckbert blieb nichts anderes übrig, als selbst an dieser Stelle einzugreifen, wurde aber gleich von drei Gegnern angegangen. Während er mit aller Kraft sein Schwert schwang, sah er, dass Heimfried an einer anderen Stelle auf die Mauer stieg, die beiden Kriegsknechte, die ihn vertreiben wollten, wie nebenbei erschlug und die Treppe nach unten in den Burghof stieg.

Die Tür des Wohnturms stand noch offen, und die Leiter war noch nicht eingezogen worden. »Verdammt, Mathilde! Verbarrikadiert euch!«, schrie Eckbert, während er einem Heimsberger eine tiefe Kerbe in den Helm schlug.

Mathilde wollte dem Befehl ihres Geliebten befolgen, doch da fasste Leonhard ihren Arm mit einem harten Griff. »Ich lasse Ritter Eckbert und die anderen nicht im Stich!«, sagte er und stieg die Leiter hinunter.

Draußen konnte Heimfried von Heimsberg sein Glück nicht fassen. Eckbert hatte genug zu tun, um sich seiner Männer zu erwehren, und Graf Ludwigs jüngster Sohn lief ihm freiwillig vor das Schwert.

»Na, Mönchlein, wie fühlt man sich, wenn man bereits auf dem halben Weg ins Jenseits ist?«, fragte er spöttisch.

Leonhard kniff die Lippen zusammen und hob seine Waffe. Der andere tat es ihm gleich, aber mit einer so lässigen Bewegung, dass es wie eine Beleidigung wirkte.

»Flieh, du Narr!«, schrie Ritter Eckbert, während die Heimsberger aus allen Richtungen auf ihn eindrangen.

»Der Alte hat recht! Du hättest fliehen sollen«, sagte Heimfried spöttisch. »Jetzt ist es zu spät! Hast du bereits gebeichtet, um vor Gott treten zu können? Wenn nicht, gebe ich dir nun die Gelegenheit dazu.«

Leonhard sagte noch immer nichts. Die Aussicht, diesen Kampf lebend zu überstehen, war gering, denn ihm stand ein erfahrener Krieger gegenüber. Nur wenn Heimfried einen Fehler beging, hatte er eine Chance. Aber diesen Fehler muss ich bemerken, dachte er mit einer gewissen Selbstverspottung und trat auf seinen Gegner zu.

In dem Augenblick riss Heimfried sein Schwert hoch und führte einen Hieb, als wolle er den Schädel eines Ochsen spalten. Leonhard wich mit einer behenden Bewegung aus, sah die rechte Seite seines Gegners ungedeckt und schlug zu. Heimfrieds Kettenhemd hielt stand, doch der Hieb war hart genug, ihm die Luft aus den Lungen zu pressen. Wuterfüllt schwang er sein Schwert und verfehlte Leonhard erneut. Dessen Klinge zuckte heran und traf seinen rechten Unterarm. Diesmal schnitt der Stahl ins Fleisch, und Heimfried verlor beinahe sein Schwert. Bevor er erneut zuschlagen konnte, fuhr Leonhards Klinge auf seinen Helm herab. Dieser barst, und noch während Heimfried begriff, dass es zu Ende ging, verfluchte er sich, weil er seinen Gegner nicht ernst genommen hatte.

Leonhard starrte verwirrt auf seinen zusammenbrechenden Gegner und hörte im nächsten Augenblick den entsetzten Schrei der Heimsberger Waffenknechte. Nun erst begriff er, dass er gesiegt hatte. Der Kampf um die Burg war jedoch nicht zu Ende. Mit steifen Schritten ging Leonhard auf die Mauer zu und stieg die Treppe hinauf. Zwei Heimsberger erwarteten ihn oben, doch als er sein Schwert hob, wichen sie vor ihm zurück. Heimfried hatte als einer der besten Kämpfer weit und breit gegolten und war von diesem jungen Mann mit schierer Leichtigkeit getötet worden. Die Lust, das Schicksal ihres Herrn zu teilen, hatte keiner seiner Männer. Die ersten stiegen bereits die Leiter hinab und eilten zu ihrem Lager.

»Sie fliehen!«, schrie Ritter Eckbert und verwirrte damit die Feinde noch mehr. Als jene Heimsberger, die noch kämpften, sahen, dass ihre Kameraden die Burg verließen, wichen sie ebenfalls zurück. Ein paar von ihnen fielen Eckbert und dessen Männern zum Opfer, dann war die Mauerkrone vom Feind geräumt. Leonhard selbst musste keinen Schwertstreich mehr tun. Wohin er auch ging, flohen die Feinde vor ihm. Schließlich stand er vor Ritter Eckbert. Dieser riss sich den Helm vom Kopf, feuerte ihn in eine Ecke und umarmte den jungen Mann.

»Halleluja! Dich hat wirklich der Heiland geschickt. Mein Junge, ich bin stolz auf dich! So wie du Heimfried erledigt hast, das macht dir so leicht keiner nach.«

»Ich weiß nicht, wie ich es geschafft habe. Er hat einfach zu viele Fehler gemacht«, antwortete Leonhard erschüttert.

Nichts im Kloster hatte ihn darauf vorbereitet, einen anderen Menschen zu töten, und er bat Gott in Gedanken um Verzeihung, gegen sein Gebot verstoßen zu haben.

Sein Ausbilder zeigte begeistert auf die Heimsberger Kriegsknechte, die in rasender Eile ihr Lager abschlugen und verschwanden. »Daran wird der alte Heimeran zu kauen haben, mein Junge! Und dein Vater wird sich freuen, weil du deinen Bruder gerächt hast. Jetzt weiß er, dass er richtig gehandelt hat, als er dich aus dem Kloster holte. Heimfrieds Tod ändert die

Lage grundlegend, denn damit haben wir etliche Monate gewonnen. In der Zeit mache ich aus dir einen Krieger, den selbst ein Goliath fürchten muss!«
Leonhard kniete nieder, schlug das Kreuz und fragte sich, was noch alles auf ihn warten würde.

8.

Ein wenig bedauerte Pandolfina, dass sie Jerusalem nicht hatte sehen können. Zuerst hatte ihre Verletzung sie daran gehindert, in die Heilige Stadt zu reisen, und nun war nicht mehr die Zeit dazu. Citas Nachricht, dass der Papst die Gelegenheit nutzen und die Städte und Edelleute Siziliens und Apuliens dazu aufhetzen würde, sich gegen König Friedrich zu erheben, hatte sich zu ihrem Leidwesen bewahrheitet. Selbst hier in Jaffa war der lange Arm des Papstes zu spüren. Die Tempelritter und die Ritter des Hospitals des heiligen Johannes versagten Friedrich die Treue, und die Franziskanerprediger geiferten auf den Kanzeln der Kirchen gegen ihn. Dabei hatte der König die Stadt Jerusalem und Bethlehem, den Geburtsort des Heilands, in langen und zähen Verhandlungen von Sultan al Kamil zugesprochen erhalten und zudem einen zehnjährigen Waffenstillstand erwirkt, so dass die Pilger die heiligen Stätten ohne Gefahr aufsuchen konnten.

»Wir sollten packen! Immerhin geht es heute noch an Bord.« Citas Gedanken galten den einfacheren Dingen des Lebens. Einer Reise nach Jerusalem trauerte sie nicht nach, sondern freute sich, dass es wieder in die Heimat ging.

»Lasst mich nach Eurer Wunde schauen«, forderte sie Pandolfina auf. Diese zog seufzend ihr Hemd hoch und spürte die kühlen Finger ihrer Magd auf dem Rücken.

»Sie ist gut verheilt. Der Arzt sagt, solange Ihr ein Hemd aus Seide tragt, muss sie nicht einmal mehr abgedeckt werden. Das ist auch besser so, denn sie braucht jetzt Luft, damit sich Haut darauf bilden kann. Wie es aussieht, wird später nur noch ein daumennagelgroßer Fleck an Eure Verletzung erinnern. Ihr habt wirklich Glück gehabt.«

»Ich hatte das Glück, Seiner Majestät dienen zu können. Für Federico hätte ich mein Leben hingegeben.«

»Auf jeden Fall könnt Ihr Euren rechten Arm wieder halbwegs bewegen. Übertreiben solltet Ihr es aber noch nicht. Ihr werdet daher nichts tragen. Dafür sind die Knechte und Sklaven da!« Cita wurde resolut, da ihre Herrin dazu neigte, Dinge zu tun, die eigentlich die Aufgabe der Mägde waren.

Pandolfina streckte den Arm aus und verzog das Gesicht. »Ich hoffe, du ärgerst mich nicht zu sehr, denn im Augenblick kann ich dir keine Ohrfeige geben.«

»Dann sammelt sie und hebt sie für später auf«, meinte Cita grinsend. »Ruht Euch noch ein wenig aus. Ich muss noch ein paar Dinge besorgen.«

»Aber ich habe nicht viel Geld«, wandte Pandolfina ein.

»Ich habe nicht gesagt, dass ich etwas kaufen will.« Lachend lief Cita zur Tür hinaus.

Pandolfina sah ihr nach und setzte sich dann auf die Polster, die ihre Magd kunstvoll aufgetürmt hatte. Noch immer fühlte sie sich schwach, war aber trotzdem zufrieden. Während der letzten Wochen hatte sie lange Gespräche mit dem jüdischen Arzt geführt, der ihre Verletzung behandelt hatte. All das hatte sie in ihrer Überzeugung bestärkt, dass es ihre Bestimmung war, nicht nur eine Heilerin zu werden, die sich ihr Können selbst beigebracht hatte, sondern eine richtige Ärztin. Deswegen wollte sie, sobald sie wieder in Apulien war, nach Salerno reisen, um an der dortigen Hochschule Medizin zu studieren. Zwar war sie eine Frau, aber nicht die erste, die dort gelernt hatte. Vor einer guten Generation hatte dies bereits die berühmte Trotula getan, und deren Beispiel wollte sie nacheifern.

Das Geräusch der Tür riss sie aus ihren Gedanken. Als sie den

Kopf drehte, sah sie Dietrun von Rallenberg eintreten. Das Gesicht der Frau war von der Sonne verbrannt, aber ihre Augen strahlten.

»Es tut mir so leid, meine Liebe«, begann sie, ohne darauf zu achten, dass Pandolfinas Kenntnisse der deutschen Sprache gering waren und diese in den letzten Wochen weder deren Worte gehört noch gebraucht hatte.

Zu Pandolfinas Erleichterung trat auch Frau Ortrauts Leibmagd Irma ein und übersetzte.

»Was tut Euch leid?«, fragte Pandolfina.

»Nun, dass Ihr weder Jerusalem noch Bethlehem sehen konntet. Ich werde es bis ans Ende meines Lebens nicht vergessen, dass ich die Erde küssen durfte, auf der unser Herr Jesus Christus gewandelt ist. Ich habe sogar eine Flasche mit dem wundertätigen Wasser aus dem Jordan gefüllt, damit es Unheil von uns fernhalten soll. Wenn Ihr wollt, gebe ich Euch die Hälfte davon ab.«

Das Angebot rührte Pandolfina, dennoch schüttelte sie den Kopf. »Ich will Euch nicht berauben! Seine Majestät hat versprochen, mir eine Flasche Jordanwasser mitzubringen.«

»Dann hoffe ich nur, dass er es nicht vergisst!« So ganz traute Dietrun dem Versprechen nicht, denn – wie sie erklärte – sagten Männer viel und hatten es bis zum Abend schon wieder vergessen.

»Reisen wir wieder zusammen?«, fragte Pandolfina und spürte zu ihrer eigenen Verwunderung, dass sie sich darüber freuen würde.

Dietrun schüttelte den Kopf. »Mein Gemahl hat mit einem venezianischen Schiffer gesprochen, und der nimmt uns bis in seine Heimatstadt mit. Von dort ist es nicht so weit nach Hause wie von Brindisi aus.«

»Dann wünsche ich Euch eine gute Reise. Möge der heilige Christophorus mit Euch sein!«

»Mit Euch aber auch!« Dietrun küsste Pandolfinas Wangen

und fasste nach ihren Händen. »Vielleicht gibt Gott der Herr es, dass wir uns wiedersehen.«

»Sollte Euer Gemahl erneut den Kaiser aufsuchen, könnt Ihr ihn ja begleiten«, schlug Pandolfina vor.

Dietrun nickte, obwohl sie vorerst von Reisen genug hatte. Nun freute sie sich auf ihre Heimat und auf einen Wind, der nicht so heiß und trocken über das Land fegte wie hier, sondern kühl war und Regen mit sich trug. Sie verabschiedete sich von Pandolfina und verließ die Kammer in dem Augenblick, in dem Cita mit einem dicken Bündel auf den Armen hereinkam. Cita trat beiseite und sah Dietrun und Irma nach. Dann wandte sie sich Pandolfina zu. »Kommen die wieder mit uns?«

»Nein, diesmal nicht! Sie fahren mit einem Schiff nach Venedig.«

»Gott sei Dank! Ihr seid nämlich noch nicht so kräftig, als dass Ihr Euch um die teutonischen Weiber kümmern könntet. Die sind wahrlich anstrengend, und ihre Mägde haben die Eigenheit, alle Arbeit an mich abzuschieben.«

Ganz so schlimm war es zwar nicht, doch Pandolfina begriff, was ihre Magd meinte. Da sich Irma als Einzige und nur schwerfällig im lombardischen Dialekt verständigen konnte, hatten sie und Kuni es sich angewöhnt, Cita loszuschicken, wenn es etwas zu besorgen galt. Auf der Überfahrt nach Venedig würden sie allein zurechtkommen müssen.

Pandolfina vertrieb diesen Gedanken wieder und musterte den Packen, den Cita mitgebracht hatte. »Was ist denn da alles drin?«

»Erst mal vier Seidenhemden für Euch, damit Ihr welche zum Wechseln habt. Dazu eine Flasche Jordanwasser, etwas Proviant, da ich mich nicht allein auf die Großzügigkeit des königlichen Küchenmeisters verlassen will, und noch ein paar andere nützliche Dinge«, erklärte Cita stolz.

»Aber du hattest doch kein Geld, um das alles zu bezahlen«, rief Pandolfina aus.

Cita zwinkerte ihr zu. »Das brauchte ich auch nicht. Die Sachen lagen einfach irgendwo herum. Da das Gepäck des Königs bereits an Bord gebracht wurde, wären sie zurückgelassen worden. Sollen etwa Fremde sich das Zeug holen, wo wir es doch so dringend brauchen?«

»In der Bibel steht, du sollst nicht stehlen«, mahnte Pandolfina ihre Magd.

»Ich habe es nicht gestohlen, sondern nur in Sicherheit gebracht«, antwortete Cita unverbesserlich und begann zu packen. »Übrigens werden wir unsere Kammer mit zwei sarazenischen Sklavinnen des Königs teilen. Sie sollen Euch bedienen«, fuhr Cita fort.

»Ich dachte, das ist deine Aufgabe?«, sagte Pandolfina.

»Das ist es auch. In erster Linie muss ich die beiden Heidinnen überwachen, damit sie nichts falsch machen. Und nun hole ich die Träger, sonst habe ich die schönen Sachen umsonst besorgt.«

9.

Der König ließ es sich nicht nehmen, Pandolfina eigenhändig an Bord des Schiffes zu tragen. Sie genierte sich deswegen, denn so schwach, wie er zu glauben schien, fühlte sie sich schon lange nicht mehr. Mit ihm kamen Hermann von Salza, Piero de Vinea und weitere Berater. Alle wirkten ernst, und da Pandolfinas Unterkunft unmittelbar neben der des Königs lag, konnte sie in den nächsten Tagen die Gespräche verfolgen, die Friedrich führte. Offenbar sah es nicht gut aus. Große Teile Apuliens und Siziliens hatten sich gegen den König erhoben. Vom Papst bezahlte Söldner unter Johann de Brienne unterstützten die Aufständischen und bedrohten jene, die treu zu ihrem Herrscher standen.

»Auf die meisten Eurer apulischen Ritter könnt Ihr Euch nicht mehr verlassen«, erklärte Hermann von Salza an diesem Abend. »Selbst wenn sie sich Euch anschließen, müsst Ihr Verrat fürchten!«

Es tat Pandolfina weh, dass sich ausgerechnet die Edelleute ihrer Heimat gegen den König stellten. Gleichzeitig war sie gespannt darauf, wie Friedrich sich entscheiden würde.

»Ich habe zwar kein großes Heer ins Heilige Land geführt, aber es besteht überwiegend aus deutschen Rittern. Sie werden mir gegen diese Verräter beistehen!«

Der Gedanke, dass die rüpelhaften und ungezügelten Teutonen über ihre Landsleute herfallen sollten, ließ Pandolfina hoffen, dass die Berater des Königs sich gegen den Vorschlag aussprechen würden.

Hermann von Salza aber stimmte Friedrich sofort zu. »So

sollte es gemacht werden! Da unsere Ritter im Heiligen Land nicht kämpfen konnten, werden sie jetzt alles tun, um für Eure Majestät Ehre einzulegen. Allerdings wollen einige gleich nach Venedig reisen, um von dort aus in die Heimat zurückzukehren.«

»Das sind zum Glück nur wenige. Die meisten werden mit uns nach Brindisi fahren«, erklärte Friedrich.

»Wissen wir, ob Brindisi noch in unserer Hand ist?«, fragte Piero de Vinea.

»Das wissen wir nicht«, antwortete der König. »Aber sobald wir angelandet sind, wird es wieder in unserer Hand sein.«

Es klang so zuversichtlich, dass Pandolfina beruhigt war. Der König würde über seine Feinde siegen und dabei auch die Burg ihres Vaters zurückerobern. In der Hinsicht spielte die Rebellion ihr sogar in die Hände, denn nun konnte Friedrich sich nicht mehr weigern, gegen ihren Feind vorzugehen. Für sie stellte sich jedoch die Frage, ob sie nach Montcœur zurückkehren und das beabsichtigte Studium in Salerno aufgeben sollte. Dann aber sagte sie sich, dass sie ihren Besitz von einem Verwalter führen lassen konnte. Der brave Renzo würde sich gewiss freuen, wenn sie ihn damit beauftragte.

Diese Überlegung gab Pandolfina die innere Ruhe zurück. Da das Gespräch im Nebenraum erlahmte, legte sie sich hin und schloss die Augen. Als sie einschlief, träumte sie davon, als große Ärztin auf ihre väterliche Burg zurückzukehren und Renzos lahmen Arm zu heilen.

Träume halfen ihr jedoch nicht, rascher in die Heimat zurückzukehren. Friedrich ließ unterwegs mehrere Häfen anlaufen, um Nachrichten aus Italien zu erhalten. Da er mit seinen Beratern darüber sprach, bekam Pandolfina es zunächst mit. Es schien jedoch bald, als würde der König begreifen, dass er eine interessierte Zuhörerin hatte, denn nach einigen Tagen kam stets Enzio zu ihr und forderte sie auf, mit ihm an Deck zu steigen, sei es, den Delphinen zuzusehen oder Seevögel zu beobachten.

Obwohl Pandolfina den Sohn des Königs mochte, wünschte sie sich, er wäre auf einem anderen Schiff, denn so verhinderte er, dass sie Friedrich bei dessen Beratungen belauschen konnte.

»Du machst ein viel zu ernstes Gesicht«, sagte Enzio, als sie wieder einmal am Bug des Schiffes standen und auf die Wellen blickten.

»Mache ich das?« Pandolfina rettete sich in ein Lachen, das jedoch nicht echt klang.

»Schmerzt deine Wunde noch?«, wollte Enzio wissen.

»Nicht sehr! Ich kann den Arm schon wieder bewegen«, gab Pandolfina zurück.

»Vermisst du vielleicht Frau Ortraut und deren Schwiegertochter?«

»Gewiss nicht!« Pandolfina lachte erneut, merkte dabei aber, dass es nicht stimmte.

Die sarazenischen Sklavinnen des Königs waren sanfte und freundliche Wesen, saßen jedoch meist in der Kammer und bestickten irgendwelche Kleidungsstücke. Es erinnerte Pandolfina an die im Kindbett verstorbene Iolanda, die versucht hatte, ihr das Sticken beizubringen. Nun war sie tot, noch bevor sie richtig gelebt hatte. Ihre Aufgabe, dem König einen Sohn zu schenken, hatte Iolanda jedoch erfüllt. Wie es hieß, war der kleine Corrado in Sicherheit, und Hermann von Salza hoffte, durch seine Geburt den Papst zu versöhnen, der mit aller Macht eine Vereinigung des Königreichs Sizilien mit dem Heiligen Römischen Reich verhindern wollte. So aber konnte Enrico, der älteste Sohn des Königs, Herrscher im Norden werden und Corrado neben dem Königreich Jerusalem als Erbe seiner Mutter auch Sizilien erhalten. Damit, so hatte der alte Ordensritter zum König gesagt, müsste den Forderungen des Heiligen Stuhles Genüge getan sein.

Um Unterhändler nach Italien zu bringen, fuhren immer wieder Schiffe voraus. Der Glanz der Stadt Jerusalem, die Friedrich für die Christenheit zurückgewonnen hatte, musste laut Hermann von Salza auch den Papst überzeugen.

Pandolfina war erneut in Gedanken versunken und tauchte erst wieder daraus auf, als Enzio sie am Ärmel zupfte. »Freust du dich gar nicht, wieder nach Hause zu kommen?«

»Würde ich richtig nach Hause kommen, wäre es das höchste Glück für mich«, antwortete sie, obwohl sie genau wusste, dass der Junge Apulien meinte und nicht die Burg ihres Vaters, die dieser nach sich Montcœur genannt hatte und die nun in Friedrichs Urkunden in der italienischen Form als Montecuore verzeichnet war.

»Ich freue mich auf zu Hause und auf den kleinen Corrado«, sagte Enzio lächelnd. »Mein Vater sagt, dass er bei uns in Apulien aufwachsen soll und nicht wie Enrico bei den Deutschen. Ich bin froh, dass der König nicht mich in diese kalten Lande geschickt hat. Die Leute dort sind so abstoßend direkt und ständig polternd, findest du nicht auch?«

»Damit hast du recht«, antwortete Pandolfina und sagte sich, dass sie ihn nicht dafür verantwortlich machen durfte, dass der König ihn benutzte, um sie vom Lauschen abzuhalten. Andererseits ärgerte sie sich über das geringe Vertrauen, das Friedrich in sie setzte. Sie hätte gewiss nichts von dem, das sie erfahren hätte, an irgendjemanden weitergetragen.

»Vater sagt, dass Enrico in Deutschland Dinge tut, die ihm nicht gefallen. Er will ihm Botschaft schicken und ihn zurechtweisen«, fuhr Enzio fort.

Da Pandolfina sich weder für die Deutschen interessierte noch dafür, wie Enrico anstelle seines Vaters über diese herrschte, blieb sie stumm.

»Weißt du, wie die Deutschen Enrico nennen?«, fragte der Junge weiter. »Sie sagen Heinrich zu ihm! Hast du jemals einen solchen Namen gehört?«

Pandolfina schüttelte den Kopf, erinnerte sich aber daran, dass

der Vater des Königs in ihrer Heimat Enrico genannt worden war. Da er aus Deutschland stammte, hatte man ihn dort gewiss auch mit Heinrich angesprochen.
Als sie das sagte, musste Enzio lachen. »Die Deutschen sagen zu meinem Vater auch Friedrich statt Federico. Der kleine Corrado heißt bei ihnen Konrad und ich Heinz. Kannst du dir einen solchen Namen vorstellen: Heinz!«
»Heinz? Mit welchen Zungen muss Gott diese Deutschen geschaffen haben, um solche Namen zu erfinden. Friedrich, Heinrich, und wie hieß Dietruns Ehemann gleich wieder?«
»Rüdiger!«, half Enzio Pandolfina aus.
»Das ist wirklich rüde!« Rüde war eines der Worte, die Pandolfina von Irma, Ortrauts Magd, gelernt hatte, und sollte eine Steigerung von grob sein. Rüde und grob, das waren die Teutonen, und ausgerechnet mit deren Unterstützung wollte Friedrich die Herrschaft in Sizilien und Apulien wiedergewinnen.
»Was weißt du über den Aufstand?«, fragte sie Enzio. Wenn sie schon den Vater nicht mehr belauschen konnte, vermochte sie vielleicht von seinem Sohn ein paar Neuigkeiten erfahren.
Auf Enzios Gesicht trat ein besserwisserischer Zug. »Es soll sehr schlimm sein, vor allem, weil vom Papst bezahlte Söldner die Gebiete unserer Getreuen verwüsten.«
»Wer führt sie an? Vielleicht Silvio di Cudi?« Pandolfina hoffte es, denn damit wäre Friedrich gezwungen, gegen ihren Feind vorzugehen.
Zu ihrer Enttäuschung schüttelte Enzio den Kopf. »Nein, es ist Jean de Brienne, der verräterische Vater der toten Iolanda. Mein Vater hat geschworen, ihm den Kopf vor die Füße zu legen. Dasselbe wird er mit allen Verrätern machen, die das Schwert gegen ihn erheben. Nur wer sein Haupt in Demut beugt, dem wird es nicht abgeschlagen.«
»Verrätst du eben Staatsgeheimnisse, mein Sohn?« Friedrich war an Deck gekommen und blieb neben Pandolfina und Enzio stehen.

»Ich schwöre Euch, dass kein Wort über meine Lippen kommen wird«, rief Pandolfina erschrocken.

Lächelnd strich Friedrich ihr übers Haar. »Das weiß ich, meine Liebe! Sobald wir Foggia wieder unter unsere Herrschaft gebracht haben, wirst du mit Enzio und den anderen Kindern dort bleiben, bis die Straßen in Apulien sicher sind. Danach lasse ich dich nach Salerno bringen.«

»Ich danke Eurer Majestät!« Obwohl es ihr innigster Wunsch war, in Salerno zu studieren, fühlte Pandolfina sich enttäuscht. Für sie hieß es, dass der König Silvio di Cudi zumindest im Augenblick in Ruhe lassen würde. Zwar hatte er derzeit genug Feinde, doch warum musste gerade sie auf Vergeltung verzichten?

»In zwei Tagen landen wir an und stellen das Heer auf. Danach dauert es hoffentlich nicht lange, bis wir den Aufstand niedergeworfen haben«, fuhr Friedrich fort.

»Das wird es gewiss nicht«, antwortete Pandolfina in dem Gefühl, dass der König eine solche Antwort erwartete.

Friedrich nickte und blickte nach Westen. »Sie haben geglaubt, ich würde im Heiligen Land scheitern. Doch ich habe Jerusalem gewonnen und sichere Pilgerwege geschaffen. Also werde ich auch mit ein paar Rebellen in meiner eigenen Heimat fertig.«

»Das werdet Ihr! Ganz gewiss«, antwortete Pandolfina und mahnte sich gleichzeitig, dass sie sich nicht wie ein kleines, gekränktes Mädchen verhalten durfte. »Allein Eure Ankunft wird viele in Apulien dazu bewegen, sich um Euch zu scharen! Ehe der Mond wechselt, werdet Ihr wieder Herr im eigenen Land sein und dem Papst die Teile, die er Euch geraubt hat, abnehmen.«

Es war ein deutlicher Hinweis auf die Grafschaft ihres Vaters. Der König verstand ihn durchaus, lächelte aber und legte ihr den rechten Arm um die Schulter.

»Nicht alles kann heute oder morgen geschehen. Doch irgendwann werden Spoleto und die Mark Ancona wieder dem Reich gehören und der Papst sich auf Rom und Latium beschränken müssen. So war es beim seligen Kaiser Karl und bei Kaiser Otto, so wird es auch bei Kaiser Friedrich sein!«

Es klang wie ein Schwur, und Pandolfina betete, dass er in Erfüllung gehen würde.

10.

Als die kleine Flotte Italien erreichte, wurden Pandolfina und Enzio mit dem Großteil des königlichen Gefolges in Sicherheit gebracht, während Friedrich seine deutschen Ritter und die Apulier, die ihm treu geblieben waren, um sich sammelte.
Die Burg, in der auch Pandolfina Schutz fand, wurde von Hermann von Salzas teutonischen Rittern bewacht, denen der König am meisten vertraute. Da einige der Männer den hier gebräuchlichen italienischen Dialekt verstanden, kam Pandolfina gut mit ihnen zurecht. Außerdem lernte sie den kleinen Corrado kennen, der deutlich zeigte, dass er sich bereits aus der Wiege herausgewachsen fühlte. Eine Amme nährte ihn, war aber zu ängstlich, um ihn auf dem Boden krabbeln zu lassen. Dies übernahm Pandolfina, die in Enzio einen treuen Helfer hatte. Dieser war von seinem kleinen Bruder begeistert und schrieb mehrere Briefe an seinen Vater, in denen er von Corrado und dessen Fortschritten berichtete.
»Vater wird uns gewiss zu sich holen, sobald das Land befriedet ist«, erklärte Enzio, während er zusah, wie Pandolfina dem kleinen Jungen die Windeln wechselte.
»Es würde mich für euch alle freuen«, antwortete Pandolfina mit einem Seufzer.
»Für euch? Willst du nicht mit uns kommen?«, fragte Enzio verwundert.
»Mein Weg führt nach Salerno. Ich will dort Medizin studieren.«
»Studieren? Das ist doch nur etwas für Männer, aber doch nicht für Frauen«, rief Enzio aus.

»Ich bin gewiss nicht dümmer als so mancher Mann«, gab Pandolfina verärgert zurück.

»Das bist du nicht. Aber es ist nun einmal so in der Welt, dass Männer viele Dinge tun können, die Frauen nicht dürfen.«

Pandolfina schnaubte leise. »Und warum dürfen die Frauen es nicht?«

»Weil es so Sitte ist!«

»Es hat bereits einmal eine Frau in Salerno Medizin studiert. Sie hieß Trotula«, erklärte Pandolfina von oben herab. »Du siehst also, dass es möglich ist.«

»Mir wäre lieber, du würdest mit uns kommen!« Enzio klang gekränkt, denn mit Pandolfina hatte er über alles reden können, was ihn bewegte. Bei seinen Schwestern war dies nicht möglich. Alle außer Catarina und Margherita waren kaum der Wiege entwachsen und hatten noch keinen Sinn für die Dinge, die ihn beschäftigten.

Pandolfina wusste nicht so recht, ob sie Enzio sagen sollte, dass sein Vater sie deshalb nach Salerno gehen ließ, damit sie ihm nicht andauernd mit ihrer Forderung in den Ohren lag, gegen Silvio di Cudi vorzugehen. Womöglich war das ungerecht gegenüber Friedrich. Als König hatte er vieles zu bedenken und konnte nicht nur ihren persönlichen Zielen dienen.

»Ich würde gerne mit euch kommen«, sagte sie schließlich. »Aber genauso gerne will ich Ärztin werden. Beides auf einmal geht leider nicht. Aber wenn ich mein Studium in Salerno abgeschlossen habe, komme ich zu euch zurück.«

»Wann wird das sein?«

»Frühestens in vier, wahrscheinlicher in fünf Jahren«, antwortete sie und verschwieg dabei, dass es genauso gut auch sechs Jahre sein konnten, wenn ihre Lehrer der Ansicht waren, sie wäre noch nicht so weit. Damit musste sie rechnen, weil sie eine Frau war. Sie würde sich gegen die Meinung der Männer durchsetzen müssen, dass Frauen nicht in der Lage wären zu studieren.

»Trotula hat es auch geschafft«, sagte sie, um sich Mut zu machen, und lächelte Enzio an. »Du wirst sehen, es wird alles gut!«

»Fünf Jahre! Dann bin ich wahrscheinlich schon verheiratet«, stieß er in einem Ton hervor, als könne er dieser Aussicht kaum etwas abgewinnen. »Mein Vater war nur wenig älter als ich, als er mit Konstanze von Aragón sein erstes Weib nahm. Kurz darauf hatte er bereits einen Sohn!«

Eigentlich zwei, durchfuhr es Pandolfina. Doch hier wurden nur die legitimen Kinder genannt, und von diesen gab es bislang nur Enrico im fernen Teutonenland und den Säugling Corrado. Natürlich hatte Friedrich noch mehr Kinder, die ihm von seinen wechselnden Gespielinnen geboren worden waren. Zu ihnen zählte auch Enzio. Er hatte noch eine Schwester mit Namen Catarina sowie mehrere Halbgeschwister. Allerdings war er bislang der Liebling des Vaters, und Pandolfina hielt es für sicher, dass der König mehr für ihn tun würde als für seinen Bastardsohn Federico de Pettorano, den er mit Landbesitz abgefunden hatte.

»Willst du denn nicht heiraten?«, fragte Enzio weiter.

»Vorerst nicht«, redete Pandolfina sich heraus.

Nach Loís de Donzères Verrat, so sagte sie sich, würde sie keinem Mann mehr vertrauen. Wenn sie in ein paar Jahren als gelehrte Ärztin galt, würde sich auch kein Edelmann mehr um sie bemühen. Diese mochten keine Frauen, die ihnen an Verstand überlegen waren.

Jetzt werde nicht überheblich, rief Pandolfina sich zur Ordnung und verwickelte Enzio in eine Unterhaltung über die Falkenjagd, über der sie beide ihre Sorgen vergaßen.

11.

Während Pandolfina und die Kinder des Königs die Sicherheit ihres Aufenthaltsorts genossen, trieb Friedrich die Aufständischen rasch vor sich her. Wer sich wieder seinem Willen unterwarf, wurde geschont, doch die Städte und Burgen, die die Tore vor ihm verschlossen und deren Bewohner zu den Waffen griffen, lernten seinen Zorn kennen. Schon bald war allen klar, dass die Aufständischen sich nicht gegen ihn behaupten konnten. Der Papst rief daher Johann von Brienne und seine Krieger zurück, um Friedrich keinen Grund zu geben, in römisches Gebiet einzufallen, und Hermann von Salza erhielt die Botschaft, dass Seine Heiligkeit gewillt sei, ihn als Unterhändler zu empfangen.

Als abzusehen war, dass in Apulien bald wieder Frieden einkehren würde, ließ Friedrich seine Kinder nach Foggia bringen. Pandolfina reiste mit ihnen und fand sich in der Kammer wieder, die sie nach ihrer Flucht aus der Gefangenschaft von di Cudi so viele Monate bewohnt hatte. Sogar ihr Stickrahmen mit der unfertigen Stickerei stand noch da und erinnerte sie an Königin Iolanda. Mit einem traurigen Lächeln setzte sie sich auf den Stuhl, nahm den Stickrahmen zur Hand und versuchte sich an ein paar Stichen.

»Ich dachte, Ihr hasst das Sticken?«, fragte Cita, während sie einige Knechte anwies, die Truhe und das restliche Gepäck, das ihre Herrin aus dem Heiligen Land mitgebracht hatte, in eine Ecke zu stellen.

»Ich werde die Sachen selbst sortieren und einräumen«, sagte sie zu den Männern und reichte jedem eine Münze. Die

Knechte verschwanden, und Cita wandte sich wieder ihrer Herrin zu.

Diese lächelte. »Da du mittlerweile Schreiben und Lesen gelernt hast, muss ich mich wohl auch an den Stickrahmen gewöhnen.«

»Der linke Flügel des Adlers ist zu klein. Ihr solltet ihn auftrennen und neu machen«, riet Cita und wechselte dann das Thema. »Ich habe Yehoshafat Ben Shimon in der Stadt getroffen. Er freut sich, dass Ihr unversehrt aus dem Heiligen Land zurückgekehrt seid, und lässt Euch Grüße ausrichten.

»Yehoshafat Ben Shimon? Ich muss ihn unbedingt besuchen! Er wird gewiss wissen wollen, was wir im Heiligen Land erlebt haben. Viel kann ich ihm leider nicht berichten.« Ein schmerzliches Lächeln trat auf Pandolfinas Lippen, als sie an ihre Wunde im Rücken dachte.

»Diesmal komme ich mit, und wir werden uns von zwei Palastwachen begleiten lassen. Auch wenn Foggia sich dem König unterworfen hat, gibt es immer noch Schurken, die ihm oder denen, die zu ihm stehen, Schaden zufügen wollen.«

Während ihrer Reise hatte Cita viel gelernt und war nicht mehr gewillt, ihrer Herrin Dinge durchgehen zu lassen, die sich für eine junge Dame von Stand nicht geziemten.

»Also gut, nehmen wir Wachen mit! Kannst du dafür sorgen, dass wir in einer halben Stunde aufbrechen?«

Cita hob abwehrend die Hände. »Erst müssen wir hier alles einräumen! Ihr wollt doch gewiss ein Bett zum Schlafen haben, wenn wir von dem Arzt zurückkommen. Zudem müssen ein paar Sachen in Truhen verschlossen werden, damit sie keine Füße bekommen. Das Dienergesindel hier in der Festung ist nicht weniger diebisch als das auf Zypern oder im Heiligen Land.«

Bei diesen Worten schien die Magd vergessen zu haben, dass auch sie zum Gesinde zählte.

Pandolfina verstand jedoch, was Cita meinte. Das Mädchen

wollte einige der Sachen nicht selbst gestohlen haben, um sie durch Diebstahl wieder zu verlieren. »Wann, meinst du, können wir zu Yehoshafat Ben Shimon gehen?«

»In drei Stunden werde ich hier fertig sein. Danach sollten wir eine Kleinigkeit essen. Hinterher haben wir noch zwei Stunden für den Besuch beim Arzt. Mehr sollte es zu Beginn auch nicht sein, denn das wäre unhöflich. Zudem ist er ein Jude! Ihr solltet Euch daher vorsehen, damit man Euch nichts Schlechtes nachsagt.«

»Wer sollte mir etwas nachsagen?«, fragte Pandolfina kopfschüttelnd.

»Ihr seid eine Jungfrau, und eine recht hübsche dazu, wenn ich so sagen darf. Auch solltet Ihr beim Juden nichts mehr essen und trinken, so wie Ihr es früher getan habt. Ich …«

»Cita!« Pandolfinas Stimme klang scharf.

Auch wenn sie ihre Magd liebte, so hatte diese nicht das Recht, sich wie eine Tyrannin aufzuführen. »Yehoshafat Ben Shimon ist ein Freund. Es würde ihn beleidigen, würde ich eine Erfrischung bei ihm ablehnen.«

Cita ruderte zurück. »Gegen eine kleine Erfrischung wie ein Melonenscheibchen oder ein wenig frisch gepressten Apfelsinensaft ist nichts zu sagen.«

Dann scheuchte sie Pandolfina von dem Stuhl, auf dem diese saß. »Der muss neben das Fenster gerückt werden, damit Ihr mehr Licht für Eure Stickerei habt. Ihr habt eben einen blauen Faden gewählt, um die grünen Ranken um den Adler fortzusetzen.«

»Oh!« Pandolfina trat ans Fenster und trennte das kleine Stück, das sie bereits gestickt hatte, wieder auf. Kaum hatte Cita den Stuhl hingeschoben, setzte sie sich und stickte weiter. Diesmal achtete sie darauf, dass sie sowohl den richtigen Faden wählte wie auch die richtige Größe des Adlerflügels.

12.

Am späten Nachmittag konnte Pandolfina endlich Yehoshafat Ben Shimon besuchen. Der Arzt war zu Hause und freute sich sichtlich, sie in seinem Heim begrüßen zu dürfen. Er trug einen weiten Kaftan von hellblauer Farbe und eine geklöppelte Mütze und hatte seinen Bart frisch gekämmt. Wie es aussah, hatte er damit gerechnet, dass sie noch an diesem Tag zu ihm kommen würde. Daher war Pandolfina froh, dass Cita sie rechtzeitig an ihn erinnert hatte.

»Friede sei mit Euch, Herrin!«, rief der Arzt überschwenglich aus.

»Es gab Zeiten, da hast du mich mit Du und Dir angesprochen und statt Herrin mein Kind genannt«, antwortete Pandolfina mit einem leichten Tadel. »Doch wie es auch sein mag: Ich wünsche auch dir Frieden und Gottes Segen!«

»Kommt herein! Meine Magd presst bereits Orangen aus und wird uns gleich ihren süßen Saft bringen.«

Pandolfina fragte sich, ob dies eine Probe sein sollte, ob sie sich auf ihrer Reise verändert hatte.

»Ich freue mich auf den Saft, denn bei dir schmeckt er am besten«, antwortete sie und bedachte Cita mit einem mahnenden Blick.

Sie musste sich jedoch nicht über ihre Magd ärgern, denn diese nahm, als der Saft gebracht wurde, ebenfalls einen Becher entgegen und trank ihn in kleinen Schlucken.

Yehoshafat Ben Shimon bat Pandolfina in das beste Zimmer seines Hauses und richtete ihr eigenhändig den Stuhl. Er selbst setzte sich auf mehrere Kissen, während Cita sich gegen die

Wand lehnte und scheinbar uninteressiert die schlichte Ausstattung des Raumes musterte.

Als Erstes berichtete Pandolfina mit lebhaften Gesten von ihrer Reise und ahmte dabei Ortraut von Rallenberg in einer Weise nach, dass der Arzt schmunzeln musste.

»Solche Leute gibt es aber auch in diesen Landen«, verteidigte er die Deutsche schließlich. »Sie fallen Euch nur weniger auf, weil sie Eure Landsleute sind und die gleiche Sprache sprechen wie Ihr.«

Pandolfina winkte ab. »So seltsam wie diese Teutonen ist mir noch kein Apulier vorgekommen.«

»Wenn Ihr es sagt«, meinte Yehoshafat Ben Shimon mit einem nachsichtigen Lächeln. »Aber wie es aussieht, habt Ihr viel gesehen und erlebt.«

»Es geht! Vom Heiligen Land habe ich nur Jaffa gesehen. Eine Verletzung zwang mich, dort zu bleiben, so dass ich Jerusalem und Bethlehem nicht besuchen konnte.«

Der Arzt sah Pandolfina erstaunt an. »Ihr seid verletzt worden?«

»Es war der Pfeil eines Verräters, der dem König gegolten hat. Er traf mich anstelle Seiner Majestät!«, erklärte Pandolfina.

»Nachdem Ihr so unvernünftig gewesen seid, Euch zwischen den Meuchelmörder und den König zu werfen«, erklärte Cita.

»Ich habe mich nicht geworfen«, korrigierte Pandolfina ihre Magd. »Ich bin nur auf Seine Majestät zugeritten, um ihn zu warnen.«

»Was Euch wohl auch gelungen ist, da der König heil nach Italien zurückkehren konnte. Mich hat dies um dreihundert Ducalis ärmer gemacht, denn die Stadtoberen haben mir diese Summe als Sondersteuer abverlangt. Auf diese Weise konnten sie die Strafe bezahlen, die ihnen der König für ihre Rebellion auferlegt hatte, ohne dass es ihnen weh getan hat.«

Pandolfina fuhr auf. »Diese Schurken! Sie haben rebelliert und fordern das Geld, das eigentlich sie bezahlen müssten, von dir?«

»Von mir und einigen anderen Söhnen Israels«, rückte Yehoshafat Ben Shimon die Tatsache zurecht.

»Das sollen sie büßen! Ich werde mit dem König reden.«

Da Pandolfina so aussah, als wolle sie sofort aufbrechen, um ihr Vorhaben in die Tat umzusetzen, fasste der Arzt nach ihrem Arm. »Lasst bitte davon ab! Wenn der König diese Männer bestraft, werden diese es meine Brüder und mich vergelten lassen. Jetzt hat jeder von uns nur ein wenig Geld verloren, doch wenn der Zorn der Menschen in Foggia geweckt wird, kann es uns das Leben kosten.«

»Gottes Zorn soll diese Leute treffen!« Pandolfina war höchst verärgert, begriff aber auch, was den Arzt bewegte.

Im Grunde wurde er nur deshalb in der Stadt gelitten, weil der König seine Hand über die jüdische Gemeinde hielt. Dennoch mussten er und seine Glaubensgenossen mit der Angst vor den tonangebenden Bürgern der Stadt leben. Diese kostete es nur ein paar Becher Wein und ein paar wohlgesetzte Reden, dann würde der Mob sich in die Häuser der Juden wälzen und dort plündern und vielleicht sogar morden.

»Sei ohne Sorge, ich werde schweigen!«, versprach sie und überlegte, ob es nicht eine andere Möglichkeit gab, es den reichen Herrschaften heimzuzahlen. Auf die Schnelle fiel ihr jedoch nichts ein, und Yehoshafat Ben Shimon wechselte auch schon das Thema, um sie nicht auf gefährliche Gedanken zu bringen.

»Ihr sagt, Ihr wärt verwundet worden. Darf ich sehen, wie gut diese Verletzung verheilt ist?«

Pandolfina zögerte einen Augenblick, forderte dann aber Cita auf, ihr aus dem Kleid zu helfen. Das Hemd wollte sie nicht abstreifen, sondern öffnete nur die Schnüre auf der Brust und zog es so weit herab, dass ihre Schulter freilag.

Um ihr die Peinlichkeit zu nehmen, trat der Arzt hinter sie und tastete die leicht gerötete Narbe ab. »Eine ausgezeichnete Arbeit!«, lobte er. »Der Arzt, der diese Wunde behandelt hat, verstand viel von der Heilkunst. Ich hätte es nicht besser machen können. Die Stiche sind fein gesetzt, und die Wundränder haben sich gut geschlossen. Ihr müsst von Eurer Magd zweimal täglich ein feines Öl auftragen lassen, damit es ganz abheilt. Danach wird nur noch eine ganz schmale Narbe zu sehen sein, die Eurer Schönheit gewiss keinen Abbruch tut.«

Zufrieden holte Yehoshafat Ben Shimon ein Fläschchen von diesem Narbenöl und wies Cita an, wie sie es auftragen musste.

»Es ist wirklich gut«, sagte er. »Ich habe Pfeilschussnarben gesehen, die Wülste von der Größe eines Ducalis gebildet hatten und so hoch waren wie Euer kleiner Finger. Danket dem Arzt in Jaffa in Gedanken dafür, dass er Euch dies erspart hat.«

»Ich kann die Narbe nicht sehen«, flüsterte Pandolfina halb neugierig und halb ängstlich, weil sie fürchtete, der Arzt wolle sie nur beruhigen.

»Der Jude hat recht«, rief Cita hörbar erleichtert. »Die Narbe ist wirklich nicht mehr schlimm.«

»Deine Herrin wird uns erst glauben, wenn sie sich mit eigenen Augen überzeugt hat. Wir sollten ihr dies ermöglichen«, sagte Yehoshafat Ben Shimon lächelnd.

»Wollt Ihr der Marchesa den Kopf auf den Rücken drehen?«, fragte Cita erschrocken.

»Das wäre wohl keine gute Lösung!« Leise lachend verließ der Arzt den Raum und kam kurz darauf mit zwei Handspiegeln zurück.

»So geht es gewiss besser!«, sagte er und bat Cita, einen der Spiegel zu nehmen und sich so zu stellen, dass Pandolfina das Bild des anderen Spiegels darauf sehen konnte, welchen er selbst hinter ihrem Rücken hochhielt.

Beim Anblick der gut verheilten Wunde atmete Pandolfina auf. »Das sieht wirklich nicht schlimm aus!«

»Ist es auch nicht!«, erklärte Cita so zufrieden, als wäre dies allein ihr Verdienst. »Aber jetzt solltet Ihr Euch wieder anziehen, wie es sich gehört. Der Jude mag zwar ein Arzt sein, aber er ist auch ein Mann.«

»Ein alter Mann, der sich am Anblick eines schönen Weibes erfreut, aber darüber nicht mehr in Hitze gerät«, erklärte der Arzt nachsichtig und verließ den Raum, um Pandolfina die Gelegenheit zu geben, ihre Kleidung zu ordnen.

Erst als Cita sich hörbar räusperte, trat er wieder ein und brachte zwei weitere Becher frisch gepressten Orangensaft mit.

»Hab Dank!«, sagte Pandolfina, als sie einen davon entgegennahm. Während sie trank, überlegte sie, ob es klug wäre, Yehoshafat Ben Shimon von ihren Plänen zu berichten.

»Wie gut kennst du die Ärzteschule von Salerno?«, fragte sie daher.

Der Arzt hob mit einer bedauernden Geste die Hand. »Leider nicht allzu gut, da Männer meines Glaubens dort nur in seltenen Fällen aufgenommen werden. Doch ich habe mir sagen lassen, dass die Mediziner, die dort ausgebildet werden, einen ausgezeichneten Ruf besitzen. Aber weshalb fragt Ihr?«

»Weil ich überlege, selbst in Salerno zu studieren. Der König hat es mir erlaubt.« Den letzten Satz setzte Pandolfina rasch hinzu, um zu verhindern, dass Yehoshafat Ben Shimon versuchen würde, sie von diesem Schritt abzuhalten. Er war ein Mann, und Männer trauten Frauen im Allgemeinen wenig zu.

»Der König? Nun, dann werden die Herren Rektoren in Salerno wohl gehorchen müssen!« Der Arzt lächelte spöttisch, so als gefiele es ihm, dass diese Herren eine große Kröte würden schlucken müssen.

»Ihr solltet nicht erwarten, dass man Euch in Salerno mit Freude empfangen wird«, warnte er Pandolfina.

Sie antwortete mit einem unternehmungslustigen Lächeln. »Das glaube ich auch nicht. Dem Wort des Königs werden sie sich jedoch nicht widersetzen können.«

»Aber sie können Euch üble Streiche spielen und Euch das Leben auch sonst zur Hölle machen. Ihr werdet dort Freunde brauchen, die Euch zur Seite stehen. Am besten wäre ein Arzt, der Euch erklären kann, falls man Euch etwas Falsches beibringen will!« Yehoshafat Ben Shimon schloss kurz die Augen, um nachzudenken. Dann hellte sich sein Gesicht auf.

»Mein Freund Meshulam Ben Levi lebt in Salerno als Arzt, auch wenn die Herren der Heilerschule ihn am liebsten aus der Stadt jagen lassen würden. Wenn ich Euch ein Empfehlungsschreiben an ihn mitgebe, wird er sich Eurer annehmen.«

Pandolfina atmete auf.

»Hab Dank, Yehoshafat Ben Shimon! Du bist mir immer ein guter Freund gewesen und wirst es hoffentlich auch weiterhin bleiben.«

»Das werde ich!«, versprach der Arzt und wies dann zur Tür. »Die Nacht bricht bald herein. Daher wäre es besser, wenn Ihr jetzt gehen würdet. In der Stadt gibt es genug Schurken, die die Dunkelheit ausnützen, um jemanden aufzulauern, der dem König lieb und teuer ist.«

»Sie sollten es wagen!«, rief Pandolfina mit blitzenden Augen. Doch ihr war klar, dass es besser war, den Rat des Arztes zu befolgen.

13.

Wenige Tage später brachte Hermann von Salza die Nachricht, dass der Papst bereit sei, Frieden zu schließen und König Friedrich vom Kirchenbann zu lösen. Da der Aufstand in Apulien niedergeschlagen war, rückte die Stunde näher, in der Pandolfina Foggia verlassen sollte, um sich nach Salerno zu begeben.

Am Abend vor der Abreise saß sie mit Enzio und Friedrichs Töchtern Catarina und Margherita auf dem Söller und blickte in die Ferne. Enzio schob beleidigt die Unterlippe vor, weil Pandolfina seinen Appell, bei ihnen zu bleiben, missachtet hatte. Auch Catarina zog eine Schnute.

»Du bist böse! Weißt du das?«, sagte sie zu Pandolfina.

»Ich bin nicht böse«, antwortete diese beschwichtigend. »Es ist nur so, dass ich mehr über die Heilkunst lernen will. Meine Mutter und mein Vater starben an Krankheiten, und es ist mein Wunsch, zu verhindern, dass weitere Menschen, die ich liebe, sterben, obwohl sie hätten gerettet werden können.«

»Vater ist immer wieder krank. Die Ärzte sagen, es käme vom Magen. Dabei trinkt er nicht so viel, dass ihm übel werden müsste«, lenkte Enzio etwas ein.

Pandolfina lächelte ihm dankbar zu. »Die Gesundheit des Königs ist auch einer der Gründe, weshalb ich nach Salerno gehen will. Zwar bin ich nicht so vermessen, mir die Stellung seines Leibarztes zu erhoffen, doch würde ich ihm gerne den einen oder anderen Ratschlag geben können.«

»Das solltest du tun! Er ist der König und Corrado noch sehr klein. Daher könnte der Junge ihm noch nicht nachfolgen. Dabei ist Vater über Enrico erzürnt, denn dieser liegt mit alten Freunden unseres Vaters im Streit und erteilt in Deutschland Privilegien, die den Rechten anderer zuwiderlaufen. Vater überlegt bereits, ihn zu sich rufen zu lassen oder gar selbst nach Deutschland aufzubrechen.«

Enzio war stolz, wieder einmal mehr zu wissen als Pandolfina. Als Sohn des Königs konnte er sich ungehindert im Palast bewegen, und Friedrich berichtete ihm so manches, was sie nicht erfuhr.

»Ich glaube, eine Reise nach Deutschland könnte mir gefallen«, fuhr Enzio fort, da er keine Antwort erhielt.

»Ich glaube, du würdest rasch anderen Sinnes, wenn du dieses Land mit eigenen Augen sehen würdest. Es soll voller düsterer Wälder und ausgedehnter Sümpfe sein, mit wilden Tieren, die Mensch und Tier fressen, und mit Bewohnern, die genauso stur sind wie ihre Ochsen und rüpelhafter als jeder Stallknecht.«

Pandolfina dachte dabei vor allem an Heimo von Heimsberg, der sich nichts dabei dachte, ein Mädchen abzufangen und in eine dunkle Ecke zu zerren. Zuerst sagte sie sich, dass alle Tedeschi so grobe Klötze waren, nahm dann aber Rüdiger von Rallenberg davon aus. Dessen Frau war sogar recht angenehm und seine Mutter mit einer gewissen Nachsicht erträglich.

Missmutig, weil ihr diese Gedanken den letzten Abend in Foggia vergällten, trank Pandolfina einen Schluck Wein und fragte dann die beiden Mädchen, ob sie mit ihr Verstecken spielen wollten.

»Es wird doch gleich dunkel«, wandte Enzio ein.

»Es bleibt mindestens noch eine halbe Stunde hell«, protestierte Catarina, die unbedingt spielen wollte.

Zuletzt wollte auch Enzio mit von der Partie sein. Eine kurze Diskussion entbrannte, wer sich verstecken durfte und wer suchen musste. Catarina, Margherita und Enzio einigten sich, dass Pandolfina die Sucherin sein sollte, und während diese brav gegen eine Wand gelehnt zählte, huschten die drei so rasch davon wie Blitze.

Es dauerte seine Zeit, bis Pandolfina mit Catarina die Erste in einer sonst leeren Kammer des Palastes fand. Margherita entdeckte sie schließlich in der Küche, wo diese kleine Honigkuchen naschte. Enzio hingegen blieb verschwunden, als hätte ein Magier ihn fortgezaubert. Pandolfina suchte ihn bis zum Abendessen, brach dann aber ab und ging mit schlechtem Gewissen in den Saal, in dem Friedrich auftischen ließ. An diesem Tag hatte er nur ein gutes Dutzend Gäste zum Mahl geladen und einen Tisch für die Kinder aufstellen lassen.

Als Pandolfina eintrat, sah sie als Erstes den feixenden Enzio. Anstatt sich irgendwo in der Burg zu verstecken, hatte er den Saal aufgesucht und hier gewartet.

»Gewonnen!«, meinte er fröhlich.

»Das hast du!« Pandolfina schalt sich, weil sie nicht daran gedacht hatte, auch an diesem Ort nachzusehen, lachte dann aber über sich selbst.

Dies sah der König, der eben hereinkam. »Was gibt es denn?«, fragte er neugierig.

»Enzio hat mich beim Spiel überlistet«, antwortete Pandolfina.

Friedrich strich seinem Sohn anerkennend über den blonden Schopf. »Er ist ein kluger Bursche! Ich wollte, Heinrich wäre wie er.«

Aus seinen Worten schloss Pandolfina, dass der König sich wieder einmal über seinen legitimen Sohn geärgert hatte. Da sie Deutschland und die Deutschen nicht interessierten, ging sie nicht darauf ein, sondern berichtete dem König, wie sie die drei Kinder gesucht, aber nur Catarina und Margherita gefunden hatte.

»Enzio ist mir entgangen. Ich habe ihn erst gesehen, als ich in den Saal hereinkam«, setzte sie hinzu.

»Nicht nur dafür hat er eine Belohnung verdient. Seine Lehrer sind sehr zufrieden mit ihm – und ich ebenfalls! Enzio übt sich eifrig im Schwertkampf und hat zuletzt einen Text des guten Piero de Vinea fehlerfrei sowohl ins Griechische wie auch ins Arabische übersetzt. Daher gehört der Falke, mit dem du letztens gebeizt hast, nun ihm. Bist du zufrieden, mein Sohn?«

»Aber sehr!« Enzios Augen leuchteten vor Freude, während seine Schwestern enttäuschte Gesichter zogen. Der König versprach aber auch ihnen je ein Geschenk, und so war der Frieden bald wiederhergestellt.

Im Lauf der Monate am Hofe hatte Pandolfina oft an Friedrichs Tafel gegessen. An diesem Abend aber begriff sie, dass es für lange Zeit das letzte Mal sein würde. Es machte sie traurig, denn sie verehrte den König und liebte seine Kinder. Die Zeit bleibt nicht stehen, dachte sie bedrückt. Wenn sie das nächste Mal an den Hof kam, würde es wahrscheinlich sein, um Silvio di Cudis Tod zu feiern und ihr Erbe aus Friedrichs Hand zu empfangen.

14.

Der nächste Tag brachte den Abschied. Pandolfinas Vorsatz, Medizin zu studieren, zerbrach beinahe unter ihren Gefühlen, denn ein Teil von ihr wollte hier bei Friedrich, Enzio und den Kindern bleiben. Schließlich war sie froh, als sie von dem Anführer der Eskorte, die sie nach Salerno bringen sollte, aufs Pferd gehoben wurde und dieser sich dann selbst in den Sattel schwang. Cita saß bereits auf einem Pferd. Zwar hätten sie auch eine Sänfte oder einen Wagen nehmen können, doch Pandolfina wollte nicht zwischen hölzernen Wänden eingesperrt sein, während um sie herum die Natur in allen Farben prangte.

Sie winkte Enzio und den Kindern zu und ließ ihre Stute antraben. Als sie sich noch einmal umschaute, sah sie den König oben auf der Mauer stehen. Er hob die Hand zum Gruß, und sie fragte sich, was er wohl von ihr halten mochte. Immerhin war es ungewöhnlich, dass eine Frau Ärztin werden wollte. Dabei waren es gerade die Frauen, welche die Kranken betreuten, und es wäre gewiss besser, wenn die Pflegerinnen mehr von der Heilkunst verstünden.

Der Palast und die Stadt blieben hinter der Reisegruppe zurück, und Pandolfina wandte ihren Blick nach vorne. Der Hauptmann ihrer Eskorte hatte für den Ritt nach Salerno sechs Tage veranschlagt. Es erschien Pandolfina etwas viel, doch der Mann schien auf sie Rücksicht nehmen zu wollen. Ihretwegen wäre es nicht nötig gewesen, aber Cita war das Reiten nicht gewöhnt und würde froh sein, wenn sie nicht zu lange im Sattel sitzen musste.

Daher ließ Pandolfina ihrem Reisemarschall freie Hand und kümmerte sich unterwegs um ihre Magd, die wie erwartet bereits am ersten Abend über einen schmerzenden Hintern klagte. Die Salbe, die Yehoshafat Ben Shimon ihr mitgegeben hatte, half jedoch, und schon am zweiten Tag achtete Cita mehr auf ihre Umgebung als auf ihr Sitzfleisch.

Die Gruppe übernachtete auf den Burgen des Königs oder bei ihm treu ergebenen Edelleuten und Bürgern. Pandolfina genoss den Ritt durch das grüne Land mit seinen langgezogenen Hügeln, den weiten Pinienwäldern und kleinen Städten und vergaß darüber beinahe ihren Abschiedsschmerz. Allerdings nahm sie sich vor, dem König wie auch Enzio zu schreiben. Des Königs Beamte in Salerno würden ihre Briefe gewiss weitersenden, wenn sie sie ihnen übergab.

Als sie sich schließlich Salerno näherten, fieberte Pandolfina vor Aufregung. Sie hatte keinen Blick für die malerisch gelegene Stadt mit ihren hohen Türmen und dem mächtigen Stadttor, das nicht nur Feinde fernhalten, sondern auch die Macht des Königs zum Ausdruck bringen sollte. Da sie im Auftrag Friedrichs erschien, wurde ihre Reisegruppe anstandslos eingelassen.

Die Hufe der Pferde klapperten auf gepflasterten Straßen, und fragende Blicke trafen Pandolfina. Ihr entging auch nicht, wie über sie gesprochen wurde. Einige hielten sie für eine illegitime Tochter des Königs, und die meisten glaubten, sie sei gekommen, um sich von den gelehrten Ärzten der Heilerschule wegen einer Krankheit behandeln zu lassen.

»Dafür sieht sie aber noch recht gesund aus«, befand eine dickliche Frau. »Ich glaube eher, dass eine Heirat im Schwange ist. Der Krieg ist aus, und der Frieden wird oft mit einem Ehebündnis bekräftigt. Ist nicht gestern Isidoro di Cudi in die Stadt gekommen? Der ist doch der Sohn eines hoch in der Gunst Seiner Heiligkeit stehenden Grafen. Vielleicht werden die beiden hier vermählt.«

Di Cudis Sohn war hier? Am liebsten hätte Pandolfina ihrer Begleitmannschaft den Befehl gegeben, ihn gefangen zu nehmen. Doch damit hätte sie den Frieden zwischen König und Papst gefährdet. Da sie das nicht tun wollte, trieb sie ihre Stute zu einer schnelleren Gangart an und war froh, als die mächtigen Gebäude der Heilerschule in Sicht kamen.

Die Eskorte hielt an, Pandolfina wurde vom Pferd gehoben, und der Hauptmann führte sie in das Haus. Auch in diesen Mauern fand Pandolfina sich fragenden Blicken ausgesetzt, doch keiner sagte etwas. Sie war froh darüber, denn sie wusste nicht, ob sie dem Nächsten, der den Namen di Cudi aussprach, nicht die Reitpeitsche überziehen würde. Verwundert, weil der Name des Feindes auch nach all den Jahren so viel Hass in ihr aufwallen ließ, schritt Pandolfina durch den Flur. Vor einer Tür blieb ihr Begleiter stehen und bat sie zu warten. Er klopfte an die Tür und trat ein.

An ihm vorbei konnte Pandolfina drei in dunkle Talare gehüllte ältere Männer sehen, die eben einen jungen Mann untersuchten, der mit entblößtem Oberkörper vor ihnen stand. Obwohl dieser weitaus schlanker war als Silvio di Cudi, reichte die Ähnlichkeit für Pandolfina aus, um in ihm dessen Sohn zu erkennen. Isidoro war anscheinend krank, und unwillkürlich freute sie sich darüber.

Einer der Ärzte drehte sich verärgert um. »Siehst du nicht, dass wir einen hohen Herrn medizinisch beraten?«, fuhr er Pandolfinas Reisemarschall an.

»Ich komme im Auftrag des Königs, und der steht wohl hoch über allem, was Ihr sonst zu tun habt. Oder ist dieser junge Herr hier zufällig Seine Heiligkeit, Papst Gregor IX.? Ich würde höchstens bei diesem eine Ausnahme machen«, antwortete der Mann ungerührt.

»Dies hier ist der hochgerühmte Edelmann Isidoro di Cudi, Sohn des mächtigen Grafen Silvio di Cudi«, erklärte der Arzt. Er wollte noch mehr sagen, doch da fiel Pandolfina ins Wort.

»Ihr wolltet wohl sagen, er ist der Sohn des elenden Verräters und Mörders Silvio di Cudi, den Gott, der Gerechte, für all seine Untaten in die tiefste Hölle stoßen wird.«
»Wer ist dieses Weib?«, fragte der Arzt aufgebracht.
»Mein Name ist Pandolfina de Montcœur, Marchesa de Montecuore«, antwortete Pandolfina hochmütig und wandte sich dann Isidoro di Cudi zu. »Richtet Eurem Vater aus, dass sein Verrat weder vergessen noch vergeben ist. Die Vergeltung wird kommen.«
Isidoro starrte die junge Frau entgeistert an. Als er sie vor ein paar Jahren gesehen hatte, war sie ein mageres, unansehnliches Ding gewesen. Nun stand eine zierliche Schönheit mit nachtschwarzem Haar und hellen, durchdringend blickenden Augen vor ihm. Er spürte aber auch ihren Hass und zog unwillkürlich den Kopf ein. Immerhin hatte sein Vater den ihren, der in der Burgkapelle aufgebahrt gewesen war, ohne den Segen eines Priesters in einer Ecke des Gartens verscharren lassen. Nun fragte Isidoro sich, ob sie nicht besser den Anstand hätten wahren und Gauthier de Montcœur in seiner geplanten Gruft zur letzten Ruhe hätten betten sollen. Stattdessen hatte sein Vater auch noch befohlen, den Sarkophag von Pandolfinas Mutter zu zerschlagen und ihre Gebeine auf den Mist zu werfen.
Taten wie diese ließen sich nur mit Blut abwaschen, und Isidoro wollte nicht, dass es sein Blut war, das dafür vergossen wurde. Manchmal wünschte er sich mehr Macht und Einfluss, aber auch mehr Mumm, um sich gegen seinen Vater durchsetzen zu können. Da es Silvio di Cudi nicht gelungen war, Pandolfina zur Ehe zu zwingen, hatte er ein Mündel des Papstes geheiratet. Bei dieser Frau handelte es sich um eine reiche Erbin, und die würde mit Gewissheit darauf dringen, dass ihr Sohn dem Vater nachfolgte. Nachdem seine Schwester Filippa nach einem heftigen Streit mit der neuen Stiefmutter überraschend gestorben war, glaubte er an Gift und befürchtete, das nächste Opfer

dieser Frau zu werden. Um sich vor solchen Anschlägen zu schützen, war er nach Salerno zu den gelehrten Ärzten der Heilerschule gekommen.
»Ihr schweigt?«, fragte Pandolfina zornig, da Isidoro nur vor sich hin stierte.
»Ich … komme morgen wieder, wenn es recht ist!« Der junge Mann hatte etwas anderes sagen wollen, verließ aber jetzt den Raum so eilig, dass es einer Flucht glich.
»Wie kommt Ihr dazu, den edlen Herrn Isidoro so zu beleidigen?«, tadelte der höchstrangige Arzt Pandolfina.
»Weil es mir so gefiel!«, antwortete die junge Frau von oben herab. Jemand, der sich offen auf die Seite eines di Cudi stellte, war gewiss nicht ihr Freund.
»Hier ist ein Brief des Königs«, erklärte ihr Reisemarschall und reichte dem Arzt das Schreiben.
Dieser ergriff es, erbrach das Siegel und las mit wachsender Empörung. Schließlich machte er seinem Zorn Luft: »Das kann doch nicht der Ernst Seiner Majestät sein!«
»Hätte der König Marchesa Pandolfina sonst hierhergeschickt?« Der Anführer der Eskorte ließ sich auf keine Diskussion ein, sondern erklärte den drei versammelten Herren, dass es ihre Aufgabe sei, die junge Dame in die Heilkunst einzuführen.
Die Ärzte sahen einander an, öffneten mehrfach den Mund, wagten aber nichts zu erwidern, weil sie wussten, dass eine offene Weigerung den König erzürnen würde. Was Friedrich mit jenen tat, die sich gegen ihn stellten, hatte er eben erst bei der Niederschlagung des Aufstands bewiesen.
Schließlich ergriff Doktor Paolo das Wort. »Wir verstehen Seine Majestät nicht. Es ist noch nie vorgekommen, dass eine Frau an unserer ehrwürdigen Schule studiert hat.«
»Und was ist mit Trotula?«, fragte Pandolfina eisig.
»Ach die!« Doktor Paolos Kollege Niccolò machte eine wegwerfende Handbewegung. »Das war doch nur eine Hebamme,

die bei unseren Vorgängern Rat gesucht hat, um kreißenden Weibern besser beistehen zu können.«

»So ist es«, stimmte ihm Doktor Paolo zu. »Das Wort Seiner Majestät wiegt jedoch schwer, und wir werden seinen Willen selbstverständlich befolgen. Ihr werdet allerdings verstehen, dass wir die junge Dame nicht bei unseren anderen Studenten unterbringen können. Das wäre gegen jede Sitte und Moral. Daher werden wir eine der hiesigen Hebamme anweisen, ihr Obdach zu gewähren.«

Während Doktor Niccolò eine saure Miene zog, wandte Doktor Paolo sich nun direkt an Pandolfina. »Ihr habt drei Tage Zeit, um Euch dort einzurichten. Danach werden wir Euch examinieren, um zu erfahren, wie viel Ihr bereits über die Heilkunst wisst.«

»So machen wir es!«, rief Doktor Niccolò und lächelte für Pandolfinas Gefühl heimtückisch.

Ihr war klar, dass diese Herren es ihr nicht leichtmachen würden, sich als Studentin durchzusetzen. Aufgeben aber würde sie keinesfalls. Immerhin hatte Yehoshafat Ben Shimon ihr ein Empfehlungsschreiben für seinen Freund Meshulam mitgegeben. Mit dessen Unterstützung hoffte sie, sich gegen alle Widerstände durchsetzen zu können.

15.

Die Hebamme war eine große, kräftige Frau, die unweit der Heilerschule in einem kleinen Häuschen lebte und dort auch die Frauen empfing, die sie betreute. Auch an diesem Tag hatte sie zwei Schwangere bei sich, so dass sie Pandolfina bat, ein wenig zu warten. Erst als die beiden das Haus verlassen hatten, wandte sie sich Pandolfina zu. An deren Kleidung erkannte sie, dass sie eine Dame von Stand vor sich hatte, und sprach sie höflich an.

»Was kann ich für Euch tun? Wenn Ihr schwanger seid, seid Ihr mir willkommen, und ich werde für Euch tun, was in meinen Kräften liegt. Solltet Ihr jedoch in der Absicht gekommen sein, einen Fehltritt vertuschen zu wollen, seid Ihr bei mir an die Falsche geraten.«

Zuerst verstand Pandolfina nicht, was sie meinte, und schüttelte dann den Kopf. »Ich bin weder schwanger, noch benötige ich die Hilfe einer weisen Frau. Die Herren von der Heilerschule haben mich geschickt. Sie sagen, ich soll bei Euch wohnen.«

»Haben sie das gesagt? Und das, ohne mich zu fragen?«, erwiderte die Hebamme unwillig, musterte dann Pandolfina aber neugierig. »Wie kommen diese hochnäsigen Herrschaften dazu, sich an mich zu erinnern?«

»Der König hat ihnen befohlen, mich zur Ärztin auszubilden«, antwortete Pandolfina.

»Der König gleich! Den hätte ich auch gebraucht. Erlaubt, dass ich mich vorstelle: Mein Name ist Giovanna. Auch ich kam einmal voller Hoffnung in diese Stadt, um Ärztin zu werden.

Immerhin hatte mir mein Oheim einen Empfehlungsbrief geschrieben. Er war etliche Jahre Lehrer an der Heilerschule gewesen und der Meinung, sein Ansehen würde ausreichen, damit ich die Familientradition fortsetzen könne. Man hat mich auch aufgenommen, mir dann aber einen Stein nach dem anderen in den Weg gelegt. Das werden sie auch bei Euch versuchen, und nicht immer wird Euch der König helfen können!« Ein wenig Neid klang in Giovannas Stimme mit, aber auch Anerkennung.

Pandolfina spürte, dass die Hebamme ihr nicht zutraute, sich gegen die intriganten Ärzte der Heilerschule durchsetzen zu können. Allerdings war sie nicht nach Salerno gekommen, um nach einigen Wochen oder Monaten beschämt an den Hof des Königs zurückzukehren. Zwar würde Friedrich sich ihrer annehmen, sie allerdings auch als unangenehme Mahnerin ansehen, endlich einen Kriegszug gegen Silvio di Cudi zu führen. Dieser hielt sich jedoch, wie sie mittlerweile erfahren hatte, nicht mehr auf dem ehemaligen Besitz ihres Vaters auf, sondern wieder auf päpstlichem Land, so dass der König einen Streit mit dem Oberhaupt der Christenheit hätte in Kauf nehmen müssen. Genau das aber wollte Friedrich vermeiden.

Pandolfina hoffte aus ganzem Herzen, dass der König einmal das Schwert gegen di Cudi ziehen würde, denn allein konnte sie gegen diesen Mann nichts ausrichten. Auch als Ärztin war ihr dies nicht möglich, sagte sie sich. Wenn sie etwas erreichen wollte, musste sie einen Mann heiraten, der bereit war, den Zorn des Papstes auf sich zu nehmen, um ihren Feind zu vernichten.

»Schreckt Euch diese Aussicht so sehr, dass sie Euch die Sprache verschlagen hat?«, fragte Giovanna, der Pandolfinas nachdenkliches Schweigen zu lange dauerte.

Diese musste einen Augenblick überlegen, um zu begreifen, dass die Bemerkung nicht einer möglichen Heirat mit einem

Mann galt, der die Macht besaß, Silvio di Cudi zu bestrafen, sondern ihrer Situation hier in Salerno.

»Mir ist klar, dass der König mir zwar die Tore der Heilerschule öffnen konnte, ich mich dort aber selbst durchsetzen muss«, antwortete sie und lächelte. »Ich hoffe aber trotzdem auf Hilfe. Yehoshafat Ben Shimon, ein jüdischer Arzt in Foggia, gab mir ein Empfehlungsschreiben für einen seiner Glaubensbrüder hier in Salerno mit. Es handelt sich um Meshulam Ben Levi, der hier ebenfalls als Arzt praktiziert.«

Giovanna begann zu lachen. »Ihr seid klüger, als ich dachte. Sich der Unterstützung eines jüdischen Arztes zu versichern, um sich gegen die ach so christlichen Ärzte der Heilerschule durchzusetzen, darauf muss man erst einmal kommen. Sie werden schäumen und Euch beschimpfen, doch Meshulam Ben Levi kann Euch wahrscheinlich mehr beibringen als all diese hohen Herren zusammen. Doch jetzt seid mir erst einmal willkommen! Da mein Häuschen klein ist, kann ich Euch nur eine Kammer abtreten. Ich hoffe, Ihr seid nicht enttäuscht.«

»Gewiss nicht! Solange die Kammer groß genug für mich und meine Magd ist, bin ich zufrieden. Cita kann dir im Haus helfen. Aber nenne mich bitte nicht Euch und Ihr, sondern sprich mit mir, wie dir der Schnabel gewachsen ist. Ich bin Pandolfina. Alles darüber hinaus ist im Augenblick nicht von Belang.«

Pandolfina umarmte die Hebamme und ignorierte Citas protestierende Miene. Ihrer Leibdienerin gefiel es gar nicht, für Giovanna als Magd arbeiten zu müssen. Da Pandolfina jedoch selbst viel Zeit in der Heilerschule verbringen würde, konnte Cita die Hebamme ohne übermäßige Mühe unterstützen.

Giovanna musterte die junge Magd kurz und nickte. »Ein wenig Hilfe kann ich durchaus gebrauchen. Aber da Ihr … äh, du den Arzt Meshulam Ben Levi erwähnt hast. Er geht eben draußen vorbei!« Bei den Worten öffnete sie das Fenster, so dass ihr Gast den älteren Mann beobachten konnte, der in einem weiten Kaftan gehüllt die Straße entlangschritt. Ein Jüngling, der etwa in Pandolfinas Alter sein mochte, folgte ihm mit einem kleinen, lederüberzogenen Kasten. Mit seinen schwarzen Locken und dem sanften Ausdruck auf seinem Gesicht wirkte er ausnehmend hübsch.

Pandolfina sah die Hebamme an. »Wer ist der junge Bursche in Meshulams Begleitung?«

»Das ist sein Sohn Yachin. Er soll wie sein Vater Arzt werden und wäre, wenn man ihn ließe, gewiss einer der besten Studenten der Heilerschule. Doch die Herren, die dort das Sagen haben, würden ihn niemals zulassen.«

»Das ist ungerecht!«, fuhr Pandolfina auf. »Weshalb wendet sein Vater sich nicht an den König? Dessen Wort könnten die Lehrer an der Schule sich niemals verweigern.«

»Das nicht! Aber die Herren könnten ihre Studenten dazu aufstacheln, dem Juden in einer dunklen Ecke aufzulauern und ihn so zu verprügeln, dass ihm Hören und Sehen vergeht, oder ihm die entwürdigende Aufgabe übertragen, ein Schwein zu sezieren.«

Giovanna hörte sich nicht so an, als ständen die Lehrer der Heilerschule in ihrer Achtung besonders hoch. Ihre abweisende Miene schwand jedoch schnell wieder, und sie zuckte die Achseln. Dann bat sie Pandolfina, sie zu entschuldigen, da eine weitere Schwangere erschienen war, um ihren Rat zu erbitten.

Pandolfina trat ans Fenster und blickte dem Arzt und seinem Sohn nach, bis diese etwas weiter die Straße hoch in einem Haus verschwanden. Als sie ihren Aussichtsplatz wieder verließ, sah sie in Gedanken noch immer den hübschen, jungen Mann vor sich und begriff, dass ihre Verachtung für Männer doch nicht so groß war, wie sie es nach ihrer Enttäuschung durch Loís de Donzère gedacht hatte.

Fünfter Teil

Der neue Weg

1.

Ritter Eckbert musterte seinen Zögling mit strengem Blick. »Halt dich gerade! Du sitzt ja wie ein Affe im Sattel.«

Erschrocken straffte Leonhard sich und kämpfte gegen die Anspannung, die ihn in Klauen hielt. Viele Monate hatte er auf Eckberts Burg verbracht und Kämpfen gelernt. Mit diesem Tag aber war seine Zeit dort zu Ende gegangen. In weniger als einer Stunde würden sie Burg Löwenstein erreichen und er seinen Vater zum ersten Mal wiedersehen, seit dieser ihn aus dem Kloster geholt hatte. Dort stand ihm auch die Begegnung mit seiner zweiten Schwester Gertrud bevor. Die würde ihn nicht gerade wohlwollend empfangen, denn er nahm nun den Platz als Erbe des Vaters ein, den diese für ihren Sohn beanspruchte.

»Mach den Mund nur auf, wenn man dich fragt, aber antworte offen und freiheraus, wie es sich für einen aufrechten Deutschen geziemt. Ich will kein einziges lateinisches Wort aus deinem Mund hören, und auch kein griechisches, hast du verstanden?«

Leonhard nickte unglücklich, denn in der Hinsicht war mit Ritter Eckbert nicht zu spaßen. In Augenblicken wie diesen vermisste er seine Klosterzelle und die Bücher, die er dort hatte lesen können.

»Ich sehe bereits die Burg!«, rief Kurt.

»Vorher müssen wir noch die Stadt passieren.« Da Ritter Eckbert nicht gerade freundlich klang, fragte Leonhard sich, welche Laus seinem Ausbilder über die Leber gelaufen sein mochte.

Nun sah auch er die Burg, die fast die gesamte Kuppe eines steilen Hügels einnahm. Sie war weitaus größer als Eckberts Gemäuer und wies eine zinnenbewehrte Wehrmauer auf, die von vier hohen Rundtürmen verstärkt wurde. Von den Gebäuden, die dahinter lagen, konnte er nur ein steil aufragendes Dach erkennen, das mit grauen Schieferplatten gedeckt war. Es erschien Leonhard unmöglich, dass man eine solche Festung jemals einnehmen könnte. Sein Vater musste wahrlich ein mächtiger Mann sein, und er glaubte nicht, dessen Ansprüchen genügen zu können.

»Diese verdammten Bastarde! Sie haben es wirklich getan.«

Ritter Eckberts Ausruf brachte Leonhard dazu, sich der Stadt zu Füßen des Burghügels zuzuwenden. Auch sie war von einer Mauer umgeben und hatte zwei Tore, die durch quadratische Türme gesichert wurden.

Der Weg zur Burg führte durch die Stadt. Doch während oben das Banner mit dem Löwen wehte, der mit einer Hinterpranke auf einem Felsen stand, flatterte über den Toren der Stadt das Reichsbanner mit dem schwarzen Adler auf goldenem Grund.

»Ich hatte gehofft, Graf Ludwig könnte die Stadt unter Kontrolle halten. Doch wie es aussieht, ist es ihm nicht gelungen«, erklärte Eckbert.

Einen Augenblick lang schien der Ritter zu erwägen, um die Stadt herumzureiten, um zur Burg zu gelangen. Dann aber lenkte er seinen Hengst direkt auf das Stadttor zu. Sein Blick streifte Leonhard. Dieser trug zum ersten Mal die Kleidung, die seinem hohen Rang angemessen war. Seine Stiefel waren aus bestem Rindsleder, für die Hosen hatten mehrere Hirsche ihre Haut opfern müssen, und der Waffenrock leuchtete in einem hellen Blau, der Farbe der Löwensteiner. Dazu trug er deren Wappen auf der Brust.

»Dieses Gesindel soll sehen, dass sie es nicht nur mit einem alten Mann, seiner Tochter und deren Winzling von Sohn zu tun haben, sondern dass es noch einen Löwenstein gibt, der sein

Schwert zu schwingen versteht«, rief Ritter Eckbert und ermahnte Leonhard noch einmal, aufrecht im Sattel zu sitzen.
»Du sagst kein Wort und überlässt das Reden mir!«, ranzte er seinen jungen Begleiter an und überquerte die Zugbrücke.
Bei seinem Anblick eilten sechs Waffenknechte herbei und verlegten ihm den Weg.
»Was soll das?«, rief Eckbert empört und missachtete die Spieße, die auf ihn gerichtet wurden.
»Ihr habt kein Recht mehr, Euch hier aufzuspielen. Wir sind jetzt eine freie Reichsstadt. So hat König Heinrich es bestimmt«, antwortete der Anführer der Wachen.
»Wir wollen uns nicht aufspielen, sondern nur die Stadt durchqueren«, erklärte Leonhard ungeachtet der Mahnung seines Ausbilders.
»Ist das etwa das Ritterlein Mönch?«, fragte eine der Wachen grinsend.
Während Ritter Eckbert seinen Zögling zornerfüllt anschaute, ritt dieser weiter und schob zwei Spieße, die auf ihn gerichtet wurden, mit einer Hand beiseite.
»Auch als freie Reichsstadt untersteht ihr dem Gesetz des Kaisers, und das besagt, dass ihr Reisenden den Weg durch eure Stadt nicht verbieten dürft, solange sie nicht in offener Fehde mit euch stehen!« Leonhards Stimme klang sanft, und die Wachen lachten erneut.
Ihr Anführer verzog jedoch missmutig das Gesicht. Von seinen Feinden bedrängt, hatte Ludwig von Löwenstein bislang darauf verzichtet, der unbotmäßigen Stadt die Fehde anzutragen, sondern nur verhandelt. Auch die Stadt hatte die Auseinandersetzung ausschließlich mit drohenden Gesten geführt, um sich nicht vorsätzlich ins Unrecht zu setzen. Noch stand Graf Ludwig allein den Heimsbergern und deren Verbündeten gegenüber. Aber wenn die Bürger der Stadt gegen ihn vorgingen, konnte dies etliche hohe Herren im Umland dazu bringen, sich ihm anzuschließen. Den Edelleuten war klar, dass sie nicht ta-

tenlos zuschauen durften, denn es bestand die Gefahr, dass sich die Städte auf ihrem eigenen Gebiet ein Beispiel daran nahmen und ihre Herrschaft abschütteln wollten.

»Ihr könnt passieren, müsst aber das Torgeld bezahlen«, sagte er schnappig und streckte fordernd die Hand aus.

»Wurde die Urkunde der Reichsfreiheit bereits ausgefertigt und ihre Abschriften an die Nachbarn weitergegeben?«, fragte Leonhard noch immer lächelnd.

»Weiß ich das?«, fragte der Anführer der Wachen knurrig.

»Wenn du das nicht weißt, kannst du uns auch kein Geld abverlangen. Das Recht dazu muss erst verkündet werden. So will es das Gesetz. Und nun macht Platz!«

Unwillkürlich gehorchte der Mann und sah grollend zu, wie Leonhard, Ritter Eckbert und ihr Gefolge in die Stadt einritten.

»Ein zweites Mal führt sich dieses Bürschchen nicht mehr so auf, das schwöre ich euch!«, sagte er, als die Löwensteiner verschwunden waren.

»Ein Bürschchen würde ich diesen jungen Ritter nicht nennen«, meinte einer seiner Männer. »Der hat es nämlich faustdick hinter den Ohren! Da sollten unser Stadtrat und die Herren Bürgermeister sich vorsehen.«

»Was du schon wieder sagst«, antwortete der Anführer bissig. »Mit dem werden wir genauso fertig wie mit seinem Bruder.«

»Den hast nicht du, sondern Heimfried von Heimsberg erschlagen«, meinte der andere.

Sein Anführer winkte ab. »Die Heimsberger sind unsere Verbündeten und haben uns geholfen, eine freie Reichsstadt zu werden. Daher ist es gleichgültig, ob sie oder wir mit der Löwensteiner Brut aufräumen.«

Der andere Büttel lachte hart auf. »Das ist ja alles schön und gut! Aber wer garantiert uns, dass Heimeran von Heimsberg unsere neu erworbene Reichsfreiheit achtet, wenn er Burg Löwenstein erst einmal eingenommen hat? Er ist gut Freund mit dem jungen König, und eine Urkunde, die aus einer freien Reichsstadt eine untertänige macht, ist ebenso rasch ausgestellt wie eine, die aus einer untertänigen Stadt eine freie macht.«

»Du bist eine alte Unke!«, spottete sein Anführer. »König Heinrich kann uns nicht zur freien Reichsstadt ernennen und uns diese Freiheit ein Jahr oder zwei darauf wieder nehmen.«

»Möge Gott es geben!«, meinte der Zweifler und blickte besorgt zur Burg empor.

2.

Jedes kleine Kind in der Stadt kannte das Löwensteiner Wappen auf Leonhards Brust. Als mehrere halbwüchsige Burschen im Gefühl des Triumphs ob der von König Heinrich verliehenen Reichsfreiheit begannen, Steine und Dreckbatzen aufzusammeln, um sie auf die Reiter werfen zu können, fuhr die Ehefrau eines Ratsherrn jedoch mit dem Besen dazwischen.

»Macht, dass ihr nach Hause kommt, ihr Lümmel!«, schimpfte sie. »Oder wollt ihr, dass es wegen euch zur Fehde mit dem Grafen kommt?«

Die Jungen sahen einander kurz an, ließen dann ihre Wurfgeschosse fallen und schlenderten mürrisch davon. Von diesem Zwischenfall unbeeindruckt, durchquerten Leonhard und seine Begleiter die Stadt und verließen sie durch das zweite Tor. Die Wachen starrten ihnen verwundert nach, und ihr Anführer stemmte verärgert die Hände in die Hüften. »Haben die drüben beim Tor geschlafen? Wir haben doch ausgemacht, dass die Löwensteiner um die Stadt herumreiten müssen.«

»So klar war das nicht vereinbart«, wandte ein Wächter ein. »Der zweite Bürgermeister hat nur gesagt, wenn sie pampig werden und Drohungen ausstoßen, sollen wir ihnen die Tore verschließen.«

»Das dort«, erklärte sein Hauptmann und deutete mit der Faust auf Ritter Eckbert, »ist Graf Ludwigs grimmigster Vasall. Der Kerl ist ein übler Rüpel und kann nur schimpfen und plärren. Den hätten sie niemals in die Stadt gelassen.«

»Haben sie aber!«, meinte der Wächter und sah den Reitern

nach, die jetzt den steilen Weg zur Burg in Angriff nahmen. Sein Blick suchte jedoch weniger den alten Eckbert als vielmehr den jungen Mann im hellen Blau der Löwensteiner.
»Es sieht so aus, als wäre Graf Ludwigs jüngster Sohn gekommen.«
»Du meinst das Ritterlein Mönch?«, spottete sein Anführer.
»Leonhard von Löwenstein hat vor etlichen Monaten Heimfried von Heimsberg im Kampf besiegt und getötet«, wandte sein Untergebener ein.
»Dem Kerl werden wir die Zähne ziehen«, knurrte der Hauptmann, sehnte insgeheim allerdings ebenfalls die Krieger herbei, die König Heinrich und der alte Heimsberger ihnen versprochen hatten.
Unterdessen ritt Leonhard auf das Burgtor zu. Beim Anblick der kleinen Gruppe, die ihnen von der Mauer herab entgegensah, straffte er die Schultern. Seinen Vater erkannte er auf den ersten Blick. Neben dem Graf standen eine Frau in einem blauen Kleid, ein vier- oder fünfjähriges Kind und zwei Waffenknechte. Das Tor selbst war verschlossen, wurde nun aber geöffnet. Graf Ludwig stieg von der Mauer und begrüßte als Ersten seinen alten Freund.
»Willkommen, Eckbert, auch wenn ich mir das Wiedersehen unter einem besseren Stern gewünscht hätte.«
Dann betrachtete der Graf seinen Sohn. Seiner Miene war nicht zu entnehmen, was er bei Leonhards Anblick dachte. Auf jeden Fall war der junge Mann nicht mehr der blasse Mönch, den er aus dem Kloster geholt hatte. Sein Gesicht war von der Sonne gebräunt, die Schultern wirkten breiter, und als er sich aus dem Sattel schwang, tat er es mit einer Geschmeidigkeit, die sein Vater sich selbst gewünscht hätte.
Leonhard übergab die Zügel seines Pferdes an Kurt, kniete vor seinem Vater nieder und beugte den Nacken. Es war eine Geste, die bei einem Lehensmann angebracht gewesen wäre, aber nicht bei einem Sohn. Trotzdem forderte Graf Ludwig

ihn nicht auf, sich zu erheben, sondern wandte sich an Ritter Eckbert.

»Hat dieses aufrührerische Gesindel in der Stadt euch einfach durchgelassen, oder musstet ihr Torgeld zahlen?«

»Das mussten wir nicht!« Eckbert verschwieg, dass Leonhard die Stadtwachen an die Gesetze des Kaisers erinnert hatte, da sein Herr dies nicht gut aufgenommen hätte. In den Augen von Graf Ludwig waren die Städter elende Rebellen, und es schmerzte ihn in der Seele, dass er nichts gegen sie unternehmen konnte.

Nachdem Leonhard sich erhoben hatte, trat Gertrud von Löwenstein mit gerümpfter Nase auf ihn zu und ging einmal um ihn herum.

»Das ist also mein kleiner Bruder«, sagte sie in verächtlichem Tonfall. »Dieses Bürschchen soll Herrn Heimeran von Heimsberg das Fürchten lehren? Dabei wäre es ein Leichtes, diese unsägliche Fehde zu beenden.«

Ihr Blick ruhte mit einem stolzen Blick auf ihrem Sohn. Lambert, der je zur Hälfte ein Löwensteiner und ein Heimsberger war, stand mit vorgeschobener Unterlippe da und musterte Leonhard feindselig.

Wie es aussieht, hat Gertrud ihm bereits beigebracht, dass ich die Stelle einnehmen soll, die ihrer Ansicht nach ihm gebührt, dachte Leonhard und neigte kurz den Kopf vor seiner Schwester.

Während sein Vater missmutig das Gesicht verzog, trat Ritter Eckbert auf Gertrud zu und blieb so knapp vor ihr stehen, dass diese einen Schritt zurückwich. »Dieses Bürschchen«, sagte er grollend, »hat den alten Heimeran bereits das Fürchten gelehrt, als es seinen Sohn Heimfried nach einem äußerst kurzen Kampf erschlug. Ihr müsstet davon gehört haben, denn soviel ich vernommen habe, wolltet Ihr erneut einen der Söhne des alten Heimeran heiraten, notfalls auch Heimfried, obwohl dieser Euren Bruder erschlagen hat.«

Gertrud duckte sich unwillkürlich unter seinem scharfen Tonfall. Zwar waren Heiraten zur Beendigung einer Fehde zwischen zwei hohen Familien üblich, doch Ritter Eckbert wusste genau, dass sein Lehnsherr sich mit aller Gewalt dagegen gesträubt hatte.

Sie fasste sich jedoch rasch wieder und funkelte den alten Ritter herausfordernd an. »Mit seiner unbedachten Tat hat Leonhard nur die Rachsucht des Herrn auf Heimsberg geschürt und dafür gesorgt, dass dieser sich Freunde gesucht und eine Besitzung unserer Familie nach der anderen an sich gebracht hat. Selbst die Stadt zu den Füßen unserer Burg gehört uns nicht mehr!«

»Ist es wirklich so schlimm, Herr Ludwig?«, fragte Eckbert den Grafen erschrocken.

Ludwig von Löwenstein nickte bekümmert. »Leider spricht Gertrud die Wahrheit. Der alte Heimeran hat sich hinter König Heinrich gestellt und diesen gegen uns aufgehetzt. So erteilte dieser wider alles Recht meiner Stadt die Reichsfreiheit und überließ alle Burgen und Dörfer, die Heimeran an sich gebracht hatte, diesem als Lehen. Jetzt fordert König Heinrich mich auf, mich ihm vollständig zu unterwerfen, der Heirat meiner Tochter mit einem von Heimsbergs Neffen zuzustimmen und diesem die Burg zu übergeben.«

»Es wäre klug, darauf einzugehen«, erklärte Gertrud mit Nachdruck. »Heimo von Heimsberg ist vor kurzem aus dem Heiligen Land zurückgekehrt. Dort wurde er im Kampf gegen die heidnischen Sarazenen verwundet und ist damit ein Gesegneter des Herrn. Er ist auch bereit, das Löwensteiner Wappen mit in sein eigenes zu nehmen.«

»Ja, unter dem der Heimsberger«, fuhr Graf Ludwig auf. Dann wies er auf die etwa zwei Dutzend Waffenknechte, die sich auf dem Burghof versammelt hatten. »Das sind sämtliche Getreue, die mir geblieben sind! Die anderen sagten mir den Dienst auf, als König Heinrich mich mit der Reichsacht belegte, oder ließen sich von den Heimsbergern kaufen. Sie haben ihm vieles von dem zugetragen, was ich geplant hatte, und ihm dadurch einen Vorteil verschafft.«

Der Blick, mit dem er seine Tochter streifte, verriet Leonhard, dass sein Vater auch Gertrud in Verdacht hatte, heimlich Botschaften an Heimeran von Heimsberg zu senden. Da Gertrud ihren Sohn, einen geborenen Heimsberger, als Nachfolger ihres Vaters sehen wollte, traute er ihr das zu. Auch Anna, die Äbtissin von Frauenlob, schien eher mit den Heimsbergern im Bund zu stehen als mit der eigenen Sippe.

»Ihr solltet auf den Vermittlungsvorschlag Seiner Majestät eingehen, Herr Vater«, drängte Gertrud.

»Vermittlungsvorschlag?« Graf Ludwig lachte bitter auf. »Es ist ein Ultimatum! Wenn ich mich nicht innerhalb eines Mondes unterwerfe, will König Heinrich mit Heeresmacht gegen mich ziehen und mich als Reichsfeind richten.«

»Wollt Ihr es darauf ankommen lassen?«, fragte Gertrud mit durchdringender Stimme. »Ist es da nicht besser, wenn Euer Enkel einmal Herr auf Löwenstein wird?«

»Hätte er einen anderen Vater, könnte ich es in Erwägung ziehen. Doch einem Heimsberger überlasse ich Löwenstein niemals! Ich will, dass mein Sohn nach mir hier herrscht, und nach diesem dessen Sohn und seine Sohnessöhne. Davon gehe ich nicht ab.«

»Und verschuldet damit Euren Untergang und den unserer gesamten Sippe«, schrie Gertrud ihn an. Sie beruhigte sich jedoch rasch wieder und lachte. »Auch wenn Ihr dieses Mönchlein zum Hauptmann Eures letzten Aufgebots macht, wird dies nichts mehr an Eurem Schicksal ändern. König Heinrich und Heimeran von Heimsberg werden mit bewaffneter Macht vor unserer Burg erscheinen und sie belagern. An ihrem Sieg ist nicht zu deuteln. Ihr werdet höchstens im Kampf sterben – und dieses Bürschlein dazu.«

Mit einem Blick in das Gesicht seiner Schwester wurde Leonhard klar, dass Gertrud ihm dieses Schicksal wünschte. Für einige Augenblicke sehnte er sich erneut nach seiner stillen Zelle im Kloster Ebrach. Vielleicht würde er dorthin zurückkehren können, wenn Gertrud Heimo von Heimsberg heiratete und dieser die Herrschaft auf Löwenstein übernahm. Dann aber erinnerte er sich, dass er den Lieblingssohn des alten Heimsberg getötet hatte, und begriff, dass dieser ihn niemals am Leben lassen würde. Wie er es auch drehte und wendete, sein Schicksal war mit dem seines Vaters auf Gedeih und Verderb verbunden.

»Wenn es sein muss, werden Ritter Eckbert und ich Burg Löwenstein auch gegen die Mannen des Königs verteidigen«, erklärte er mit ruhiger Stimme.

Während seine Schwester nur höhnisch lachte, wirkte der alte Eckbert zufrieden. Doch auch ihm war klargeworden, dass die Burg niemals zu halten sein würde. Er trat neben seinen Herrn und zupfte ihn am Ärmel. »Was wollt Ihr tun? Wirklich kämpfen?«

Graf Ludwig zog ihn so weit beiseite, dass seine Tochter das leise geführte Gespräch nicht mithören konnte. »Gertrud hat recht! König Heinrich würde Löwenstein innerhalb von drei Tagen einnehmen und mich, Euch und Leonhard aufhängen lassen. Ohne starke Verbündete ist ein Kampf sinnlos. Doch die finden wir nicht hier in den deutschen Landen.«

»Wo denn sonst?«, fragte Eckbert verständnislos.

»Ich habe Euch und Leonhard nicht rufen lassen, damit Ihr für mich die Burg verteidigt, sondern um mit mir zusammen Fersengeld zu geben. Wir reiten morgen los. Unser Ziel ist das Königreich Sizilien oder, besser gesagt: Apulien. Dort hoffe ich auf Seine Majestät, den Kaiser, zu treffen. Er allein verfügt über die Macht, seinen Sohn in die Schranken zu weisen und mir meinen Besitz zurückzugeben. Sagt aber meiner Tochter nichts davon.«

»Wollt Ihr sie etwa mitnehmen? Bestimmt würde sie unterwegs Gelegenheit finden, Heimeran von Heimsberg eine Botschaft zu senden«, wandte Ritter Eckbert ein.

»Das weiß ich! Ich kann sie aber auch nicht auf Löwenstein zurücklassen, denn sie würde die Heimsberger sofort davon in Kenntnis setzen, dass wir fortgeritten sind. Heimeran ist nicht dumm. Er würde herausfinden, wohin wir wollen, und uns verfolgen lassen.«

»Was wollt Ihr dann tun?«

Um Graf Ludwigs Lippen erschien ein listiger Zug. »Ich werde Gertrud und ihren Sohn morgen zu ihrer Schwester nach Frauenlob schicken. Sollen die beiden Biester doch ihre Giftstacheln wetzen. Uns können sie von dort aus nicht mehr schaden.«

»Ein kühner Plan, aber er könnte gelingen«, fand Eckbert und sah zu Gertrud hinüber, die sich sichtlich ärgerte, weil sie die leise Unterhaltung zwischen ihm und seinem Herrn nicht hatte belauschen können.

3.

Graf Ludwig setzte seinen Plan umgehend in die Tat um. Selbstbewusst tönend, dass er seine Burg bis zum letzten Blutstropfen verteidigen würde, befahl er seiner Tochter, sich mit ihrem Sohn in das Kloster ihrer Schwester in Sicherheit zu bringen. In dem Bewusstsein, nach dem Tod von Vater und Bruder als Gemahlin des neuen Grafen Heimo hier wieder einziehen zu können, gehorchte die junge Frau.

»Was meint Ihr, Eckbert? Auf wie viele Waffenknechte können wir verzichten?«, fragte er danach seinen Freund.

Der alte Ritter rieb sich scheinbar nachdenklich über das Kinn. »Zu anderen Zeiten ist eine Löwensteinerin nie mit weniger als einem Dutzend Knechten gereist. Doch so viel können wir ihr jetzt nicht mitgeben. Sagen wir sechs. Nehmt Freiwillige, denn das sind Feiglinge, die eher die Waffen strecken, als gegen die Krieger des Königs zu kämpfen.«

Trotz seiner Worte fragten sich etliche Waffenknechte, ob es nicht besser wäre, einmal als Feigling zu gelten, als in einem sinnlosen Kampf zu sterben. Daher meldeten sich zwei mehr, als eigentlich gebraucht wurden. Ritter Eckbert betrachtete die acht Männer, spie verächtlich aus und wies dann mit der Hand nach draußen.

»Ob sechs oder acht, bleibt sich gleich! Auf solche Kerle können wir verzichten. Packt eure Sachen und sattelt die Gäule. Ihr werdet Frau Gertrud, ihre Mägde und ihren Sohn nach Frauenlob bringen. Danach wird sie entscheiden, ob sie euch behalten will oder ihr eurer Wege gehen könnt.«

Die acht Freiwilligen zogen bei seinem verächtlichen Tonfall die Köpfe ein, doch keiner änderte seinen Entschluss. Schließlich trollten sie sich, und eine halbe Stunde später sahen Leonhard, sein Vater und Ritter Eckbert zu, wie Gertrud mit ihrem Gefolge die Burg verließ.

»Sie glaubt, uns nicht mehr lebend wiederzusehen«, erklärte Graf Ludwig grollend.

Leonhard strich sich über die Stirn. »Gertrud schien recht froh zu sein, ihr Heim verlassen zu können.«

»Vor allem mit ihrem Sohn! Sie hatte Angst, ich könnte ihn, da er zur Hälfte ein Heimsberger ist, als Geisel verwenden«, antwortete sein Vater. »Dabei weiß sie genau, dass es den alten Heimeran nicht im Geringsten kümmern würde, ob der Bengel draufgeht.«

»Vor allem aber hat sie Angst vor der Eroberung der Burg«, setzte Ritter Eckbert grinsend hinzu. »Sie traut Heimeran nicht und befürchtet, er könnte dafür sorgen, dass sie und ihr Sohn dabei umkommen. Im Kloster hingegen ist sie sicher vor ihm und kann mit ihrer Schwester im Rücken Bedingungen stellen, die sie mit Hilfe des Königs sogar durchzusetzen vermag.«

»Auf jeden Fall sind wir sie los. Wir warten noch zwei Stunden, dann brechen wir auf.«

»Wohin, Herr Vater?«, fragte Leonhard überrascht, denn er hatte sich darauf eingestellt, die Burg bis zum letzten Mann verteidigen zu müssen.

»Das werde ich dir früh genug sagen!« Graf Ludwig wandte seinem Sohn schroff den Rücken zu und befahl seinen verbliebenen Männern, alles zum Aufbruch fertig zu machen.

»Es bleibt niemand zurück! Verstanden? Wer es versucht, den schlage ich eigenhändig nieder«, drohte er und zwinkerte dann seinem Freund Eckbert zu. »Wir wollen doch sehen, ob der Arm des Königs auch bis in die Mark Meißen reicht.«

Diese Mark war gewiss nicht ihr Ziel, das begriff Leonhard sofort. Da sein Vater jedoch keine weiteren Andeutungen machte, blieb ihm nichts anderes übrig, als das wenige zu packen, das Ritter Eckbert ihm mitzubringen erlaubt hatte. Vorher wies er einen Knecht an, sein Pferd noch einmal mit Hafer zu füttern, damit es die Kraft für den langen Ritt besaß, der ihnen bevorzustehen schien.

Als Leonhard zum Stall ging, um das Pferd zu holen, vertraten ihm drei Waffenknechte seines Vaters den Weg. »Glaube nicht, dass wir dir gehorchen werden, Mönchlein!«, sagte einer von ihnen grinsend. »Bevor du uns nämlich befehlen darfst, musst du uns beweisen, dass du ein ganzer Kerl bist. Hast du verstanden?«

»So ist es«, stimmte ihm sein Kamerad zu.

Leonhard überlegte, was er tun sollte. Als Edelmann durfte er sich nicht mit Knechten schlagen. Die Kerle vor ihm würden jedoch nur rohe Gewalt akzeptieren. Zudem waren sie zu dritt und sahen nicht so aus, als wollten sie sich einzeln mit ihm anlegen.

»Ihr werdet meinem Vater gehorchen!«, sagte er und sah die drei unwillkürlich nicken. »Ebenso werdet ihr Ritter Eckbert gehorchen.«

Die Waffenknechte nickten erneut, doch Leonhard war noch nicht am Ende. »Wenn mein Vater es euch befiehlt, werdet ihr auch mir gehorchen, habt ihr verstanden?« Mit einem einzigen Satz hatte er die Situation umgedreht und sah mit einer gewissen Zufriedenheit, dass die drei nicht zu wissen schienen, was sie darauf antworten sollten. Schließlich spie einer von ihnen aus und legte dann die Arme um die Schultern seiner Kameraden.

»Meint ihr, dass unser Herr Graf den Befehl dazu gibt? Ich glaube es nicht!« Danach trat er selbst in den Stall und fuhr den Knecht an, der sich um Leonhards Pferd gekümmert hatte, auch seinen Gaul zu füttern.

Leonhards Vater und Ritter Eckbert hatten die Szene beobachtet, und der Graf schüttelte verärgert den Kopf. »Der Junge hätte den Anführer der drei herausfinden und für seine Freiheit niederschlagen müssen. So aber hat er sich feige gezeigt.«

»Ich glaube nicht, dass man Leonhard feige nennen kann«, wandte der alte Ritter ein. »Immerhin ist er Heimfried von Heimsberg ohne Furcht im Kampf gegenübergetreten.«

»Das ist schon einige Zeit her«, sagte der Graf mit einer abfälligen Handbewegung und erklärte, dass er seinen Männern gewiss nicht den Befehl geben werde, seinem Sohn zu gehorchen. »Das Recht muss der Bengel sich erst verdienen«, setzte er hinzu und schnauzte seine Waffenknechte an, weil sie seiner Ansicht nach bei den Vorbereitungen des Abmarsches zu sehr zögerten.

Ritter Eckbert hingegen musterte Leonhard nachdenklich. Zwar hielt auch er Mut für unabdingbar, doch durfte dabei der Verstand nicht zu kurz kommen. Bei Graf Ludwigs älterem Sohn Leopold war der Mut größer gewesen als der Verstand. Aus diesem Grund lebte der junge Mann nicht mehr, und seine Witwe war samt ihrer Tochter zu ihrem Vater zurückgekehrt.

»Wahrscheinlich wird sie ebenfalls Erbansprüche stellen, sollte Leonhard als Nachfolger seines Vaters versagen«, murmelte er und fragte sich, wie König Heinrich in einem solchen Fall entscheiden würde.

Er hoffte jedoch, dass Leonhard sich bewähren und sich gegen ihre Widersacher durchsetzen würde. Außerdem sollte er so bald wie möglich einen Leibeserben zeugen, aber dafür musste er erst einmal heiraten. In dieser Gegend war es für den Sohn eines Mannes, den König Heinrich mit der Reichsacht belegt hatte, allerdings unmöglich, eine passende Braut zu finden. Wahrscheinlich wollte Graf Ludwig auch deswegen zum Kaiser reisen, weil er hoffte, dieser würde eine entsprechende Ehe für Leonhard stiften. Ritter Eckbert atmete einmal tief durch und gesellte sich zu seinem Herrn. »Es wird nicht leicht sein, Heimeran zu entgehen, denn er wird uns suchen lassen«, meinte er.

Graf Ludwig nickte mit grimmiger Miene. »Wir werden daher die Pferde nicht schonen, bevor wir das Gebirge erreicht haben. Jenseits der Alpen ist Heinrichs Macht zu Ende, und wir sind in Sicherheit.«

»Ihr solltet Euren Männern befehlen, Leonhard Gehorsam zu leisten. Das wäre besser! Insbesondere, wenn es unterwegs zu einem Kampf kommt«, erklärte Eckbert drängend.

Sein Herr schüttelte den Kopf. »Der Junge soll erst beweisen, dass er es wert ist, gute Männer anzuführen. Kommt mir jetzt nicht mit Heimfried von Heimsberg! Es kann Zufall gewesen sein oder das Eingreifen eines Heiligen, der Leonhard beigestanden ist. Und nun lasst uns aufbrechen. Wenn der Abend heraufzieht, will ich einige Meilen hinter uns gebracht haben.«

»Wie Ihr befehlt, Herr«, antwortete Ritter Eckbert und fand, dass dem Grafen etwas weniger Sturheit durchaus anstehen würde. Mit seiner harschen Art hatte er den Streit mit den Heimsbergern befeuert und sich zudem König Heinrichs Zorn zugezogen. In der Hinsicht war es vielleicht ganz gut, wenn ihm mit Leonhard ein besonnener Mann nachfolgen würde.

4.

Viele hundert Meilen von Burg Löwenstein entfernt stand Pandolfina in Salerno vor Doktor Niccolò und widerstand nur mühsam dem Wunsch, ihm deutlich die Meinung zu sagen. Eben hatte er ihr das Pergament, das sie mit feinster Schönschrift beschrieben hatte, mit einer verächtlichen Bemerkung vor die Füße geworfen und musterte sie nun mit einem höhnischen Blick.

»Was für eine Verschwendung von guter Tinte und wertvollem Pergament!«, schnaubte er. »Dieses Gestammel kann wahrlich nur ein Weib geschrieben haben, das die Gesetze der Logik und der Rhetorik niemals begreifen wird. Ich weiß nicht, was Seiner Majestät eingefallen ist, uns zu befehlen, dich in unserer ehrwürdigen Universität aufzunehmen.«

Pandolfina fand die Rede des Mannes unverschämt. Immerhin hatte sie sich alle Mühe gegeben, die Gedanken des Arztes Galenus in klare und verständliche Worte zu kleiden. Sowohl ihre Hauswirtin Giovanna wie auch Yachin, der Sohn von Meshulam Ben Levi, hatten ihre Arbeit in den höchsten Tönen gelobt. Ihr Lehrer hingegen verhöhnte sie. Dabei waren die Aufsätze der meisten Studenten weitaus schlechter als der ihre. Aufzubegehren war jedoch sinnlos, dies hatte Pandolfina in den langen Monaten begriffen, die sie bereits in Salerno weilte. Sie war den hohen Herren der Heilerschule ein Dorn im Auge, aber da diese sie Friedrichs Befehl wegen nicht von hier verweisen konnten, taten sie alles, damit sie aus eigenem Antrieb ging.

Bei Giovanna war ihnen dies gelungen, doch Pandolfina schwor sich, stärker zu sein als die Hebamme. Sie fragte sich allerdings, weshalb ein angehender Arzt erst einmal Logik und Rhetorik studieren musste, so als wolle er Jurist oder Notar werden. Da unterbrach die harsche Stimme ihres Lehrers ihre Gedanken.

»Du wirst dieses Pergament fein säuberlich abschaben und den Aufsatz neu schreiben – und dann hoffentlich besser! Sonst müssten wir Seiner Majestät mitteilen, dass du der Ehre, hier zu studieren, nicht würdig bist.«

Es war die bis jetzt schärfste Drohung, die Pandolfina erhalten hatte, und sie erschrak. Dann aber sagte sie sich, dass der König gewiss wusste, wie wenig willkommen sie hier in Salerno war, und nichts auf solche Worte geben würde. Diese Überlegung entband sie jedoch nicht davon, das Pergament, das durch die rauhe Behandlung des Lehrers einige Knicke erhalten hatte, vom Boden aufzuheben und es erneut zu beschreiben.

»Du wirst erst wieder am Unterricht teilhaben, wenn du diese Arbeit zu meiner Zufriedenheit erledigt hast«, drohte Doktor Niccolò noch, drehte ihr den Rücken zu und verließ mit wehendem Talar den Raum.

Pandolfina flüsterte eine wenig schmeichelhafte Bemerkung, bückte sich und wollte nach dem Pergament greifen, als ihr jemand mit großer Wucht auf den Hintern schlug. Zornerfüllt fuhr sie herum und sah drei grinsende Studenten vor sich stehen.

»Wer war das?«, fragte sie scharf.

»Ich weiß nicht, was du meinst? Celestino, Melchiorre und ich sind eben hereingekommen. Keiner von uns hat etwas getan«, antwortete einer.

»Serafino hat recht«, erklärte Celestino. »Wir haben nichts gemacht und auch nichts gesehen.«

»Auch wenn du seine Worte wiederholst, werden sie nicht wahrer«, fauchte Pandolfina, wusste aber selbst, dass sie gegen die drei nicht ankam. Sie ging um die Studenten herum, achtete dabei aber auf den Schattenriss der jungen Männer und bemerkte, wie Serafino mit der Hand ausholte. Mit einem schnellen Schritt brachte sie sich in Sicherheit. Serafinos Hand sauste knapp an ihrem Hinterteil vorbei und traf Celestino genau an der Stelle, an der es einem Mann am meisten weh tat.

Mit einem Aufschrei sank der Student in die Knie und presste beide Hände gegen seinen Unterleib. »Du hirnloser Idiot!«, stöhnte er, als er wieder reden konnte.

»Das wollte ich nicht!«, antwortete Serafino erschrocken und sah dann Melchiorre an. »Sollen wir sagen, Pandolfina hätte Celestino geschlagen? Dottore Niccolò würde sich freuen, sie bestrafen zu können.«

»Das tun wir!«, rief sein Freund. Auch Celestino stimmte trotz seiner Schmerzen zu.

»Wir werden diesem hochnäsigen Weibsstück schon beibringen, dass es hier nichts zu suchen hat. Es soll zu Hause sitzen und sticken und es nicht uns Männern gleichtun wollen. Wäre es Gottes Wille, dass das Weib dem Manne gleich ist, hätte er Eva nicht kleiner, schwächer und dümmer geschaffen als Adam!«, erklärte Serafino und strebte derselben Tür zu, durch die Doktor Niccolò diesen Raum verlassen hatte.

5.

Ohne etwas von den Plänen ihrer Mitstudenten zu ahnen, eilte Pandolfina zu Giovannas Haus und suchte dort ihr Kämmerchen auf. Als sie das Pergament auf den kleinen Tisch legte und ihm mit dem Schabmesser zu Leibe rückte, streckte Cita den Kopf zur Tür herein. »Soll nicht besser ich das machen?«

Pandolfina schüttelte den Kopf. »Ich habe Angst, du würdest zu viel von dem Pergament abschaben. So wie ich Dottore Niccolò kenne, wird er mich diesen Aufsatz noch mehrere Male schreiben lassen.«

»Der Dottore ist ein eitler Fant«, erklärte Cita. »Außerdem behandelt er wieder Isidoro di Cudi. Dieser hat immer noch Angst, seine Stiefmutter würde ihn vergiften, um der eigenen Brut das Erbe zu sichern. Dabei hat diese bislang nur eine Tochter geboren, und die ist nur wenige Wochen später gestorben.«

Obwohl Pandolfina ihre Magd kannte, wunderte sie sich stets aufs Neue, wie diese zu ihren Informationen kam. »Weilt Isidoro di Cudi in der Stadt?«, fragte sie.

»Nein! Er hält sich auf einem zwei Reitstunden entfernten Landgut auf. Dort besucht Dottore Niccolò ihn zweimal die Woche und bringt ihm Arzneien, die angeblich gegen alle Gifte helfen. Aber sagt, warum müsst Ihr dieses Zeug neu schreiben? Es war doch gut!«

»Nicht gut genug in Dottore Niccolòs Augen«, antwortete Pandolfina mit einem leichten Anfall von Mutlosigkeit. Dann aber straffte sie die Schultern und machte weiter. »Er wird mich nicht von hier vertreiben, und ebenso wenig seine studentischen Speichellecker Serafino, Celestino und Melchiorre.«

»Ich verstehe Euch nicht. Warum lernt Ihr das, was Ihr über die Heilkunst wissen wollt, nicht bei Meshulam Ben Levi und kümmert Euch nicht mehr um Dottore Niccolò? Der Jude ist gewiss ein besserer Arzt als er.«

»Damit hast du zwar recht«, antwortete Pandolfina, »aber ich habe mich auf diese Sache eingelassen und muss sie durchstehen. Wenn ich jetzt aufgebe, würde es wie eine Niederlage erscheinen.«

Außerdem, so setzte sie für sich hinzu, würde sie dem König damit freie Hand geben, sie mit irgendeinem seiner Gefolgsleute zu verheiraten. Vor einer Frau jedoch, die an der Heilerschule von Salerno studiert und den Titel einer Ärztin errungen hatte, würden die meisten Bewerber zurückschrecken.

»Sich einer Schlacht zu entziehen, die man nicht gewinnen kann, halte ich für klüger, als mit dem Kopf durch die Wand zu wollen. Die erweist sich zumeist als härter.« Cita fehlte jedes Verständnis für den Ehrgeiz ihrer Herrin, zudem sah sie eine weitere Gefahr, die Pandolfina nicht zu bemerken schien. »Ich will Euch nicht tadeln, aber Ihr solltet nicht mehr mit Yachin Ben Meshulam allein spazieren gehen.«

Pandolfina sah irritiert von ihrem Pergament auf. »Du tust ja gerade so, als würden Yachin und ich ein verbotenes Verhältnis pflegen.«

»Es ist für eine junge Dame Eures Standes bereits unziemlich, allein mit einem Mann spazieren zu gehen, und sogar anstößig, wenn es sich dabei um einen Juden handelt. Eure Vertrautheit mit Yachin und dessen Vater bringt Eure Lehrer wie Dottore Niccolò noch mehr gegen Euch auf. Das solltet Ihr bedenken.«

So ganz unrecht hatte Cita nicht, doch Pandolfina war sicher, dass ihr Lehrer sie auch dann nicht besser behandeln würde, wenn sie die Verbindung zu Meshulam und dessen Sohn abbrach. Dabei konnte sie gerade von dem jüdischen Arzt viel lernen und freute sich jedes Mal, wenn sie mit Yachin reden konnte. Im Gegensatz zu ihren Mitstudenten war er ein liebenswürdiger junger Mann. Jemanden wie ihn würde sie vielleicht einmal heiraten, dachte sie, schob diesen Gedanken jedoch rasch wieder von sich und schabte weiter an ihrem Pergament.

Cita begriff, dass ihre Vorhaltungen bei Pandolfina durch das eine Ohr hinein- und beim anderen wieder hinausgingen, und verließ das Zimmerchen. In der Küche war Giovanna gerade dabei, das Abendessen vorzubereiten. Als sie Citas verkniffene Miene sah, nickte sie traurig.

»Dottore Niccolò hat also Pandolfinas Schreibarbeit erneut verworfen! Ich habe es euch prophezeit. Dasselbe hat er bei mir gemacht, bis ich irgendwann den Mut verloren habe.«

»Dieser Dottore ist ein ekliger Wurm!«, brach es aus Cita heraus.

»Er verfügt über die Macht, Karrieren zu fördern und zu zerstören. Vor allem aber ist er ein Feind aller Frauen. Er hilft nur schmuck aussehenden Studenten, vor allem, wenn sie sich des Nachts in seiner Kammer bereitwillig zeigen«, erklärte Giovanna.

»Du meinst, äh … sie machen etwas miteinander? Das hätte ich von einem so hochgelehrten Herrn nicht gedacht. Wenn der erwischt wird, blüht ihm was! Bei uns auf dem Dorf haben sie einen Mann verbrannt, weil er sich an seiner Ziege vergangen hatte.«

Noch während sie es sagte, überlegte Cita, ob sie diese Information nicht irgendwie nutzen konnte.

Die Hebamme lachte bitter. »Wer sollte einen Leiter der Heilerschule schon anklagen? Man müsste ihn und seinen Gespielen auf frischer Tat ertappen, doch das ist kaum möglich. Wenn man an Dottore Niccolòs Tür klopft, bleibt ihm genug Zeit, wieder in seinen Talar zu fahren. Oder glaubst du, sie hätten den Riegel nicht vorgeschoben? Wenn man sie dann fragt, was der Student denn zu dieser Zeit bei ihm macht, wird er darauf verweisen, dass sie gemeinsam ein paar Stellen in einem der Bücher über Heilkunde lesen und darüber diskutieren.«

»Die Welt ist ungerecht!«, schnaubte Cita.

»So ist es wohl.« Giovanna zuckte mit den Schultern und rührte weiter in ihrem Topf.

Nach ein paar Augenblicken drehte sie sich zu Cita um. »Ich habe ganz vergessen, dass ich heute noch zu Signora Maddalena kommen soll, um ihr die Salbe zu bringen, mit der sie ihren Bauch einreiben muss. Die verhindert, dass die Haut rissig wird. Aber ich habe nicht mehr genug davon. Kannst du rasch zur Apotheke gehen und welche besorgen?«

Cita nickte und machte sich auf den Weg. Waren die Gassen bei Giovannas Haus noch eng, weiteten sie sich bald, und sie sah das große Gebäude der Heilerschule vor sich. Die Apotheke lag gleich nebenan, da hier auch die Arzneien zubereitet wurden, welche Doktor Niccolò und die anderen Ärzte verschrieben.

Als Cita eintrat und nach der Salbe fragte, verzog der Apotheker das Gesicht. »Die muss ich erst wieder anmischen. Aber dafür habe ich keine Zeit, denn ich muss Dottore Paolo diese Tinkturen bringen. Er braucht sie noch heute.«

»Giovanna braucht ihre Salbe ebenfalls noch heute«, erklärte Cita mit Nachdruck und äugte nach dem Korb, der mit einem halben Dutzend Flaschen gefüllt war. »Wenn es Euch genehm ist, bringe ich dem Dottore die Tinkturen.«

Der Apotheker überlegte kurz, füllte noch eine Flasche ab und stellte diese ebenfalls in den Korb. »Sieh aber zu, dass du keine Flasche zerbrichst. Sonst lernst du mich kennen!«

»Ich gebe schon acht«, versprach Cita. »Mischt Ihr ruhig die Salbe an, damit ich sie mitnehmen kann, wenn ich zurückkomme.« Mit diesen Worten hob sie den nicht gerade leichten Korb auf und ging. Bis zur nächstgelegenen Tür der Heilerschule war es nicht weit, und zu Citas Erleichterung stand diese offen.

Sie schlüpfte hinein, fragte den Ersten, der ihr begegnete, nach Doktor Paolo und bog in den Korridor ab, den der Mann ihr nannte.
Kurz darauf stand sie vor einer großen, mit Schnitzereien versehenen Tür, stellte den Korb ab und klopfte. Ein mürrisches »Herein!« erklang. Cita öffnete und sah Doktor Paolo vor sich.
»Was willst du?«, fragte er unfreundlich.
Cita knickste leicht. »Apotheker Matteo schickt mich. Ich soll die bestellten Tinkturen bringen.«
»Konnte er das nicht selbst erledigen?«
»Er muss dringend eine Salbe für die Hebamme Giovanna anrühren. Diese ist überraschend zu einer hohen Dame gerufen worden«, log Cita und trug den Korb in die Kammer.
»Nicht hier herein! Die Flaschen müssen nach drüben«, erklärte der Arzt und wies auf eine andere Tür.
»Wollt Ihr nicht nachsehen, ob alles vollzählig ist?«, fragte Cita. »Nicht dass Ihr mich scheltet, falls der Apotheker einen Fehler begangen hat.«
Auf ihre Worte hin bequemte Doktor Paolo sich, den Inhalt des Korbes zu kontrollieren. Er las die Aufschriften auf den Flaschen, öffnete zwei, um an ihnen zu riechen, und trat dann zurück. »Du kannst sie drüben auf den Tisch stellen. Mein Adlatus wird sie später einsortieren.«
Cita wartete noch einen Augenblick, ob ihm das Bringen der Flaschen ein Trinkgeld wert war. Da dies nicht der Fall war, drehte sie sich um und ging zu der anderen Tür. Der Raum dahinter war ziemlich groß, und an sämtlichen Wänden waren gut gefüllte Borde angebracht. Cita sah Flaschen, Töpfe, sogar Bücher und kleine Stapel Schriftrollen. Eigentlich hatte sie nur ihren Korb ausleeren und wieder gehen wollen. Da fiel ihr eine Schriftrolle in einem der Stapel auf. Deren Anhänger trug die Aufschrift »Betrachtungen der Methoden des Arztes Galenus von Doktor Niccolò di Bari«.
Ohne nachzudenken zog Cita die Rolle aus dem Stapel und

warf einen Blick hinein. Doktor Niccolòs Schrift war bei weitem nicht so schön wie die ihrer Herrin, und sie verstand auch die verquasten Sätze nicht, die er niedergeschrieben hatte. Eines aber begriff sie: Der Arzt hatte einen Aufsatz über das gleiche Thema geschrieben, das er von Pandolfina forderte.

»Was wäre, wenn man ihn mit seinen eigenen Waffen schlägt?«, murmelte Cita und blickte sich kurz um, ob sie jemand beobachtete. Als sie niemanden entdeckte, schob sie die Schriftrolle kurzerhand unter ihre Schürze. Vermissen wird das Ding so schnell keiner, dachte sie. Immerhin lagen noch genug andere Pergamentrollen hier. Und wenn doch, konnte einer der Studenten sie sich ausgeliehen haben.

Mit diesem Gedanken wollte sie gehen, erinnerte sich aber früh genug an ihren Korb und leerte diesen rasch aus. Als sie den Raum verließ, befand sich zu ihrer Erleichterung niemand auf dem Flur. Mit raschen Schritten ging sie weiter und wollte bereits aufatmen, als sie hinter einer Tür eine Stimme hörte.

»Wir werden jeden Eid leisten, dass Pandolfinas Schlag aus reiner Bosheit geschah!«

Es war der Student Serafino, der nach Citas Meinung absolut nichts mit den Engeln zu tun hatte, deren Namen er trug.

»Genau das tun wir«, stimmte ihm Celestino zu. »Ich will Vergeltung für diesen üblen Hieb.«

Ihr seid die Luft nicht wert, die ihr atmet, durchfuhr es Cita, und sie lauschte weiter.

»Sie wird sich herausreden, einer von euch hätte sie am Hinterteil berührt«, wandte Doktor Niccolò ein.

»Da war gar nichts! Nicht einmal unser Gewand hat sie gestreift. Es war höchstens der Luftzug hier im Gebäude«, erklärte Serafino.

»Sie ist eine Dame von hohem Adel und kann verlangen, dass ihr ihr den Weg freimacht. Trotzdem darf sie einen Studenten nicht schlagen, als wäre er nur ein Bauer.«

»Vor allem nicht an dieser Stelle«, unterbrach Celestino den Doktor.
Cita fragte sich, wo ihre Herrin ihn getroffen haben mochte. Da vernahm sie, dass Doktor Niccolò zwei der Studenten verabschiedete.
»Celestino soll bleiben. Ich muss mich überzeugen, wie schwer er verletzt ist, um die Strafe für dieses Weib bemessen zu können«, setzte er noch hinzu und gab Cita damit die Gelegenheit, hinter einer anderen Tür zu verschwinden.
Erst als die Schritte der beiden Studenten verklungen waren, wagte Cita sich aus ihrem Versteck. Sie war froh, dass niemand in der Kammer gewesen war, in die sie sich geflüchtet hatte. Nun überlegte sie, was sie tun sollte. Noch länger zu lauschen, wagte sie nicht und machte sich daher auf den Weg zur Apotheke. Dort hatte Matteo bereits die Salbe für Giovanna angerührt, und sie konnte diese mitnehmen und nach Hause gehen.
Giovanna wartete bereits ungeduldig. »Wo warst du denn so lange? Ich müsste längst bei der Signora sein!«
Cita reichte ihr die Salbe und hob lächelnd die Hände. »Der Apotheker musste die Salbe erst noch anfertigen. Deshalb hat es etwas gedauert.«
Zu Citas Erleichterung gab die Hebamme sich mit dieser Erklärung zufrieden und verließ eilig das Haus, um die schwangere Frau aufzusuchen. Cita stieg die Treppe zu Pandolfinas Kammer empor und fand diese mit der Schreibfeder in der Hand über das blank geschabte Pergament gebeugt.
»Herrin, darf ich Euch etwas fragen?«, begann Cita vorsichtig.
»Du darfst mich jederzeit etwas fragen«, antwortete Pandolfina verwundert.
»Weshalb habt Ihr Celestino geschlagen?«
Pandolfina glaubte, nicht recht zu hören. »Ich soll Celestino geschlagen haben? Wer behauptet das?«
»Nun, er selbst! Und dieser falsche Serafino und ein anderer wollen es beeiden.«

»Das ist ja …« Pandolfina legte zornig die Feder beiseite und starrte ihre Magd an. »Jedes Wort, das diese Kerle sagen, ist gelogen! Einer von ihnen hat mir, als ich mich bückte, auf den Hintern geschlagen. Als ich sie zur Rede stellen wollte, behaupteten sie, es wäre keiner von ihnen gewesen. Als ich ging, bemerkte ich, wie einer von ihnen noch einmal die Hand hob, und bin ausgewichen. Er hat daher statt meiner Celestino getroffen.«

Cita nickte mit verkniffener Miene. »Ich vergönne es diesem verlogenen Wurm. Aber sie werden behaupten, Ihr hättet es getan, und Dottore Niccolò will Euch dafür bestrafen.«

»Das soll er wagen!«, fuhr Pandolfina auf, doch sie begriff selbst, dass sie gegen die drei verlogenen Studenten und den ihr feindlich gesinnten Arzt nichts würde ausrichten können.

»Am liebsten würde ich dieses Pergament so, wie es ist, zusammenrollen und es Dottore Niccolò in den Hals stecken!«, fauchte sie.

In dem Augenblick erinnerte Cita sich an die Schriftrolle, die sie in der Heilerschule hatte mitgehen lassen, und zog sie unter ihrer Schürze hervor. »Vielleicht könnt Ihr ihn auf diese Weise ärgern. Es ist ein Aufsatz über den Arzt Galenus, verfasst von Dottore Niccolò selbst. Wenn Ihr ihn abschreibt, kann er ihn Euch nicht mehr vor die Füße werfen, ohne sich selbst zu blamieren.«

»Er wird es trotzdem tun«, antwortete Pandolfina seufzend, nahm aber das Pergament entgegen.

Als sie es durchlas, schüttelte sie den Kopf. Was für eine verdrehte, übertriebene Sprache!, sagte sie sich. Den Sinn des Ganzen konnte wirklich nur einer verstehen, der an der Hochschule Logik und Rhetorik studiert hatte – und selbst das bezweifelte sie. Trotzdem tauchte sie die Spitze ihrer Feder ins Tintenfass und begann, den Text abzuschreiben. Ein paar Begriffe und Sätze änderte sie, damit ihr Text sich ein wenig von Doktor Niccolòs Erguss unterschied. Doch im Großen und

Ganzen übernahm sie sein Geschwurbel, das jeder in ihren Augen vernünftig denkende Mensch für Unsinn halten musste.

»Wenn Dottore Niccolò dieser Aufsatz nicht gefällt, werde ich ihn Dottore Paolo vorlegen. Der will zwar auch nicht, dass Frauen an seiner Schule studieren, versucht aber wenigstens, gerecht zu sein«, meinte sie, als sie fertig war, und sah dann Doktor Niccolòs Schriftrolle an.

»Was machen wir mit der? Am besten, wir verbrennen sie, denn bei uns sollte sie nicht gefunden werden.«

Cita schüttelte den Kopf. »Wo denkt Ihr hin! Diese Rolle muss wieder dorthin, wo sie lag. Wenn Ihr morgen zur Schule geht, um Euren Text abzuliefern, nehmt Ihr mich einfach mit. Ich finde schon einen Weg, die Rolle zurückzubringen. Sollte mich jemand fragen, was ich in dieser Kammer zu suchen hätte, sage ich einfach, ich hätte etwas vergessen, als ich die Flaschen des Apothekers gebracht habe.« Cita klang so begeistert, dass Pandolfina trotz ihrer Zweifel nickte.

»Also gut! Es könnte ja sein, dass Dottore Niccolòs Schrift gebraucht wird, um die Ernsthaftigkeit meines eigenen Textes zu beweisen.«

»Bleiben nur noch die drei üblen Studenten und ihr gemeiner Streich«, wandte Cita ein.

»Da wird mir schon etwas einfallen«, antwortete Pandolfina und hoffte, dass ihr dies über Nacht gelingen würde.

6.

Als Pandolfina am nächsten Vormittag die Heilerschule betrat, klopfte ihr das Herz bis zum Hals. Aus Ärger über den üblen Streich, den ihr Serafino und seine Freunde spielen wollten, hatte sie die halbe Nacht nicht geschlafen. Sie wusste, dass die drei Studenten zu Doktor Niccolòs Lieblingen zählten und dieser auf jeden Fall zu ihnen halten würde. Zuerst galt es jedoch, dem Lehrer den Text zu überreichen, den sie nach seinem eigenen Vorbild verfasst oder vielmehr kopiert hatte.

Im Flur wechselte sie einen kurzen Blick mit Cita, die ihr, wie es sich für eine brave Magd geziemte, in drei Schritten Abstand folgte. Das Mädchen zwinkerte ihr zu, sah sich um, ob jemand in der Nähe war, und verschwand in dem Raum, aus dem sie Doktor Niccolòs Schriftrolle hatte mitgehen lassen.

Pandolfina blieb unwillkürlich stehen und lauschte. Wenn Cita in der Kammer ertappt wurde, würde man sie als Diebin verdächtigen, und dann konnte sie ihr nicht helfen. Plötzlich hörte sie Schritte und erstarrte. Doktor Paolo walzte schwerfällig heran, blieb vor seiner Tür stehen und starrte Pandolfina an wie einen Störenfried.

»Willst du zu mir?«, fragte er.

Bitte, gehe in deine Kammer, flehte Pandolfina in Gedanken und wollte verneinen. Da kam ihr eine andere Idee.

»Ich soll dem hoch geachteten Dottore Niccolò meine Niederschrift zeigen. Er ist sehr streng, müsst Ihr wissen. Daher würde es mich freuen, wenn auch Ihr einen Blick darauf werfen könntet!«

Sie sprach absichtlich laut, damit Cita in der anderen Kammer es hören musste.
Der Arzt überlegte kurz und nickte. »Ich will dem ehrenwerten Dottore Niccolò nicht vorgreifen. Aber du kannst mir die Schrift bringen, wenn er sie ablehnt. Manchmal ist er wirklich etwas zu streng.«
Zwar empfand Doktor Paolo keine Vorliebe für Pandolfina, doch er traute ihr zu, ihre Arbeiten dem König zu senden, wenn sie zu oft abgelehnt wurden. Sollten dieser und dessen Berater die Schriften der jungen Frau für gut befinden, konnte dies für die Heilerschule und ihre Lehrer den Verlust von Zuwendungen und Privilegien bedeuten. Womöglich würde Friedrich die Schule sogar ganz schließen und sie in einer anderen Stadt mit anderen Lehrern neu errichten. Mit diesem Gedanken nickte er Pandolfina zu und trat in seine Kammer.
Pandolfina schlug in Gedanken drei Kreuze, huschte zur anderen Tür und klopfte leise daran. »Du kannst rauskommen!«, flüsterte sie angespannt.
Einen Augenblick später ging die Tür auf, und ihre Magd trat mit einem schelmischen Lächeln auf den Flur.
»Es ist alles gutgegangen«, sagte sie und eilte davon.
Auch Pandolfina setzte ihren Weg fort und klopfte kurz darauf an Doktor Niccolòs Tür. Dessen »Herein!« klang so erwartungsvoll, als wüsste er bereits, wer Einlass begehrte.
Als sie eintrat, saß er auf seinem Stuhl, während Celestino sich im Hintergrund hielt, sie aber mit einem verschlagenen Gesichtsausdruck betrachtete.
»Ich habe den Aufsatz über den Arzt Galenus fertig«, erklärte Pandolfina und reichte Doktor Niccolò die Pergamentrolle. Dieser tat so, als würde er sie lesen, und warf sie ihr erneut vor die Füße.
»Welch ein Unsinn! Das ist ja das Gestammel eines Irren! So etwas wagst du mir vorzulegen?«

Am liebsten hätte Pandolfina ihm ins Gesicht gesagt, dass es sein eigener Text sei, den er so in Grund und Boden kritisierte. Da sie daraufhin selbst oder Cita des Diebstahls bezichtigt worden wären, hob sie die Schriftrolle wieder auf und beschloss, sie umgehend Doktor Paolo zu zeigen.

»Du solltest deine Anmaßung aufgeben, es uns Männern gleichtun zu wollen, und dich mit der Rolle bescheiden, die Gott, der Herr, in seiner Güte für euch Weiber bestimmt hat«, fuhr Doktor Niccolò fort.

»Ich trachte nicht danach, es euch Männern gleichzutun, sondern die Heilkunst zu erlernen«, antwortete Pandolfina herb.

»Verstocktes Ding!«, schimpfte der Lehrer. »Doch auch du wirst noch Demut lernen. Es wurde nämlich Klage gegen dich erhoben, einen heimtückischen Schlag gegen einen meiner Studenten geführt zu haben. Ich will dir ersparen, dich vor allen ehrenwerten Ärzten und Lehrern dieser Schule rechtfertigen zu müssen, und spreche daher selbst das Urteil. Du wirst ohne Klagen zwanzig Hiebe auf deinen Hintern hinnehmen. Da du ein Weib bist, sei es dir zur Wahrung der Sittlichkeit gestattet, dein Hemd anzubehalten!«

Celestino stöhnte enttäuscht, denn er hätte Pandolfina gerne nackt gesehen. Doch auch so musste die Demütigung für sie fürchterlich sein.

»Verzeiht, ehrenwerter Dottore, doch muss so eine Bestrafung nicht vor Zeugen vollzogen werden? Wenn Ihr erlaubt, werde ich Eure Studenten Serafino und Melchiorre holen«, bot Celestino an.

»Tu das!« Der Arzt wartete, bis der Student das Zimmer verlassen hatte, und sah Pandolfina auffordernd an. »Zieh dein Kleid und alles, was du darunter trägst, bis auf dein Hemd aus!«

»Das werde ich ganz gewiss nicht tun!«, antwortete Pandolfina mit einem eisigen Lächeln. »Ich bin ein Mündel Seiner Majestät, des Königs, und darf nur mit seiner Zustimmung einer leiblichen Strafe unterzogen werden. Außerdem untersagt es Euch mein Stand, über mich zu richten. Oder solltet Ihr vergessen haben, dass ich die Marchesa Montecuore bin?«

Für den überheblichen Arzt fühlten sich ihre Worte wie eine Ohrfeige an. Er schnappte nach Luft und griff nach der Rute, die er an diesem Morgen von einem der Schulknechte hatte schneiden lassen. Doch als er sie hob, packte ihn die Angst. Pandolfina war tatsächlich ein Mündel des Königs und zudem die Tochter eines von dessen besten Freunden. Wenn er sich an ihr vergriff, würde er Friedrichs Zorn erregen, und dieser stand derzeit nicht in dem Ruf, allzu nachsichtig zu sein.

»Geh und komme mir erst wieder unter die Augen, wenn du eine Schrift über Galenus erstellt hast, die akzeptabel ist«, schrie er voller Wut.

Mit einem Lächeln, das ihre Erleichterung verbarg, verabschiedete Pandolfina sich und verließ die Kammer. Doktor Niccolò sank auf seinen Stuhl zurück und wünschte die junge Frau zum Teufel. Wenig später kehrte Celestino mit seinen beiden Freunden zurück.

»Wo ist Pandolfina?«, fragte Serafino verwundert.

Doktor Niccolò sah ihn grimmig an. »Sie hat sich darauf berufen, als Mündel des Königs nur von diesem bestraft werden zu dürfen. Dagegen kann ich nichts tun.«

»Wollt Ihr sie so einfach davonkommen lassen?« Serafino klang enttäuscht, doch der Arzt zuckte die Achseln.

»Soll ich mir ihretwegen etwa den Zorn des Königs zuziehen? Wozu Federico fähig ist, habt ihr bei der Niederschlagung des Aufstands gesehen. Uns muss etwas anderes einfallen, um sie loszuwerden. Vorerst werdet ihr dieses Weib in Ruhe lassen.«

Doktor Niccolò schnaubte und wies auf die Tasche mit seinen Instrumenten und Arzneien. »Einer von euch muss mich zum Gutshof der Gattis begleiten. Conte Isidoro weilt erneut dort zu Besuch und wünscht eine neue Medizin gegen Gift!« Noch während er es sagte, glätteten sich Doktor Niccolòs Gesichtszüge wieder. »Pandolfina de Montecuore wird für ihren Hochmut bezahlen, das schwöre ich euch!«

»Wie wollt Ihr das anstellen?«, fragte Serafino neugierig, doch sein Lehrer lächelte nur grimmig.

7.

Nachdem Pandolfina Doktor Niccolòs Kammer verlassen hatte, klopfte sie an Doktor Paolos Tür. Dieser war gerade dabei, die Arbeiten seiner Studenten durchzusehen, und blickte auf, als Pandolfina eintrat.

»Hat Dottore Niccolò deine Arbeit erneut abgelehnt?«, fragte er und streckte die Hand nach ihrer Schriftrolle aus.

Pandolfina nickte und reichte ihm das Pergament. Gespannt sah sie zu, wie der Arzt es durchlas und zuletzt kopfschüttelnd auf den Tisch legte.

»Dieser Aufsatz ähnelt einem Werk von Dottore Niccolò selbst, das er über Galenus verfasst hat, und ist in bestem Stil geschrieben. Ich muss ein ernstes Wort mit meinem Kollegen sprechen, denn er darf eine so gute Arbeit nicht ablehnen.«

»Ich danke Euch, ehrwürdiger Herr«, antwortete Pandolfina erleichtert.

Sie verabschiedete sich und verließ das Gebäude mit dem Gefühl, als sei es ein Gefängnis, das ihre Gedanken einsperren wollte. Doch die Vorstellung, weiterhin das in ihren Augen sinnlose Gefasel Doktor Niccolòs ertragen und nichtssagende Aufsätze schreiben zu müssen, verlor ein wenig ihren Schrecken.

Auf dem Heimweg traf sie auf Yachin Ben Meshulam. Der junge Mann wurde von seinem Vater bereits zu Patienten mit leichteren Krankheiten geschickt und machte seine Sache gut. Auch sonst gefiel er Pandolfina. Sein Haar war dunkel, sein Gesicht für einen Mann recht hübsch und sein Blick sanft.

Während der letzten Monate hatte sie mit ihm Freundschaft geschlossen und in manchen Nächten sogar von ihm geträumt.

»Gehst du zu einem Kranken, oder kommst du von einem?«, fragte sie.

»Ich war bei dem alten Vincencio. Da er arm ist und die Behandlung nicht bezahlen kann, will ihn keiner der anderen Ärzte behandeln«, antwortete Yachin mit einem Lächeln.

Auch Pandolfina lächelte. »Gott wird es dir und deinem Vater lohnen!«

»Der Gott der Christen oder der der Juden?«, fragte Yachin.

»Es gibt nur einen Gott, und ihm gehören die Seelen aller Menschen.« Noch während sie es sagte, dachte Pandolfina daran, wie schön es wäre, wenn alle Menschen dies so sehen könnten. Doch die Christen hassten nicht nur die Juden und Muslime, sondern auch Menschen ihres eigenen Glaubens, wenn sie Gottes Gebot nur einen Hauch anders auslegten als sie selbst.

»Weshalb kann die Welt nicht besser sein?«, seufzte sie. »Gott hätte die Menschen wahrlich als Brüder erschaffen sollen.«

»Und als Schwestern! Das darfst du nicht vergessen«, setzte Yachin fröhlich hinzu.

»Ohne Schwestern würden die Brüder rasch aussterben«, antwortete Pandolfina lachend, fand dann aber, dass es zu anzüglich klang, und lenkte auf ein anderes Thema über.

»Wie geht es dem alten Vincencio?«

»Er wird wieder gesund werden. Und wie ist es dir heute in der Heilerschule ergangen?«

»Die Herren Dottori sind sich über meine letzte schriftliche Arbeit nicht einig. Dottore Niccolò will sie nicht anerkennen, doch Dottore Paolo tut es!« Pandolfina schloss sich Yachin an und berichtete ihm von ihrem Ärger mit dem feindseligen Lehrer und von dem Streich der drei Studenten, den sie nur mit dem Hinweis auf den König hätte abwehren können.

»Re Federico ist ein guter König«, erklärte Yachin. »Er verteidigt uns Juden gegen unsere Feinde und achtet unsere weisen

Männer. Wären alle Herrscher wie er, könnte unser Volk gut leben.«

Pandolfina nickte. »Da hast du recht! Ich begreife nicht, weshalb Menschen andere Menschen hassen, nur weil sie anders beten.«

»So ist nun einmal die Welt. Eva, wie ihr sie nennt, erzürnte Gott, indem sie den Einflüsterungen des Satans folgte. Später erschlug Kain seinen Bruder Abel und Abner Absalom, den Sohn seines Königs und Herrn David. Warum sollte es jetzt anders sein?«, sagte Yachin traurig.

Pandolfina hätte ihn gerne getröstet. Doch seine Worte trafen auch auf ihre Situation zu. Pater Mauricio hatte sie an Silvio di Cudi verraten, obwohl er der Vertraute ihres Vaters war. Irgendwann würden beide dafür bezahlen.

Nun aber wollte sie den sonnigen Tag genießen und wies auf den kleinen Pinienhain, der sich vor ihnen erstreckte. »Was hältst du davon, wenn wir uns in den Schatten setzen und miteinander plaudern? Oder musst du gleich zu deinem Vater zurück?«

Yachin schüttelte den Kopf. »Ein wenig Zeit bleibt mir noch.«

Während beide sich unter die Krone einer großen Pinie setzten, dachte Pandolfina daran, dass Cita ihr gewiss Vorhaltungen machen würde, weil sie mit Yachin sprach. Doch im Gegensatz zu ihren Mitstudenten war er ein liebenswürdiger junger Mann und würde es nie an der nötigen Achtung ihr gegenüber fehlen lassen.

8.

Leonhard blickte beeindruckt auf die mächtige Festung über sich. Die Burg des Kaisers war für sich schon umfangreicher als die meisten Städte, die sie unterwegs passiert hatten. Die zu ihr gehörende Stadt war noch größer und erstreckte sich weit nach Osten. Ein Stück dahinter sollte sich laut dem Mönch, den Graf Ludwig als Übersetzer mitgenommen hatte, eine jener Arenen befinden, in denen die heidnischen Kaiser Nero und Diokletian viele Christen zu Tode hatten martern lassen.

»Ein geheiligter Ort! Ihr solltet aufsuchen ihn«, setzte der Mönch hinzu. »Ich dann alles erklären.«

»Dort oben ist bereits das Burgtor. Ich will zuerst dem Kaiser meine Aufwartung machen«, antwortete Leonhards Vater ungehalten.

Immerhin war der Mönch auf ihrer Reise nicht nur einmal weit vom Weg abgewichen, um sie zu einer Stelle zu führen, die in seinen Augen heilig, merkwürdig oder auch nur interessant war. Jetzt, da sie Lucera und damit endlich den Ort erreicht hatten, an dem Kaiser Friedrich sich derzeit aufhalten sollte, wollte Graf Ludwig so rasch wie möglich mit diesem sprechen.

Während der Mönch enttäuscht das Gesicht verzog, verkniff Leonhard sich ein Grinsen. Das Lombardisch des Mannes stellte selbst für jemanden, der diese Sprache verstand, eine Herausforderung dar. Hier im Süden Italiens wurde es kaum mehr verstanden, und das Deutsch des Mannes war ebenfalls grauenhaft. Er selbst hätte seinem Vater weitaus besser beistehen können. Doch als er es einmal gewagt hatte, die Landessprache zu verwenden, war er harsch angefahren worden, das zu unterlassen.

Daher begnügte Leonhard sich damit, zuzuhören, und griff auch nicht ein, wenn ein Wirt den einen oder anderen Follaro zu viel verlangte. Es schien ihm die gerechte Strafe für seinen Vater. Noch über den Hohn verärgert, der Leonhard in der Heimat als »Ritter Mönchlein« entgegengeschlagen war, musste er hier so tun, als hätte er sein ganzes Leben mit Schwertübungen und der Jagd auf Auerochsen verbracht. Der Jagd mit dem Falken, so wie Kaiser Friedrich sie liebte, brachte Graf Ludwig nur Ablehnung entgegen.

»Bald haben wir es geschafft«, sagte Kurt, der neben Leonhard ritt, aufatmend.

Leonhard nickte. »Vorausgesetzt, der Kaiser hat Lucera nicht bereits wieder verlassen. Es hieß ja, er würde nicht lange hierbleiben.«

»Ich hoffe nicht, dass wir hinter ihm herreiten müssen! Mir reicht es. Ich will nicht erneut ein Schiff besteigen oder schneebedeckte Berge überqueren müssen. Dort oben war es so kalt, dass einem glatt das Mark in den Knochen gefroren ist.«

»Dabei war die Alpenüberquerung für uns nicht einmal schlimm. Hannibal hat dabei seine Elefanten und etliche tausend Krieger verloren«, antwortete Leonhard.

»Wer war Hannibal?«, fragte Kurt verwundert.

Leonhard wollte es ihm bereits erklären, als ihn Ritter Eckberts warnender Blick traf. Dieser ritt vor ihm und hatte von seinem Herrn den Befehl erhalten, dafür zu sorgen, dass Leonhard keinen »Unsinn« machte.

»Irgendein Heerführer, der Rom erobern wollte, es aber nicht geschafft hat«, antwortete Leonhard, um die Neugier des Waffenknechts zu befriedigen, und wies dann nach oben. »Hast du schon jemals so ein prunkvolles Tor gesehen?«

Sein Vater hatte die Worte vernommen und drehte sich mit vorwurfsvoller Miene zu ihm um. »Unsinniges Zeug! Ein von einem Wurfgeschütz geschleuderter Stein zerschlägt die Figuren und die ganzen Verzierungen. Eine glatte, feste Steinmauer ist viel besser.«

Es lag Leonhard auf der Zunge, zu sagen, dass es dem Auge des Menschen guttat, auch einmal etwas Schönes zu sehen. Doch Graf Ludwig hatte wenig Sinn für etwas, das jemand anderem gefallen könnte. Dies bedauerte Leonhard ebenso wie die Tatsache, dass es ihm während der Reise nicht gelungen war, dem Vater näherzukommen. Dieser trauerte immer noch um Leopold, der seinen Vorstellungen weitaus mehr entsprochen hatte, und wollte ihn als letzten Sohn mit Gewalt nach dem Vorbild des im Kampf Gefallenen formen.

Leonhard blickte wieder auf das Tor, entdeckte die Krieger, die es bewachten, und wunderte sich über deren seltsame Tracht. Ihre Waffenröcke glichen langen Hemden, um die spitz zulaufenden Helme hatten sie Tücher gewickelt, und in den Händen hielten sie rot bemalte Rundschilde und mannslange Speere. Dazu hingen an ihren Hüften Schwerter in fremdartig geschmückten Scheiden.

Als die Gruppe vor dem Tor zum Stehen kam, sah Leonhard, dass die Krieger unter ihren Waffenröcken fein gearbeitete Kettenhemden trugen und ihre Kleidung aus dunkelroter Seide bestand. Ein Herrscher, der seine Wachen so ausstatten konnte, musste reich und mächtig sein, dachte er, während der Mönch die Worte seines Vaters übersetzte.

»Ich bin Ludwig, Graf von Löwenstein, und will zu Kaiser Friedrich!«

Das hätte er auch etwas höflicher vorbringen können, fuhr es Leonhard durch den Kopf, und er wartete gespannt auf die Antwort. Die Wachen schickten jedoch nur einen der Ihren in die Burg und verlegten der Gruppe weiterhin den Weg.

»Wie lange sollen wir noch warten?«, schnaubte Graf Ludwig.

Nun erst antwortete eine der Wachen im hier gebräuchlichen Dialekt. »So lange es Allah gefällt!«

Leonhard musste sich zusammenreißen, um einen erstaunten Ausruf zu unterdrücken. Auf ihrer Reise durch Italien hatte er mehrfach gehört, dass der Kaiser Ungläubige in seiner Umgebung duldete. Nun zu erleben, dass diese sogar seine Burg bewachten, überraschte ihn aber doch.
Zu Graf Ludwigs Genugtuung mussten sie nicht lange warten, denn der Torwächter kehrte zurück. In seiner Gesellschaft befand sich ein Mann im weißen Waffenrock des Deutschen Ritterordens. Er schien Leonhards Vater zu kennen, denn er begrüßte ihn beinahe freundschaftlich.
»Herr Ludwig! Es ist mir eine Freude, Euch zu sehen! Bei Gott, wie lange ist es her, dass wir den letzten Becher Wein zusammen getrunken haben?«
»Es können gut zehn Jahre sein«, antwortete Leonhards Vater und verzog sein Gesicht zu etwas, das entfernt an ein Lächeln erinnerte. »Ich freue mich auch, Euch zu treffen, Herr Albrecht. Mit Euch kann ich wenigstens ein offenes Wort reden, denn diese Italiener versteht ja keiner.«
»Es gibt am Hofe Seiner Majestät einige, die die deutsche Sprache sprechen«, antwortete der Ordensherr.
»Ich habe Klage zu führen über König Heinrich«, sprach Graf Ludwig weiter, ohne auf die Bemerkung einzugehen.
Albrecht von Brandenburg zog die rechte Augenbraue hoch. »In letzter Zeit gibt es sehr viele Klagen über König Heinrich. Seine Majestät, der Kaiser, überlegt deshalb bereits, einen Hoftag einzuberufen. Doch kommt mit! Der Haushofmeister wird Euch eine passende Unterkunft zuweisen. Ich werde derweil Seine Majestät aufsuchen und fragen, wann er bereit wäre, Euch zu empfangen. Der junge Recke hier ist gewiss Euer Sohn Leopold?« Der Ordensritter musterte Leonhard interessiert.
»Das ist Leonhard, mein Jüngster! Leopold starb im Kampf gegen die Heimsberger Sippe«, erklärte Graf Ludwig mit rauher Stimme und folgte Albrecht von Brandenburg ins Innere

der Festung. Diese war riesig und glich mit ihren Straßen und Häusern weitaus mehr einer Stadt als einer Burganlage.

Leonhard sah Männer und Frauen in seltsamen Trachten, die sie neugierig musterten, und wagte eine Frage: »Verzeiht, Herr, aber was sind das für Leute, die hier mitten in der Burg des Kaisers leben?«

»Das sind Sarazenen! Sie stammen aus Sizilien, doch Seine Majestät hat sie hierherbringen lassen, um sie unter Kontrolle zu halten.«

Albrecht von Brandenburg berichtete, dass die Sarazenen auf Sizilien immer wieder Aufstände angezettelt hatten. Nun aber waren sie unterworfen und lebten hier in der Burg von Lucera unter der Aufsicht und dem Schutz des Königs.

Wenig später kam der Palas des Kaisers in Sicht. Eine wuchtige Mauer umgab das quadratische Bauwerk. Am Tor erwarteten sie erneut sarazenische Wachen.

»Sie sind zuverlässiger als Sizilianer oder Apulier, denn als Heiden kann ihnen der Papst nichts befehlen«, erklärte Albrecht von Brandenburg mit deutlichem Spott, dem Leonhard aber nicht entnehmen konnte, ob er jetzt den Sizilianern und Apuliern galt oder dem Papst. Er selbst fühlte sich innerlich zerrissen. Als jemand, der in seiner Jugend der Kirche geweiht worden war, hätte er auf der Seite Gregors IX. stehen müssen. Andererseits schwächte dieser mit seiner Feindschaft zu Kaiser Friedrich das Reich und machte es Männern wie Heimeran von Heimsberg leicht, Fehden anzuzetteln. Zudem behinderte er durch diese Haltung die Rückeroberung des Heiligen Landes, und die sollte Gerüchten nach dem Kaiser gelungen sein.

Vor dem Tor der inneren Festung mussten sie von ihren Pferden steigen und diese den Knechten überlassen. Ein Höfling eilte auf ein Handzeichen Albrechts von Brandenburg herbei, um sich der Gäste anzunehmen, während der Ordensritter sich entschuldigte, weil er Seine Majestät sofort aufsuchen wolle.

Auf dem Weg durch den Palas stapfte Leonhards Vater hinter

ihrem Führer her, ohne nach rechts oder links zu schauen. Leonhard hingegen bewunderte die Verzierungen an den Türen und Wänden sowie die Statuen in den Nischen, die nicht nur Heilige und Märtyrer zeigten, sondern auch Männer mit Kronen auf den Köpfen und Schwertern in den Händen. Leonhard schätzte, dass es sich um Abbilder von Kaiser Friedrichs Vater Heinrich sowie von dessen Großvätern Friedrich Rotbart und König Roger von Sizilien handelte. Unterwegs entdeckte er auch die Standbilder zweier Damen, die seiner Vermutung nach Friedrichs Mutter und seine erste Ehefrau darstellten.

In einer Nische stand die lebensgroße Statue eines in ein Löwenfell gehüllten Mannes, der eine Keule auf die Schulter gelegt hatte, sowie die einer Frau mit ungebändigt fliegenden Haaren. Auf den ersten Blick hielt Leonhard diese für nackt, bemerkte dann aber, dass der Bildhauer ein hauchdünnes Gewand angedeutet hatte. Im Kloster hatte er kaum eine Frau zu Gesicht bekommen, geschweige denn unbekleidet, aber auf Ritter Eckberts Burg hatten es mehrere Mägde darauf angelegt, sich mit bloßem Oberkörper zu waschen, wenn er in der Nähe war. Doch gegen diese schlanke, elegante und doch vollbusige Frau erschienen sie in seiner Erinnerung wie plumpe Trampel.

Leonhard schämte sich dieses Gedankens, kaum dass er ihm gekommen war. Die harte Arbeit auf der Burg forderte ihren Tribut und ließ die Mägde stämmig werden. Eine feine Dame hingegen konnte sich schonen, und diejenige, nach der diese Statue geformt worden war, war mit Sicherheit eine feine Dame gewesen.

»Recht hübsch, will ich meinen«, sagte da Ritter Eckbert. »Ich für meinen Teil ziehe aber etwas Handfesteres vor wie meine Mathilde. Beim Erzengel Sankt Michael! Wenn wir das hier alles hinter uns gebracht haben, werde ich sie heiraten, und wenn sich alle darüber das Maul zerreißen.«

Es klang so treuherzig, dass Leonhard den Ritter beneidete. Dieser konnte seinem Herzen folgen. Er hingegen würde das Weib nehmen müssen, das sein Vater für ihn bestimmte. Er schüttelte diesen Gedanken rasch wieder ab und sah sich weiter um. Dabei fand er, dass Gott dem Menschen ein Gefühl für Schönheit verliehen hatte, das in diesen Hallen ganz besonders zum Ausdruck kam.

9.

Kaiser Friedrich saß auf einem kunstvoll geschnitzten Stuhl und lauschte Piero de Vinea, der ihm ein Schreiben vorlas. Hermann von Salza, sein wichtigster Berater, weilte wieder in Rom, um mit Papst Gregor zu verhandeln. Von ihm stammte dieser Brief, und er besagte, dass eine Einigung mit dem Heiligen Stuhl möglich sei. Gregor ginge es nur noch um ein paar nebensächliche Dinge, die ihm jedoch wichtig seien.

»Seine Heiligkeit ist bereit, die Grafschaft Montecuore dem Königreich zurückzuerstatten, sofern ihm das Recht zugestanden wird, den dortigen Lehensträger zu benennen.«

Empört krallte Friedrich seine Finger um die geschnitzten Greifen, die die Lehnen seines Stuhles zierten. »Das ist dasselbe, als wenn er Montecuore gleich für sich fordern würde. Außerdem bin ich es Pandolfina schuldig, ihre Heimat zurückzugewinnen.«

»Eure Motive in allen Ehren, Eure Majestät. Doch ist es eine junge Frau wert, weiter vom Papst gebannt zu bleiben?«, fragte de Vinea.

Friedrich spürte sein Dilemma. Solange er aus der Gemeinschaft der Gläubigen ausgeschlossen war, konnte jeder seiner Untertanen mit dem Segen des Heiligen Stuhls gegen ihn aufbegehren. Erst vor kurzem hatte er seinen Schwiegervater Johann von Brienne aus Apulien vertreiben und rebellische Adelige und Städte niederwerfen müssen. Doch solange der Papst und seine in Kutten gewandeten Legionen weiter gegen ihn wühlten, war der nächste Aufstand so sicher wie das Amen in der Kirche. Im Norden Italiens forderten die Städte im Lombardenland, seit den Tagen Kaiser Karls des Großen mit dem Heiligen Römischen Reich verbunden, seine Macht heraus und hatten bereits einige seiner Statthalter vertrieben. Doch um Mailand, das am härtesten gegen seine Herrschaft ankämpfte, unterwerfen zu können, brauchte er Frieden mit dem Papst.

»Ich hoffe, Seine Heiligkeit setzt nicht Silvio di Cudi oder dessen Sohn als Grafen von Montecuore ein«, sagte er verärgert.

Die Miene Vineas zeigte ihm jedoch, dass Gregor IX. einen der beiden genannten Männer mit der Grafschaft belehnen wollte. Es war eine Provokation, doch im Augenblick musste er sie schlucken.

»Seine Heiligkeit schlägt eine Ehe zwischen Isidoro di Cudi und Marchesa Pandolfina vor.«

Friedrich unterbrach de Vinea mit einem wütenden Ausruf. »Ist Papst Gregor verrückt geworden? Pandolfina sieht die di Cudis als Todfeinde an. Sie würde niemals einem von ihnen die Hand reichen.«

»Auch nicht auf Befehl Eurer Majestät?«, fragte Piero de Vinea.

»Diesen Befehl werde ich ihr niemals erteilen! Lasst uns von etwas anderem sprechen.« Friedrich war zornig und fragte sich einen Augenblick, ob der Papst überhaupt Frieden wollte. Mit ehrlichem Herzen hätte er solche Forderungen niemals gestellt.

»Ich sollte ein Heer sammeln, Rom erobern und Gregor absetzen«, stieß er hervor, wusste aber selbst, dass ihm sowohl die Krieger wie auch das Geld fehlten, um einen solchen Feldzug durchzustehen. Zudem würden sich die Städte im Lombardenland sofort auf Gregors Seite stellen.

»Ich bedauere, Eure Majestät erneut mit Marchesa Pandolfina behelligen zu müssen«, sagte de Vinea, ohne auf den Ausruf des Kaisers einzugehen.

»Was gibt es denn noch?«, fragte Friedrich ungnädig.

»Ich erhielt Botschaft aus Salerno. Darin heißt es, dass Marchesa Pandolfina für ein Weib zwar überraschend klug sei, ihr Geist aber für ein Studium an der Heilerschule doch nicht ausreichen würde. Man lässt sie nur weiterstudieren, weil Eure Majestät es befohlen hat.«

»Man wirft ihr wohl etliche Steine in den Weg! Schreib den Herren Doktoren, dass sie dies unterlassen sollen, wenn sie sich nicht meinen Zorn zuziehen wollen.«

Friedrich hatte seine erste Gemahlin Konstanze als kluge und entschlossene Frau kennengelernt und hielt die herrschende Meinung, die Frauen weniger Verstand als Männern zubilligte, für Unsinn. Auch um dies zu beweisen, hatte er Pandolfina das Studium in Salerno erlaubt.

Piero de Vinea hob mit einer theatralischen Geste die Hände. »Ich kann nur berichten, was man mir zugetragen hat, Euer Majestät. Auch heißt es, die Marchesa würde ein unziemliches Verhältnis mit dem Sohn eines jüdischen Arztes pflegen.«

»Das ist pure Verleumdung!«, rief Friedrich empört. »Wie es aussieht, wollen diese Herren Doktoren sie mit aller Gewalt von ihrer Heilerschule entfernen. Doch daraus wird nichts! Eher jage ich sie zum Teufel und rufe neue Lehrer ins Land.«

»Eure Majestät sollten diese Sache nicht auf die leichte Schulter nehmen«, mahnte de Vinea. »Marchesa Pandolfina ist ein junges Weib in einem Alter, in dem sie längst verheiratet sein müsste. Schon die großen Kirchenlehrer haben geschrieben, dass ein Weib der Versuchung eher erliegt als ein Mann. Selbst wenn die Freundschaft zu diesem Juden nicht von Begierde geleitet wird, wirft sie ein schlechtes Licht auf die junge Dame. Es ist etwas anderes, wenn sie mit älteren Männern wie Eurem Leibarzt Meir Ben Chayyim oder dessen Freund Yehoshafat Ben Shimon Umgang pflegt, als mit einem jungen, unverheirateten Juden. Sollte dies bekannt werden, werdet Ihr sie nicht mehr standesgemäß verheiraten können. Dies müsst Ihr jedoch um Eures toten Freundes Gauthier de Montcœur willen. Wer soll seine Linie weiterführen, wenn nicht ein Sohn seiner Tochter?«

Friedrich atmete tief durch und nickte. »Tut alles, was nötig ist, um diesen jungen Mann daran zu hindern, Pandolfina ins Gerede zu bringen!«

»Mit Eurer Erlaubnis werde ich mich noch heute darum kümmern.« Piero de Vinea hatte dem Kaiser alles mitgeteilt, was wichtig war, und bat, sich zurückziehen zu dürfen.

»Ihr dürft«, sagte Friedrich und lehnte sich zurück. Hatte er falsch gehandelt, als er Pandolfina die Erlaubnis erteilt hatte, in Salerno zu studieren?, fragte er sich.

Immerhin war sie schon einmal auf einen jungen Mann hereingefallen, der ihr den Hof gemacht hatte. Auch wenn es eine gewisse Zeit Gerede gegeben hatte, sprach heute niemand mehr von dem provenzalischen Ritter Loís de Donzère. Eine Liebschaft Pandolfinas mit einem Juden würden die Leute jedoch nicht so schnell vergessen. Der König hing noch diesem Gedanken nach, als Albrecht von Brandenburg erschien und sich verbeugte.

»Verzeiht, Euer Majestät! Graf Ludwig von Löwenstein ist erschienen und klagt Euren Sohn an, ihn ungerecht behandelt zu haben.«

»Löwenstein?« Friedrich brauchte einen Augenblick, um sich an Graf Ludwig zu erinnern. »Ein treuer Gefolgsmann, will ich meinen. Ich habe nie Klagen über ihn gehört. Sorgt dafür, dass er seinem Stand gemäß behandelt wird.«

»Dies ist bereits geschehen, Euer Majestät. Würdet Ihr Herrn Ludwig empfangen? Er ist sehr aufgebracht über Euren Sohn.«

»Bringt ihn her! Je eher er seinen Unmut äußern kann, umso rascher wird er sich wieder beruhigen«, erklärte der König.

Albrecht von Brandenburg verbeugte sich erneut und verließ

den Raum. Wenige Minuten später kehrte er mit Graf Ludwig und dessen Sohn zurück.

Während Leonhard an der Tür stehen blieb und sich dort verneigte, trat sein Vater auf den Kaiser zu und beugte das Knie. »Euer Majestät, ich habe Klage zu führen gegen König Heinrich! Dieser hat sich mit meinen Feinden, den Heimsbergern auf Heimsberg, zusammengetan, um mich und meine Sippe um unseren Besitz zu bringen. So hat er die mir dienstbare Stadt Löwenstein widerrechtlich zur freien Reichsstadt erklärt und angedroht, meine Burg einzunehmen. Da ich gegen diese Übermacht allein nicht bestehen konnte, habe ich Burg und Land verlassen, um zu Euch zu kommen und mein Recht einzufordern.«

Friedrich hörte ihm mit wachsendem Grimm zu und hieb dann gegen die Lehne seines Stuhles. »Immer wieder muss ich hören, dass Heinrich Recht und Gesetz im Reich bricht. Hat er denn vergessen, dass ich ihn als römischen König eingesetzt habe, damit er in meinem Namen herrscht? Ich bin sein Vater und sein Kaiser, dem er Gehorsam schuldet! Ich dulde nicht, dass er treue Gefolgsleute bedrängt und sich mit Verrätern verbündet.«

»Verrätern?«, fragte Graf Ludwig verwirrt.

»Heimo von Heimsberg hat in Jaffa einen Mordanschlag auf mich verübt und konnte leider entfliehen«, antwortete Friedrich grimmig.

»Heimo ist der Neffe des alten Heimeran und soll dessen Söldner anführen«, warf Leonhard ein.

Der Kaiser hob den Kopf und sah ihn an. »Wer ist dieser junge Mann?«

»Leonhard, mein Sohn und Erbe!«

Graf Ludwigs Stimme deutete nicht darauf hin, dass er sich dem jungen Mann besonders verpflichtet fühlte, fand Friedrich und sah Leonhard genauer an. Anders als sein Vater hatte er einen wachen Blick und lächelte. Das war etwas, das der Graf nicht zu kennen schien. Der junge Mann gefiel dem König auf den ersten Blick, und so forderte dieser einen Diener auf, den Gästen Wein zu reichen.

»Lasst uns nun über alles sprechen, was Euch bedrückt«, sagte er zu Graf Ludwig und machte eine Geste, die deutlich zeigte, dass auch Leonhard seine Meinung dazu äußern sollte.

10.

Nachdem Piero de Vinea den Kaiser verlassen hatte, ging er in seine Schreibkammer, um einen Brief an den Statthalter in Salerno zu verfassen. Doch bevor er die Feder in das Tintenfass tauchte, legte er sie wieder beiseite und rief einen der jungen Männer zu sich, die im Auftrag des Kaisers dessen Erlasse kopierten, damit sie im ganzen Reich verteilt werden konnten.

»Hole mir den Leibarzt des Königs!«

»Sehr wohl.« Der junge Mann verbeugte sich und verschwand.

Piero de Vinea zerbrach sich den Kopf, um dieses Problem zu lösen. Zu Pandolfinas Heirat mit Silvio di Cudis Sohn, die der Papst wünschte, würde Friedrich niemals seinen Segen geben. Gleichzeitig aber durfte der Kaiser auch nicht mit Waffengewalt gegen Graf Silvio vorgehen, um nicht die Aussicht auf einen Frieden mit dem Papst zu gefährden. Doch solange Pandolfina hier in Apulien blieb, war die Gefahr zu groß, dass sie den König dazu bringen würde, ihr Vergeltung zu verschaffen.

»Am besten, wir verheiraten sie mit einem der deutschen Edelleute, die an den Hof ihres Kaisers kommen und nach ein paar Wochen wieder in ihre Heimat zurückkehren«, murmelte er vor sich hin.

Noch während Vinea darüber nachdachte, welcher Edelmann dafür in Frage kommen könnte, kehrte sein Bote mit Meir Ben Chayyim zurück. Der jüdische Arzt verbeugte sich und sah ihn dann besorgt an.

»Ist Seine Majestät krank?«

Piero de Vinea schüttelte den Kopf. »Nein, es gibt etwas anderes, was Seiner Majestät nicht behagt.«

Auf seinen Wink hin verließen die Kopisten ihre Plätze, so dass er ungestört mit Meir reden konnte.

»Es geht um Marchesa Pandolfina. Mir wurde zugetragen, dass sie in Salerno zu oft in der Gesellschaft eines jungen Juden gesehen wird. Dies muss beendet werden.«

Piero de Vinea gab sich keine Mühe, verbindlich zu sein, sondern erklärte, dass der König darüber erzürnt sei und es den jungen Mann und seiner Familie entgelten lassen würde, falls die junge Dame ihre Jungfräulichkeit durch ihn verlor.

Meir Ben Chayyim hörte mit wachsender Besorgnis zu. Obwohl er Yachin Ben Meshulam kannte und ihm vertraute und auch von Pandolfina keine Unbesonnenheit erwartete, konnte allein schon das Gerücht, zwischen diesen beiden wäre etwas geschehen, seinen Freunden in Salerno schaden.

»Wenn Ihr erlaubt, werde ich sofort einen Brief an Meshulam Ben Levi schreiben. Er wird wissen, was zu tun ist.«

»Tu das!«, sagte Vinea und rief seine Untergebenen zurück.

Der Arzt verbeugte sich tief und ging. Zuerst wollte er in seine Kammer zurückkehren. Da fiel ihm ein, dass sein Freund Yehoshafat Ben Shimon derzeit ebenfalls in Lucera weilte, und lenkte seine Schritte zu dem Haus eines Glaubensbruders, der diesem Gastfreundschaft gewährte. In dieser Angelegenheit mussten sie beide ihren Einfluss auf Meshulam Ben Levi geltend machen. Auch wenn der König Menschen jüdischen Glaubens tolerierte, so war dies bei vielen anderen nicht der Fall.

11.

Ohne etwas von den bedrohlichen Wolken zu ahnen, die von Lucera gen Salerno zogen, setzte Pandolfina ihr Studium fort. Wie es aussah, hatte Doktor Paolo ihrem Feind Niccolò ein paar deutliche Worte gesagt, denn dieser zeigte sich unerwartet friedlich. Auch seine drei Lieblingsstudenten Serafino, Melchiorre und Celestino ließen sie in Ruhe. Daher hoffte sie, das Studium der Logik und Rhetorik hinter sich bringen und sich dann wirklich der Medizin widmen zu können.

Als sie sich an diesem Tag mit Yachin beim Pinienhain traf und sich auf die Steinmauer setzte, die diesen im Norden begrenzte, fühlte sie sich direkt glücklich.

Yachin hingegen sah sie traurig an. »Es ist schade, dass du nicht meinem Volk angehörst. Du wärst für einen Arzt eine Gefährtin, wie er es sich nur wünschen kann.«

»Ich will nicht heiraten«, erklärte Pandolfina mit einem leichten Fauchen. »Ich will meine eigene Herrin bleiben und keinem Strohkopf von Ehemann Gehorsam schuldig sein!«

»Es ist Gottes Wille, dass ein Mann ein Weib nimmt«, sagte Yachin leise und ergriff ihre Hand. »Du bist so schön und so klug. Wie sehr würde ich mich freuen, wenn …« Er brach ab und schüttelte den Kopf. »Man kann keine Träume einfangen! Irgendwann wacht man auf und sieht, dass alles ganz anders ist.«

Pandolfina blickte in sein hübsches Gesicht mit den traurigen Augen und fühlte, wie ihr Herz schneller schlug. Mit seiner Freundlichkeit und seiner Sanftmut war Yachin der Mann, mit

dem sie gerne ihr Leben verbringen würde. Doch er hatte recht. Ein Mädchen aus hohem Adel wie sie und ein junger Jude konnten nicht zusammenkommen.
Vielleicht doch, dachte sie. Was war, wenn Yachin und sie in ein Land zogen, in dem sie niemand kannte? Dort würden er als Arzt und sie als seine Helferin gewiss ihr Auskommen finden. Sie wollte ihm diesen Vorschlag machen, da fiel ihr ein, dass er Jude und sie Christin war. Einen Augenblick fragte sie sich, ob der Glaube es wert war, zwei Menschen zu trennen. Dann aber schüttelte sie den Kopf. Entweder gab Yachin seinen Glauben auf und ließ sich taufen, oder aber sie würde lernen, was sie von seiner Religion wissen musste, um ihm ein gutes Weib sein zu können.
»Worüber denkst du nach?«, fragte Yachin, da ihm Pandolfinas Schweigen zu lange dauerte.
»Über dieses und jenes«, redete sie sich heraus.
Gleichzeitig wünschte sie, er würde etwas mehr Interesse an ihr zeigen. Zwar musste er sie nicht in einer so schneidigen Weise umwerben wie einst Loís de Donzère, doch ein wenig mehr sollte es schon sein, bevor sie ihm ihre geheimsten Gedanken offenbarte.
»Ich muss bald nach Hause. Mein Vater will am Abend einen Patienten besuchen, und da soll ich ihn begleiten«, erklärte Yachin.
»Ich verstehe!« Pandolfinas Stimmung sank.
Der Mann, mit dem sie zu leben wünschte, war nicht sein eigener Herr, sondern stand unter der Fuchtel seines Vaters. Zudem bildeten die Juden im Königreich eine eng miteinander verbundene Gemeinschaft, die Yachin nicht einfach verlassen konnte. Weder sein Vater noch die Oberhäupter seiner Gemeinde würden zulassen, dass er eine Christin heiratete, noch dazu eine, die ein Mündel des Königs war.
Trotz dieser Überlegungen dachte Pandolfina nicht daran, so einfach aufzugeben. Sie begleitete Yachin nach Hause, be-

grüßte dort Meshulam Ben Levi und gesellte sich dann zu dessen Weib Geula und beider Tochter Aligah. Die zwei schienen nicht so recht zu wissen, was sie mit ihr anfangen sollten, doch Pandolfinas Neugier, mehr über die Juden und ihren Glauben zu erfahren, war zu groß, um sich davon abschrecken zu lassen.

12.

Doktor Niccolò hatte sich nach seiner Niederlage gegen Pandolfina und der Zurechtweisung durch Doktor Paolo eine gewisse Zeit zurückgehalten, aber nie seine Rache vergessen. An diesen Tag ritt er, begleitet von seinem Lieblingsschüler Celestino, zum Stadttor hinaus und wandte sich dem etwa zwei Reitstunden entfernten Landhaus des Edelmanns Gatti zu, der zu seinen bevorzugten Patienten gehörte. Als ungeübter Reiter hatte er sich ein sanftmütiges Pferd ausgeliehen. Celestinos Wallach hingegen war übermütig, und der junge Mann geriet mehrfach in Gefahr, abgeworfen zu werden.

»Beim nächsten Mal würde ich auch gerne so einen gemütlichen Gaul reiten wir Ihr, Dottore«, rief Celestino, als er den Wallach wieder unter Kontrolle gebracht hatte.

»Ein junger Mann wie du muss ein feuriges Pferd reiten«, antwortete Niccolò lächelnd und dachte dabei, dass Celestino in so manchen Nächten ein feuriger Liebhaber gewesen war. Auch in dieser Nacht hoffte er auf die Wonnen der Liebe, denn er wollte in dem Landhaus übernachten und dabei eine Kammer mit dem Studenten teilen.

»Hat Isidoro di Cudi noch immer Angst vor Gift?«, fragte Celestino.

»Jetzt umso mehr, da sein Vater sich ein neues Weib genommen hat und diese schwanger geht. Wenn es ein Sohn wird, ist Conte Isidoro überzeugt, dass sein Leben keinen blanken Follaro mehr wert sein wird.« Doktor Niccolò lächelte zufrieden, denn Isidoro di Cudis Angst vor Gift verschaffte ihm einen guten Verdienst. Nun aber sollte der Edelmann ihm helfen, die Demütigung zu rächen, die Pandolfina de Montecuore ihm zugefügt hatte.

Während sie sich unterhielten, ritten sie weiter und erreichten nach einer Weile das Landhaus. Mehrere bewaffnete Knechte bewachten es, ließen den Arzt und seinen Helfer jedoch ein.

Isidoro di Cudi erwartete sie bereits. Er wirkte so blass und schmal, als wage er nicht, viel zu essen, um nicht einem heimtückischen Giftanschlag zum Opfer zu fallen. Voller Erleichterung begrüßte er den Arzt und erklärte ihm, dass sein Stuhl sich rötlich verfärbt hätte. Da er gleichzeitig einen Teller mit Roten Rüben vor sich stehen hatte, denen er eine gifthemmende Wirkung zumaß, gab Niccolò nicht viel darauf. Nach außen hin aber tat er so, als würde ihn diese Nachricht erschrecken.

»Wirklich? O Gott, hoffentlich ist es kein neues Gift, dessen Wirkung ich noch nicht in Erfahrung bringen konnte. Bitte zeigt mir Eure Zunge.«

Sofort streckte Isidoro di Cudi diese heraus. Der Arzt betrachtete sie und wandte sich zu Celestino um. »Die Zunge ist ebenfalls vollkommen rot!«

»Das ist kein Wunder …«, begann der Student, verstummte aber unter dem scharfen Blick seines Lehrers und schluckte den Rest des Satzes, in dem er hatte sagen wollen, dass Graf Isidoro ja Rote Rüben gegessen habe und diese sowohl seine Zunge wie auch seine Ausscheidungen färben würden. Stattdessen sah er zu, wie Doktor Niccolò den Edelmann untersuchte, dabei eine bedenkliche Miene zog und mehrere lateinische Phrasen murmelte, die alles Mögliche bedeuten konnten.

»Ich werde Euch ein neues Mittel verschreiben«, erklärte der Arzt nach einer Weile. »Es ist allerdings sehr teuer, und es fällt mir nicht leicht, es zu besorgen.«

»Das soll Euch nicht bekümmern!« Isidoro winkte seinem

Leibdiener und befahl ihm, Doktor Niccolò so viel Geld zu geben, wie dieser benötigte.

»Ein Dutzend Ducalis sollten es schon sein«, erklärte der Arzt und sagte sich, dass er von dieser Summe eine Weile gut leben konnte.

Während der Diener die Münzen abzählte, riet Doktor Niccolò seinem Patienten, sich bald ein Weib zu nehmen und Kinder in die Welt zu setzen. »Steht das Erbe auf mehr als zwei Füßen, wird auch für Euch die Gefahr geringer«, setzte er dozierend hinzu.

Isidoro di Cudi stieß einen ärgerlichen Laut aus. »Ich würde ja gerne heiraten, doch der Einfluss der Teufelin, die mein Vater geheiratet hat, verhindert, dass ich mit Erfolg um eine Braut von Rang freien kann. Ein anderes Weib aber würde mein Vater nicht anerkennen.«

»Es ist schlimm, dass Euer Vater so viel auf seine neue Frau gibt«, erklärte Doktor Niccolò in bedauerndem Tonfall. »Doch habt Ihr mir nicht letztens erzählt, Seine Heiligkeit, der Papst, würde es begrüßen, wenn Ihr Gauthier de Montcœurs Erbin zum Weib nehmen würdet, um dieser unseligen Fehde ein Ende zu setzen?«

»Seine Heiligkeit würde es gerne sehen, da es Re Federico daran hindern würde, Montecuore zu erobern und einen Lehensmann nach seinem Sinn dort einzusetzen. Doch sowohl der König wie auch Pandolfina de Montecuore weigern sich, auf diesen Vorschlag einzugehen. Dies ist doppelt ärgerlich, weil Seine Heiligkeit mir Montecuore anvertraut hat und ich daher jederzeit mit einem Angriff des Königs rechnen muss«, antwortete Isidoro di Cudi. Sein Gesicht und seine Stimme verrieten, dass er diese Heirat als jenen Strohhalm ansah, der sein Leben retten konnte.

»Wenn Ihr mir vertraut, könnte ich dafür sorgen, dass diese Heirat zustande kommt«, sagte Doktor Niccolò so leise, dass nur Isidoro di Cudi und Celestino es hören konnten.

»Wie denn?«, fragte der Edelmann verwundert.

»Ihr müsstet sie entführen und sie hier in diesem Haus zwingen, Euer Weib zu werden. Habt Ihr sie erst einmal besessen, kann sie um ihrer Ehre willen die Ehe mit Euch nicht mehr ablehnen.«

»Das würde ich diesem Biest gönnen!«, entfuhr es Celestino.

Isidoro di Cudi hingegen zog eine bedenkliche Miene. »Vor ein paar Jahren war Pandolfina de Montecuore in der Gewalt meines Vaters, und er wollte sie heiraten. Sein Beichtvater riet ihm jedoch ab, die Ehe sofort und gegen ihren Willen zu vollziehen, um nicht den König und dessen Verbündete gegen sich aufzubringen.«

»Der König ist bereits Euer Feind«, erklärte Doktor Niccoló. »Ihr würdet Euch aber Seiner Heiligkeit, Papst Gregor IX., verpflichten. Dieser wird Euch gewiss bestätigen, dass Ihr die Ehe in seinem Auftrag und mit seinem Willen geschlossen und vollzogen habt!«

Bevor Isidoro di Cudi noch etwas entgegnen konnte, vernahmen sie Hufschläge und das Geräusch eines rollenden Wagens, der vor dem Landhaus anhielt.

»Mein Gott, hoffentlich sind das keine Meuchelmörder!«, rief Isidoro di Cudi erschrocken.

Celestino eilte zum Fenster und blickte hinaus. »Ich sehe etliche Reiter, dazu einen Geistlichen und einen Wagen, aus dem eben ein Mann gehoben wird. Ich glaube, die beiden wollen hier ins Haus.«

»Wo sind meine Wachen?«, fragte Isidoro mit bleichen Lippen. »Immer, wenn ich sie brauche, sind sie nicht da.«

Was für ein Feigling, dachte Doktor Niccolò voller Verachtung. Doch gerade Isidoro de Cudis mangelnder Mut und dessen Angst ermöglichten es ihm, dem Mann billige Medizin für teures Geld zu verkaufen.

Es klopfte an der Tür, und ein Diener kam herein. »Conte Isidoro, zwei Herren wollen Euch sprechen!«

Mühsam beherrscht nickte Isidoro di Cudi. »Führ sie herein!« Der Diener verschwand, und er selbst nahm auf dem einzigen Stuhl im Raum Platz.
»Tretet vor mich!«, befahl er dem Arzt und Celestino. Handelte es sich wirklich um Meuchelmörder, so standen die beiden diesem im Weg, und das gab ihm die Chance, zu entkommen. Im nächsten Augenblick keuchte er auf, denn statt einem mit einem Dolch bewaffneten Feind trat Pater Mauricio ins Zimmer. Seit dem Verrat an Pandolfina de Montcœur weilte dieser bei Silvio di Cudi und war zu dessen engstem Ratgeber geworden. Isidoro hielt es daher für ein schlechtes Zeichen, den Pater hier zu sehen.
Da wurde die Tür ganz aufgestoßen, und zwei Männer brachten einen Tragstuhl herein, auf dem Silvio di Cudi mehr lag als saß. Sein Gesicht war verzerrt und seine Haut aschgrau. Als Isidoro ihn genauer ansah, erkannte er, dass das rechte Auge seines Vaters halb geschlossen war und der ganze Augapfel wie ein blutiger Klumpen wirkte.
»Hier hast du Narr dich also verkrochen!«, lallte Silvio di Cudi kaum verständlich.
»Mein Herr!« Erziehung und Gewohnheit zwangen Isidoro, sich vor seinem Vater zu verbeugen.
»Ein Narr bist du!«, fuhr dieser fort, »aber auch mein einziger Erbe. Mein Weib kam mit einem tot geborenen Kind nieder, und mich schlug unser Herr im Himmel mit diesem Fluch. Mein Leib ist nur noch ein toter Kadaver. Ich vermag weder die Beine noch den rechten Arm zu regen, geschweige denn noch einmal einen Sohn zu zeugen. Damit liegt es allein auf deinen Schultern, die Sippe weiterzuführen.«
Es war eine Nachricht, über die Isidoro am liebsten in Jubel ausgebrochen wäre. Da nur er die Linie fortsetzen konnte, musste sein Vater ihn vor seiner Stiefmutter beschützen. Am besten war es, dieses Weib in ein Kloster zu geben und dort streng bewachen zu lassen. Er bezwang jedoch seine Gefüh-

le, kniete nieder und küsste die verkrümmte Rechte des Vaters.

»Mein Herr, ich werde alles tun, was Ihr wünscht.«

»Etwas anderes erwartet Conte Silvio auch nicht«, mischte sich da Pater Mauricio ein. »Ihr werdet daher nach Cudi zurückkehren und sowohl diese Burg wie auch Montecuore in seinem Namen verwalten.«

»Dazu bin ich bereit«, rief Isidoro erleichtert.

Auch wenn sein Vater noch lebte und Rechenschaft von ihm fordern konnte, war er doch in der Lage, seine Herrschaft auszubauen und nach dessen Tod zu übernehmen.

»Du wirst dir ein Weib nehmen und Söhne zeugen. Ich will meine Enkel noch sehen!« Silvio di Cudi musterte seinen Sohn mit einem verächtlichen Blick. In seinen Augen war Isidoro viel zu weich, um sich auf Dauer an der Grenze zwischen dem Patrimonium Petri und dem Königreich Sizilien behaupten zu können. Daher hoffte er, lange genug zu leben, bis ein Enkel, der seinen Vorstellungen eher entsprach, die Zügel in die Hand nehmen konnte.

»Habt Ihr bereits eine Braut für mich in Erwägung gezogen?«, fragte sein Sohn.

Pater Mauricio schüttelte den Kopf. »Wir wollen die Verhandlungen mit König Friedrich abwarten. Seine Heiligkeit hat vorgeschlagen, dass Ihr um Pandolfina de Montecuore freien sollt. Es würde Eure Herrschaft über diese Grafschaft festigen.«

Jetzt sah Doktor Niccolò die Gelegenheit gekommen, das Wort zu ergreifen. »Ich wüsste einen Weg, diese Heirat zu vollziehen, ohne auf eine Antwort des Königs warten zu müssen.«

Der Pater drehte sich zu ihm um, während der Kranke mit der Linken, die er noch ein wenig bewegen konnte, dem Arzt bedeutete, näher zu kommen.

»Was sagt Ihr da?«, fragte er misstrauisch.

»Dass ich Eurem Sohn dazu verhelfen könnte, Marchesa Pandolfina für sich zu gewinnen«, antwortete Doktor Niccolò lächelnd.
»Und wie wollt Ihr sie aus dem Haushalt des Königs herauslocken?« Silvio di Cudi hielt den Arzt für einen Schwätzer, doch Doktor Niccolò trat näher auf ihn zu und sprach lächelnd weiter. »Es hat Seiner Majestät, den König, beliebt, Pandolfina de Montecuore den Besuch der Heilerschule in Salerno zu erlauben. Sie wohnt bei der Hebamme Giovanna. Es wäre ein Leichtes, in deren Hütte einzudringen und die junge Dame hierherzubringen. Dann kann Euer Sohn dafür sorgen, dass es ihr unmöglich wird, eine Ehe mit ihm abzulehnen.«
Mit einem Mal wich das Lächeln von Doktor Niccolòs Lippen, und sein Gesicht verriet seinen Hass auf die junge Frau. »Sie hat mich gedemütigt und hat mich gezwungen, mich ihren Launen zu beugen. Aus diesem Grund helfe ich Euch.«
Gerade dieser Ausbruch bewies Silvio di Cudi, dass er dem Mann vertrauen konnte.
»Ein guter Plan!«, sagte er, und seine Stimme klang dabei fast normal. »Einmal ist mir dieses Biest entkommen, doch diesmal pfeife ich auf alle Bedenken, die Pater Mauricio mir damals vorgehalten hat. Wird Pandolfina das Weib meines Sohnes, wäre es der endgültige Sieg für uns. Außerdem verspricht die Tochter von Gauthier de Montcœur und seiner sarazenischen Ehefrau Enkel, die gleichermaßen von Mut und List erfüllt sind.«
Isidoro di Cudi ärgerte sich, weil seinem Vater Enkel wichtiger zu sein schienen als er, tröstete sich aber mit dem Gedanken, dass ein kranker und zum größten Teil gelähmter alter Mann eines raschen Todes sterben konnte, ohne dass sich jemand darüber wunderte. Zunächst aber brauchte er ihn noch, um Pandolfinas Zorn auf ihn zu lenken. Er selbst würde alles tun, um sich bei ihr in ein gutes Licht zu setzen.
Dem Vater blieben die Überlegungen des Sohnes verborgen,

denn seine Gedanken galten Pandolfina und der Möglichkeit, sie in seine Hand zu bekommen. Daher forderte er Doktor Niccolò auf, ihm alles zu berichten, was er über die junge Frau wusste. Ob diese freiwillig den Bund der Ehe mit Isidoro einging oder nicht, war ihm gleichgültig. Als Weib hatte sie zu gehorchen, und sollte sie sich aufsässig zeigen, würde der Stock sie schon lehren, wo ihr Platz war.

13.

An diesem Abend dauerte es etwas länger, bis Doktor Niccolò und Celestino eine Kammer zugewiesen bekamen. Die, in der sie bei ihren letzten Besuchen hatten schlafen können, beherbergte nun Silvio di Cudi und die beiden Knechte, die für ihn sorgten. Der Pater war bei Isidoro untergebracht worden, und so blieb für den Arzt und seinen Studenten nur ein kleines Kämmerchen am Ende des Flurs. Die beiden waren jedoch zufrieden. Das Bett war breit genug für zwei Personen, und es gab sogar ein Gestell, an dem sie ihre Kleider aufhängen konnten. Nur der Kerzenstumpen, den der Diener ihnen auf den Fenstersims stellte, war nach Doktor Niccolòs Ansicht zu knapp bemessen.

»Besorge uns eine andere Kerze! Diese brennt aus, noch bevor wir unser Nachtgebet gesprochen haben«, befahl er dem Diener.

Dieser eilte davon und kehrte kurz darauf mit einer armlangen Kerze zurück.

»Die wird den Herren wohl reichen«, meinte er.

»Das tut sie!« Doktor Niccolò nickte dem Mann kurz zu, wartete, bis dieser den Raum verlassen hatte, und schob dann den Riegel vor.

»Heute freut es mich doppelt, hier zu sein«, meinte er zu Celestino, während er sich seines Obergewands entledigte.

»Warum?«

»Isidoro di Cudi hat noch einmal üppig für eine Arznei bezahlt, die er nun nicht mehr braucht, und sein Vater wird mir ein hübsches Sümmchen zukommen lassen, wenn ich ihm zu

Pandolfina verhelfe. Keine Sorge, mein Liebling, du wirst dabei nicht zu kurz kommen.«

Celestino nickte scheinbar dankbar. Sein Vater hielt ihn finanziell recht knapp, und so kamen ihm Doktor Niccolòs Geschenke gerade recht. Dafür aber musste er gewisse Dinge tun und zog sich deshalb aus. Sein Gönner bewunderte den schlanken Leib des jungen Mannes, der im Licht der Kerze ein wenig golden leuchtete, und streckte die Hand nach ihm aus.

»Du bist wunderschön«, stieß er leise hervor.

Für Celestino hieß dies, dass seine Bewertungen in der Schule besser sein würden, als sie seinen Arbeiten entsprachen, und er auch bald einige Ducalis in der Hand halten würde. Er drehte sich einmal um die Achse, so dass Niccolò ihn von allen Seiten bewundern konnte. Keuchend griff dieser nach seinem Glied und hielt es fest.

»Oh, du begehrenswerter Jüngling, du machst mich rasend vor Lust!« Mit der freien Hand entledigte sich Niccolò seiner Kleidung, brauchte aber die Hilfe des Jüngeren, bis auch er nackt vor diesem stand. Im Gegensatz zu dem Studenten wirkte er plump und verschrumpelt, und sein Penis hing im Augenblick noch traurig hinab.

Celestino musterte ihn und sagte sich, dass er sich ohne die Geschenke und Vorteile, die Doktor Niccolò ihm bot, wohl nie mit diesem Mann eingelassen hätte. Zwar verspürte er eine gewisse Lust dabei, und es freute ihn, den anderen unter sich zu spüren und zu beherrschen wie ein Weib. Bei dem Gedanken erschien Pandolfinas Bild in seinen Gedanken. Sie wäre ihm als Gespielin weitaus lieber gewesen als der schwabbelige Arzt.

»Es ist eine Schande, dass dieser Tölpel Isidoro Pandolfina erhalten wird. Viel lieber würde ich sie mir nehmen!«, stieß er mit einem gewissen Verlangen hervor.

Doktor Niccolò sah ihn zornig an. »Sie ist ein Weib und zu nichts anderem nütze, als Söhne zu gebären. Wahre Liebe gibt es zwischen uns und dem weiblichen Geschlecht nicht! Und nun vergiss sie und zeige, was für ein Mann du bist.«

Auch wenn er im Bett den weiblichen Part spielte, ließ der Arzt keinen Zweifel daran, dass er der Herr war. Celestino seufzte leise, umarmte dann aber seinen Gönner und tat alles, um diesen zufriedenzustellen.

Sechster Teil

Zum Gehorsam gezwungen

1.

Die Nachricht, die Piero de Vinea ihm übermittelt hatte, war Yehoshafat Ben Shimon wichtig genug, es nicht bei einem warnenden Brief an seinen Freund Meshulam zu belassen. Stattdessen machte er sich in Begleitung eines Glaubensbruders und dessen Tochter selbst auf den Weg nach Salerno. Obwohl sie nur auf Eseln ritten, strebten sie so schnell wie möglich vorwärts und atmeten auf, als sie ihr Ziel erreichten.
Die Stadtwache führte ihr übliches Spiel mit ihnen und ließ sie warten, während andere Reisende anstandslos in die Stadt eingelassen wurden. Yehoshafat Ben Shimon war die Schikanen der Christen gewohnt und machte sich nichts daraus, während seine junge Begleiterin immer ängstlicher dreinsah. Ihrem Vater gelang es jedoch, sie zu beruhigen, und als Yehoshafat dem Anführer der Wachen heimlich eine Münze zugesteckt hatte, durften sie die Stadt betreten.
Wenig später stiegen sie vor Meshulam Ben Levis Haus aus den Sätteln und klopften an die Hoftür. Meshulams Knecht Dror öffnete ihnen und kümmerte sich um die Esel, während eine Magd ins Haus eilte, um die unerwarteten Gäste anzukündigen.
Meshulam Ben Levi kam selbst heraus und sah seine Glaubensbrüder erstaunt an. »Ich freue mich, euch zu sehen, hoffe aber, dass ihr keine schlechte Nachricht bringt«, rief er.
»Friede sei mit dir, Meshulam, Sohn des Levi«, antwortete Yehoshafat Ben Shimon. »Wir sind gekommen, um mit dir zu sprechen und dir zu raten.«

Meshulam kniff erstaunt die Augen zusammen. »Zu raten? Das hört sich nicht gut an. Doch kommt ins Haus! Mein Weib wird euch gleich eine Erfrischung zubereiten.«

Yehoshafat, sein Freund Itzhak Ben Oved und dessen Tochter Shifra folgten ihm. Zur Verwunderung des Hausherrn blieb das Mädchen bei ihnen und schloss sich nicht seinem Weib und seiner Tochter an.

»Nun sagt mir endlich, weshalb ihr hier ohne Ankündigung erscheint«, sagte er schließlich.

»Es geht um deinen Sohn, mein Freund. Es kam uns zu Ohren, dass er oft in Begleitung von Pandolfina de Montecuore gesehen wurde«, begann Yehoshafat.

»Die junge Dame ist gelegentlich Gast in meinem Haus, denn sie interessiert sich sehr für Medizin«, antwortete Meshulam.

»Gerüchte über deinen Sohn und die Marchesa gelangten auch an den Hof des Königs. Ich bin froh, dass ich zur rechten Zeit in Lucera weilte und daher rasch handeln konnte. Es ist nie gut für einen jungen Mann aus dem Volke Israels, mit einer Dame von Stand in Verbindung gebracht zu werden.«

Yehoshafat zeigte deutlich, wie besorgt er war. Auch Meshulam war einen Augenblick betroffen, schüttelte dann aber den Kopf.

»Es ist nicht so, wie du denkst, mein Freund. Sowohl Yachin wie auch die junge Dame wahren den nötigen Abstand.«

Yehoshafat hob in einer entschiedenen Geste die Hand. »Das mag sein, doch allein schon das Gerücht, es könnte anders sein, ist wie Gift. Du wirst deinem Sohn daher befehlen, sich nie mehr mit Marchesa Pandolfina zu treffen. Außerdem wird Yachin noch in dieser Woche die Tochter unseres Freundes Itzhak Ben Oved zum Weib nehmen. Ich hoffe, dass dies ausreicht, um Unheil zu verhindern. Der König ist uns zwar wohlgesinnt, doch handelt es sich bei Pandolfina de Montecuore um eines seiner Mündel. Sollte er glauben, ein Mann unseres Volkes hätte sie in Schande gebracht, könnte er seine Hand vom

Volke Israels abziehen, oder zumindest jene, die uns hassen, nicht daran hindern, uns Schaden zuzufügen.«

»Aber …«, stieß Meshulam Ben Levi hervor, begriff aber schnell, dass es keine andere Lösung gab als die, die sein Freund vorgeschlagen hatte. Er sah Shifra an, die einen Teil ihres Kopftuchs wie einen Schleier vor ihr Gesicht gezogen hatte. Auf Anweisung ihres Vaters senkte sie das Tuch, und Meshulam sah ein junges Ding vor sich, zwar hübsch, aber nicht im Geringsten mit Pandolfina zu vergleichen. Daher konnte er nur hoffen, dass Yachin keine tieferen Gefühle für das Edelfräulein entwickelt hatte, und wenn doch, dass er diese zu beherrschen wusste.

»So soll es geschehen«, sagte er entschlossen und rief nach Frau und Tochter, um sie von seinem Entschluss, Yachin zu verheiraten, in Kenntnis zu setzen.

Geula war es gewohnt, ihrem Mann zu gehorchen, und fügte sich ohne Widerrede. Schlimmer wurde es jedoch, als Yachin aus der Stadt zurückkehrte und von der bevorstehenden Wende seines Schicksals erfuhr. Wie beinahe jeden Tag hatte er sich mit Pandolfina im Pinienhain getroffen und sich vorgestellt, wie es wäre, sie im Arm zu halten. Um sie für sich zu gewinnen, hatte er bereits überlegt, seinem Glauben zu entsagen.

Daher schüttelte er empört den Kopf. »Ich denke nicht daran, ein Mädchen zu heiraten, das ich nicht kenne.«

»Ich bin dein Vater, und du hast mir zu gehorchen!«, fuhr Meshulam auf.

Yehoshafat bedeutete ihm, zu schweigen. »Lass mich mit deinem Sohn sprechen, mein Freund. Es geht hier nicht nur um den Gehorsam, den der Sohn dem Vater schuldet, sondern um das Schicksal der Kinder Israels im Königreich Sizilien und darüber hinaus im Heiligen Römischen Reich. Käme das Gerücht auf, ein Mann unseres Volkes hätte ein Mädchen aus hohem Adel verführt, würde dies den Zorn der Christen entfachen.«

Während Yachin abwehrend schnaubte, fuhr Yehoshafat fort:

»Gerüchte haben die Eigenart, sich zu vermehren und zu verschlimmern. Einhundert Meilen weiter würde es bereits heißen, die Jungfrau sei geschändet worden, weitere hundert Meilen weiter würden unsere Feinde behaupten, sie wäre geraubt und in einer widerlichen Zeremonie von allen Söhnen Israels in dieser Stadt vergewaltigt worden. Weißt du, was dann geschehen würde?«, fragte er Yachin.
Der junge Mann begann zu zittern. »Ich will doch nur …«
»Schlage dir Pandolfina de Montecuore aus dem Kopf, sonst besteht die Gefahr, dass er dir abgeschlagen wird, ebenso deinem Vater und vielen anderen unseres Volkes. Was mit deiner Mutter und deiner Schwester geschehen würde, wenn Horden von Christen dieses Haus stürmen sollten, kannst du dir selbst vorstellen. Gehorche also und bete, dass dein unbesonnenes Handeln unserem Volk nicht schaden wird!« Yehoshafat Ben Shimons Stimme hieb wie mit Ruten auf Yachin ein.
Schließlich senkte der junge Mann den Kopf. »Es geschehe so, wie ihr es befehlt!«
Er spürte, dass er sich von seinen Träumen verabschieden musste, und schalt sich, weil er zu feige war, sich gegen die Seinen durchzusetzen.
»Ich bitte euch nur um eines«, sagte er mit bebender Stimme. »Überlasst es mir, es Pandolfina mitzuteilen.«
Yehoshafat überlegte kurz und nickte dann. »Es sei dir erlaubt! Wir werden aber in der Nähe sein und wachen.«
So ganz traute er dem jungen Mann doch nicht und wollte verhindern, dass dieser leichtsinnigerweise mit Pandolfina davonlief.

2.

Um die gleiche Zeit saß Piero de Vinea in seinen Gemächern im königlichen Palast zu Lucera und betrachtete das schmuckvolle Kästchen auf dem Tisch, das bis zum Rand mit Goldmünzen gefüllt war. Es war ein Geschenk des Papstes und mit der Aufforderung verbunden, zu verhindern, dass König Friedrich das Herzogtum Spoleto und die Mark Ancona für Sizilien und das Heilige Römische Reich zurückforderte, um seine beiden Reiche durch eine gemeinsame Grenze zu vereinen. Das war auch Vineas Wunsch, denn in einem solchen Fall war zu erwarten, dass noch mehr deutsche Edelleute an den Hof des Königs und Kaisers eilten und ihn und seine einheimischen Freunde verdrängten.

Ein Problem stellten die Grafschaften Montecuore und Cudi dar. Nach Friedrichs Willen sollten beide zu Sizilien kommen. Der Papst war jedoch nur zu einer nominellen Angliederung an das Königreich bereit, nicht aber zu einer vollkommenen Übergabe. Eine Heirat von Pandolfina de Montecuore mit Isidoro, dem Erben Silvio di Cudis, hätte das Problem gelöst.

Vinea wusste jedoch, dass Pandolfinas Hass auf ihren Todfeind zu groß war, um dessen Sohn freiwillig die Hand zu reichen. Nur ein strenger Befehl des Kaisers hätte die Heirat zustande bringen können, doch Friedrich zögerte, diesen zu erteilen.

»Es muss einen anderen Weg geben«, stieß Piero de Vinea hervor. »Solange Pandolfina in Apulien weilt, wird es nie Frieden mit di Cudi geben. Ihre Feindschaft zu ihm könnte sogar den Frieden mit dem Papst gefährden.«

Dabei war es doppelt wichtig, dass dieser zustande kam, dachte er. Die lombardischen Städte wurden immer aufsässiger, und der König würde sich schon bald mit ihnen befassen müssen. Wenn der Papst den Lombarden half, bestand die Gefahr, dass Friedrich scheiterte.

De Vinea erfreute sich noch einen Augenblick lang an dem Glanz des Goldes, schloss dann das Kästchen und steckte es in eine Truhe, deren massives Schloss niemand so leicht aufbrechen konnte. Anschließend verließ er den Raum und eilte zu den Gemächern des Königs. Die Wachen ließen ihn anstandslos ein, und er sah, dass Friedrich recht entspannt auf seinem Stuhl saß und einem Schreiber einen Text diktierte. Es ging um die Haltung von Falken, eine der großen Vorlieben des Königs, die ihn nach Piero de Vineas Ansicht am meisten daran hinderte, sich den Problemen seiner Reiche so zu widmen, wie es nötig gewesen wäre.

»Mein lieber de Vinea, Ihr seid es«, sagte Friedrich gut gelaunt. »Ich hoffe, es führt Euch nichts Schlimmeres zu mir als eine Bittschrift, die unbedingt noch heute überreicht werden muss!«

»Ich wollte, es wäre so. Doch mein Anliegen berührt die Grundfesten des Reiches«, antwortete Piero de Vinea mit besorgter Stimme.

»Gleich die Grundfesten?« Friedrich wirkte erstaunt, aber nicht sonderlich besorgt. Seit der Niederwerfung des apulischen Aufstands saß er weitaus fester auf seinem Thron als früher.

Piero de Vinea wusste das, doch seiner Meinung nach maß der König den rebellischen Lombarden nicht die Bedeutung zu, die ihnen gebührte. Auch in diesem Moment dachte Friedrich nicht daran, den Schreiber umgehend zu verabschieden, sondern diktierte ihm noch etliche Sätze, die er sich auf einem Stück Pergament notiert hatte. Erst als er damit fertig war, forderte er den Mann zum Gehen auf und wandte sich de Vinea zu. »Und wo wackeln nun die Grundfesten meines Reiches?«, fragte er spöttisch.

»An mehreren Orten! In den deutschen Landen verweigert sich König Heinrich Euren Befehlen. Mailand und andere lombardische Städte erheben sich gegen Euch, und an der Grenze zum Machtbereich Seiner Heiligkeit liegen die beiden Grafschaften Montecuore und Cudi wie offene Wunden, die sich nicht schließen werden, solange Ihr Marchesa Pandolfina ihren Willen lasst«, erklärte Piero de Vinea mit vorwurfsvoller Stimme.

»Ich werde gegen die Lombarden ziehen und sie unterwerfen. Heinrich erhält den Befehl, mit mehreren tausend deutschen Rittern und Kriegsvolk zu mir zu stoßen. Weigert er sich, wird mein Zorn ihn treffen«, antwortete Friedrich und griff nach seinem Becher. Er fühlte sich von de Vinea gestört, denn in seinem Schlafgemach wartete Bianca Lancia d'Agliano, um ihn, den zweifachen Witwer, vergessen zu lassen, dass er ohne Weib war.

Piero de Vinea spürte, dass es Friedrich zu Bianca Lancia zog, wollte ihn aber nicht gehen lassen, bevor dieser entschieden hatte, was mit Pandolfina zu geschehen hatte. »Verzeiht, Euer Majestät, doch im Augenblick bereiten mir König Heinrich und die Lombarden weniger Sorgen als die Marchesa Montecuore. Es war ein Fehler, sie nach Salerno zu schicken. Sie hat sich dort mit ihren Lehrern zerstritten und pflegt ein unziemliches Verhältnis mit einem jungen jüdischen Arzt.«

»Ich erteilte Euch doch den Befehl, dies zu unterbinden«, antwortete Friedrich verärgert.

»Ich tat das Meine und sandte sogar den jüdischen Arzt Yehoshafat nach Salerno, um dafür zu sorgen, dass die junge Dame den gebührenden Anstand nicht vergisst!«

»Meint Ihr Yehoshafat Ben Shimon? Der lebt und praktiziert doch in Foggia«, sagte Friedrich verwundert.

»Er weilte zufällig wegen irgendeiner religiösen Angelegenheit der Juden in Lucera. Da er mit Marchesa Pandolfina bekannt ist, habe ich mich an ihn gewandt.« De Vineas Bericht stimmte insofern, dass er Meir Ben Chayyim, den Leibarzt des Königs, zu sich gerufen und diesem von Pandolfinas Freundschaft zu Yachin berichtet hatte. Von Yehoshafats Reise nach Salerno hatte er erst später erfahren, tat aber jetzt so, als wäre sie auf seine Anweisung hin geschehen.

Friedrich wirkte auf einmal nachdenklich. Zwar liebte er Pandolfina wie ein eigenes Kind, kannte aber auch ihren Eigensinn. Außerdem erinnerte er sich daran, wie sie schon einmal auf einen unpassenden jungen Mann hereingefallen war.

»Was schlagt Ihr vor?«, fragte er. »Ich will sie nicht zwingen, Isidoro di Cudi zu heiraten. Dafür ist zu viel Böses zwischen den beiden Familien vorgefallen.«

Die Worte des Königs verrieten Piero de Vinea, dass er gewonnen hatte. Er atmete erleichtert auf und rang sich ein Lächeln ab. »Diese Ehe wäre von Vorteil, wenn die junge Dame bereit wäre, sie einzugehen. Da sie das nicht ist, muss ein anderer Ehemann für sie gefunden werden. Allerdings würde ich Eurer Majestät empfehlen, sie nicht mit einem Edelmann aus Sizilien oder Apulien zu vermählen. Sie würde ihre Fehde mit di Cudi auf ihre neue Familie übertragen, und dies könnte den fragilen Frieden mit Seiner Heiligkeit, dem Papst, gefährden. Daher schlage ich vor, Ihr gebt sie einem der deutschen Herren zur Frau, von denen Ihr wisst, dass sie bald wieder in ihre Heimat zurückkehren. Fern von Apulien wird Pandolfina de Montecuore keine Gelegenheit finden, ihre Feindschaft mit Silvio di Cudi und dessen Familie weiterzuführen.«

Friedrich überlegte erneut. Es tat ihm leid, Pandolfina etwas befehlen zu müssen, was ihr höchstwahrscheinlich zuwider war. Doch in einem hatte Vinea recht: Eine Liebschaft mit einem jungen Juden durfte er nicht dulden.

»Es ist wahrlich besser, sie mit einem deutschen Edelmann zu verheiraten. Hier in Apulien könnte ihr das Gerücht ihrer Liebschaft mit diesem Arztsohn schaden. Lasst sie zurückrufen!« Der König seufzte und wollte die Kammer verlassen, um zu Bianca zu gehen.

Doch Piero de Vinea war noch nicht fertig. »Euer Majestät, haltet Ihr es nicht für besser, wenn Marchesa Pandolfina von ihrem Bräutigam abgeholt wird? Es gäbe den beiden die Gelegenheit, sich aneinander zu gewöhnen.«
»Macht, wie es Euch am besten dünkt«, antwortete Friedrich und ging zur Tür. »Ihr werdet gewiss einen passenden Ehemann für sie finden.«
»Ich dachte an den Sohn dieses deutschen Grafen, der mit Eurem Sohn im Streit liegt«, antwortete Vinea, da Leonhard einer der wenigen unverheirateten deutschen Edelleute am Hofe war. Vor allem aber waren sein Vater und er nicht in der Lage, eine vom König empfohlene Braut so einfach abzulehnen.
»Dann soll es so sein.« Friedrich nickte und sah zu, wie sein Berater den Raum verließ.
Habe ich jetzt richtig gehandelt?, fragte er sich. Es kam ihm feige vor, Pandolfina in das kalte Germanien zu verbannen. Immerhin hatte sie ihm in Jaffa das Leben gerettet. Er liebte sie zudem wie eine Tochter – vielleicht sogar mehr – und fühlte bei dem Gedanken, sie zu verlieren, einen tiefen Schmerz.

3.

Leonhard weilte nun schon einige Wochen am Hofe des Kaisers. Im Gegensatz zu seinem Vater, der auf ein Machtwort Friedrichs wartete, um so rasch wie möglich nach Hause zurückkehren zu können, genoss er den Aufenthalt in Lucera. Da er hier nicht ständig unter Graf Ludwigs oder Ritter Eckberts Aufsicht stand, konnte er seine Kenntnisse der italienischen Sprachen verbessern und mit einigen Herren am Hof Latein sprechen. Vor allem gab es hier viele Bücher, die er sich ausleihen, und genügend versteckte Winkel, in denen er sie lesen konnte. Da sein Vater und sein Ausbilder diese Beschäftigung nicht gutheißen würden, entwickelte er viel Phantasie, um zu verhindern, dass sie ihm auf die Schliche kamen.

Auch an diesem Tag saß er mit einem Buch aus der Bibliothek des Königs in einem Erkerzimmer am Fenster und las. Da erscholl auf einmal die Stimme seines Vaters ganz in seiner Nähe. »Leonhard! Beim Blute Christi, wo bist du schon wieder?«

Erschrocken sprang Leonhard auf. Wenn der Vater ihn mit einem Buch in der Hand erwischte, gab es ein Donnerwetter, das in ganz Lucera zu hören sein würde. Ein Schatten machte ihn darauf aufmerksam, dass jemand an einem der Fenster vorbeiging. Er schaute hin und erkannte erleichtert, dass es nicht sein Vater war, sondern Antonio de Maltarena, einer der apulischen Gefolgsleute Kaiser Friedrichs. Rasch folgte er dem jungen Mann und sprach ihn aus Gewohnheit auf Deutsch an.

»Verzeiht, Conte Antonio, aber könnt Ihr für mich dieses Buch in die Bibliothek des Königs zurückbringen? Mein Vater ruft nach mir, und ich wage nicht, ihn durch langes Zögern zu erzürnen.«

Antonio de Maltarena wollte diese Zumutung bereits zurückweisen, änderte jedoch seine Meinung und streckte die Hand aus.

»Gebt her!« Sein Deutsch war schlechter geworden, seit Heimo von Heimsberg fort war, aber noch verständlich.

Rasch reichte Leonhard ihm das Buch und eilte davon. Er bemerkte nicht, dass Maltarena nicht den Weg zur Bibliothek einschlug, sondern ihm folgte. Da Conte Antonio einen nicht geringen Teil seines Einflusses daraus zog, dass er Beobachtungen, Mitgehörtes und Gerüchte an die richtigen Personen weitertrug, interessierte er sich auch für die deutschen Gäste am Königshof.

Graf Ludwig erwartete seinen Sohn zusammen mit Ritter Eckbert auf dem Flur. Keiner von ihnen achtete auf den apulischen Edelmann, der scheinbar zufällig heranschlenderte.

»Da bist du ja endlich!«, fuhr der Vater Leonhard an. »Herr Peter von Vinea erwartet uns und will uns etwas Wichtiges mitteilen. Wir dürfen ihn nicht warten lassen.«

»Ich bin so rasch gekommen, wie es ging«, verteidigte Leonhard sich.

Sein Vater achtete nicht auf seine Worte, sondern befahl ihm barsch, mit ihm zu kommen. Kurz darauf erreichten sie Piero de Vineas Gemächer und traten ein. Antonio de Maltarena folgte ihnen bis zur Tür und stellte erleichtert fest, dass die Deutschen diese einen Spalt weit offen gelassen hatten und er lauschen konnte.

»Hier sind wir«, erklärte Graf Ludwig selbstbewusst und musterte den elegant gekleideten Apulier, der großen Einfluss auf den Kaiser besaß, mit einem schiefen Blick.

»Ich danke Euch, dass Ihr meinem Ruf so schnell gefolgt seid«, begann Piero de Vinea. »Seiner Majestät, dem Kaiser des Heiligen Römischen Reiches und König von Sizilien, beliebt es, eine Ehe zwischen einer jungen Dame aus höchstem sizilianischem Adel und Eurem Sohn zu stiften.«

Für Leonhard war diese Ankündigung wie ein Schlag, während die Miene seines Vaters sich aufhellte. Eine Ehe, die der Kaiser vorschlug, war nicht nur eine hohe Auszeichnung, sondern verhieß auch, dass Friedrich sich für ihre Sache einsetzen würde. Allein mit dieser Ankündigung hatte sich die lange Reise hierher bereits gelohnt.

»Wir danken Seiner Majestät«, erklärte er und versetzte seinem Sohn einen Rippenstoß. »Danke auch du dem Kaiser!«

Leonhard schluckte und sah Vinea verzweifelt an. »Ich … äh … weiß … äh … diese Ehre zu würdigen.«

»Wer ist die Braut, die Seine Majestät für meinen Sohn bestimmt hat?«, fragte sein Vater.

»Es handelt sich um Pandolfina de Montcœur, Tochter des Grafen Gauthier de Montcœur«, antwortete Vinea freundlich und unterschlug dabei, dass Pandolfinas Sippenname nach dem Tod des Vaters auf Anweisung des Königs in der hier gebräuchlichen Sprache als Montecuore geschrieben und gesprochen wurde.

Der Lauscher vor der Tür riss den Mund auf, konnte aber im letzten Augenblick einen Aufschrei unterdrücken. Zwar war Pandolfina nach Maltarenas Ansicht zu arm, als dass er eine Ehe mit ihr ins Auge hätte fassen können. Doch wie es aussah, würde der Deutsche, der sie heiraten sollte, ein entsprechendes Lehen verliehen bekommen. Vielleicht hatte der König ihn auch ausgesucht, um die Grafschaft Montecuore zurückzuerobern. Das war etwas, das seinen geheimen Mentor, den Prälaten Gianni di Santamaria, interessieren würde. Daher spitzte er die Ohren, um sich ja nichts entgehen zu lassen.

»Die Braut weilt derzeit noch in Salerno. Euer Sohn soll sie dort abholen. Ein junger Herr, der für ihn übersetzen kann, wird ihn begleiten.«

»Soll das nicht besser ich tun?«, fragte Graf Ludwig, da er Leonhard wenig zutraute.

Piero de Vinea schüttelte den Kopf. »Der König wünscht, mit Euch über die Verhältnisse in den deutschen Landen zu sprechen. Daher dürft Ihr den Hof vorläufig nicht verlassen.«

Dies war nicht einmal gelogen, denn Friedrich lag viel daran, zu erfahren, was jenseits der Alpen vor sich ging.

»Dann werdet Ihr den Jungen begleiten«, wandte Graf Ludwig sich an Ritter Eckbert. Dieser schüttelte jedoch den Kopf.

»Es wird an der Zeit, dass Euer Sohn lernt, auf eigenen Füßen zu stehen. Ich kann nicht ewig die Amme für ihn spielen! Kurt soll ihn begleiten sowie ein halbes Dutzend Eurer Waffenknechte. Aber nur wenn sie bereit sind, Leonhard zu gehorchen.«

In den Worten des alten Ritters schwang eine gewisse Warnung an seinen Herrn mit, die Stellung seines Sohnes bei seinen Gefolgsleuten nicht durch andauernde Kritik zu erschweren.

»Gut. Du brichst morgen auf!« Damit war nach Graf Ludwigs Meinung alles gesagt.

Leonhard nickte unglücklich und verbeugte sich vor de Vinea. Als er den Raum verließ, trat Ritter Eckbert an seine Seite und klopfte ihm auf die Schulter.

»Kopf hoch, mein Junge! Heiraten musst du so oder so, und ob nun der Kaiser oder dein Vater dir die Braut aussucht, bleibt sich gleich.«

Damit hatte der alte Recke zwar recht, doch Leonhard erschreckte die Tatsache, schon bald an eine Frau gefesselt zu sein. Im Kloster hatte er Frauen nur von ferne gesehen, und die Begegnung mit seinen Schwestern Anna und Gertrud war nicht geeignet gewesen, sein Zutrauen zum weiblichen Geschlecht zu stärken.

Antonio de Maltarena hatte sich in eine dunkle Ecke verzogen, als Leonhard, dessen Vater und der alte Ritter Vineas Gemächer wieder verließen. Nun trat er an Vineas Tür und klopfte.

»Wer ist da?«, fragte dieser in einem Tonfall, der deutlich spüren ließ, dass er sich gestört fühlte.

»Verzeiht, ich bin es, Antonio de Maltarena!« Mit diesen Worten trat der Conte ein und deutete eine Verbeugung an.

Piero de Vinea musterte ihn mit einer gewissen Verachtung. Anders als viele andere junge Herren, die den Aufenthalt nutzten, um zu lernen und später dem König auf hohen Posten dienen zu können, hielt Antonio de Maltarena dies für unter seiner Würde. Nicht zuletzt deshalb hatte Friedrich es bisher vermieden, ihm das erhoffte Lehen zu übergeben.

»Ihr wünscht?«, fragte Vinea nicht freundlicher als zuvor.

»Ich wollte Euch bitten, Euch bei Seiner Majestät, dem König, für mich einzusetzen. Als Herr der kleinen Grafschaft Ghiocci kann ich nicht so viel für das Reich bewirken wie als Herr eines größeren Lehens.«

Vinea wollte ihn schon wegschicken, als ihm einfiel, dass der Conte zu einem gewissen Maß der deutschen Sprache mächtig war. Wenn er ihn mit Leonhard mitschickte, konnte ein anderer, der hier weitaus wertvollere Arbeit leistete, am Hof bleiben.

»Um ein größeres Lehen zu erhalten, werdet Ihr größere Dienste für das Reich leisten müssen als bisher«, sagte er daher und spielte mit einem Goldstück, das auf seinem Tisch liegen geblieben war. Die Anspielung war deutlich, doch Maltarena besaß nicht die Mittel, um einen Mann wie Piero de Vinea zufriedenzustellen. Dieser wusste dies auch und amüsierte sich über das wechselnde Mienenspiel seines Gegenübers.

»Ihr könntet meine Dankbarkeit und auch die Seiner Majestät erringen, wenn Ihr Leonardo de Löwenstein nach Salerno begleitet und für ihn übersetzt.«

Zu anderen Zeiten hätte Maltarena eine solche Aufgabe als Zumutung abgelehnt, war aber nicht zuletzt deswegen zu Vinea gekommen, um von diesem als Bärenführer dieses Deutschen ausgewählt zu werden. Auf dem Weg nach Salerno wollte er Leonhard etliches über dessen Braut erzählen und sich auf diese Weise an Pandolfina für die Demütigung rächen, die sie ihm zugefügt hatte.

4.

Es dauerte einige Tage, bis Yachin Ben Meshulam den Mut fand, Pandolfina gegenüberzutreten. Er fühlte sich todunglücklich und schwitzte, obwohl ein kühler Wind vom Meer her wehte. Als Pandolfina auf ihn zukam, wagte er nicht, ihr ins Gesicht zu sehen. Sie spürte, wie schlecht es ihm ging, und fasste besorgt nach seiner Hand. »Was hast du? Du bist doch nicht etwa krank?«

Yachin schüttelte den Kopf. »Nein, bin ich nicht!«

»Aber etwas nagt an dir! Hast du dich mit deinem Vater zerstritten?« Diese Möglichkeit bestand, wenn Yachin diesem von seinen Gefühlen ihr gegenüber erzählt hatte. Von ihren Besuchen bei Meshulam und den Gesprächen mit dessen Frau und Tochter wusste Pandolfina, dass die Juden lieber unter sich blieben und es ablehnten, zu engen Kontakt zu Andersgläubigen zu suchen.

Yachin schüttelte wieder den Kopf. »Das ist es auch nicht. Es … es ist so, dass ich nächste Woche heiraten werde!«

Zu Hause hatte er sich Dutzende Phrasen ausgedacht, wie er Pandolfina diese Tatsache beibringen konnte, und war nun auf eine so plumpe Weise damit herausgeplatzt.

»Du willst heiraten?« Pandolfina glaubte, nicht richtig zu hören. »Dabei dachte ich, es liegt dir etwas an mir.«

»Ich mag dich wirklich«, versicherte Yachin. »Aber du bist nun einmal keine Tochter meines Volkes, sondern eine Christin.«

Pandolfina wollte schon sagen, dass sie bereit gewesen wäre, ihren Glauben zu wechseln, schluckte es aber wieder hinunter. »Zwingt dein Vater dich zu dieser Ehe?«, fragte sie stattdessen.

»O nein, das tut er ganz gewiss nicht«, wehrte Yachin wahrheitswidrig ab.

Trotzdem begriff Pandolfina, dass es so sein musste. »Du musst dich deinem Vater nicht beugen. Wir könnten zusammen in ein anderes Land gehen«, schlug sie vor.

Vor dem Gespräch mit Yehoshafat Ben Shimon hätte Yachin zugestimmt. Doch jetzt schüttelte er erneut den Kopf. »Ein Mann meines Volkes findet Sicherheit nur unter seinesgleichen. Doch um mit dir zu gehen, würde ich alle Verbindungen lösen müssen. Das kann ich nicht.«

Ich wäre dazu bereit gewesen, dachte Pandolfina. Auch wenn sie für Yachin keine himmelsstürmende Leidenschaft empfand, sondern nur ein Gefühl inniger Freundschaft, fühlte sie sich tief gekränkt. Zum zweiten Mal hatte ein Mann zunächst so getan, als würde er sie lieben, und zum zweiten Mal war sie getäuscht worden. Sie kämpfte gegen die Tränen an, die in ihr aufsteigen wollten, und sagte sich, dass er sie nicht schwach sehen durfte.

»Nun, dann sei es so! Nimm dieses Weib und werde glücklich mit ihm.« Es gelang Pandolfina, es ohne Schwanken und Zittern auszusprechen. Sie nickte Yachin noch kurz zu und wandte sich zum Gehen.

Mit dem Gedanken, sich wie ein Feigling benommen zu haben, sah er ihr nach, doch sie drehte sich kein einziges Mal mehr zu ihm um.

Von ihren aufgewühlten Gefühlen beherrscht, achteten beide nicht auf den Reitertrupp, der an dem Pinienhain vorbeiritt und auf eine Schenke in der Nähe von Giovannas Haus zuhielt. Obwohl sie die Kleidung einfacher Reisender trugen, sahen sie nicht so aus, als würden sie die Schwerter an ihren Hüften nur tragen, weil es so Sitte war.

Ihr Anführer entdeckte Pandolfina und wandte sogleich das Gesicht ab. Es handelte sich um Pepito, der einst als Koch auf der Burg ihres Vaters gearbeitet und nach dessen Tod den Verwalter Richard ermordet hatte. Auch zwei aus seiner Schar hielten es für besser, nicht von Pandolfina erkannt zu werden. Erst als sie die Schenke erreichten, drehte Pepito sich um und sah, dass die junge Frau das Haus der Hebamme betrat.

»Ruffino, du gibst acht, ob sie im Haus bleibt«, sagte er zu dem jüngsten seiner Begleiter und trat in die Schenke.

»Lasst mir einen Krug Wein bringen!«, forderte Ruffino seine Kameraden auf und setzte sich in den Schatten eines Apfelsinenbaums, der neben der Schenke wuchs.

5.

Als Pandolfina in die Küche trat, merkte Giovanna sofort, dass etwas geschehen sein musste. »Hat dich dieser elende Doktor Niccolò wieder geärgert?«, fragte sie besorgt.

»Wer? Nein, es ist nichts!«

Pandolfina schritt an der Hebamme vorbei zur Treppe, die nach oben führte, und stieg hinauf. Ihr war danach, sich in ihrer Kammer zu verkriechen und dort die Tränen zu weinen, die sie niemandem zeigen wollte. Selbst Cita durfte sie nicht sagen, was sie bewegte. Immerhin hatte sie ihren Glauben verraten wollen, um mit einem Mann zusammenleben zu können, der es nicht wert war. Sie begriff jedoch, dass sie Yachin nicht verdammen durfte. Er war nun einmal ein sanfter, junger Mann und nicht in der Lage, sich gegen seinen energischen Vater durchzusetzen. Trotzdem hätte sie ihm ein wenig mehr Mut gewünscht.

Während sie sich in voller Kleidung auf ihr Bett legte, dachte sie darüber nach, was sie nun tun sollte. Das Studium, das sie hier in Salerno begonnen hatte, reizte sie auf einmal nicht mehr. Von Doktor Niccolò und den anderen Ärzten hatte sie bislang nur gelernt, sich in möglichst gedrechselten und für normale Menschen unverständlichen Sätzen auszudrücken. Auf medizinisches Wissen hatte sie vergebens gehofft. Nur von Meshulam Ben Levi hatte sie etwas lernen können. Dessen Haus aber, so sagte sie sich, würde sie von nun an nie mehr betreten.

»Ich werde den König bitten, mich wieder an den Hof zu holen«, murmelte sie und spürte im selben Moment, dass auch dies sie nicht reizte. »Ich bin gescheitert, mit allem, was ich je begonnen habe«, sagte sie mit einem bitteren Auflachen.

Es war ihr nicht gelungen, die väterliche Burg gegen di Cudi zu halten, ebenso wenig hatte sie den König dazu bringen können, ihren Feind zu vertreiben und ihr das Erbe zurückzugeben, und nun stand sie auch in Salerno vor den Trümmern ihrer Träume.

»Ich wollte, ich wäre tot.« Als sie ihre eigene Stimme hörte, fühlte sie, dass auch das keine Lösung war. Sie musste dieses Leben meistern, und wenn es ihr noch so viele Steine in den Weg rollte. Da sie das Studium hier in Salerno begonnen hatte, würde sie es zu Ende führen. In wenigen Wochen würde sie die zwei elenden Jahre mit Logik und Rhetorik hinter sich gebracht haben, und von da an mussten die Herren Doktoren sie Medizin lehren.

Von diesem Gedanken erfüllt, wischte sie sich die Tränen aus den Augen, wusch ihr Gesicht mit dem Wasser, das Cita für die Abendtoilette bereitgestellt hatte, und stieg wieder nach unten.

Inzwischen befand sich auch Cita in der Küche und hatte von Giovanna gehört, dass etwas geschehen sein musste. Obwohl sie sonst nicht ängstlich war, wagte sie es angesichts des entschlossenen Zuges um die Lippen ihrer Herrin nicht zu fragen, was diese bedrückte. Allerdings hatte sie vorhin Yachin mit todunglücklicher Miene auf sein Elternhaus zugehen gesehen und machte sich ihren Reim darauf. Aus welchem Grund auch immer musste es zum Streit zwischen den beiden gekommen sein. Sie hoffte, dass Pandolfina vernünftig genug war, um nicht weiter die Gesellschaft des jungen Juden zu suchen. Es liefen bereits Gerüchte über sie herum und setzten sie in ein schlechtes Licht.

»Es gibt heute Abend Fischsuppe mit Tintenfischen, eingelegte Oliven und frisches Brot«, erklärte Cita, um ihre Herrin auf andere Gedanken zu bringen.

Essen war nicht gerade das, was Pandolfina interessierte. Trotzdem nickte sie. »Gut.«
»Wir haben auch Wein«, fuhr Cita fort. »Wollt Ihr ihn wieder mit Wasser verdünnen?«
»Das werde ich – und du wirst es auch tun!« Pandolfina erinnerte sich daran, wie ihre Magd vor einigen Tagen mehrere Becher unvermischten Weines getrunken hatte und davon arg betrunken geworden war.
Auch Cita dachte daran und zog den Kopf ein. »Ich glaube, das ist wohl besser.«
»Ein zweites Mal werde ich dir keinen Eimer hinhalten, wenn dir vom Wein übel wird«, drohte Pandolfina und stellte verwundert fest, wie leicht ihr Schmerz über einer solch nebensächlichen Begebenheit in den Hintergrund getreten war.
Sie setzte sich an den Tisch und sah Giovanna und Cita zu, die das Essen zubereiteten. Als die Schüsseln auf den Tisch gestellt wurden, verspürte sie sogar Hunger und aß mit gutem Appetit. Allerdings musste sie sich diesmal im Zaum halten, denn irgendein Teufelchen flüsterte ihr zu, dass sie die Kränkung durch Yachin schneller vergessen würde, wenn sie sie in Wein ertränkte. Da sie aber erlebt hatte, dass Menschen während ihrer Trunkenheit nicht mehr sie selbst waren, schob sie schließlich den Becher zurück.
»Ich bin müde und werde zu Bett gehen«, sagte sie.
»Ich helfe Giovanna nur noch beim Aufräumen, dann stehe ich zu Eurer Verfügung«, antwortete Cita und sagte sich, dass ihre Herrin auch das, was zwischen ihr und Yachin geschehen sein mochte, überstehen würde.

6.

Die ersten Tage der Reise hatte Antonio de Maltarena sich noch zurückgehalten. Als sie sich Salerno näherten, lenkte er seinen Hengst neben Leonhards Reittier und sprach ihn an.

»Verzeiht, aber ich kann nicht länger schweigen!«

»Was gibt es?«, fragte Leonhard verwundert.

»Nun, es geht um Eure Braut! Euer Vater und Ihr seht es als Ehre an, dass der König diese Ehe für Euch stiftet. In Wirklichkeit will Friedrich das Mädchen nur an einen Mann loswerden, der nichts von ihrem Leumund weiß und ihn, da er mit ihr in seine Heimat zurückkehrt, auch nie erfahren soll.«

Leonhard zuckte zusammen. »Was meint Ihr damit?«

»Nun, ich weiß nicht, ob ich wirklich davon sprechen soll. Vielleicht wird Eure Ehe mit Pandolfina de Montecuore sogar glücklich.«

Maltarena zierte sich ein wenig, doch wie erwartet fragte Leonhard nach.

»Sagt mir, was Ihr über sie wisst!«

»Graf Gauthiers Tochter steht in dem Ruf, leichtfertig zu sein«, antwortete Maltarena zögernd.

Leonhard sah ihn erstaunt an. »Was heißt leichtfertig?«

»Nun, es ist so – kaum war sie am Hofe des Königs und noch sehr jung, da stellte sie bereits einem jungen Ritter aus der Provence nach. Dieser wusste sich zuletzt nicht mehr anders zu helfen, als das Land zu verlassen. Auf der Rückfahrt aus dem Heiligen Land hatte sie auf dem Schiff eine Kammer ganz für sich allein, während andere Frauen zu fünft oder zu sechst untergebracht wurden. Ihre Kammer lag direkt neben der des Königs, und es heißt, es hätte eine Tür dazwischen gegeben und diese sei oft geöffnet worden.«

Maltarena versprühte voller Vergnügen sein Gift, behielt aber den stärksten Pfeil bis zuletzt im Köcher.

»Seine Majestät hat die junge Dame schließlich nach Salerno geschickt, damit sie in sich gehen und sich bessern sollte. Stattdessen hat sie dort eine Liebschaft mit einem Juden begonnen. Als dies dem König zu Ohren kam, hat er beschlossen, sie an einen Deutschen zu verheiraten, damit sie ihm aus den Augen kommt.«

Für Leonhard war dieser Bericht wie ein Schlag ins Gesicht. Er starrte Maltarena an und fragte sich, ob er noch in seiner Zelle in Ebrach lag und all das, was in den letzten Jahren geschehen war, nur geträumt hatte. Schließlich kniff er die Augen zu. Doch als er sie öffnete, ritt immer noch Antonio de Maltarena neben ihm und betrachtete ihn mit einem vermeintlich mitfühlenden Blick.

»Sie ist eine Hure!«, brach es aus Leonhard heraus. »So eine kann ich doch nicht heiraten.«

»Es ist der Wille Seiner Majestät«, antwortete Maltarena. »Wenn Ihr Euch weigert, werdet Ihr Friedrich erzürnen.«

»Ich werde dieses Weibsstück noch in der Hochzeitsnacht erwürgen!«

Maltarenas Miene nahm einen höhnischen Ausdruck an. Gleichwohl, was auch geschehen mochte – nun würde Pandolfina dafür bezahlen, ihn beleidigt zu haben.

7.

Der Abend senkte sich über den Golf von Salerno herab, als Pepito, der Silvio di Cudis Waffenknechte anführte, den Weinbecher zurückschob und seine Männer auffordernd anblickte.

»Ich glaube, es ist so weit.«

Die anderen tranken aus und gingen zur Tür. Pepito zahlte und folgte ihnen.

Draußen erwartete sie Ruffino. »Sie hat das Haus nicht verlassen. Ein paar andere Weiber sind hineingegangen, sind aber mittlerweile wieder fort.«

»Gut. Drei Männer kommen mit mir. Ihr anderen holt die Pferde!« Mit diesen Worten schritt Pepito auf das Haus der Hebamme zu. Ruffino und zwei Waffenknechte folgten ihm, hielten sich aber auf eine Handbewegung von ihm etwas abseits.

Als Pepito die Tür erreichte, prüfte er, ob sie verschlossen war. Zu seiner Freude schwang sie auf, und er winkte den anderen, nachzukommen. Er trat ein und sah die Hebamme in der Küche sitzen und Kräuter sortieren. Bei seinem Anblick stand sie auf.

»Was wünschst du?«

»Ich habe eine Botschaft des Königs für Marchesa Pandolfina«, erklärte Pepito.

Giovanna trat an die Treppe. »Pandolfina, hier ist ein Bote für Euch.«

»Ich komme«, kam es von oben zurück.

Pepito sah, wie sich die Tür öffnete und eine junge und schöne

Frau herabstieg, in der er das kleine Mädchen von damals kaum wiedererkannte. Mit einem Mal fiel ihm ein, dass Pandolfina ihn erkennen konnte, und er drehte sich rasch weg und tat so, als würde er interessiert die Kräuter betrachten, die Giovanna zum Trocknen aufgehängt hatte.
Trotzdem kam er Pandolfina seltsam bekannt vor. »Was willst du?«, fragte sie mit aufflammendem Misstrauen.
In dem Augenblick drehte Pepito sich um, war mit zwei Schritten bei ihr und zerrte sie von der Treppe.
»Dich«, sagte er grinsend und presste ihr die Hand auf den Mund, um sie am Schreien zu hindern. Im selben Augenblick drangen seine Männer ins Haus.
»Ruffino, kümmere dich um die Hebamme! Ihr anderen helft mir, diese Wildkatze zu bändigen.«
Zornerfüllt wehrte Pandolfina sich gegen seinen Griff und trat gegen Pepitos Schienbeine. Gleichzeitig versuchte sie, ihn in die Hand zu beißen, doch er hielt ihre Kiefer wie in einem Schraubstock fest.
Schließlich konnte sie eine Hand befreien und fuhr ihm mit den Fingernägeln durchs Gesicht. Er stöhnte, doch bevor sie einen Vorteil aus seinem Zurückweichen ziehen konnte, waren zwei seiner Kumpane bei ihr und bogen ihr die Arme auf den Rücken. Während sie rasch und gründlich gefesselt wurde und Pepito ihr noch ein Tuch als Knebel zwischen die Zähne steckte, zog Ruffino den Dolch, packte die vor Schreck erstarrte Giovanna und schnitt ihr die Kehle durch.
»Die wird uns nicht mehr behindern«, meinte er feixend und steckte den Dolch wieder weg.
»Sieh nach, ob noch jemand im Haus ist, und mach ihn ebenfalls kalt!«, befahl Pepito und überprüfte Pandolfinas Fesseln. Diese saßen so fest, dass selbst er sie nicht hätte sprengen können.
Zufrieden grinsend wandte er sich an einen seiner Männer. »Geh zu den anderen und hol den Sack, in den wir dieses Biest stecken können. Die Torwachen dürfen sie nicht sehen.«

Während der Mann verschwand, durchsuchte Ruffino sämtliche Räume im Erdgeschoss und stieg dann nach oben. Pandolfina litt tausend Ängste wegen Cita und vergaß darüber fast ihr eigenes Schicksal. Dabei gab es für sie keinen Zweifel, dass sie in die Hände der di Cudis geraten war. Doch das würde diesem nichts nützen, schwor sie sich. Im Augenblick war sie zwar wehrlos, doch die Stunde würde kommen, da ihre Hände frei waren und einen Dolch führen konnten. Was dann mit ihr geschah, war ihr gleichgültig, wenn nur Silvio di Cudi und sein Sohn vor ihr starben.

Unterdessen stieg Ruffino die Leiter herab und schüttelte den Kopf. »Es war niemand oben!«

Pandolfina senkte den Kopf, damit er ihre Erleichterung nicht sehen konnte. Dabei streifte ihr Blick die tote Hebamme, und sie spürte einen tiefen Schmerz. Giovanna hatte ihretwegen sterben müssen, und sie schwor sich, dass diejenigen, die daran schuld waren, dafür bezahlen würden.

8.

Cita war gerade dabei, an einem von Pandolfinas Kleidern den losen Saum anzunähen, als ihre Herrin nach unten gerufen wurde. Neugierig legte sie Kleid und Nadel beiseite und blickte hinab. Danach ging alles so schnell, dass sie kaum mit dem Schauen mitkam. Als Pepito ihre Herrin packte, erkannte sie den einstigen Koch auf Montecuore sofort. Voller Wut wollte sie hinabsteigen und Pandolfina helfen. Da kamen plötzlich mehr Männer herein, und sie sah, wie Giovanna ermordet wurde.

Voller Angst, ebenso zu enden wie die Hebamme, zog sie sich in die Kammer zurück. Sie wusste, was von Pepito zu halten war, denn er hatte auf Montecuore nicht nur den Verwalter Richard getötet, sondern sie selbst viele Male misshandelt und gequält.

Als Pepito den Befehl gab, das Haus zu durchsuchen und mögliche Zeugen umzubringen, glaubte Cita sich verloren. Da fiel ihr Blick auf die alte Truhe, die Giovanna ihrer Herrin zur Verfügung gestellt hatte. Sie öffnete diese, sah, dass sie nicht voll war, und kroch hinein. Um nicht gleich gesehen zu werden, wenn jemand die Truhe öffnete, schob sie eine Schicht Kleider über sich und bat die Jungfrau Maria in einem stillen Gebet, ihr beizustehen.

Cita hatte Glück, denn Ruffino warf nur einen kurzen Blick in die Kammer, sah, dass niemand darin war, und stieg wieder nach unten. Trotzdem dauerte es eine Weile, bis sie es wagte, die Truhe zu verlassen. Im Haus war es still. Als sie vorsichtig nach unten spähte, war nur die tote Hebamme zu sehen.

Nun erst traute Cita sich, die Treppe hinabzusteigen und durch ein Fenster zu spähen. Draußen entdeckte sie mehrere Reiter, die auf der Gasse angehalten hatten. Zwei hoben eben einen Sack auf ein Pferd und schnallten ihn fest. Die Magd hätte ihre ewige Seligkeit dafür verwettet, dass ihre Herrin darin steckte. Sie wollte schon schreien, um die Nachbarn auf diese Verbrecher aufmerksam zu machen. Der Gedanke, dass ein paar Schuster oder Zimmerleute kaum in der Lage waren, es mit acht bewaffneten Schurken aufzunehmen, hielt sie jedoch davon ab. Stattdessen wartete sie, bis die Männer losritten, verließ dann das Haus und lief ihnen im Schutz der Dunkelheit nach.

Sie wollte die Torwache dazu bringen, die Kerle aufzuhalten, war aber zu langsam. Als sie das Tor erreichte, hatten di Cudis Männer es bereits passiert.

»Ihr müsst mir helfen!«, rief sie den Wachen zu. »Diese Schurken haben meine Herrin entführt! Wir müssen ihnen folgen und sie befreien.«

»Jetzt mach erst einmal langsam! Was sagst du?«, fragte der Anführer.

»Die Männer, die ihr eben durchgelassen habt, haben meine Herrin entführt. Wir müssen sie verfolgen!«

Ein Wächter schüttelte den Kopf. »So geht es nicht, Mädchen! Wir sind hier für die Nachtwache am Tor eingeteilt und dürfen unseren Posten nicht verlassen. Da musst du schon zum Richter gehen und diesem erklären, was geschehen ist. Jetzt in der Nacht wird er nicht mehr viel ausrichten können, aber morgen früh kann er Leute ausschicken, um nach den Entführern zu forschen.«

»Morgen früh kann es zu spät sein!« Cita ahnte, welches Schicksal Pandolfina drohte, Silvio di Cudi hatte sie gewiss geraubt, um sie zur Heirat mit seinem Sohn zu zwingen.

»Wir können nichts tun. Und ihr macht endlich das Tor zu!«, sagte der Mann und kehrte Cita den Rücken. Diese starrte ei-

nen Augenblick auf das noch einen Spalt geöffnete Tor und schlüpfte im letzten Moment hinaus.
»He, was soll das?«, rief eine der Wachen ihr nach, doch da rannte das Mädchen bereits hinter dem gerade noch erkennbaren Schein der Fackeln her, mit denen Pepitos Männer ihren Weg ausleuchteten.
Cita wusste zwar nicht, was sie allein und zu Fuß bewirken konnte, doch alles erschien ihr besser, als in Salerno zu bleiben und sich vorzustellen, was mit ihrer Herrin geschah. Die Reiter waren jedoch weit schneller als sie, und so verlor sich der Schein ihrer Fackeln schon bald in der Ferne. Nun machte ihr die Dunkelheit zu schaffen. Sie trat mehrmals fehl, stürzte und blieb zuletzt schluchzend liegen. Verzweifelt flehte sie die Heilige Jungfrau an, ihrer Herrin beizustehen.
Auf einmal vernahm sie Hufschläge. Sie blickte auf und sah einen mit Fackeln ausgestatteten Reitertrupp auf sich zukommen. Zuerst wollte sie sich im Schutz der Nacht verstecken, sagte sich dann aber, dass Gott diese Männer geschickt haben konnte, um ihre Herrin zu retten. Daher lief sie ihnen entgegen.

9.

Antonio de Maltarenas Auskünfte über Pandolfina de Montecuores Charakter hatten Leonhard dazu gebracht, trotz Kurts Drängen langsamer zu reiten. Als die Nacht hereinbrach, hatte er schon erwogen, in einem vor Salerno liegenden Dorf zu übernachten. Der Wirt war jedoch nicht bereit gewesen, eine so große Schar unterzubringen, und so hatte er sich Fackeln geben lassen und war weitergeritten.

Nun saß er mit einem Gesicht, das noch düsterer war als die Nacht um ihn herum, auf seinem Hengst und dachte darüber nach, wie er der Heirat mit einer so leichtfertigen Frau entgehen konnte. Doch solange der Kaiser auf dieser Ehe bestand, hatte er nur die Möglichkeit, sich heimlich davonzumachen. Mit seiner Flucht aber würde er Friedrichs Zorn auf sich und seine Familie lenken.

Andererseits – war es diese Familie wert, sich für sie zu opfern? Sein Vater sah ihn nur als Mittel zum Zweck an, und seine Schwestern hassten ihn. Warum also sollte er seinen Vater nicht verlassen und in einem Kloster im Machtbereich des Papstes um Aufnahme ersuchen? Immerhin hatte ihn seine Zeit in Ebrach darauf vorbereitet, ein Diener Gottes zu werden.

Noch während er überlegte, wie er am besten verschwinden konnte, vernahm er einen verzweifelten Ruf und sah im Licht der Fackeln ein junges Mädchen auf sich zutaumeln. Es musste gestürzt sein, denn seine Stirn war aufgeschürft und blutete.

»Euch schickt der Himmel!«, stieß Cita erleichtert aus und griff nach dem Zügel von Leonhards Pferd. »Meine Herrin ist von üblen Schurken entführt worden, und nur Ihr könnt sie retten.«

Leonhard hatte während seiner Reise durch Italien und des Aufenthalts am Hofe Kaiser Friedrichs genug von der hier gebräuchlichen Sprache gelernt, um Cita zu verstehen. Auf ein mahnendes Hüsteln Kurts hin wartete er jedoch mit seiner Antwort, bis Antonio de Maltarena übersetzt hatte, und verwendete dabei die deutsche Sprache.

»Was ist geschehen? Weißt du, wo deine Herrin hingebracht worden ist?«

Nachdem Maltarena auch das übersetzt hatte, nickte Cita eifrig. Sie hatte in Salerno die Augen und Ohren offen gehalten und erfahren, dass Doktor Niccolò den jüngeren di Cudi auf dem Landsitz der Gattis aufsuchte.

»Sie wurde gewiss zu einem Gut etwa zwei Reitstunden von Salerno entfernt gebracht. Es müsste in dieser Richtung liegen!« Cita spürte, dass der teutonische Ritter bereit war, ihr zu helfen.

Doch Antonio de Maltarena schüttelte heftig den Kopf. »Das ist gewiss eine Sache zwischen zwei hier ansässigen Familien. Wir sollten uns heraushalten.«

Genau das wollte Leonhard nicht. Seine Wut über die Art, wie der König ihm dieses lose Mädchen als Braut aufdrängen wollte, verlangte nach einem Opfer, und da kam ihm ein Entführer gerade recht.

»Weißt du, wie viele Leute es sind?«, fragte er Cita.

Diesmal übersetzte Maltarena nicht. Leonhard wollte schon die hiesige Volkssprache verwenden, als Kurt sich einmischte. »Wie viele sein es?«

Den Kontakt zu den Apuliern hatte der Waffenknecht dazu genutzt, sich einen kleinen Wortschatz ihrer Sprache zuzulegen. Er hatte Glück, denn Cita verstand, was er meinte, und erklärte, sie hätte acht Entführer gezählt. Damit die Teutonen es auch verstanden, deutete sie es auch mit den Fingern an.

»Acht also«, murmelte Leonhard. Er selbst hatte außer Kurt noch sechs Waffenknechte sowie Antonio de Maltarena bei sich. Ob Letzterer jedoch kämpfen würde, bezweifelte er. Mit entschlossener Miene befahl er den Männern, von ihrem bisherigen Weg abzuweichen und in die Richtung zu reiten, die Cita ihm genannt hatte. Auf seinen Wink hin nahm Kurt die Magd aufs Pferd und trieb den Gaul an, bis er wieder hinter Leonhard ritt.

Obwohl ihm drei der Männer bereits in der Heimat erklärt hatten, ihm nicht zu gehorchen, wenn nicht Graf Ludwig es befahl, folgten sie ihm, denn für sie standen Mädchenräuber noch unter einem Strauchdieb. Außerdem war ihnen am Hofe des Königs langweilig geworden, und sie sehnten sich nach einem Kampf. Oswald, der Leonhard bisher am meisten herausgefordert hatte, sah seine Kameraden grinsend an. »Jetzt kann unser Mönchlein zeigen, was in ihm steckt!«

10.

Pandolfinas Entführer gelangten ohne Schwierigkeiten zu dem Gutshof, auf dem der alte di Cudi und dessen Sohn auf sie warteten. Dort stand auch Pater Mauricio bereit, das Paar zu vermählen, sobald Isidoro es Pandolfina unmöglich gemacht hatte, sich dieser Ehe zu entziehen.

Als Pepito mit der im Sack steckenden Pandolfina ins Haus trat, leuchtete Silvio di Cudis unversehrtes Auge auf. »Es ist also gelungen!«

»Ohne jede Schwierigkeit«, antwortete Pepito grinsend und begann, Pandolfina aus dem Sack herauszuschälen.

Sie war zu gut verschnürt, um sich wehren zu können. In ihren Augen glühte jedoch der Hass auf alles, was zu di Cudi gehörte, und in ihrer Kehle ballten sich die Verwünschungen, die sie ausstoßen wollte, sobald sie des Knebels ledig war.

Silvio di Cudi starrte sie an. Bei der Eroberung der Burg ihres Vaters war sie eine magere Vierzehnjährige gewesen, doch in den letzten Jahren hatte sie sich zu einer Schönheit gemausert, die selbst ihn noch entflammte. Nie zuvor hatte er seinen morschen Leib so verflucht wie in diesem Augenblick. Wenn sie ihm damals nicht entkommen wäre, besäße er jetzt einen oder mehrere Söhne von ihr, die vor Feuer und Kraft strotzten, und keiner wäre ein solcher Weichling wie Isidoro. Da er jedoch nicht mehr in der Lage war, sie zu schwängern, musste er dies seinem einzigen männlichen Nachkommen überlassen. Ihn tröstete dabei nur die Aussicht auf brauchbare Enkel.

»Wenn du könntest, würdest du uns wohl alle erwürgen«, sagte er stockend und für Pandolfina kaum verständlich.

Nun erst bemerkte diese den reglosen Leib ihres Todfeinds und seine zur Kralle verformte Hand. Silvio di Cudi war ein Kadaver, in dem nur noch ein wenig Leben glomm. Doch selbst in diesem Zustand war er imstande, ihr zu schaden. Sein Sohn, sagte sie sich, hätte es niemals gewagt, sie aus Salerno entführen zu lassen. Sie streifte Isidoro mit einem verächtlichen Blick und wandte sich dann Pater Mauricio zu. Es stellte sie zufrieden, dass er einen Schritt zurücktrat und das Gesicht abwandte, um ihr nicht in die Augen sehen zu müssen.

Silvio di Cudi dauerte das Warten zu lang. »Was ist los, Isidoro? Das Mädchen ist da! Bring es in deine Kammer und tu, was du tun musst. Oder willst du es Pepito oder einem der anderen Männer überlassen?«

Pepito, Ruffino und ein paar andere Waffenknechte lachten, als sie das hörten, während Isidoros Gesicht weiß wie Schnee wurde. Mit einem leisen Zischen packte er Pandolfina und trug sie zur Tür. Bevor er diese passieren konnte, steckte Pepito ihm einen Dolch zu.

»Ihr werdet ihn brauchen, um ihre Fesseln zu durchtrennen. Lasst ihn Euch aber nicht von ihr abnehmen, sonst könnt Ihr mit des Teufels Großmutter Hochzeit feiern.«

Erneut lachten einige Männer, und Silvio di Cudi verzog sein Gesicht zu etwas, das einem Grinsen gleichkam. Pandolfina hingegen schüttelte im Geiste den Kopf über den Mann, der den Sohn vor den eigenen Leuten der Lächerlichkeit preisgab. Mitleid mit Isidoro empfand sie jedoch nicht. Wenn es ihr irgendwie gelang, würde sie ihn töten, und sie hoffte, dass ihr danach die Zeit blieb, zumindest noch den verräterischen Pater zu bestrafen.

Isidoro schleppte Pandolfina in seine Kammer und warf sie gefesselt, wie sie war, aufs Bett. Er spürte ihren Hass beinahe körperlich und fragte sich, was das für eine Ehe sein würde, die unter solchen Vorzeichen geschlossen wurde. Der Befehl seines Vaters war jedoch eindeutig. Er würde Pandolfina hier

und jetzt vergewaltigen und sich dann von Pater Mauricio mit ihr trauen lassen. Ob sie dabei ja sagte oder nicht, war nicht von Belang. Entweder sie fügte sich in ihr Schicksal und gehorchte, oder er würde sie auf Montecuore in eine Kammer sperren und sie nur aufsuchen, um sich ihrer zu bedienen und sie zu schwängern.
Im Augenblick hielt er es für besser, wenn ihre Arme gefesselt blieben. Er nahm ihr auch den Knebel nicht ab, denn er traute ihr zu, nach seiner Kehle zu schnappen. Entschlossen trennte er die Stricke durch, mit denen ihre Fußknöchel zusammengebunden waren. Sie stieß sofort nach ihm, doch er packte ihre Beine und drückte sie auseinander. Seine Schwierigkeiten begannen jedoch, als er eines der Beine loslassen musste, um ihr Kleid hochzuschlagen. Es war ein Kampf, bis ihm dies endlich gelang. Beim Anblick ihres nackten Unterleibs spürte er, wie das Verlangen in ihm erwachte. Als sie erneut mit dem Knie nach ihm stieß, versetzte er ihr eine heftige Ohrfeige.
»Du wirst gehorchen, du Biest! Sonst lehre ich dich mit dem Stock Gehorsam«, herrschte er sie an und raffte sein eigenes Übergewand, um sein Glied zu entblößen. Da vernahm er draußen laute Rufe und Schwertgeklirr.

11.

Im Hochgefühl ihres sicheren Erfolgs hatten di Cudis Männer keine Wachen aufgestellt, und so gelangte Leonhards Schar unbemerkt bis vor den Landsitz. Leonhard stieg vom Sattel aus über die Mauer, die das Grundstück einfasste, und öffnete das Tor.

»Sollen wir absteigen und uns zum Haus schleichen oder reiten? Wir würden dabei aber Lärm machen«, fragte Kurt.

Statt einer Antwort schwang Leonhard sich wieder in den Sattel. Erst als er den Hengst antrieb, antwortete er seinem Stellvertreter. »Zu Pferd sind wir schneller!«

Es waren kaum mehr als hundert Schritte bis zum Haus, doch Leonhard ritt, als wäre der Teufel hinter ihm her. Vor der Tür sprang er aus dem Sattel, zog sein Schwert und stürmte hinein.

»Ihr verfluchten Mädchenräuber!«, schrie er Pepito an, der sich ihm als Erster zuwandte. Aus Gewohnheit sprach er Deutsch, doch seine zornige Miene und das Schwert in seiner Hand sagten Silvio di Cudi und seinen Männern genug.

»Erschlag diesen Narren!«, befahl der alte Graf.

Sofort gingen Pepito und zwei weitere Waffenknechte auf Leonhard los. Dieser wehrte sich verbissen und brachte einem der Kerle eine klaffende Wunde bei. Nur Augenblicke später drangen Kurt und dessen Kameraden ins Haus ein, und der Kampf wurde ausgeglichen. Antonio de Maltarena hielt sich jedoch zurück und tat so, als wolle er die Pferde bewachen.

Im Haus ging es um Leben und Tod. Noch waren di Cudis Männer in der Überzahl. Leonhard sah sich zwei Gegnern gegenüber, und so erging es auch Kurt und Oswald.

»Stirb, du Hund!«, rief Pepito und führte einen wuchtigen Schwertstreich gegen Leonhards Kopf. Dieser bückte sich rechtzeitig und stieß die eigene Klinge nach vorne. Zwar hielt Pepitos Kettenhemd stand, doch der harte Treffer brachte ihn aus dem Gleichgewicht. Leonhard nutzte die Gelegenheit und streckte seinen zweiten Gegner mit harten Hieben nieder.

Pepito rappelte sich wieder auf, merkte aber rasch, dass er allein auf verlorenem Posten stand. »Verdammt, ihr Narren! Einer muss mir gegen diesen verrückten Tedesco helfen!«, schrie er, während Leonhard ihn immer weiter durch den Raum trieb.

Von seinen eigenen Männern konnte ihm keiner mehr beispringen. Dafür tauchte Isidoro di Cudi auf. Zuerst glaubte er, nicht recht zu sehen, begriff aber rasch, dass die Männer seines Vaters ins Hintertreffen zu geraten drohten. Er hatte nur Pepitos Dolch bei sich, doch um eingreifen zu können, brauchte er ein Schwert. Da drehten Pepito und dessen Gegner sich, und der Fremde kehrte ihm auf einmal den Rücken zu. Mit einer wütenden Grimasse hob Isidoro den Dolch und war mit zwei Schritten hinter Leonhard.

Kurt sah es aus den Augenwinkeln und stieß einen Warnschrei aus. »Vorsicht, hinter Euch!«

Blitzschnell glitt Leonhard herum, sah Isidoro und schlug zu. Silvio di Cudis letzter Sohn sank mit weit aufgerissenen Augen nieder und war tot, bevor er den Boden berührte.

»Gütiger Himmel!«, kreischte der alte Silvio, als er seinen Sohn fallen sah, und reckte Leonhard hasserfüllt die linke Faust entgegen.

Leonhard achtete nicht auf ihn, sondern griff Pepito erneut an und traf ihn schließlich entscheidend. In dem Augenblick sah er, dass ein Knecht Isidoros einen seiner Männer töten wollte, der auf einer Blutlache ausgerutscht war, und erledigte auch diesen Feind. Gleichzeitig traf Oswald seinen letzten Widersacher entscheidend. Damit war der Kampf vorbei.

»Ihr Räuber! Ihr Mörder! Verflucht sollt ihr sein«, heulte der alte di Cudi, während Pater Mauricio schreckensbleich an der Wand lehnte und ein Ave-Maria nach dem anderen betete.
»Wo ist die Jungfrau?«, fragte Leonhard auf Deutsch und sah sich nach Maltarena um, damit dieser für ihn übersetzen sollte. Dieser war jedoch nicht ins Haus gekommen, und so erhielt er auch keine Antwort.
»Haltet den Pfaffen und den Alten in Schach und fesselt die überlebenden Schurken«, befahl Leonhard und betrat mit dem Schwert in der Hand den Flur, aus dem Isidoro di Cudi gekommen war. Die Tür zu einer Kammer stand offen, und er konnte ein Stück des Bettes und zwei nackte Beine sehen. Er trat rasch ein, senkte aber angesichts der hilflosen jungen Frau sein Schwert.
Zwar hatte Pandolfina den Kampflärm gehört, sich aber keinen Reim darauf machen können. Als jetzt Leonhard auf sie zukam, presste sie die Beine zusammen und sah ihn zweifelnd an. Sie wusste nicht, ob er sie retten würde oder dort weitermachen, wo Isidoro di Cudi hatte aufhören müssen. Seinem Aussehen nach schien er ein Teutone zu sein, denn kein einheimischer Edelmann hätte sich so unmodisch gekleidet.
Für einen Teutonen aber war er überraschend hübsch. Ein bisschen zu groß vielleicht, aber von harmonischer Gestalt und seinem Gesichtsausdruck nach nicht gewöhnt, nackte Frauen vor sich zu sehen. Solche Männer waren gefährlich, dachte sie, da ihre Gier unversehens erwachen konnte. Ihr war es jedoch unmöglich, sich zu wehren, noch konnte sie ihn um Schonung bitten, solange der Knebel in ihrem Mund steckte.
Sie ist wunderschön, durchfuhr es Leonhard. Die junge Frau war schlank, aber nicht zu mager, besaß wohlgeformte Schenkel, ein hübsches, von dunklen Flechten umrahmtes Gesicht, die in einem faszinierenden Gegensatz zu ihren hellblauen Augen standen. Er las allerdings auch Angst darin und begriff, dass sie ihm galt.

Was bist du für ein Stoffel, schalt er sich in Gedanken, und starrst die junge Dame an, obwohl sie in einer so beschämenden Lage vor dir liegt. Er streckte die Hand aus, sah, wie sie vor ihm zurückschreckte, und schlug ihr Kleid über ihre Beine.
Als ihre Schenkel bedeckt waren, atmete Pandolfina erleichtert auf. Einen Augenblick später packte der Teutone sie, drehte sie auf den Bauch und schnitt ihre Handfesseln durch.
Pandolfina zog die Arme nach vorne und entfernte den Knebel aus ihrem Mund. Dabei starrte sie auf ihre Handgelenke. Die Stricke hatten darauf rote Male hinterlassen. Doch wenn dies das einzige Opfer sein sollte, das sie für diesen elenden Streich der di Cudis zahlen musste, so tat sie das gerne.
»Ich danke Euch, Signore!«, sagte sie, nachdem sie aufgestanden war, und knickste dabei.
Leonhard hätte ihr gerne in ihrer eigenen Sprache geantwortet, war jedoch von seinem Vater angewiesen worden, auch auf dem Ritt nach Salerno nur Deutsch zu verwenden. Mit einem Achselzucken, das mehr seiner eigenen Feigheit galt, sich gegen den Willen des Vaters zu stellen, verließ er die Kammer und durchsuchte den Rest des Hauses.
Unterdessen spähte Pandolfina vorsichtig in die Halle und nahm die toten und verletzten Männer der di Cudis wahr. Sie atmete erleichtert auf, empfand aber keinen Triumph, sondern trat mit einem Gefühl des Grauens in die Kammer zurück und schlug die Hände vors Gesicht.
Da kam Cita herein und eilte mit einem Jubelruf auf sie zu. »Der Heiligen Jungfrau sei Dank! Wir konnten Euch retten! Wir sind doch hoffentlich nicht zu spät gekommen?« Das Letzte klang ein wenig bang, denn die Magd wusste genau, weshalb Silvio di Cudi ihre Herrin hatte entführen lassen.
Pandolfina schüttelte den Kopf. »Isidoro di Cudi kam nicht dazu, etwas zu tun, was mich dazu bringen könnte, mich als seine Witwe zu fühlen.«
»Dann sei der Heiligen Jungfrau doppelt Dank!« Cita strahlte

so selig, dass Pandolfina nicht anders konnte, als sie in die Arme zu schließen. Dann aber dachte sie an Giovanna, die von den Männern di Cudis umgebracht worden war, und die Tränen schossen ihr in die Augen.

»Verflucht sollen sie sein, für immer verflucht!«

12.

Nachdem Leonhard das Haus durchsucht hatte, kehrte er zu seinen Gefährten zurück und musterte die Toten und Verletzten. »Wie steht es bei uns?«, fragte er Kurt.

»Nur ein paar Fleischwunden und Prellungen, nichts Schlimmes«, antwortete sein Stellvertreter. »Bei den anderen sieht es schlimmer aus. Vier Tote, zwei Schwerverletzte, und der Rest hat auch einiges abbekommen.«

»Begrabt die Toten noch in der Nacht auf dem freien Feld. Der Pfaffe soll ein paar Worte dazu sprechen. Aber er bleibt unser Gefangener, ebenso der Alte.«

»Der ist gelähmt! Aber es gibt eine Sänfte für ihn, wenn Ihr ihn mitnehmen wollt«, erklärte Kurt.

»Und ob ich das will! Er ist der Anführer der Mädchenräuber, und der König soll über ihn richten.«

Nachdem es im Haus ruhig geworden war, wagte auch Antonio de Maltarena sich hinein. Beim Anblick der Toten schauderte es ihn. Diese Deutschen waren einfach schrecklich. Jeder vernünftige Mensch hätte gesagt, dass ihn diese Sache nichts anginge, und wäre seines Weges geritten. Doch Verstand war nördlich der Alpen nur sehr mäßig verbreitet. Während er dies dachte, erkannte er den toten Isidoro di Cudi und sah dann dessen Vater. Von dessen Lähmung hatte er nichts gewusst und erschrak daher, als er ihn so verzerrt auf seinem Lehnstuhl sah. In dem Augenblick begriff er, wer die Frau war, die Leonhard befreit hatte, und wünschte sich, Isidoro di Cudi hätte sie vergewaltigt und geschwängert. Dann sah er Pandolfina aus einer Tür treten, nahm ihre zufriedene Miene wahr und begriff, dass der junge di Cudi nicht zum Ziel gekommen war.

Maltarena wartete, bis Leonhard in seiner Nähe war, und winkte ihn zu sich.

»Ihr wisst schon, dass Ihr Euch mit dieser unbedachten Tat Seine Heiligkeit, den Papst, zum Feind gemacht habt?«, schalt er ihn leise. »Conte Silvio gehört zu Gregors engsten Vertrauten.«

»Dieser Graf Silvio mag im Herrschaftsbereich des Papstes Mädchen rauben, doch hier ist Sizilien, und hier gilt Kaiser Friedrichs Gesetz«, antwortete Leonhard grollend.

»Es war außerdem zu Eurem Schaden«, fuhr Antonio de Maltarena mit einem gewissen Spott fort. »Die junge Dame, die Ihr gerettet habt, ist nämlich Pandolfina de Montecuore, mit der Euch König Friedrich verheiraten will.«

Leonhard zuckte wie unter einem Schlag zusammen. »Das ist Pandolfina?«

Es durfte nicht sein! Diese wunderschöne junge Frau erschien ihm viel zu edel und zu rein, um dem Ruf zu entsprechen, den sie Maltarena zufolge besaß.

»Weshalb haben diese Männer sie überhaupt entführt?«, fragte er angespannt.

»Um eine Fehde zu beenden. Conte Isidoro hätte sie geheiratet.«

»Trotz ihres üblen Leumunds?«

Maltarena lächelte überlegen. »Hier in Italien weiß man ein Weib zu verwahren, damit es treu bleibt. Conte Isidoro hätte sie in strenger Haft gehalten und sie nur aufgesucht, um mit ihr Söhne zu zeugen. Doch das versteht ihr Deutschen nicht.«

»Nein, von Hinterlist und Tücke verstehen wir nichts. Wir tragen unsere Kämpfe ehrlich aus«, antwortete Leonhard und vergaß dabei die Intrigen, mit denen Heimeran von Heimsberg seinen Vater um den Besitz gebracht hatte.

Er starrte Pandolfina an und versuchte, seine wirbelnden Gedanken zu ordnen. Konnte Maltarena sich nicht geirrt und ein ganz anderes Mädchen gemeint haben?, fragte er sich. Doch wenn sie wirklich diesen üblen Leumund besaß, hatte das Schicksal ihm eben einen schlimmen Streich gespielt. Wäre sie von Isidoro di Cudi geschändet worden, hätte sie diesen heiraten müssen. So aber hatte er sie gerettet und dabei die Gesundheit seiner Männer aufs Spiel gesetzt. Gleichzeitig war er froh, sie nicht in ihrer Sprache angeredet zu haben. Sie brauchte nicht zu wissen, dass er sie verstand.

»Seht zu, dass ihr fertig werdet«, fuhr er Kurt an. »Wir brechen noch in der Nacht auf und kehren nach Lucera zurück.«

»Aber was ist mit der Jungfrau, die wir holen sollen«, wandte Kurt ein.

Leonhard wies auf Pandolfina. »Das ist sie!«

Er sagte es in einem Tonfall, der den Waffenknecht erstaunt aufschauen ließ. Wie ein Sieger sah Leonhard nicht aus, sondern eher wie jemand, der eine entscheidende Schlacht verloren hatte. Glaubte er etwa, der dürre Bursche wäre bei der jungen Dame zum Ziel gekommen, und ärgerte sich deswegen?, fragte Kurt sich, zuckte dann aber mit den Schultern und befahl den Männern, die Toten zu verscharren und sich danach zum Aufbruch bereit zu machen.

»Es könnte ja sein, dass sie Freunde haben, die sich mit uns anlegen wollen«, setzte er mit einem verkrampften Grinsen hinzu.

»Uns soll's recht sein!«, erwiderte Oswald und gesellte sich zu Leonhard. »Ich würde gerne etwas sagen, wenn es erlaubt ist!«

»Sprich!«

»Ich habe vor etlichen Monaten gesagt, dass ich Euch nur dann gehorchen werde, wenn Ihr bewiesen habt, dass Ihr das wert seid. Heute habt Ihr es bewiesen! Verzeiht, dass ich es nicht früher erkannt habe.«

Leonhard musterte den Mann und spürte dessen Sorge, er könnte ihm sein früheres Verhalten übelnehmen. »Ich sagte damals, du wirst mir gehorchen, wenn mein Vater es dir befiehlt.

Das hast du getan! Wir sind uns also nichts schuldig. Sobald wir wieder in Lucera sind, werden wir einen Becher Wein darauf trinken.«

»Das werden wir!«, rief Oswald aufatmend und eilte los, um seinen Kameraden zu helfen.

Pater Mauricio sah zu, wie die Toten fortgeschafft wurden, und beugte sich dann zu Silvio di Cudi herab. »Dieser junge Edelmann dort, ist das nicht Antonio de Maltarena?«

»Ich habe ihn zwar nur ein paarmal gesehen, aber er müsste es sein«, antwortete der alte Graf.

»Dann werde ich mit ihm reden! Er muss dafür sorgen, dass wir freigelassen werden. Immerhin unterstehen wir dem Gesetz des Papstes und nicht dem des Königs.« Nach diesen Worten ging der Pater zu Maltarena hin, sah sich aber sofort einem von Leonhards Waffenknechten gegenüber, der ihn mit dem Schwert bedrohte.

»Lass das!«, fuhr Antonio de Maltarena den Mann an und stellte sich neben Pater Mauricio.

»Ihr habt wohl auch gedacht, dass es anders ausgeht?«, fragte er.

»Bei Gott, ja! Wer sind diese üblen Kerle eigentlich? Die hat gewiss der Teufel geschickt.«

»Als Geistlicher solltet Ihr das wissen«, antwortete Maltarena mit einem harten Auflachen. »In Eurem Fall war es gewiss der Teufel! Der Anführer ist der Mann, dem König Friedrich die Hand von Pandolfina de Montecuore versprochen hat. Ihr habt Glück, wenn er Euch nicht gleich im Zorn erschlägt.«

Pater Mauricio erschrak. Von Pandolfina konnte er keine Gnade erwarten, und nun war er auch noch in die Hand ihres Verlobten geraten.

»Ihr müsst mir helfen!«, flüsterte er mit bleichen Lippen zu. »Ohne Euch bin ich verloren.«

»Ich weiß nicht, ob ich etwas für Euch tun kann«, antwortete Maltarena zögernd.

»Ihr seid ein Freund! Das hat mir der hochehrwürdige Prälat Gianni di Santamaria mitgeteilt. Helft mir, und Ihr werdet reich belohnt werden.«

Eine Belohnung lockte Maltarena immer. Der Hinweis auf den Prälaten Santamaria erschreckte ihn jedoch. Immerhin hatte dieser ihn ins Heilige Land geschickt, um dort König Friedrich zu ermorden. Als er Pater Mauricio ansah, erkannte er in dessen Augen die Bereitschaft, ihn ans Messer zu liefern, wenn er ihm nicht half. Der Gedanke, in diesem Fall als versuchter Königsmörder gevierteilt zu werden, ließ ihn einlenken.

»Die Tedeschi werden in der nächsten Nacht sehr müde sein. Daher sollte uns in der Zeit die Flucht gelingen.« Antonio de Maltarena wollte nicht zurückbleiben und in Verdacht geraten, den Pater befreit zu haben. Außerdem erhoffte er sich vom Papst eine Belohnung, die es wert war, das Dorf Ghiocci mit seiner kleinen Burg dafür aufzugeben.

Die beiden bemerkten nicht, dass Oswald ihre Unterhaltung teilweise mitgehört hatte. Zwar sprach er die hier gebräuchliche Sprache kaum, verstand aber doch das eine oder andere Wort und reimte sich den Rest zusammen. Nach außen hin tat er aber so, als hätte er nicht das Geringste begriffen. Als sie wenig später aufbrachen, gesellte er sich zu Kurt und stupste diesen an.

»Wir sollten die Augen offen halten. Ich glaube, dass Maltarena den Pfaffen befreien will.«

Kurt wollte sich schon umdrehen, beherrschte sich aber und grinste. »Er sollte es besser nicht versuchen. Leonhard ist ziemlich sauer, auch wenn ich den Grund nicht weiß, und würde ihn in der Luft zerreißen.«

»Vielleicht glaubt er, dass dieser Isidor seine Braut geschändet hat. Mich würde das auch ärgern«, meinte Oswald und sah nach hinten zu Pandolfina und Cita. Die Frauen saßen auf zwei Pferden, die man von den di Cudis erbeutet hatte.

Obwohl das Licht der Fackeln die beiden Mädchen nur unzureichend erhellte, nickte er beeindruckt. »Die Braut unseres Herrn ist ein schmuckes Ding, muss ich sagen. Mit der kann er zufrieden sein.«

»Nicht wenn sie in neun Monaten mit einem Bastard niederkommt«, wandte Kurt ein. »Das wäre nicht gut, denn damit würde es noch länger dauern, bis ein richtiger Löwensteiner aus ihrem Bauch herauskommt.«

»Das wollen wir nicht hoffen«, sagte Oswald missmutig und sah Leonhard an, der rasch vorwärtsstrebte und dabei weder den beiden Mädchen noch dem in seiner Sänfte liegenden Silvio di Cudi eine Rast gönnte.

13.

Am Nachmittag des nächsten Tages fühlte Pandolfina sich so zerschlagen wie noch nie in ihrem Leben. Cita ging es noch schlechter als ihr, denn sie konnte nicht einmal mehr die Zügel halten. Einer der Teutonen führte daher das Pferd. Als er es auch Pandolfina anbot, schüttelte sie den Kopf. Sie begriff, dass ihr Retter die Stelle des Kampfes rasch hinter sich lassen wollte, um einer möglichen Verfolgung durch Freunde der di Cudis zu entgehen, und wollte kein Hemmschuh sein.

Während des Ritts betrachtete sie immer wieder den Anführer der Teutonen und fand ihn durchaus ansehnlich. Sie hätte gerne mit ihm gesprochen und sich bei ihm bedankt. Doch als sie es versuchte, knurrte er nur etwas für sie Unverständliches in seiner Sprache und befahl ihr mit einer herrischen Geste, hinter ihm zu bleiben. In der Hinsicht war er noch stoffeliger als seine Landsleute, die sie bereits kennengelernt hatte.

Als die Abenddämmerung aufzog, hielt Leonhard bei einem Olivenhain an und wies seine Leute an, dort zu lagern. Als er von seinem Hengst stieg, musterte er Pandolfina verstohlen. Sie war zu erschöpft, um vom Pferd abzusteigen, doch er machte trotz Kurts mahnendem Hüsteln keine Anstalten, sie vom Pferd zu heben. Stattdessen winkte er ihn zu sich her.

»Du verstehst doch ein paar Brocken der hiesigen Sprache. Reite in das nächste Dorf und sieh zu, dass du bei einem Wirt etwas zu essen für uns bekommst.«

»Warum reiten wir nicht alle zum Wirt? Dort lagert es sich gewiss besser als hier«, wandte Kurt ein.

»Ich mache es wegen des Pfaffen nicht. Die Leute könnten versuchen, ihn zu befreien«, antwortete Leonhard und sah dann, dass Cita im Sattel zusammengesunken war. Rasch trat er hin und hob sie vom Pferd.

»Du bist wohl müde, was? Doch solange wir uns in der Nähe von Salerno befinden, dürfen wir nicht trödeln. Di Cudi könnte Verbündete haben, die auf unser Blut aus sind.«

Auch wenn Cita den jungen Mann nicht verstand, spürte sie doch seine Sorge um sie und die Seinen und lächelte.

»Danke!« Dann wies sie auf Pandolfina, die mit wachsendem Ärger zugesehen hatte. »Könnt Ihr auch meiner Herrin herabhelfen?«

Leonhard stellte Cita ab und stieß Oswald an. »Hole die Dame vom Pferd! Sonst schläft sie uns darauf noch ein.«

Der Waffenknecht gehorchte verwirrt. Immerhin handelte es sich bei Pandolfina um Leonhards Braut, und daher hätte sein Herr sich um sie kümmern müssen. Stattdessen behandelte dieser sie wie ein störendes Gepäckstück, das man nicht zurücklassen durfte.

Kurz darauf erschien der Besitzer des Olivenhains, wagte es aber angesichts der Waffenknechte nicht, näher zu kommen. Pandolfina sah ihn und ging trotz ihrer Erschöpfung auf ihn zu. »Was willst du?«, fragte sie.

»Was sind das für Leute, und was haben sie in meinem Olivenhain zu suchen?«

»Sie reiten im Auftrag des Königs. Das muss dir genügen! Sollte dir Schaden entstehen, werde ich dafür sorgen, dass er dir ersetzt wird.« Pandolfina wollte sich schon wieder abwenden, doch da hielt der andere sie am Ärmel fest.

»Sorge dafür, dass sie keine Äste von den Olivenbäumen abhauen. Feuerholz können sie drüben aus dem Pinienwäldchen holen – wenn sie es bezahlen, heißt das!«

Leonhard hatte gesehen, wie Pandolfina zu dem Mann gegangen war, und war ihr gefolgt. Als er hörte, dass der Mann Geld für das Holz forderte, zog er eine Münze aus der Tasche und reichte sie ihm.

»Dafür sagst du uns, wo Wasser ist, damit wir die Pferde tränken können!« Er sprach Deutsch, zeigte dabei aber auf die Pferde und machte die Geste des Trinkens. Der Bauer verstand ihn und wies auf seinen Hof, der etwa fünfhundert Schritte entfernt war.

»Dort am Brunnen könnt ihr eure Gäule tränken.«

Leonhard befahl drei Männern, die Pferde nacheinander hinzuführen und sie saufen zu lassen. »Gebt aber acht, dass man euch nicht in eine Falle lockt«, warnte er und kehrte zum Lager zurück, ohne Pandolfina noch einmal anzusehen.

Ihre Blicke folgten ihm, und sie sagte sich, dass der Mann einfach unmöglich war. Sie hätte sich gerne gewaschen, doch an diesem Ort gab es keine Möglichkeit dazu. Deswegen hatte sie ihren Retter bitten wollen, ihr welches besorgen zu lassen. Verärgert gesellte sie sich zu Cita, die sich unter einem Olivenbaum zusammengekauert hatte, und setzte sich neben sie.

Da man sie entführt hatte, besaß sie weder eine Decke noch einen Mantel, in den sie sich wickeln konnte. Das wird eine kalte Nacht werden, dachte sie noch, da sah sie einen Schatten über sich fallen.

Es war Oswald. Er grinste verlegen und hielt ihr eine Decke hin. Sie war nicht ganz sauber und roch nach Pferd, versprach aber Wärme für die Nacht.

»Hab Dank«, sagte Pandolfina und sagte sich, dass die Gefolgsleute höflicher und hilfsbereiter waren als ihr Herr.

Kurz darauf kehrte Kurt zurück und brachte einen großen Packen Würste, Schinken, Brot, Oliven und Käse mit, dazu einen Lederschlauch mit Wein. Die Männer ließen diesen sofort reihum gehen und tranken.

»Besauft euch nicht!«, warnte Leonhard sie und ließ sich einen vollen Becher reichen. Zuerst trank er selbst, dann streckte er ihn Cita zu. Diese schüttelte abwehrend den Kopf und wies auf Pandolfina. Nach kurzem Zögern sagte Leonhard sich, dass er die junge Dame wohlbehalten in Lucera abliefern musste, und überließ ihr den Becher.

»Welch ein Ritter Ungehobelt!«, schimpfte Pandolfina und hätte ihm den Becher am liebsten an den Kopf geworfen.

Ihr Durst war jedoch größer als ihr Zorn, und so trank sie doch. Den Rest reichte sie Cita. Es waren nur noch ein paar Schluck, daher stand die Magd auf und kam auf Kurt zu.

»Kann ich noch etwas Wein haben?«, fragte sie.

Kurt ließ sich den arg schlaff gewordenen Weinschlauch geben und füllte den Becher bis zum Rand. »Lass es dir schmecken«, sagte er und sah zu, wie Cita den Wein so weit abtrank, dass sie beim Gehen nichts verschüttete, und ihn dann ihrer Herrin reichte.

»Ein hübsches Ding, meinst du nicht auch?«, meinte er zu Oswald.

»Wen meinst du, die Herrin oder die Magd? Ich finde beide schön. Leonhard sollte froh sein, so ein Weib ins Bett gelegt zu bekommen. Ich verstehe ihn nicht. Er ist doch sonst immer höflich gegenüber Frauen.«

»Das macht wahrscheinlich das Kloster. Dort hat man ihm gewiss Abscheu vor jenen Dingen beigebracht, die zu einer Ehe gehören.«

Kurt schüttelte den Kopf, hoffte aber gleichzeitig, dass Leonhard bald einsehen würde, wie kindisch sein Verhalten war. An anderen Tagen hätte er vielleicht das Gespräch mit ihm gesucht, doch nach der durchwachten Nacht, dem Kampf und dem langen Ritt fühlte er sich zu müde dazu.

Auch die Gefangenen erhielten zu essen und zu trinken. Pater Mauricio musste den alten di Cudi füttern und dachte dabei hoffnungsvoll an Antonio de Maltarenas Versprechen, ihn noch in dieser Nacht zu befreien. Allerdings fühlte er sich so müde, dass er nicht glaubte, mehr als eine Meile zu schaffen. Es

war jedoch die einzige Möglichkeit, ungeschoren aus dieser Sache herauszukommen.
Hoffentlich bleibt Maltarena wach!, dachte er. Dies war seine größte Sorge. Die Deutschen hatten sich in der Nacht und über Tag eine gewaltige Wegstrecke zugemutet und waren zutiefst erschöpft.
»Bist du endlich fertig?«, fragte Oswald ihn auf Deutsch.
Pater Mauricio verstand zwar die Worte nicht, aber die Geste des Waffenknechts war eindeutig. Rasch setzte er den alten Lederbecher, den ihm Leonhards Leute zugebilligt hatten, an di Cudis Lippen und ließ diesen trinken. Als er den Rest selbst trinken wollte, entriss Oswald ihm den Becher und schüttete den Wein auf den Boden.
»Es reicht! Hände nach hinten, damit ich dich fesseln kann.«
Erneut reichten die Gesten, um dem Pater begreiflich zu machen, was der Deutsche wollte. Er stieß ein paar Verwünschungen aus und erhielt dafür einen Schlag.
»Ich mag es nicht, wenn du mich einen räudigen Hundesohn nennst«, knurrte Oswald, der durch den Kontakt zu den Knechten am Hof des Königs einen hübschen Vorrat an einheimischen Schimpfwörtern gelernt hatte.
Er fesselte den Pater und band ihn zusätzlich mit einer Schnur an einen Olivenbaum. Anschließend suchte er die Stelle auf, an der er sein Nachtlager vorbereitet hatte, und tat kurz darauf so, als würde er tief und fest schlafen. Allerdings öffnete er die Augen immer wieder einen Spalt und spähte zu Antonio de Maltarena hinüber, der sich etwas abseits von den anderen in seinen Mantel gehüllt hatte und ebenfalls zu schlafen vorgab.
Da sie auf freiem Feld lagerten, hatte Leonhard bestimmt, dass jeweils ein Mann Wache halten und nach etwa einer Stunde abgelöst werden sollte. Der erste Wächter war genauso müde wie die anderen und konnte kaum die Augen offen halten. Außerdem spähte er in die Ferne und schenkte dem eigenen Lager keinen einzigen Blick.

Eine Zeitlang tat sich nichts, und Oswald kämpfte nun doch mit dem Schlaf. Gerade als er einzunicken drohte, machte ihn ein Geräusch wieder munter. Er öffnete die Augen und sah, dass Maltarena dabei war, seinen Mantel so um einen dicht am Boden wachsenden Ast zu legen, dass es in der Dunkelheit wirkte, als würde er immer noch dort liegen. Oswald wartete, bis der Mann sich zu den Gefangenen schlich, und folgte ihm auf leisen Sohlen.

Pater Mauricio atmete auf, als Maltarenas Schatten die Sterne verdunkelte. »Endlich!«

»Wir müssen leise sein!«, raunte Maltarena ihm zu und zog seinen Dolch, um seine Fesseln durchzuschneiden.

»Was ist mit dem Wächter?«, fragte der Pater leise. »Wenn er uns entdeckt, sind wir verloren.«

Um zu verhindern, dass Pater Mauricio die anderen durch seine dauernden Fragen weckte, legte Maltarena ihm seine Linke auf die Schulter und beugte sich über ihn, so dass seine Lippen beinahe dessen linkes Ohr berührten.

»Ich werde den Wächter töten. Da die anderen müde sind, werden sie bis zum Morgen weiterschlafen.«

Er sprach so leise, dass der Pater ihn kaum verstehen konnte. Dabei tastete er nach dessen Handfesseln und wollte sie eben durchschneiden, als neben ihm eine spöttische Stimme aufklang.

»Das würde ich nicht tun!«

Maltarena zuckte zusammen, stieß aber sofort mit dem Dolch nach dem Waffenknecht. Obwohl Oswald versuchte auszuweichen, wurde er in den linken Oberarm getroffen. In der Rechten hielt er jedoch sein Schwert und schlug zu.

»Verfluchter Hund!«, rief er und holte erneut mit dem Schwert aus.

Da streckte Maltarena stöhnend die Hand aus. »Gnade!«

»Befreie mich, und dir wird die ewige Seligkeit gewährt werden«, versuchte Pater Mauricio den Waffenknecht zu locken.

Oswald begriff, was der Mönch meinte. »Hältst du dich für Jesus Christus, weil du so ein Versprechen gibst?«

Unterdessen waren auch Leonhard und weitere Knechte wach geworden und kamen mit Fackeln in den Händen herbei.

»Was ist los?«, fragte Leonhard.

»Dieser verdammte Hund wollte den Pfaffen befreien«, berichtete Oswald. »Als ich ihn daran gehindert habe, stieß er mit dem Dolch zu und bohrte mir ein Loch in den Arm. Mein Schwert hat ihn etwas besser getroffen.«

»Er lebt noch!«, meinte Leonhard und drehte sich zu Pandolfina und Cita um, die sich schlaftrunken näherten.

»Verbindet die beiden! Ich will nicht, dass Maltarena sich davonstiehlt, bevor er dem König Rede und Antwort stehen kann.«

»Mach du das!«, wies Pandolfina ihre Magd an. »Ich kümmere mich um den braven Waffenknecht.«

Während Pandolfina Oswalds Wunde versorgte, erinnerte sie sich unwillkürlich an den Mordanschlag auf König Friedrich in Jaffa. Sie war sich sicher, dass zwei Männer daran beteiligt waren, hatte aber nur Heimo von Heimsberg zweifelsfrei erkannt. Doch Heimsberg und Maltarena waren damals unzertrennlich gewesen. Daher keimte ein Verdacht in ihr auf, und sie beschloss, mit dem König zu reden, sobald sie dessen Hof erreicht hatten.

Leonhard bewunderte widerwillig, wie geschickt Pandolfina die Verletzung seines Gefolgsmanns versorgte, und fragte sich, ob Maltarena womöglich übertrieben hatte. Doch was für einen Grund hätte jener gehabt, die junge Frau schlechtzumachen? Er konnte sich keinen denken. Also hielt er es für besser, sich von ihr fernzuhalten und jede Gemeinschaft mit ihr zu verweigern.

14.

Leonhards Eile machte sich bezahlt, denn der Trupp erreichte Lucera ohne einen weiteren Zwischenfall. Bei ihrer Ankunft erregten ihre Gefangenen großes Aufsehen, und die Gruppe wurde, als die Männer vor dem Palast aus den Sätteln stiegen, sowohl vom König wie auch von dessen Beratern Hermann von Salza, der aus Rom zurückgekommen war, und Piero de Vinea empfangen und kritisch beäugt.

»Ihr seht aus, als hättet Ihr einiges zu berichten«, begrüßte Friedrich sie kopfschüttelnd.

Pandolfina bat Kurt, sie vom Pferd zu heben, und trat auf den König zu. »Euer Majestät, ich habe Klage zu führen gegen Silvio di Cudi. Seine Männer haben mich aus Eurer Stadt Salerno entführt und dabei die Hebamme Giovanna ermordet. Danach wollte sein Sohn Isidoro mich zwingen, sein Weib zu werden.«

»Es hätte uns einiges an Ärger erspart!«, stieß Piero de Vinea leise hervor.

Der König machte eine unwillige Handbewegung und forderte Pandolfina auf, weiterzusprechen.

»Zu meinem Glück kamen diese teutonischen Krieger des Weges, folgten den Entführern, als meine Magd sie darum bat, und befreiten mich.«

»Wacker gehandelt!«, lobte Friedrich und dachte dabei, dass kein Mann der Welt die ihm zugedachte Braut von Fremden entführen ließ, ohne diesen nachzujagen.

Es fiel Pandolfina schwer, Leonhard nach all der Missachtung, die er ihr auf dem Ritt hatte zukommen lassen, in einem guten Licht erscheinen zu lassen. Dennoch war es tausendmal besser, von ihm befreit worden zu sein, als Isidoro di Cudis Weib werden zu müssen.

»Ich tat nur meine Pflicht als Euer Gefolgsmann«, wehrte Leonhard jedes Lob ab. »Erlaubt mir, dass ich mich zurückziehe, mein Herr. Kurt, kümmere dich um meinen Hengst!« Ohne auf eine Antwort Friedrichs zu warten, neigte Leonhard kurz das Haupt und ging mit langen Schritten davon.

Der König sah ihm verwundert nach, wandte sich dann wieder an Pandolfina. »Was ist mit diesem Geistlichen?«, fragte er und wies auf den Pater.

»Das ist der Verräter Mauricio, der Silvio di Cudi die Tore der Burg meines Vaters geöffnet hat und mich diesem ausliefern wollte«, erklärte Pandolfina. »Er sollte die Ehe zwischen Isidoro und mir schließen, und was Antonio de Maltarena betrifft, so versuchte dieser den Pater zu befreien und verletzte dabei einen deutschen Waffenknecht. Er selbst wurde verwundet, und es ist nicht gewiss, ob er überleben wird. Außerdem habe ich ihn in Verdacht, in Jaffa an dem Mordanschlag auf Eure Majestät beteiligt gewesen zu sein.«

Auf diese Anklage hin wurde es für einen Augenblick still. Friedrich musterte Maltarena, so als könnte er hinter dessen Hirnschale schauen und seine Gedanken lesen. Auch er erinnerte sich an die enge Freundschaft, die Maltarena mit dem geflohenen Heimo von Heimsberg verbunden hatte. Maltarena war an jenem Tag erst eine Weile nach dem Anschlag zur Jagdgesellschaft gestoßen.

»Wir werden diesem Verdacht nachgehen«, sagte er, und sein Tonfall verhieß nichts Gutes für Maltarena.

Friedrich warf auch einen kurzen Blick auf Silvio di Cudi, sagte aber nichts, sondern befahl seinen Wachen, die Gefangenen wegzubringen und einzusperren. Danach sah er Pandolfina lächelnd an.

»Ihr seid gewiss froh, dass ausgerechnet Ritter Leonhard Euch gerettet hat!«

»Ja, das bin ich«, antwortete Pandolfina, obwohl sie längst wünschte, es wäre ein anderer gewesen. Sie knickste vor dem König und eilte mit Cita im Gefolge davon.
»Dieser Tedesco ist ein schlimmerer Stiesel als alle anderen seines Volkes!«, fauchte Pandolfina, als sie außer Hörweite waren. »Bin ich froh, dass ich ab jetzt nichts mehr mit ihm zu tun habe.«
»Schmuck sieht er aus, und er war auch sehr freundlich zu mir. Zu Euch aber hätte er wirklich höflicher sein können«, fand Cita und sagte sich dann, dass ein Bad für Pandolfina und sie wichtiger war als dieser Deutsche.
Der König kehrte in seine Gemächer zurück, gefolgt von Hermann von Salza und Piero de Vinea. Beide Berater wirkten ernst, und Vinea fluchte leise.
»Es wäre besser gewesen, Isidoro di Cudi hätte Marchesa Pandolfina für sich gewonnen. So ist er tot, und wir müssen Seiner Heiligkeit erklären, wie es dazu kam.«
»Das ist ganz einfach. Er hat die Braut eines anderen Mannes geraubt und wurde von diesem erschlagen.« Friedrich war nicht bereit, in dieser Sache um den heißen Brei herumzureden.
Vinea hob in einer verzweifelten Geste die Arme. »Seine Heiligkeit hätte die Ehe zwischen Isidoro di Cudi und Marchesa Pandolfina gerne gesehen und ihr seinen Segen gegeben.«
»Vergesst nicht, dass Ihr es gewesen seid, der mir riet, sie mit Leonhard von Löwenstein zu verheiraten!« Friedrich klang scharf, denn er hasste es, wenn ihm die Schuld für etwas zugeschrieben wurde, das gegen seinen Willen geschehen war.
»Ihr habt voreilig gehandelt«, tadelte Hermann von Salza Vinea. »Ich war noch in Verhandlungen mit Seiner Heiligkeit. Er schlug zuletzt vor, Pandolfina mit Antonio de Maltarena zu vermählen und Isidoro di Cudi anderweitig zu entschädigen.«
»Maltarena ist ein Verräter und wird seine gerechte Strafe erhalten!«, wandte der König grollend ein.
»Mir geht es auch weniger um ihn als um Silvio di Cudi und

Pater Mauricio. Der eine ist ein geehrter Lehnsmann des Papstes, der andere ein Geistlicher. Beide gefangen zu halten wird Seiner Heiligkeit wenig gefallen!«

»Dann teilt Seiner Heiligkeit mit, wie wenig es mir gefallen hat, dass seine Lehensleute in meinem Reich mein Mündel entführt haben«, antwortete Friedrich schroff.

»Was Silvio di Cudi betrifft, so ist er nur noch ein lebender Leichnam. Überlasst ihn der Pflege Euch treu ergebener Nonnen«, riet Hermann von Salza. »Ich werde Seiner Heiligkeit berichten, dass dies das Beste für den gelähmten alten Mann ist.«

»Und was ist mit Pater Mauricio?«, fragte Vinea.

»Seine Majestät sollten ihn in ein abgelegenes Kloster auf Sizilien schicken, das von Mönchen bewohnt wird, die das Schweigegelübde abgelegt haben. Man soll ihn dort in eine Zelle einmauern und nur ein kleines Loch lassen, durch das er Brot und Wasser erhält. Seiner Heiligkeit werde ich sagen, dass Seine Majestät dem Wunsch des Paters entsprochen hat, die restlichen Jahre seines Lebens im Kloster zu verbringen.«

»Damit sind unsere Schwierigkeiten aber nicht aus dem Weg geräumt«, wandte Vinea ein. »Seine Heiligkeit wird Pandolfina und deren Gemahl nicht auf Burg Montecuore akzeptieren. Ich musste ihm zugestehen, dass er für diese Burg und Cudi die Lehensleute bestimmen darf, diese aber Seiner Majestät den Treueid zu leisten haben!«

»Von dem Gregor sie jederzeit wieder entbinden kann«, sagte der König mit bissigem Spott. »Doch was soll nun mit Pandolfina und Leonhard von Löwenstein geschehen?«

»Ihr habt Graf Ludwig ein Lehen in der Nähe seines alten Besitzes versprochen. Schickt seinen Sohn samt dessen Braut dorthin, um es zu übernehmen. Dort sind sie vor di Cudis rachsüchtigen Freunden ebenso sicher wie vor dem Zorn Seiner Heiligkeit.« Hermann von Salza lächelte, als würde es ihm Freude machen, dem Papst eine lange Nase drehen zu können.

Schließlich nickte auch Piero de Vinea. »Dies wäre das Beste, Euer Majestät! Solange die beiden in Apulien bleiben, sind sie eine Gefahr für den Frieden mit dem Papst.«

»Dann soll es so geschehen.« Friedrich atmete tief durch und bat seine beiden Berater, ihn zu verlassen. Anschließend befahl er einem Diener, Pandolfina aufzusuchen und sie zu bitten, zu ihm zu kommen, sobald sie dazu in der Lage sei.

15.

Leonhard stürmte in die Kammer, die er mit seinem Vater und Ritter Eckbert teilte, und sah die beiden am Tisch sitzen und Wein trinken. Bei seinem Anblick starrten sie ihn überrascht an.

»Du bist schon zurück? Ich dachte, die Reise würde länger dauern«, rief sein Ausbilder.

»Herr Vater, es ist unmöglich! Ich werde Pandolfina de Montecuore nicht heiraten! Sie ist eine Metze, die anderen Männern nachgestellt und auch schon dem König ihre Gunst geschenkt hat. In Salerno war sie sogar die Geliebte eines jüdischen Arztes. Zudem wurde sie von einem hiesigen Adeligen entführt und geschändet. Ich fand sie nackt und gefesselt auf seinem Bett.«

»Dann hat sie sich diesem Mann mit Gewissheit nicht freiwillig hingegeben«, wandte Ritter Eckbert ein.

»Dieses eine Mal nicht, aber viele andere Male hat sie ihre Beine bereitwillig gespreizt«, stieß Leonhard wütend hervor.

»Wer hat dir das erzählt?«, fragte der alte Ritter.

»Ich habe es von Antonio de Maltarena erfahren«, gab Leonhard zu.

»Es liegt an dir, deine Frau zu zähmen«, erklärte Graf Ludwig kühl. »Meide sie so lange, bis du dir sicher sein kannst, dass sie nicht geschwängert wurde, und sorge dann dafür, dass ihr eigene Kinder bekommt.«

»Und wenn sie schwanger ist?« Leonhard war so aufgebracht, dass er alle Achtung vergaß, die er seinem Vater schuldete.

Graf Ludwig musterte ihn düster und machte eine wegwerfende Handbewegung. »Dann lass den Bastard irgendwo aufziehen.«

»Ich werde sie nicht heiraten! Niemals!«, brach es aus Leonhard heraus.

Ritter Eckbert stand auf und legte ihm die Hand auf die Schulter. »Beruhige dich! Auch wenn die junge Dame bisher ein wenig leichtfertig gewesen sein sollte, bedeutet dies nicht, dass sie es auch weiterhin ist.«

»Wie ich sagte, liegt es an dir, sie richtig am Zügel zu führen. Will sie nicht gehorchen, so wird der Stock sie dazu bringen. Ein paar kräftige Hiebe haben noch keinem Weib geschadet! Ich habe es bei deiner Mutter nicht anders gehalten«, rief Graf Ludwig in rechthaberischem Tonfall.

»Einmal hättet Ihr Euch bezähmen müssen«, wandte Ritter Eckbert mit belegter Stimme ein.

Graf Ludwig atmete tief durch, als er sich daran erinnerte, dass seine Frau nach einer solchen Strafe mit einem toten Kind niedergekommen war, schüttelte dann aber den Kopf. »Sie hätte mich nicht erzürnen dürfen! Außerdem war es ein Mädchen, und ich habe mit meinen beiden überlebenden Töchtern bereits genug Ärger.«

Wenn seine Schwestern auf diese Weise erzogen worden waren, konnte Leonhard ihre Abneigung gegen den Vater verstehen. Er selbst bezweifelte die Wirkung körperlicher Strafen. Dadurch brachte man Menschen nur dazu, zu lügen, um den Schlägen zu entgehen. Doch das war im Augenblick unwichtig. Hier ging es um Pandolfina de Montecuore und ihn. Sie war wunderschön und stellte eine Verlockung dar, der er nicht unterliegen wollte. Bevor er jedoch etwas sagen konnte, baute sein Vater sich vor ihm auf und funkelte ihn zornig an.

»Du wirst dieses Weib heiraten und ihm Kinder machen! Hast du verstanden?«

Leonhard schüttelte den Kopf. »Niemals!«

Da begann sein Vater zu brüllen. »Selbst wenn die Marchesa

die Geliebte des Kaisers und sämtlicher Könige des biblischen Israels gewesen wäre, wirst du sie heiraten! Der König verleiht ihr als Mitgift ein stattliches Lehen in der Nähe unseres alten Besitzes und weist seine Getreuen im Reich an, uns gegen seinen Sohn Heinrich und diese verfluchten Heimsberger beizustehen. Das alles werde ich nicht aufgeben, nur weil mein Sohn sich ärgert, seinem Weib nicht als Erster zwischen die Beine steigen zu können.«

»Warum heiratet Ihr sie nicht und setzt mit ihr die Linie fort? Ihr seid doch Witwer! Ich gehe dann wieder ins Kloster«, rief Leonhard rebellisch.

Sein Vater musterte ihn mit eisigem Blick. »Wäre ich nur zehn Jahre jünger, würde ich es tun. Jetzt aber bin ich zu alt dafür. Ich wäre ein Greis oder sogar schon tot, bevor ein Sohn alt genug wäre, das Erbe zu übernehmen. Damit aber gäbe ich den Heimsbergern die Gelegenheit, die Fehde endgültig zu ihren Gunsten zu beenden. Daher wirst du Pandolfina de Montecuore heiraten – und wenn ich dich mit dem Stock vor den Altar prügeln muss!«

Leonhard begriff, dass es seinem Vater vollkommen ernst damit war und ihm nur die Wahl blieb, zu gehorchen oder diesen Raum zu verlassen und nie mehr zurückzukommen.

16.

Pandolfina wunderte sich, dass der König sie so rasch nach ihrer Ankunft zu sich rufen ließ. Gerade war sie mit ihrem Bad fertig geworden und hatte etwas essen wollen. Um Friedrich nicht warten zu lassen, zog sie mit Citas Hilfe ihr frisch ausgebürstetes Kleid an und eilte zu den königlichen Gemächern. Die Leibwachen ließen sie sofort ein, und sie sah sich dem Haushofmeister gegenüber. Dieser musterte sie und schien mit ihrem Aussehen zufrieden zu sein, denn er führte sie durch eine Reihe von Kammern in den Raum, in dem Friedrich sich aufhielt. Pandolfina trat ein, sah den König auf seinem Lehnstuhl sitzen und versank in einen tiefen Knicks. Sie gab Friedrich damit die Zeit, sie genauer zu mustern. Was er sah, beeindruckte ihn. Pandolfina war in Salerno zu einer wahren Schönheit herangereift, der an seinem Hof höchstens noch Bianca Lancia gleichkam.

Unwillkürlich empfand Friedrich ein Gefühl des Verlustes sowie Neid und eine gewisse Eifersucht auf Leonhard von Löwenstein. Ich hätte Pandolfina am Hof behalten und zu meiner Geliebten machen sollen, dachte er ungeachtet der Tatsache, dass Bianca bereits von ihm schwanger war. Dann aber schüttelte er diesen Gedanken ab und lächelte Pandolfina zu.

»Ich bin sehr froh, dass ich Graf Leonhard geschickt habe, um dich zu holen, mein Kind, denn ich weiß, wie schwer es dir gefallen wäre, das Weib eines di Cudi zu werden. Leonhard wird ein weitaus besserer Ehemann für dich sein!«

Pandolfina riss es hoch, als sie das hörte. »Was soll er sein?«, stieß sie erschrocken hervor.

»Dein Gemahl«, antwortete der König freundlich. »Ich habe mich mit meinen Beratern besprochen, und wir sind übereingekommen, dass es das Beste für dich ist.«
»Aber ich will nicht heiraten! Niemals!«, begehrte Pandolfina auf.
»Du bist ein Weib und von Gott bestimmt, eines braven Mannes Gefährtin zu sein«, antwortete Friedrich in einem Ton, der eigentlich keinen Widerspruch zuließ.
Pandolfina schüttelte jedoch heftig den Kopf. »Niemals! Lieber gehe ich ins Kloster.«
Es war keine Lösung, die ihr gefiel, aber immer noch besser, als an diesen teutonischen Ochsen verheiratet zu werden.
»Es ist so bestimmt!«, erklärte Friedrich mit Nachdruck, stand aber dann auf und legte den Arm um Pandolfina. »Du musst mich verstehen, mein Kind! Ich tue es nicht ohne Grund. Der Papst will Montecuore und Cudi wieder an das Königreich Sizilien zurückgeben, bedingt sich aber aus, die Lehensmänner, die diese Grafschaften in meinem Namen verwalten, selbst zu bestimmen. Er hätte dich dort nur akzeptiert, wenn du Isidoro di Cudi geheiratet hättet – oder Antonio de Maltarena.«
»Den Verräter?«, zischte Pandolfina.
»In dem Schreiben Seiner Heiligkeit an mich steht noch ein weiterer Name, nämlich Loís de Donzère.«
Pandolfina schüttelte wild den Kopf. »Niemals!«
»Das dachte ich mir! Deshalb habe ich den jungen Löwenstein ausgewählt. Er wird dir ein guter Ehemann sein.«
O ja, dachte Pandolfina und erinnerte sich daran, dass Leonhard zwar ihre Magd vom Pferd gehoben hatte, sie aber immer noch darauf sitzen würde, wenn nicht einer seiner Männer ihr diesen Dienst erwiesen hätte.
»Lass dir erklären, warum ich es tue«, fuhr der König fort. »Mailand und einige andere Städte im Lombardenland haben sich gegen mich erhoben. Ich werde Krieg führen müssen. Dafür aber brauche ich Frieden mit dem Papst, denn ich kann es

mir nicht leisten, dass er die Aufrührer in meinem Reich unterstützt. Aus diesem Grund muss die Fehde zwischen euch und den di Cudi enden. Doch solange du in Apulien bleibst, wirst du Montecuore niemals aufgeben.«

»Montecuore ist meine Heimat«, erklärte Pandolfina unter Tränen. »Mein Vater und meine Mutter liegen dort begraben. Ich will es nicht verlieren.«

Friedrich sah sie traurig an. »Es gibt Opfer, die man bringen muss, mein Kind. Dein Vater wurde auf Sizilien geboren, und seine Eltern liegen dort begraben. Dennoch ging er dorthin, wohin ich ihn rief. Das wirst auch du tun, mein Kind!«

Einem Befehl hätte Pandolfina sich mit allen Kräften widersetzt. Den König aber bitten zu sehen machte sie wehrlos. Sie spürte, wie schwer es ihm fiel, sie diesem Teutonen zu überlassen. Gleichzeitig aber nagte eine seiner Bemerkungen an ihr, und sie sah ihn fragend an.

»Ihr sagt, ich muss Apulien verlassen. Wohin wollt Ihr mich schicken? Nach Kampanien oder nach Sizilien?«

»Weder noch«, antwortete der König leise. »Du wirst deinem Gemahl in seine Heimat folgen. Dort erhaltet ihr ein Lehen und könnt von dort aus beginnen, den verloren gegangenen Besitz der Löwensteiner wiederzugewinnen.«

Der König hoffte, Pandolfina mit dem Hinweis, ihr Bräutigam habe ein ähnliches Schicksal wie sie erlitten, besänftigen zu können, doch sie brach erneut in Tränen aus.

»Er darf seine Heimat zurückfordern und ich nicht!«

»Sähe die Situation hier nur ein wenig anders aus, würde ich Leonhard auffordern, hierzubleiben, um deine Heimat zurückzugewinnen.« Den Worten des Königs fehlte der Nachdruck, denn beide wussten, mit welcher Hartnäckigkeit der Papst seine Vorstellungen durchzusetzen wusste. Selbst Friedrich blieb im Augenblick nur, auf die Bedingungen einzugehen, die Gregor stellte, um sich diesen nicht für immer zum Feind zu machen.

Pandolfina begriff, dass ihr keine Wahl blieb. Sie musste den teutonischen Ochsen heiraten, sonst würde sie für den Rest ihres Lebens das Gefühl plagen, ihren König verraten zu haben.
»Euer Majestät können unbesorgt sein! Ich werde Leonhard von Löwenstein die Hand zum Bunde reichen. Doch nun bitte ich Euch, mich zu entschuldigen.«
Pandolfina knickste unter Tränen und verließ die königlichen Gemächer, um in ihre Kammer zurückzukehren. Ein weiteres Mal hatte das Schicksal sich gegen sie gewandt, und sie empfand es schlimmer als alle anderen Male zuvor.

Siebter Teil

Abschied

1.

Pandolfina blickte starr geradeaus, um Leonhard nicht ansehen zu müssen, der mit verbissener Miene neben ihr stand. Wie ein glückliches Brautpaar sehen wir wahrlich nicht aus, dachte sie. Nicht einmal wie eines, das bereit war, sich irgendwie zusammenzuraufen. Dabei hatte sie in der Nacht lange darüber nachgedacht und den Entschluss gefasst, die Ehe mit dem Teutonen hinzunehmen und zu versuchen, das Beste daraus zu machen. Leonhards abweisender Blick und die Tatsache, dass er sie weder angesprochen noch sonst wie beachtet hatte, machte es ihr jedoch schwer, ihn auch nur halbwegs erträglich zu finden. Mittlerweile hielt sie ihn für einen sturen teutonischen Ochsen, der sie nur heiratete, weil der König es ihm befohlen hatte.

Heilige Mutter Gottes, was wird das für eine Ehe sein?, fuhr es ihr durch den Kopf. Mit dieser Verbindung verlor sie die Heimat und alles andere, was ihr lieb und teuer war. Wieder stiegen Tränen in ihr auf. Während der Priester weitersprach, blickte sie sich kurz um. König Friedrich saß auf dem steinernen Thronsitz neben dem Altar und lächelte ihr aufmunternd zu, Enzio aber zog ein missmutiges Gesicht, weil sie nun doch nicht mehr an den Hof zurückkehren würde. In seiner Nähe saß Bianca Lancia, die neue Liebe des Königs. Sie war in einen weiten Umhang gehüllt, damit ihre fortgeschrittene Schwangerschaft nicht für jedermann ersichtlich wurde.

Hermann von Salza, Piero de Vinea und andere Berater des Königs wohnten der Trauung ebenso bei wie ihr zukünftiger Schwiegervater Graf Ludwig. Pandolfina fror, wenn sie diesen

Mann nur anblickte. Obwohl er hochzufrieden wirkte, hielt sie ihn für jemanden, der das Wort Liebe nie kennengelernt hatte. Der kantige Ritter mit der großen Narbe im Gesicht, der an Graf Ludwigs Seite saß, wirkte hingegen besorgt. Was sie von diesem Mann zu halten hatte, wusste Pandolfina noch nicht.

Der Priester forderte das Paar nun auf, sich zu ihrer Ehe zu bekennen, und sah Leonhard erwartungsvoll an. Dieser schluckte und kämpfte gegen den Wunsch an, »Nein!« zu brüllen. Stattdessen hörte er sich selbst mit düsterer Stimme sagen, dass er diese Frau zum angetrauten Weibe nehmen wolle. Was bin ich nur für ein Feigling, dachte er und sah Pandolfina nicht einmal an, als diese so leise, dass es kaum zu hören war, »Ja« sagte. Sie senkte dabei den Kopf, damit niemand die Angst, aber auch den Zorn auf ihrem Gesicht bemerkte.

Als der Priester die beiden aufforderte, die Ringe zu tauschen, packte Leonhard Pandolfinas Rechte mit einem rauhen Griff und steckte ihr den Ring ohne Rücksicht an den Finger.

»Aua!«, schrie sie auf und dachte, dass ihm nur noch ein Paar kräftige Hörner zu einem der wilden Auerochsen seiner Heimat fehlten. Sie selbst nahm den Ring, den der König ihr hatte bringen lassen, und stopfte ihn mit einer beiläufigen Bewegung an Leonhards Ringfinger. Danach wandte sie sich wieder dem Priester zu und hoffte, dass die Trauung bald zu Ende sein würde.

Dieser Gedanke erfüllte auch Leonhard. Gleichzeitig machte er ihm Angst. Wenn er diese Kirche verließ, band sein Schwur ihn an ein Weib ohne Moral und Anstand. Der Gedanke, dass sie sich ohne Scham mit anderen Männern eingelassen hatte, darunter sogar mit einem der verachteten Juden, brannte wie Feuer in ihm und machte es ihm unmöglich, sie so zu behandeln, wie sie es als eine Gemahlin fordern konnte. Seit er wusste, wer sie war, hatte er sie kein einziges Mal freiwillig berührt. Vielleicht wäre es anders gekommen, wenn Kaiser

Friedrich ihm Zeit gelassen hätte, sich an den Gedanken einer Heirat mit Pandolfina zu gewöhnen. In dem Fall hätte er ihren Charakter besser erforschen und eingreifen können, wenn sie Dinge tun wollte, die ihm nicht gefielen. Nach einer Zeit des Anstands, wenn er sicher sein konnte, dass Isidoro di Cudi sie nicht geschwängert hatte, wäre er auch bereit gewesen, ihr beizuwohnen.

Das musst du auch so tun, wenn du nicht der letzte Löwensteiner bleiben willst, fuhr es Leonhard durch den Kopf. Er streifte Pandolfina mit einem verstohlenen Blick. Wenn sie nur nicht so verführerisch schön wäre, dachte er. Unter anderen Umständen wäre er überglücklich gewesen, ein solches Weib zu gewinnen. So aber würde er achtgeben müssen, dass sie ihre Schönheit nicht benutzte, um andere Männer zu betören.

Vielleicht war sie in einer Ehe sogar treu, sagte etwas in ihm. Doch wie wahrscheinlich war das? Er wollte nicht später ihre Kinder ansehen und sich fragen müssen, ob sie die seinen wären. Drei Monate, dachte er, würde er auf jeden Fall warten, damit er sicher sein konnte, dass sie nicht von Isidoro di Cudi oder diesem jüdischen Arzt geschwängert worden war. Sollte dies jedoch der Fall sein, würde er sie nach ihrer Ankunft in der Heimat in ein Kloster geben, in dem sie heimlich gebären konnte. War es nur eine Tochter, konnte er diese noch hinnehmen. Ein Sohn jedoch musste zweifelsfrei ein Löwensteiner sein.

Während die frisch Vermählten ihren trüben Gedanken nachhingen, segnete der Priester sie und beendete die Zeremonie. Eigentlich hätte Leonhard jetzt Pandolfina den Arm reichen und sie aus der Kirche führen müssen. Doch er erhob sich, drehte sich um und wollte sie vor dem Altar stehen lassen. Da vertrat Ritter Eckbert ihm den Weg und hob die Hand.

»Warte, bis deine Braut neben dir steht. Oder willst du den König beleidigen, indem du sie offen missachtest?«

»Verzeih!« Leonhards Worte galten jedoch nicht Pandolfina,

sondern dem alten Ritter, der ihn an Sitte und Brauch erinnert hatte.

»Wenn wir beim Vermählungsmahl zusammensitzen, solltest du deiner Braut mehr Aufmerksamkeit widmen als vor dem Altar. Der Kaiser wird das erwarten«, setzte Eckbert seine Standpauke fort und deutete eine Verbeugung vor Pandolfina an.

»Herrin, Euer Platz ist von nun an an der Seite meines Schülers. Auch wenn er derzeit ein wenig grimmig dreinschaut, kann man mit ihm ganz gut auskommen.«

Pandolfinas Kenntnis der deutschen Sprache war zu gering, um alles zu verstehen, sie begriff aber in etwa, was er meinte. Zu gerne hätte sie ihm geglaubt, doch so wie Leonhard sich ihr gegenüber benahm, würde sie ganz gewiss nicht gut mit ihm auskommen.

»Danke«, sagte sie in ihrer Sprache und nickte dem alten Ritter zu.

Dieser musterte sie nachdenklich und sagte sich, dass Pandolfina nicht die zügellose Frau sein konnte, für die Leonhard sie hielt. Es mochte sein, dass sie dem König ein paarmal zu Diensten hatte sein müssen, doch in einem solchen Fall blieb einer Frau selten eine andere Wahl, als zu gehorchen. Mittlerweile war Bianca Lancia in den Rang der kaiserlichen Mätresse aufgestiegen. Die Lancias waren wertvolle Verbündete im Norden Italiens, und so konnte Friedrichs Wahl nicht nur wegen ihrer Schönheit auf Bianca gefallen sein, sondern auch, um ihre Sippe enger an sich zu binden.

Dies tat er jetzt auch mit den Löwensteinern. Das Lehen, das er Graf Ludwig für dessen Sohn zugesagt hatte, bestand aus zwei festen Burgen mit reichem Landbesitz. Auch hatte Friedrich versprochen, sich bei den Herren in der Umgebung dafür einzusetzen, Leonhard bei der Rückgewinnung Löwensteins zu unterstützen. Allein schon deshalb war die Heirat mit Pandolfina ein großer Gewinn.

Das muss der Junge einsehen, dachte Ritter Eckbert, als er hinter dem Brautpaar und dem engeren Gefolge des Königs die Kirche verließ.
Graf Ludwig gesellte sich mit zufriedener Miene zu ihm. »Seine Majestät übergibt uns als Mitgift der Braut eine Kiste mit Goldstücken. Damit können wir ein Heer aufstellen und die Heimsberger zermalmen«, erklärte er.
Ritter Eckbert hob beschwichtigend die Hand. »Bevor wir die Fehde wiederaufnehmen, sollten wir den Hoftag abwarten, den der Kaiser einberufen hat. Er könnte dafür sorgen, dass König Heinrich Frieden hält.«
Der Hinweis auf Friedrichs Sohn, der an dessen Stelle in Deutschland regierte, ernüchterte Graf Ludwig.
»Der Teufel soll Heinrich holen!«, sagte er mürrisch. »Der alte Heimeran konnte nur mit seiner Hilfe die Oberhand gewinnen.«
»Daher sollten wir nichts Unbedachtes unternehmen«, mahnte Ritter Eckbert. »Leonhard soll sich erst in seinem neuen Lehen festsetzen, bevor an Kampf zu denken ist. Jeder Gegner, den wir weniger haben, erleichtert uns den Sieg.«
»Wir sollten die Hochzeit feiern und nicht über die elenden Heimsberger sprechen«, brummte der Graf und schritt hinter dem König in Richtung des großen Saals, in dem das Mahl aufgetragen worden war.

2.

Der Haushofmeister des Königs hatte sich viel Mühe mit den Vorbereitungen gegeben, so dass die Vermählung des jungen Paars ausgiebig gefeiert werden konnte. Leonhard staunte über die Vielzahl der Speisen, die er zumeist nicht kannte, und wagte bei einigen kaum zuzugreifen.

Pandolfina wäre in der Lage gewesen, ihm das meiste zu erklären, doch die beiden saßen nebeneinander, als seien sie durch eine Wand getrennt. Noch immer fragte Pandolfina sich, weshalb ihr Bräutigam so über sie hinwegsah, als sei bereits ihre Nähe ihm unangenehm. Doch Leonhard stand seiner Frau nicht ablehnend gegenüber, sondern kämpfte verzweifelt gegen die Anziehung, die sie auf ihn ausübte. Im Allgemeinen wurden Mädchen früh verheiratet und waren bei der Trauung oft noch halbe Kinder. Pandolfina war jedoch voll erblüht, und dies blieb trotz des störrischen Ausdrucks auf ihren Lippen nicht ohne Wirkung auf ihn.

Mit einer fahrigen Geste griff Leonhard nach seinem Weinbecher und fand diesen leer. Sofort eilte ein Diener herbei, um nachzuschenken. Leonhard fragte sich, ob er sich nicht so betrinken sollte, dass man ihn ins Brautbett tragen musste. Doch der Gedanke an das beschämende Bild, das er dabei abgeben würde, brachte ihn davon ab. Er musste sich beim Trinken zurückhalten, denn er wollte nicht die Herrschaft über seine Gefühle verlieren. Schließlich hatte er sich vorgenommen, seine junge Frau drei Monate lang nicht anzurühren, und davon durfte ihn nichts und niemand abbringen.

Trotz des stillen Brautpaars wurde die Feier recht lustig. Der

Kaiser gab sich leutselig, Graf Ludwig war glücklich, weil seine Familie nach dem erhofften Sieg über die Heimsberger reicher und mächtiger sein würde denn je, und die anderen Gäste sprachen fröhlich dem Wein und dem Essen zu.

Um das Schweigen zwischen Pandolfina und Leonhard zu brechen, wandte Friedrich sich an die beiden. »Es fällt euch wohl schwer, miteinander zu reden, da keiner die Sprache des anderen versteht«, meinte er lächelnd in einem seltsam klingenden Deutsch.

»So ist es, Euer Majestät!« Leonhard neigte kurz den Kopf und sagte sich, dass er wenigstens den Anstand wahren musste. »Mein Weib wird gewiss bald unsere Sprache lernen«, erklärte er.

»Pandolfina ist sehr klug und wird sich leicht in Eurer Heimat zurechtfinden«, lobte der König die junge Braut und wiederholte es in deren Sprache.

Genau das werde ich nicht tun!, schwor Pandolfina sich. Alles in ihr wehrte sich, den sonnigen Süden zu verlassen und in ein Land zu ziehen, in dem die längste Zeit des Jahres Winter war und das von groben Menschen mit barbarischen Sitten bewohnt wurde. Da der König aber als Kaiser über diese Leute herrschte, verbarg sie ihre Gefühle und nickte mit einem gezwungenen Lächeln. »Ich werde mir Mühe geben, Euer Majestät.«

»Das weiß ich!« Friedrich lächelte so freundlich, dass Pandolfina sich schämte, ihn belügen zu müssen. Von ihr hatte Leonhard kein einziges Zugeständnis zu erwarten. Zwar konnte sie nicht verhindern, dass er sie mit in seine Heimat nahm, aber dort würde sie so leben, wie es ihr gefiel.

Ganz ging dies allerdings nicht, fiel ihr ein, denn sie konnte ihn nicht daran hindern, sein Recht als Ehemann einzufordern. Am besten war es, wenn sie rasch schwanger wurde und erst mal ihre Ruhe vor ihm hatte. Es gab sicher genug Mägde auf seiner Burg, die er an ihrer Stelle besteigen konnte.

Als sie daran dachte, dass er bereits an diesem Abend über sie herfallen würde, empfand sie plötzlich Angst. Dieser Ochse würde ihr gewiss weh tun! Anders als in der Kirche verrann ihr die Zeit auf einmal viel zu schnell. Außerdem zeigten die Gaukler, die nun auftraten, einen recht derben Humor und spielten auf das an, was zwischen Eheleuten im Bett geschah. Mit einer gewissen Besorgnis musterte sie ihren Ehemann. Leonhards Miene wirkte verschlossen, ja sogar eisig, und es fröstelte sie in seiner Nähe. Eher würde sie sich an einem der Eisblöcke wärmen können, die im Winter aus den Bergen geholt und in tiefen Kellern gelagert wurden, um im Sommer Getränke und Obst zu kühlen, als an Leonhards Gemüt.

Als der König die Hand hob, verstummte das Spiel der Musiker, und diese zogen sich samt den Gauklern zurück. Pandolfina begriff, dass der Augenblick nahe war, vor dem sie sich fürchtete, beschloss aber, keine Regung zu zeigen und keinen Schmerz, gleichgültig wie schlimm es auch werden mochte. So als wäre sie nicht sie selbst, stand sie auf, knickste vor dem König und ließ sich von dessen Hofdamen in die Kammer bringen, die für sie und Leonhard vorbereitet worden war. Jemand hatte Blumen verteilt und jenes Parfüm aus dem Orient bereitgestellt, welches sie am liebsten mochte.

Pandolfina griff nach dem Fläschchen und rieb sich die Schläfen mit dem duftenden Öl ein. Mit einem Lächeln nahm Bianca Lancia, die trotz ihrer Schwangerschaft die Frauen anführte, ihr das Fläschchen wieder ab.

»Lass dich erst ausziehen! Du musst das Parfüm dann auch auf deine Schlüsselbeine und zwischen deine Brüste tun.«

Warum?, wollte Pandolfina schon fragen, schwieg dann aber, weil sie Angst hatte, sich vor den Frauen zu blamieren. Wie es aussah, hatte sie sich in ihrem Bestreben, Ärztin zu werden, zu wenig um das gekümmert, was andere Frauen bewegte. Sie zog sich mit zusammengebissenen Zähnen aus und stand nackt im Raum. Sofort spritzte Bianca mehrere Tropfen des wohlriechenden Öls auf sie. Dann trat sie zurück und musterte Pandolfina wohlgefällig.

»Du bist eine wunderschöne Braut! Dein Tedesco kann zufrieden sein.«

Pandolfina stellte sich das eisige Gesicht Leonhards vor und sagte sich, dass dieser wohl mit nichts zufrieden war.

»Wir lassen dich jetzt allein. Leg dich ins Bett! Dein Gemahl wird gleich kommen.« Bianca schlug die Decke zurück und drängte Pandolfina, sich zu beeilen.

»Ich will nicht, dass Seine Majestät dich so sieht«, raunte sie der jungen Braut noch ins Ohr. »Er würde sonst bedauern, dich in die Ferne vermählt zu haben.«

Ein wenig spürte Pandolfina Biancas Angst, der König könnte sie an seinem Hof behalten und zu seiner Geliebten machen, und hätte beinahe darüber gelacht. Für Friedrich war sie ein Hindernis für den Frieden mit dem Papst und musste daher sehr weit weggeschickt werden. Auch wenn der König schöne Frauen liebte, so galten ihm sein Reich und seine Krone weitaus mehr. Sie legte sich hin, sah zu, wie Bianca die Decke über sie zog, und schloss die Augen. Die Geräusche zeigten ihr, dass die anderen Frauen die Kammer verließen.

Für eine gewisse Zeit war es vollkommen still, und Pandolfina wünschte sich, einfach einzuschlafen. Ihr teutonischer Ochse würde sie aber gewiss wecken, um sich ihrer bedienen zu können. Aus diesem Grund öffnete sie die Augen wieder und starrte zur Tür.

Wenig später sprang diese auf, und der König schob eigenhändig ihren Bräutigam in die Kammer. »Ihr seid glücklich zu nennen, denn Ihr erhaltet eine gleichermaßen schöne wie kluge Frau«, sagte er.

Leonhard sah nicht so aus, als wäre er davon begeistert. »Ich danke Eurer Majestät«, sagte er mit belegter Stimme und verbeugte sich. Dann schloss er die Tür und zog sich bis auf das Hemd aus, ohne Pandolfina auch nur anzusehen. Als sie schon glaubte, er würde zu ihr unter die Decke schlüpfen, ging er zu der Truhe, auf der seine Sachen lagen, und nahm sein Schwert in die Hand.

Verwundert sah Pandolfina zu, wie er es aus der Scheide zog und damit auf sie zukam. Will er mich etwa umbringen?, fragte sie sich, empfand aber keine Angst vor dem Sterben. Da schlug Leonhard die Bettdecke zur Hälfte auf und legte sein Schwert genau in die Mitte. Er selbst ließ sich auf seiner Seite nieder, blies die Kerze aus und kehrte ihr den Rücken zu.

Pandolfina begriff nicht, was das sollte. Zunächst spürte sie eine gewisse Erleichterung, weil sie ihn an diesem Tag noch nicht ertragen musste. Gleichzeitig aber fühlte sie sich als Frau missachtet und spürte einen Knoten im Magen, der aus Ärger und Angst zusammengesetzt war. Was ist das nur für ein Mann?, dachte sie. Wenn er sie nicht hatte heiraten wollen, hätte er dies dem König sagen und ihr diese unsägliche Ehe ersparen können.

Plötzlich erinnerte sie sich an ihre erste Begegnung und daran, wie er sie mit nacktem Unterleib auf Isidoro di Cudis Bett gefunden hatte. Glaube er etwa, dieser elende Kerl hätte sein Vorhaben vollenden können und sie womöglich geschwängert? Im ersten Augenblick wollte sie über diese Vorstellung lachen, sagte sich dann aber, dass sie durch Leonhards Haltung eine Gnadenfrist erhielt. Vor zwei, drei Monaten würde er wohl kaum die ehelichen Pflichten von ihr fordern, und bis dorthin konnte noch vieles geschehen.

Während Pandolfina mit diesem Gedanken einschlief, lag Leonhard noch lange wach. Sein Stolz und seine Sturheit lagen in einem heftigen Wettstreit mit seinen Gefühlen als Mann und dem Wunsch, die schöne Frau so zu besitzen, wie es sein Recht als Ehemann war. Obwohl sein Schwert ihn von ihr trennte, fühlte er die verlockende Wärme ihres Leibes und ihren angenehmen, blumigen Duft. Zuletzt rettete er sich in ein lautloses Gebet, um der Versuchung zu widerstehen. Eines aber wusste er: Er durfte sie niemals berühren oder gar im Arm halten, wenn er seinen Schwur, drei Monate mit dem Vollzug der Ehe zu warten, nicht brechen wollte.

3.

Trotz der seltsamen Umstände ihrer Hochzeitsnacht schlief Pandolfina gut und wachte am nächsten Morgen erst auf, als sie jemand an der Schulter fasste und rüttelte. Sie öffnete die Augen und sah Cita vor sich.

»Ihr müsst aufstehen, Herrin! Herr Leonhard will bald aufbrechen, und Ihr wollt doch gewiss nicht zurückbleiben.«

Pandolfina wünschte sich eine Möglichkeit, dies zu tun. Zu ihrem Leidwesen war sie durch den Spruch des Priesters an diesen Teutonen gebunden und musste ihm gehorchen. Leonhard hatte die Kammer bereits verlassen. Auch seine Sachen fehlten. Entweder war er leise gewesen, was sie bezweifelte, oder sie hatte sehr tief geschlafen.

»Er wird warten müssen, bis ich fertig bin«, sagte sie in hochmütigem Ton und begann, sich gemächlich zu waschen. Sie ließ sich auch beim Anziehen Zeit und ignorierte Citas verzweifelte Bitten, sich zu beeilen.

»Was ist mit meinen Sachen? Sind die eingepackt?«, fragte sie und erinnerte sich dann erst, dass sie ja alles in Salerno hatte zurücklassen müssen.

»Meine Stute! Ohne sie reise ich nicht!«, rief sie und feuerte den Mantel, den Cita ihr eben umlegen wollte, wütend aufs Bett. »Außerdem besitze ich nichts außer diesem Kleid, das Bianca Lancia mir geliehen hat, und jenes, das ich trug, als diese elenden di Cudis mich entführt haben.«

»Herr Leonhard will heute noch aufbrechen. Es gibt gewiss unterwegs und in seiner Heimat die Gelegenheit, neue Kleider für Euch machen zu lassen.«

»Das mag sein, aber ich will meine Stute reiten!« Pandolfina verschränkte mit trotziger Miene die Arme vor der Brust. Auch wenn sie eine aufgedrängte Braut war, wollte sie nicht ohne eine gewisse Aussteuer in die Ehe gehen. Dies, so sagte sie sich, war ihr der König schuldig.
Cita begriff, dass ihre Herrin nicht nachgeben würde, und verließ aufgeregt die Kammer. Unten im Hof wurde bereits der Wagen mit den Gegenständen beladen, die Leonhard als Geschenk des Königs erhalten hatte. Kurt überwachte die Knechte, wandte sich dann aber Cita zu.
»Ist die Herrin bald fertig? Herr Leonhard wird bald kommen, und dann sollten wir aufbrechen.« Aus Gewohnheit sagte er es zuerst auf Deutsch und versuchte es dann in der Landessprache. Auch wenn er einige Worte falsch betonte und einige wegließ, begriff Cita aus dem Mischmasch der Sprachen, was er wollte, und verzog unglücklich das Gesicht.
»Meine Herrin besteht darauf, ihre eigene Stute zu reiten, doch die befindet sich noch in Salerno. Dort sind auch noch ihre anderen Habseligkeiten, so dass sie derzeit nur das Kleid besitzt, das sie trug, als Ihr sie gerettet habt.«
»Daran hat Herr Leonhard gewiss nicht gedacht. Bei Sankt Christophorus, was machen wir jetzt?«, rief Kurt erschrocken.
»Was Kleider betrifft, könnte ich nachsehen, ob die Damen bei Hofe nicht etwas abtreten. Es ist für meine Herrin nicht angenehm, in geborgten Gewändern herumzulaufen, aber zur Not muss es gehen. Doch ihre Stute können wir nicht herbeizaubern.«
»Vielleicht doch«, ließ sich da eine jugendliche Stimme vernehmen.
Cita und Kurt drehten sich um und sahen Enzio hinter sich stehen. Der Junge lächelte übermütig und wies auf einen Knecht, der eben Pandolfinas Stute auf den Hof führte.
»Mein Vater hat sofort, nachdem Pandolfina hier angekommen war, Boten nach Salerno geschickt, um ihren Besitz zu holen.

Die Männer sind gestern zurückgekehrt«, erklärte er. »Außerdem ist er der Ansicht, dass eine Marchesa Montecuore mehr Kleider und Hemden braucht, als in eine kleine Truhe passen. Daher wird gleich ein Wagen gebracht werden, auf dem sich die Geschenke meines Vaters für Pandolfina befinden.«

Als Kurt das hörte, sah er Cita fröhlich an. »Damit sind die Bedenken deiner Herrin aus dem Weg geräumt, und wir können aufbrechen.«

»Pandolfina sollte sich beeilen«, erklärte Enzio. »Sie muss noch zur Abschiedsaudienz bei meinem Vater. Herr Leonhard ist bereits dort.«

Auf Enzios Bemerkung hin eilte Cita zu Pandolfina in die Kammer und fasste sie am Arm. »Ihr müsst zum König kommen! Er will Euch verabschieden.«

»Ich verlasse Apulien nicht ohne meine Stute«, erklärte Pandolfina störrisch.

»Die steht im Hof. Der König hat sie holen lassen. Ebenso hat er Kleider und alle anderen Dinge besorgen lassen, die ein Weib mit in die Ehe bringen sollte«, rief Cita und zerrte an Pandolfinas Arm.

Diese stand noch einen Augenblick wie erstarrt, sagte sich dann, dass das Schicksal sich wirklich gegen sie verschworen hatte, und seufzte. »Gehen wir zum König!«

Cita eilte ihr nach, erinnerte sich dann aber an das wenige, das ihre Herrin in der Kammer zurückgelassen hatte, und holte die Sachen. Anschließend brachte sie ihr eigenes Bündel nach unten und sah zu, wie Kurt es eigenhändig auf einem der Wagen verstaute. Dann warteten beide geduldig, bis Pandolfina und Leonhard vom König zurückkamen.

Unterdessen hatte Pandolfina die königlichen Gemächer erreicht und wurde von einem Bediensteten in das Zimmer geführt, in dem Friedrich das Paar empfangen wollte. Außer dem König befanden sich Leonhard, dessen Vater und Ritter Eckbert im Raum.

Friedrich lächelte, als Pandolfina vor ihm in einen tiefen Knicks versank. »Da bist du ja, mein Kind! Gebt gut auf Pandolfina acht, Herr Leonhard, denn sie steht meinem Herzen sehr nahe. Ihr Vater war einer der wenigen Freunde, die immer treu zu mir hielten. Bei Gott, wie wünschte ich, Graf Gauthier würde noch leben und hätte Euch seine Tochter zuführen können.«
Einen Augenblick lang zeigte Friedrichs Gesicht Trauer, dann aber hatte er sich wieder in der Gewalt und lächelte Pandolfina zu. »Mögest du in dem fremden Land glücklich werden! Denke immer daran, dass ich auch dessen Krone trage. Du bist also nicht so fern von mir.«
Während Pandolfina gerührt gegen ihre Tränen ankämpfte, verstärkten diese Worte Leonhards Glauben, seine junge Frau wäre die Geliebte des Königs gewesen. Dies hätte er noch hinnehmen können, doch der Gedanke an eine Liebschaft mit einem fahrenden Ritter und gar einem Juden wühlte in ihm, und er wünschte sich, sein Vater hätte ihn nie aus dem Kloster geholt.
»Wir müssen bald aufbrechen! Das Schiff wartet bereits«, brachte er mit letzter Beherrschung heraus.
Friedrich sah ihn nachsichtig lächelnd an. »Ich verstehe Eure Ungeduld, wieder in die Heimat zu gelangen. Doch das Schiff sticht gewiss nicht ohne Euch in See. Ich habe mit Eurem Vater und Herrn Eckbert noch einmal über alles gesprochen. Wir sind gemeinsam zu der Überzeugung gelangt, dass Ihr Euer neues Lehen nicht unter dem Namen Löwenstein übernehmen sollt, sondern als Graf Montcœur. Ich will nicht, dass die Fehde mit Heimsberg sofort weitergeht. Später könnt Ihr Euch wieder Graf Löwenstein nennen. Der Ehrentitel eines Marchese de Montecuore wird trotzdem bei Eurer Familie bleiben.«
»Löwenstein, Montecuore, Montcœur, ist dies nicht ein wenig zu viel der Täuschung?«, fragte Leonhard.
»Auch wer dem Schwert vertraut, sollte die List nicht verachten! Ohne List wäre es Heimeran von Heimsberg niemals ge-

lungen, sich gegen Euren Vater durchzusetzen. Graf Ludwig ist ein aufrechter, geradliniger Herr, dem jegliche Schliche fremd sind. Dies gereichte ihm zum Schaden.«

In Leonhards Augen war dies ein Tadel für seinen Vater, der mit seiner starrsinnigen Haltung eine nicht geringe Schuld daran trug, dass sich Kaiser Friedrichs Sohn Heinrich gegen ihn gestellt hatte. Graf Ludwig hingegen sah es als Lob für seinen ehrlichen Charakter und verbeugte sich dankbar vor dem König. Dieser nickte beiden zu, umarmte dann Leonhard und anschließend Pandolfina.

»Denke daran, dass ich immer nur das Beste für dich wollte«, sagte er mit einem schmerzlichen Lächeln, als er sie wieder losließ.

Leonhard verbeugte sich und wandte sich zum Gehen. Ein mahnendes Hüsteln Ritter Eckberts hielt ihn zurück. Zu sagen wagte sein Lehrer nichts, doch sein Blick auf Pandolfina war beredt genug. Da Leonhard sie nicht berühren wollte, neigte er kurz den Kopf.

»Kommt, es ist Zeit!«

Da Pandolfina ihm zutraute, sie zu packen und hinter sich herzuschleifen, knickste sie noch einmal vor dem König und folgte dann ihrem Ehemann nach draußen. Während Friedrich zurückblieb, kamen Graf Ludwig und Ritter Eckbert mit auf den Hof. Dort war mittlerweile alles zum Aufbruch bereit. Pandolfina eilte zu ihrer Stute und schlang die Arme um deren Hals. Nur der König hatte dies vollbringen können, dachte sie gerührt. Obwohl die Umstände ihn gezwungen hatten, sie mit dem teutonischsten aller Teutonen zu verheiraten, hatte er doch alles getan, um es ihr leichter zu machen.

Enzio trat nun zu ihr her und umarmte sie. »Viel Glück in deiner neuen Heimat«, sagte er mit einem aufmunternden Lächeln.

»Ich danke dir.« Pandolfina seufzte, denn jetzt würde sie alles verlieren, was ihr je etwas bedeutet hatte.

»Marchesa!«
Der leise Ausruf ließ sie aufschauen. Ihre Augen weiteten sich, als sie Renzo entdeckte, den einstigen Gefolgsmann ihres Vaters, der ihr vor etlichen Jahren bei der Flucht vor Silvio di Cudi geholfen hatte. Ihn hier zu sehen zauberte ihr ein erfreutes Lächeln auf die Lippen.
»Mein guter Renzo! Ich freue mich, dass ich mich von dir verabschieden kann«, sagte sie mit schwankender Stimme.
»Es gibt keinen Abschied, Herrin! Es hat Seiner Majestät nämlich beliebt, mich zum Kastellan jener Burg zu machen, die im Lehen Eures Gemahls in Eurem Besitz bleiben soll.«
»Wirklich? Das ist ja wunderbar!« Pandolfina umarmte den treuen Mann, sah ihn dann aber fragend an. »Doch was ist mit deiner Familie?«
»Die kommt mit«, antwortete Renzo und wies auf den Karren mit Pandolfinas Aussteuer, auf dem auch der zehnjährige Claudio und dessen etwas jüngere Schwester Norina saßen. Seine Frau Arietta hatte dort ebenfalls Platz genommen, da sie keine langen Ritte gewohnt war.
Pandolfina eilte zu den dreien und schloss sie ebenfalls in die Arme.
In der Zwischenzeit war Leonhard in den Sattel gestiegen und wies mit einer energischen Geste zum Tor. »Wir müssen los!«
Kurt hatte gerade Cita aufs Pferd gehoben und wollte sich eben auf seinen eigenen Gaul schwingen. Da sah er Pandolfina noch immer im Hof stehen. Eigentlich hätte Leonhard ihr in den Sattel helfen müssen, doch der dachte nicht daran, es zu tun. Da trat Ritter Eckbert vor und verneigte sich vor Pandolfina.
»Erlaubt, Herrin!«, sagte er, fasste sie um die Taille und hob sie auf ihre Stute.
»Habt Dank!«, sagte sie und fand, dass jeder einzelne Gefolgsmann ihres Gattens freundlicher und höflicher war als er.

4.

Das Schiff, auf dem die Gruppe reisen sollte, war ein schwerfälliger Segler mit nur einem Deck, welches vom Heck aus zwei Drittel des Rumpfes überspannte, während der vordere Teil im Freien lag. Dort sollten, wie der Kapitän erklärte, die Pferde untergebracht werden. Dafür mussten diese mittels Mastbaum und etlicher Seile an Bord gehievt werden, und das war Schwerstarbeit. Den Tieren wurden die Augen verbunden, damit sie nicht in Panik gerieten und sich verletzten. Als Pandolfinas Stute an der Reihe war, streichelte sie diese und redete sanft auf sie ein, um sie zu beruhigen.

Da auch die beiden Karren zerlegt und auf das Schiff gebracht werden mussten, hatten die Passagiere noch Zeit an Land zu verbringen. Renzo ließ aus einer Taverne Wein bringen und hob seinen Becher.

»Wollen wir hoffen, dass es eine gute Überfahrt bis Venedig wird«, sagte er und trank einen Schluck.

»Wir sollten zur Heiligen Jungfrau beten und sie bitten, uns beizustehen«, schlug Arietta vor und wies auf die nahe Kirche.

Da auch Cita so aussah, als wolle sie die himmlischen Mächte um Schutz anflehen, sah Pandolfina die beiden auffordernd an.

»Kommt mit!«

Schließlich benötigte sie die Gnade der Heiligen Jungfrau wohl am meisten, denn sie musste ihre Heimat verlassen und wurde in ein fremdes Land verschleppt, das solche Männer wie Leonhard hervorbrachte. Daher war sie froh, als sie und ihre Begleiterinnen das Kirchportal durchschritten und in das Halbdunkel des Chores eintauchten. Pandolfina ging bis zu dem aus Stein gemeißelten Altar vor und sank dort auf die Knie.

»Heilige Maria, Mutter Gottes, hilf mir!«, flüsterte sie. »Ich weiß nicht, wohin mein Weg mich führt und wie mein Ehemann mich behandeln wird. Lass nicht zu, dass ich vollkommen unglücklich werde.«

Sie betete so innig, dass sie nicht merkte, dass Kurt in die Kirche kam. »Verzeiht, Herrin, aber wir können an Bord gehen.«

»Gut.« Nachdem sie das Kreuz geschlagen hatte, stand Pandolfina auf und machte sich auf den Weg. Arietta und deren Kinder folgten ihr. Als sie den Hafen erreichten, befanden sich die anderen schon an Bord. Nur Leonhard stand noch an Land und machte eine Bewegung, als wolle er sie auf das Schiff scheuchen. Ohne ihn zu beachten, schritt Pandolfina über den Steg, der den Segler mit dem Ufer verband, musste dabei aber achtgeben, denn die Planke war schmal, und es gab kein Halteseil.

Arietta schreckte davor zurück, es ihr gleichzutun. Da fasste Leonhard sie kurzerhand um die Leibesmitte und trug sie auf das Schiff. Die Kinder reichte er zwei Matrosen und stieg dann selbst an Bord. Zwei Matrosen entfernten die Planke und lösten die Leinen, mussten sich dann aber beeilen, wieder auf das Schiff zu gelangen, da die Strömung es erfasste und vom Steg wegtrug.

»Ihr seid ja noch langsamer als Schnecken«, schalt der Kapitän sie und wandte sich zu seinen Passagieren um. »Ihr müsst unter Deck gehen! Hier seid ihr uns im Weg.«

Pandolfina kannte diese Anordnung bereits von ihrer Reise ins Heilige Land und stieg vorsichtig die steile Treppe ins Schiffsinnere hinab. Unten stöhnte sie fassungslos auf. Anders als auf ihrer Schifffahrt nach Jaffa und zurück gab es hier keine abgetrennten Kammern, sondern nur einen großen Raum, in dem ihr gesamtes Gepäck, die übrige Schiffsladung, Futter für die Pferde und Wasservorräte für mehrere Tage untergebracht

worden waren. Dazwischen mussten die Passagiere sich einen Platz suchen, auf dem sie sitzen und in der Nacht schlafen konnten.
»Gab es denn kein anderes Schiff?«, fragte sie Kurt.
Der Waffenknecht sah sie verwundert an. »Das hier ist doch gut?«
Auf ihrem Weg nach Süden hatte er mit Graf Ludwig und dessen übrigem Gefolge ein älteres und kleineres Schiff benützt, so dass er recht zufrieden war.
Auch Leonhard verstand Pandolfinas Einwand nicht und sagte sich, dass sie ein überspanntes Ding sein musste, der nichts gut genug war. Da er jedoch nicht zugeben wollte, sie zu verstehen, tippte er Kurt auf die Schulter.
»Was will sie?«
»Der Herrin scheint etwas an dem Schiff nicht zu passen, aber ich weiß nicht, was«, antwortete Kurt und fragte dann Pandolfina, was es sei. Diese hatte sich mittlerweile mit den Gegebenheiten abgefunden und schüttelte den Kopf.
»Es wird schon gehen! Nur müssen wir zusehen, wo wir Frauen den Eimer benützen und schlafen können, ohne dass uns alle dabei zuschauen.«
Bäuerinnen verrichteten ihre Notdurft offen, wo sie standen, doch dazu war Pandolfina nicht bereit. Dies begriff Kurt und erklärte es Leonhard. Dieser überlegte kurz und wies zwei seiner Leute an, den hinteren Teil des Raums mit Decken abzutrennen.
»Das muss reichen«, sagte er. »Besser geht es nicht.«
Kurt übersetzte und war froh, als Pandolfina nickte.
»So ist es gut«, sagte sie und begab sich ins Heck. Arietta folgte ihr und rief ihre Kinder zu sich. Während Norina sofort kam, drückte Claudio sich ein wenig herum.
»Warum kann ich nicht bei Papa bleiben?«
»Ich glaube, das kann er«, sprang Renzo seinem Sohn bei.
Arietta seufzte und legte sich dann auf eine Decke. »Mir ist ein

wenig seltsam«, sagte sie und brachte Pandolfina dazu, das Kästchen mit ihren Arzneien zu öffnen, das unter ihren aus Salerno herbeigeschafften Besitztümern gewesen war.
Mit ihren Tropfen konnte Pandolfina verhindern, dass Arietta sich erbrach. Vom Schaukeln des Schiffes gewiegt, schlief die Frau sogar ein. Auch Norina schlummerte bald, während Claudio nach einer gewissen Zeit bleich und jammernd in den abgetrennten Verschlag schlich.
»Mir ist so übel«, sagte er und wollte seine Mutter wecken.
Pandolfina zog ihn noch rechtzeitig zurück. »Lass sie schlafen! Hier, trink das! Vielleicht hilft es noch.« Sie reichte ihm einen Becher mit Wasser, in dem sie ihre Medizin aufgelöst hatte.
»Wenn es nicht hilft, werde ich dann sterben?«, fragte der Junge ängstlich.
»Das wirst du nicht! Aber es wird dir sehr übel werden. Also trink und bete, dass San Pietro und San Cristoforo dir beistehen.«
Dies ließ Claudio sich nicht zwei Mal sagen und schluckte das bittere Gebräu hinunter. Ihm ging es danach besser, doch unter den Männern, die Leonhard begleiteten, breitete sich die Seekrankheit immer weiter aus.
Nun kam auch Cita, die sich eine Zeitlang mit Kurt und Renzo unterhalten hatte, in den Verschlag, sah die blassen Gesichter Ariettas und der Kinder und senkte schuldbewusst den Kopf.
»Verzeiht, Herrin! Ich hätte hier sein und Euch helfen müssen, anstatt zu schwatzen.«
»Schon gut«, antwortete Pandolfina. »Es ging auch so. Aber wenn es schlimmer wird, werde ich dich brauchen.«
»Ich bin da«, sagte Cita erleichtert und suchte sich ein freies Plätzchen zum Sitzen.
»Der Teutone hat uns arg wenig Platz zugewiesen«, beschwerte Pandolfina sich.
Cita begriff zunächst nicht, wen sie meinte, dann aber dämmerte es ihr. »Herr Leonhard war sogar recht großzügig. Ihr

solltet die Männer sehen! Die liegen dort vorne wie Sardinen in einem Fass«, verteidigte sie Pandolfinas Ehemann.
»Ins Heilige Land sind wir auf jeden Fall besser gereist«, erklärte ihre Herrin.
»Damals musstet Ihr Euch um die Rallenberger Damen kümmern«, wandte Cita ein. »Erinnert Ihr Euch noch, wie Ihr damals gejammert habt? Übrigens werden wir die beiden auf unserer Reise wiedersehen, denn ihr Besitz liegt direkt neben dem Lehen, das der König Eurem Gemahl verliehen hat, und Herr Rüdiger wird durch ein Schreiben des Königs angewiesen, Herrn Leonhard zu unterstützen.«
Wie so oft wusste Cita mehr als sie, und zum ersten Mal ärgerte Pandolfina sich darüber. Immerhin war sie die Ehefrau dieses dumpfen Teutonen und konnte erwarten, von diesem über das Ziel und seine Pläne aufgeklärt zu werden. Doch Leonhard hatte seit ihrem Aufbruch noch kein Wort an sie gerichtet, und auch vorher keines, dachte sie mit wachsender Wut.
»Weißt du überhaupt, wohin wir reisen?«, fragte sie Cita.
»Kurt nannte mir zwar den Namen der Burg, aber ich habe ihn wieder vergessen. Sie liegt hinter einer Stadt namens Nurimbergo.«
Cita erzählte noch einiges, und so verging die Zeit. Es wurde Abend, und nur noch der Schein der Laterne, die durch einen aus einer Schweinsblase gefertigten Schirm geschützt wurde, kämpfte gegen die Dunkelheit im Schiffsraum an. Arietta erwachte und musste den Eimer benutzen. Da das Schiff schwankte, bat sie Cita, sie festzuhalten. Danach schüttelte die Magd den Kopf.
»Manchmal beneide ich die Männer wirklich. Wenn die sich erleichtern müssen, stellen sie sich einfach an die Reling und pissen ins Meer, oder sie strecken den Hintern hinaus.«
»Und fallen ins Wasser, wie es kurz nach der Abfahrt von Zypern jenem Ritter passiert ist, der vergessen hatte, das Halteseil in die Hand zu nehmen«, unterbrach Pandolfina sie lachend.

Ihr Missmut war gewichen, und sie sagte sich, dass es sinnlos war, sich über Dinge aufzuregen, die sie ohnehin nicht ändern konnte.

»Soll ich den Eimer hinausbringen und den Inhalt ins Meer schütten?«, fragte Cita.

»Tu das, aber gib auf die Windrichtung acht«, sagte Pandolfina, besann sich jedoch im nächsten Augenblick anders. »Halt! Bevor du den Eimer hochträgst, sollten auch wir ihn benützen.«

»Das ist ein guter Vorschlag«, fand Cita und fragte ihre Herrin, ob sie sie ebenfalls dabei festhalten sollte.

5.

Während die Frauen und Kinder im Heck untergebracht worden waren, hatte Leonhard seine Decke am gegenüberliegenden Ende des Schiffsraums ausgebreitet. Im Gegensatz zu einigen seiner Männer blieb er von der Seekrankheit verschont. Ihm taten jedoch die armen Kerle leid, die von Kurt mit harschen Worten an Deck getrieben wurden, um sich dort zu übergeben.

»Muss du so grob sein?«, fragte er seinen Stellvertreter.

»Verzeiht, Herr. Aber wenn die hier unten kotzen, stinkt es bald so, dass uns allen übel wird. Außerdem sehen wir durch den Dreck hinterher aus, als hätten wir uns im Schweinekoben gewälzt!« Kurt grinste, als wäre alles nur ein großer Spaß, trieb aber dann den Nächsten, der zu würgen begann, an Deck.

»Gib acht, dass du nicht über Bord fällst. In der Nacht finden wir keinen mehr, dem das passiert«, rief er ihm nach.

»Es sollte jemand bei ihnen sein, der auf sie aufpasst!« Leonhard wollte aufstehen, doch da legte Kurt ihm den Arm auf die Schulter.

»Lasst lieber mich gehen. Ihr seid hier der Herr!«

»Aber ich bin für die armen Kerle verantwortlich!« Leonhard schob Kurts Arm beiseite und erhob sich.

»Wenn Ihr unbedingt etwas tun wollt, dann seht nach, wie es den Damen geht, und lasst mich nach den Männern schauen. Ich verspreche Euch, ganz zärtlich zu ihnen zu sein.« Bevor Leonhard auch nur ein Wort entgegnen konnte, flitzte Kurt den Niedergang hoch. Er war kaum oben, da hörte man ihn schon schimpfen.

»Du Riesenrindvieh, hat dir keiner beigebracht, dass du nicht gegen den Wind reihern sollst? Bei Gott, wie du aussiehst! Zieh deine Sachen aus und sieh zu, dass du einen Matrosen findest, der sie dir wäscht. So kommst du mir nicht mehr unter Deck!«

»Dabei hat Kurt behauptet, er würde zärtlich zu ihnen sein«, sagte Leonhard kopfschüttelnd und überlegte, ob er wirklich nach den Frauen sehen sollte. Pandolfina aus der Nähe zu sehen würde nur sein Verlangen nach ihr steigern, Arietta war die Frau des Sizilianers, den ihm der Kaiser als Kastellan einer der Burgen aufgedrängt hatte, und Cita Pandolfinas Magd. Der Gedanke, dass er als Anführer der Reisegruppe für alle verantwortlich war, brachte ihn jedoch dazu, in Richtung Heck zu gehen.

Leonhard musste über schlafende Männer, Säcke und Kisten steigen und ärgerte sich unwillkürlich, weil er sein Lager so weit vorne aufgeschlagen hatte. Ich darf mich nicht länger von meinen Launen beherrschen lassen, sagte er sich und schob eine der Decken zurück, mit denen der Schlafplatz der Frauen abgetrennt war. Die Laterne spendete nur ein trübes Licht, dennoch konnte Leonhard erkennen, dass alle hier schliefen. Es erleichterte ihn, auch wenn ein Teil von ihm Pandolfina einen schweren Anfall von Seekrankheit gewünscht hätte.

Als er in ihr vom Schlaf weich gezeichnetes Gesicht blickte, atmete er schwer. Sie war wunderschön, und unter anderen Umständen wäre er glücklich gewesen, sie in den Armen halten zu können.

»Sie ist eine Hure!«, rief er sich leise ins Gedächtnis. Doch im Augenblick sah sie mehr aus wie ein verträumter Engel und wirkte so lieblich, dass ein Herz schon aus Stein hätte sein müssen, um das nicht zu erkennen.

Leonhard spürte, wie er schwankend wurde, und wandte sich rasch ab. Er durfte sich nicht von ihrem schönen Äußeren einfangen lassen. Auch wenn Pandolfina nicht ganz so schlecht war, wie Maltarena es ihm ausgemalt hatte, so hatte er sie doch nackt im Bett ihres Entführers gefunden. Er wollte jedoch sicher sein, dass die Kinder, die sie gebar, auch die seinen waren. Mit einem Gefühl, das zwischen Begehren und Abwehr lag, kehrte er zu seinem Platz zurück und legte sich hin. Kurz darauf gesellte sich Kurt zu ihm.

»Zwei Matrosen halten Wache. Sie haben versprochen, sich um die Unseren zu kümmern, wenn einer die Fische füttern muss. Bei Sankt Urbanus und allen anderen Heiligen der Winzer und Bierbrauer! Warum mussten diese Narren noch so viel fressen und saufen, bevor es an Bord ging? Sie müssten doch von der Herfahrt wissen, dass ihnen das Zeug wieder hochkommt.«

Leonhard spürte Kurts Ärger, war aber nicht in der Lage, darauf zu antworten. In seinen Gedanken sah er immer noch Pandolfinas liebliches Gesicht vor sich und kämpfte gegen die Versuchung an, die sie in ihm weckte. In drei Monaten wird sie mein werden, keinen Tag eher, schwor er sich und schloss die Augen. Es dauerte eine Weile, bis er einschlafen konnte. Doch als er wegdämmerte, träumte er von seiner jungen Frau, und in diesem Traum gab es keine Prinzipien und Vorbehalte, sondern pure Leidenschaft.

6.

An den nächsten beiden Tagen kamen sie gut voran. Gegen Mittag des dritten Tages aber blickte der Kapitän sorgenvoll zum Himmel empor. Dessen strahlend blaues Azur wurde wie von einem grauen Schleier verhüllt, und auch die See hatte einen grauen Farbton angenommen. Dazu war es fast windstill, und das Schiff machte trotz des großen Lateinersegels kaum Fahrt.

»Wenn da mal kein Sturm aufzieht«, meinte der Schiffer zu Kurt, da er bei Leonhard annahm, der Ritter sei der hiesigen Sprache nicht mächtig.

Kurt übersetzte wie gewohnt.

»Was sollen wir tun?«, fragte Leonhard.

Als Kurt die Frage weitergab, hob der Schiffer mit einer resignierenden Geste die Arme. »Wir können nur zu San Cristoforo und San Nicola beten, auf dass sie uns beschützen.«

»Gibt es keine andere Möglichkeit? Können wir nicht in eine Richtung fahren, in die der Sturm nicht zieht?« Leonhard gefiel die Hilflosigkeit des Kapitäns nicht. Der zeigte nur auf das kaum gefüllte Segel.

»Wenn Ihr den Wind dazu bringt, stärker zu blasen, könnten wir vielleicht an Land gelangen und den Sturm in einem sicheren Hafen abwettern. Doch bei dem Lüftchen schaffen wir das niemals!«

Während Kurt übersetzte, schlugen Leonhards Gedanken bereits andere Wege ein. »Wenn wir hier an Land gehen, geraten wir in den Machtbereich des Papstes. Das sollten wir unter allen Umständen vermeiden.«

Kaiser Friedrich hatte sie davor gewarnt, durch Gebiete zu ziehen, die von Getreuen des Papstes kontrolliert wurden. Da Silvio di Cudi zu den Vertrauten des jetzigen und des vorigen Papstes gehört hatte, gab es im Patrimonium Petri mit Gewissheit Verbündete, die dessen Gefangennahme und den Tod seines Sohnes rächen wollten. Mit acht Waffenknechten, die Leonhard neben Kurt noch folgten, durfte er sich auf keinen Kampf einlassen.

Der Kapitän lachte über seinen Einwand. »Bei dem Wind erreichen wir das Land ohnehin nicht. Wir sollten daher beten, dass der Sturm nicht zu schlimm wird.«

»Das sind ja Aussichten!«, rief Kurt aus. »Lieber stelle ich mich einer überlegenen Schar Feinde, als hier hilflos warten zu müssen, ob ein Sturm kommt oder nicht.« Dann sah er Leonhard fragend an. »Sollen wir es den anderen sagen?«

Leonhard überlegte kurz und schüttelte den Kopf. »Lieber nicht, sonst werden sie nur unruhig. Auch sollten wir die Frauen nicht ängstigen. Es wird schlimm genug werden, wenn der Sturm uns tatsächlich trifft.«

Während Kurt nach unten ging, um dort nach dem Rechten zu sehen, blieb Leonhard neben der Reling stehen und blickte auf das Wasser. Die See wirkte wie geschmolzenes Blei und schien das Schiff auf der Stelle festzuhalten. Als er zum Mast hochschaute, hing das Segel vollkommen schlaff herunter. Nicht der geringste Luftzug ging, und die Luft wurde heiß und stickig. Zwar hatte Leonhard in seinem Leben schon etliche Unwetter erlebt, wusste aber nicht zu sagen, wie sie sich hier auf dem Meer auswirken würden.

»An Land könnten wir einen Unterschlupf suchen, doch hier bleibt uns nur, unter Deck zu gehen und zu beten«, murmelte er, als er ein Stück weiter eine Wassersäule bemerkte, die wie von einem riesigen Schlund hochgesaugt wurde und dann ins Meer zurückklatschte. So etwas hatte Leonhard noch nie gesehen.

Der Kapitän wurde bleich. »Das sieht nicht gut aus! Ihr solltet unten alles festbinden lassen, was Ihr an Bord gebracht habt. Wenn sich mein Schiff zu sehr bewegt, könnten die Sachen herumfliegen und Leute verletzen.«

»Wird es wirklich so schlimm?«, fragte Leonhard überrascht.

»Dies ist bereits bei einem leichten Sturm der Fall. Wollen wir hoffen, dass dieser nicht noch heftiger wird«, sagte der Kapitän und schlug das Kreuz.

Leonhard stieg nach unten und sah sich um. Seine Männer lagen dösend auf ihren Decken. Da die See nun ruhig war, musste keiner mehr erbrechen. Das erleichterte ihn, denn damit würden alle seine Männer arbeiten können. Mit einer entschlossenen Geste winkte er Kurt zu sich.

»Der Kapitän sagt, wir sollen alles hier unten festbinden.«

»Machen wir! Auf, ihr faulen Kerle! Ihr habt Herrn Leonhard gehört. Nehmt Stricke und sorgt dafür, dass alles gesichert wird. Wollt ihr wohl aufstehen? Oder soll ich euch Beine machen?«

Einer der Männer drehte sich kopfschüttelnd zu Kurt um. »Was soll das? Die See ist doch so ruhig wie der Karpfenteich von Löwenstein.«

»Wenn Herr Leonhard einen Befehl erteilt, hast du zu gehorchen!«, fuhr Kurt den Mann an. »Also los, beweg deinen Hintern! Wenn das Schiff in einen Sturm hineingerät, werdet ihr mir dankbar sein.«

»Alter Leuteschinder!«, knurrte ein Mann hinter seinem Rücken.

Als Kurt herumfahren wollte, hielt Leonhard ihn auf. »Lass sie! Sie werden bald selbst sehen, wer recht hat, sie oder du.«

Kurt sah ihn treuherzig an. »Wisst Ihr was, Herr? In dem Fall würde ich mich wirklich einmal freuen, wenn ich unrecht hätte.«

»Nicht nur du«, antwortete Leonhard mit einem Blick zu dem abgetrennten Teil der Frauen und Kinder.

»Ihr solltet hingehen und sie auffordern, ebenfalls alles gut zu verstauen«, schlug Kurt vor.

»Kannst nicht du das übernehmen?«

»Ich muss auf die Kerle hier achtgeben. Außerdem sähe es seltsam aus, wenn Ihr keine Sorge um Eure Gemahlin zeigt.«

Das stimmte zwar, trotzdem kostete es Leonhard Überwindung, nach hinten zu gehen und eine der Decken beiseitezuschieben. Pandolfina saß mit dem Rücken gegen die Schiffswand gelehnt und las in einem Buch, während Arietta die Augen geschlossen hatte und schlief. Als Leonhard sich räusperte, wachte sie auf und sah zu ihm hoch. Auch Cita wandte sich ihm zu, während Pandolfina ihm keinen einzigen Blick gönnte. Gegen seinen Willen ärgerte er sich darüber. Immerhin war sie sein Weib und hatte ihm zu gehorchen.

Bevor du von ihr Gehorsam forderst, solltest du sie besser behandeln, sagte etwas in ihm. Wenn er sie weiterhin so missachtete, brachte er sie womöglich dazu, sich einem Mann zuzuwenden, der in der Kunst, einer Frau zu gefallen, erfahrener war als er.

»Der Kapitän befürchtet, es ziehe ein Sturm auf. Daher solltet Ihr Eurer Magd befehlen, alles festzubinden, damit Ihr bei schwerem Seegang nicht verletzt werdet.«

Obwohl Pandolfina begriff, was er wollte, zog sie eine fragende Miene und antwortete ihm in ihrer Sprache, dass sie ihn nicht verstehen würde.

Leonhard überlegte, nun doch ihre Sprache zu verwenden, gab diesen Gedanken aber wieder auf. Es erschien ihm besser, wenn sie glaubte, er könne es nicht. Vielleicht ergab sich dadurch die Möglichkeit, mitzuhören, was sie sagte, und dadurch mehr über sie zu erfahren.

»Kurt!«, rief er. »Komm her und erkläre meiner Gemahlin, was ich von ihr will«, rief er.

Wenig später schlurfte Kurt herbei. Er wusste, dass sein Herr die hiesige Sprache besser beherrschte als er. Wenn Leonhard jedoch den Narren spielen wollte, war es nicht seine Sache, ihn daran zu hindern. Daher berichtete er Pandolfina von dem erwarteten Sturm. Zu seiner Erleichterung nahm sie die Nachricht gelassener auf, als er erwartet hatte, und wies Cita an, sich um das Gepäck zu kümmern.

Kurt verschwand wieder, um die Männer zu überwachen. Da diese gute Arbeit leisteten, lobte er sie und blickte immer wieder zu seinem Herrn hin, der noch immer neben dem Verschlag der Frauen stand und nicht zu wissen schien, was er tun sollte.

7.

Die Nacht kam, ohne dass der Sturm hereinbrach. Leonhard begann schon zu hoffen, dass er ihnen erspart blieb. Da drehte das Schiff sich auf einmal ruckartig herum, als hätte die Faust eines Riesen es gepackt. Die Pferde auf dem offenen Vorderteil wieherten erschrocken, und einigen Männern war anzumerken, dass ihnen die Angst in alle Glieder kroch.

»Was war das?«, fragte Kurt.

»Gewiss sind wir auf einen Felsen aufgelaufen und werden sinken!« Der Sprecher zitterte wie Espenlaub und wollte aufs Deck klettern.

»Hiergeblieben!«, rief Leonhard.

Sofort packten zwei Männer ihren Kameraden und hielten ihn fest.

»Was soll das? Du bist doch sonst ein mutiger Bursche«, schalt Kurt, musste sich aber festhalten, weil das Schiff erneut herumschwang.

»Wären wir gegen einen Felsen gestoßen, säßen wir fest. Außerdem würde Wasser ins Schiff dringen. Aber das tut es nicht. Also nehmt euch zusammen!«, erklärte Leonhard.

Von oben klangen die Befehle des Kapitäns und seines Maats herab. Wie es sich anhörte, sollten die Matrosen das Segel reffen, damit der Sturm es nicht zerriss. Nur mit Mühe widerstand Leonhard dem Wunsch, nach oben zu gehen und nachzusehen. Doch in dem Fall würden auch seine Männer nicht mehr unter Deck bleiben.

»Haltet euch fest!«, rief er ihnen zu. »Sollte es schlimmer

kommen, müssen sich ein paar von euch um die Pferde kümmern.«

»Schaut Ihr nach den Damen, Herr!«, rief Kurt. »Die haben gewiss nicht weniger Angst als die Pferde.«

»Das habe ich vor«, antwortete Leonhard und kämpfte sich durch das schlingernde Schiff nach hinten.

Als er zu den Frauen hineinschaute, fand er sie recht gefasst vor. Zwar hatte Arietta die Hände gefaltet und betete leise, während Cita die beiden Kinder streichelte, doch Pandolfina lehnte völlig in sich gekehrt an der Schiffswand. Ihr war keine Angst anzumerken, dennoch hätte Leonhard am liebsten etwas in ihrer Sprache gesagt, um sie zu beruhigen.

Da krängte das Schiff erneut. Er verlor den Boden unter den Füßen und stürzte in den abgetrennten Raum. Im letzten Moment konnte Pandolfina Ariettas Tochter wegzerren, sonst wäre Leonhard mit seinem gesamten Gewicht auf Norina gefallen. Während die Kleine sich erschrocken an sie klammerte, funkelte sie ihren Mann zornig an.

»Stupider Teutone! Kannst du nicht achtgeben?«

In dem Augenblick war Leonhard froh, ihr verschwiegen zu haben, dass er ihre Sprache verstand. Sie hätte ihn in dem Fall sicherlich mit noch weitaus unfreundlicheren Worten beschimpft.

»Verzeiht!«, murmelte er, kämpfte sich wieder auf die Beine und verließ das mit Decken abgetrennte Kämmerlein mit dem Gefühl, sich vor seiner Frau blamiert zu haben. Als ihm das Wort »Frau« durch den Kopf schoss, schnaubte er. Noch war sie es nicht! Erst wenn er sicher war, dass ihr Leib flach blieb, würde sie es werden. Bis dorthin … könntest du sie trotzdem etwas besser behandeln, meldete sich sein Gewissen. Immerhin ist sie schön, liebreizend und mutig.

Leonhard schnaubte erneut und hatte dann alle Mühe, wieder nach vorne zu gelangen. Dort befahl Kurt gerade mehreren Männern, sich um die Pferde im Vorschiff zu kümmern.

»Wenn das so weitergeht, brechen sich die Zossen noch sämtliche Beine«, rief er Leonhard durch den immer lauter werdenden Sturm zu.

»Wie geht es den Frauen?«, fragte Renzo, der mit seinem lahmen Arm große Schwierigkeiten hatte, auf den Beinen zu bleiben.

»Euer Weib betet, ist aber ruhig«, antwortete Leonhard und beschloss, ebenfalls nach den Pferden zu schauen. Er öffnete die Tür, die ins Vorschiff führte, und wurde von einem Wasserschwall zurückgetrieben.

»Bei Sankt Michael, was für ein Wetter!«, rief er und schüttelte sich, denn er war von einem Augenblick zum anderen von Kopf bis Fuß durchnässt worden. An Aufgeben dachte er trotzdem nicht. Als das Schiff sich zum Bug hin senkte, versuchte er es aufs Neue, und diesmal gelangte er ins Freie.

Draußen sah das Unwetter noch weitaus schlimmer aus, als er unter Deck angenommen hatte. Der Bug schoss steil in die Höhe und stürzte dann mehrere Klafter nach unten, so dass es nahezu unmöglich war, auf den Beinen zu bleiben. Für die Pferde war es die Hölle. Weiter vorne war ein Gaul bereits gestürzt und konnte auf den nassen, glitschigen Planken nicht mehr auf die Beine kommen. Leonhard eilte zu ihm hin und stemmte ihn zusammen mit mehreren Männern wieder hoch.

»Treibt die Gäule so zusammen, dass sie einander stützen und sich gegenseitig Halt geben«, brüllte er gegen das Heulen des Sturms an.

Mit Hilfe mehrerer Seile gelang es ihnen, die Pferde so festzubinden, dass sie dicht an dicht standen und keines mehr hinfallen konnte. Leonhard und seine Helfer troffen vor Nässe, und grelle Blitze blendeten sie. Selbst von hier unten waren die hohen Wellen zu sehen, die gegen den Rumpf rollten und das Schiff wie ein Spielzeug hin und her warfen.

»Das sieht nicht gut aus«, stöhnte Kurt, der mitgeholfen hatte, die Pferde enger zusammenzubinden.

»Was sagst du?« Wegen des Sturms hatte Leonhard seine Worte nicht verstanden.
Als Kurt es wiederholte, nickte er. »Das tut es ganz und gar nicht.«
Er blickte besorgt nach hinten, wo sich der Verschlag mit den Frauen befand. Deren Laterne flackerte und drohte immer wieder zu erlöschen. Dadurch wirkten die mit der Schiffsbewegung tanzenden Decken wie Schemen, die nach Pandolfina und ihren Begleiterinnen griffen.
»Bei Gott, was werden die Frauen für eine Angst ausstehen. Und die Kinder erst!«, sagte er sich und wünschte bei Gott, etwas tun zu können, um diese Situation zu beenden. Doch wie alle anderen war er nur Spielball der Elemente.
Der Sturm steigerte sich, und das Schiff nahm immer mehr Wasser auf. Zuerst war es nur eine Pfütze, doch schon bald bedeckte es den gesamten Boden und schwappte von einer Seite zur anderen.
Jeder Faden, den die Männer am Leib trugen, war nass, doch in ihrer Angst spürten sie die nächtliche Kälte nicht. Immer mehr begannen zu beten und flehten ihre Lieblingsheiligen an, ihnen beizustehen. Im Brüllen des Sturms klangen ihre Stimmen jedoch kläglich, und Leonhard fragte sich, ob die himmlischen Mächte sie überhaupt hören konnten.
Plötzlich fühlten sie einen heftigen Schlag, und das Schiff bewegte sich nicht mehr. Die Wellen schlugen jedoch weiterhin über das Deck und ließen den Schiffsrumpf langsam volllaufen.
»Was ist geschehen?«, fragte Kurt in die Dunkelheit hinein, da auch die letzte Laterne an Bord ausgegangen war.
»Wir müssen auf einen Felsen aufgelaufen sein. Gebe Gott, dass es das Ufer ist und wir das Schiff verlassen können!« Noch während er es sagte, stieg Leonhard nach oben. Er wurde jedoch enttäuscht, denn in der beginnenden Morgendämmerung entdeckte er, dass das Ufer mehr als zweihundert Schritte ent-

fernt war. Wie es aussah, war das Schiff an einem vor der Küste aufragenden Felsen gestrandet und wurde nun Stück für Stück ein Opfer der wütenden See. Teile des Heckaufbaus waren bereits zerschlagen, und das Wasser ergoss sich kübelweise ins Innere.

Leonhard sah Kurts Kopf in der Luke auftauchen und deutete nach unten. »Wir müssen an Deck! Hier unten ersaufen wir!«

»Was machen wir mit den Pferden?«, fragte Kurt so laut er konnte.

Nach einem kurzen Blick zum Ufer drehte Leonhard sich zu ihm um. »Wenn das Wasser zu hoch steigt, binden wir sie los. Vielleicht können sie an Land schwimmen.« Zwar glaubte er nicht, dass viele Pferde es schaffen würden, doch es war immer noch besser, als sie hier ersaufen zu lassen. Doch vor allem durften die Frauen und Kinder nicht ertrinken. Mit diesem Gedanken stieg er nach unten.

»Ihr müsst hinauf an Deck!«, rief er Pandolfina, Arietta und Cita zu. Alle drei standen bis zu den Hüften im Wasser. Pandolfina hielt Norina im Arm, während Claudio sich wie ein Äffchen an seine Mutter geklammert hatte. Da die beiden Frauen die steile Treppe mit den Kindern nicht bewältigen konnten, nahm Leonhard Ariettas Sohn und übergab ihn einem seiner Männer.

»Pass gut auf ihn auf!«, befahl er.

Der Mann nickte und stieg hoch. Als Leonhard nach oben schaute, sah er, wie der Himmel im Osten aufhellte, und dankte Gott dafür, dass der Tag begann. Tief in der Nacht wäre es unmöglich gewesen, ohne Verluste an Deck zu gelangen. Mit einem raschen Griff packte er Arietta und schleppte sie hoch. Pandolfina und Cita folgten ihm und trugen abwechselnd Norina, damit jede von ihnen unbelastet den steilen Niedergang bewältigen konnte.

Obwohl Leonhard ihre Geschicklichkeit bewunderte, hätte

er seine Frau gerne in seinen Armen gespürt. Auch wenn sie ein leichtfertiges Frauenzimmer war, so hatte sie doch Anrecht auf seinen Schutz und seine Fürsorge. Verwundert, wohin seine Gedanken sich verstiegen, sah er sich nach seinen Männern um und stellte fest, dass einer sich stöhnend den Arm hielt.

»Was ist, Luitolf?«, fragte er.

»Wie es aussieht, habe ich mir die Knochen gebrochen. Verdammte Sauerei!«

»Hier an Bord können wir nichts tun. Daher sollten wir zusehen, dass wir an Land kommen.« Noch während Leonhard es sagte, bemerkte er, dass der Wind nachgelassen hatte. Zwar klatschten die Wellen noch immer mit voller Wucht gegen das Schiff, aber er konnte das Ufer deutlich vor sich sehen. Auch dort gingen die Wellen hoch, doch ein geübter Schwimmer konnte möglicherweise das Land erreichen.

»Kurt, wer von den Männern kann schwimmen?«, fragte er seinen Stellvertreter.

»Ich kann es. Luitolf auch, aber der hat den Arm gebrochen. Und vielleicht noch zwei.«

»Das sind verdammt wenige!« Leonhard warf dem Ufer einen zornigen Blick zu und begann sich auszuziehen.

»Wollt Ihr etwa bei diesen Wellen ins Wasser steigen?«, fragte Kurt erschrocken.

»Ich will herausfinden, wie tief es hier ist«, antwortete Leonhard und legte seine gesamte Kleidung ab. Nackt, wie Gott ihn geschaffen hatte, stieg er ins Wasser und tauchte erst einmal unter.

Als Kurt das sah, wollte er in voller Kleidung hinterher. Doch da hielt Pandolfina ihn auf. »So würdest du ertrinken«, fuhr sie ihn an und zog ihr Kleid aus. Als sie nur noch ihr Hemd trug, sprang sie ins Wasser und tastete nach Leonhard. Plötzlich spürte sie einen festen Griff um ihre Taille und hörte seine zornige Stimme.

»Seid Ihr verrückt geworden, bei dem Wellengang ins Wasser zu steigen?«
Auf ihrer Fahrt ins Heilige Land hatte Pandolfina von Dietrun und Ortraut von Rallenberg ein wenig Deutsch gelernt, und so begriff sie zumindest den Sinn des Gesagten, auch wenn sie nicht alle Worte kannte.
»Ich kann schwimmen! Mein Vater hat es mich gelehrt.« Zwar war dies fast in einem anderen Leben geschehen, doch Pandolfina spürte, dass sie sich noch immer über Wasser halten konnte. Sie schüttelte Leonhards Griff ab, schwamm zum Schiff zurück und hielt sich an der nur noch wenig über dem Wasserspiegel hinausragenden Bordwand fest.
»Reicht mir Norina. Sie soll sich auf meinen Rücken setzen und so an mir festhalten, dass sie mir nicht den Atem abschnürt!«
Leonhard fragte sich erbost, ob das Weib wahnsinnig geworden war. Bei dem Wellengang konnte keine Frau allein das Ufer erreichen, und schon gar nicht mit einer solchen Last auf dem Rücken. Bevor er jedoch eingreifen konnte, hatte Arietta ihre Tochter Pandolfina gereicht.
Diese erklärte Norina, wie sie sich festhalten sollte, stieß sich vom Schiffsrumpf ab und schwamm auf die Küste zu. Verärgert wollte Leonhard ihr folgen, merkte aber rasch, dass sie trotz des Kindes auf dem Rücken schneller war als er.
Er hatte noch nicht die Hälfte des Weges zurückgelegt, da erklomm Pandolfina bereits das Ufer und setzte die Kleine an einer sicheren Stelle ab. Anstatt dort zu bleiben, stieg sie wieder ins Wasser und schwamm zum Schiff zurück.
»Wir müssen Arietta, Renzo, Claudio und den verletzten Mann an Land holen«, rief sie Leonhard zu, als sie diesen erreichte.
Ihm blieb nichts anderes übrig, als hinter ihr herzuschwimmen. Mit dem Gefühl, sich erneut unsterblich blamiert zu haben, forderte er, als er das Schiff erreichte, Arietta auf, ins Wasser zu kommen und sich an ihm festzuklammern. Pandol-

fina übernahm unterdessen den Jungen. Zunächst schwammen beide Seite an Seite, doch bald blieb Leonhard zurück. Im Kloster hatte er mit den Mönchen und Novizen gelegentlich in einem Teich gebadet und dabei schwimmen gelernt. Hier aber kämpfte er mit der aufgewühlten See und schluckte mehr Salzwasser, als ihm guttat. Arietta wurde zu einer Last, die er kaum mehr tragen konnte. Als er erneut von einer Welle überspült wurde, fasste ihn jemand am Arm und zog ihn vorwärts.

Es war seine Frau!

Mit zusammengebissenen Zähnen raffte Leonhard das letzte Quentchen Kraft zusammen, das er noch besaß, und rettete sich samt Arietta ans Ufer.

»Gut gemacht!«, lobte Pandolfina ihn, obwohl sie annahm, dass er sie nicht verstehen würde.

Doch Leonhard tat es und fühlte sich noch mehr beschämt.

Mittlerweile wagten auch Kurt und zwei weitere Waffenknechte, das Schiff zu verlassen. Sie brachten Renzo und den verletzten Luitolf an Land. Der Transport durch das Wasser hatte Luitolf arg hergenommen, und er knirschte vor Schmerzen mit den Zähnen. Als Pandolfina das bemerkte, wies sie Kurt an, mehrere kräftige Zweige von einem in der Nähe stehenden Olivenbaum abzuschneiden. Sie beugte sich über den Verletzten, trennte mit einem Dolch seinen Ärmel auf und tastete die Verletzung ab.

»Sag ihm, dass er Glück hat. Es ist ein glatter Bruch«, erklärte sie Kurt, als dieser mit den Zweigen zurückgekommen war.

»Wir brauchen einen Bader oder Arzt«, sagte Leonhard.

Als Kurt ihr das übersetzt hatte, schüttelte Pandolfina den Kopf. »Ich werde seinen Arm schienen und in eine Schlinge legen. Damit wird er sogar wieder reiten können.«

Sie lächelte, denn Schienen schnitzen und Brüche schienen hatte sie sowohl bei Yehoshafat Ben Shimon wie auch bei Meshulam Ben Levi gelernt. Einen Augenblick lang dachte sie an Meshulams Sohn Yachin, der mit seiner sanften Art einen großen Kontrast zu ihrem Ehemann bildete. Dann aber fragte sie sich, ob Yachin es ebenso wie Leonhard geschafft hätte, die Reisegruppe fast unversehrt durch die Sturmnacht zu bringen, und verneinte es. Zum Anführer war Yachin gewiss nicht geboren, ihr Mann hingegen schon.

8.

Gegen Mittag hatte sich das Meer so weit beruhigt, dass es möglich war, ohne Probleme zum Schiff zu gelangen. Da sich noch ihr gesamtes Gepäck und die meisten Pferde an Bord befanden, befahl Leonhard drei Männern, mit ihm zu kommen. Auch Pandolfina stand auf, noch immer nur mit ihrem Hemd bekleidet, und ging zum Wasser. Leonhard eilte ihr nach und hielt sie fest.

»Ihr werdet nicht mehr hinausschwimmen!«

Pandolfina schüttelte Leonhards Hand ab und wies zum Schiff. »Dort sind noch meine Arzneien, meine Kleider sowie das Geld, das König Friedrich uns gegeben hat. Ich will nicht, dass der Kapitän oder die Matrosen denken, sie könnten es an sich nehmen.«

Das Geld hatte Leonhard ganz vergessen. Er benötigte es jedoch, wenn er sich in Deutschland durchsetzen wollte. Nun aber bedachte er Pandolfina mit grimmigen Blicken und wünschte sich, ihr gut geformtes Hinterteil, das sich unter ihrem Hemd abzeichnete, einmal kräftig durchzuwalken.

»Wenn Ihr zum Schiff schwimmt, werdet Ihr nur etwas zum Anziehen holen! Alles andere erledigen wir«, erklärte er, obwohl er begriff, dass sie ihn nicht verstehen konnte, und stieg hinter ihr ins Wasser. Da die Wellen nicht mehr so hoch gingen, konnten sie mehr als die Hälfte des Weges zu Fuß zurücklegen und mussten nur das letzte Stück schwimmen.

Obwohl Leonhard sich alle Mühe gab, war Pandolfina vor ihm bei dem Wrack und stieg an Bord. Der Kapitän hockte neben dem Mast und starrte auf die Wellen. Für Pandolfinas Gefühl wirkte er jedoch nicht so, als würde ihn das Schicksal seines Schiffes sonderlich berühren. Misstrauisch stieg sie nach unten und fand, dass auch im Schiff der Wasserstand gesunken war. Als sie zu der Geldtruhe des Königs kam, war diese zwar zu, doch als sie den Deckel öffnete, entdeckte sie, dass fast ein Drittel der Summe fehlte.

Pandolfina wartete, bis Leonhard an Bord gestiegen war. »Der Kapitän ist ein Dieb!«, sagte sie und zeigte ihrem Mann die Truhe.

Selbst wenn er ihrer Sprache nicht mächtig gewesen wäre, hätte Leonhard keinen Übersetzer gebraucht. Er befahl zwei seiner Männer, die Kassette nach oben zu tragen, folgte ihnen und blieb vor dem Kapitän stehen.

»Wo ist das Geld, das du gestohlen hast?«, fragte er scharf. Nachdem Kurt die Worte übersetzt hatte, schüttelte der Schiffer den Kopf.

»Ich habe nichts gestohlen, sondern nur etwas von dem genommen, was Ihr zurückgelassen habt. Das ist mein Recht, zumal ich wegen Euch mein Schiff verloren habe.« Gleichzeitig ärgerte der Kapitän sich, weil er es nicht gewagt hatte, das Schiff früher zu verlassen. Er hatte jedoch nicht mit dem Gewicht des Goldes belastet durch die aufgewühlte See schwimmen wollen und war schließlich auch noch eingeschlafen.

»Es war Diebstahl!«, rief Leonhard empört und packte den Mann.

»Zieht ihn aus, dann findet ihr das Geld! Dann bindet ihm einen der Ankersteine an den Leib und werft ihn an der Stelle über Bord, an der das Meer am tiefsten ist«, rief Pandolfina aufgebracht.

Leonhard konnte nicht glauben, dass seine Frau so grausam sein konnte, und sah Kurt fragend an. Dieser ging auf den Kapitän zu und tastete ihn ab. Als der Mann sich das nicht gefallen lassen wollte, packten ihn zwei Waffenknechte und hielten ihn fest.

Kurt durchsuchte ihn und brachte drei schwere Beutel zum Vorschein.
»Der Kerl wollte auf unsere Kosten reich werden!«, rief er empört und versetzte dem Schiffer eine deftige Ohrfeige. Dann sah er Leonhard fragend an. »Sollen wir ihn wirklich ersäufen, wie Eure Gemahlin es eben vorgeschlagen hat?«
Zwar hatte der Mann sich an ihrem Gold vergriffen, doch er hatte sein Schiff verloren und sich für den Verlust schadlos halten wollen. Daher widerstrebte es Leonhard, ihn zu ersäufen. Er bemühte sich jedoch, möglichst grimmig auszusehen. »Wärst du ehrlich gewesen, hätte ich dir dein Schiff bezahlt. So aber wirst du weniger erhalten.«
Er griff in einen der Beutel, zog mehrere Münzen heraus und drückte sie dem Kapitän in die Hand. »Und jetzt verschwinde samt deinen Matrosen!«
Das übersetzte Kurt gerne. Der Kapitän starrte auf das Geld. Es reichte aus, um ein kleineres Schiff zu kaufen oder einen Anteil an einem wie diesem hier zu erwerben. Dennoch ärgerte er sich, weil er für sein Gefühl viel mehr verloren hatte. Nach einem kurzen Blick zum Ufer glätteten sich seine Züge wieder. Er kannte diese Küste und wusste, dass die Burg des päpstlichen Vogtes nicht weit entfernt lag. Wenn er sich beeilte, konnte er sie in weniger als vier Stunden erreichen.
»Kommt mit!«, befahl er seinen Matrosen und ließ sich von der Bordwand ins Wasser.
Leonhard sah ihm und seinen Männern nach und ging dann nach vorne zu den Pferden. Vor dem Verlassen des Schiffes hatten sie diese losgebunden, und er war erleichtert, dass alle überlebt hatten. Allerdings lag das Schiff so hoch auf dem Felsen, dass sie nicht selbst ins Wasser springen konnten.
»Wir werden den Schiffsrumpf aufschlagen müssen, um sie hinauszubringen«, sagte er zu Kurt. »Kümmerst du dich darum?«
Sein Stellvertreter nickte und winkte zwei Männern, mit ihm

mitzukommen. Als sie die Stelle erreichten, die Leonhard ihnen gezeigt hatten, standen sie zwar bis zu den Hüften im Wasser, schwangen aber ihre Äxte und Schwerter und ließen die Späne nur so fliegen. Unterdessen holte Pandolfina ihre und Ariettas Besitztümer nach oben und war erleichtert, dass ihre Arzneifläschchen den Schiffbruch überstanden hatten. Was die Kräuter betraf, so hoffte sie, dass sie den Teil, dem das Meerwasser nicht die Wirkung nahm, trocknen konnte. Den Rest würde sie ersetzen müssen.

Während sie arbeitete, dachte sie über ihren Ehemann nach. Sie hielt es nicht für gut, dass er den Kapitän hatte laufen lassen. Einen Augenblick lang überlegte sie, ob sie Kurt ihre Bedenken mitteilen sollte. Doch dieser hatte eben die Öffnung für die Pferde durchgebrochen und lockte Leonhards Hengst ins Freie.

Die anderen Gäule folgten, und so konnten Kurt und seine Kameraden sie an Land bringen. Als ihre Stute losschwamm, stieß Pandolfina einen kurzen Pfiff aus und sah zufrieden, dass das Tier sich in ihre Richtung drehte. Sie streckte die Hand aus, streichelte das Maul der Stute, wuchtete den Packen, den sie zusammengestellt hatte, auf deren Rücken und stieg wieder ins Wasser. Als die Stute dem Ufer zustrebte, hielt sie sich mit einer Hand an der Mähne fest und ließ sich mitziehen. Mit der anderen sorgte sie dafür, dass ihr Packen nicht herunterrutschen konnte.

Wenig später hatte sie das trockene Land erreicht und begann mit Citas Hilfe, das Gerettete zu sortieren. Die nassen Kleider und Decken wuschen sie an einem kleinen Bach und hängten sie über Sträuchern in der Nähe auf. Dabei sahen Leonhards Leute ihnen verständnislos zu.

»Warum macht Ihr die Sachen wieder nass? Sie sind doch schon halb abgetrocknet«, fragte Kurt nach einer Weile.

Pandolfina wandte sich mit einem freundlichen Lächeln zu ihm um. »Das dort«, sie zeigte auf das Meer, »ist Salzwasser.

Wenn ihr die Kleider so trocknen lasst, bleibt das Salz im Stoff und macht ihn rauh und kratzig. Es beißt dann, als ob ihr Flöhe hättet.«
»Daran haben wir nicht gedacht«, gab Kurt zu und befahl den Männern, ihre Kleidung ebenfalls zu waschen.
»Können das nicht die Weibsleute tun?«, fragte einer verärgert. Kurt trat auf ihn zu und ließ seine Hand schwer auf dessen Schulter fallen. »Du kannst Herrn Leonhards Gemahlin fragen, ob sie die Waschmagd für dich macht. Frau Arietta ist die Ehefrau des Kastellans Renzo und damit auch keine Magd, und was Cita betrifft, so muss diese die beiden Damen bedienen.«
»Schon gut! Ich hab's nicht so gemeint«, antwortete der Mann und schleppte seine nassen Sachen zum Bach. Als er sie waschen wollte, kam Pandolfina auf ihn zu.
»Ihr Männer solltet besser das Schiff ausräumen, solange es hell ist.«
Als Kurt das hörte, übersetzte er für Leonhard und fügte hinzu: »Eure Gemahlin hat recht! Wir wissen nicht, ob der Kasten die Nacht übersteht oder die Wellen ihn gänzlich zerschlagen.«
Leonhard atmete tief durch und beobachtete Pandolfina, die zusammen mit Arietta und Cita begann, die nassen Sachen der Männer zu waschen. Seine Kleidung hatte er bereits zum Trocknen aufgehängt, holte sie jetzt wieder herunter und warf das Bündel seiner Frau hin.
»Wascht sie als Erstes!«
Noch während er es sagte, ärgerte er sich, weil er nicht freundlicher zu ihr war. Dabei hatte sie nicht nur die Kinder an Land gebracht, sondern auch den Diebstahl des Kapitäns entdeckt. Ihm wäre der Verlust so schnell nicht aufgefallen, und der Schiffer hätte mit seinem Raub entkommen können.
Bis zum Abend war alles, was noch zu retten war, an Land geschafft. Die Kleider und Decken waren mittlerweile trocken, und so konnten sich alle wieder anziehen. Während Cita die beiden Männer beaufsichtigte, die das Abendessen kochten,

kümmerte Pandolfina sich um den verletzten Luitolf. Seine Schienen saßen fest, und der Arm war auch nicht übermäßig angeschwollen oder gar heiß.

»Du wirst es überstehen«, sagte sie und reichte ihm einen Kräuterabsud, in dem sich viel Johanniskraut befand, das seine Schmerzen lindern sollte.

»Habt Dank!«, flüsterte der Mann und sah zum Kochfeuer hinüber, über dem ein Kessel mit Eintopf aus den unverdorbenen Vorräten des Schiffes hing.

»Glaubt Ihr, dass ich etwas essen kann?«, fragte er besorgt.

Pandolfina lachte, als Kurt es ihr übersetzt hatte. »Dieser Mann hat den Arm gebrochen und nicht seinen Magen. Also kann er diesen ruhig füllen!«

»Als Erstes solltet Ihr etwas essen, und das gilt auch für Frau Arietta«, erklärte Kurt.

Ohne das besonnene Wesen der jungen Frau, dachte er, wären sie niemals so gut mit dem Schiffbruch zurechtgekommen.

Er ging daher zum Feuer, sah, dass der Eintopf fertig war, und wies Cita an, die ersten Portionen Arietta und deren Kindern zu geben. Er selbst brachte Pandolfina den Napf. Als Leonhard dies sah, empfand er Eifersucht auf den braven Waffenknecht und trat unwillkürlich auf die beiden zu.

Pandolfina aß einen Löffel voll und blickte zum Himmel hoch. »Es bleibt noch etwa eine Stunde hell. Vielleicht sollten wir das ausnutzen und diesen Platz verlassen. Es werden gewiss bald Strandräuber kommen.«

»Mit denen werden wir schon fertig«, tat Kurt diesen Einwand ab, sah dabei aber zu Leonhard hin und übersetzte für ihn.

»Warum sollten wir jetzt noch aufbrechen?«, fragte dieser. »Nach der schlimmen Nacht und den Anstrengungen des Tages sind wir alle rechtschaffen müde und werden hier schlafen.«

Pandolfina war zwar nicht wohl dabei, an dieser Stelle zu übernachten, aber sie spürte, dass sie ihren Ehemann nicht umstimmen konnte. Zudem fühlte auch sie sich zutiefst erschöpft, und als sie Arietta, Cita und die Kinder betrachtete, wurde ihr klar, wie sehr diese sich nach Ruhe sehnten. Zudem waren zu viele Teile der zerlegten Karren fortgespült worden, und so konnten sie keinen mehr zusammenbauen. Deshalb würden die Waffenknechte Arietta und die Kinder morgen auf ihre Pferde setzen müssen. Zudem brauchten sie mehr Tiere als nur die Gäule, die die beiden Karren gezogen hatten, um ihr Gepäck zu transportieren, und hatten daher vier Reittiere zu wenig.

In der Hinsicht war es besser, wenn sie die Nacht über an diesem Ort blieben, dachte Pandolfina und beendete ihr Abendessen. Wenig später putzte sie sich die Zähne am Bach und machte Katzenwäsche. Als sie ins Lager zurückkam, schliefen die meisten Männer schon. Leonhard saß am Strand und blickte auf das Meer hinaus. Ihr Gefühl drängte sie, sich zu ihm zu setzen und ihn für sein besonnenes Verhalten zu loben. Aber der Gedanke, dass er sie ohnehin nicht verstehen und nur anbrummen würde, hielt sie davon ab, und so machte sie sich zum Schlafen bereit.

9.

Am nächsten Morgen stieg die Sonne wie ein goldener Ball aus dem Meer auf und versprach einen schönen, wenn auch heißen Tag. »Wir sollten Wasser mitnehmen, denn wir wissen nicht, wann wir auf eine Quelle oder einen Brunnen treffen«, riet Pandolfina.

Als Kurt dies Leonhard übersetzte, lachte dieser bitter auf. »Und wohin sollen wir das Wasser stecken? In unseren Hosenlatz?«

»Die Herrin meint, wir könnten vielleicht eines der Fässer vom Schiff bergen«, antwortete Kurt, nachdem er Pandolfina übersetzt und deren Antwort vernommen hatte.

Der Rat war nicht schlecht. Leonhard überlegte bereits, ihn zu befolgen, doch als er zum Wrack hinübersah, das halb versunken an einem Felsen hing, schüttelte er den Kopf. »Das Ding sieht aus, als könnte es jeden Augenblick auseinanderfallen. Daher schicke ich keinen guten Mann mehr hinüber, nur um ein Fass zu holen. Macht alles bereit. Wir brechen gleich auf.«

Mit diesen Worten schwang er sich aufs Pferd und begriff erst im Sattel, dass er seine Frau erneut missachtet hatte. Eigentlich hatte er sie für ihren gestrigen Einsatz loben wollen, und auch dafür, dass sie Luitolfs Arm so geschickt geschient hatte. Dann sage ich ihr das eben heute Abend, dachte er und ließ seinen Hengst antraben.

Sie hatten noch keine Meile zurückgelegt, als vor ihnen Reiter auftauchten. Es waren etwa zwanzig Leute, angeführt von einem Mann, der seiner Gewandung nach zu urteilen ein Standesherr war. Er trug einen hellgrünen Waffenrock über seinem Kettenhemd und ein Wappen, das Pandolfina bekannt vorkam, ohne dass sie es auf Anhieb einzuordnen vermochte.

Da Leonhard die Sache friedlich regeln wollte, befahl er seinen Männern, die Waffen stecken zu lassen, und ritt dem Edelmann entgegen. »Gott zum Gruß!«, begann er auf Deutsch.

»Einer der verdammten Tedeschi!«, rief einer der Waffenknechte seinem Anführer zu. Dieser nickte und musterte Leonhard hochmütig.

»Ihr reitet ohne Erlaubnis über mein Land. Daher werdet ihr eure Waffen abgeben und mir als Gefangene auf meine Burg folgen!«, erklärte er.

Einer seiner Männer übersetzte es in ein grauenhaftes Deutsch, dessen Sinn Leonhard ohne die italienische Fassung nicht verstanden hätte.

Empört schüttelte er den Kopf. »Wir sind Reisende und haben das Anrecht, diese Lande ungehindert zu durchqueren!«

»Das denkst auch nur du, du Hund! Entweder du ergibst dich, oder …« Der Edelmann brach ab und zog sein Schwert.

Verwundert stellte Leonhard fest, dass der andere kämpfen wollte. Auch wenn die Italiener seinen Männern doppelt überlegen waren, würde es für die Angreifer nicht ohne herbe Verluste abgehen. Er dachte daran, dass er nicht nur die Verantwortung für seine Männer trug, sondern auch für Pandolfina, deren Magd sowie Arietta und ihre Kinder. Einen Augenblick überlegte er, sich zu ergeben, damit diesen nichts geschah. Doch da gab der andere seinem Pferd die Sporen und holte mit dem Schwert aus.

Leonhard bückte sich gerade noch rechtzeitig, um dem Hieb zu entgehen. In einer Reflexbewegung griff er selbst zum Schwert, zog es und schwang es noch in derselben Bewegung gegen den Kopf des Angreifers. Die Klinge durchschlug dessen Helm, und der Mann rutschte aus dem Sattel. Noch bevor er auf dem sandigen Boden aufschlug, reckte Leonhard sein Schwert dessen Gefolgsleuten entgegen.

»Wer von euch will der Nächste sein?«

Seltsamerweise verstanden auf einmal alle Deutsch, denn keiner wagte sich an ihn heran. Dafür eilten Kurt und die Wachknechte an seine Seite.

»Ein guter Hieb, Herr! Gerade so, wie Ritter Eckbert es Euch gelehrt hat«, lobte Kurt und blickte auf den am Boden liegenden Edelmann hinab. »Wie es aussieht, lebt der Kerl noch. Soll ich ein Ende mit ihm machen?«

Leonhard schüttelte den Kopf. »Lass ihn! Sag lieber seinen Leuten, sie sollen den Weg freimachen und uns nicht mehr vor die Klingen kommen. Es könnte sonst sein, dass mein nächster Hieb etwas tiefer geht.«

»Ihr habt uns vergessen, Herr Leonhard. Wir schlagen ebenfalls kräftig zu«, sagte Kurt grinsend und übersetzte dann für die gegnerischen Reiter.

Diese sahen einander unsicher an. Wäre ihr Anführer noch im Sattel gesessen und hätte ihnen den Befehl zum Angriff erteilt, hätten sie ihn befolgt. Stattdessen lag ihr Herr jedoch am Boden, und nur eine Bewegung seines rechten Armes verriet, dass er noch lebte.

Bei dem Gedanken, wie schnell und leicht der Deutsche gesiegt hatte, verging ihnen die Kampfeslust, und sie gaben den Weg frei. Einer der Männer stieg vom Pferd, kniete neben seinem Anführer nieder und nahm ihm den Helm ab. Die Wunde blutete zwar stark, schien jedoch nicht tödlich zu sein.

Leonhard befahl seinem Gefolge, weiterzuziehen, hielt aber sein Schwert bereit, um jederzeit eingreifen zu können. Doch es war nicht nötig. Nach ihm passierten die Reiter, hinter denen Arietta und die Kinder saßen, die Stelle, und ihnen folgte Pandolfina. Sie warf einen Blick auf das Gesicht des verletzten Edelmanns.

»Das ist doch …«, murmelte sie und brach verblüfft mitten im Satz ab. Es war Loís de Donzère!
Sie wusste, dass dieser in die Dienste des Papstes getreten war, hätte aber niemals erwartet, ihm noch einmal zu begegnen. Die Tatsache, dass Leonhard ihn niedergeschlagen hatte, stellte sie zufrieden.
»Alles rächt sich einmal!«
»Ihr kennt den Mann?«, fragte Leonhard wie gewohnt auf Deutsch.
Pandolfina begriff, was er meinte, und nickte. »Er weilte vor Jahren am Hofe des Königs, verließ diesen jedoch, um sich dem Papst anzuschließen.«
Noch bevor Kurt übersetzte, verspürte Leonhard Eifersucht. »Ist damals etwas zwischen Euch und ihm geschehen?«
»Er hat mich zum Gespött des ganzen Hofes gemacht! Habt Dank dafür, dass ich ihn nun so zu meinen Füßen liegen sehen darf«, antwortete Pandolfina und trieb ihre Stute an.
Ihre Gedanken wirbelten, und sie erlebte noch einmal jene Stunden, in denen Loís de Donzère sie umworben hatte. Damals war sie glücklich gewesen und so dumm, dass sie bereit gewesen wäre, sich ihm hinzugeben. Dazu war es zum Glück nicht gekommen, doch bis zu diesem Tag hatte es sie gekränkt, dass er sie von einem Augenblick zum anderen nicht mehr beachtet hatte.
Nun ist diese Rechnung beglichen, sagte sie sich und vergaß über diesem Gefühl, dass ihr Mann vorhin geantwortet hatte, ohne auf Kurts Übersetzung zu warten. Sie schloss zu Arietta auf, die hinter dem Waffenknecht saß und sich nicht besonders sicher fühlte. Leonhard hatte jedoch abgelehnt, sie hinter ihren Ehemann aufs Pferd zu setzen, da Renzo wegen seines lahmen Armes nicht in der Lage war, sie festzuhalten, wenn sie ins Rutschen geriet. Pandolfina verstand ihn, denn bei einem Sturz vom Pferd konnte Arietta sich im schlimmsten Fall den Hals brechen. Selbst ein gebrochenes Bein wäre schlimm genug,

denn sie würden dann ein paar Wochen lang nicht weiterreisen können.

»Er mag ein sturschädeliger Teutone sein, aber er ist ein guter Anführer«, sagte Pandolfina mehr zu sich und begann ein Gespräch mit Arietta.

10.

Der verletzte de Donzère blieb immer weiter hinter der Gruppe zurück. Nachdem seine Männer sich überzeugt hatten, dass ihr Anführer zwar das Bewusstsein verloren hatte, aber nicht in direkter Lebensgefahr schwebte, befahl sein Stellvertreter einem Kämpfer, ihn vor sich aufs Pferd zu nehmen.
»Wir reiten zur Burg. Dort soll die Hebamme sich um den Herrn kümmern«, erklärte er und übernahm die Spitze.
»Vielleicht hätten wir die Deutschen doch niederkämpfen sollen«, wandte einer der Männer ein.
»Du hast den Ritter gesehen! Er hätte mindestens vier oder fünf von uns erschlagen, bevor wir mit ihm fertig geworden wären, und seine Leute schienen mir ebensolche Raufbolde zu sein wie er. Außerdem hatten sie Frauen bei sich, und bei deren Verteidigung kämpfen Männer doppelt hart. Es wäre nicht sicher gewesen, ob wir gewonnen hätten«, erklärte der Stellvertreter in zurechtweisendem Tonfall.
»Davon bin auch ich überzeugt«, stimmte ihm der Reiter neben ihm zu.
Der maulende Waffenknecht gab sich nicht zufrieden. »Aber was ist mit dem Geld, das sie bei sich haben sollen?«
Sein Anführer wies mit einer ärgerlichen Geste in die Richtung, in die Leonhards Reisegruppe verschwunden war. »Du kannst ihnen nachreiten und versuchen, es ihnen abzunehmen. Ich aber will unseren Herrn so rasch wie möglich nach Hause bringen, damit er versorgt wird.«
Da die restlichen Männer der gleichen Meinung waren, gab auch der unzufriedene Knecht nach.

Die Rückkehr in die Burg hatte sich der gesamte Trupp anders vorgestellt. Auch der Kapitän des gescheiterten Schiffes wirkte bestürzt, als er den verletzten Ritter und die verärgerten Mienen der Waffenknechte sah, denn er hatte gehofft, etwas von der Beute abzubekommen. Danach sah es jedoch nicht aus. Um Ärger zu vermeiden, verließ er unauffällig die Burg und versuchte, ein möglichst großes Stück Weg zwischen sich und die Männer des verletzten Burgherrn zu legen.
Der rebellische Waffenknecht entdeckte seine Flucht und eilte ihm nach. »He, Kerl! Hast du nicht etwas vergessen?«, fragte er, als sie von der Burg aus nicht mehr gesehen werden konnten.
»Ich weiß nicht, was du meinst!«, rief der Kapitän und wollte weitergehen.
Da zog der Verfolger sein Schwert und schlug ihn nieder. »Das ist für die Verletzung meines Herrn!«, rief er aus und durchsuchte den Toten.
Als er das Geld fand, das Leonhard dem Schiffer zugebilligt hatte, stieß er einen anerkennenden Pfiff aus. »Das ist zu viel, um weiterhin als schlecht bezahlter Waffenknecht auf dieser Burg zu bleiben«, sagte er zu sich und beschloss, sein Pferd zu holen und sein Glück anderswo zu suchen.
Unterdessen behandelte die Hebamme des Dorfes de Donzères Verletzung. Als sie eines ihrer beißenden Mittel in die Wunde träufeln ließ, damit diese sich nicht entzünden konnte, wachte der Mann auf und sah verwirrt um sich.
»Was ist geschehen?«, fragte er mit matter Stimme.
»Der Tedesco hat Euch mit seinem Schwert niedergestreckt«, erklärte sein Stellvertreter.
»Welcher Tedesco?« De Donzère versuchte sich zu erinnern, doch das Einzige, das in seinen Gedanken auftauchte, war, dass er sich gestern Abend zu Bett begeben hatte. Oder war es vorgestern Abend gewesen? Er versuchte aufzustehen, doch da wurde ihm so schwindlig, dass er stöhnend auf das Bett zurücksank.

»Ihr solltet warten, bis ich Eure Wunde versorgt habe. Oder seid Ihr so versessen darauf, ins Himmelreich zu gelangen?«, fragte ihn die Hebamme bissig.
»Verfluchtes Weib!«, schimpfte de Donzère und sah seinen Vertrauten nachdenklich an. »Da war doch dieser Schiffer, oder nicht?«
»Sehr wohl, Herr! Der meldete uns, dass er vor der Küste Schiffbruch erlitten hätte und eine Gruppe Deutscher an Land gekommen sei. Als Ihr den Namen einer der mitreisenden Damen erfahren habt, wolltet Ihr die Leute gefangen nehmen.«
Nun dämmerte es Loís de Donzère. Zwar war der Anführer der Gruppe nur ein ihm unbekannter Deutscher, aber dessen Frau war Pandolfina de Montcœur, und die hatte er haben wollen. Vor mehreren Jahren hatte er kurz um sie geworben, sich dann aber von ihr zurückgezogen, weil es hieß, sie sei arm und die Aussicht, an ihr Erbe zu gelangen, zu gering. Mittlerweile aber hatte sich die Lage geändert. Um Frieden mit König Friedrich zu schließen, war der Papst bereit, ihr die Grafschaft ihres Vaters zurückzugeben, unter der Bedingung, dass sie einen Mann heiratete, den er für sie bestimmte. Der vorgesehene Bräutigam war bei Salerno erschlagen worden, doch als zweiten Namen hatte Seine Heiligkeit den seinen genannt.
Nicht das Gold, das die Gruppe angeblich mit sich führen sollte, hatte ihn dazu bewogen, aufzubrechen, sondern der Gedanke, Pandolfinas Ehemann zu töten und sie zur Ehe zu zwingen. Stattdessen hatte der Deutsche ihn mit einem einzigen Schwertstreich aus dem Sattel gehauen. Erregt packte er den Arm seines Stellvertreters und zog ihn näher an sich heran.
»Und? Habt ihr sie erwischt?«
Der Mann schüttelte den Kopf. »Wir waren zu sehr in Sorge um Euch, Herr, als dass wir es auf einen Kampf ankommen lassen konnten.«
»Verflucht! Das war ein Fehler! Los, auf die Pferde! Verfolgt sie und holt sie zurück! Diesen verdammten Tedesco könnt ihr

erschlagen und irgendwo verscharren.« Am liebsten wäre de Donzère selbst losgezogen, doch seine Verletzung war zu schwer.

»Worauf wartest du noch?«, schrie er seinen Vertrauten an.

Dieser verzog das Gesicht zu einer hilflosen Grimasse. »Die Deutschen dürften Eure Grafschaft bereits verlassen haben. Sie zu verfolgen und auf Conte Gioacchinos Land anzugreifen würde dessen Zorn auf uns ziehen.«

»Was schert mich Gioacchinos Zorn?«, brüllte de Donzère und schrie im nächsten Augenblick auf, weil sein Kopf sich auf einmal anfühlte, als würde eine glühende Eisenstange hindurchgetrieben.

»Er sollte Euch aber scheren«, antwortete sein Stellvertreter. »Oder habt Ihr vergessen, dass Conte Gioacchino mit den di Cudis verfeindet ist und daher der Frau, deretwegen Isidoro di Cudi starb, jede Hilfe gewähren dürfte?«

»Hölle und Verdammnis!«, schrie de Donzère auf und hielt sich stöhnend den Kopf.

Er wusste allzu gut, dass sein Nachbar sich auf die Seite der Deutschen schlagen würde, wenn er diese verfolgen ließ. Danach hatte er vielleicht sogar eine Fehde mit Graf Gioacchino am Hals, und dieser konnte im Gegensatz zu ihm auf die Unterstützung von Verwandten zählen. Ihm blieb daher nichts anderes übrig, als Pandolfina de Montcœur ziehen zu lassen und zu hoffen, dass er durch die Gnade des Papstes oder eine andere passende Heirat seinen Besitz mehren konnte.

11.

Es war, als wollte das Schicksal Leonhards Reisegesellschaft für die aufregenden Ereignisse zu Beginn entschädigen, denn sie kamen ohne Probleme voran und verließen schon bald den Machtbereich des Papstes. Die hohen Herren, die in jenen Landstrichen regierten, durch die sie nun zogen, waren Reisende gewohnt und begnügten sich damit, ihnen ein paar Münzen als Zoll abnehmen zu lassen. So blieb Stadt um Stadt hinter ihnen zurück. Von einigen hatte Pandolfina bereits gehört. Obwohl die Sprache hier schon etwas anders klang als in Apulien, vermochte sie sich mit den Bewohnern zu verständigen.

Mittlerweile hatte auch Renzo damit begonnen, die Sprache der Deutschen zu lernen. Da er und seine Frau in deren Land leben sollten, hielt er es für besser, die dortigen Bewohner zu verstehen und mit ihnen reden zu können. Während es bei ihm halbwegs ging und die Kinder sich die fremdartige Sprache fast spielend aneigneten, hatte Arietta große Probleme damit. Pandolfina schämte sich ein wenig, denn ihre Begleiterin wäre sicher besser vorangekommen, wenn sie mit ihr zusammen gelernt hätte. Da Leonhard sie jedoch noch immer wie ein Gepäckstück und nicht wie einen Menschen behandelte, zwang ihr Stolz sie, so zu tun, als würden der Mann und seine Heimat sie nicht interessieren.

Dennoch hörte Pandolfina sehr genau zu, wenn die Deutschen miteinander sprachen, und begriff immer besser, was sie meinten. Die Zeit, die sie mit Ortraut und Dietrun von Rallenberg verbracht hatte, war also nicht vergebens gewesen. Bei dem Gedanken musste sie lächeln, denn nach außen hin benahm sie sich beinahe ebenso hochmütig wie Frau Ortraut, die nichts Fremdes hatte gelten lassen wollen. Andererseits war diese zwar durch ihr unbekannte Länder gereist, später aber wieder in ihre Heimat zurückgekehrt. Sie hingegen musste von ihrer Heimat Abschied nehmen und wusste nicht, ob sie sie jemals wiedersehen würde.

Obwohl die Landschaft sich veränderte, blieben die Städte und Dörfer zunächst noch vertraut und ebenso die Speisen. Eine Zeitlang ritten sie zwischen der Küste und dem Apennin dahin und trafen schließlich hinter Bologna auf das weite, ebene Land zu beiden Seiten des Po. Diese Gegend gehörte zum Königreich Italien, und in diesem herrschte Friedrich, aber nicht in seiner Eigenschaft als König von Sizilien, sondern als Kaiser des Heiligen Römischen Reiches. Weiter westlich, so erfuhr Pandolfina, lagen die rebellischen Lombardenstädte, die Friedrich zum Gehorsam zwingen wollte.

Ihr Weg führte jedoch nicht dorthin, sondern weiter nach Norden. Eine Fähre brachte die Gruppe über den Po, und als Pandolfina den Blick nach vorne richtete, entdeckte sie in der Ferne eine Formation, die sie zunächst für eine endlose, tief stehende Wolke hielt. Doch schon bald wurde das Land von Hügeln und kleinen Bergen beherrscht, und Pandolfina begriff, dass keine Wolke vor ihnen lag, sondern ein mächtiges Gebirge, dessen Gipfel selbst jetzt im Sommer noch weiß strahlten.

»Die Alpen!« Sie hatte davon gehört, aber niemals erwartet, sie je mit eigenen Augen zu erblicken oder gar überwinden zu müssen. Pandolfina schüttelte es bei dieser Vorstellung und erregte dadurch Citas Aufmerksamkeit.

»Was habt Ihr, Herrin?«

»Nichts! Oder alles, je nachdem, von welcher Warte man es betrachtet.«

Diese Antwort verwirrte Cita. »Bedrückt Euch etwas?«

Pandolfina seufzte. Was sollte sie ihrer Magd sagen? Dass sie mit einem Mann verheiratet worden war, der sich zwar als ausgezeichneter Anführer herausgestellt hatte, sie aber nicht im Geringsten beachtete?

Der Blick, den sie Leonhard zuwarf, reichte Cita jedoch aus, um die Gefühle ihrer Herrin zu verstehen. »In seiner Heimat wird er Euch gewiss anders behandeln. Jetzt aber solltet Ihr ihm dankbar sein, dass er Euch nicht in sein Bett holt. Stellt Euch vor, Ihr würdet unterwegs schwanger und wegen der Beschwernisse der Reise Euer Kind verlieren.«

Cita warf einen Blick auf Arietta, die unterwegs öfter unter der gleichen Decke wie ihr Mann geschlafen hatte und nun fast jeden Morgen über Übelkeit klagte.

»Ich hoffe, wir kommen früh genug an, bevor es für Arietta zu mühsam wird«, sagte sie leise.

»Das wünsche ich mir auch«, antwortete Pandolfina seufzend, »denn ich spüre, wie ich unter den Anstrengungen der Reise ermatte. Für Arietta muss es noch viel schlimmer sein.«

»Sie und Renzo hätten eben nicht so oft Adam und Eva spielen sollen.« Citas Stimme klang tadelnd, denn wenn sie Ariettas wegen nicht mehr so rasch vorwärtskamen, würde die Reise für alle noch länger dauern. Dabei lag das schwierigste Stück noch vor ihnen. Bei dem Gedanken streifte sie die Berge mit einem missmutigen Blick. Aus dieser Entfernung wirkten sie wie ein unüberwindbarer Riegel, den sie wohl niemals bezwingen konnten.

»Glaubt Ihr, dass es dort irgendein Durchkommen gibt?«, fragte sie Pandolfina.

»Aber ja!«, erklärte ihre Herrin lächelnd. »Schon zur Zeit der großen Cäsaren führten Wege durch das Gebirge. Mein – nun ja – Ehemann wird gewiss einen davon wählen.«

»Da die Teutonen aus ihren Wäldern bis zu uns gelangt sind, muss es wohl einen solchen Weg geben«, erwiderte Cita, um sich Mut zu machen, und war ebenso wie Pandolfina gespannt, was sie am nächsten Tag erwarten mochte.

12.

Waren sie am Morgen in einem Dorf aufgebrochen, das noch in einer gewissen Weise vertraut wirkte, gerieten sie am Abend in eine andere Welt. Die Häuser des Dorfes, in dem Leonhard übernachten wollte, bestanden nicht mehr aus Stein, sondern waren aus behauenen Baumstämmen zusammengefügt und die Dächer mit hölzernen Schindeln bedeckt, auf denen große Steine lagen. Auch die Kleidung der Bewohner wirkte fremdartig. Die meisten Männer trugen Kittel aus ungefärbter Wolle und aus Leder gefertigte Hosen, die an den Waden endeten, die Weiber Kleider von so schlichter Art, dass sich in Pandolfinas Heimat eine Magd geweigert hätte, so etwas anzuziehen.

»Was sind das für seltsame Leute?«, fragte Cita verblüfft.

Pandolfina zuckte mit den Schultern. »Ich weiß es nicht! Eigentlich dachte ich, die Teutonen würden erst hinter dem Gebirge wohnen.«

Als sie die Einheimischen sprechen hörte, war sie sicher, dass es keine Teutonen sein konnten, denn sie verstand einzelne Worte und konnte bei einigen Sätzen sogar sagen, was die Leute meinten. Doch welchem Volk sie angehörten, war Pandolfina nicht klar.

Die Reisenden erhielten eine dicke Suppe, die zu einem großen Teil aus Gerste bestand, sowie festen Käse und Brot, und als Trank wurde ein säuerlicher, aber genießbarer Wein ausgeschenkt. Pandolfina sah verblüfft zu, wie heißhungrig Arietta ihre Portion verschlang. Am Morgen hatte Renzos Frau noch unter schwerer Übelkeit gelitten. Nun aber schien es ihr wieder gutzugehen, denn sie lehnte sich mit glückseligem Ausdruck an Renzo.

Gegen ihren Willen empfand Pandolfina Neid. So innig würde sie mit ihrem Teutonen nie zusammenleben. Sie sah sich nach ihm um und stellte fest, dass er mit einem Mann verhandelte, der ein mit Waid gefärbtes Hemd und bis zu den Waden reichende Hosen aus festem Leder trug. Er redete auch anders als die Einheimischen. Obwohl Pandolfina nichts verstand, ordnete sie seine Sprache als einen Dialekt des Teutonischen ein. Gerade schien Leonhard mit ihm handelseinig geworden zu sein, denn die beiden reichten einander die Hände.

»Wir werden morgen zusammen mit den Tiroler Säumern aufbrechen«, erklärte ihr Ehemann, als er zu der Gruppe zurückkehrte.

Pandolfina hatte zwar keine Ahnung, wer oder was Tiroler und Säumer waren, aber da diese mithalfen, sie weiter von ihrer Heimat fortzubringen, beschloss sie, sie nicht zu mögen.

Die Nacht verbrachten sie auf Reisig und Stroh in einem Gebäude, das zu anderen Zeiten wohl als Stall verwendet wurde, wie Pandolfinas Nase ihr verriet. Jetzt sind wir im Barbarenland angekommen, dachte sie und fragte sich, ob Leonhard und seine Familie auch mit dem Vieh zusammen im Stall schliefen, wie es die Chronisten aus alter Zeit über die Menschen in Germanien berichtet hatten.

Am nächsten Morgen hieß es sich sputen, denn die Tiroler wollten rasch aufbrechen. Pandolfina, Cita und Arietta konnten sich gerade noch Hände und Gesicht an dem aus einem Baumstamm gehauenen Brunnentrog waschen, dann wurden ihnen auch schon die Schüsseln mit dem Morgenbrei in die Hände gedrückt. Er bestand ebenfalls zum größten Teil aus geschroteter Gerste, in die etwas getrocknetes Obst eingerührt worden war. An Gewürzen schienen die Bewohner nur Salz und die hier wachsenden Kräuter zu kennen. Daher schmeckte

der Brei fad, und Pandolfina befürchtete, dass es in der Heimat ihres Ehemanns nicht besser sein würde.
Leonhard trieb seine Männer zur Eile an und kam schließlich zu den Frauen. »Wir müssen weiter!«
Cita hatte sich unterwegs immer wieder mit Kurt unterhalten und viel von seiner Sprache gelernt. Daher verstand sie Leonhard mittlerweile gut genug, um es übersetzen zu können. Sofort befahl Arietta ihrem Sohn, der missmutig in seinem Napf herumstocherte, rascher zu essen.
»Du wirst sonst unterwegs hungern«, setzte sie hinzu.
Auf diese Worte hin leerte auch Pandolfina ihre Schüssel. Sie wusste nicht, ob es zu Mittag etwas geben würde, und traute es ihrem Ehemann zu, sie bis zum Abend darben zu lassen.

13.

Die Reisegruppe geriet immer tiefer in das Gebirge hinein. Während Cita mit der ihr eigenen Gleichmut an den steilen Abgründen oder hoch aufragenden Felswänden vorbeiritt, zitterte Arietta vor Angst, und Pandolfina hatte alle Mühe, sie zu beruhigen. Wenn sie den Anblick nicht mehr ertragen konnte, verhüllte Renzos Frau ihr Gesicht und begann zu beten.

»Wenn du dich nicht festhältst, stürzt du noch in die Tiefe, und von dort unten ist es nicht mehr weit bis in die Hölle«, schimpfte der Waffenknecht, hinter dem sie sitzen musste.

»Sie sollte zu Fuß gehen«, meinte ein anderer.

»Und uns noch mehr aufhalten? Freiwillig würde das Weib doch keinen Schritt vor den anderen setzen.«

Der Mann, der mit Arietta belastet war, schimpfte in einer Weise, dass Pandolfina froh war, dass ihre Begleiterin seine Sprache noch nicht gelernt hatte. Am liebsten hätte sie Arietta selbst zu sich aufs Pferd genommen, doch dafür war ihre Stute zu zierlich.

»Arietta, diesen Weg haben vor uns Hunderte und Aberhunderte Reisende bewältigt. Auch wir werden ihn gut hinter uns bringen«, sagte sie, um die Schwangere zu beruhigen.

»So wird das nichts!«, wandte der Reiter, hinter dem Arietta saß, ein. »Wenn der Weg ein wenig breiter wird, bindet ihr sie an mir fest. Dann rutscht sie wenigstens nicht vom Gaul.«

Pandolfina begriff, dass dies wohl das Beste war, und ritt weiter. Bald wurde die Straße tatsächlich breiter und war sogar gepflastert. Kurz darauf überquerten sie eine steinerne Brücke, und Pandolfina hoffte bereits, das Schlimmste überstanden zu haben.

Am späten Nachmittag erreichten sie jedoch eine Stelle, an der auch sie es mit der Angst zu tun bekam. Eine mehr als zehn Schritte breite Klamm verlegte ihnen den Weg. Einst hatte eine steinerne Brücke sie überspannt. Deren Mittelteil war jedoch vor längerer Zeit herausgebrochen und abgestürzt. Anstatt die Brücke zu reparieren, hatte man einfach ein paar Bretter über das fehlende Stück gelegt.

Die Tiroler führten ihre Saumpferde ohne Zögern über den schmalen, ungesicherten Steg. Einer von Leonhards Männern wollte es ihnen gleichtun, warf dabei einen Blick in die Tiefe und begann zu taumeln. Bevor er stürzen konnte, hatte ein Säumer ihn gepackt und zerrte ihn in Sicherheit.

»Es soll keiner hinabschauen, es sei denn, er will ungesäumt den Höllenfürsten aufsuchen«, warnte er.

Leonhard nickte und musterte seine Gruppe. Den meisten seiner Männer traute er es zu, die Klamm zu überwinden, doch Arietta würde es auf keinen Fall schaffen. Auch die Kinder wollte er nicht in Gefahr bringen, und dann waren da auch noch Cita und seine Frau.

Trotz der anstrengenden Reise hatte er immer wieder an Pandolfina gedacht und sich überlegt, wie sie in Zukunft halbwegs gut zusammenleben konnten. Er würde auf jeden Fall freundlicher zu ihr sein müssen. Aber das wagte er nicht, denn er hatte Angst, ihrem Liebreiz zu unterliegen. Noch waren die drei Monate, die er sich vorgenommen hatte, nicht vorüber. Auch wenn sie bislang keine Anzeichen einer Schwangerschaft zeigte, wollte er bei einem vielleicht zu früh geborenen Kind nicht zweifeln müssen, ob er wirklich der Vater war.

»Wir bringen zuerst die Frauen und Kinder hinüber«, erklärte er und trat auf Arietta zu. Diese musste zunächst den Strick lösen, mit dem man sie an den Reiter gebunden hatte, ehe Leonhard sie vom Pferd heben konnte.

»Müssen wir wirklich über diesen Abgrund?«, fragte sie schreckensbleich.
»Wenn Ihr nicht die Gabe habt, zu fliegen, wird es wohl sein müssen!« Leonhard hob sie auf und hielt sie mit festem Griff. »Schließt die Augen, wenn Euch das lieber ist, und bewegt Euch nicht, sonst fallen wir beide hinab.«
Arietta nickte, obwohl sie sich am liebsten losgerissen hätte, um nach Süden in Richtung Heimat zu laufen. Es gelang ihr, sich so lange zu beherrschen, bis sie drüben stand. Dort aber sank sie zu Boden und weinte vor Angst.
Da die Tiroler bereits weiterzogen, wandte Kurt sich an Cita. »Was meinst du, wollen wir beide es versuchen?«
Zwar hatte Cita sich überlegt, es selbst zu wagen, doch hielt sie es für sicherer, wenn der Deutsche sie über den Steg trug. Sie nickte und fühlte dann, wie seine Arme sich um sie legten.
»Bist ein hübsches Stück Weiberfleisch«, meinte Kurt grinsend, als er mit ihr über den schmalen Steg balancierte. Irgendwie freute sich Cita darüber und überlegte, wer wohl ihre Herrin hinübertragen würde.
Pandolfina dachte jedoch nicht daran, ihr Leben der Geschicklichkeit irgendeines Mannes anzuvertrauen. Bevor jemand sie daran hindern konnte, hob sie Norina auf und überquerte mit ihr die Klamm. Leonhard blieb fast das Herz stehen, als er es sah, und er fuhr Pandolfina heftig an, als sie drüben stand.
»Seid Ihr närrisch geworden? Es war doch viel zu gefährlich für Euch!«
»Wenn dieser Weg für uns Frauen zu gefährlich ist, dürften wir ihn gar nicht erst beschreiten«, antwortete Pandolfina, als Cita stockend für sie übersetzt hatte.
Ohne Leonhard eines weiteren Blickes zu würdigen, kehrte sie wieder auf die andere Seite zurück und holte ihre Stute.
»Sag ihm, dass der Weg nicht zu gefährlich für mich ist. Sollte er jedoch selbst Angst haben, bin ich gerne bereit, seinen Hengst für ihn zu holen.«

Das wagte Cita nicht zu übersetzen. Kurt sah, wie sich Leonhards Gesicht vor Zorn rot färbte, und übersetzte rasch, bevor dieser verraten konnte, dass er Pandolfina durchaus verstand.
»Diesem Biest sollte man den Hintern versohlen«, brach es aus Leonhard heraus.
»Damit würdet Ihr das erste Mal seit Eurer Heirat beweisen, dass sie Euer Weib ist!«, spottete Kurt. »Bislang reist sie eher wie eine ungeliebte Schwester mit Euch, obwohl ich glaube, dass Ihr Äbtissin Anna und Frau Gertrud besser behandeln würdet als sie.«
Das Schlimme an Kurts Worten war, dass sie stimmten. Prompt ärgerte Leonhard sich über sich selbst, denn auf die Weise würde er Pandolfinas Zuneigung niemals erringen können – und mit Schlägen erst recht nicht. Mit einem zornerfüllten Laut balancierte er über den Steg und brachte zuerst den Jungen hinüber, bevor er seinen Hengst holte. Renzo versuchte es allein, doch als seine Frau es sah, stieß sie einen gellenden Schrei aus.
»Heilige Jungfrau, hilf!«
»Hier brauchen wir nicht die Jungfrau Maria. Mein Arm reicht auch«, antwortete Kurt bärbeißig und streckte Renzo die Hand hin, die dieser erleichtert ergriff.

Achter Teil

Der wilde Norden

1.

Heimeran von Heimsberg bedachte den Mönch, der ihm den Brief des Prälaten Santamaria vorlas, mit einem missmutigen Blick. Als er sich seinem Sohn Heimward und seinem Neffen Heimo zuwandte, sank seine Laune noch mehr. Heimward war ein magerer junger Mann und kaum geeignet, einem Feind mit dem Schwert Angst einzujagen. Anders als er war Heimo groß und breitschultrig und hatte muskulöse Arme, die tödliche Schwerthiebe führen konnten. Seine rechte Schulter hing etwas schief. Doch gerade das geriet ihm zum Ruhm, denn im Heiligen Land hatte ihn der Pfeil eines Sarazenen getroffen. Es war das sichtbare Zeichen, dass er sich im Kampf gegen die Heiden bewährt hatte. Nicht zuletzt deswegen befürchtete Heimeran, dass sein Neffe versuchen könnte, Heimward beiseitezudrängen, um selbst Herr über alle Heimsberger Besitzungen zu werden.

Es schmerzte Heimeran immer noch, dass sein jüngerer Sohn Heimfried im Kampf gegen Graf Ludwigs Mönchlein gefallen war. Um mit Leonhard fertig zu werden, brauchte er Heimo – das ging auch aus der Botschaft hervor, die er von Santamaria erhalten hatte.

»Ludwig von Löwenstein ist es also gelungen, sich nach Apulien durchzuschlagen und Kaiser Friedrichs Hof zu erreichen«, stellte er fest.

»So ist es, Graf Heimeran«, bestätigte der Mönch.

Während Heimo mit verbissener Miene schwieg, winkte Heimward von Heimsberg verächtlich ab. »Was kümmert uns Friedrich?«

»Er wird uns kümmern müssen!«, fuhr sein Vater ihn an. »Viele Grafen und Fürsten im Reich halten zu ihm, weil er der Kaiser ist und sein Sohn Heinrich nur König. Diesem macht man es zum Vorwurf, dass er sich von den Verbündeten seines Vaters ab- und neuen Freunden zugewandt hat.«

»Zu diesen neuen Freunden gehören auch wir«, warf Heimo ein. »Ich glaube nicht, dass der Kaiser unserer Sippe viel Freundschaft entgegenbringt.«

»Friedrich kann gar nichts bewirken!«, spottete Heimward. »Er hat in Italien genug Schwierigkeiten und kann keine neuen hier bei uns brauchen.«

»Friedrich will einen Hoftag in Ravenna zusammenrufen und hat König Heinrich und den anderen Großen des Reiches befohlen, dorthin zu kommen. Aber wir wurden nicht dazu aufgefordert!«

Trotz seiner Feindschaft mit den Löwensteinern, die zu Friedrich hielten, ärgerte Graf Heimeran sich über diese Zurücksetzung. Auch wenn der Kaiser nicht mit eigener Hand in den deutschen Landen eingreifen wollte, konnte er ihn und seine Sippe ächten. Geschah dies, würden sie Verbündete verlieren und die Löwensteiner welche gewinnen. Damit würde der Sieg, den er bereits errungen hatte, stark gefährdet sein.

»Friedrich, der sich König von Sizilien und Kaiser des Heiligen Römischen Reiches nennt, mag zwar einen Hoftag einberufen, doch ob viele Herren zu ihm kommen werden, ist eine andere Frage. Die lombardischen Städte haben zugesagt, die Alpenpässe zu sperren.«

Der Mönch lächelte Graf Heimeran gönnerhaft zu, denn noch hatte er nicht alles gesagt, was er diesem berichten sollte. Seiner Heiligkeit, dem Papst, war sehr daran gelegen, die Macht des Kaisers auch in den deutschen Landen zu mindern. Um dies zu erreichen, waren Männer wie Heimeran von Heimsberg notwendig.

Heimward lachte zufrieden auf. »Wie Ihr seht, Herr Vater, ist keine Gefahr für uns vorhanden.«

»Das Wort des Kaisers kann uns schärfer treffen als ein Schwert«, wies Heimeran seinen Sohn zurecht und sah dann den Mönch an. »Ich danke dir für die Botschaft des hochehrwürdigen Santamaria. Wir werden ihm stets verbunden bleiben!«

»Noch bin ich nicht fertig«, erklärte der Mönch. »Es haben sich im Süden Entwicklungen ergeben, die Euch betreffen. So hat Friedrich an Graf Ludwigs Sohn Leonhard ein Lehen vergeben, das zur Hälfte diesem und zur Hälfte dessen Gemahlin zugeschrieben wurde. Es liegt nur wenige Meilen südlich von hier neben dem Besitz der Rallenberger, die von Friedrich aufgefordert worden sind, Graf Leonhard Beistand zu leisten.«

»Diese elenden Rallenberger führen sich auf wie Grafen! Dabei waren sie vor wenigen Generationen noch unfreie Dienstknechte des Klosters Ebermannstadt«, stieß Heimward hervor.

Graf Heimeran ballte die Rechte zur Faust. »Durch die Dummheit meines Großvaters, der seine Lieblingstochter mit dem damaligen Rallenberger verheiratet hat, ist dieser in den Besitz des südlichen Teils unseres damaligen Landes gekommen.«

»Ihr solltet rasch handeln und das Gebiet, das Friedrich den Löwensteinern überlassen hat, an Euch bringen, bevor Graf Leonhard dort erscheint und Freunde um sich scharen kann«, riet der Mönch.

»Wenn es Euer Wille ist, Oheim, werde ich das tun!« Heimo von Heimsberg sah in dieser Situation eine Gelegenheit, selbst eine Herrschaft zu erringen.

Dem alten Heimsberg war es lieber, den Neffen mit fremdem Land zu belohnen als mit eigenem, daher nickte er und wollte etwas sagen. Bevor er jedoch dazu kam, hob der Mönch die Hand zum Zeichen, dass er noch etwas auszurichten hätte.

»Eines gilt es dabei zu bedenken! Die Hälfte des neuen Lehens ist der Ehefrau des jungen Löwensteiners zugesprochen. Es handelt sich dabei um die Tochter eines der engsten Freunde des Kaisers, nämlich um einen Spross von Gauthier de Montcœur. Geht der Dame dieses Gebiet verloren oder kommt sie gar zu Schaden, besteht die Gefahr, dass Friedrich zornig wird und jene, die dafür verantwortlich sind, bestrafen will. Verbündete gegen Euch würde er leicht finden.«

Graf Heimeran wusste ebenfalls, dass er die Geduld Friedrichs nur bis zu einer gewissen Spanne beanspruchen durfte. »Was ratet Ihr mir?«, fragte er den Boten Santamarias.

»Es gab einmal den Plan, diese Fehde mit einer Ehe zu beenden. Das solltet Ihr noch immer anstreben!«

»Darauf wird Ludwig von Löwenstein niemals eingehen«, stieß Heimward aus.

Der Mönch musterte ihn mit einem mitleidigen Lächeln. »Wenn Ihr darauf Rücksicht nehmt, werdet Ihr niemals zum Ziel kommen.«

»Ich will kein Geschwätz hören, sondern Vorschläge, wie wir diese Sache endgültig zu unseren Gunsten lösen können«, forderte Heimeran seinen Sohn und seinen Neffen auf.

Santamarias Bote legte die Spitzen seiner Finger zusammen, als wolle er beten. Sein Blick aber ruhte lauernd auf den drei Heimsbergern. »Graf Ludwigs Töchter sind erbost, weil Ihr, Graf Heimeran, ihre letzten Vorschläge abgelehnt habt.«

»Ich habe sie nicht abgelehnt, sondern sie nur nicht beantwortet!«, rief der Heimsberger.

»Sagen wir also, Äbtissin Anna und Frau Gertrud sind verdrossen, weil sie noch keine Antwort von Euch erhalten haben. Dabei war Frau Gertrud immerhin Eure Schwiegertochter, und ihr Sohn ist Euer Enkel. Es wäre daher kein Schaden für Euch, würde Euer Sohn Heimward seine Schwägerin heiraten. Seine Heiligkeit hat mir die Vollmacht gegeben, den nötigen Dispens zu erteilen.«

Während der alte Heimeran unwillkürlich nickte, verzog Heimward das Gesicht. Er wollte nicht die Witwe des Bruders heiraten und dessen Sohn als Konkurrent der eigenen Söhne aufziehen.

Der Mönch ignorierte die deutlich sichtbaren Gefühle des jungen Mannes und sah Heimo von Heimsberg erwartungsvoll an. »Ihr könntet Graf Leonhards Witwe heiraten, sobald Ihr sie dazu gemacht habt, und dann deren gemeinsames Lehen übernehmen.«

»Außerdem könnte ich diesen verfluchten Rallenbergern die Krallen stutzen!«, rief Heimo grinsend. »Nur weil ein Tropfen Heimsberger Blut in ihren Adern fließt, glauben sie, mit uns gleichrangig zu sein. Aber sagt, wie ist das Weib des Mönchleins eigentlich? Nicht dass es wichtig wäre, denn für dieses Lehen würde ich jedes Weib in mein Bett nehmen, und sei sie so hässlich wie die Sünde.«

»Das ist sie gewiss nicht«, erwiderte der Mönch. »Ihr kennt sie sogar. Es ist Pandolfina de Montecuore!«

Obwohl Santamarias Bote vorhin bereits Pandolfinas Vater genannt hatte, erinnerte Heimo von Heimsberg sich nun erst an sie. »Sie war ein dürres Ding von stachligem Gemüt. Ich habe mich mehrfach über sie geärgert«, meinte er mit abwehrender Miene.

»Ich dachte, Ihr würdet jede nehmen!«, spottete der Mönch.

»Vielleicht sollte Heimo meine Schwägerin heiraten und ich diese Pantoffelina«, schlug Heimward vor.

»Pandolfina«, korrigierte der Mönch ihn lächelnd. »Wie Ihr es haltet, bleibt Euch überlassen. Ihr müsst nur daran denken, dass der Kaiser Pandolfina de Montecuore die Hälfte des Lehens mit einer festen Burg zugesprochen hat. Wer auch immer ihr Ehemann ist, muss diesen Besitz übernehmen.«

»Das wird Heimo tun und mein Sohn seine Schwägerin zur Frau nehmen!« Heimeran von Heimsbergs Stimme ließ keinen Zweifel daran, dass es so zu geschehen hatte. Immerhin war Gertruds Sohn Lambert sein Enkel, und er traute es Heimo eher zu, sich des Jungen entledigen zu wollen, als Heimward.

»Dann ist es beschlossen! Sammelt Eure Krieger und sorgt dafür, dass Eure Feinde endgültig vernichtet werden. Sie sind Friedrichs Vasallen und würden immer auf dessen Seite stehen.«

Die Stimme des Mönchs klang drängend, denn er war ein illegitimer Sohn von Silvio di Cudi und wollte den Mann tot sehen, der seinen Halbbruder Isidoro erschlagen und seinen Vater als Gefangenen zu König Friedrich gebracht hatte. Aus diesem Grund erwog er, länger auf dieser Burg zu bleiben und die Heimsberger notfalls zu steuern. Doch in einer ledernen Tasche unter seiner Kutte steckten Briefe an weitere Herren im Reich, und diese musste er überbringen.

2.

Das ist also das Land der Teutonen, dachte Pandolfina, als die Berge hinter ihnen zurückblieben. Mit allen Sinnen fühlte sie, dass dies eine vollkommen fremde Welt für sie war, weitaus fremder als Zypern und Jaffa. Auf Zypern sprachen die Menschen Griechisch, und diese Sprache konnte sie sowohl sprechen wie auch schreiben, und im Heiligen Land hatten ihre Kenntnisse der arabischen Sprache ausgereicht. Sie wäre auch hier im Teutonenland halbwegs zurechtgekommen, doch sie tat so, als verstünde sie kein einziges Wort dieser plumpen Sprache.

»Ich begreife Euch nicht«, stöhnte Cita, als sie in einer Stadt namens Nürnberg übernachteten. »Ihr seid doch klug genug, diese Sprache besser zu erlernen als ich. Doch Ihr schert Euch nicht darum und lasst Euch alles von mir oder von Kurt übersetzen. Euer Ehemann ist gewiss sehr enttäuscht von Euch.«

»Vorerst bin ich sehr enttäuscht von ihm«, gab Pandolfina verärgert zurück. »Mit welchem Recht nennt er sich eigentlich mein Ehemann? Bis jetzt behandelt er dich und Arietta weitaus besser als mich.«

»Ich werde mit ihm reden«, bot Cita an, doch Pandolfina fuhr auf.

»Untersteh dich! Ein Wort zu diesem stieseligen Teutonen, und ich lasse die Rute auf deinem Rücken tanzen.«

Bislang hatte Pandolfina ihre Magd noch nie geschlagen. Cita spürte jedoch, dass es ihrer Herrin mit dieser Drohung ernst war, und zog sich grummelnd in die Gaststube der Herberge zurück.

Dort saß Kurt mit einem Krug Bier in der Hand. Er nutzte sofort die Gelegenheit, sie anzusprechen. »Was ist denn los, Mädchen?«

»Nichts! Oder doch! Ich ärgere mich über Herrn Leonhard und meine Herrin. Während er nichts von ihr wissen will, stellt sie sich stur und tut so, als ginge er sie nicht das Geringste an.«

»Die Herrin kann ich verstehen! Es gefällt keinem Weib der Welt, so missachtet zu werden. Ich weiß nicht, was in meinen Herrn gefahren ist. Nachdem er die Herrin bei Salerno gerettet hatte, wollte er sie nicht einmal mehr heiraten. Er hat sich deswegen sogar mit seinem Vater gestritten.«

Während Kurt den Kopf schüttelte, dachte Cita nach. Sie hatte durch geschickte Fragen herausgefunden, in welcher Situation Leonhard Pandolfina aufgefunden hatte, und zog daraus ihre Schlüsse.

»Vielleicht denkt Herr Leonhard, meine Herrin wäre von Isidoro di Cudi geschändet worden, und will sie nun nicht, weil sie für ihn keine reine Jungfrau mehr ist.«

»Wenn es danach ginge, blieben viele Männer ledig, denn nicht jedes Mädchen bleibt bis zur Heirat unberührt. Außerdem konnte deine Herrin nichts dafür. Sie war immerhin entführt und mit Gewalt in Isidoro di Cudis Bett gelegt worden!« Kurt rieb sich die Nase. »Es mag sein, dass Herr Leonhard die Ehe nicht vollziehen will, bis er sicher ist, dass die Herrin nicht durch Isidoro di Cudi geschwängert wurde.«

»Das könnte ein Grund sein«, stimmte Cita ihm zu. »Nur müsste er meine Herrin deswegen nicht wie einen Gegenstand behandeln, den er am liebsten wegwerfen würde. Schwanger ist meine Herrin ganz gewiss nicht. Das hätte ich bemerkt.«

»Sie hat während der Reise um die Leibesmitte eher ab- als zugenommen«, sagte Kurt. »Aber sie ist auch tagaus, tagein im Sattel gesessen.«

»Ich auch, obwohl ich keine so gute Reiterin bin«, antwortete Cita.

Kurt musterte sie kurz und grinste. »Auch du hast abgenommen. Ein bisschen mehr auf den Rippen und anderswo würden dir gut stehen.«

»Meinst du?«, fragte Cita kokett. »Dann werde ich so viel essen, bis ich so dick bin wie die Frau des Burgherrn, bei dem wir vor ein paar Tagen übernachtet haben.«

»Ganz so dick sollte es dann doch nicht sein«, wehrte Kurt grinsend ab und wechselte das Thema. »In zwei Tagen erreichen wir Rallenberg. Bis dorthin sollten der Herr und die Herrin sich angewöhnen, so zu tun, als wären sie wirklich ein Ehepaar. Die Herrschaften auf Rallenberg würden sich sehr wundern, wenn die beiden in unterschiedlichen Kammern schlafen.«

»Dann sag das dem Herrn! Ich werde es meiner Herrin erklären.« Cita seufzte und dachte bei sich, dass Pandolfina und Leonhard sich ruhig vernünftiger benehmen könnten.

Das Gleiche fuhr auch Kurt durch den Kopf. Nachdem er sich von Cita verabschiedet hatte, suchte er seinen Herrn und fand ihn im Garten der Wirtschaft vor einem Glas Wein, in das er zu starren schien.

In der Nähe fachte ein Knecht des Wirts das Feuer unter einem Rost an und rief, dass es gleich Bratwürste geben würde.

Kurt setzte sich zu Leonhard und zwinkerte ihm zu. »Auf ein paar Bratwürste habe ich mich die ganzen Monate unserer Reise gefreut.«

»Ich mich eigentlich auch«, antwortete Leonhard missmutig.

»Auf richtig schöne Bratwürste lasse ich nichts kommen«, fuhr Kurt fort. »Auch nicht auf einen Becher guten Weines und ein paar Freunde, die einem nicht nach dem Maul reden, sondern auch sagen, was ihnen nicht passt.«

Da er von Leonhard nur ein Brummen zur Antwort erhielt, entschloss er sich, direkter vorzugehen. »Herr Leonhard, selbst wenn Ihr mir jetzt böse seid, muss ich es Euch sagen: So wie Ihr Euch gegenüber Eurem Weib benehmt, so behandelt ein Bauer nicht einmal die schlechteste Kuh in seinem Stall. Dabei ist sie eine Dame von Stand und kann erwarten, dass ihr Ehemann sich um sie sorgt. Das habt Ihr auf der ganzen Reise nicht getan. Was meint Ihr, wie die Leute reden werden, wenn Ihr so weitermacht? Man wird Euch für einen argen Stoffel halten! Auch solltet Ihr an Eure Dame denken. Sie wurde aus ihrer Heimat herausgerissen und befindet sich in der Fremde. Wie soll sie hier je anwachsen, wenn Ihr ihr dabei nicht helft?«

»Du wäschst mir ja ganz schön den Kopf!«, erwiderte Leonhard mit verbissener Miene. »Wenn du mir das von einem anderen erzählt hättest, würde ich den Kerl für einen Dummkopf halten.«

»Ein Dummkopf seid Ihr gewiss nicht, Herr Leonhard! Ihr müsst Euch aber selber sagen, dass Euch das Leben im Kloster nicht auf eine Ehe vorbereitet hat. Zum Zusammenleben von Mann und Frau gehörten auch ein wenig Schmeicheln, Schöntun und Zuneigung dazu. Lasst Euch das gesagt sein.«

Jetzt musste Leonhard doch lachen. »Du tust ja so, als wärst du schon ein Dutzend Mal verheiratet gewesen.«

»Nein, verheiratet war ich nicht. Aber ich weiß, was sich gehört!« Kurt war eingeschnappt und wollte gehen.

Da griff Leonhard nach seinem Gürtel und hielt ihn fest. »Setz dich her! Es gibt gleich Bratwürste. Danach stoßen wir auf deine Ratschläge an. Du hast ja recht, wenn du sagst, dass ich ein Dummkopf bin.«

»Ich habe gesagt, dass Ihr keiner seid!«, antwortete Kurt, noch immer beleidigt. »Ich verstehe, dass Ihr warten wolltet, ob dieser Isidoro ihr ein Kind gemacht hat. Was für eine Frechheit, eine Dame einfach gefangen zu nehmen und vergewaltigen zu wollen, und dann auch noch erwarten, dass sie einen heiratet.«

Leonhard senkte betroffen den Kopf. Auch wenn Pandolfinas Moral locker sein sollte, hatte sie sich Isidoro di Cudi mit Gewissheit nicht freiwillig hingegeben.

»Es muss schrecklich für sie gewesen sein«, stöhnte er, und ihn überkamen erneut Zweifel an dem, was Maltarena ihm über

Pandolfina erzählt hatte. Es mochte vielleicht nicht alles erfunden gewesen sein, aber so mannstoll, wie Maltarena sie geschildert hatte, war sie auf dieser Reise ganz und gar nicht gewesen. Sie hatte kein einziges Mal die Grenzen überschritten, die ihr als Ehefrau gesetzt waren, oder sich auch nur nach anderen Männern umgeschaut.

»Ich würde es anders ausdrücken, Herr Leonhard: Ihr solltet sie von jetzt an besser behandeln. Sie hat es verdient! Denkt nur an den armen Luitolf und wie gut sein Arm verheilt ist. Außerdem hat sie sich rührend um Frau Arietta und deren Kinder gekümmert. Ohne sie hätten die uns noch ganz andere Sorgen bereitet.« Noch während Kurt redete, brachte der Wirtsknecht die ersten Bratwürste.

Erstaunt kniff er die Augen zusammen. »Ein wenig größer hätten sie schon sein können. Die füllen ja nicht einmal einen hohlen Zahn!«

»Du musst halt genug davon essen«, antwortete der Knecht und schob ein Dutzend der kaum fingerlangen Würstchen auf das Brett, welches als Teller diente.

3.

Am nächsten Morgen trat Pandolfina reisefertig auf den Hof und wartete darauf, dass einer der Knechte sie auf ihre Stute hob. Da tauchte auf einmal Leonhard vor ihr auf, fasste sie um die Taille und setzte sie in den Sattel. Dabei lächelte er sogar. Pandolfina blickte verwundert auf ihn herab, musterte dann aber Cita mit einem fragenden Blick.

»Also, ich habe nichts gemacht«, besagten deren Gesten.

Trotzdem lenkte Pandolfina ihre Stute neben Citas Gaul. »Weißt du, was ihn dazu getrieben hat?«

Cita schüttelte den Kopf, obwohl ihr Kurts Grinsen verriet, dass dieser seinen Herrn auf dessen schlechtes Benehmen Pandolfina gegenüber hingewiesen hatte. Daher hoffte Cita, dass sich doch noch alles zum Guten wenden würde.

Nachdem Kurt Cita aufs Pferd geholfen hatte, setzte sich der Reisezug in Bewegung. Um es Arietta und den Kindern zu ersparen, weiterhin hinter einem der Reiter auf dem blanken Rücken des Pferdes zu sitzen, hatte Leonhard nach Überwindung der Alpen einen größeren Karren gekauft, auf den sie auch ihr gesamtes Gepäck laden konnten. Da nun keiner mehr zu Fuß gehen musste, kamen sie gut voran und näherten sich rasch ihrem Ziel.

Mittlerweile wusste Pandolfina, dass sie ihre Reisebekanntschaft von ihrem Weg ins Heilige Land wiedersehen würde, und war auf den Empfang durch die Damen Rallenberg gespannt. Sie verriet jedoch weder Kurt noch Leonhard, dass sie die beiden Frauen kannte, und hielt sich etwas zurück, als zwei Tage später Burg Rallenberg auf einem felsigen Höhenzug vor ihnen auftauchte.

Das Tor der Burg blieb vorläufig noch geschlossen. Pandolfina bewies dies, dass es in den Teutonenlanden auch nicht friedlich zuging. Als sie nach oben schaute, sammelten sich Bewaffnete auf der Mauer. Schließlich erschien ein Mann auf dem Torturm und blickte zu ihnen herab.

»Im Namen Herrn Rüdigers von Rallenberg, wer seid ihr und was wollt ihr hier?«, fragte er.

Leonhard machte Kurt ein Zeichen. Dieser lenkte sein Pferd ein paar Schritte auf das Tor zu und winkte nach oben. »Gott zum Gruß! Mein Herr ist Leonhard von Löwenstein, Sohn des Grafen Ludwig. Wir kommen mit einer Botschaft Seiner Majestät, Kaiser Friedrich, um auf dessen Befehl die nördlich eures Besitzes liegenden Burgen Schönwerth und Hohenberg samt den dazugehörenden Dörfern zu übernehmen.«

»Und woher wissen wir, dass ihr wirklich von Seiner Majestät, dem Kaiser, kommt und kein falsches Spiel mit uns treibt?«, fragte der Mann auf dem Turm weiter.

»Wenn euer Herr mich ansehen würde, wüsste er gleich, dass ich in Herrn Eckberts Diensten stehe, dem treuen Gefolgsmann der Löwensteiner«, antwortete Kurt mit einem Grinsen.

»Dann komm herein! Aber nur du und kein anderer«, beschied ihn der Mann.

Kurz darauf wurde eine Pforte im Haupttor geöffnet. Kurt stieg vom Pferd und warf einem der Waffenknechte die Zügel zu. »Wir wollen doch sehen, ob Herr Rüdiger sich meiner erinnert. Er hat als Knappe auf Löwenstein gedient und einige Übungskämpfe mit mir ausgefochten«, sagte er zu Leonhard. Danach hängte er seinen Schwertgurt über den Sattel und trat auf die Pforte zu.

Als er sie passierte, musterten ihn die Waffenknechte misstrauisch. Mit einem verkniffenen Grinsen hob er die rechte Hand. »Keine Angst, ich tue euch schon nichts!«

Augenblicke später stand er vor Rüdiger von Rallenberg. Zwar

hatten sie sich etliche Jahre nicht gesehen, erkannten einander jedoch sofort.
»Sei gegrüßt, Kurt! Ich wünschte, unser Wiedersehen geschähe unter besseren Umständen. Doch die Burgen, die du genannt hast, wurden vor wenigen Tagen von Heimsberger Waffenknechten besetzt und die kaiserlichen Kastellane vertrieben. Ohne ausreichende Heeresmacht wird dein Herr sie nicht einnehmen können.«
»Das ist keine gute Nachricht!«, rief Kurt erschrocken.
»Ich hoffe, dein Herr verzeiht mir die Vorsicht, aber wir bekamen Nachricht, dass Heimeran von Heimsberg auch gegen Rallenberg vorgehen will. Daher wollten wir sicher sein, ob nicht seine Leute Einlass begehren. Öffnet das Tor!«
Auf Rüdigers Befehl entfernten seine Männer den Torbalken und schoben die beiden Torflügel auf. Rüdiger trat als Erster hinaus und begrüßte Leonhard.
»Seid mir willkommen! Leider muss ich Euch mit schlechter Kunde empfangen. Die Burgen, die Seine Majestät Euch zugesprochen hat, wurden von unseren Feinden erobert, und ich befürchte zudem einen Angriff auf meine eigene Burg.«
»Wenn es dazu kommt, werden ich und meine Männer an Eurer Seite kämpfen.«
Leonhards Stimme klang belegt, denn diese Nachricht konnte nur bedeuten, dass es am Hofe Kaiser Friedrichs einen Verräter gab, der Heimeran von Heimsberg seine Belehnung mit den beiden Burgen mitgeteilt hatte. Mit Kurt und weiteren acht Mann würde er seine Ansprüche niemals durchsetzen können. Aber wenn er sich mit Rüdiger von Rallenberg zusammentat, war es hoffentlich möglich, den Heimsbergern die Zähne zu zeigen.
»Kommt herein! Ihr werdet Hunger und Durst haben«, erklärte Rüdiger.
Leonhard nickte. »Das haben wir. Auch haben die Da… äh, meine Gemahlin und ihre Begleiterinnen Ruhe verdient.«

»Ihr habt Euer Weib bei Euch? Ihr seid wahrlich mutig, denn Heimeran von Heimsberg schont weder Weib noch Kind. Zudem unterstützt ihn sein Neffe Heimo, der sich im Heiligen Land Ruhm und Ehre erworben hat. Er ist ein noch besserer Krieger als Heimerans Sohn Heimfried, den Ihr im Kampf bezwungen habt.«

Rüdiger von Rallenberg hörte sich nicht allzu hoffnungsvoll an, doch Leonhard war nicht aus Italien zurückgekehrt, um sich von seinen Feinden ins Bockshorn jagen zu lassen. Geschmeidig stieg er vom Pferd und reichte Rüdiger die Hand. Danach durchschritten beide das Tor und sahen sich Dietrun und Ortraut von Rallenberg gegenüber, die drei Mägde antrieben, dem Gast den Willkommenstrunk sowie Brot und Salz zu reichen.

»Seid uns willkommen, Herr Leonhard«, begrüßte ihn Dietrun. Ihr war anzumerken, dass sie hoffte, er würde ihrem allzu niedergeschlagenen Gemahl wieder Mut einflößen.

»Ich danke Euch, meine Damen, und bitte Euch, auch meine Ehefrau und deren Begleiterin willkommen zu heißen«, antwortete Leonhard.

»Aber das tun wir doch gerne!« Dietrun trat auf Pandolfina zu, die mit gesenktem Kopf auf ihrer Stute saß. Noch bevor sie diese begrüßen konnte, entdeckte sie Cita und stieß einen leisen Ruf aus.

»Kann es möglich sein? Kommt, Frau Ortraut, und seht selbst!«

Nun hob Pandolfina den Kopf und sah Dietrun an. Diese jubelte auf und fasste nach ihrer Hand. »Ihr seid es wirklich! Wie oft habe ich an Euch gedacht, seit wir Jaffa verlassen haben. Ihr könnt Euch gar nicht vorstellen, wie schlimm die Reise von dort nach Venedig war. Meine Schwiegermutter wäre auf dem Schiff beinahe umgekommen, und mir war so übel, dass ich ihr nicht beistehen konnte. Ohne unsere treuen Mägde hätten wir diese Fahrt nicht überlebt.«

»Schwatz nicht so viel, sondern lass unsere liebe Pandolfina absteigen, damit wir sie in die Kemenate bringen können. Sie wird sich gewiss über ein Bad freuen, um den Staub der Reise abwaschen zu können. Auch braucht sie dringend etwas zu essen, denn sie sieht verhungert aus. Kuni! Irma! Husch, husch, kümmert euch um unseren lieben Gast! Und du, Rüdiger, hilf der Marchesa gefälligst vom Pferd. Bei Gott, bist du unhöflich! Dabei habe ich dich gelehrt, was Brauch und Sitte ist. Ich …«
Pandolfina verstand nicht ein Viertel dessen, was Ortraut von Rallenberg sprach, denn im Gegensatz zu ihrer Schwiegertochter machte sie beim Sprechen keine Pause.
Bevor Rüdiger den Befehl seiner Mutter befolgen konnte, war Leonhard hinzugetreten und streckte seiner Frau auffordernd die Hände entgegen. Einen Augenblick lang zögerte Pandolfina, ließ sich dann aber von ihm vom Pferd heben und umarmte Ortraut und Dietrun. Während der Reise nach Jaffa hatte sie in Gedanken öfter über die beiden gespottet, doch nun war sie froh, sie wiederzusehen.
Ohne die Männer eines weiteren Blickes zu würdigen, führten die beiden Frauen Pandolfina in den Palas der Burg. Cita folgte ihnen auf dem Fuß und bedeutete Arietta und den Kindern durch Handzeichen, mitzukommen.
Staunend sah Leonhard zu, wie die Frauen im Wohngebäude verschwanden. Danach wandte er sich an Rüdiger: »Eure Mutter und Eure Gemahlin sind sehr freundlich zu meinem Weib.«
»Mit Marchesa Pandolfina habt Ihr einen wahren Engel gewonnen!«, rief Rüdiger so schwärmerisch, dass Leonhard unwillkürlich Eifersucht empfand.
»Ihr kennt sie auch?«
»Ich habe nur zwei- oder dreimal mit der Marchesa gesprochen und ihr dabei gedankt, weil sie sich meiner beiden Damen angenommen hat. Ich hatte schon Angst, meine Mutter

und meine Frau würden die Überfahrt nach Zypern und dann nach Jaffa nicht überleben. Ich wollte, wir hätten auch die Rückreise auf dem Schiff des Königs unternommen. Die Venezianer lockten mich jedoch mit dem Hinweis auf eine kürzere Heimreise auf eines ihrer Schiffe. Ihr könnt Euch nicht vorstellen, wie sehr ich das bereut habe. Zwar hatte Eure Gemahlin der meinen das Mittel mitgegeben, das gegen die Seekrankheit hilft, doch dieser Trampel Irma hat die Flasche bereits am ersten Tag fallen gelassen, und diese lief fast vollständig aus. Ich will der Magd keine Vorwürfe machen, denn die See war rauh, und es fiel ihr gewiss nicht leicht, die Flasche zu öffnen und die Tropfen abzuzählen, die sie nach Angaben Eurer Gemahlin in das mit Wein vermischte Wasser geben sollte. Ich sage Euch …«

Während Leonhard zuhörte, sagte er sich, dass Rüdiger die Beredsamkeit seiner Mutter geerbt haben musste. Einmal in Fahrt, ließ er sich kaum mehr bremsen. Ihm war es aber ganz recht, denn seine Gedanken beschäftigten sich mit Pandolfina und dem, was Rüdiger über sie gesagt hatte. Der Bericht über seine Frau, die selbstlos fremden Reisenden beistand, widersprach völlig dem Bild, das er sich nach Maltarenas Worten von Pandolfina gemacht hatte.

Jetzt erinnerte er sich daran, wie geschickt Pandolfina Luitolfs gebrochenen Arm geschient und sich unterwegs rührend um Arietta und deren Kinder gekümmert hatte. Schon da hätte er begreifen müssen, dass sie nicht so war, wie Maltarenas Worte es ihm vorgegaukelt hatten. Wahrscheinlich war er wirklich der teutonische Ochse, als den sie ihn bezeichnet hatte.

»Ich glaube, Freund Rüdiger, ich muss mit Eurer Mutter und Eurer Gemahlin sprechen, um mehr über mein Weib zu erfahren. Für heute aber wäre ich Euch dankbar, wenn Ihr auch mir ein Bad richten und uns eine Kammer zuweisen lasst.« Leonhard lächelte dabei angespannt, denn er wusste nicht, wie Pandolfina es auffassen würde, im gleichen Bett mit ihm zu schlafen. Allerdings würde es beim Schlafen allein nicht bleiben. Sie war ihm vor Gott angetraut worden, und er war es ihr und sich schuldig, diese Ehe endlich zu vollziehen.

4.

Die überwältigende Gastfreundschaft von Ortraut und Dietrun von Rallenberg tat Pandolfina gut. Sie erhielt sofort einen Becher Wasser, das mit einem säuerlichen Wein vermischt war und ausgezeichnet gegen den Durst half. Auch sorgten die beiden Damen dafür, dass ein Bad für sie und Arietta bereitet wurde. Noch während Pandolfina bat, dass auch Cita und Ariettas Kinder mit ihnen baden durften, erschien Dietruns Leibmagd Kuni und raunte ihrer Herrin etwas ins Ohr.

»Oh, natürlich! So machen wir es«, antwortete Dietrun und wandte sich mit einer bedauernden Geste zu Pandolfina um.

»Ich hoffe, Ihr zürnt mir nicht, wenn ich Euch bitte, gleich in die Waschkammer zu gehen. Dort wartet jemand, der Euch kennenlernen will. Die Dame Arietta, Eure Magd und die Kinder bringen wir nach.«

Da Dietrun zu schnell sprach, brauchte Pandolfina diesmal Citas Hilfe, um alles zu verstehen, nickte dann aber und stand auf. Gleichzeitig fragte sie sich, wer sie sehen wollte.

Auf Dietruns Anweisung hin führte Irma sie in die Kammer, in der sonst die Wäsche der Burgbewohner und gelegentlich auch diese selbst gewaschen wurden. Eine leicht stämmige Frau um die dreißig wartete dort auf sie. Sie hatte ein hübsches, rundliches Gesicht und musterte sie durchdringend aus zwei lebhaft funkelnden, blauen Augen.

»Du bist also die Frau, die unserem Leonhard angetraut worden ist?«, sagte sie mit einer gewissen Schärfe.

Pandolfina brauchte Irmas Übersetzung nicht, um es zu verstehen, und nickte.

»Du bist älter, als Mädchen von Stand meistens verheiratet werden«, fuhr die Fremde fort.

»Es gab Gründe dafür«, antwortete Pandolfina kurz angebunden.

»Hat man dich auch aus einem Kloster geholt?«, fragte die andere, nachdem Irma übersetzt hatte.

Pandolfina bezog diese Bemerkung nicht auf ihren Ehemann, sondern glaubte, die Frau würde auf ein anderes Mädchen anspielen, das für eine Ehe das Kloster hatte verlassen müssen.

»Nein«, sagte sie, »obwohl es durchaus Zeiten gab, in denen ich mir überlegt habe, den Schleier zu nehmen.«

»Nun, wir werden uns schon vertragen. Ich bin Mathilde!« Sie sagte es in einem Ton, als müsste Pandolfina bereits von ihr gehört haben.

Diese sah sie unbehaglich an, denn in ihrer Wut über die aufgezwungene Heirat und den Ärger über ihren maulfaulen, stoffeligen Ehemann hatte sie sich nicht im Geringsten für seine Herkunft und seine Heimat interessiert. Doch wenn sie in dieser Gegend leben wollte, musste sie es tun.

»Ich habe deinen Namen gehört, aber nicht ganz begriffen, in welchem Verhältnis du zu meinem Gemahl stehst«, antwortete sie in ihrem apulischen Dialekt. »Wir sind gleich nach der Hochzeit aufgebrochen und fanden unterwegs nicht die Gelegenheit, viel miteinander zu reden, zumal wir jemanden gebraucht hätten, der für uns übersetzt!« Es klang selbst in Pandolfinas Ohren wie eine Ausrede und stellte teilweise sogar eine Lüge dar.

Mathilde lauschte Irmas holpriger Übersetzung und musterte die junge Frau ungläubig. Ihres Wissens war Leonhard der römischen Sprache kundig, und die wurde doch wohl in ganz Italien verstanden. Warum also hatte er so getan, als wäre sie ihm unbekannt? Es war gewiss wegen seines Vaters gewesen, der nicht wollte, dass sein Sohn als halber Gelehrter galt. Mit einer ärgerlichen Bewegung wischte Mathilde sich über die Stirn und musterte Pandolfina von oben bis unten. Diese war eine Schönheit, wirkte für ihr Gefühl aber zu selbstbewusst. Einen Mann musste man so leiten, dass er es nicht merkte. Mit Forderungen verschreckte man ihn nur.

»Du solltest unsere Sprache rasch lernen«, riet sie Pandolfina. »Als Herrin einer Burg musst du das Gesinde befehligen können, sonst tanzt es dir auf der Nase herum.«

Pandolfina fragte sich noch immer, wer diese Frau war. Im Gegensatz zu Ortraut und Dietrun von Rallenberg sprach Mathilde sie mit Du an, war aber ihrer Kleidung nach keine Dame von Stand. Sie überlegte, ob sie sie deswegen zurechtweisen sollte. Andererseits konnte sie von Mathilde gewiss mehr über Leonhard erfahren.

»Ich freue mich, dich getroffen zu haben«, antwortete sie daher. »Da ich in diesem Land fremd bin, brauche ich jemanden, der mir hilft, mich einzufinden.«

»Das tue ich gerne.« Mathildes Miene hellte sich auf. Die junge Frau mochte selbstbewusst sein, aber sie war auch klug. »Jetzt solltest du dein Bad nehmen, sonst wird es noch kalt.«

Dies war, wie Pandolfina gleich darauf feststellte, eine Übertreibung. Als sie nämlich in das hölzerne Schaff steigen wollte, das man für sie vorbereitet hatte, war das Wasser so heiß, dass sie keuchend den Fuß wieder zurückzog.

Unterdessen war Cita erschienen, tauchte kurz die Hand ins Wasser und befahl, kaltes Wasser zu bringen. »Wollt Ihr meine Herrin etwa kochen?«, fragte sie zornig auf Deutsch.

Mathilde prüfte das Wasser und fand es gerade richtig. Doch wie es aussah, waren die Frauen aus Italien keine heißen Bäder gewöhnt. Nachsichtig rief sie einer Magd zu, zwei Eimer kaltes Wasser zu holen, und schüttete diese in den Bottich.

»Ist es so besser?«, fragte sie.

Bevor Pandolfina reagieren konnte, streckte Cita die Hand erneut in das Wasser und nickte. »So kann meine Herrin ihr Bad nehmen. Wenn das Wasser kälter wird, kann man vorsichtig heißes Wasser nachschütten.«

»Wer bist du eigentlich?«, fragte Mathilde neugierig.

»Ich bin Cita, die Leibmagd der Marchesa«, antwortete Cita, die sich unter keinen Umständen von ihrer Herrin trennen lassen wollte.

»Derzeit bist du aber auch ein Schmutzfink, der in die Wanne gehört«, antwortete Mathilde lächelnd.

Sie war auch zu Arietta freundlich, als diese mit ihren Kindern erschien und sich ebenfalls in einen Bottich setzte. Ihre gute Laune schwand jedoch, als sie hörte, dass deren Mann als Kastellan für eine der beiden Burgen vorgesehen war, mit denen Kaiser Friedrich Leonhard belehnt hatte. Da dieser, wenn er sie überhaupt zurückeroberte, die Hauptburg selbst verwalten würde, blieb ihrem Geliebten nur der Rang eines schlichten Gefolgsmanns. Außerdem vermisste sie Eckbert und fragte Pandolfina, warum er nicht mitgekommen wäre.

»Graf Ludwig hat bestimmt, dass Ritter Eckbert bei ihm bleiben soll«, erklärte Cita.

Im Gegensatz zu ihrer Herrin hatte sie mit Kurt und den anderen Waffenknechten gesprochen und wusste einiges über die Fehde mit den Heimsbergern. Sie erzählte nun Mathilde auch von Graf Ludwigs Aufenthalt und dem seiner Begleiter am Hofe des Kaisers. Ihr deutscher Wortschatz war noch gering, und sie streute immer wieder Begriffe der eigenen Sprache ein. Mathilde, aber auch Dietrun und Ortraut von Rallenberg, die ebenfalls in die Waschkammer gekommen waren, hörten ihr mit vielen Ahs und Ohs zu.

5.

Das, was sie kurz darauf von Cita erfuhr, verriet Mathilde, dass mit dem jungen Ehepaar etwas nicht stimmen konnte. Sie überließ daher Pandolfina schon bald der Obhut der Rallenberger Damen und eilte in die Halle, in der der Burgherr mit Leonhard, Renzo und Kurt beim Wein saß. Die drei hatten sich nur Gesicht und Hände gewaschen und ihre Kleidung kurz ausgeschüttelt, denn sie hielten es für wichtiger, mit Rüdiger zu reden, als sich in die Wanne zu setzen.

»Verzeiht, wenn ich störe, aber ich wollte doch Leonhard begrüßen«, unterbrach Mathilde das Gespräch.

Leonhard stand auf und ergriff lächelnd ihre Hände. »Es ist dir also gelungen, dich bis nach Rallenberg durchzuschlagen! Wir waren alle in großer Sorge um dich und sagten uns, wir hätten dich doch mitnehmen sollen.«

»Dein Vater hatte recht! Mit mir belastet wärt ihr niemals so schnell vorwärtsgekommen, wie es nötig war. Als dieser elende Heimeran begriff, dass ihr verschwunden seid, hat er euch Männer nachgeschickt. Sie konnten euch jedoch nicht mehr einholen und kehrten unverrichteter Dinge zurück.«

Ungeachtet der Tatsache, dass seine Kleider nicht richtig sauber waren, umarmte Mathilde Leonhard und hielt ihn dann ein Stück von sich weg, um ihm zu mustern.

»Du bist auf der Reise erwachsener geworden! Daher solltest du mehr deinem eigenen Verstand folgen als den Befehlen deines Vaters.«

Leonhard hörte aus ihren Worten einen gewissen Vorwurf heraus und senkte den Kopf. Anscheinend hatte sie Pandolfina bereits kennengelernt und erfahren, dass er diese bis jetzt gemieden hatte.

»Keine Sorge, Mathilde! Mein Vater kann mir derzeit keine Befehle erteilen. Allerdings hätte ich Eckbert gerne an meiner Seite. Doch Vater wollte nicht ohne einen adeligen Lehensmann am Hofe des Kaisers bleiben.«

»Und warum ist dann dein Vater nicht mit zurückgekommen?«, fragte Mathilde verwundert.

»Seine Majestät hat ihn gebeten zu bleiben.«

»Herr Friedrich befürchtet wahrscheinlich, Graf Ludwig könnte Herrn Leonhard mit seinem Starrsinn behindern und gleichzeitig die Fehde mit den Heimsbergern wieder aufflammen lassen«, wandte Kurt grinsend ein.

»Die Fehde ist auch ohne Graf Ludwig wieder aufgeflammt! Wir besprechen gerade, wie wir der Gefahr begegnen können.« Rüdiger von Rallenberg zeigte deutlich, dass Mathilde ihn störte, doch diese kümmerte sich nicht um seine tadelnde Miene.

»Ich möchte mit dir reden«, sagte sie zu Leonhard. »Es dauert nicht lange. Danach kannst du dir immer noch überlegen, wie du den Heimsbergern euren Besitz abnehmen kannst.«

Leonhard wandte sich mit einer um Entschuldigung heischenden Geste an Rüdiger von Rallenberg. »Verzeiht, aber Mathilde und ich haben uns viele Monate nicht gesehen, und da hat sie wohl das Recht, ein paar Worte mit mir zu wechseln.«

»Sie soll sich aber beeilen«, antwortete Rüdiger, dem viel daran lag, zu beraten, wie sie Heimeran von Heimsberg davon abhalten konnten, auch noch seine Burg einzunehmen.

Mit einem nachsichtigen Lächeln folgte Leonhard Mathilde in die Kammer, die für ihn und Pandolfina hergerichtet worden war, und lehnte sich dort gegen die Wand. »Was willst du mir sagen?«

Mathilde atmete tief durch und sah ihn dann an. »Ich habe deine Gemahlin kennengelernt. Sie ist eine sehr schöne Frau, doch wie es aussieht, hast du dich bisher nur wenig um sie gekümmert. Dabei wäre unterwegs genug Zeit gewesen, ihr unsere Sprache beizubringen.«

»Ich weiß, dass ich einen Fehler gemacht habe, aber …« Leonhard verstummte und überlegte, wie viel er Mathilde preisgeben sollte. Den Grund, weshalb er Pandolfina tatsächlich gemieden hatte, kannte nicht einmal Kurt. Nun aber spürte er, dass er jemanden brauchte, dem er sein Herz ausschütten konnte.

»Die Ehe wurde gegen meinen Willen geschlossen. Mein Vater hat mich dazu gezwungen, da der König es so wollte.«

»Das wundert mich, denn Pandolfina ist wirklich eine schöne Frau. Oder hast du im Kloster verlernt, dies zu erkennen?«, fragte Mathilde spöttisch.

Leonhard spürte Mathildes Tadel und hob in einer hilflosen Geste die Hände. »Mir wurde zugetragen, dass Pandolfina sehr leichtlebig sein soll. Auch hätte sie bereits mehrere Liebhaber gehabt, darunter den Kaiser und einen Juden.«

»Den Kaiser lasse ich mir noch eingehen«, antwortete Mathilde nachdenklich. »Aber den Rest glaube ich nicht. Sie ist eine viel zu selbstbewusste und kluge Frau, um sich Männern nur um der Lust willen hinzugeben. Hast du ihr überhaupt schon einmal beigewohnt?«

Sie lachte hart auf, als Leonhard betroffen den Kopf senkte. »Also noch nicht! Bei Gott, hat man dir im Kloster ausgetrieben, ein Mann zu sein?«

»Das nicht, aber …« Leonhard berichtete ihr, wie er Pandolfina gefunden hatte, und auch davon, dass Isidoro di Cudi sie vergewaltigt haben könnte.

»Ich will sicher sein, dass sie meine Söhne gebiert und nicht die anderer Männer«, schloss er und fühlte, dass es doch nur eine Ausrede war, die nicht einmal mehr vor ihm selbst standhielt.

Mathilde musterte ihn nachdenklich und wies auf das Bett. »Dann solltest du es schnellstens nachholen. Nichts kränkt ein

Weib mehr als das Gefühl, missachtet zu werden. Pandolfina mag keine Heilige sein, aber das bist du auch nicht.«

»Keine Heilige?«

»Dreh mir nicht das Wort im Mund um!«, schalt ihn Mathilde. »Du weißt genau, wie ich es meine. Und noch etwas! Benimm dich nicht wie ein Hengst, der kurz auf die Stute steigt und rasch fertig ist. Ein Weib will liebkost werden, aber wie das geht, musst du selbst herausfinden. Erzählen werde ich dir das nämlich nicht. Und nun geh wieder zu Herrn Rüdiger und sprich ihm Mut zu. Den braucht er nämlich dringend! Er ist bei Gott ein wackerer Kerl, doch das Gerücht, auf Heimsberger Seite würde ein Ritter stehen, der im Heiligen Land Ruhm und Ehre errungen hätte, bringt ihn zum Zittern.«

Leonhard war besorgt, denn er wusste, welcher Nimbus solche Leute umgab. »Herr Rüdiger ist überzeugt, dass der Segen des Herrn auf dem Kreuzritter ruht und diesem den Sieg verleihen wird«, erklärte er.

»Ich werde beten, dass der Segen Gottes auf dir liegt«, antwortete Mathilde und verließ die Kammer. Sie war nicht ganz zufrieden, hoffte aber, dass alles ins Lot kommen würde.

6.

Pandolfina fand das Abendessen gewöhnungsbedürftig. Statt mit Olivenöl wurde hier mit Schweinefett gekocht, und man sparte auch an Salz und Gewürzen. Dazu redete der Burgherr immer wieder mit vollem Mund und wischte sich die fettigen Finger an seiner Kleidung ab. Ein Mann, der sich an der Tafel am Hofe Friedrichs so benehmen würde, würde sich rasch am Tisch der Knechte wiederfinden.

Dabei fiel ihr ein, dass Rüdiger tatsächlich in Gesellschaft des Königs gegessen hatte. Damals aber hatte er sich besser benommen. Sie hoffte nur, dass ihr Ehemann nicht seinem Beispiel folgen würde. Im Augenblick verhielt er sich noch manierlich und warf die abgenagten Knochen nicht den Hunden zu, sondern reichte sie den Knechten, die ihnen aufwarteten.

Mit einem Seufzen würgte Pandolfina das fette Schweinefleisch hinab, das als Hauptgang aufgetragen wurde. Sobald sie eine eigene Burg besaß, würde sie dafür sorgen, dass besseres Essen auf den Tisch kam. Der Wein, der hier ausgeschenkt wurde, war ebenfalls nicht nach ihrem Geschmack. Sie fand ihn viel zu sauer und konnte ihn nur trinken, indem sie ihn stark mit Wasser vermischte. Rüdiger von Rallenberg ließ sich ihn jedoch schmecken und forderte Leonhard zum Mithalten auf.

Die Teutonen sind ungehobelte Säufer, dachte Pandolfina und übersah dabei, dass Leonhard immer nur ein wenig nippte. Er wollte nüchtern bleiben, um endlich das Bett mit seiner Frau teilen zu können. Daher war er froh, als der Burgherr schließlich die Tafel aufheben ließ und allen eine gute Nacht wünschte.

Als eine der Ersten verließ Pandolfina die Halle und ging zu dem Raum, den Frau Dietrun ihr zugewiesen hatte. Sie trat ein und wartete auf Cita, damit diese ihr half, das Kleid auszuziehen. Zu ihrer Verwunderung blieb ihre Magd jedoch aus.
So ein pflichtvergessenes Ding, dachte sie und entkleidete sich allein. Eine Schüssel mit frischem Wasser stand bereit, so dass sie ihre Zähne putzen und sich waschen konnte. Irgendwie ist es seltsam, dachte sie. Unterwegs hatte sie die Kammer immer mit Cita und meist auch mit Arietta und den Kindern geteilt. Doch die erschienen ebenfalls nicht.
Pandolfina trat zum Bett und fand es breit genug für zwei Personen. Damit hätten Cita oder Arietta ruhig kommen können. Oder hatte man ihre Magd zu dem anderen Gesinde gesteckt?
Noch während sie darüber nachdachte, wurde die Tür geöffnet. Sie blickte auf und sah Leonhard eintreten. Dieser schloss die Tür wieder und schob den Riegel vor. Er will doch nicht etwa hier schlafen?, fuhr es ihr durch den Kopf.
Da drehte er sich zu ihr um. »Ich hoffe, Ihr findet es bequem?«
»Was habt Ihr gesagt?«, antwortete Pandolfina in ihrer Sprache, um zu verbergen, dass sie ihn verstanden hatte.
»Ihr werdet unsere Sprache lernen müssen«, fuhr Leonhard fort und begann sich auszuziehen. Er benutzte die Waschschüssel ebenfalls und kam dann zum Bett. Noch hatte er sein Hemd an, fand es aber unbequem und streifte es sich über den Kopf.
Als Pandolfina ihn nackt sah, wollte sie wegschauen, tat es aber doch nicht. Gut sieht er ja aus, fuhr es ihr durch den Kopf. Er war groß, muskulös und wirkte auf eine seltsame Art anziehend.
Plötzlich schämte sie sich, weil sie ihn so ungeniert anstarrte. Mit einem leisen Fauchen kehrte sie ihm den Rücken zu und sah im nächsten Augenblick seinen Schatten an der Wand. Sie hoffte, er würde die stinkende Lampe, die den Raum in ein mattes Licht tauchte, ausblasen und sich ins Bett legen. Aber er

streckte seine Hand aus und berührte ihre Schulter. Da begriff sie, dass er nicht nur deshalb zu ihr kam, weil es eigenartig ausgesehen hätte, wenn sie als Ehepaar in verschiedenen Kammern schlafen würden.

Ihre Erfahrungen mit Männern waren gering, doch als stille Zuhörerin bei der Hebamme Giovanna hatte sie erfahren, wie die Frauen zu ihren Kindern gekommen waren. Daher sagte sie sich, je schneller sie es über sich ergehen ließ, umso eher konnte sie schlafen. Anstatt sie aufzufordern, sich auf den Rücken zu legen, ihr Hemd bis zum Bauch zu raffen und die Beine zu spreizen, begnügte Leonhard sich vorerst damit, ihren Rücken und ihren Nacken zu streicheln. Seltsamerweise gefiel es ihr, und sie hatte auch nichts dagegen, dass seine Rechte tiefer glitt und sanft ihr Hinterteil tätschelte.

Während der langen Reise nach Hause hatte Leonhard sich gefragt, ob er es über sich bringen würde, sich mit seiner Frau zu vereinen, deren Lasterhaftigkeit ihn abstieß. Nun aber spürte er, wie seine Leidenschaft so stark wurde, dass er es kaum mehr aushalten konnte. Bevor er darüber nachdachte, was er tat, beugte er sich über Pandolfina und berührte ihre Lippen mit den seinen.

Der Kuss überraschte Pandolfina. Gleichzeitig wunderte sie sich über sich selbst. In Gedanken hatte sie sich immer vorgestellt, wie schlimm es für sie werden würde, wenn dieser teutonische Ochse auf sein Recht pochte. Stattdessen atmete sie rascher, als seine Hände über ihr Hemd fuhren, ihre Brüste darunter spürten und diese liebkosten. Ein Blick auf ihn zeigte zudem, dass der Begriff Ochse nicht auf ihn passte. Sein Penis ragte steif nach vorne und war, wenn sie den Angaben der Weiber bei Giovanna Glauben schenken konnte, von mittlerer Größe. Giovannas Worten zufolge sollte dies genau richtig sein, da ein zu großes Glied einer Frau Schmerzen zufügen und sie sogar verletzen konnte.

Unbewusst griff Pandolfina nach unten und zog ihr Hemd

hoch. Leonhard sah das dunkle Dreieck, das ihre Schenkel krönte, und wusste, dass er nicht mehr länger warten konnte. Geschmeidig glitt er zwischen ihre Beine, suchte ihre Pforte und drang langsam in sie ein.

Im ersten Augenblick erstarrte Pandolfina, merkte dann aber, dass es zwar spannte, aber nicht sehr weh tat, und ließ zu, dass er sich langsam vor und zurück bewegte. Es war ein Gefühl, das sie nicht beschreiben konnte. Jetzt verstand sie, weshalb Männer und Frauen verheiratet sein wollten. Das hier war ein Geschenk, das sie sich gegenseitig machten, und sie lachte in Gedanken über sich selbst, weil sie Angst davor gehabt hatte, mit Leonhard das Bett zu teilen. Wäre es mit einem anderen Mann ebenso angenehm gewesen?, fragte sie sich und dachte kurz an de Donzère und Yachin. Mit Letzterem vielleicht, doch mit de Donzère niemals. Dann aber beschloss sie, beide Männer zu vergessen und nur noch Weib zu sein.

Pandolfinas Bereitschaft verstärkte Leonhards Verdacht, dass sie als Frau erfahrener war, als man es von einer jungfräulichen Braut erwarten konnte. Seltsamerweise stieß es ihn nicht ab, sondern er genoss es, sie zu besitzen. Ihr leises Stöhnen feuerte ihn sogar noch mehr an, und als er sich schließlich mit einem fast schmerzhaften Ziehen in sie ergoss, schalt er sich einen Narren, weil er sich bislang von ihr zurückgehalten hatte.

7.

Als Pandolfina am nächsten Morgen erwachte, hatte Leonhard die Kammer bereits verlassen. Im ersten Augenblick war sie enttäuscht, denn sie hatte gehofft, sie könnten sich vor dem Aufstehen noch einmal paaren. Gleichzeitig schalt sie sich selbst. Wochenlang hatte sie ihren Mann verachtet und war froh gewesen, weil er sie in Ruhe gelassen hatte. Doch jetzt sehnte ihr Körper sich nach ihm und ließ sie alle Scham vergessen.

Missmutig stand sie auf, sah, dass das Wasser in der Schüssel noch vom Vortag stammte, und wollte nach einer Magd rufen. In dem Augenblick kam Cita ins Zimmer, und ihr folgte ein einheimisches Mädchen mit einem großen Eimer Wasser.

»Verzeiht, Herrin, dass ich gestern Abend nicht gekommen bin, aber Mathilde hat mich zurückgehalten«, entschuldigte Cita sich in ihrer Heimatsprache.

»Schon gut«, antwortete Pandolfina und streifte ihr Hemd ab, um sich zu waschen.

Cita reichte ihr Lappen und Seife und sah sie forschend an. »War Herr Leonhard in der Nacht bei Euch?«

»Ja«, antwortete Pandolfina knapp.

»Und? Nun, hat er?«, wollte Cita wissen.

»Wenn du wissen willst, ob ich endlich sein Weib bin: Ja, ich bin es.«

»War es schlimm?« Cita klang so besorgt, dass Pandolfina sich das Lachen verbeißen musste,

»Es war zu ertragen«, redete sie sich heraus und trat ans Fenster. Es war kaum größer wie eine Schießscharte und wurde nicht mit Glas, sondern durch eingeöltes Pergament verschlossen. Um hinausschauen zu können, musste sie es mitsamt dem Rahmen entfernen. Da ihr das nicht auf Anhieb gelang, kam ihr die einheimische Magd zu Hilfe.

»Danke!« Es war das erste Wort in der deutschen Sprache, das Pandolfina dem Gesinde gegenüber verwendete, daher errötete das Mädchen vor Freude und knickste.

»Wenn Ihr mich braucht, muss Cita nur nach mir rufen«, sagte die Magd und verließ die Kammer.

»Ein brauchbares Ding«, lobte Cita, da ihr die Magd etliche Arbeiten abnahm. Sie half Pandolfina beim Anziehen und wunderte sich, dass diese eines ihrer schönsten Kleider ausgesucht hatte. Dann huschte ein verstehendes Lächeln über ihr Gesicht. Anscheinend war das Zusammensein mit Leonhard für ihre Herrin doch etwas mehr gewesen als nur zu ertragen. In der Hoffnung, dass vielleicht doch alles gut werden könnte, öffnete sie die Tür und begleitete Pandolfina nach unten.

Kaum hatten die beiden die Kammer verlassen, erschien Mathilde. Deren Blick flog über das Bett, und sie atmete auf, als sie auf der Seite, auf der Pandolfina gelegen hatte, einen etwas mehr als münzgroßen, roten Fleck auf dem Laken entdeckte. Dieser war weder Pandolfina noch Leonhard oder Cita aufgefallen. Nach den Gesprächen mit Leonhard, Kurt und Cita war Mathilde klargeworden, dass jemand Pandolfina in ein sehr schlechtes Licht gerückt haben musste. Diesem Blutfleck nach war Leonhards Frau jedoch als Jungfrau in die Ehe eingetreten. Mit einem raschen Griff nahm Mathilde das Laken an sich, um es als Beweis zu verwenden, und wies, als sie die Kammer verließ, eine Magd an, ein neues Laken zu bringen.

Als Pandolfina und Cita die Halle betraten, wurde dort gerade das Frühstück aufgetragen. Leonhard, Rüdiger, Renzo und Kurt saßen bereits an der Tafel und besprachen ihren ernsten Mienen zufolge die Lage. Von der anderen Seite kam eben Dietrun herein und wünschte den Männern einen guten Morgen.

Als sie Pandolfina sah, eilte sie auf sie zu und schloss sie in die Arme.

»Ihr habt hoffentlich gut geschlafen? Möchtet Ihr Bier oder lieber warme Milch? Es gibt gleich den Morgenbrei.«

Pandolfina dachte seufzend an das weiße Brot, die eingelegten Oliven und die Eierspeisen ihrer Heimat, die sie wohl nie mehr essen würde, und entschied sich für Milch. Bier hatte sie schon unterwegs trinken müssen und es nicht gemocht.

»Guten Morgen«, sagte sie dann zu Leonhard und den anderen in ihrer Sprache.

Kurt übersetzte ihren Gruß und zwinkerte Cita zu. Diese lächelte kurz, wischte dann aber mit einer überheblichen Geste den Stuhl und den Teil der Tafel sauber, der für ihre Herrin bestimmt war. Die junge Magd, die ihr vorhin bereits geholfen hatte, kam herein und brachte Pandolfina einen Becher trinkwarmer Milch und die Schüssel mit dem Frühstücksbrei. Er bestand aus Hafer- und Gerstenschrot und wies neben Trockenfrüchten sogar ein wenig Fleisch auf. Auch schmeckte er besser, als Pandolfina es von unterwegs gewohnt war. Als sie dies sagte, errötete Dietrun vor Freude.

»Wisst Ihr, ich habe von unserer Reise ins Heilige Land einige Gewürze mitgebracht. Leider bekommt man sie hier nur für sündteures Geld. So viel lässt mein Eheherr mich nicht ausgeben, daher werden wir den Brei bald wieder nur mit etwas Salz und unseren eigenen Kräutern würzen können.«

Rüdiger, der das gehört hatte, schüttelte den Kopf. »Wir reden uns die Köpfe heiß, wie wir die Heimsberger davon abhalten können, auch diese Burg zu erobern, und die Weiber klagen, dass sie ihren Frühstücksbrei nicht richtig würzen können.«

Da das Gespräch in der deutschen Sprache geführt wurde, übersetzte Kurt es für Pandolfina.

Mit einem Mal mischte diese sich ein. »Seine Majestät hat uns doch Geld mitgegeben. Könnt Ihr dafür keine Söldner anwerben, um Heimsberg in die Schranken zu verweisen?«

»Das war meine Absicht, doch da glaubte ich noch, ich könnte die beiden Burgen des Königs in Frieden übernehmen. Jetzt aber bräuchten wir schon ein Heer, um sie einzunehmen. Dafür wird das Geld jedoch nicht reichen«, antwortete Leonhard und ließ Kurt gerade so viel Zeit, Pandolfinas Worte für Rüdiger von Rallenberg zu übersetzen.

»Vielleicht können wir mit dem Geld Verbündete gewinnen. Mancher Freund käme uns gerne zu Hilfe, wenn wir seine Männer ausrüsten und verpflegen würden«, schlug dieser vor.

Leonhard nickte bedächtig. »Es ist eine Überlegung wert! Doch zuerst sollten wir feststellen, wer wirklich bereit ist, auf unserer Seite einzugreifen. Nicht dass einer zwar das Geld nimmt, uns dann aber im Stich lässt.«

Rüdiger wollte bereits sagen, dass seine Freunde auf jeden Fall zu ihm halten würden, zögerte aber. Einer war mit der Tochter eines Verbündeten von Heimeran von Heimsberg verheiratet und würde sich gewiss nicht gegen seinen Schwiegervater stellen, ein anderer zeichnete sich mehr durch Vorsicht als durch Mut aus, und zwei weitere vollbrachten ihre Heldentaten meist mit dem Mund. Daher wandte er sich mit einem verlegenen Lächeln an Leonhard.

»Es ist vielleicht doch besser, Söldner anzuwerben, damit wir meine Burg halten können. Sind die Heimsberger danach geschwächt, sollten wir weitere Söldner rufen und Eure Burgen zurückerobern.«

»Das wird wohl das Beste sein«, sagte Leonhard und griff nach seinem Bierbecher.

Er ärgerte sich, weil er durch den überraschenden Zug des Feindes vorerst gezwungen war, sich ruhig zu verhalten. Ein Angriff auf die beiden Lehensburgen wäre jedoch Irrsinn gewesen.

Pandolfina lauschte Kurts Übersetzung und widmete sich ihrem Frühstück. Es war auf jeden Fall besser als das Abendessen am Vortag. Daher nahm sie sich vor, an diesem Tag als Erstes die Küche der Burg aufzusuchen und den Knechten und Mägden dort auf die Finger zu sehen. Vielleicht gelang es ihr, das Essen so zubereiten zu lassen, dass es ihr nicht im Halse stecken blieb.

Sie musste nicht alleine gehen, denn Dietrun von Rallenberg zeigte ihr nicht nur die Küche, sondern führte sie durch die gesamte Burg, um ihr beizubringen, worauf sie als Herrin alles achten musste. Dabei kommandierte Dietrun nicht nur das Burggesinde herum, sondern auch die Knechte und Mägde des unterhalb der Burg gelegenen Wirtschaftshofs, der die Burg mit Lebensmitteln und Futter für die Pferde versorgte. Dort wurden auch die Abgaben der abhängigen Bauern gesammelt und zum Teil nach oben geschafft, zum Teil aber auch an Händler aus den umliegenden Städten verkauft.

Am Abend schwirrte Pandolfina der Kopf wegen der vielen deutschen Begriffe, die Dietrun ihr genannt hatte. Selbst als sie sich zum Bettgehen fertig machte, wiederholte sie einige davon halblaut. »Zehnt, Eier, Schweine, Korn, Heu, Hafer.«

In dem Augenblick kam Leonhard herein und hörte sie. »Endlich lernt Ihr unsere Sprache!«, rief er erleichtert.

Pandolfina wandte sich mit einer heftigen Bewegung zu ihm um. »Das nennt Ihr eine Sprache? Mir tut bereits der Gaumen weh, weil alles so rauh und barbarisch klingt!« In ihrer Erregung verriet sie, dass sie weitaus besser Deutsch verstand und auch sprechen konnte, als sie bislang zugegeben hatte.

Leonhard wollte sie bereits bereits darauf ansprechen, als ihm einfiel, dass er bis jetzt verschwiegen hatte, ihre Sprache zu beherrschen. Er rettete sich in ein Hüsteln und zog sie dann an sich.

»Ihr seid wunderschön«, flüsterte er und strich ihr dabei über den Rücken.

Das verstand Pandolfina ebenfalls, und sie fragte sich, was ihn dazu gebracht hatte, plötzlich so ganz anders zu ihr zu sein als bisher. Bald wurden seine Hände kühner, und sie schob diesen

Gedanken von sich weg. Stattdessen freute sie sich, dass ihr das Zusammensein mit ihm nicht zuwider war. Einen Augenblick dachte sie an Silvio di Cudi, der sie noch als halbes Kind zur Heirat hatte zwingen wollen. Vor ihm hatte sie sich ebenso geekelt wie vor dessen Sohn, insbesondere, weil sie hilflos vor diesem gelegen und erwartet hatte, von ihm vergewaltigt zu werden. Dieses Schicksal hatte Leonhard ihr erspart. Dieser Gedanke brachte sie dazu, sich an ihn zu lehnen und seinen Mund kurz mit ihren Lippen zu berühren.

Leonhard spürte ihre Bereitschaft, ihn gewähren zu lassen. Auch diesmal befolgte er Mathildes Rat und liebkoste seine Frau, bevor er zwischen ihre Schenkel glitt und selbst Entspannung suchte.

Als sie einige Zeit eng aneinandergeschmiegt im Bett lagen, versetzte Pandolfina ihm aus einer Laune heraus einen leichten Schlag gegen die Brust.

»Du Schuft! Warum hast du mich so lange warten lassen?«

Leonhard verkniff sich eine Antwort, sagte sich aber, dass er bald würde zugeben müssen, dass er ihre Sprache verstand. Im Augenblick hätte dieses Geständnis jedoch das Gefühl der Innigkeit zerstört, das sie beide miteinander verband, und das wollte er nicht.

8.

Mehrere Tage lang geschah nichts. Leonhard und Rüdiger wälzten Pläne, doch erwiesen sich die meisten als undurchführbar. Während dieser Zeit brachte Dietrun Pandolfina vieles von dem bei, was die Ehefrau eines Burgherrn wissen und tun musste. Sie berichtete stolz, dass sie im Gegensatz zu ihrem Gemahl sogar schreiben könne, wenn auch nur in der hier gebräuchlichen Sprache und nicht in Latein wie die gelehrten Priester und Mönche.

»Ihr solltet mir und Cita zeigen, wie man in Eurer Sprache schreibt«, bat Pandolfina.

Cita, die immer noch mitkam, um bei Bedarf übersetzen zu können, stöhnte erschrocken auf. Es war ihr bereits schwergefallen, die Sprache Apuliens in geschriebene Worte zu fassen. Es jetzt auch, wie ihre Herrin andeutete, in diesem rauhen Idiom lernen zu müssen schien ihr unmöglich. Da sie jedoch Pandolfinas engste Vertraute bleiben wollte, würde ihr nichts anderes übrigbleiben, als zu gehorchen.

»Wir sollten damit anfangen, solange noch Zeit dafür ist. Wenn erst die Fehde beginnt, haben wir genug damit zu tun, Verwundete zu pflegen und dafür zu sorgen, dass die Männer im Feldlager nicht verhungern«, sagte sie daher und freute sich, weil Pandolfina ihr aufmunternd zulächelte.

In dem Augenblick klang das Horn des Türmers durchdringend auf. Dietrun blickte durch das Fenster ins Freie und wies auf die Dämmerung, die von Osten kommend ihren dunklen Mantel über das Land deckte.

»Wer mag um die Zeit noch kommen?«, fragte sie.

»Wenn wir nicht nachsehen, werden wir es nicht erfahren.«
Pandolfina verließ den Palas und stieg auf die Mauer. Als sie zwischen den Zinnen hindurchschaute, sah sie ein Dutzend berittener Waffenknechte, die zwei Damen, deren Mägde sowie einen etwa fünf- bis sechsjährigen Jungen begleiteten. Eine der Frauen trug das Gewand einer hochgestellten Nonne, die andere das einer Dame von Adel.
»Die beiden hat uns der Teufel geschickt«, hörte Pandolfina Leonhard neben sich sagen. Dann drehte er sich zu Rüdiger von Rallenberg um. »Wenn Ihr meinen Rat hören wollt, so haltet Eure Tore geschlossen und schickt die Ankömmlinge weg.«
»Das stellt Ihr Euch leichter vor, als es ist«, antwortete Rüdiger mit gepresster Stimme. »Ich kann es mir nicht leisten, der Äbtissin einer freien Reichsabtei die Gastfreundschaft zu verwehren. Mein ganzer Ruf wäre dahin, und damit auch die Möglichkeit, doch noch Verbündete zu finden.«
»Die beiden kommen gewiss auf Heimeran von Heimsbergs Geheiß. Wenn Ihr die Frauen in die Burg lassen wollt, dann schickt wenigstens ihre Begleitung ins Dorf.«
Leonhard klang so abweisend, dass Pandolfina Cita verwundert am Ärmel zupfte. »Was hat er gesagt?«
Statt Cita übersetzte Kurt und trieb Pandolfina damit zu ihrer nächsten Frage. »Wer sind die beiden Frauen?«
Jetzt ärgerte Leonhard sich, weil er ihr verschwiegen hatte, dass er ihre Sprache verstand. Am liebsten hätte er es jetzt zugegeben, wagte es dann aber doch nicht und wartete, bis Kurt übersetzt hatte.
»Es handelt sich um meine Schwestern! Die eine ist die Äbtissin Anna und die andere Gertrud, die Witwe eines Sohnes unseres Feindes Heimeran von Heimsberg. Beide halten zu dieser Sippe und nicht zu uns.«
»Ihr befürchtet Verrat?«, fragte Pandolfina weiter.
Leonhard nickte. »So ist es! Darum würde ich den Geleitschutz der beiden nicht in die Burg lassen.«

»Ich mag sie aber auch nicht unten bei den Bauern einquartieren. Wer weiß, was sie dort alles anstellen! Ich will nicht am nächsten Morgen erschlagene Männer und geschändete Weiber vorfinden«, wandte Rüdiger ein.

»Das würden sie nicht wagen! Die Äbtissin, die Heimsberger Witwe und deren Sohn wären als Geiseln in unserer Hand.«

Pandolfina fragte sich, was geschehen sein musste, dass Leonhard seinen Schwestern so feindselig gegenüberstand. Nun ärgerte sie sich noch mehr, dass sie sich bislang nicht über ihn und seine Familie erkundigt hatte. Kurt hätte ihr gewiss einiges berichten können.

Als Rüdiger von Rallenberg den Befehl gab, die beiden Damen samt ihrem Gefolge einzulassen, fühlte sie eine Anspannung in sich, die sie wunderte.

»Wir sollten sie überwachen«, drängte Leonhard.

»Ihr meint, die dort planen Verrat?« Rüdiger wollte es nicht glauben. Immerhin hatte er gut zwanzig bewaffnete Knechte in der Burg und war zusammen mit Leonhards Männern Äbtissin Annas Eskorte fast dreifach überlegen.

Pandolfina schüttelte sich unter einer aufsteigenden Erinnerung. »Es reicht ein Mann, der in der Nacht den Wächter am Tor tötet und eine Pforte öffnet. Auf diese Weise wurde die Burg meines Vaters genommen.«

Davon wusste Leonhard noch nichts, und er sagte sich, dass Pandolfina und er einander viel zu erzählen hatten – und sie sollten es möglichst bald tun. Nun galt es jedoch, sich auf seine Schwestern zu konzentrieren, die durch das geöffnete Tor ritten und die auf dem Hof angetretenen Krieger überheblich anblickten. Im Gegensatz zu ihm achtete Pandolfina weniger auf die Frauen als vielmehr auf deren Waffenknechte. Drei von ihnen sahen sich intensiv um und musterten vor allem das Tor und die Wachkammer auf der linken Seite des Turmes.

Erregt zupfte Pandolfina Leonhard am Ärmel. »Sehen an Män-

ner dort!«, sagte sie in holprigem Deutsch und zeigte verstohlen auf die drei Kerle.
»Was ist mit ihnen?«, fragte Leonhard und erkannte dann selbst, wie auffällig die drei sich verhielten.
»Denen würde ich nicht von elf bis Mittag trauen«, murmelte er und wollte Rüdiger auf die Männer aufmerksam machen. Er ließ es jedoch sein, da er ihm nicht die Selbstbeherrschung zutraute, den arglosen Burgherrn zu mimen.
»Kurt, sag unseren Leuten, dass sie in der Nacht ein besonderes Auge auf die Begleiter meiner Schwestern haben sollen. Vor allem die drei dort dürfen keinen unbeobachteten Schritt tun.«
Sein Stellvertreter zwinkerte ihm zu. »Keine Sorge, die gehen nicht einmal zum Abtritt, ohne überwacht zu werden. Bei Gott, das wäre ein Abenteuer ganz nach Ritter Eckberts Geschmack. Er wird sich ärgern, nicht dabei gewesen zu sein.«
»Ich wollte, er wäre hier und könnte uns raten«, sagte Leonhard bedauernd.
Kurts Grinsen wurde womöglich noch breiter. »Keine Sorge, Herr! Ihr schafft das auch allein. Außerdem habt Ihr ja noch mich, und die Herrin ist, wie Ihr eben feststellen konntet, auch nicht auf den Kopf gefallen. Aber jetzt solltet Ihr die beiden Drachen … äh, Eure Schwestern begrüßen. Sie gehören ja schließlich zu Eurer Verwandtschaft.«
»Bedauerlicherweise«, antwortete Leonhard missgelaunt und wollte nach unten steigen. Nach zwei Stufen machte er kehrt und bot Pandolfina den Arm. »Es gehört sich, dass wir meine Schwestern gemeinsam empfangen. Lasst Euch aber nicht anmerken, dass Ihr unsere Sprache versteht!«
Pandolfina lächelte ihm kurz zu. Wie es aussah, wollte er List gegen List setzen, und sie wollte gerne das Ihre dazu tun, damit es auch gelang.

9.

Anna von Löwenstein und ihre Schwester befanden sich bereits in der Halle und erhielten den Willkommenstrunk, als Leonhard eintrat. Während die Äbtissin sich nicht stören ließ, setzte Gertrud den Becher ab und warf ihm einen hasserfüllten Blick zu.

»Du hättest in Italien bleiben und den Kaiser dort um ein passendes Lehen bitten sollen! Mit deiner Rückkehr störst du nur unsere Bemühungen, zu einem Ausgleich mit den Heimsbergern zu kommen.«

»Welchen Ausgleich?«, fragte Leonhard zornig. »Das, was ihr wollt, würde doch nur den Heimsbergern nützen!«

»Die Heimsberger sind in dieser Fehde die Sieger. Zudem steht König Heinrich auf ihrer Seite. Warum will unser Vater und warum willst du dies nicht begreifen?«, rief Gertrud nicht weniger erregt als ihr Bruder.

»Das Einzige, was wir Löwensteiner noch erreichen können, ist, dass Heimeran von Heimsberg Gertruds Sohn zum Herrn über unsere alte Burg ernennt«, sprang Anna ihrer Schwester bei. »Du hättest in deinem Kloster bleiben und heilige Schriften aus dem Lateinischen, Griechischen und Hebräischen übersetzen sollen.«

»Es war nicht mein Wille, das Kloster zu verlassen! Doch da es nun einmal geschehen ist, werde ich meine ganze Kraft einsetzen, Löwenstein zu retten.«

Während der Streit zwischen Leonhard und seinen Schwestern weiterging, versuchte Pandolfina das, was sie daraus verstand, zu begreifen. Was meinte die Äbtissin damit, dass Leonhard besser im Kloster geblieben wäre? Und warum sollte er griechische und hebräische Texte übersetzen? Dafür müsste er doch schreiben können! Wenn er Griechisch und Latein beherrschte, hätten sie sich mühelos in diesen Sprachen verständigen können. Dieser teutonische Ochse hatte jedoch so getan, als würde er außer seiner Muttersprache keine andere sprechen. Ihre Wut, die bereits abgeflaut war, flammte erneut in ihr auf, und sie hätte ihm am liebsten vor allen Leuten eine Szene gemacht.

Ein Blick auf seine Schwestern brachte sie jedoch dazu, sich zu beherrschen. Immerhin war sie seine Ehefrau und musste ihn gegen seine Feinde unterstützen.

Während Gertrud Leonhard angiftete, wanderte Annas Blick zu Pandolfina. Die Fremde war schön und stolz, und ihr Kleid wies sie als Dame von Rang aus. Von Heimeran von Heimsberg hatte die Äbtissin erfahren, dass ihr Bruder von seinem Weib begleitet wurde. Zuerst hatte sie gedacht, es handelte sich um Arietta, die neugierig in die Halle gekommen war. Die beiden Kinder, die sich an diese klammerten, brachten sie jedoch davon ab. Als sie Pandolfina nun musterte, begriff sie, dass es Gertrud und ihr kaum gelingen würde, ihren Bruder auf ihre Seite zu ziehen. Ein Mann, der eine so schöne Frau hatte, würde alles tun, um sich als Held zu beweisen.

Mit einer verächtlichen Geste wies Anna ihre Schwester an, zu schweigen. »Du siehst doch, dass unser Mönchlein von Vernunft nichts hören will. Soll er doch in sein Unglück rennen!«

»Wenn Leonhard die Fehde weiterführt, wird er Graf Heimeran so erzürnen, dass er seinen eigenen Enkel verstößt!« Gertrud zog ihren Sohn wie schützend an sich.

Dieser musterte Leonhard mit einem bösen Blick und rief, dass er mehr ein Heimsberg als ein Löwenstein sei.

»Sag das nicht zu laut, sonst müsste ich dich als Feind ansehen!«, antwortete Leonhard in einem Ton, dem seine Schwestern nicht entnehmen konnten, ob er es ernst meinte.

Gertrud schob vorsichtshalber ihren Sohn hinter sich. »Daran seid nur Vater und du schuld! Hättet ihr eingelenkt, als noch Gelegenheit dazu war, würde mein Lambert sich als Löwensteiner fühlen.«

Diesen Vorwurf fand Leonhard lächerlich. »Ihr beide«, sagte er leise, »seid nur auf euren eigenen Vorteil aus. Blutsbande kümmern euch dabei wenig. Weshalb seid ihr eigentlich gekommen?«

»Wir wollten mit dir reden und dich zur Vernunft bringen. Verlasse dieses Land und kehre mit deinem Weib nach Italien zurück! Dort bist du dem Kaiser gewiss mehr wert als hier.«

Anna nahm zwar nicht an, dass ihr Bruder darauf eingehen würde, doch Heimeran von Heimsberg hatte sie und Gertrud dazu aufgefordert, mit Leonhard zu reden.

»Ich glaube euch, dass der alte Heimeran gerne sähe, wenn ich die Heimat meiden würde. Immerhin habe ich schon einen seiner Söhne erschlagen, und er hat wohl Angst, sein letzter Sohn könnte das gleiche Schicksal erleiden«, erklärte Leonhard und hoffte, seine Schwestern so weit zu bringen, dass sie in ihrer Wut mehr verrieten, als sie eigentlich wollten.

Gertrud sah ihn höhnisch an. »Du hast Heimfried damals überraschen können! Den Mann, der dir jetzt gegenübersteht, kannst du jedoch niemals besiegen. Er ist ein Gesegneter des Herrn, denn er hat im Heiligen Land sein Blut für Christus vergossen.«

Ihre Worte stimmten Leonhard nachdenklich. Ein Kreuzritter besaß große Autorität und konnte leichter Verbündete finden als andere. An Aufgeben dachte er trotzdem nicht. »Wie heißt dieser Held?«, fragte er.

»Es ist Heimo von Heimsberg, Graf Heimerans Neffe!« Gertruds Stimme klang wie ein Fanfarensignal und sollte ihren Bruder und dessen Verbündete mit Schrecken erfüllen.

Als Pandolfina den Namen hörte, riss es sie förmlich herum. »Was sagt sie?«, fragte sie Kurt drängend. Dieser übersetzte

Gertruds Worte und wunderte sich, als Pandolfina wütend fauchte, als Heimo ein Gesegneter des Herrn genannt wurde.

»Ein Verräter ist er! Sonst nichts!«, sagte Pandolfina in ihrer Sprache. »Er hat im Heiligen Land einen Mordanschlag auf den König unternommen und wurde dabei von Friedrichs Leibwachen verletzt. Wir haben angenommen, er wäre in irgendeinem Loch krepiert, doch anscheinend ist ihm die Flucht gelungen.«

»Wenn das stimmt, wäre es …« Kurt schluckte die Bemerkung, die er hatte machen wollen, und setzte seine Rede anders fort. »Das muss Herr Leonhard erfahren! Ich werde ihm sofort deinen Bericht übersetzen.«

»Ich glaube nicht, dass dies vonnöten sein wird«, antwortete Pandolfina mit einer gewissen Schärfe. »Seine Schwester nannte ihn einen Mönch, und als solcher müsste er Latein in Sprache und Schrift beherrschen. Zumindest sprechen kann ich es fließend.«

Kurt merkte ihr den Ärger an und zog den Kopf ein. »Ihr dürft Herrn Leonhard deswegen nicht böse sein. Sein Vater hat ihm strengstens befohlen, so zu tun, als sei er nur seiner Muttersprache mächtig.«

Er wollte noch mehr sagen, doch da wurde Gertrud auf Pandolfina aufmerksam und musterte diese mit wachsendem Neid. Obwohl sie selbst eine ansehnliche Frau war, konnte sie mit der schönen Apulierin nicht konkurrieren und fauchte sie entsprechend an. »Sag deinem Mann, dass er in deine Heimat zurückkehren soll! Es wäre gesünder für dich und für ihn.«

»Was sagt sie?«, fragte Pandolfina.

Als Kurt es ihr erklärte, verzog sie verächtlich den Mund. »Wer ist dieses Weib, das den Mund so weit aufreißt?«

»Ich bin Leonhards Schwester!«, brach es aus Gertrud heraus.

Kurt genoss das Wortgefecht zwischen den beiden Frauen und übersetzte jede Bosheit, die Gertrud von sich gab.

Im Gegensatz zu ihrer Schwägerin befleißigte Pandolfina sich eisiger Höflichkeit. Als Gertrud ihr wütend erklärte, dass ihr Sohn der nächste Herr auf Löwenstein werden müsse, antwortete sie mit spöttischer Miene: »Es wäre die Sache seines Vaters, ihm ein Erbe zu hinterlassen. Auf den Besitz meines Gemahls hat der Knabe kein Anrecht.«

»Welchen Besitz?«, höhnte Gertrud. »Leonhard besitzt rein gar nichts! Selbst die Burgen, die der Kaiser ihm geben wollte, befinden sich längst im Besitz seiner Feinde.«

Anna wollte ihre Schwester bremsen, kam jedoch zu spät. Für Leonhard war damit klar, dass seine Schwestern noch enger mit Heimeran von Heimsberg verbunden waren, als er bisher angenommen hatte.

»Ihr werdet morgen weiterreisen«, sagte er zu Anna. »Solltet ihr auf Heimeran von Heimsberg, seinen Sohn oder seinen Neffen treffen, so sagt ihnen, dass Löwenstein noch nicht besiegt ist.«

»Du bist ein Narr«, antwortete die Äbtissin und wandte sich an Dietrun von Rallenberg. »Ich wäre Euch dankbar, wenn Ihr mir und meiner Schwester eine Kammer anweisen lassen könntet. Wir wünschen auch, dort zu Abend zu speisen. Morgen früh verlassen wir diese Burg und werden all diese Narren in unser Gebet einschließen, auch wenn sie es nicht verdienen.«

Mit einem hochmütigen Blick wandte Anna von Löwenstein sich ab und verließ die Halle. Ihre Schwester folgte ihr schnaubend und vergaß dabei ihren Sohn.

Dieser funkelte Leonhard wütend an. »Du wirst schon sehen, was du davon hast!« Dann rannte er hinter seiner Mutter her.

»Was für eine Brut«, stöhnte Leonhard, während Dietrun von Rallenberg verständnislos den Kopf schüttelte.

»Meine Geschwister und ich sind auch nicht immer einer Meinung, doch mir würde es nie einfallen, den Feinden meiner Brüder zu helfen.«

»Bei Gott, es gab zwar Ärger wegen der Mitgift, aber dennoch stehen meine Schwäger mir näher als fremde Leute«, erklärte ihr Mann.

»Auf jeden Fall sind wir beim Abendessen unter uns!« Leonhard wirkte erleichtert, denn der Streit mit seinen Schwestern hatte an seinen Nerven gezehrt.

Er lächelte Pandolfina zu, wunderte sich aber über ihre versteinerte Miene. Wahrscheinlich war sie über die feindselige Haltung seiner Schwestern entsetzt. Wenn sie zu Bett gingen, würde er sie in die Arme nehmen und ihr zeigen, dass sie vor diesen beiden Harpyien keine Angst zu haben brauchte.

10.

Beim Abendessen hielt Pandolfina sich noch zurück, und sagte auch nichts, als Leonhard und sie ihre Kammer betraten. Sie putzte sich die Zähne und wusch sich aufreizend langsam. Doch kaum griff er nach ihr, um sie an sich zu ziehen, stieß sie ihn mit einer heftigen Bewegung weg.

»Was soll das?«, fragte er verblüfft, denn sie hatte sich ihm in den Nächten zuvor bereitwillig hingegeben.

»Ihr seid ein Lügner und ein Schuft!«, fuhr sie ihn auf Latein an.

»Aber warum denn?«, antwortete Leonhard verblüfft in der gleichen Sprache.

»Ihr habt so getan, als könntet Ihr weder schreiben noch lesen noch eine fremde Sprache verstehen. Warum also behauptet Eure Schwester, Ihr hättet griechische und hebräische Texte in Latein übersetzt?« Pandolfina wurde nicht besonders laut, doch ihr Tonfall war eisig.

Leonhard wusste nicht, was er darauf antworten sollte. Seine Schwester der Lüge zu bezichtigen hätte bedeutet, selbst zu lügen, und das wollte er nicht. Ebenso wenig war er bereit, klein beizugeben.

Er musterte Pandolfina mit einem, wie er hoffte, herablassenden Blick. »Es tut nichts zur Sache, ob ich Latein und Griechisch kann!«

»Das tut es sehr wohl!«, rief Pandolfina empört. »Da ich diese beiden Sprachen ebenfalls beherrsche, hätten wir uns leicht verständigen können. Ihr aber habt so getan, als wärt Ihr einer der dumpfen Ochsen dieses Landes, deren Verstand in den langen, kalten Wintern des Nordens erfroren ist.«

In ihrer Wut hielt Pandolfina ihrem Mann nun alle Fehler vor, die sie an ihm entdeckt zu haben glaubte.
Leonhard hörte ihr eine Weile zu, wurde dann aber selbst zornig. »Hört auf, sonst werdet Ihr es bereuen!«
»Oh, ich bereue schon so viel, vor allem, dass ich gezwungen wurde, Euch zu heiraten!«, antwortete Pandolfina.
»Das tue ich auch!« Noch während er es sagte, erkannte Leonhard, dass es eine Lüge war. Er mochte Pandolfina und freute sich darauf, mit ihr das Bett zu teilen. Doch um Verzeihung bitten wollte er sie nicht.
»Gehorcht und legt Euch hin!«, befahl er und zog sich aus. Obwohl er nur Pandolfinas Schatten sah, bemerkte er, dass sie heftig den Kopf schüttelte.
»Erzürnt mich nicht! Euer Hintern könnte danach schmerzen«, warnte er sie.
»Wagt es, mich zu schlagen, und Ihr werdet um Euer Leben fürchten müssen!«
Leonhard wusste nicht, ob es ihr tatsächlich ernst war. Aber ihre zornige Miene deutete darauf hin. Zudem war sie eine Tochter des Südens, und diesen sagte man ein hitziges Temperament nach. Irgendwie schien die Situation völlig verfahren, und er verfluchte seine Schwestern, die nur gekommen schienen, um Unfrieden zu stiften.
Um Pandolfina zu beruhigen, hob er die Hände und rang sich ein Lächeln ab. »Keine Angst, ich werde Euch nicht verprügeln!« Auch wenn du es verdient hättest, setzte er in Gedanken hinzu. »Ein Mann, der das tut, ist ein schwacher Mann.«
»Ihr glaubt also, dass Ihr ein starker Mann seid?«, fragte Pandolfina spöttisch.
»Wenn Ihr jetzt brav seid und Euch hinlegt, werde ich es Euch beweisen«, sagte Leonhard, der sie absichtlich falsch verstand.
»Ich will doch, dass wir gut zusammenleben«, setzte er eindringlich hinzu.
Pandolfina kämpfte mit sich, ob sie jetzt nachgeben und ihn

gewähren lassen oder ihn zum Teufel wünschen sollte. Zum Ersteren war sie nicht bereit, wollte ihn aber auch nicht zu sehr gegen sich aufbringen. Daher wählte sie einen dritten Weg.

»Auch wenn Ihr mir verschwiegen habt, dass Ihr Sprachen kennt, die auch ich spreche, hättet Ihr mich unterwegs besser behandeln können. Stattdessen habt Ihr lieber meine Magd auf das Pferd und wieder herabgehoben als mich. Ich musste immer warten, bis irgendein Knecht dazu bereit war.«

»Ihr solltet nicht zu sehr klagen! Immerhin war ich bereit, Euch zu heiraten, obwohl Ihr nicht unberührt in die Ehe gegangen seid!«

Es hatte so lange in Leonhard gewühlt, dass es einfach einmal herausmusste. Doch anstatt schamhaft den Kopf zu senken und ihn deswegen um Verzeihung zu bitten, packte Pandolfina das nächste Kissen und schleuderte es ihm an den Kopf.

»Ich nicht unberührt? Ihr seid ein Teufel!«

»Aber ich habe Euch in Isidoro di Cudis Bett gesehen«, rief Leonhard und wich dem nächsten Kissen aus. Bevor sie einen weiteren Gegenstand ergreifen konnte, packte er die Zudecke und hielt sie wie einen Schild vor sich.

Pandolfina hielt einen Augenblick inne. »Ihr seid zum Glück früh genug gekommen, bevor er mich schänden konnte.«

Und was ist mit dem König?, wollte Leonhard eben fragen, als heftig gegen die Tür geklopft wurde.

»Herr, die drei bewussten Waffenknechte Eurer Schwester haben den Raum, in dem wir sie untergebracht haben, verlassen und sich auf den Hof geschlichen! Sagt nicht, dass sie zum Abtritt wollen, denn der liegt auf der entgegengesetzten Seite.« Kurt klang drängend.

Leonhard begriff, dass ihm jetzt nicht die Zeit blieb, sich mit seiner Frau auszusprechen, und warf die Zudecke auf das Bett. »Ich muss hinaus und nachsehen.«

»Aber gewiss nicht im Hemd«, sagte Pandolfina und reichte ihm die Hose. Auch wenn sie sich noch immer über ihn ärgerte, galt es doch, gegen äußere Feinde zusammenzustehen. Daher half sie ihm auch in den Waffenrock und hielt ihm das Schwert hin.

»Ihr werdet es brauchen!«

»Ich danke Euch. Ihr bleibt hier! Schiebt den Riegel vor, wenn ich draußen bin«, wies er Pandolfina noch an und eilte hinaus.

Kurt empfing ihn mit einer abgeblendeten Laterne. »Ich will nicht, dass uns die Kerle bemerken und dann so tun, als hätten sie doch zum Abtritt gewollt und sich nur verlaufen.«

»Wir werden die hintere Treppe hinabsteigen und sie überraschen«, erklärte Leonhard.

»Vorher sollten wir noch die restlichen Waffenknechte Eurer Schwestern wie auch diese selbst einsperren. Frau Dietrun hat ihnen Räume angewiesen, die von außen verriegelt werden können!« Kurt grinste, doch er wusste, dass sie schnell sein mussten.

»Die Kammer Eurer Schwestern übernehme ich!«, warf Pandolfina ein und lief los, bevor Leonhard sie aufhalten konnte.

»Weiber!«, brummte er und versetzte Kurt einen aufmunternden Stoß. »Sperr du die Waffenknechte ein! Die Fackeln, die im Flur noch brennen, werden dir den Weg ebenso weisen, wie sie es bei Pandolfina tun. Ich laufe unterdessen in den Hof. Nicht dass die drei Kerle den Wächter erschlagen und das Tor öffnen.«

»Ihr werdet Hilfe brauchen!« Kurt überlegte kurz, ob er die Waffenknechte nicht auslassen sollte. Wenn diese ihnen jedoch in den Rücken fielen, konnte dies den Fall der Burg bedeuten.

»Ich komme gleich nach!«, rief er und reichte Leonhard die Laterne.

Dieser rannte los und erreichte kurz darauf die Treppe. Sie war schmal und führte in engen Windungen in die Tiefe. An diesem Ort war Hast ein schlechter Berater, das merkte er rasch, denn er stürzte beinahe und hielt sich gerade noch fest. Wenig später erreichte er die kleine Pforte, die in den hinteren Teil des Hofs führte, und öffnete sie.

Obwohl beim Turm mehrere Fackeln brannten, entdeckte er zunächst nichts. Dann aber schalt er sich einen Narren. Wenn die fremden Waffenknechte Übles im Sinn hatten, würden sie sich gewiss nicht offen auf den Hof stellen. Er sah sich genauer um und bemerkte auf der anderen Seite eine schattenhafte Bewegung.

Vorsichtig schlich er näher und war froh, kein Kettenhemd zu tragen. Das Klingeln der Ringe hätte ihn sonst verraten. Die Waffenknechte hingegen trugen ihre Kettenhemden, und so konnte er sie bald schon ausmachen.

»Wir sollten nicht mehr länger warten«, sagte eben einer leise. »Herr Heimo müsste mit den Unsrigen bereits herangekommen sein.«

»Was ist mit dem Wächter? Der Kerl ist nicht in seiner Kammer, sondern steht oben auf dem Turm. Er darf keinen Alarm geben«, wandte einer seiner Kumpane ein.

»Ich kümmere mich um ihn«, sagte der Dritte. »Sobald ich ihn erledigt habe, öffnet ihr die Pforte und gebt das Signal, damit Herr Heimo sieht, dass der Weg für ihn frei ist.«

Leonhard wünschte sich, einer der Kerle würde das Zeichen nennen, das für Heimo von Heimsberg gedacht war. Doch da setzten die drei sich in Bewegung und schlichen auf den Turm zu. So geschickt und leise, als würde er so etwas nicht das erste Mal machen, öffnete einer von ihnen die Tür zur Wachkammer, durchquerte diese und stieg langsam die Treppe zur Plattform hoch. Leonhard wartete, bis die beiden anderen zur Pforte schlichen, folgte dem Ersten und packte mit der rechten Hand den Schwertgriff, um die Waffe so schnell wie möglich ziehen zu können.

Der Turm war drei Stockwerke hoch, und die Treppe führte im Zickzack nach oben. Leonhard befand sich noch im ersten Stockwerk, da erreichte der Waffenknecht bereits das oberste.

Nun trennte ihn nur noch eine Treppe von dem arglosen Wächter. Leonhard begriff, dass er nicht mehr rechtzeitig würde eingreifen können.

»Vorsicht, Feind!«, rief er nach oben, ohne darauf zu achten, dass die Spießgesellen des Meuchelmörders ihn ebenfalls hören konnten.

Der Türmer fuhr herum und sah im schwachen Licht seiner Laterne die Umrisse einer Gestalt die Treppe hochkommen. Im Schein einer Fackel blitzte Metall auf und signalisierte Gefahr. So schnell er konnte, senkte der Wächter seinen Spieß und rammte ihn mit aller Kraft gegen die Brust des Angreifers. Dieser verlor den Halt und stürzte nach unten.

Leonhard hörte das hässliche Knirschen, mit dem Knochen brachen, und sagte sich, dass die beiden anderen Kerle wichtiger waren als dieser hier. Rasch eilte er wieder nach unten und traf dort auf Kurt und Rüdiger, die von mehreren Waffenknechten begleitet die Verräter in die Enge trieben. Schließlich ließ der erste von ihnen die Waffe sinken und hob die Arme.

»Ich ergebe mich!«

Als auch der zweite das Schwert auf den Boden warf, trat Leonhard aufatmend neben Rüdiger von Rallenberg und wies auf den Turm. »Im oberen Stockwerk liegt auch noch einer von den Kerlen!«

»Der ist hinüber!«, rief da der Türmer herab. »Hat sich das Genick gebrochen.«

Die beiden Gefangenen zuckten zusammen, als sie vom Tod ihres Kumpans erfuhren. »Wir sind … wir wollen …«, begann der eine, brachte aber keinen geraden Satz hervor.

Leonhard zog sein Schwert und hielt es ihm an die Kehle. »Euch hat Heimeran von Heimsberg geschickt, nicht wahr?«

Zuerst schüttelte der Bedrohte den Kopf, doch als sich die Schwertspitze in seinen Adamsapfel bohrte, hielt er still und starrte Leonhard angstvoll an.

»Rede!«, fuhr dieser ihn an. »Oder ich zeige deinem Kumpan,

was ihm passieren kann, wenn er den Mund nicht schnell genug aufmacht.«

»Graf Heimeran hat uns geschickt!«, würgte der Mann hervor.

»Ihr solltet dessen Neffen Heimo das Burgtor öffnen«, fuhr Leonhard fort.

»So ist es.«

»Halt's Maul!«, schnaubte der andere Gefangene. »Und ihr lasst uns gefälligst frei, sonst wird Herr Heimo keinen Einzigen von euch am Leben lassen. Sein Oheim ist viel zu mächtig, als dass ihr ihm widerstehen könnt.«

»Das werden wir sehen«, antwortete Leonhard und setzte die Schwertspitze an dessen Hals. »Du wirst uns nun das Zeichen offenbaren, mit dem ihr Heimo von Heimsberg signalisieren wolltet, dass ihr das Tor geöffnet habt.«

»Wie käme ich dazu?« Keinen Augenblick später keuchte der Mann auf, als Leonhards Schwertschneide an seinem Hals entlangfuhr und eine rote Spur zog. Die Wunde war harmloser, als sie aussah, doch sie brach den Widerstand des Gefangenen.

»Wenn alles nach Plan gelaufen ist, sollten wir draußen vor dem Tor eine Fackel dreimal hin und her schwenken.«

»Stimmt das auch?«, fragte Leonhard den zweiten Gefangenen. Dieser nickte mit bleicher Miene. »So ist es!«

Leonhard zog sein Schwert zurück und schob es in die Scheide.

»Ich hoffe in eurem Interesse, dass ihr die Wahrheit gesagt habt. Geben wir nämlich das Zeichen und Heimo von Heimsberg kommt nicht, werdet ihr den morgigen Tag nicht erleben.«

»Was habt ihr vor?«, fragte Rüdiger von Rallenberg verständnislos.

»Ich will Heimo von Heimsberg in eine Falle locken! Wir werden den Burghof so verbarrikadieren, dass er mit seinen Männern eingeschlossen ist und wir ihn von der Mauer und den Schießscharten des Palas aus bekämpfen können.«

»Aber wir wissen nicht, wie viele Männer er bei sich hat«, wandte Rüdiger besorgt ein.

»Ich schätze, nicht mehr als fünfzig. Wenn er mit mehr durch das Land zieht, würde es auffallen. Und nun gebt den Befehl, Verhaue zu errichten. Es muss alles im Licht der jetzt brennenden Fackeln geschehen. Würden wir mehr Fackeln entzünden, könnte es den Heimsbergern auffallen, und sie würden fernbleiben. Damit aber ginge für uns die Gelegenheit verloren, ihnen mit einem Schlag die kräftigsten Zähne zu ziehen.«

»Das sehe ich ein«, meinte Rüdiger. »Allerdings ist Heimo ein Kreuzritter und damit ein Gesegneter des Herrn!«

»Wenn Ihr Angst vor ihm habt, dann übergebt ihm doch gleich Eure Burg!« Die mangelnde Entschlossenheit seines Gastgebers machte Leonhard zornig.

Kurt hingegen grinste fast übermütig. »Ich kümmere mich darum, Herr Leonhard. Es wird alles bereit sein, wenn die Heimsberger kommen.«

»Ich rüste mich jetzt zum Kampf und bin bald zurück!« Leonhard klopfte Kurt auf die Schulter, nickte Rüdiger aufmunternd zu und lief in seine Kammer.

Dort wartete Pandolfina mit einem erleichterten Lächeln auf ihn. »Eure Schwestern sind eingeschlossen. Allerdings schlafen sie und haben noch nichts gemerkt.«

»Gut! Helft mir, das Kettenhemd anzuziehen. Heimo von Heimsberg will heute Nacht noch heimlich in die Burg eindringen und sie erobern. Ersteres will ich ihn tun lassen, das Zweite aber verhindern.«

»Ich werde Euch helfen«, erklärte Pandolfina, »auch wenn wir beide noch nicht miteinander fertig sind!«

»Dann solltet ihr das jetzt klären!« Unbemerkt von beiden war Mathilde in die Kammer getreten und sah sie auffordernd an. »Ich habe von Anfang an bemerkt, dass etwas zwischen euch nicht stimmt. Was ich von dir erfahren habe, Leonhard, und Kurts und Citas Erzählungen über eure Heirat und die Reise haben meine Meinung bestärkt. Also heraus damit! Keine

Angst, ich werde es weder weitertragen noch vorsätzlich zu einem von euch halten.«

Leonhard kniff die Lippen zusammen, und auch Pandolfina schwieg.

Kopfschüttelnd sah Mathilde die beiden an. »Ich will euch doch nur helfen! Ihr habt nicht ewig Zeit, denn ein grausamer Feind steht vor den Toren. Wollt ihr, dass der Kampf beginnt, bevor ihr euch ausgesprochen habt und es, falls Herr Leonhard fallen sollte, nie mehr dazu kommen kann?«

Mit mühsam bekämpften Tränen in den Augen senkte Pandolfina den Kopf. »Mein Ehemann beschuldigt mich, nicht unberührt die Ehe eingegangen zu sein.«

»Das ist ein schwerwiegender Vorwurf«, sagte Mathilde, »denn damit hat schon so mancher Edelmann seine Ehe für ungültig erklären lassen oder seine Gemahlin in ein Kloster verbannt, um sich ein anderes Weib nehmen zu können.«

»Das hätte ich niemals getan!«, brach es aus Leonhard heraus. »Ich sagte Pandolfina sogar, dass ich es ihr verzeihe.«

»Du bist wirklich großzügig!«, meinte Mathilde mit einem gewissen Spott. »Allerdings kränkt eine solche Aussage eine Braut, die sich ihre Jungfernschaft erhalten hat, über alle Maßen.«

»Aber Pandolfina war doch keine Jungfrau mehr!« Leonhard wurde laut und erhielt dafür von Mathilde eine Ohrfeige.

»Willst du, dass die ganze Burg deine unsinnigen Behauptungen vernimmt? Leg jetzt dein Kettenhemd an! Ich komme gleich wieder. Wir sind noch nicht miteinander fertig!« Mit der Bemerkung verschwand sie und ließ das Paar allein.

Pandolfina wuchtete das schwere Kettenhemd hoch und half Leonhard, es anzulegen. Ihre Lippen waren zu schmalen Strichen zusammengekniffen, und ihre Augen sprühten förmlich Feuer. Daher war Leonhard froh, als Mathilde zurückkam. In der Hand hielt sie ein zusammengefaltetes Leintuch.

»Das hier habe ich am Morgen des ersten Tages, den ihr in jenem Bett dort geschlafen habt, an mich gebracht«, sagte sie und breitete es vor den beiden aus. Der kleine rote Fleck fiel sofort ins Auge.

»Ihr habt anscheinend beide nicht darauf geachtet, doch ich habe es entdeckt«, erklärte Mathilde mit einem warmen Lächeln, das jedoch mehr Pandolfina als Leonhard galt. »Du warst bis zu jenem Tag noch Jungfrau, obwohl ihr bereits etliche Wochen verheiratet wart.«

»Aber wie … was?«, stotterte Leonhard. »Man sagte mir doch, dass Pandolfina die Geliebte des Kaisers gewesen wäre. Ihre Kammern sollen auf der Rückfahrt aus dem Heiligen Land Wand an Wand gelegen haben. Außerdem war von einem Ritter die Rede, dem sie ihre Jungfernschaft geopfert haben soll, und von einem jungen Juden in Salerno.«

»Wer hat das behauptet?«, fauchte Pandolfina. »Ich werde ihn dafür bezahlen lassen!«

Leonhard war wie vor den Kopf geschlagen. Gleichgültig was er alles über seine Frau erfahren hatte. Der kleine, rote Fleck auf dem Laken war eindeutig.

»Es war Antonio de Maltarena«, sagte er betroffen. »Er bedauerte mich, weil ich Euch heiraten sollte, und berichtete mir von dem jungen Ritter, dem Ihr nachgelaufen sein sollt.«

»Dieser Ritter war Loís de Donzère, den Ihr in der Mark Ancona mit Eurem Schwert niedergeschlagen habt. Ich war noch ein halbes Kind, als er um mich warb, und ich hätte ihn damals sogar geheiratet. Doch als er erfuhr, dass ich keine reiche Erbin bin, sondern nur ein mittelloses Mündel des Königs, wandte er sich von einer Stunde zur anderen von mir ab. Es hat mir damals viel Häme eingetragen, besonders von Antonio de Maltarena, dessen Treue Ihr ja selbst erlebt habt. Dieser Ritter war in eine Verschwörung gegen Seine Majestät, den König, verwickelt, und es ist nur Gott im Himmel zu verdanken, dass Federico dabei nicht sein Leben verlor. Außerdem wollte Maltarena den verräterischen Pater Mauricio befreien. Wie konntet Ihr einem solchen Menschen nur Glauben schenken und mich ohne jede Möglichkeit zur Verteidigung verdammen?«

Nun vermochte Pandolfina ihre Tränen nicht mehr zurückzuhalten.

Leonhard starrte sie an und versuchte verzweifelt, seine Gedanken zu ordnen. »Das habe ich nicht gewusst«, sagte er leise. »Ich …«

»Wenn Ihr nach unserer Ankunft in Lucera nicht sofort davongestiefelt wärt, hättet Ihr es mitbekommen. Aber Ihr konntet nicht warten«, fauchte Pandolfina ihn an.

»Aber was war mit dem jungen Juden? Maltarena sagte, Friedrich ließe Euch zurückholen, weil Ihr ein unziemliches Verhältnis zu diesem Burschen pflegtet.«

»So unziemlich kann das Verhältnis nicht gewesen sein, sonst gäbe es keinen Blutfleck auf dem Laken!«, mischte sich Mathilde ein.

Pandolfina sah sie und Leonhard mit tränennassen Augen an. »Yachin war ein sanfter und liebenswürdiger Mensch, und ich habe mich gerne mit ihm unterhalten. Er tröstete mich, wenn meine Lehrer und Mitstudenten in der Heilerschule mir, wie so oft, einen üblen Streich gespielt hatten. Aber es ist nie etwas Unziemliches zwischen uns vorgefallen. Sein Vater hat ihn, kurz bevor ich von den di Cudis aus Salerno entführt wurde, mit einem Mädchen seines Glaubens verheiratet.«

»Ihr habt studiert?« Leonhard wollte das nicht glauben, doch Pandolfina nickte.

»Seine Majestät hatte es mir erlaubt. Doch die Dozenten legten mir immer wieder Steine in den Weg, und einige Studenten halfen ihnen dabei.«

»Diese Männer gehören bestraft!«, fuhr Leonhard auf.

Mathilde musterte ihn mit einem strengen Blick. »Aber nicht von dir! Du hast andere Aufgaben zu erfüllen. Die erste ist, deine Frau zu versöhnen, und die zweite, die Heimsberger Brut zu besiegen.« Dann wandte sie sich Pandolfina zu. »Lass mich ein Wort zu Leonhards Verteidigung sagen. Sein Vater hat ihn als kleinen Jungen in ein Kloster gegeben und ihn dort vergessen, bis Leonhards älterer Bruder im Kampf mit den Heimsbergern gefallen ist. Den Umgang mit Frauen hat er daher nie gelernt, und als sein Vater ihn schließlich aus dem Kloster holte, lehrten seine Schwestern ihn nicht gerade, dem weiblichen Geschlecht zu vertrauen. Doch nun solltet ihr beide langsam zu Ende kommen, sonst glaubt Heimo von Heimsberg noch, sein Streich wäre nicht gelungen, und macht sich auf den Heimweg«, mahnte Mathilde die beiden.

»Heimo von Heimsberg, der angebliche Kreuzritter?«, fragte Pandolfina mit einem seltsamen Unterton.

Leonhard nickte. »Er ist unser größtes Problem, denn alle glauben, dass auf jemandem, der im Heiligen Land gekämpft hat, der Segen des Herrn ruht!«

»Auf ihm ruht höchstens der Segen des Teufels!«, stieß Pandolfina zornig hervor. »Er ist ein elender Verräter und ein Meuchelmörder. In Jaffa hat er einen Anschlag auf Seine Majestät verübt und hätte Federico beinahe getötet! Ich sah das Attentat kommen und habe mich im letzten Augenblick dazwischengeworfen. Die Narbe des Pfeils, der mich anstelle des Kaisers traf, sieht man heute noch!« Erregt zerrte sie ihr Hemd vom Leib und wies Leonhard ihren Rücken. Knapp neben dem Schulterblatt war noch immer die weiße Narbe zu sehen, die von ihrer Verletzung geblieben war.

»Dies«, sagte sie leise, »erklärt auch, weshalb Seine Majestät mir auf der Heimreise die Kammer neben der seinen anweisen ließ. Meine Wunde war noch nicht ausgeheilt, und er wollte, dass sein Leibarzt die Heilung überwachen sollte. Mich für ihn auf den Rücken zu legen, hätte ich damals wirklich nicht gekonnt.«

Sie brach erneut in Tränen aus und trieb Leonhard damit endgültig in die Verzweiflung. »Ich war ein Narr, ein eitler, hoffärtiger Narr!«, stöhnte er. »Warum habe ich nur Maltarenas Lü gen geglaubt und ein Mädchen zutiefst gekränkt, das meiner höchsten Anbetung würdig gewesen wäre?«

Mathilde betete, dass zwischen den beiden wieder alles gut würde. Doch nach dem, was Kurt ihr erzählt hatte, müsste Pandolfina schon eine Heilige sein, um Leonhard die Missachtung und die unbegründeten Vorwürfe zu verzeihen. Doch für eine Heilige war die junge Frau viel zu temperamentvoll.

Nun bereute sie, auf die Aussprache der beiden gedrungen zu haben. Leonhard sah aus, als habe er allen Mut verloren, und das in dem Augenblick, in dem die entscheidende Auseinandersetzung mit Heimo von Heimsberg kurz bevorstand. Wenn es ihnen nicht gelang, diesen zu töten oder gefangen zu nehmen, würde Rallenberg nicht mehr lange zu halten sein.

»Leonhard, rüste dich für den Kampf!«, flehte sie. »Es bleibt nicht mehr viel Zeit.«

Mathilde erhielt keine Antwort. Fast hatte es den Anschein, als habe er ihre Worte nicht einmal gehört.

Pandolfina hingegen hatte ihren Ausruf vernommen und überlegte verzweifelt, was zu tun war. Ihre Wut auf Leonhard war einer gewissen Enttäuschung über ihn gewichen. Gleichzeitig aber war er ihr Ehemann, und der Feind hatte die Burgen in Besitz genommen, die laut Kaiser Friedrich ihnen gehörten. Gegen diesen Feind mussten sie zusammenstehen, auch wenn dies bedeutete, den eigenen Stolz bezwingen zu müssen.

Sie trat auf Leonhard zu und fasste ihn bei den Schultern. »Ich verzeihe Euch, so wie Ihr mir verzeihen wolltet, obwohl Ihr Schlechtes von mir dachtet. Gott hat uns zusammengegeben, und so wollen wir unseren Weg auch gemeinsam gehen! Jetzt gilt es, den Feind zu schwächen, indem Ihr seine stärksten Krieger in die Schranken weist. Denkt immer daran, er ist ein Schurke und Verräter und hat seine Hand gegen den König und Kaiser erhoben.«

»Jetzt erinnere ich mich!«, sagte Leonhard so tonlos, als wäre er in Gedanken ganz woanders. »Der Kaiser sprach von diesem Attentat an jenem Tag, an dem wir in Lucera eingetroffen waren.«

Da er immer noch wie erstarrt dastand, zog sie seinen Kopf ein wenig herab und küsste ihn auf den Mund. »Kämpft für mich!«

Leonhard spürte ihre Lippen auf den seinen und schlang die Arme um sie. »Ihr seid viel zu gut für mich«, flüsterte er, küsste sie dann aber selbst. Dann schüttelte er sich und griff zu seinem Schwert. »Ich werde kämpfen, mein Schatz, und ich werde siegen!«

»Das werdet Ihr«, sagte Pandolfina lächelnd und küsste ihn noch einmal. Danach wandte er sich ab und verließ die Kammer. Als Mathilde ihm folgen wollte, hielt Pandolfina sie auf.

»Ich brauche dich! Es gilt, Leonhard einen Vorteil gegen den Verräter Heimo zu verschaffen. Ich spreche eure Sprache jedoch zu schlecht, als dass ich die Worte alleine wählen könnte.«

»Was hast du vor?«, fragte Mathilde verwundert.

»Das wirst du sehen! Lehre mich die Worte, die ich für mein Vorhaben brauche.« Pandolfina lächelte, auch wenn in ihren Augen noch Tränen schimmerten. Dabei strahlte sie eine solche Entschlossenheit aus, dass auch Mathilde davon erfasst wurde und ihr beibrachte, die Sätze geläufig auszusprechen, die sie sagen wollte.

Neunter Teil

Die Fehde

1.

Leonhard trat auf den Hof und sah mit einem Blick, dass Kurt und Rüdiger von Rallenberg gute Arbeit geleistet hatten. Es war ihnen nicht nur gelungen, alle Zugänge zur übrigen Burg zu verbarrikadieren, sondern auch zwei Wagen bereitzustellen, die zusammengefahren werden konnten, um Heimo von Heimsberg den Rückweg zu verlegen.
Mit grimmiger Miene packte er eine Fackel, trat durch die offene Pforte ins Freie und gab dort das für Heimo von Heimsberg vorgesehene Zeichen. »Jetzt wird sich zeigen, ob die Gefangenen die Wahrheit gesagt haben oder nicht«, sagte er zu Kurt.
»Wenn die Heimsberger kommen, erwarten sie hoffentlich nicht, dass einer ihrer Kumpane sie vor dem Tor empfängt«, antwortete Kurt besorgt.
»Wir sollten das Tor ganz öffnen. Dann wird Heimo von Heimsberg glauben, er hätte den Sieg bereits in der Tasche!«
Leonhard grinste und dachte dabei an Pandolfina. Nun würde er ihr beweisen, dass er ein Kämpfer war, auf den sie stolz sein konnte.
Kurt und drei von Rüdigers Knechten öffneten das Tor und lauschten in die Nacht hinaus.
»Ich glaube, ich höre etwas«, meldete Kurt angespannt.
Jetzt vernahm auch Leonhard das Klappern von Metall und eilte vor das Tor. Schatten schälten sich aus der Dunkelheit und kamen rasch näher. »Ist es gelungen?«, fragte einer.
Da eine Antwort erwartet wurde, wies Leonhard kurz mit der Fackel in Richtung des weit geöffneten Tores. »Macht rasch!«, rief er mit heiserer Stimme und eilte hinein.

Die Männer folgten ihm eilig. Während Leonhard gleich hinter dem Tor einen Haken schlug und außerhalb der Barrikade blieb, rannten Heimo von Heimsberg und seine Männer weiter, bis sie durch das Hindernis aufgehalten wurden. Da der letzte von ihnen bereits das Tor passiert hatte, schoben Leonhard, Kurt und einige Rallenberger Knechte die Karren in die Lücke. Andere Knechte schlossen das Tor. Gleichzeitig wurden weiter vorne zwei ölgetränkte Feuerstöße entzündet und tauchten den Burghof in ein flackerndes Licht.

Es dauerte einige Augenblicke, bis Heimo von Heimsberg begriff, dass sie in eine Falle gelaufen waren. An Aufgeben dachte er jedoch nicht, sondern schrie seine Männer an, die Barrikade zu erstürmen.

»Der Segen des Himmels ist mit uns!«, rief er dröhnend. »Wir sind unbesiegbar, denn mein Schwert wurde in Jerusalem im Blut der Heiden geweiht.«

Seine Männer schlugen mit ihren Schwertern gegen die Schilde und rannten auf die Barrikade zu. Dort hatte inzwischen Leonhard das Kommando übernommen.

»Setzt die Wurfspeere ein!«, rief er und schleuderte selbst einen. Seine Leute folgten seinem Beispiel, und die vordersten Heimsberger sanken getroffen nieder. Mehrere von Rüdigers Männern schossen von der Mauer herab Pfeile auf die Feinde und töteten ebenfalls einige von ihnen.

Bisher hatten die Heimsberger in dieser Fehde Sieg um Sieg errungen, aber nun befanden sie sich in einer weitaus schlechteren Position als der Gegner. Außer sich vor Wut sammelte Heimo von Heimsberg seine Krieger zu einem energischen Vorstoß gegen die Barrikade. Dabei achtete er darauf, dass sein Umhang mit dem aufgenähten Kreuz im Schein der Feuer aufleuchtete.

»Gott ist mit uns, wie er es im Heiligen Land mit mir war!«, feuerte er seine Männer an.

Da erklang auf dem Söller der Burg eine helle, klare Stimme.

»Gott hat dich längst verflucht, Heimo von Heimsberg! Du bist kein Gesegneter des Herrn, sondern ein elender Verräter und Meuchelmörder! Du hast die Hand gegen Seine Majestät, den Kaiser, erhoben und mit Pfeilen auf ihn geschossen! Doch Gott der Herr hat Friedrich gerettet, indem er deine Pfeile fehlgehen ließ. Einer von ihnen traf mich, und ich trage heute noch die Narbe davon auf meinem Rücken.«

Heimo von Heimsberg starrte nach oben und sah Pandolfina im Licht einer Fackel stehen, die Mathilde hochhielt. Zuerst erkannte er sie nicht, dann aber stieß er einen Fluch aus.

»Lügnerin! Seine Majestät hat mich hoch geehrt!«

»Zeig uns die Urkunde, die das bezeugt!«, rief Pandolfina und wunderte sich, wie glatt ihr die Worte in der fremden Sprache über die Lippen kamen. »Ich hingegen kann jedem die Urkunden zeigen, in denen Seine Majestät, der Kaiser, mir und meinem Gemahl die beiden Burgen Schönwerth und Hohenberg zuspricht, die ihr widerrechtlich besetzt haltet!«

Pandolfina hob zwei Pergamentrollen mit je drei großen Siegeln. Zwei davon glänzten rot, die dritte jedoch golden.

»Ich habe die Narbe auf Gräfin Pandolfinas Rücken gesehen, die von Heimo von Heimsbergs Pfeil stammt«, rief Mathilde. »Wenn einer von euch lesen kann, soll er kommen und sich die Urkunden ansehen. Kaiser Friedrich hat sie ausstellen lassen, und sie verleihen Graf Leonhard von Löwenstein und seiner Gemahlin das Recht auf die genannten Burgen! Da ihr sie gegen den Willen des Kaisers besetzt habt, werdet ihr der Reichsacht verfallen.«

Es gelang Mathilde, die meisten Heimsberger zu verunsichern. Anstatt weiter gegen die Barrikade vorzugehen, wichen sie zurück und sammelten sich in der Mitte des Burghofs. Heimo von Heimsberg hörte sie miteinander reden, verstand aber nur Bruchteile davon.

»Der Kaiser …!«

»Leonhard von Löwenstein …«

»Heimfried getötet …«
»Sitzen in der Scheiße …«
»Was seid ihr für Memmen!«, brüllte Heimo von Heimsberg sie an. »Dort stehen nur ein paar Männer hinter den Verhauen, und ihr macht euch in die Hosen.«
»Es sind nicht weniger als wir, und sie sind zudem in der besseren Position«, antwortete ein Unteranführer, der ihm sonst immer nach dem Mund geredet hatte.
»Der Anführer ist jener Ritter, der Herrn Heimfried mit einem einzigen Schwertstreich getötet hat!«, warf ein Zweiter ein.
Heimo begriff, dass keiner der Männer in diesem Augenblick bereit war, sein Leben einzusetzen. Ihren Mienen nach war es seine Sache, den Umschwung zu seinen Gunsten herbeizuführen. Voller Wut stapfte er in Leonhards Richtung und blieb knapp vor der Barrikade stehen.
»Was ist, Ritter Mönchlein? Wagst du es, dich einem wackeren Streiter zu stellen? Oder ziehst du es vor, dich hinter Verhauen oder – schlimmer noch – hinter Weiberröcken zu verstecken?«
Leonhard blickte kurz zu Pandolfina auf und las Erschrecken und Sorge in ihrer Miene. Ich bedeute ihr also doch etwas, sagte er sich, als er auf die Barrikade stieg und innen hinabsprang. Er wirkte dabei so siegessicher, dass der Heimsberger überlegte, ob er nicht besser seine Männer auf ihn hetzen sollte. Doch als er sich umdrehte, wirkten diese wie unbeteiligte Zuschauer. Ein paar schlossen sogar Wetten ab, denn nicht alle glaubten an seinen Sieg.
Als er sah, wie Leonhard zu Pandolfina hochschaute, griff er sofort an.
»Attenzione!«, schrie Pandolfina.
Mit einer geschmeidigen Bewegung drehte Leonhard sich um, sah seinen Gegner auf sich zustürmen und wich Heimos wuchtigem Schwerthieb aus. Während dessen Klinge nutzlos durch die Luft fuhr, zielte Leonhard auf die Kehle seines Feindes und traf diesen genau über den Rand des Kettenhemds. Ein Blut-

schwall schoss aus Heimos Halsschlagader. Er hob noch die Hand, als wolle er die Wunde zudrücken. Dann stürzte er wie ein gefällter Baum zu Boden und blieb reglos liegen.

»Er hat als Feigling gelebt und starb wie ein solcher«, rief Pandolfina so laut, dass alle in der Burg es hören konnten.

Die Heimsberger starrten abwechselnd auf Heimos Leichnam und ihre toten Kameraden, und ihnen war klar, dass sie hier nichts mehr erreichen konnten. Der erste warf sein Schwert zu Boden, andere folgten, und schließlich ergab sich die gesamte Schar.

Pandolfina hielt es nicht mehr auf dem Söller. So schnell sie konnte, eilte sie auf den Hof und fasste nach Leonhards Arm.

»Du bist sehr unvorsichtig gewesen. Ich bin fast gestorben vor Angst!«

»Du hast mich gewarnt.« Leonhard wunderte sich über das familiäre Du, in das sie verfallen waren, und lächelte erfreut.

Kurt wollte schon sagen, dass sein Herr Heimo durchaus beobachtet hätte. Doch als er die Blicke sah, die beide einander zuwarfen, hielt er den Mund und kümmerte sich darum, dass die gefangenen Heimsberger weggeführt und eingesperrt wurden.

»Halt!«, rief Leonhard. »Heimo und seine Männer sind gewiss nicht zu Fuß von den anderen Burgen gekommen. Irgendwo müssen sie ihre Pferde zurückgelassen haben.«

»Das nehme ich auch an«, antwortete Kurt und packte einen der Gefangenen. »Wo sind eure Gäule? Rede!«

Der Mann kämpfte einen Augenblick mit sich, dann senkte er den Kopf. »Wir haben sie jenseits des Dorfes bei dem kleinen Wald zurückgelassen. Zwei von uns bewachen sie.«

»Wir sollten dafür sorgen, dass sie nicht zum alten Heimeran zurückkehren können«, erklärte Leonhard und befahl, mehrere Pferde zu satteln.

»Zehn Mann werden wohl genügen!« Dies galt Rüdiger von Rallenberg, der am liebsten mit allen seinen Männern aufgebrochen wäre. Um nicht den Anschein zu erwecken, den Burgherrn übergehen zu wollen, bat er ihn, die Pferdewachen zu überwältigen und die Pferde an sich zu bringen. Er hätte es zwar lieber selbst getan, doch der Rallenberger war als Verbündeter zu wertvoll, als dass er ihn vor den Kopf stoßen durfte. Rüdiger von Rallenberg wählte nicht nur eigene Waffenknechte, sondern auch drei von Leonhards Leuten aus und bewies damit, dass auch er ein guter Verbündeter sein wollte.

2.

Der Lärm und die Kampfgeräusche auf dem Hof waren bis in die Kammer gedrungen, in der Leonhards Schwestern mit dem Jungen schliefen. Anna wachte auf und lauschte verwundert.

»Hörst du es auch, Gertrud?«, fragte sie.

»Was?« Gertrud war noch halb im Schlaf verfangen, als sie laute, zornige Stimmen vernahm.

»Hier geschieht etwas!«, rief sie aus und sprang aus dem Bett. Noch im Hemd eilte sie zur Tür und wollte sie öffnen. Doch diese war verschlossen.

Sie schüttelte verwirrt den Kopf und versuchte es erneut. Dann wandte sie sich mit bleicher Miene zu ihrer Schwester um. »Man hat die Tür verriegelt!«

»Unmöglich!« Anna kam an ihre Seite und versuchte nun selbst ihr Glück. Doch sosehr sie auch rüttelte, die Tür gab nicht nach.

»Wer kann das getan haben?«, fragte sie.

»Wer anders als unser Bruder? Er will uns gefangen nehmen und meinen Sohn als Geisel gegen Graf Heimeran verwenden. Immerhin ist Lambert dessen einziger Enkel im Mannesstamm!« Gertrud fauchte wie eine in die Enge getriebene Wildkatze und griff zu dem Dolch, den sie immer bei sich trug.

»Gegen einen Riegel wird er dir wenig helfen«, meinte Anna mit hilflosem Spott und schlug gegen die Tür. »He, was soll das? Macht auf!«

Einige Zeit tat sich nichts. Dann aber hörten die beiden Schwestern Schritte. Gertrud eilte sofort zu ihrem Sohn, weckte ihn und schob ihn hinter sich, bereit, ihn mit allen Mitteln zu verteidigen.

Die Tür schwang auf, und das Licht mehrerer Fackeln fiel herein. Im ersten Augenblick waren Anna und Gertrud wie geblendet, dann aber sahen sie ihren Bruder. Leonhards Miene wirkte so eisig, dass Anna vor ihm zurückwich.

»Heilige Maria, Mutter Gottes, rette uns in unserer Not!«, betete sie erschrocken.

Leonhard nahm eine Fackel und trat ein. »Kommt mit!«, befahl er. »Oder wollt ihr, dass meine Männer euch hinaustragen?«

Anna biss die Zähne zusammen und machte zwei Schritte auf ihn zu. Da merkte sie, dass sie nur ihr Hemd trug, und wollte ihre Nonnenkleidung überziehen.

»Lass das!«, fuhr Leonhard sie an.

Ihm war es zu gefährlich, seine Schwester als Äbtissin eines freien Reichsklosters auftreten zu lassen. Im Hemd war sie nur ein einfaches Weib ohne die Autorität, die ihr das geistliche Gewand verlieh.

Anna begriff, was er beabsichtigte, musste sich aber widerwillig beugen. »Gott wird dich strafen!«, zischte sie Leonhard zu, als sie an ihm vorbeiging.

Unterdessen nahm Gertrud ihren Sohn an die Hand und folgte ihrer Schwester. Zur Überraschung der beiden Frauen ging es auf den Hof hinaus, der nun von Fackeln und Feuerkörben hell erleuchtet wurde. Ein Teil der Rallenberger Knechte beseitigte die Barrikade, die ihnen den Sieg über Heimsbergs Leute gebracht hatte, während andere die toten Feinde zusammentrugen. Außer Heimo von Heimsberg waren elf weitere Männer gefallen und mehrere verwundet worden.

Zunächst sahen Leonhards Schwestern zu, wie Pandolfina die klaffende Wunde eines Verletzten verband, ohne zu begreifen, was hier geschehen war. Dann fiel ihr Blick auf die Toten. Erschrocken schlug die Äbtissin das Kreuz, während Gertrud ihren Sohn so fest an sich presste, dass dieser in Tränen ausbrach.

»Das ist von eurem Verrat geblieben: tote Männer!«, sagte Leonhard grimmig.

»Von welchem Verrat sprichst du?«, fragte Anna verwirrt. »Gertrud und ich kamen in Frieden, um mit dir zu verhandeln.«

»Und warum wollten dann eure Wachen mitten in der Nacht das Tor für Heimo von Heimsberg öffnen?« Leonhard packte beide Schwestern bei den Schultern und schob sie auf den toten Heimo von Heimsberg zu. »Er wollte in der Nacht in die Burg eindringen und uns alle erschlagen oder gefangen nehmen.«

»Du musst dich irren, Bruder! Das kann nicht sein!« Gertrud hielt alles für eine Finte, um sie, ihren Sohn und Anna verderben zu können.

»Drei eurer Männer wollten den Wachtposten erschlagen und Heimo von Heimsberg einlassen. Hätten wir nicht achtgegeben, wäre euer hinterhältiger Plan gelungen!«, fuhr Leonhard sie an.

Gertrud sank auf die Knie und streckte eine Hand Leonhard entgegen, während sie mit der anderen ihren Sohn umschlungen hielt. »Davon weiß ich nichts! Ich schwöre es bei Gottvater, dem Sohn und dem Heiligen Geist.«

»Ich weiß nicht, was sich hier abgespielt hat, Bruder, aber es geschah gewiss nicht mit unserem Wissen«, sagte Anna, und nur ihr Stolz als Äbtissin eines Reichsklosters verhinderte, dass sie ebenfalls auf die Knie fiel.

So leicht ließ Leonhard sich nicht überzeugen. Er zwang seine Schwestern, sich jeden Toten anzusehen. Dabei war auch der Begleiter Annas, der den Türmer hatte ermorden wollen. Bei seinem Anblick weiteten sich die Augen der Äbtissin, und sie schüttelte verwirrt den Kopf.

»Ist das einer der Männer, die Verrat begehen wollten?«, fragte sie mit bleichen Lippen.

Leonhard nickte grimmig. »Er und seine Kumpane kamen mit euch in die Burg. Das könnt ihr nicht leugnen!«

»Er war einer meiner Mannen, allerdings erst seit einigen Monaten«, gab Anna zu. »Ich habe ihn für treu gehalten. Er trug einen Brief eines hohen Geistlichen bei sich, in dem dieser sich für ihn verbürgte. Daher hatte ich keinen Grund, ihm zu misstrauen.«

Noch während sie es sagte, begriff Anna, dass sie selbst sich wohl auch kaum Glauben geschenkt hätte. Auch Leonhard sah nicht so aus, als würde er es tun. Bevor er jedoch etwas sagen konnte, kehrte Ritter Rüdiger zurück. Sein Gefolge führte mehr als vierzig Pferde am Zügel mit sich. Auf zweien davon saß je ein gefesselter Mann.

»Wir haben die Kerle erwischt«, meldete Rüdiger von Rallenberg lachend. »Sie waren so dumm und hielten uns für eigene Leute, die sie in die Burg holen sollten.«

»Das habt Ihr gut gemacht!«, lobte Leonhard ihn. »Da keiner entkommen ist, wird der alte Heimeran doch einige Tage warten müssen, bis er erfährt, dass sein Plan gescheitert und sein Neffe Heimo tot ist. Uns bietet diese Situation die Möglichkeit, Verbündete zu gewinnen.«

»Einer der beiden Kerle ist ein weiterer Neffe von Heimeran, allerdings ein Bastard ohne ein Anrecht auf das Erbe«, setzte Rüdiger von Rallenberg seinen Bericht fort. »Er hat uns auf dem Weg hierher alles Schlimme angedroht, wenn wir ihn nicht umgehend freiließen. Anscheinend glaubt er, dass Heimos Tod ihm einen unerwarteten Aufstieg bescheren wird.«

Leonhard musterte den Mann und fand, dass dieser unter der gespielten Frechheit vor Angst fast verging. »Wenn er ein Neffe des alten Heimerans ist, können wir ihn gleich neben den Verräter Heimo legen«, meinte er böse lächelnd.

Der andere starrte ihn erschrocken an. »Nein, tut das nicht! Ich bin eigentlich kein richtiger Neffe des Grafen. Zumindest hat mein Vater mich nie anerkannt!«

»Hat er wohl, du Feigling!«, rief da einer der Verwundeten. »Die ganze Zeit hast du davon geredet, dass Graf Heimeran dich wegen deiner Verwandtschaft mit ihm zum Kastellan einer seiner Burgen ernennen wird. Am liebsten wäre dir Rallenberg gewesen, doch das wollte Heimo für sich haben. Deshalb hat er dich auch als Pferdewache zurückgelassen.«

»Heimo war ein dreckiges Schwein!«, brüllte der andere Gefangene zurück. »Sein Plan war eine Schande! Er wollte nicht einmal die Frauen und Kinder verschonen. Dabei ist Lambert ein Enkel von Herrn Heimeran. Heimo aber wollte sowohl die Damen auf Rallenberg wie auch die Äbtissin Anna und die Witwe Gertrud samt ihrem Sohn umbringen lassen.«

»Wie es aussieht, ist dieser Schuft viel zu leicht gestorben«, fauchte Dietrun und schlug das Kreuz zum Zeichen der Dankbarkeit.

Äbtissin Anna und Gertrud trafen die Worte des Gefangenen wie ein Schlag.

»Wir sollten ermordet werden?«, rief Gertrud entsetzt aus.

Der Gefangene nickte. »Heimo wollte es so, und unser Oheim hat ihm freie Hand gelassen. Graf Heimeran mag Lambert nicht, weil in dessen Adern zur Hälfte Löwensteiner Blut fließt.«

»Welch eine Verworfenheit!«, kreischte Gertrud. »Uns schickt er hierher, um über einen möglichen Frieden zu verhandeln, und plant gleichzeitig, uns alle hinterrücks zu ermorden.«

Anna sah die Zweifel auf Leonhards Gesicht und trat auf ihn zu. »Ich schwöre dir bei meiner ewigen Seligkeit, dass ich von diesem Anschlag nichts gewusst habe! Anders als Gertrud hasse ich dich nicht, Bruder, sondern war nur der Ansicht, dass unser Vater dich im Kloster hätte lassen sollen, anstatt diese Fehde immer weiterzuführen. Jetzt weiß ich, dass er recht hatte. Uns steht kein Mensch gegenüber, sondern ein Teufel!«

»Uns?«, fragte Leonhard herb.

»Ja, uns!«, antwortete Anna mit fester Stimme. »Du hast doch eben gehört, dass Heimeran auch meinen Tod, den von Gertrud und den seines eigenen Enkels gefordert hat. Bisher haben wir geglaubt, er wäre auf einen Ausgleich mit uns aus. Immerhin hat er uns selbst angeboten, Lambert als neuen Herrn auf Löwenstein einzusetzen. Doch sein Wort ist weniger wert als das, was eine Kuh unter sich lässt. Aus diesem Grund müssen wir die Fehde beenden, koste es, was es wolle.«

»Und wie stellst du dir das vor?«, fragte Leonhard misstrauisch.

Anna überlegte einige Augenblicke, bevor sie Antwort gab. »So wie ich Heimeran kenne, wartet er nicht weit von hier auf Nachricht, ob sein Streich gelungen ist.«

»Ja, das tut er«, warf Heimerans Neffe ein. »Und zwar auf Burg Schönwerth.«

»Es ist nur ein Ritt von wenigen Stunden«, erklärte Anna. »Lass mich morgen mit ein paar meiner Männer zu ihm reiten und so tun, als hätte Heimo Erfolg gehabt. Ich werde ihn auffordern, hierherzukommen und über seine gefangenen Feinde zu triumphieren. Er wird es tun, da bin ich mir ganz sicher.«

»Das hieße, dir Vertrauen schenken zu müssen!« Leonhard zeigte deutlich, dass er sich nicht sicher war, ob er dies tun sollte.

Obwohl sie noch immer Verletzten half, hatte Pandolfina das Gespräch verfolgt. Nun überließ sie es Cita, die letzten Männer zu verbinden, trat neben Leonhard und sah Anna tief in die Augen.

»Vor wem hast du mehr Angst, vor deinem Bruder oder vor Heimeran von Heimsberg?«, fragte sie auf Latein.

Annas Lateinkenntnisse reichten aus, um sie zu verstehen. »Ich hatte immer mehr Angst vor Heimeran. Deshalb wollte ich, dass diese Fehde zu Ende geht, auch wenn dies hieß, dass mit Gertruds Sohn ein Heimsberg auf Löwenstein herrscht. Wir hatten die Hoffnung, König Heinrich würde Lambert erlauben, den Namen Löwenstein zu tragen.«

Das war nicht gelogen, so viel konnte Pandolfina ihrer Miene entnehmen.

»Du solltest deine Schwester reiten lassen«, riet sie Leonhard.

»Obwohl Heimeran von Heimsberg glaubt, sein Neffe würde auch sie ermorden?« Für Leonhard sprach dies am meisten gegen Annas Plan.

Pandolfina schob diesen Einwand kurzerhand beiseite. »Heimeran von Heimsberg wird glauben, dass sein Neffe sich anders besonnen hat oder es seinen Oheim selbst tun lassen will. Wichtig ist, dass unser Feind glaubt, er hätte uns besiegt. Wenn es uns gelingt, ihn in unsere Hände zu bekommen, können wir die Bedingungen stellen, zu denen diese Fehde beendet werden kann.«

»Solange Heimeran und einer seine Söhne leben, wird diese Fehde niemals zu Ende sein«, erwiderte Leonhard düster.

»Dann müssen wir dafür sorgen, dass sie nicht länger leben.« Um Pandolfinas Lippen spielte ein bitteres Lächeln. Sie war in ihrer Heimat einer Fehde zum Opfer gefallen und wollte nicht, dass dies hier erneut geschah.

Anna begriff, dass ihre fremdländische Schwägerin auf ihrer Seite stand, und beschwor Leonhard, sie reisen zu lassen.

Er musterte sie mit einem zweifelnden Blick. »Und wie willst du verhindern, dass deine Begleiter dich verraten?«

»Wähle sechs deiner Knechte aus und ziehe ihnen die Kleidung meiner Bewaffneten an, damit du sichergehen kannst«, schlug Anna vor. »Zudem verbürge ich mich für die meisten meiner Männer. Lass mich mit meinem Reisemarschall sprechen.«

Leonhard überlegte kurz und nickte. »Schafft die Männer der Äbtissin hierher«, befahl er Kurt.

Dieser rief ein Dutzend Bewaffneter zu sich und eilte los.

Kurze Zeit später kehrten sie mit den Klosterknechten zurück. Die Männer wirkten verwirrt, denn sie hatten den Lärm ebenfalls gehört und sich eingeschlossen gefunden.

Nun trat ihr Anführer zu seiner Herrin und sah sie fragend an: »Was ist hier geschehen?«

»Mehrere unserer Männer waren Verräter und wollten Heimo von Heimsberg heimlich die Burgtore öffnen. Nur dank der Wachsamkeit meines Bruders ist dieser üble Streich misslungen.«

»Da war gewiss Bert dabei! Der Kerl hat mir von Anfang an nicht geschmeckt, als Ihr ihn in Eure Dienst genommen habt«, erwiderte ihr Untergebener grimmig.

Anna wies auf den Leichnam des Mannes, der sich das Genick gebrochen hatte. »Genau das war er! Und bei ihm waren die beiden Kerle, die mit ihm zusammen gekommen sind. Diese üble Tat hat Heimeran von Heimsberg ausgeheckt, um uns zum Verrat an den eigenen Verwandten zu benützen. Ich will jetzt Gleiches mit Gleichem vergelten und ihn in die Falle locken. Dafür benötige ich vier bis sechs Männer, auf deren Treue ich mich verlassen kann. Wenn du meinst, dass wir nicht so viele haben, werden die Waffenknechte meines Bruders die Kleidung unserer Leute anziehen und mich eskortieren!«

»Ehrwürdige Äbtissin, das wäre eine Schande für uns alle. Wir stehen treu zu Euch – und wenn es uns das Leben kosten sollte!«, rief einer ihrer Knechte empört.

»Das tun wir!«, stimmte ihm ein zweiter zu. »Nehmt uns alle mit, und wir werden Euch beweisen, wie sehr Ihr Euch auf uns verlassen könnt!«

»Du bleibst hier!«, erklärte sein Anführer, »denn du warst mir zu gut Freund mit Bert. Es muss nicht einmal Absicht sein, ein unbedachtes Wort reicht, um unseren Plan zu verraten.«

Er selbst und die meisten der Klosterknechte waren bereit, ihre Äbtissin zu begleiten und zu beschützen. Mit ihm zusammen waren es neun. Drei davon sonderte er aus, einen aus Misstrauen, die beiden anderen, weil sie beim Wein redselig wurden und sich verplappern konnten. Die übrigen fünf waren rauhe Kerle, ihrer Herrin aber treu ergeben und voller Zorn, weil der alte Heimsberg sie für seine Pläne missbraucht und damit die Äbtissin in höchste Gefahr gebracht hatte.

Leonhard wechselte einen Blick mit Pandolfina, sah diese nicken, und stimmte zu. »Ihr könnt morgen früh reiten, ehrwürdige Äbtissin!«
Es klang kühl, und Anna bedauerte es. Mit ein paar Schritten war sie bei ihm und küsste ihn auf beide Wangen. »Verzeih!«, sagte sie leise und meinte dann, dass sie noch ein wenig schlafen wolle, um am nächsten Morgen früh aufbrechen zu können.
»Mein Lambert und ich müssen wohl als Geiseln für Annas Wohlverhalten zurückbleiben«, sagte Gertrud in klagendem Ton.
»Ihr könnt auch als Gäste bleiben, das liegt ganz an euch. Ihr werdet die Burg jedoch nicht verlassen und auch keinen Boten schicken«, erklärte Leonhard streng.
Während Gertrud gegen ihre Tränen ankämpfte, ging Pandolfina zu ihr und schloss sie in die Arme. »Hab keine Angst!«, sagte sie lächelnd. »Der alte Mann auf Heimsberg hat keine Macht mehr über dich, und was Leonhard betrifft, so wird er niemals vergessen, dass der gleiche Vater euch gezeugt und die gleiche Mutter euch geboren hat.«
Ihre Worte trösteten Gertrud, und als Pandolfina ihr versprach, dass sie eine Kammer erhalten sollte, die nicht von außen verriegelt werden konnte, war sie erleichtert.
»Ich werde weder fliehen noch einen Boten schicken!«, versprach sie.
Sie lächelte sogar ein wenig, und Leonhard fand, dass seine Schwestern vielleicht doch nicht so schlecht waren, wie er bisher geglaubt hatte.

3.

Mitternacht war längst vorüber, als Pandolfina und Leonhard in ihre Kammer zurückkehrten. Inzwischen war alles Notwendige erledigt worden. Rüdigers Knechte hatten die gefangenen Heimsberger in die Keller der Burg gesperrt sowie auf Anraten von Annas Reisemarschall auch den Waffenknecht, dem dieser misstraute. Die Toten sollten am nächsten Morgen begraben werden, und so blieben ein paar Stunden der Ruhe, die Pandolfina und Leonhard miteinander verbringen konnten.

»Du hast tapfer gekämpft und klug entschieden«, lobte sie ihn.

»Dein Rat war mir sehr wertvoll!« Leonhard lächelte ihr zu und bat sie dann, ihm zu helfen, das Kettenhemd auszuziehen. Es war nicht leicht, und Pandolfina musste ganz schön zerren, bis sie es endlich in den Händen hielt. Nachdem Leonhard sich auch des gesteppten Wamses und seiner Hosen entledigt hatte, wusch er sich Gesicht und Hände und wollte sich hinlegen.

»Halt!«, rief Pandolfina. »Ich will sehen, ob du dir eine Wunde zugezogen hast! Wird eine übersehen, kann sie sich entzünden und heilt dann sehr schlecht.«

Leonhard streifte das Hemd ab und stand nackt vor ihr. Er roch ein wenig verschwitzt, und doch verspürte Pandolfina eine Sehnsucht nach ihm, die sie verblüffte. Vor ein paar Stunden noch hatte sie sich ihm verweigert, doch jetzt wünschte sie sich, er würde sie zum Bett tragen und ihr zeigen, was für ein Mann er war.

»Wie du siehst, bin ich unverletzt.«

Leonhards Bemerkung half ihr, ihre Ruhe wiederzufinden.

»Das muss ich selbst sehen«, sagte sie, nahm einen Lappen zur Hand und begann ihn von oben bis unten zu waschen. Sie machte dabei auch vor einer gewissen Stelle nicht halt und hörte, wie er scharf die Luft einsog.

»Wenn du so weitermachst, wirst du mich nicht davon abhalten können, trotz der späten Stunde mein Recht als Ehemann einzufordern«, sagte er leise und begehrlich.

»Vielleicht will ich dich auch gar nicht davon abhalten«, antwortete sie lächelnd. »Du hast heute einen großen Sieg errungen und dafür eine Belohnung verdient.«

Froh, dass die Unstimmigkeiten zwischen ihnen bereinigt waren, trug Leonhard Pandolfina zum Bett. Zum ersten Mal, seit der Priester sie zusammengegeben hatte, küsste sie ihn voller Leidenschaft und ließ es zu, dass er ihr das Hemd über den Kopf zog. Leonhard hatte sie noch nie völlig nackt gesehen, und nun übertraf das, was er schauen durfte, selbst jene wundervolle Statue im Palast von Lucera, die ihn damals beeindruckt hatte.

Er küsste sie ebenfalls, streichelte sie, bis sie vor Wonne wie ein Kätzchen schnurrte, und glitt dann vorsichtig zwischen ihre Schenkel. Als er in sie eindrang, spürte er eine Bereitschaft, wie er sie bislang nicht bei ihr erlebt hatte.

Später, als sie eng aneinandergeschmiegt im Bett lagen, stellte Pandolfina die Frage, die sie am meisten bewegte. »Bist du wirklich in einem Kloster gewesen?«

»Mein Vater hat mich im Alter von vier Jahren der Obhut der Mönche übergeben, um Gottes Segen für meine älteren Brüder zu erlangen. Sein ältester Sohn war noch als Säugling gestorben, und der zweite kränkelte. Er starb trotzdem, doch Leopold, mein dritter Bruder, wurde erwachsen und nahm sich ein Weib. Er zeugte jedoch nur eine Tochter, bevor er von Heimerans Sohn Heimfried im Kampf erschlagen wurde.«

»Mein Vater zeugte auch nur mich als einziges Kind, und doch wäre ich seine Erbin gewesen.«

»Wäre es auch so gekommen, wenn du jüngere Brüder gehabt hättest?«, fragte Leonhard.

»Wahrscheinlich nicht! Dabei ist es ungerecht, dass ein Sohn alles gilt und ein Mädchen nichts.«

Zuerst wollte Leonhard sagen, dass Gott es so gerichtet hatte, fand aber, dass dies unpassend war, und nickte. »Töchter sollten wirklich mehr gelten. Dann hätten meine Schwestern sich auch nicht von unserem Vater abgewandt.«

»Worum geht es denn eigentlich bei dieser Fehde?«, fragte Pandolfina neugierig.

»Der Streit zwischen den Heimsbergern und uns Löwensteinern schwelt seit mehr als einem Jahrhundert. Beide Sippen führen ihre Abstammung auf den ersten Gaugrafen zurück, den Kaiser Karl der Große hier eingesetzt hat. Nachdem die Nachkommen dieses Mannes im Hauptstamm ausstarben, ist es keiner Sippe gelungen, sich an deren Stelle zu setzen. Stattdessen mussten sie das Land mit anderen Familien wie den Rallenbergern teilen. Diese entstammen einem Dienstmannengeschlecht, das erst vor wenigen Generationen in den Adel aufgenommen wurde.

Einer der Heimsberger Herren hatte sich mit seinem Sohn überworfen und hinterließ diesem nur die Stammburg, während er seinen Schwiegersöhnen, darunter einem meiner Ahnen sowie einem Rallenberger, den übrigen Besitz vermacht hat. Damit waren wir Löwensteiner die mächtigste und reichste Familie im Gau, und die Heimsberger mussten sich mit dem zweiten Rang begnügen.«

»Das dürfte sie ziemlich geärgert haben«, meinte Pandolfina, als Leonhard einen Augenblick schwieg.

»Und wie!«, gab dieser zu. »Sie haben verzweifelt versucht, den verlorenen Besitz wieder an sich zu bringen. Als Heimeran seinem Vater nachfolgte, war der Abstand zwischen den beiden Sippen bereits wieder geringer geworden. Durch geschickte Diplomatie gelang es ihm, Verbündete zu gewinnen und weiteres Land an sich zu bringen. Die Abwesenheit des Kaisers und dessen Aufenthalt in Italien halfen ihm dabei, denn es gab in diesen Landen niemand mehr, der Recht und Gesetz garantieren konnte.

Einmal haben beide Seiten einen ernsthaften Versuch unternommen, die Fehde zu beenden, und zwar sollte einer von Heimerans Söhnen meine Schwester Gertrud heiraten und zwei der umkämpften Burgen erhalten. Meine Schwester bekam sogar noch eine dritte Burg als Mitgift. Als sie einen Sohn gebar, schien der Friede endlich gesichert. Dann aber starb Gertruds Ehemann Heimbold. Sie hätte nun die Herrschaft im Namen ihres Sohnes übernehmen müssen, doch ihr Schwiegervater entriss ihr alle drei Burgen und damit auch die, die sie als Mitgift erhalten hatte. Mein Vater wollte sich dies nicht gefallen lassen, doch in der Zwischenzeit hatte Heimeran sich König Heinrichs Unterstützung gesichert. Als Heimerans Sohn Heimfried schließlich meinen Bruder Leopold tötete, schien die Fehde für uns verloren.«

»Aber dann kamst du!«, warf Pandolfina ein.

Leonhard lachte kurz auf. »Noch nicht! Mein Vater wartete zuerst ab, ob Leopolds Ehefrau schwanger wäre. In der Zeit gelang es Heimeran mit dem Vorschlag, Gertruds Sohn Lambert könne Vater als Herr auf Löwenstein nachfolgen, meine Schwestern auf seine Seite zu ziehen. Gegen deren Willen entschloss sich unser Vater, mich aus dem Kloster zu holen. Ich war noch Novize, sollte aber am nächsten Tag mein Gelöbnis ablegen.«

»Es war gewiss nicht leicht für dich«, sagte Pandolfina und küsste ihn zärtlich auf die Wange.

»Nicht leicht? Es war die Hölle! Ich konnte weder reiten noch ein Schwert halten. Daher beauftragte mein Vater Ritter Eckbert, mich zum Krieger auszubilden. Gleichzeitig befahl er mir, all das Latein, Griechisch und was ich sonst noch gelernt hatte zu vergessen und auch nie mehr eine Schreibfeder in die Hand

zu nehmen, da ein Ritter, der dies könne, als weibisch gelten würde.«
»König Friedrich kann lesen und schreiben und spricht mehrere Sprachen, doch keiner nennt ihn weibisch«, wandte Pandolfina ein.
»Er ist ja auch König und Kaiser des Reiches und kein kleines Gräflein in Frankens Fluren, in denen ein Mann nur dann etwas gilt, wenn er sein Schwert zu schwingen und entsprechend zu fluchen versteht.«
Pandolfina lachte hell auf. Gleichzeitig aber sagte sie sich, wie schwer es Leonhard gefallen sein musste, von einer Stunde zur anderen aus seinem gewohnten Leben gerissen zu werden. Ihr war es ähnlich ergangen. Geboren als geliebte Tochter eines apulischen Grafen normannischer Herkunft, war sie eine mittellose Waise geworden, die ganz auf die Gnade des Königs vertrauen musste. Dessen Wort hatte sie schließlich sogar der Heimat beraubt und sie in diese Lande verschlagen.
»Es wird uns gelingen!«, sagte sie unwillkürlich.
»Was?«
»Heimeran zu besiegen und Löwenstein wiederzugewinnen. Eines Tages wird dein Banner …«
»Unser Banner!«, korrigierte Leonhard sie. »Der Kaiser hat uns gestattet, die Wappen beider Familien zu vereinen. Auf dem geviertelten Schild wird zweimal der Löwe meiner Sippe und zweimal das auf einem Berg stehende Herz der Montcœurs zu sehen sein.«
»Ich würde mich freuen, dieses Banner auf dem höchsten Turm von Löwenstein wehen zu sehen«, sagte Pandolfina lächelnd, wurde rasch aber wieder ernst. »Dies erinnert mich daran, dass wir ab morgen Heimsbergs Banner über Rallenberg aufziehen müssen, damit Heimeran es sieht und glaubt, die Burg sei wirklich genommen. Flatterte noch das Banner von Rallenberg dort oben, würde dies ihn misstrauisch machen.«
»Du denkst aber auch an alles!«, rief Leonhard bewundernd,

fühlte sich gleichzeitig aber müde genug, um schlafen zu können.

Da auch Pandolfina inzwischen Mühe hatte, die Augen offen zu halten, schwiegen sie und dämmerten bald weg. Beide erlebten wilde Träume, in denen Löwensteins Sieg stets an einem winzigen Fehler scheiterte, und als sie am nächsten Morgen erwachten, versuchten beide sich an diese Fehler zu erinnern, um sie im richtigen Leben vermeiden zu können.

4.

Anna von Löwenstein brach bereits in aller Frühe auf. Als sie sich vom Tal aus umdrehte und zur Burg hinaufschaute, wehte dort oben das Banner der Heimsbergs. Heimo von Heimsbergs Männer hatten es im Gefühl des sicheren Sieges mitgebracht, und Anna zog es das Herz zusammen, es zu sehen. Irgendwie war sie doch eine Löwensteinerin geblieben, auch wenn Graf Heimerans Versprechungen sie eine Weile auf den falschen Pfad gelockt hatten.

Ihre Begleiter zogen ebenfalls säuerliche Gesichter. Einige von ihnen hatten einst Annas Vater gedient und waren mit ihr zum Kloster gezogen, um dort für ihre Sicherheit zu sorgen. Nun aber fühlten sie sich wieder als Löwensteiner.

Ihr Reisemarschall schloss zu der Äbtissin auf und deutete nach hinten auf den Turm. »So hätte dieser verdammte Heimeran es gerne! Aber die Suppe werden wir ihm versalzen.«

»Das werden wir!«, antwortete Anna entschlossen.

»Herr Leonhard ist auch ein anderer Mann als Euer Bruder Leopold, denn er benutzt seinen Kopf zum Denken und nicht nur, um einen Helm darauf zu setzen.«

Das Urteil des Mannes über Leopold von Löwenstein war hart, doch Anna musste zugeben, dass es stimmte. Leopold war Heimfried von Heimsberg unbesonnen in die Falle gelaufen und darin umgekommen. Leonhard aber hatte mit Heimfried und Heimo die beiden stärksten Heimsberger Recken getötet und würde sich wahrscheinlich auch ohne ihre Hilfe gegen Heimeran und dessen letzten Sohn Heimward durchsetzen können.

»Ich werde ihm helfen!«, stieß sie leise hervor.
»Was sagt Ihr?«, fragte der Reisemarschall.
»Ich werde Leonhard helfen! Das bin ich meiner Sippe schuldig. Es wird ihn auch freundlicher gegenüber Gertrud und ihrem Sohn stimmen.« Da Anna ihre Schwester liebte, empörte sie das falsche Spiel, das Heimeran von Heimsberg mit ihnen getrieben hatte.
Gertrud blickte ihrer Schwester vom Turm aus nach und bekam es plötzlich mit der Angst zu tun. Solange Anna bei ihr gewesen war, hatte diese alles getan, um sie und ihren Sohn zu schützen. Doch jetzt waren sie beide Leonhard gänzlich ausgeliefert. Wie würde er sie und vor allem den Jungen behandeln, den sie mehr als Heimsberger denn als Löwensteiner erzogen hatte?
Ein Schatten fiel auf sie. Gertrud drehte sich um und sah Pandolfina vor sich. Diese lächelte sanft, doch ihre hellen Augen und das rabenschwarze Haar verrieten, dass Feuer und Eis in ihr vereinigt waren.
»Ich habe mit Leonhard gesprochen«, begann Pandolfina etwas stockend auf Deutsch. »Er ist einverstanden, dass du und dein Sohn in Begleitung draußen vor der Burg spazieren gehen könnt.«
»Wir werden nicht eingesperrt?« So ganz konnte Gertrud dies nicht glauben, doch Pandolfina nickte. »Warum sollten wir es tun? Du liebst dein Kind, nicht wahr?«
»Selbstverständlich!«, rief Gertrud aus und fasste nach der Hand des Kleinen.
Pandolfina nickte zustimmend. »Er ist der erste Enkel Heimerans auf Sohnesseite, und doch will dieser ihn töten. Der Mann ist wie Herodes, der die Knaben von Bethlehem ermorden ließ, und nicht einmal das eigene Blut ist ihm heilig. Deshalb wird Gott ihn strafen!«
»Zwei Söhne hat er bereits verloren, Heimfried und meinen Gemahl Heimbold. Heimbolds Tod betrauere ich, denn er war

so ganz anders als sein Vater oder seine Brüder. Er liebte mich, und er liebte unseren Sohn. Weshalb hat unser Herr im Himmel es zugelassen, dass er starb?«
Tränen traten in Gertruds Augen und verstärkten Pandolfinas Mitleid. Spontan umarmte sie die Schwägerin und küsste sie. »Du wirst sehen, es wird alles gut! Leonhard ist bereit, dir die drei Burgen, die du und dein Gemahl besessen habt, zu überlassen, sobald wir sie errungen haben.«
»Das würdet ihr tun?« Gertrud konnte es zuerst nicht glauben, dann senkte sie weinend den Kopf. »Ich habe durch mein Tun dem Feind geholfen und dadurch beinahe meine Sippe verraten!«
»Jeder von uns macht Fehler«, antwortete Pandolfina leise und dachte nicht zuletzt an ihre Verachtung für Leonhard, die er wahrlich nicht verdient hatte.
Sie war von Herzen froh, dass ihr Ehemann nicht der dumpfe Schlagetot war, für den sie ihn über lange Wochen gehalten hatte, und fand, dass das Schicksal es im Grunde doch gut mit ihr meinte. Mit weniger Glück wäre sie nun die erzwungene Ehefrau eines Isidoro di Cudi, das Weib des Verräters Antonio de Maltarena oder die Gattin eines Loís de Donzère, und keiner dieser Männer war auch nur im Geringsten mit Leonhard zu vergleichen.
Leonardo, ich liebe dich, dachte sie, und ihr war klar, dass es nicht nur deshalb war, weil er ihr Freuden im Bett bereitete.
»Jeder von uns macht Fehler!«, wiederholte sie. »Es kommt nur darauf an, ob man zu ihnen steht und sie ungeschehen machen will, oder ob man den Kopf in den Sand steckt wie jener Vogel in Afrika, der Strauß genannt wird.«
Gertrud sah sie ängstlich an. »Glaubst du, mein Bruder wird mir und meinem Sohn verzeihen?«
»Er wäre nicht der Mann, den ich liebe, wenn er es nicht täte«, antwortete Pandolfina ernst.
»Was wäre ich nicht?«, fragte Leonhard, der eben auf den Turm gestiegen war und ihre letzten Worte gehört hatte.

»Ich sagte zu Gertrud, du wärst nicht der Mann, den ich liebe, wenn du ihr und ihrem Sohn nicht verzeihen würdest.«

Pandolfinas Blick war bittend, und Leonhard hätte aus Stein sein müssen, um nicht auf ihre Worte einzugehen.

»Um mir deine Liebe zu erhalten, würde ich selbst Heimeran von Heimsberg verzeihen!«

»So viel Selbstverleugnung erwarte ich wirklich nicht von dir«, antwortete Pandolfina gerührt. »Dafür war Heimeran zu lange unser Feind und hat unserer Sippe zu viel angetan.«

»Unserer Sippe?«, fragte Leonhard, doch an ihrem Blick sah er, dass es stimmte. Die junge Apulierin hatte endlich ihre Heimat gefunden. Voller Freude nahm er sie in die Arme und küsste sie, wandte sich dann aber seiner Schwester zu.

»Mathilde sagte, dass du um Leopold geweint hast. Wir wollen zu unserem Herrn im Himmel beten, dass du in Zukunft keine Tränen mehr vergießen musst.«

Mit diesen Worten schloss er auch Gertrud in die Arme und sah verwundert, wie sie zu schluchzen begann.

»Was hast du?«, fragte er.

Pandolfina zupfte ihn am Ärmel. »Das sind Freudentränen, mein Lieber!«

Danach bückte sie sich und hob Lambert auf. »Du bist ein hübscher Junge, weißt du das?«

Lambert wusste nicht, was er von ihr zu halten hatte. Er mochte es aber, wie Pandolfina lächelte, und fand, dass auch sein Onkel Leonhard bei weitem nicht so böse und schrecklich war, wie seine Mutter es ihm immer ausgemalt hatte. Vor allem gab er ihm keine Kopfnüsse, wie sein anderer Onkel Heimward es immer tat, wenn niemand hinschaute. Auch Heimo, der eigentlich kein Onkel war, sondern nur ein Vetter seines Vaters, hatte ihm immer wieder Ohrfeigen versetzt, und was seinen Großvater Heimeran betraf, so hatte dieser ihn nie auf den Knien geschaukelt, so wie Großvater Ludwig dies getan hatte, bevor Mutter mit diesem in Streit geraten war.

»Du bist auch hübsch«, sagte er zu Pandolfina und strich vorsichtig mit den Fingern über deren Gesicht.
Gertrud war froh, dass ihr Sohn sich in die neue Situation einzufinden schien. Das, sagte sie sich, hatte sie nur der ausländischen Ehefrau ihres Bruders zu verdanken. Schon deshalb liebte sie Pandolfina und verwickelte sie in ein Gespräch über ihre Herkunft und über den Kaiser, der so weit in der Ferne residierte, dass Edelleute wie Heimeran von Heimsberg ungehindert ihre Fehden führen konnten.
An einer anderen Stelle der Burg sortierte Kurt gut gelaunt die Waffenröcke und Umhänge der Gefangenen nach der Größe. Als Cita vorbeikam, wunderte sie sich über sein vergnügtes Gesicht und blieb stehen.
»Was machst du da?«
Kurts Grinsen wurde womöglich noch breiter. »Wenn der alte Heimeran kommt, wird er gewiss seine eigenen Männer sehen wollen. Daher haben wir Heimos Schar gezwungen, ihre Kleidung abzulegen, damit wir sie selbst anziehen können.«
»Das ist sehr klug!«, lobte Cita ihn und lächelte. Sie mochte den untersetzten Blondschopf, der immer gute Laune zeigte. Auf dem Weg von Apulien hierher hatte er sich für Leonhard als wertvoller Helfer erwiesen und sich sehr um sie und ihre Herrin gekümmert.
»Glaubst du, dass die Fehde beendet ist, wenn wir den alten Heimeran gefangen nehmen können?«, fragte sie.
»Beendet ist sie wahrscheinlich noch nicht, aber der Mann, der alle Pläne geschmiedet hat, ist dann weg. Ob sein Sohn Heimward in der Lage ist, ihn zu ersetzen, muss sich erst zeigen. Allerdings stand Heimward, obwohl er Heimerans ältester Sohn ist, immer im Schatten seiner jüngeren Bruder Heimbold und Heimfried. Er soll kein guter Krieger sein und ist wohl auch niemand, der seine Leute im Kampf anführen kann. Daher werden wir auf Dauer gewinnen«, sagte Kurt.
»Du bist wirklich sehr klug!«, wiederholte Cita. »Weißt du, ich

mag kluge Männer. Die denken nämlich nach, bevor sie etwas Dummes tun.«

»Ganz dumm, glaube ich, bin ich wirklich nicht. Herr Leonhard meint, dass ich, wenn wir alles von den Heimsbergern wiedergewonnen haben, vielleicht sogar Kastellan einer seiner Burgen werden kann. Die, die Ritter Eckbert früher verwaltet hat, könnte mir gefallen. Sie ist nicht groß, und es gehören nur drei Dörfer zu ihr. Allerdings bräuchte ich ein Weib, das mir unter die Arme greift und mich berät, wenn es nötig ist.«

Kurt sah Cita halb ängstlich und halb hoffend an. Er mochte sie und glaubte, dass auch er ihr nicht ganz gleichgültig war. Ob dies ausreichte, um sie dazu zu bringen, ihre Herrin zu verlassen und ihn zu heiraten, bezweifelte er jedoch.

Diese Überlegung bewegte auch Cita, und sie fühlte sich zwischen ihrer Treue zu Pandolfina und ihren eigenen Wünschen hin- und hergerissen. Dann aber sagte sie sich, dass sie die kleine Magd hier auf Rallenberg anlernen konnte, der Herrin genauso gut zu dienen, wie sie selbst es tat.

»Nun, ich habe mir gedacht, ich könnte Gräfin Pandolfinas Beschließerin werden. Dafür muss ich natürlich auch in der hiesigen Sprache schreiben können, denn die Händler und Handwerker verstehen nur selten Latein«, erklärte sie und sah die Enttäuschung auf seinem Gesicht.

»Andererseits«, fuhr sie fort, »gibt es auch hier tatkräftige Frauen, die diese Aufgabe übernehmen könnten. Daher ließe meine Herrin vielleicht mit sich reden, so dass ich heiraten und ihr an anderer Stelle dienen kann.«

»Mich würde es freuen!«, rief Kurt und schloss sie in die Arme. »Weißt du, du hast mir vom ersten Augenblick an gefallen«, setzte er hinzu, da er sie noch nicht zu küssen wagte.

Bevor er oder Cita noch etwas sagen konnte, erklang Leonhards Stimme vom Turm. »Wie weit bist du mit den Heimsberger Röcken, Kurt?«

»Wenn Cita mir helfen würde, wäre ich bald fertig«, rief Kurt zurück und zwinkerte Cita schelmisch zu.
»Sie soll dir helfen! Es muss alles bereit sein, wenn der alte Heimeran erscheint.« Kaum hatte Leonhard es gesagt, da wandte er sich mit schuldbewusster Miene an Pandolfina.
»Verzeih, dass ich über deine Dienerin verfügt habe!«
Pandolfina warf einen Blick nach unten, wo Kurt und Cita eben die Köpfe zusammensteckten, und lachte. »Es ist dir verziehen! Ich will aber hoffen, dass Kurt es ernst meint und nicht glaubt, er könnte Cita verführen und dann im Stich lassen.«
»Du meinst, die beiden …« Leonhard brach ab, denn er erinnerte sich an etliche Szenen auf der Reise, bei denen er Kurts Zuneigung zu Pandolfinas Magd gespürt hatte, und begann zu lachen.
»Ich denke nicht, dass du dir Sorgen machen musst. Kurt ist ein ehrlicher Bursche und wird kein Spiel mit Cita beginnen.«
»Und wenn doch?«, wandte Pandolfina ein.
»Dann prügle ich ihn vor den Traualtar. Aber im Augenblick bewegt mich mehr die Frage, ob Anna den alten Heimeran täuschen kann. Gelingt es ihr nämlich nicht, befinden wir uns immer noch in der schwächeren Position.«
»Nicht mit dir als Anführer«, erklärte Pandolfina mit großer Überzeugung und küsste ihn.

5.

Der früheste Zeitpunkt für Heimerans Erscheinen wäre kurz vor dem Abend gewesen. Doch so angestrengt Leonhard auch Ausschau hielt, entdeckte er keinen einzigen Reiter, der sich Rallenberg näherte. Als es dunkel wurde, fragte er sich, ob es ein Fehler gewesen war, auf eine List zu vertrauen, anstatt mit allen verfügbaren Männern gegen Schönwerth vorzurücken. Dafür aber hätten sie Rallenberg ganz entblößen müssen, und das mit etlichen Gefangenen im Keller. Wenn es diesen gelänge, sich zu befreien, würde Rallenberg fallen und er den letzten Stützpunkt verlieren, den er noch besaß.

Angespannt und voller Sorge begab er sich zu Bett. Um ihn auf andere Gedanken zu bringen, brachte Pandolfina ihn dazu, sie zu lieben, und sie war froh, als er danach rasch einschlief.

Der nächste Morgen kam, und mit ihm kehrten die Zweifel zurück. Nach einem hastigen Frühstück verließ Leonhard die Burg und blickte von unten zu ihr hoch. Er entdeckte jedoch nichts, das Heimeran von Heimsberg dazu bringen konnte, eine Falle zu vermuten.

Halbwegs beruhigt kehrte er in die Burg zurück, saß dort aber wie auf glühenden Kohlen. Kurz vor Mittag erklang das Signal des Türmers. Leonhard eilte sofort auf den Turm, blickte ins Tal hinab und sah eine Reiterschar auf die Burg zukommen. Eine Frau im dunklen Gewand einer Nonne ritt mit an der Spitze. Neben ihr saß ein Mann auf einem großen, kräftigen Pferd. Den Gold- und Silberstickereien auf seinem Waffenrock nach konnte es nur Heimeran von Heimsberg sein.

»Endlich!«, stieß Leonhard aus und wies seine Männer an, sich bereitzuhalten.
»Ist es der alte Heimsberg?«, fragte ihn Pandolfina.
»Er müsste es sein. Was meinst du, Kurt?«
Kurt war dem Heimsberger schon mehrmals begegnet. Er wartete noch ein paar Augenblicke, um ganz sicher zu sein, dann nickte er. »Es ist Heimeran! Direkt hinter ihm reitet sein Sohn Heimward. Dessen magere Gestalt ist leichter zu erkennen als die seines Vaters.«
»Auf jeden Fall sieht es so aus, als könnten wir wenigstens einen der Heimsberger fangen. Öffnet das Tor und jubelt, wenn die Herren hindurchreiten!«
Auf Leonhards Befehl wurde das Tor geöffnet. Wenig später hatten Heimeran von Heimsberg und seine Schar die Anhöhe bezwungen und ritten in die Burg ein.
Der alte Graf hörte den Jubel der Männer und hob mit triumphierender Miene die rechte Hand. Im Gegensatz zu ihm kniff sein Sohn Heimward verwirrt die Augen zusammen. Eigentlich hätte sein Vetter Heimo sie begrüßen müssen. Doch der ließ sich nicht blicken. Er erkannte auch keinen der Waffenknechte auf der Mauer und wurde misstrauisch. Während sein Vater und die Männer, die mit ihnen gekommen waren, von den Pferden stiegen, blieb er im Sattel. Ein Blick zum Tor zeigte ihm, dass es eilig geschlossen wurde. Es ist eine Falle!, schoss es ihm durch den Kopf. Im gleichen Augenblick sah er, dass die Äbtissin Anna und ihre sechs Begleiter ihre Pferde zur Seite lenkten. Während er noch verzweifelt überlegte, was er tun konnte, klang eine scharfe Stimme auf.
»Ergebt euch!«
Waffenknechte in den Rallenberger und Löwensteiner Farben rückten vor und drängten die Heimsberger zurück. Ein paar von Heimerans Männer wollten zurück in die Sättel steigen, doch die Pfeile und Wurfspieße der Burgbesatzung waren schneller als sie.

»Was soll das?«, fragte Heimeran von Heimsberg verwirrt.
In dem Augenblick gab Heimward seinem Hengst die Sporen und beugte sich tief auf dessen Hals. Zwei Pfeile glitten harmlos über ihn hinweg. Dann hatte er Anna erreicht, packte sie und riss sie zu sich auf sein Pferd. Ihre Begleiter zogen sofort die Schwerter, doch bevor einer von ihnen eingreifen konnte, setzte Heimward Anna einen Dolch an die Kehle.
»Hört sofort auf, sonst bringe ich sie um!«, schrie er mit sich überschlagender Stimme.
»Gut gemacht, Sohn!«, lobte Heimeran ihn.
Leonhard stand wie versteinert da und schalt sich einen Narren, weil er nicht auf Heimward von Heimsberg geachtet hatte.
»Öffnet das Tor!«, befahl Heimward scharf.
Bislang hatte sein Vater ihn für einen Schwächling gehalten und ihn dies fühlen lassen. Doch jetzt hatte er ihm gezeigt, dass er nicht schlechter war als Heimfried oder sein Vetter Heimo. Ich bin besser sogar besser!, dachte er. Die beiden sind gescheitert, doch ich werde diese Fehde siegreich zu Ende führen.
»Worauf wartet ihr? Öffnet das Tor!« Noch während er es rief, scharten sich die Männer seines Vaters um ihn. In ihren Augen war er jetzt der Anführer, der sie vor den Feinden retten konnte, und nicht mehr sein Vater.
Unterdessen überlegte Leonhard verzweifelt, was er tun sollte. Er durfte nicht zulassen, dass Anna umgebracht wurde. Immerhin war sie seine Schwester, und dies zählte im Augenblick mehr als der Ruf, den er verlieren würde, falls sie umkäme. Doch wenn er die Feinde ziehen ließ, musste er damit rechnen, dass Heimeran und Heimward innerhalb kurzer Zeit mit überwältigender Heeresmacht zurückkehrten. Damit aber würde er Rallenberg für Annas Leben opfern.
Pandolfina beobachtete die Situation vom Söller aus und ließ Heimward nicht aus den Augen. Er schien fest entschlossen, sich durchzusetzen oder ihre Schwägerin zu töten. Zuerst wollte sie Leonhard auffordern, mit dem Feind zu verhandeln,

begriff dann aber, dass es keinen Sinn hatte, und wandte sich an Cita.

»Eile zu Kurt und sage ihm, die besten Bogenschützen sollen sich bereithalten, um auf Heimward zu schießen.«

»Selbst wenn er getroffen wird, wird er die Äbtissin noch töten«, wandte ihre Magd ein.

»Geh!«, befahl Pandolfina und suchte nach Worten, mit denen sie Heimward ablenken konnte. Da ihr die Muttersprache geläufiger war, überschüttete sie den Mann mit Verwünschungen im apulischen Dialekt.

Zwar verstand Heimward sie nicht, blickte aber unwillkürlich zu ihr auf. Die Schneide des Dolchs blieb jedoch an Annas Kehle.

»Was soll das Geschwätz?«, fragte er ärgerlich.

Pandolfina nannte ihn in ihrer Heimatsprache ein räudiges Schwein und wechselte ins Deutsche über.

»Was du bist für erbärmliche Ratte? Verstecken dich hinter einem Weib! Dein Verwandter Heimo trat meinem Gemahl mit dem Schwert entgegen.«

»Du bist also die italienische Ehefrau des Ritters Mönchlein!«, rief Heimward höhnisch. »Wie ist er im Bett? Belässt er es bei Gebeten, auf dass der Heilige Geist dich schwängern soll, oder steigt er dir selbst zwischen die Beine?«

»Er keine Kröte wie du!«, schrie Pandolfina ihn an. »Bringst du Schwägerin um, dein Schwanz und deine Eier werden abfaulen! In unserem Kerker! Du entkommst nicht!«

Ohne es eigentlich zu wollen, traf sie den wunden Punkt in Heimwards Plan. Wenn Leonhard von Löwenstein sich weigerte, nachzugeben, konnte er zwar Anna töten, aber danach würde man ihn selbst erschlagen. Herrgott im Himmel, lass ihn einknicken!, flehte er in Gedanken und sah zu Leonhard hinüber. Sein Dolch sank dabei ein paar Zoll und gab Annas Kehle frei.

Bisher hatte Anna wie erstarrt auf Heimwards Pferd gesessen.

Jetzt beugte sie sich blitzschnell nach vorne und biss ihren Peiniger mit aller Kraft ins Handgelenk. Heimward schrie vor Schmerz auf und spürte gleichzeitig, wie die Finger seiner Rechten nachgaben und der Dolch zwischen ihnen durchrutschte. Als er mit der Linken danach greifen wollte, war es zu spät. Drei aus nächster Nähe abgeschossene Pfeile durchschlugen sein Kettenhemd. Gleichzeitig stürmten zwei Waffenknechte heran und rammten ihm ihre Speere in den Leib. Noch während er mit weit aufgerissenen Augen vom Pferd kippte, war Annas Reisemarschall heran, fing seine Herrin auf und stellte sie auf die Beine.

»Das war knapp!«, sagte er keuchend und sah dann zu Pandolfina auf. »Das habt Ihr gut gemacht, Herrin! Ohne Euch wäre die ehrwürdige Äbtissin jetzt so tot wie dieser Schurke hier!« Er versetzte Heimwards Leichnam einen Fußtritt und führte anschließend Anna beiseite, damit sie nicht noch einmal in Gefahr geriet.

»Legt die Waffen nieder!«, herrschte Leonhard nun Heimeran und dessen Leute an.

Heimeran starrte auf seinen Sohn, der in einer immer größer werdenden roten Pfütze lag, und spürte den hammerharten Schlag seines Herzens, der ihm beinahe die Adern sprengte.

»Rächt Heimfried! Rächt Heimward! Rächt Heimo!«, brüllte er wie von Sinnen und stürmte gegen die Rallenberger Waffenknechte an. Drei Speere trafen ihn, ohne dass er auch nur einen einzigen Schwerthieb anbringen konnte. Als er zu Boden stürzte und sich dabei einmal um die eigene Achse drehte, sah er, dass kein Einziger seiner Waffenknechte ihm gefolgt war. Die ersten warfen bereits ihre Schwerter weg und hoben die Hände.

»Feiglinge und Verräter!«, stöhnte er noch, dann wurde es schwarz um ihn.

6.

Es dauerte eine Weile, bis Leonhard das Ausmaß ihres Sieges begriff. Die beiden letzten Heimsberger im Mannesstamm waren tot. Nicht ganz, schränkte er ein. Es gab noch Gertruds Sohn Lambert, und der Junge besaß ein höheres Anrecht auf das Heimsberger Erbe als Heimerans Schwiegersöhne. Zudem lag deren Eigenbesitz weit von hier entfernt, weil der alte Heimsberger seine Töchter nicht mit Nachbarn hatte vermählen wollen, die in Konkurrenz zu seinen Söhnen treten könnten. Gefährlicher als die Schwiegersöhne aber waren Heimsbergs Nachbarn. Wenn diese sich zusammenschlossen, konnten sie nicht nur den Heimsberger Besitz unter sich aufteilen, sondern ihn auch von Löwenstein fernhalten.

Als sie später zusammensaßen, äußerte Leonhard seine Befürchtungen.

Rüdiger von Rallenberg sah ihn auffordernd an. »Wir sollten so rasch wie möglich Schönwerth und Hohenberg besetzen, mit denen der Kaiser Euch belehnt hat.«

»Es wäre der Spatz in der Hand«, mischte Pandolfina sich ein.

»Was meinst du damit?«, wollte Leonhard wissen.

»Lass die Männer, die für Heimeran die beiden Burgen halten, auffordern, sie dir zu übergeben. Dein Ziel aber sollte sein, eine stärkere Position zu gewinnen! Was ist dir wertvoller, Heimsberg oder Löwenstein?«

Leonhard musterte seine Frau und spürte, dass sich hinter ihrer glatten Stirn ein Plan entspann. »Löwenstein«, antwortete er. »Es ist die stärkere Burg und beherrscht die Stadt zu ihren Füßen.«

»Aber die ist doch mittlerweile eine freie Reichsstadt«, rief Rüdiger von Rallenberg.

Leonhard lächelte verschmitzt. »Jetzt nicht mehr! Kaiser Friedrich hat die Urkunde seines Sohnes für ungültig erklärt. Außerdem haben Gefangene zugegeben, dass Heimeran von Heimsberg die von König Heinrich gewährte Reichsfreiheit nicht im Geringsten geachtet hat, sondern die Stadt von seinen Reisigen besetzen ließ.«

»Löwenstein also! Wie lange brauchen Reiter mit schnellen Pferden bis dorthin?«, fragte Pandolfina.

»Zwei Tage.«

»Dann sollten wir morgen früh aufbrechen. Wir reiten unter Heimsbergs Banner und werden die Waffenröcke seiner Reisigen tragen!« Pandolfina ging so in ihrem Plan auf, dass sie von »wir« sprach, obwohl sie gewiss nicht als Waffenknecht auftreten konnte.

»Das erscheint mir zu gewagt«, gab Rüdiger von Rallenberg zu bedenken.

»Vielleicht auch nicht!« Leonhard lächelte seiner Frau zu. »Vorhin konnten wir Heimeran von Heimsberg mit den Waffenröcken seiner Männer täuschen. Dies müsste auch bei der Besatzung von Löwenstein möglich sein. Wir müssen nur dort sein, bevor sie vom Tod ihres Herren erfahren.«

»Wir brechen noch heute auf«, schlug Pandolfina vor. »Dann sind wir gewiss schneller.«

»Sie werden einen ihrer Anführer erwarten, sei es Heimeran selbst, Heimward oder Heimo!« Rüdiger von Rallenberg schien dieser Plan höchst riskant, zumal er den größten Teil seiner Waffenknechte dafür würde abstellen müssen.

»Sie werden glauben, dass Heimeran selbst kommt!« Leonhards Blick wanderte zu Renzo, der sich während der Kämpfe im Hintergrund gehalten hatte. »Ihr gleicht Heimeran von Gestalt. Daher wird man Euch auf Entfernung für ihn halten. Ist aber erst einmal das Tor offen, kann uns niemand mehr daran hindern, Löwenstein einzunehmen.«

Leonhards Vorschlag bedeutete, sich mit seinem lahmen Arm in große Gefahr begeben zu müssen. Das war Renzo klar, doch er wollte nicht tatenlos den Geschehnissen zusehen, sondern auch etwas für seine Herrin tun. Er wechselte einen kurzen Blick mit Pandolfina und nickte.

»Ich bin dazu bereit!«

»Das ist doch Wahnsinn!«, stöhnte Rüdiger.

Für Leonhard war die Entscheidung jedoch gefallen. »Gerade deshalb kann es gelingen, denn wenn Ihr es für unwahrscheinlich haltet, werden es Heimerans Leute ebenfalls tun.«

Er wusste nur nicht, wie er Pandolfina daran hindern konnte, mitzukommen. Da schlug er sich mit der flachen Hand gegen die Stirn. Den Aussagen einiger Gefangener nach hatte Heimeran Pandolfina als Geisel nehmen wollen, um sich vor Friedrich schützen zu können.

»Du wirst als unsere Gefangene gelten! Wir nehmen auch Anna mit, denn ihre Männer werden unseren Trupp verstärken.«

Seine Schwester hatte den Schock, von Heimward als Geisel genommen worden zu sein, noch kaum verwunden, stimmte aber sofort zu. »So machen wir es.«

»Wir sollten uns beeilen!« Pandolfinas Augen blitzten. Sie hatte ihre alte Heimat durch feindliche List verloren und wollte daher ihre neue durch eigene List gewinnen.

Schließlich fand auch Rüdiger von Rallenberg sich mit dem Plan ab, allerdings erst, nachdem ihm sowohl seine Frau wie auch seine Mutter gut zugeredet hatten.

»Ich hoffe, dass ich unsere Gefangenen mit den paar Mann in Schach halten kann, die mir verbleiben«, meinte er zögerlich.

»Das wirst du, mein Guter!« Dietrun legte ihm lächelnd die

Hand auf den Arm und sah ihn so bewundernd an, dass Pandolfina beinahe den Kopf schüttelte. Blick und Lob wirkten jedoch, denn Rüdiger straffte sich und nannte die Namen jener Männer, die er bei sich behalten wollte. Es waren erfahrene Waffenknechte, doch die brauchte er auch, um eine nahezu achtfach überlegene Anzahl von Gefangenen zu bewachen.

Leonhard beschloss, ihn mit mindestens einem, vielleicht sogar mit zwei Dörfern aus dem Lehensgebiet zu belohnen, welches ihm der Kaiser überlassen hatte, denn ohne Ritter Rüdiger und seine Rallenberger hätte er hier nicht das Geringste erreichen können.

»Ich möchte auch mitkommen«, meldete sich da Gertrud.

»Warum? Hier wärst du sicherer!«, sagte Leonhard verwundert.

»Es ist … nun, Löwenstein ist auch meine Heimat!« Gertrud wollte nicht sagen, dass sie sich mit ihrem Sohn nicht sicher fühlte, solange nur ein paar Mann die vielen Gefangenen bewachen mussten. Das hätte Rüdiger beleidigen können.

Leonhard wechselte einen kurzen Blick mit Pandolfina, doch seine Frau wirkte unentschlossen. Daher nickte er nach kurzem Nachdenken. »Es ist vielleicht sogar gut, wenn Lambert und du mitkommen. Die Burgbewohner werden denken, ihr Herr hätte einen großen Sieg errungen.«

»Als was willst du auftreten? Als Heimo oder Heimward?«, fragte Anna mit leichtem Spott.

»Als ganz normaler Waffenknecht, denn für Heimo bin ich nicht breit und für Heimward nicht dünn genug«, gab Leonhard gut gelaunt zurück. »Heimos Kleidung wird Kurt tragen, der ähnelt dessen Gestalt noch am meisten!«

»Ich werde seinen Rock ein wenig auspolstern müssen, damit er mir nicht zu sehr am Leib schlottert!« Kurt lachte und zwinkerte Cita, die in seiner Nähe stand, grinsend zu.

»Ich werde ein paar Kissen einnähen«, erklärte diese. Heimerans Kleidung, die Renzo tragen sollte, musste ebenfalls ein wenig umgeändert werden. Cita beschloss, Arietta und Dietrun darum zu bitten. Die beiden würden zurückbleiben. Sie aber wollte mitkommen, und wenn sie heimlich hinter ihrer Herrin herreiten musste.

7.

Insgesamt schwangen sich fast fünfzig Reiter in die Sättel. Zwölf trugen die Farben von Annas Kloster, der Rest steckte in Heimsberger Waffenröcken. Die Männer, die diese bis jetzt getragen hatten, waren im Keller der Burg eingeschlossen, und man hatte die meisten an die Wand gekettet. So würde es Rüdiger von Rallenberg und seinen Knechten leichter fallen, sie zu bewachen.

Rüdiger, seine Frau und seine Mutter verabschiedeten Leonhard und Pandolfina mit allen guten Wünschen, während Arietta und die Kinder Renzo umarmten, der in Heimeran von Heimsbergs Gewand tatsächlich wie ein mächtiger Herr wirkte. Er klopfte seiner Frau aufmunternd auf den Rücken und küsste sie.

»Sei unbesorgt!«, sagte er. »Ich kann mein Schwert auch mit der linken Hand führen, wenn es sein muss. Auf jeden Fall werden wir, wenn diese Fehde vorbei ist, uns nicht mehr mit einem, wenn auch hübschen Bauernhof zufriedengeben müssen, sondern als Kastellan und Kastellanin Pandolfinas Burg Schönwerth verwalten. Unser Junge wird einmal in Conte Leonardos Dienste treten und dabei mehr als ein Knecht sein.«

»Möge die Madonna geben, dass du gesund zurückkommst, das ist mir das Wichtigste«, flüsterte Arietta und kämpfte gegen ihre Tränen an.

»Wir brechen auf! Vorwärts!«, rief Leonhard und übernahm die Spitze.

Sofort war Pandolfina bei ihm und sah ihn mit leuchtenden Augen an. »Darauf habe ich seit Jahren gewartet!«

»Worauf?«, fragte Leonhard verwundert.

»Die Burg zurückzugewinnen, auf der ich leben und meine Kinder zur Welt bringen will. Früher hatte ich gehofft, es würde Montcœur sein, doch nun wird es Löwenstein, und das ist genauso gut.«

»Ich werde alles tun, damit du den Verlust deiner Heimat nicht spüren wirst«, versprach Leonhard und ließ seinen Hengst antraben.

Als es Nacht wurde, halfen ihnen Fackeln, rasch vorwärtszukommen, und erst bei Tagesanbruch machten sie kurz Pause, um die Pferde zu tränken. Bald aber ritten sie weiter, denn es galt schneller zu sein als das Gerücht, dass Heimeran von Heimsberg vor Burg Rallenberg gescheitert wäre.

Mittags machten sie erneut Pause, fütterten ihre Pferde mit etwas Hafer und aßen selbst von den mitgebrachten Vorräten. Bald aber ging es weiter. Eine zweite schlaflose Nacht konnten sie jedoch weder ihren Pferden noch sich selbst zumuten. Daher schlugen sie ihr Nachtlager in einer Flussaue auf, in der die Pferde noch ein wenig grasen konnten. Dazu erhielten sie erneut Hafer, damit sie den raschen Ritt gut durchstanden. Für die Menschen gab es dünnen Wein sowie Brot und Wurst.

Kurt gesellte sich zu Leonhard und reichte ihm eine der Würste. »Schmecken gut! Sogar der Herrin mundet es!«

Anders als Leonhard war ihm aufgefallen, dass Pandolfina dem hiesigen Essen wenig abgewinnen konnte. Und da er die Küche Apuliens und anderer italienischer Landstriche kennengelernt hatte, verstand er sie.

»Wir sollten darauf achten, dass die Herrin sich hier bei uns wohl fühlt«, fuhr er nachdenklich fort.

»Das werden wir auf jeden Fall tun«, stimmte Leonhard ihm zu.

»Dazu gehört auch anderes Essen! Die Herrin ist das fette Schweinefleisch nicht gewöhnt und sollte daher die Zutaten für die Mahlzeiten selbst auswählen.« Kurt zwinkerte Leonhard zu, damit er es nicht als Kritik auffasste.

»Pandolfina ist die Herrin und hat zu bestimmen, was auf den Tisch kommt«, antwortete Leonhard.

»Auch wenn unsere Leute deswegen meckern?«, fragte Luitolf, der im Gegensatz zu Pandolfina fettes Schweinefleisch mochte.

»Ich glaube nicht, dass einer unserer Kerle etwas zu meckern hat, und wenn doch, verpasse ich ihm zwei Hörner auf der Stirn, dass er sich für einen Ziegenbock hält!« Kurt grinste zwar, doch sein Blick zeigte deutlich, wie ernst er es meinte.

Leonhard lachte trotzdem und meinte dann, dass sie sich hinlegen sollten. Er wollte in der frühen Morgendämmerung aufbrechen, um Löwenstein kurz nach der Mittagsstunde zu erreichen.

8.

Es war noch nicht ganz Mittag, als Leonhards Trupp bei der zu Löwenstein gehörenden Stadt eintraf. Beim Anblick des Walls mit der Palisadenmauer und dem steinernen Torturm überlegte Leonhard, das Städtchen zu umgehen. Allerdings wäre das für eine Heimsberger Schar ungewöhnlich und würde auf der Burg womöglich Verdacht erregen.

Da sah er, dass die Torflügel ausgehängt und beiseitegeschafft worden waren, und hielt ungesäumt auf die gähnende Öffnung zu. Dahinter waren keine Wachen zu sehen. Erleichtert trabte Leonhard in die Stadt und sah sich aufmerksam um. Die Leute verließen fluchtartig die Straße und verschwanden in den Häusern oder in Nebengassen. Beliebt schienen die Heimsberger hier nicht zu sein.

Die Hufe ihrer Pferde klapperten auf der mit Kies bestreuten Hauptstraße der Stadt und kündeten ihr Kommen schon von weitem an, doch niemand ließ sich sehen. Nur hinter zum Spalt geöffneten Fenstern schauten ihnen ein paar Bewohner nach.

»Elendes Gesindel!«, schimpfte ein Mann, der zum Magistrat gehört hatte, nun aber von Heimeran von Heimsberg aus Amt und Würden gejagt worden war.

Sein Schwager, der auf einen Schwatz herübergekommen war, stimmte ihm ärgerlich zu. »Heimeran soll der Teufel holen und seinen Sohn und seinen Neffen ebenfalls!«

»Dort ist dieses Schwein!« Der ehemalige Ratsherr wies auf Renzo, der eben an dem Haus vorbeitrabte.

Seine Frau hingegen kniff verwirrt die Augen zusammen. »Das

war nicht Graf Heimeran! Der Mann sieht ihm zwar ähnlich, aber …«

Sie verstummte, als sie Leonhard in der Kleidung eines einfachen Waffenknechts vorbeireiten sah. Zuerst wunderte sie sich über den rassigen Hengst, der keinem geringen Mann gehören konnte, blickte dann in Leonhards Gesicht und schlug das Kreuz.

»Jesus, Maria und Josef! Kann das sein?«

»Was hast du?«, fragte ihr Mann.

Die Frau wies auf Leonhard. »Dieser Reiter dort! Er sieht aus wie Graf Ludwigs jüngster Sohn.«

»Du meinst Ritter Mönchlein? Aber der soll doch vor den Heimsbergern geflohen und in der Ferne verdorben sein.«

»So behaupten es die Heimsberger«, unterbrach die Frau ihren Mann. »Doch je mehr ich darüber nachdenke, umso sicherer bin ich, dass es Herr Leonhard war.«

»Möge Gott geben, dass du recht hast und die Herrschaft Heimsbergs über Löwenstein gebrochen wird. Dieser Schurke ließ uns zuletzt kaum mehr die Luft zum Atmen. Da war Graf Ludwig trotz seines gelegentlichen Starrsinns ein anderer Mann«, erklärte der frühere Ratsherr und vergaß dabei ganz, dass er sich als einer der Ersten gegen Ludwig von Löwenstein erhoben hatte.

9.

Während in der Stadt noch geredet wurde, hatten Leonhard und seine Begleiter diese bereits wieder verlassen und trabten den steilen Anstieg zur Burg hoch. Sie muteten ihren Pferden einen flotten Trab zu, um der Burgbesatzung keine Zeit zu lassen, sie genauer zu mustern. Renzo ritt an der Spitze, und hinter ihm hielten sich Kurt und Leonhard, um ihm sogleich beistehen zu können, falls es zum Kampf kam.

Es schmerzte Leonhard in der Seele, das Heimsberger Banner über der väterlichen Burg wehen zu sehen, und er griff vor Erregung zum Schwertgriff.

»Noch nicht!«, rief Pandolfina ihm zu. Aber sie konnte die Gefühle verstehen, die in ihm tobten. Ihr wäre es bei Montcœur nicht anders ergangen.

»Verdammt, warum machen die das Tor nicht auf!« Kurt befürchtete, die Burgbesatzung würde bereits Nachricht von Heimerans Scheitern erhalten haben und ihre List durchschauen. Auch Leonhard hatte diese Sorge, beschloss aber, alles auf eine Karte zu setzen, und gab seinem Hengst die Sporen. Er errang rasch einen Vorsprung vor den anderen und preschte auf das Tor zu.

»Öffnet im Namen Graf Heimerans!«, befahl er und sah erleichtert, wie die schweren Torflügel aufschwangen. Er verhielt sein Pferd und wartete, bis Renzo und Kurt zu ihm aufgeschlossen hatten. Dann reihte er sich wieder in den Trupp ein und ritt durch das Tor.

Ein Blick in den Zwinger verriet ihm, dass an dieser Stelle keine

Waffenknechte auf sie warteten. Jetzt galt es noch, durch das zweite Tor in den Burghof zu gelangen. Dieses stand offen, konnte aber rasch geschlossen werden. Um das zu verhindern, gaben Leonhard und seine Männer ihren Pferden die Sporen und stürmten wie die wilde Jagd in den Burghof.
Heimsbergs Männer wunderten sich zwar über die Eile, die ihr Herr an den Tag legte, doch keiner wurde misstrauisch oder hielt eine Waffe bereit. Bevor sie begriffen, was mit ihnen geschah, sprangen Leonhard und seine Truppe von den Pferden und reckten ihnen die Schwerter entgegen.
»Ergebt euch!«, fuhr Leonhard sie an und befahl Kurt mit seinen Männern, den Palas zu stürmen, bevor jemand dessen Zugang schließen und sich darin verbarrikadieren konnte.
Sie schwärmten aus und trieben mehr als zwanzig Waffenknechte zusammen. Diese begriffen nur langsam, dass nicht ihr Herr erschienen war, sondern dessen Feind.
Leonhard blieb mit Annas Reisigen im Hof, um die Damen zu beschützen, und war froh, dass er nicht eingreifen musste. Ihr Erscheinen hatte die Heimsberger Waffenknechte völlig überrascht, und der von Heimeran eingesetzte Kastellan begriff erst, dass die Burg gefallen war, als Kurt ihn aus dem Bett holte, in dem er einen gewaltigen Rausch ausschlafen wollte. Während die Heimsberger entwaffnet und eingesperrt wurden, trat Kurt fröhlich grinsend auf Leonhard zu.
»Das ging um einiges leichter, als ich erwartet habe«, rief er.
»Dem Herrgott sei Dank!«, antwortete Leonhard und wies auf den höchsten Turm der Burg. »Kannst du dafür sorgen, dass der Heimsberger Lappen von dort oben verschwindet?«
»Es gibt nichts, was ich lieber täte!« Noch immer fröhlich grinsend, verschwand Kurt. Wenig später sah Leonhard, wie das feindliche Banner niedergeholt wurde. Er wollte schon bedauern, dass sie kein Löwensteiner Banner besaßen, da zog zu seiner Verwunderung Kurt eines auf.
»Eine Magd hat es vor den Heimsbergern versteckt und ge-

hofft, dass wir irgendwann zurückkommen werden«, rief er zu Leonhard und Pandolfina hinab.

»Das sollten wir ihr vergelten!«, sagte Pandolfina lächelnd. »Wenn sie dazu in der Lage ist, soll sie die Beschließerin hier werden!«

Als Cita dies vernahm, tat ihr Herz einen Sprung. Für sie hieß es, dass ihr Wunsch, Kurt zu heiraten und mit ihm zusammen eine der kleineren Burgen verwalten zu dürfen, in Erfüllung gehen konnte. In dem Augenblick schwor sie sich, jene ihr unbekannte Magd in allem zu unterstützen, was diese benötigte, um Pandolfinas rechte Hand zu werden.

Im Gegensatz zu Pandolfina wunderten Anna und Gertrud sich darüber, wie glatt alles gegangen war. Heimeran von Heimsberg, der gegen Löwenstein jede List und jede Tücke eingesetzt hatte, war am Ende von dem Mann überlistet worden, den er so lange als »Ritter Mönchlein« verspottet hatte.

»Gehen wir hinein! Ich will meine neue Heimat kennenlernen.« Pandolfina streckte die Hände zum Zeichen aus, dass sie vom Pferd gehoben werden wollte. Diesmal tat Leonhard es selbst, und seine Hände fühlten sich auf ihrer Taille gut an.

Pandolfina gab ihm einen Kuss und lächelte ihm zu. »Wir haben es geschafft, mein Lieber!«

»Noch befinden sich einige unserer Burgen in der Hand von Heimerans Gefolgsleuten«, wandte Leonhard ein.

»Glaubst du wirklich, dass sie uns davon abhalten können, uns das zu holen, was uns gehört?« Pandolfina klang so selbstbewusst, dass Leonhard lachen musste.

»Ich wünsche nicht, dass du je meine Feindin wirst, denn dir ist so leicht niemand gewachsen.«

»Dir aber auch nicht, mein Lieber!« Mit diesen Worten reichte Pandolfina ihm den Arm und ließ sich in die Burg führen.

Die meisten Mägde und Burgknechte stammten noch aus Löwensteiner Zeit und sahen Leonhards Einzug daher als Befreiung an.

»Es war kein gutes Leben unter den Heimsbergern«, sagte einer der älteren Knechte. »Diese Kerle waren hinter den Weibern her, und uns haben sie geschlagen, wann und wie es ihnen gefiel. Wir sind gerne bereit, sie zu bewachen.«
Das Angebot war ehrlich gemeint, verhieß aber nichts Gutes für die Gefangenen. Da diese das Gesinde der Burg schlecht behandelt hatten, bestimmte Leonhard, dass einige Knechte bei der Bewachung mithelfen sollten. Anschließend wandte er sich an eine Magd: »Meine Männer und ich sind rasch und ohne große Pausen hierhergeritten und daher sehr hungrig.«
»Das sind wir Frauen auch!«, warf Gertrud ein.
Einige Knechte und Mägde, die von ihrem Streit mit dem Vater wussten, verzogen ablehnend das Gesicht. Da legte Pandolfina ihren Arm um Gertruds Schulter und küsste ihre Wange.
»Du bist sehr mutig gewesen, meine Liebe, und dein Lambert ebenso! Dank deiner und Annas Hilfe konnten wir die Heimsberger täuschen und Löwenstein zurückgewinnen.«
»Wer ist denn das?«, fragte die Magd, die das Löwensteiner Banner versteckt hatte, und wandte sich an Kurt, der eben durch die andere Tür in die Halle gekommen war.
»Das ist«, begann Kurt mit dem breitesten Grinsen, das er zustande brachte, »die Gemahlin unseres Herrn Leonhard! Es ist die Tochter eines Markgrafen in Kaiser Friedrichs Diensten und eine sehr kluge Frau. Wenn du anstellig bist, kannst du bei ihr mehr werden als eine schlichte Magd. Lass dir einen guten Rat geben: Sie mag kein fettes und nur halbgekochtes Fleisch.«
»Dann lassen wir das Fett zu Schmalz aus. Das macht doch nicht viel Arbeit!«, antwortete die Frau und verschwand in Richtung Küche.
Kurt sah ihr einen Augenblick nach und ging zu Cita hinüber. »Ich glaube, die Frau macht sich. Du wirst daher schon bald deine Herrin verlassen und mit mir kommen können.«
»Vorher aber müssen wir noch eine passende Burg für dich

zurückerobern«, wandte Leonhard ein, der zu ihnen getreten war.

»Ich bin da ganz der Meinung der Herrin! Wer kann uns schon daran hindern, wenn wir es richtig wollen?« Mit einem fröhlichen Lied auf den Lippen verließ Kurt die große Halle, um nachzusehen, ob alle Teile der Burg gesichert waren.

Leonhard reichte unterdessen Pandolfina den Arm, um sie durch die Burg zu führen. Er merkte aber rasch, dass er Gertruds und Annas Hilfe dazu brauchte, denn er kannte Löwenstein ebenso wenig wie seine Frau. Doch das, schwor er sich, würde sich bald ändern und Löwenstein für sie beide Heimat sein.

10.

Beim Essen bewies die Magd, die das Banner versteckt hatte, zum ersten Mal ihren Wert, denn es schmeckte Pandolfina ebenso wie den anderen. Alle waren von dem langen Ritt erschöpft und wollten bald zu Bett gehen, doch da meldete der Türmer eine Gruppe von Männern, die von der Stadt heraufkamen. Die Neugier zwang Pandolfina, in der Halle zu bleiben, während Leonhard sich fragte, was diese hier wollten.

»Es sind Bürger aus der Stadt«, raunte einer der Löwensteiner Knechte Leonhard ins Ohr.

Dieser nickte mit verkniffener Miene. Zwar hätte er die Auseinandersetzung mit der Stadt lieber auf einen späteren Zeitpunkt verschoben, doch wenn es sein musste, würde er sie eben jetzt führen. Er befahl Kurt, die Urkunde zu holen, in der Kaiser Friedrich die Stadt wieder der Löwensteiner Herrschaft unterstellte, und bemühte sich, die Abgesandten möglichst hochmütig zu mustern.

Der Ratsherr, dessen Frau Leonhard erkannt hatte, ermannte sich schließlich und trat auf diesen zu. »Erlaubt mir zu sprechen, Herr!«

»Rede!«

»Ich komme im Namen der Bürger unserer guten Stadt«, begann der Mann. »Wir wollen ein gutes Auskommen mit dem Herrn der Burg und sind gekommen, um darüber zu verhandeln.«

Leonhard blickte den Mann durchdringend an. »Ihr habt euch gegen euren Herrn aufgelehnt und dessen Feinden geholfen, ihn zu vertreiben. Nun, da wir Löwensteiner zurückgekommen sind, kommt ihr und wollt Forderungen stellen, anstatt euch zu unterwerfen, wie es sich geziemt.«

»Herr, wir sind brave Leute und wollen nur in Frieden leben. Als wir Bürger Euren Vater baten, uns einen Rat wählen zu lassen, schlug er es uns ab. Dabei sind in einer Stadt viele Dinge zu bedenken, um die sich der von Graf Ludwig eingesetzte Stadtrichter nicht gekümmert hat.«

Der Mann klang ehrlich, und Leonhard wusste, dass sein Vater eher zugrunde gegangen wäre, als einen Kompromiss zu schließen. Da sein Vater jedoch das letzte Wort haben würde, wollte er keine Zugeständnisse machen, die diesem missfallen konnten. Noch während er nach einer Formulierung suchte, fühlte er Pandolfinas Hand auf seiner Schulter.

»Bedenke, dass du Verbündete brauchst«, raunte sie ihm ins Ohr. »Wenn du diese Männer dazu zwingst, sich auf Gnade und Ungnade zu ergeben, wirst du sie dir zu Feinden machen. Lass ihnen ruhig ein paar Rechte, solange du die Herrschaft behältst.«

Pandolfina verwendete ihren apulischen Dialekt, damit die Stadtbürger nicht verstehen konnten, was sie sagte. Diese starrten sie ebenso verwirrt wie neugierig an.

»Das ist Markgräfin Pandolfina de Montecuore, die unser guter Kaiser Friedrich in seiner Gnade unserem Herrn Leonhard angetraut hat«, erklärte ihnen Kurt freundlich.

Sofort verbeugten sich die Städter vor Pandolfina und fragten sich ängstlich, was sie ihrem Gemahl wohl geraten haben mochte. Leonhard wartete noch einen Augenblick, dann setzte er eine bewusst strenge Miene auf.

»Ich kann nicht für meinen Vater sprechen, der noch am Hofe des Kaisers in Italien weilt. Doch vorerst erteile ich euch das Recht, eure Stadttore wieder einzuhängen und durch eigene Knechte bewachen zu lassen. Dieses Privileg erlischt in dem Augenblick, an dem ihr uns Löwensteinern die Tore verschließen solltet. Müssen wir die Stadt mit Gewalt zurückgewinnen,

werden wir die Palisaden und Wälle niederreißen und die Stadttürme schleifen lassen.«
Diese Drohung schreckte keinen der Bürger. Nach den Erfahrungen mit den Heimsbergern und König Heinrich, dessen Erhebung zur freien Reichsstadt in ihren Augen nur eine List gewesen war, um sie gegen die Löwensteiner Herrschaft aufzuhetzen, waren sie froh, wenigstens ein paar Zugeständnisse zu erhalten.
Leonhard merkte ihnen dies an und zeigte eine freundlichere Miene. »Bis zur Rückkehr meines Vaters könnt ihr einen Rat aus zwölf Bürgern und einen Bürgermeister wählen. Diese sind dann uns gegenüber für das Wohlverhalten der Stadt verantwortlich!«
Ein Blick zu Pandolfina verriet ihm, dass diese zufrieden war. Für die Bürger kam das Angebot überraschend, gewährte es ihnen doch eine gewisse Selbstverwaltung.
»Wir danken Euch, Herr Leonhard, und beten zu Gott, dem Allmächtigen, dass Ihr Euch Eurer Worte erinnert, wenn Ihr einmal die Nachfolge Eures Vaters antreten werdet«, erklärte der Sprecher der Bürger.
Der neben ihm Stehende zog jedoch eine bedenkliche Miene. »Graf Ludwig wird auf mich und weitere Bürger nicht gut zu sprechen sein, Herr Leonhard, da wir ihm doch einige Widerworte gegeben haben. Wenn er zurückkommt, wird er sich daran gewiss erinnern.«
Der Mann hatte Angst, und zwar nicht nur um sich selbst, sondern auch um seine Familie und Freunde. Wenn er blieb, würde er der Rache des alten Grafen anheimfallen. Leonhard begriff, dass er dieses Problem lösen musste, um sich der Treue der Städter sicher sein zu können.
»Ich weiß nicht, wann mein Vater aus Italien zurückkehrt«, sagte er nachdenklich. »Seine Majestät, der Kaiser, hat meiner Gemahlin und mir in seiner Güte die Burgen Schönwerth und Hohenberg zu Lehen gegeben. Zurzeit sind diese noch von

Heimsberger Gefolgsleuten besetzt, doch sobald ich sie in meine Gewalt gebracht habe, sei es dir und allen, die meinen Vater zu fürchten haben, erlaubt, sich dort anzusiedeln.«

Den Eindruck, den seine Worte machten, hatte er nicht erwartet. Die Gesichter der Städter hellten sich auf, und ein paar von ihnen ließen ihn sogar hochleben. Ihr Anführer rieb sich erregt über die Stirn und trat auf Leonhard zu.

»Ihr habt eben gezeigt, dass Ihr ein Mann seid, der seinen eigenen Weg zu gehen weiß, und nicht nur in die Stapfen des Vaters zu treten gedenkt. Wir werden alles tun, um Euch zu unterstützen, Herr Leonhard. Als wir noch Reichsstadt waren, haben wir eine Bürgerwehr aufgestellt. Herr Heimeran hat es uns wieder verboten, doch wenn Ihr wollt, können wir bereits morgen gut einhundert wackere Kerle Eurem Befehl unterstellen!«

»So ist es!«, rief der Mann, der sich vor Graf Ludwigs Rückkehr fürchtete. »Wenn Ihr nichts dagegen habt, werde ich selbst mithelfen, Eure Burgen zurückzugewinnen.«

»Ich habe nichts dagegen«, antwortete Leonhard und befahl, jedem der Städter einen Becher Wein zu reichen.

Pandolfina brachte auch ihm einen und hängte sich bei ihm ein. »Du bist klug, mein Leonardo, und hast dir diese Männer zu Freunden gemacht. Niemand anderes als du hätte dies vollbringen können!«

»Du hast mir mit deinen Ratschlägen weitaus mehr geholfen, als wenn mir der Kaiser ein Heer überlassen hätte, um die Heimsberger zu besiegen«, antwortete Leonhard und fand, dass eine Ehefrau auch in anderer Hinsicht weitaus brauchbarer war als ein Trupp Soldaten.

Zehnter Teil

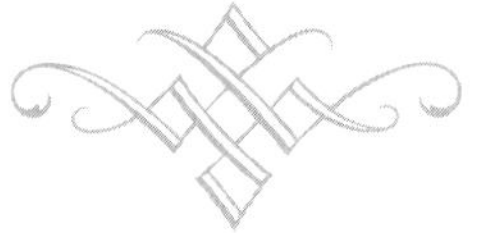

Der König

1.

Pandolfina reckte sich, um den König besser sehen zu können. Eben hob Friedrich die prunkvolle Krone, die für die Heilige bestimmt war, in die Höhe, um sie allen zu zeigen. Er selbst war äußerst schlicht im grauen Habit der Zisterziensermönche gekleidet und unterschied sich nur durch sein volles, rötlich schimmerndes Haar von den Mönchen, die ihm halfen, die Tote in ihr neues Grab umzubetten. Es handelte sich um Elisabeth, die Ehefrau seines Freundes Ludwig von Thüringen, der nach Italien gezogen war, um zusammen mit dem Kaiser das Heilige Land zu befreien, aber noch vor der Abfahrt an Malaria gestorben war.

Der Gesang der Chorknaben pries die Frau, die Papst Gregor IX. vor kurzem in den Rang einer Heiligen der Christenheit erhoben hatte. Pandolfina wusste kaum etwas über Elisabeth von Thüringen und war auch nicht ihretwegen nach Marburg gekommen, sondern um Friedrich, aber auch Enzio, Catarina und andere alte Freunde wiederzusehen. Dennoch wohnte sie dieser Zeremonie gerne bei, um dadurch ein wenig vom Segen der neuen Heiligen für sich und ihre Familie zu gewinnen. Sie blickte lächelnd zu Leonhard auf, der im Gegensatz zum Kaiser die ihm gebührende Kleidung eines Edelmanns trug.

Seit der Rückeroberung von Löwenstein waren drei Jahre vergangen. Sie hatten nur eines davon gebraucht, um die eigenen Burgen sowie Heimsberg und dessen Besitzungen an sich zu bringen. Der danach eingekehrte Frieden hatte allen gutgetan, denn Löwenstein gedieh, und dort lief auch bereits der kleine

Ludwig herum, der den Großvater, dessen Namen er trug, jedoch nie kennenlernen würde. Leonhards Vater war wenige Wochen, bevor er in die Heimat hatte zurückkehren wollen, der Malaria erlegen.

Ritter Eckbert, der nun gemeinsam mit Mathilde die Burg Heimsberg verwaltete, hatte diese Nachricht überbracht. Zwar hatte Leonhard die notwendigen Gebete befohlen und der Kirche viel gespendet, damit für die Seele des Toten gebetet wurde, doch die Trauer um Graf Ludwig war nicht sehr tief. Selbst sein langjähriger Gefolgsmann Eckbert hatte sich zu der Bemerkung hinreißen lassen, es sei besser, dass Graf Ludwig nicht zurückgekehrt sei, denn er hätte mit seiner Ungeduld und Schroffheit vieles von dem zerstört, was Leonhard erreicht hatte.

»Ich hoffe, es wird dir nicht zu viel«, vernahm Pandolfina Leonhards leise Frage und lächelte.

»Ich bin doch erst im vierten Monat! Bis zur Geburt des Kindes werden die Feierlichkeiten wohl zu Ende sein.«

Leonhard musste sich zusammennehmen, um nicht zu lachen, denn das wäre übel aufgenommen worden. Schließlich wurden hier die Gebeine einer Heiligen in einer prachtvollen Zeremonie umgebettet. Mittlerweile hatte Friedrich Elisabeths knochiges Haupt mit der Krone geschmückt und machte nun Platz für die Erzbischöfe, Bischöfe und Reichsäbte, die das Recht erworben hatten, ein Fingerglied, ein Fußknöchlein oder gar einen langen Knochen der Toten an sich zu nehmen und als Reliquie in die Heimat zu bringen. Andere hohe Geistliche hatten Knochen mitgebracht, damit diese durch die Berührung mit den Gebeinen der Heiligen deren Macht in sich aufnehmen konnten.

Die Feier dauerte schier endlos, weil jeder, der im Reich etwas darstellte, in Erscheinung treten wollte. Zuerst kamen Sophie und Gertrud, die Töchter der Toten, sowie ihr Schwager Heinrich Raspe und danach die anderen Fürsten und Grafen. Einer fehlte jedoch, nämlich Heinrich, Friedrichs Sohn. Der König hatte ihn wegen fortgesetzten Widerspruchs und dem Versuch einer Rebellion gefangen nehmen lassen. Zum neuen deutschen König und damit zum Nachfolger Friedrichs im Heiligen Römischen Reich sollte dessen zweiter legitimer Sohn Konrad gewählt werden.

Zwar war Konrad noch ein Kind, doch auch Heinrich war bereits in jungen Jahren gekrönt worden, dachte Leonhard. Es hatte ihm jedoch wenig Glück gebracht. Da dieser fern dem Vater erzogen worden war, hatte er dessen Oberhoheit nie anerkannt, sondern sich als wahrer Herrscher im Reich gesehen. Dabei war er jedoch weniger an diesem Anspruch als an seinen Fehlern gescheitert.

Leonhard schob den Gedanken an den unglücklichen Kaisersohn beiseite und wandte sich wieder Pandolfina zu. »Wir beide sind heute Abend zum großen Bankett geladen. Vorher will Seine Majestät uns eine Audienz gewähren.«

»Dafür sollte die heilige Elisabeth aber in ihrem Sarkophag liegen, sonst ist es Mitternacht, bis wir die Kirche verlassen können«, antwortete Pandolfina gut gelaunt.

»Ich bete nur darum, dass unser Ludwig Cita nicht zu sehr ärgert. Immerhin ist sie selbst schwanger«, erklärte Leonhard.

Pandolfina schüttelte lächelnd den Kopf. »Gunda und Lambert sind doch bei ihr. Letzterem gehorcht er!« Gunda war ihre neue Leibmagd und Lambert mit seinen mittlerweile acht Jahren eine Respektsperson für den Kleinen.

»Ich bin gespannt, ob der Kaiser unserer Bitte entspricht und Lambert zu Heimeran von Heimsbergs Erben einsetzt. Gertrud würde es freuen.« Leonhard war ein wenig in Sorge, denn Friedrich hatte von ihm einen schriftlichen Bericht über die Fehde zwischen Heimsberg und Löwenstein verlangt, selbst aber nicht geschrieben, wie er zu urteilen gedachte.

»Wir sollten uns nicht den Kopf darüber zerbrechen, sondern

ein Gebet an die neue Heilige richten, auf dass sie uns beisteht.«

Pandolfina faltete lächelnd die Hände, doch statt zu beten, schaute sie sich weiter um. Auf einem der Plätze, die für die ganz hohen Herren vorgesehen waren, verfolgte Enzio das Geschehen. Als hätte er Pandolfinas Blick gespürt, drehte er sich zu ihr um und zwinkerte ihr zu. Er war nun ein junger Mann, und es hieß, sein Vater wäre bereits auf der Suche nach einer passenden Braut für ihn. Pandolfina freute sich, ihn wiederzusehen, denn er war während ihrer Zeit am königlichen Hof ihr bester Freund gewesen.

Bei dem Gedanken erinnerte sie sich an die unglückliche Königin Iolanda, die Konrads Geburt nicht überlebt hatte. In den Jahren, die seitdem vergangen waren, hatte Friedrich nicht wieder geheiratet, aber auch nicht wie ein Mönch gelebt. Es hieß, Bianca Lancia habe ihm einen Sohn und eine Tochter geboren. Doch Friedrich würde schon bald Isabella, die Tochter König Johanns von England, heiraten. Pandolfina wünschte dieser mehr Glück als Iolanda de Brienne, die auch ihr Titel einer Königin von Jerusalem nicht hatte retten können.

Aufklingender Jubel beendete Pandolfinas Gedankengänge, und sie sah, wie der Sarkophag geschlossen wurde. Mehrere hohe Geistliche sprachen ihre Gebete, dann war die Zeremonie vorbei. Das einfache Volk sammelte sich bereits draußen in den Lahnauen, um bei Brot, Fleisch und Wein, die es dort spendiert bekam, zu feiern.

Für den Kaiser und dessen Gäste stand ein prunkvolles Zelt zur Verfügung. Bevor er sich dorthin begab, wollte Friedrich im nahe gelegenen Quartier des Deutschen Ritterordens etliche Gespräche führen. Leonhard und Pandolfina begaben sich ebenfalls dorthin, richteten sich aber darauf ein, einige Zeit warten zu müssen.

Zu ihrer Verwunderung tauchte Enzio dort auf und umarmte beide.

»Ich freue mich, dich wiederzusehen«, sagte er zu Pandolfina und sah sie prüfend an. »Geht es dir gut?«

Pandolfina nickte. »Es geht mir gut!«

»Es wird dir noch bessergehen, wenn du erfährst, dass Silvio di Cudi nur zwei Monate nach deiner Abreise zur Hölle gefahren ist. Antonio de Maltarena lebte da schon nicht mehr. Als er erfuhr, dass er als Hochverräter hingerichtet werden sollte, drehte er sein Hemd zu einem Strick und hängte sich damit auf.«

Enzio lachte dabei, wurde aber plötzlich ernst. »Pater Mauricio wurde vom Papst zu einem der Seligen der Heiligen Kirche ernannt!«

Pandolfina antwortete mit einem Fluch aus ihrer Heimat, der selbst dem abgebrühtesten Stallknecht zu roten Ohren verholfen hätte.

»Selige werden selten zu ihren Lebzeiten dazu erhoben«, fuhr Enzio fort. »Pater Mauricio starb in einem abgelegenen Kloster auf Sizilien. Man berichtete mir, dass die anderen Mönche vergessen haben, ihm durch das Loch in der Mauer Essen zu reichen. So hat er für den Verrat an deinem Vater gebüßt.«

Obwohl sie dem Pater den Tod gewünscht hatte, schauderte es Pandolfina bei der Vorstellung, dass man ihn in eine Zelle gesperrt hatte, in der er verschmachten musste. Andererseits war das die einzige Möglichkeit, einen Kirchenmann hinzurichten, ohne direkt Hand an ihn zu legen.

Leonhard hatte bisher geschwiegen, hob aber nun die Hand, um die Aufmerksamkeit auf sich zu lenken. »Eure Hoheit, wir haben bei der Übernahme der Burg Heimsberg Briefe gefunden, die aus Italien stammen und nicht im Sinne Seiner Majestät sein können. Sie stammen von einem vatikanischen Würdenträger mit Namen Gianni di Santamaria.«

»Dieser elende Prälat!« Enzio fluchte leise und entschuldigte sich dann. »Verzeiht, aber Santamaria steckt hinter vielen der Probleme, die sich für meinen Vater ergeben haben.« Er sah Leonhard fragend an. »Habt Ihr diese Briefe noch?«

»Sie sind in unserem Quartier weiter oben am Hang. Die Herren von Seiffenstein haben uns dankenswerterweise eingeladen.«

»Dann lasst sie holen! Sollten sie tatsächlich verräterischen Inhalts sein, geben sie meinem Vater die Möglichkeit, gegen den Prälaten vorzugehen.«

»Das mache ich gerne, Euer Hoheit!« Leonhard verneigte sich und verließ den Raum, um Oswald zu rufen, der an Kurts Stelle Anführer seiner Waffenknechte geworden war. Unterdessen blieb Pandolfina bei Enzio zurück und fragte ihn nach Menschen, die sie gekannt hatte und von denen sie hoffte, dass es ihnen gutgehen würde.

»Bianca lässt dich grüßen! Sie wäre gerne mitgekommen, aber da Vater die englische Prinzessin heiraten will, blieb sie zurück, um die hohe Dame nicht durch ihre Anwesenheit zu verärgern. Auch ist sie noch ein wenig schwach von ihrer letzten Niederkunft. Wir hoffen, dass sie sich erholt hat, wenn wir wieder zu Hause eintreffen.«

»Leonhard und etlichen anderen Grafen und Herren im Reich wäre es lieber, wenn Seine Majestät in diesen Landen bleiben würde«, wandte Pandolfina ein.

Enzio lächelte sanft, denn er kannte die Vorbehalte seines Vaters gegen die sturen deutschen Fürsten und Grafen, die hauptsächlich auf ihren eigenen Nutzen schauten und bei denen die Belange des Reiches nur zählten, wenn sie sich einen Vorteil davon erhofften. Im Königreich Sizilien hingegen konnte sein Vater kraft seines Willens herrschen und jeden widerspenstigen Grafen an den Zinnen der eigenen Burg aufhängen lassen. Das Gleiche in Deutschland zu erreichen würde schwer werden und lange dauern.

»Vielleicht wird es Corrado schaffen«, entfuhr es ihm.

»Was sagst du?«, fragte Pandolfina verwirrt.

»Vater will Corrado – oder, wie die Hiesigen sagen, Konrad – in Deutschland zurücklassen.«

»Das hat er bereits bei Heinrich getan, und es ging nicht gut aus«, entgegnete Pandolfina.

»Vater weiß um die Fehler, die bei Enrico gemacht wurden, und wird darauf achten, dass sie bei Corrado nicht wiederholt werden.«

»Wollen wir es hoffen!« Pandolfina war nicht überzeugt. Da Leonhard jedoch zurückkam, griff sie dieses Thema nicht mehr auf, sondern erzählte von ihrem Ludovico, wie sie den kleinen Ludwig Enzio gegenüber nannte, und hörte selbst von Manfredo, dem Sohn von Friedrich und Bianca Lancia. Dieser war zwar ebenso wie Enzio illegitim geboren, würde aber, da sein Vater Kaiser und König war, ebenfalls ein hoher Herr werden.

Die Ankunft eines Herolds beendete das Gespräch. Noch während dieser sich verbeugte, setzte Enzio sich in Bewegung.

»Wie es aussieht, hat Vater die teutonischen Ochsen inzwischen verabschiedet.«

Pandolfina zuckte bei diesem Ausdruck zusammen, denn sie hatte ihn selbst oft gedankenlos verwendet. Mittlerweile wusste sie, dass es hier wie in jedem Land gute und schlechte Menschen gab und man mit den meisten auskommen konnte, wenn man ein wenig Rücksicht auf ihre Eigenarten nahm.

2.

Friedrich hatte sich in ein goldbesticktes Gewand und einen purpurfarbenen Umhang gehüllt, saß auf einem kunstvoll gedrechselten Stuhl und trug die Krone des Heiligen Römischen Reiches auf dem Kopf. Reichsapfel und Zepter hatte er auf den Tisch gelegt, als er Enzio, Pandolfina und Leonhard kommen sah. Wie schön Pandolfina geworden ist, dachte er mit einem gewissen Bedauern. Er kämpfte jedoch sofort gegen dieses Gefühl an und lächelte.

»Gott sei Dank kein weiterer Heinrich, Adalbert oder Wilhelm, der nur neue Privilegien und Anrechte von mir haben will!«, rief er, stand auf und umarmte Pandolfina und Leonhard.

»Es scheint Euch gutzugehen, meine Liebe«, sagte er mit einem Blick auf Pandolfinas Leib, der sich wieder leicht rundete.

»Es geht mir gut, Euer Majestät, denn ich habe einen guten Mann, der freundlich zu mir ist, einen munteren Sohn und ein schönes Heim.«

Zwar ließ Löwenstein sich trotz aller Mühen nicht mit den Burgen vergleichen, die der König in Apulien hatte errichten lassen, war aber mittlerweile doch weit wohnlicher eingerichtet als die meisten Burgen in der Nachbarschaft.

Friedrich nickte zufrieden. »Das freut mich, meine Liebe! Ich habe nicht vergessen, dass Ihr mir in Jaffa das Leben gerettet habt. Wie wir aus Eurem Bericht, Graf Leonhard, erfahren haben, wurde der Verräter und Meuchelmörder Heimo von Heimsberg seiner gerechten Strafe zugeführt.«

»Er starb im Zweikampf mit meinem Gemahl«, rückte Pandolfina die Tatsachen zurecht.

»Auf jeden Fall ist er ebenso tot wie Antonio de Maltarena oder Pater Mauricio und einige andere, die Verschwörungen gegen mich geplant haben.«
Für einige Augenblicke klang die Stimme des Kaisers hart und verhieß nichts Gutes für jene, die sich gegen ihn stellten. Doch gleich darauf lachte er wieder und bat Pandolfina, ihren Sohn holen zu lassen.
»Ich will sehen, nach welcher Seite er schlägt, nach der sarazenischen seiner Großmutter, nach der normannischen meines Freundes Gauthier oder nach den Löwensteinern«, setzte er augenzwinkernd hinzu.
»Wenn Ihr erlaubt, werde ich Ludwig selbst holen«, schlug Pandolfina vor und verließ, als Friedrich nickte, den Raum.
Während ihrer Abwesenheit verwickelte Friedrich Leonhard in ein Gespräch über die Lage des Reiches. Leonhard erklärte ihm, dass er es wie etliche andere Herren im Reich gerne sähe, wenn der Kaiser sich in Zukunft mehr auf dieser Seite der Alpen aufhalten würde, um dem Machtstreben einiger Fürsten entgegenzuwirken.
Friedrich hörte ihm zu und erklärte, dass er Konrad unter der Vormundschaft treu ergebener und auch machtvoller Vasallen in Deutschland zurücklassen werde.
»Er wird hier aufwachsen und lernen, einer von euch zu sein«, setzte er mit einem um Verständnis werbenden Lächeln hinzu.
Leonhard begriff, dass er nicht mehr erreichen konnte, und beendete dieses Thema. Daher erlahmte das Gespräch ein wenig, bis Oswald mit Santamarias Briefen zurückkehrte. Leonhard überreichte sie Friedrich und sah zu, wie dieser aufmerksam zu lesen begann.
»Die Briefe reichen aus, um den Prälaten in dem Augenblick festsetzen zu lassen, in dem er mein Hoheitsgebiet betritt«, erklärte der Kaiser schließlich. »Ich danke Euch, dass Ihr sie für mich aufbewahrt habt. In Italien war diese vatikanische Ratte

zu vorsichtig, um solch belastende Briefe zu hinterlassen, doch hier in den deutschen Landen glaubte er sie wohl sicher.«

»Ich freue mich, dass ich Eurer Majestät einen Dienst erweisen konnte!« Leonhard verbeugte sich und hoffte, dass es helfen würde, Friedrichs Gunst für seine Pläne mit Löwenstein und Heimsberg zu gewinnen. Ohne Pandolfina wollte er jedoch darüber nicht sprechen und war daher froh, als diese wenig später mit Ludwig erschien. Der Junge hatte das blonde Haar des Vaters, schlug in seiner Erscheinung aber mehr der Mutter nach.

»Ein hübscher, kluger Junge! Wie könnte es bei solchen Eltern auch anders sein«, lobte Friedrich, als Ludwig auf Anweisung der Mutter eine Verbeugung machte. Dann seufzte er und hob in gespielter Verzweiflung die Hände.

»Gerne würde ich länger mit Euch reden, doch meine Zeit ist begrenzt. Ich habe Euch ein paar Geschenke mitgebracht, die Marchesa Pandolfina an ihre Heimat erinnern sollen, eingelegte Oliven, getrocknete Weinbeeren sowie ein kleines Fässchen Wein von den Hängen des Gargano. Euer Vater trank ihn gerne, meine Liebe. Ich wollte, er wäre noch an meiner Seite!«

Friedrich seufzte, denn er hatte zwar viele Männer, die ihm dienten, doch nur wenige davon konnte er wirklich Freunde nennen. Er fasste sich jedoch rasch wieder und wies auf einen hell gefärbten Falken, den eben einer seiner Falkner hereintrug.

»Dieser schöne Bursche ist ebenfalls ein Geschenk für Euch. Ich hoffe, Ihr findet Gefallen an der Beizjagd, Graf Leonhard. Pandolfina war sehr geschickt darin.« Nach diesen Worten deutete Friedrich an, dass die Audienz beendet war.

»Verzeiht, Euer Majestät, aber was soll mit Heimsberg geschehen?«, fragte Pandolfina.

Friedrich stutzte einen Augenblick und lächelte. »Das werde ich beim Bankett verkünden. Auch wenn es zu Ehren der heiligen Elisabeth von Thüringen stattfindet, wird sie es uns gewiss verzeihen, wenn wir dabei auch über Dinge sprechen, die uns Lebende betreffen.«

Mit diesem Bescheid mussten Pandolfina und Leonhard sich zufriedengeben. Friedrich streichelte noch einmal den kleinen Ludwig, reichte ihn dann Leonhard und bat seinen Haushofmeister, die nächsten Gäste hereinzuführen.

3.

In dem großen für den Kaiser und seine Gäste errichteten Zelt in den Lahnauen wurden die Plätze dicht bei Friedrich den hohen Herren im Reich zugewiesen, so dass Siegfried von Eppenstein, Heinrich von Molenark und Dietrich von Wies, die Fürstbischöfe von Mainz, Köln und Trier, König Wenzel von Böhmen, Herzog Otto von Baiern und Markgraf Friedrich von Österreich ganz in seiner Nähe saßen. Mehreren ausländischen Gästen wie den Gesandten der Könige von England und Frankreich wurde dieses Privileg ebenfalls zugestanden.

Als Reichsgrafen mittleren Ranges saßen Pandolfina und Leonhard bei Konrad von Zollern, dem Burggrafen von Nürnberg, dem Bamberger Fürstbischof Eckbert von Andechs-Meranien und Hermann von Lobdeburg. Letzterer nahm es übel, dass er als Fürstbischof von Würzburg und Träger des Titels »Herzog von Franken« nicht unter den mächtigsten Reichsfürsten hatte Platz nehmen dürfen. Da er auf mehrere Heimsberger Besitzungen Anspruch erhob, ignorierte er Pandolfina und Leonhard völlig.

Fanfarenstöße kündeten den ersten Gang an. Es gab weißes Brot, wie es in Apulien gebacken wurde, und Scheiben von aufwendig gewürztem und gebratenem Schweinefleisch. Der Wein, den der Kaiser dazu kredenzen ließ, war so schwer und süß, dass Pandolfina nur einen Becher davon trank. Auch Leonhard hielt sich beim Trinken zurück. Wie seine Frau quälte ihn die Unsicherheit, wie Friedrich in ihrer Sache entscheiden würde. Rüdiger von Rallenberg saß samt Mutter und Ehefrau ein Stück hinter Leonhard und Pandolfina. Auch er wartete gespannt auf das Urteil des Kaisers und ertränkte seine Zweifel im Wein.

Weitere Gänge wurden serviert. Es schien, als wolle Friedrich seinen Gästen zeigen, welche Köstlichkeiten es in seinen Reichen gab. So mancher Herr hätte sich mit einfacherer Kost zufriedengegeben, wenn dadurch die Wartezeit verkürzt worden wäre. Viele erhofften sich Privilegien oder eine Entscheidung in einer für sie wichtigen Sache. Doch erst als zum Abschluss ein süßer Honigkuchen gereicht wurde, der mit schwerem Südwein getränkt war, trat Friedrichs Herold vor, um die ersten Entscheidungen seines Herrn zu verkünden.

Zunächst ging es um den kleinen Konrad, der in diesen Landen aufwachsen und später Friedrichs Nachfolger auf dem Kaiserthron werden sollte.

Während weitere Entscheidungen verkündet wurden, stieg Pandolfinas und Leonhards Anspannung. Auch der Würzburger Fürstbischof rutschte auf seiner Bank hin und her. Bislang war es Hermann von Lobdeburg immer wieder gelungen, den Besitz des Würzburger Fürstbistums zu vermehren, doch das Warten zehrte auch an seinen Nerven.

Leonhard beugte sich unruhig zu Pandolfina hin. »Du kennst Friedrich besser als ich. Wie, glaubst du, wird er sich entscheiden?«

»Würde er nur mit dem Herzen entscheiden, hätte ich keine Angst. Er ist allerdings der Kaiser, und da kann es sein, dass er gegen sein Herz entscheiden muss.«

Zu Hause war Pandolfina zuversichtlicher gewesen, doch der Prunk, der hier herrschte, und die vielen Menschen, die alle etwas von Friedrich wollten, bereiteten ihr Sorge. Sie blickte nach vorne, wo sie zwischen anderen Herren hindurch den Kaiser erkennen konnte. Er lächelte freundlich, doch sie spürte, dass es eine Maske war. Für Friedrich ging es um viel. Nur wenn der kleine Konrad zum König gewählt wurde, würde die Herrschaft seines Geschlechts im Heiligen Römischen Reich überdauern. Dagegen zählte ihre Hoffnung auf eine gerechte Aufteilung des von Heimeran von Heimsberg an sich gerafften Landes wenig.

Mit einem Mal zuckte Pandolfina zusammen. Der Name Heimsberg war gefallen, und sie spitzte ebenso wie Leonhard die Ohren.

Bereits die ersten Sätze brannten wie Salz in einer offenen Wunde, denn Friedrich sprach dem Fürstbischof von Würzburg drei Burgen aus dem früheren Heimsberger Besitz zu. Während Hermann von Lobdeburg zufrieden lächelte, musste Pandolfina an sich halten, um nicht laut zu werden. Zwei weitere Burgen, darunter eine, die Leonhards Vater als Mitgift seiner Gemahlin erhalten hatte, wurden ebenfalls an andere Herren verteilt.

Als Leonhard es hörte, stöhnte er enttäuscht. Pandolfinas Gesicht verfinsterte sich wie eine Gewitterwolke, und Rüdiger von Rallenberg sah aus, als hätte es ihm alles Korn verhagelt. Immerhin hatten Pandolfina und Leonhard ihm ein knappes Drittel des Lehensgebiets versprochen, das sie von Friedrich erhalten hatten. Doch als sie darauf warteten, was mit Heimsberg selbst geschehen sollte, verkündete der Herold Entscheidungen, die ganz andere Gegenden und Herren betrafen.

»Das kann doch nicht alles gewesen sein«, stöhnte Leonhard. Selbst wenn der Kaiser der Ansicht war, dass der restliche Löwensteiner Besitz bei ihnen bleiben sollte, ging es immer noch um Heimsberg selbst und zwei seiner Nebenburgen.

In seinem Ärger überhörte Leonhard, wie der Herold auf einmal seinen und Pandolfinas Namen rief. Erst als diese ihn anstieß, blickte er auf.

»Was ist?«

»Wir müssen zum Kaiser!« In Pandolfinas Stimme schwang nur noch wenig Sympathie für Friedrich mit. Sie war zutiefst enttäuscht und musste sich zusammennehmen, um es nicht zu zeigen, als sie vor den Herrscher trat.

Friedrich hob leutselig die Hand, während der Herold mit lauter Stimme zu sprechen begann.

»Wir, Friedrich, Kaiser des Heiligen Römischen Reiches, König von Sizilien, König von Jerusalem und anderer Länder geben kund und zu wissen, dass Herr Leonhard von Löwenstein und seine Gemahlin Pandolfina fürderhin gemeinsam den Titel eines Markgrafen von Montecuore tragen und diesen an ihre Nachkommen weitergeben dürfen. Weiterhin werden beide im Besitz aller noch zu Löwenstein zählenden Burgen und Dörfer bestätigt und erhalten das Recht, neben ihrem Hauptort zwei weitere Märkte einrichten zu können.«

Es war um einiges weniger, als Pandolfina und Leonhard sich erhofft hatten, sicherte aber vorerst das ab, was sie besaßen. Doch was war mit Heimsberg?, fragten sich beide. Da erhob der Herold wieder seine Stimme.

»Die Herrschaft Heimsberg wird mit jetzt noch vorhandenem Besitz an Lambert von Heimsberg, den rechtmäßigen Erben des Grafen Heimeran von Heimsberg, verliehen. Seine weiblichen Verwandten, die eigene Erbansprüche gestellt haben, wurden bereits durch ihre Mitgift abgefunden und haben damit jedes Recht auf Heimsberg verloren.«

»Wenigstens etwas«, murmelte Pandolfina und sagte sich, dass sie Rüdiger von Rallenberg eben auf andere Weise entschädigen mussten. Noch während sie darüber nachsann, verkündete der Herold, dass Herr Rüdiger mit einer in seiner Nachbarschaft gelegenen Reichsburg belehnt werden sollte.

»Ist es so recht?«, fragte Friedrich mit einem angespannten Lächeln.

Pandolfina spürte, dass er ihnen gerne mehr zugesprochen hätte, es aber wegen der Forderungen anderer Herren nicht hatte tun können. »Es ist so recht, Euer Majestät«, sagte sie und stieß Leonhard an. Dieser neigte das Haupt und erklärte, dass auch er zufrieden sei.

»Dann ist es gut!« Friedrich wirkte erleichtert, denn auf diese

Weise hatte er sich mehrere Stimmen für die Wahl seines Sohnes Konrad zum König gesichert. Später, wenn Pandolfina mehr Söhne hatte, konnte er einen davon nach Apulien holen und ihm das Erbe der Mutter übergeben. Irgendwann würde er Montecuore und die anderen Gebiete, die sich die Päpste widerrechtlich angeeignet hatten, wieder zurückholen und damit wahre Treue belohnen.

Pandolfina und Leonhard wurden zu ihrem Platz zurückgeführt und fanden dort Rüdiger von Rallenberg vor. Obwohl vollkommen betrunken, glänzte dieser vor Stolz. »Ich wäre mit ein paar Dörfern zufrieden gewesen, erhalte jetzt aber eine ganze Burg mit ihrem Umland. Das habe ich nur Euch zu verdanken!«, nuschelte er.

»Ihr habt es verdient!« Leonhard reichte ihm die Hand und spürte, wie die Bitterkeit von ihm abfiel. Mit den beiden Lehensburgen im Umland von Rallenberg war der Löwensteiner Besitz wieder so groß wie zu Zeiten seines Großvaters, und er besaß zudem das Recht, zwei neue Märkte zu gründen. Das brachte Geld und würde helfen, Löwenstein weiter auszubauen.

»Gertrud wird auch zufrieden sein, da ihr Lambert den Heimsberger Kernbesitz erhält«, meinte Pandolfina mit einem nachdenklichen Lächeln.

»Und du? Bist du zufrieden?«, fragte Leonhard.

»Ich bin zufrieden! Ich habe nämlich eines gelernt: Wer zu hoch strebt, kann sehr tief fallen!«

»Ich liebe dich«, flüsterte Leonhard ihr ins Ohr.

»Ich liebe dich auch«, antwortete Pandolfina und fand, dass Leonhard alle Männer übertraf, die sie je gekannt hatte, und das galt auch für den Kaiser.

Historischer Überblick

Schon vor der Regierungszeit der Staufer hatte im Heiligen Römischen Reich eine Entwicklung begonnen, die sich in den folgenden Jahrhunderten als verderblich erweisen sollte. Die Macht der Herzöge und Grafen war in den jeweiligen Gebieten immer mehr gewachsen und schmälerte den Herrschaftsanspruch der Könige und Kaiser. Bereits Heinrich IV. und Heinrich V., die letzten Kaiser der Salier-Dynastie, hatten große Mühe, sich im Reich durchzusetzen. Auch Kaiser Lothar III. gelang dies nie vollständig, und als mit Konrad III. der erste Staufer den Thron bestieg, sahen ihn die Hohen des Reiches nur mehr als Ersten unter Gleichen an.

Konrads Neffe und Nachfolger Friedrich I. Barbarossa gelang es zwar, seine Hausmacht in Deutschland zu festigen, aber er lag in einem immer wieder aufflammenden Zwist mit dem Papst in Rom und den lombardischen Städten mit Mailand an der Spitze, die nach Unabhängigkeit strebten. Es gelang Friedrich I. jedoch, einen Ausgleich mit den Lombarden und dem Papsttum zu erreichen und seinem Sohn Heinrich VI. ein relativ gefestigtes Reich zu hinterlassen.

Heinrich VI. hatte zudem durch seine Heirat mit Konstanze, der Erbin des Königreichs Sizilien, einen Anspruch auf den Süden Italiens erworben, den er jedoch nur mit Waffengewalt durchsetzen konnte. Als Heinrich kurz darauf verstarb, konnte seine Witwe Konstanze nur die Herrschaft über Sizilien für ihren und Heinrichs Sohn Friedrich halten. Im Heiligen Römischen Reich hatten die harten Maßnahmen von Heinrich VI. jedoch Unruhen hervorgerufen, die nach einem Herrscher ver-

langten, der sofort eingreifen konnte. Die Fürsten des Reiches wählten daher Heinrichs Bruder Philipp von Schwaben zum neuen König, obwohl der kleine Friedrich noch zu Lebzeiten Kaiser Heinrichs VI. zum König und dessen Nachfolger bestimmt worden war. Unterdessen griff auch Richard Löwenherz, den Heinrich VI. gefangen gehalten und nur gegen ein gewaltiges Lösegeld freigelassen hatte, in die Angelegenheiten des Reiches ein und veranlasste einen Teil der Reichsfürsten, seinen Verwandten Otto als Otto IV. zum König zu wählen.
Philipp gelang es, sich gegen Otto durchzusetzen. 1208 wurde er jedoch vom Pfalzgrafen Otto von Wittelsbach ermordet, und Otto ließ sich erneut zum König wählen. Um den jungen Friedrich von Staufen als Konkurrenten um die Krone auszuschalten, versuchte er, Süditalien und Sizilien zu erobern, scheiterte damit allerdings.
Friedrich von Staufen wurde bereits als Kind zum König von Sizilien gekrönt. Zunächst regierte seine Mutter für ihn, doch diese starb nur ein gutes Jahr nach ihrem Ehemann Heinrich. Vor ihrem Tod bestimmte sie den Papst in Rom zu Friedrichs Vormund. Dies war zunächst Coelestin III. und nach diesem Innozenz III. Diese überließen Sizilien im Grunde sich selbst, sicherten sich aber einige Landstriche, um die Landverbindung zwischen dem Reich und Sizilien ein für alle Mal zu durchtrennen.
Zunächst war Friedrich der Spielball verschiedener Regenten, die in seinem Namen herrschten. Der Sage nach soll er in dieser Zeit ohne Bildung aufgewachsen und wie ein Straßenjunge durch Palermo gestreift sein. In Wirklichkeit wurde er jedoch regelrecht gefangen gehalten, da der jeweilige Regent nur durch ihn sein Amt ausüben konnte. Seine Bildung erhielt er durch Priester, die auch im Sinne des Papstes wirkten. Da er den Palast kaum verlassen durfte, waren Bücher für ihn die besten Freunde, und er lernte mehrere Sprachen fließend.
Für das Königreich Sizilien war die Regentschaft schlecht,

denn es gab immer wieder Unruhen. Daher erklärte Papst Innozenz III. Friedrich mit vierzehn Jahren für volljährig und stiftete für ihn eine Ehe mit der zehn Jahre älteren Konstanze von Aragón, der Witwe König Imres von Ungarn. In den nächsten Jahren gelang es Friedrich, sich in Sizilien und Apulien durchzusetzen, er musste dabei aber dem Papst für dessen Unterstützung weitere Gebiete abtreten.

Unterdessen wurde Kaiser Otto IV. immer mehr zu einer Gefahr für den Papst, und so favorisierte dieser Friedrich, der ja bereits als Säugling zum römischen König und Thronfolger seines Vaters ernannt worden war, für den Thron des Heiligen Römischen Reiches. Nach erneuten Zugeständnissen an den Papst zog Friedrich über die Alpen nach Norden. Die Entscheidung über die Kaiserkrone fiel schließlich in Frankreich. Otto wollte seinem englischen Verwandten König John helfen, dic verlorene Normandie wiederzugewinnen, wurde aber von König Philipp II. geschlagen und verlor auch jeden Rückhalt im Reich.

Friedrich II. hätte nun in Deutschland bleiben und dort die Königsmacht ausbauen können. Stattdessen kehrte er nach wenigen Jahren nach Apulien zurück, ließ vorher aber noch seinen Sohn Heinrich zum römischen König und damit zu seinem Nachfolger wählen. Heinrich, der noch ein Kind war, blieb in Deutschland zurück und wurde dort von Friedrichs Vertrauten aufgezogen.

Noch in Deutschland hatte Friedrich den Eid geleistet, sich auf einen Kreuzzug zu begeben. Zunächst aber ordnete er das Königreich Sizilien neu, zu dem neben der Insel auch Süditalien gehörte, und erregte damit den Ärger des ungeduldigen Papstes, der unbedingt Jerusalem von den Moslems befreit sehen wollte. Als Friedrich schließlich ins Heilige Land aufbrechen wollte, wurde er krank und konnte die Reise mehrere Monate lang nicht antreten. Der Papst sah dies als Ausrede an und belegte ihn mit dem Kirchenbann. Statt nun, wie erwartet, nach

Rom zu pilgern und den Papst um Verzeihung anzuflehen, brach Friedrich nach Palästina auf, handelte mit al Kamil, dem Sultan von Ägypten, einen Friedensvertrag aus, der den Christen Jerusalem und Bethlehem überließ, und kehrte anschließend nach Italien zurück. Dort hatte der neue Papst Gregor IX. die Adeligen Siziliens zum Aufstand aufgestachelt und ihnen Söldner unter dem Kommando von Jean de Brienne, dem Vater von Friedrichs mittlerweile verstorbener zweiter Ehefrau, zur Unterstützung geschickt.
Nach seiner Rückkehr aus Italien warf Friedrich diesen Aufstand rasch und brutal nieder, sah sich aber kurz darauf der Rebellion der lombardischen Städte gegenüber, die ihn, da sie vom Papst unterstützt wurde, für den Rest seines Lebens beschäftigen sollte.
Da Friedrich Klagen über seinen Sohn Heinrich aus Deutschland erreichten, zog er noch einmal über die Alpen, setzte Heinrich gefangen und ließ seinen zweiten legitimen Sohn Konrad zum neuen römischen König wählen. Wie schon bei Heinrich kostete ihn dies etliche Privilegien an die Fürsten. Konrad vermochte sich nach dem Tod seines Vaters im Jahr 1250 in Deutschland nicht durchsetzen. Als er nach Italien zog, um das Königreich Sizilien zu übernehmen, starb er schon bald an Malaria.

Friedrichs illegitim geborener Sohn Manfred ergriff in Sizilien die Herrschaft, erbte von seinem Vater jedoch die Feindschaft des Papstes und starb in der Schlacht, mit der Karl von Anjou aus einer Nebenlinie des französischen Königshauses sich die Krone Siziliens sicherte. Ein letzter Versuch der Staufer, ihr südliches Reich wiederzugewinnen, endete mit der Hinrichtung des in der Schlacht gefangenen Konradin, des Sohnes von Konrad, im Jahre 1268.
Im Jahr 1282 errang der mit einer Enkelin Friedrichs II. verheiratete Peter von Aragón in der Folge eines Aufstands der Sizi

lianer, Sizilianische Vesper genannt, die Herrschaft über die Insel, die dann für Jahrhunderte von Friedrichs Nachkommen beherrscht wurde. In Deutschland hingegen war die Herrschaft der Staufer zu Ende. Friedrichs langes Fernbleiben und die von ihm gewährten Privilegien beschleunigten den Verfall des Heiligen Römischen Reiches, das zwar noch etliche Jahrhunderte existierte, aber als Einheit immer schwächer wurde, bis es sich schließlich selbst überlebte.

Iny und Elmar Lorentz

Personen

Aldo – Freund von Renzo
Arietta – Renzos Ehefrau
Celestino – Student in Salerno
Cita – Küchenmädchen, später Pandolfinas Leibmagd
Claudio – Renzos und Ariettas Sohn
di Cudi, Filippa – Silvio di Cudis älteste Tochter
di Cudi, Isidoro – Silvio di Cudis ältester Sohn
di Cudi, Silvio – Baron
de Donzère, Loís – Chivaliér de Lanvac
Eckbert – Leonhards Ausbilder
Giovanna – Hebamme in Salerno
von Heimsberg, Heimbold – Gertruds verstorbener Ehemann
von Heimsberg, Heimeran – Gefolgsmann König Heinrichs
von Heimsberg, Heimfried – Heimerans Sohn
von Heimsberg, Heimo – Heimerans Neffe
von Heimsberg, Heimward – Heimerans ältester Sohn
von Heimsberg, Lambert – Gertruds Sohn
Irma – Leibmagd Ortrauts von Rallenberg
Kuni – Leibmagd Dietruns von Rallenberg
Kurt – Waffenknecht Ritter Eckberts
von Löwenstein, Anna – Leonhards Schwester, Äbtissin
von Löwenstein, Gertrud – Leonhards Schwester, Witwe
von Löwenstein, Leonhard – Sohn Ludwigs von Löwenstein
von Löwenstein, Leopold – Leonhards toter Bruder
von Löwenstein, Ludwig – Graf in Franken
Luitolf – Waffenknecht Leonhards
de Maltarena, Antonio – Conte de Ghiocci

Mathilde – Beschließerin auf Ritter Eckberts Burg
Pater Mauricio – Gauthier de Montcœurs Burgkaplan
Meir Ben Chayyim – Leibarzt König Friedrichs
Melchiorre – Student in Salerno
Meshulam Ben Levi – Arzt in Salerno
de Montcœur, Gauthier – Pandolfinas Vater
de Montcœur, Pandolfina – Gräfin
Niccolò – Arzt und Lehrer in Salerno
Norina – Renzos und Ariettas Tochter
Oswald – Waffenknecht der Löwensteiner
Paolo – Arzt und Lehrer in Salerno
Pepito – Gauthiers Koch
von Rallenberg, Dietrun – Ortrauts Schwiegertochter
von Rallenberg, Ortraut – deutsche Edeldame
von Rallenberg, Rüdiger – Dietruns Ehemann
Renzo di Trani – Bauer
Richard – Gauthiers Verwalter
di Santamaria, Gianni – Prälat
Pater Sebastiano – Franziskanermönch
Serafino – Student in Salerno
Yachin Ben Meshulam – Sohn Meshulam Ben Levis
Yehoshafat Ben Shimon – Arzt in Foggia

Historische Persönlichkeiten

de Brienne, Jean – Jolantes Vater
de Brienne, Jolante (Isabella) – Friedrichs zweite Ehefrau
Engelbert – Abt des Klosters Ebrach
Enzio – natürlicher Sohn Friedrichs II.
Friedrich II. – Kaiser des Heiligen Römischen Reiches und König von Sizilien
Gregor IX. – Papst
de Ibelin, Jean (Johann) – Statthalter von Zypern
von Salza, Hermann – Hochmeister des Deutschen Ritterordens
de Vinea, Piero – Friedrichs Notar und Vertrauter

Glossar

Adlatus – Gehilfe
Almosenier – Verwalter der Almosenkasse einer Kirche
Chivaliér – okzitanisch: Ritter
Conte – Graf
Contessa – Gräfin
Conte Topo – Graf Maus
Corrado – italienisch: Konrad
Ducalis – apulische Silbermünzen
Enrico – italienisch: Heinrich
Enzio – italienisch: Heinz
Federico – italienisch: Friedrich
Follaro – apulische Kupfermünze
Heiliger Stuhl – der Papst
Kreißen – Kind zur Welt bringen
Marchesa – Markgräfin
Marchese – Markgraf
Oblate – für das Kloster bestimmtes Kind
Patrimonium Petri – Kirchenstaat
Podesta – Vogt, Richter in einer italienischen Stadt
Prälat – höherer Geistlicher
Re – italienisch: König
Rektoren – Leiter der Heilerschule
Stuhl Petri – Herrschaft des Papstes

Ein gewaltiges Epos in einer faszinierenden Epoche

INY LORENTZ
Die steinerne Schlange

Roman

Im Jahre des Herrn 213 kämpft eine mutige und selbstbewusste junge Frau am germanischen Limes gegen einen grausamen Feind.

Sinnlich und dramatisch, anrührend und spannend erzählen die Bestsellerautoren vom Schicksal der jungen Gerhild und eröffnen dem Leser gleichzeitig einen Einblick in eine faszinierende Epoche.

Bewegend und spannend:
Maries Suche nach dem Gral!

INY LORENTZ

Die List der Wanderhure

Roman

Die frühere Wanderhure Marie ist längst sesshaft geworden und führt ein glückliches Leben im Kreise ihrer Familie. Als das Waldkloster der Äbtissin Isabelle de Melancourt von einer Schar Ordensritter überfallen wird, kann die junge Nonne Justina entfliehen, wird aber verfolgt. Marie rettet ihr das Leben und wird prompt in eine mörderische Hatz hineingezogen.

»Ein Iny-Lorentz-Roman vom Feinsten –
spannend und mit viel Historien-Flair.«
Ruhr-Nachrichten